中国好小说

2024中国年度优秀中篇小说选

小说选刊／选编

〔中篇卷〕

中国书籍出版社
China Book Press

图书在版编目（CIP）数据

中国好小说. 中篇卷：2024 中国年度优秀中篇小说选 / 小说选刊选编. -- 北京：中国书籍出版社，2025.4. -- ISBN 978-7-5068-5185-5

Ⅰ. I247

中国国家版本馆 CIP 数据核字第 2025WC4433 号

中国好小说·中篇卷：2024 中国年度优秀中篇小说选

小说选刊　选编

图书策划	武　斌
责任编辑	成晓春
责任印制	孙马飞　马　芝
出版发行	中国书籍出版社
地　　址	北京市丰台区三路居路 97 号（邮编：100073）
电　　话	（010）52257143（总编室）（010）52257140（发行部）
电子邮箱	eo@chinabp.com.cn
经　　销	全国新华书店
印　　刷	三河市华东印刷有限公司
开　　本	710 毫米 ×1000 毫米　1/16
字　　数	365 千字
印　　张	33.5
版　　次	2025 年 4 月第 1 版
印　　次	2025 年 4 月第 1 次印刷
书　　号	ISBN 978-7-5068-5185-5
定　　价	88.00 元

版权所有　翻印必究

目 录

好汉楼　　　□ 徐贵祥 / 001
那一天　　　□ 尹学芸 / 068
巴旦木也叫婆淡树　□ 杨　方 / 139
建筑伦理学　□ 盛可以 / 185
青鱼计划　　□ 吴　君 / 274
国产轮胎　　□ 郑小驴 / 305
草　民　　　□ 蔡崇达 / 347
三里屯东街的雪　□ 陈　武 / 399
弃马十三招　□ 王　炬 / 429
查果拉　　　□ 卢一萍 / 484

好汉楼

□ 徐贵祥

我不是作家，但我是一个有文学情怀的人，我一直在做文学梦，从少年到如今。我深信，文学让人安静，文学让人年轻，文学让人清澈。我用我的笔在纸上歌唱，表达我对世界和生活的看法，表达我的感情和理想……好了，读者同志，不浪费您的时间了，我先把这个故事讲给您听。

1

二十多年前，我在某部通信营二连炊事班工作，有一天副连长马莉找我谈话，说师政治部宣传科要一名打字员，物色到我头上来了。我一听，第一个反应是不敢相信，从炊事班到宣传科，这也太不靠谱了。

我问马副连长是不是跟我开玩笑，她眼睛一瞪说，我跟你开过玩笑吗？你要是没有特殊的事情需要处理，马上给我卷铺盖，吃了午饭就去报到。

这简直就是喜从天降，不过我还是有点儿纳闷。

我参军并不是自己的选择，而是我父亲的意思，他当过兵，只当了三年，最大的遗憾是没有当上军官。高考填志愿的时候，他要我报考军校，我倒是填了，可是那所军校没有录取我。我父亲没有气馁，在我大专毕业之前，他把我的成绩单送到县武装部，硬说我是当兵的料儿。

父亲跟我讲，大学生士兵可以直接提干，这当然是真话，他想让我圆他的军官梦。可我知道他还有一层考虑。

我读大专的时候参加了文学社团，课余就戴着耳机听小说。那年暑假回家，父亲见我成天戴着耳机，非常不满，跟我讲，天天戴着个助听器，难道你的耳朵有问题？

我跟父亲讲，我这是在听专业讲座呢。父亲将信将疑，最终还是把我送到部队了。

没想到新兵集训之后，我被分配到炊事班，而且还不是大厨，主要职责是打杂。

到炊事班的第一天晚上，我给父亲打电话，告诉他我在炊事班揉馒头。他也愣住了，安慰我说，这是好事啊，天将降大任于斯人，必先苦其心志劳其筋骨……

值得欣慰的是——啊，读者同志您笑什么，笑我说话文绉绉的？是的，我有这个毛病，讲话的时候爱用书面语，显得自己有文化。其实，这个毛病也有好处，我就是因为口语书面化，引起了副连长马莉的关注，她让我业余时间参加修订连史。很快我就对连史产生了兴趣。

我的文字功底不错，经常能够从资料里发现瑕疵，比如连史原稿里有

"俘虏敌团长张立明一名",我就向副连长提出来,这是病句,张立明就是一个人,没有必要再加"一名"。再比如,"刘崇同志像猛虎下山一样扑向被炮弹炸断的电话线",我说那不可能,因为电话线是被冰雪覆盖的,刘崇同志只能一截一截地找出来,不可能"猛虎下山",再说那时候他已经负伤了。诸如此类的发现还有很多,得到了马副连长的认可。也许正是这个原因,她推荐我到宣传科当打字员吧。

师机关大楼在营区中间位置,通信二连在营区东边,中间隔着两个小山包,两公里多一点儿。那天午饭我吃得心不在焉,草草了事,马副连长派我的同事、炊事班洗菜员陈秋,推着买菜的三轮车,送我到宣传科报到。

陈秋是我的好伙伴,我能够参加连队修订连史,让他羡慕得不得了。陈秋想当文书,他说他当了文书,复员后找女朋友就有身价了。

路上陈秋问我,你家里很有钱吧?

我说,我家就是一个开超市的,能有多少钱呢?现在生意不好做。

陈秋说,那你怎么能调到机关当打字员呢?听说还能直接提干。

我有点儿不高兴,想了一下才说,你以为我跟你一样啊,我是正经八百的大学生士兵,我怎么就不能到机关工作?再说,你认为关系是万能的吗?好好工作,争取早点儿当上文书。

我没有告诉陈秋,我其实就是个大专生,还是林木专业。

陈秋的脸灰了一阵,再也不言语了。山道弯弯,很快就到了,直到我扛上背囊,拎着网兜上了办公楼的台阶,他才慢悠悠地说,毕得富,星期天我来找你玩吧,我还没有进过办公大楼呢。

我转过身,居高临下地看着陈秋,腰杆顿时挺直了许多。我说,好的,等我工作落实了,就给你打电话。

我三步并作两步上了办公楼台阶,回头一看,陈秋还站在那里。我心里说，拜拜陈秋，拜拜通信二连，拜拜炊事班，我要到机关工作了，我再也不跟你们一起和面洗菜了。

我把东西放在办公楼一层的卫生间里，兴冲冲地上楼了。问清楚姚副科长的办公室，我轻手轻脚地走过去，心里一阵狂跳，突然紧张起来，情不自禁地摸摸风纪扣，检查了鞋带。

这时候从一间办公室走出来一个上尉，见我杵在那里，朝我笑笑说，是毕得富吧，姚副科长在开会，让我等你。我来给你简单地介绍一下情况，然后你到好汉楼住下。

这是我到宣传科见到的第一个人，名字叫东南风，文化干事。我对他印象很好，他对我印象也不差，以后我走上写作的道路，同他也有关系。

运气来了，挡都挡不住，我不仅调到机关当上了打字员，而且住进了好汉楼，这比先前住在通信二连炊事班要强多了，虽然是同组织科的打字员毕然合住。

到了好汉楼，拿出东南风交给我的钥匙，打开门，看见屋里有两张空床，墙壁和地面都很干净。卫生间一点儿异味也没有，不像我们通信二连炊事班，每天几遍冲洗，照样有刺鼻的尿臊味。我很庆幸有这么一个室友，同时也想到，我得注意点儿，往后多干活。

下午下班前，我回到办公室，姚副科长见到我很高兴。这才知道，宣传科原来的打字员刘牧参加集训了，结束后很有可能提干，他的工作由我顶替。

我一听这话明白了，原来我还不是正式的打字员。我马上就想到一个问题，如果刘牧提干不成，那我不是还得回通信二连炊事班吗？我琢磨要不要把这个疑问说出来，姚副科长像是看透了我的心思，哈哈一笑说，你安心工作，只要你表现好，就能留下来。

尽管姚副科长这么说了,我的心里还是不踏实,我估计,除了刘牧的亲人,最希望他顺利提干的就是我。

姚副科长带我到几个办公室,认识了宣传科全体军官,教育干事段金海、新闻干事方田园、文化干事东南风、内勤干事富金山。因为科长面临转业,姚副科长主持工作。姚副科长对我说,这是编制表上的职务,在工作中并不是严格按照编制履职,分工不分家,咱们基层宣传科,所有重要工作都要一起上,包括你们几个战士。

宣传科还有两个女兵,军人俱乐部的袁月和韩小涵。袁月是俱乐部主任,二期士官。到机关食堂吃饭的时候就见到她们了,不过没有怎么说话,只打了个招呼。

当天晚上,回到好汉楼三层,走到门口一看,里面有个瘦高个子士兵,正在愁眉苦脸地看着我的床铺。我犹豫了一下,敲了敲门,里面的人似乎吃了一惊,转过脸来,盯着我足足看了两秒半钟,拉着脸问我,你是怎么弄到钥匙的?

他的脸本来就长,往下一拉就更长了,让我很快就联想到木瓜。

我说,是东南风干事给我的。怎么,您不知道?

高个子士兵说,我才安静了两个晚上……他们也太不尊重人了,说都没有跟我说一声。你贵姓?

我立正回答,毕得富,完毕的毕,得到的得,富裕的富。

他的眉头皱了皱,但是很快脸上就松弛下来了,啊,这么巧,我也姓毕,毕业的毕,然后的然。

我趁机套近乎说,那我们就是兄弟了,我知道你比我早两年入伍,我叫你毕哥吧。

他冲我一挥手说,进来吧,千年修得同船渡,进了一个门,就是一家人……不过，你不能喊我毕哥，我们部队，相互之间称呼职务。

我进去了，刚要坐下去，他咋呼一声，不要坐床，条令规定，非休息时间，只能坐这个。他一本正经地说完，伸出一条腿，从我的床下踢出一个小马扎，一直踢到我的面前说，非休息时间坐这个。

屋里只有一个简易的写字台和一把椅子。我当然明白，他的这个举动其实就是下马威，他不想让我坐那把椅子，而且不仅是今天晚上，只要我今天没有坐上，那么就意味着，在此后的岁月里，我就不能享用那张写字台和那把椅子，还有他床边的那个白色书柜。

我盯着他，同时用眼角的余光打量我们的集体宿舍，二十多平方米，因为家具少，显得空空荡荡。看来我得自己想办法弄到一张写字台和一把椅子，还有书柜。可是我到哪里去弄呢？

我没有坐那个马扎，因为毕然已经坐在椅子上了，仰着他的木瓜脸，就像从高空俯瞰我。

我坚持站着，不让他俯瞰。

他似乎捕捉到了我的对立情绪，没话找话地说，你睡觉打呼噜吗？

我说，我打不打呼噜，我自己怎么知道？我要是打呼噜把你吵醒了，你就把臭袜子捂在我嘴上。

他嘿嘿一笑说，哪能呢，我是怕我打呼噜影响你休息。

我说，我不怕，我要是困了，外面打雷都听不见。

三言两语，我和毕然就算熟络起来，他告诉我，他也是大学生士兵。毕然说，只差二百二十三分，我就能读清华北大了。

我的心里一阵冷笑，但是嘴上说，那你怎么还来当兵啊？

他说，尽义务啊，适龄青年应征入伍，是每个公民应尽的义务。我跟你讲，现在，大学生入伍是流行风，我们"长虹师"今年有三百名大学生士兵，调到机关工作的有十二个，已经有五个参加集训了，运气好的话，至少能提起来三个。你小子命不错，才当半年兵就到师政治部了。

我突然听到他发出一声轻微的叹息，好像叹息他的运气不好似的。

我终于坐到小马扎上，我得缓和我们的关系，居高临下就居高临下吧，谁让人家是老兵呢。

虽然姚副科长说，只要表现好，就可以留下来，但我总是不放心。我对提干兴趣不大，但也不是没有，如果让我选择，是提干还是回到通信二连炊事班工作，我还是选择前者。

我把我的担心告诉毕然，请他指点迷津。他哈哈一笑说，你放心，刘牧啊，他回不来了。

说完这话，他的手臂抬起来，手心向下，在胸前往下一按，好像按在谁的脑袋上。

我觉得他话里有话，问道，他为什么回不来了？

毕然看着我说，他是因为思想意识有问题，被赶出宣传科的。最后这句话，他几乎是用一字一顿的口吻说出来的。

我说，什么叫思想意识有问题？是不是小偷小摸？

毕然说，这个你都不懂？思想意识有问题嘛，就是，就是脑子有问题，他偷看女人洗澡。

我吓了一跳，说，那怎么还让他参加集训呢？这样的人，能提干吗？

他笑了，集训，谁跟你讲的？那是你们姚副科长编造的，给他留个面子，住进集训队，实际上就是等待复员。

虽然毕然这么说了，我还是不太相信，我甚至看到毕然讲起刘牧的时候，眼神有点儿不对，目光空洞。好像他不是在跟我讲话，而是在同操场那边的山头讲话。就凭这，我判断出来，毕然同刘牧的关系肯定一般，他不喜欢刘牧，可能刘牧也不喜欢他。

那个晚上我没有睡好。

宿舍在好汉楼三层，毕然的床铺在里面，写字台对着窗户，西面是一个山坡，通向远望阁。熄灯号响了之后，从窗户往外看去，黑咕隆咚的。我很想到远望阁坐一会儿，但是我不能轻举妄动。

毕然好像也没有很快入睡，翻来覆去的，偶尔还克制地咳嗽两声。躺在铺上，我想象原先睡在这个铺上的刘牧，到底是个什么样的人。从刘牧的身上，我又想象，住在四楼的袁月和韩小涵、套间里的姚副科长、二楼的东南风干事和方田园干事……这六十多个房间里的人，这会儿都在干什么呢？在这个黑漆漆的夜晚，我感觉自己就像一只蝙蝠，飞翔在一个陌生的世界里。

到了半夜，我被自己的一声呼噜惊醒了，接着我就听见毕然发出了一声叹息。我的天哪，他还没有睡着，他在想什么呢？难道他还在想刘牧的事情？

2

几天之后，我就能正常睡眠了。白天到宣传科忙这忙那，不仅要打字，还要打扫卫生，给姚副科长和干事们跑腿送信，取报纸取信件，一天下来，腰酸背痛，我已经顾不上当蝙蝠了。

有个星期天，陈秋来了，还给我带来了一挎包蒸馒头。我们连队的馒头好吃，在全师都有名。我问陈秋有没有当上文书，陈秋说，还没有，但是快了，上面要连队上报"四朵金花"的事迹材料，马副连长让他帮文书整理。

我吃了一惊，那你不是副文书了吗？你会写吗？

陈秋红着脸说，我怎么不会写，我也是高中毕业啊，你这么看不起我？

我马上意识到自己的问题，有点儿自高自大，联想到毕然对我的态度，觉得自己也不是个东西。我对陈秋说，我带你去看办公楼。

陈秋赌气地说，不看了，没准儿哪天我也会到办公楼工作呢。

我说，是我不好，其实就是开玩笑，我知道你很用功，有空儿就到连队荣誉室抄东西，你不仅可以当副文书，还可以当文书。以后，没准儿还可以领导我呢。

陈秋单纯，经不住我甜言蜜语，很快就跟我到办公楼参观去了。

这件事情对于别人来说算不了什么，但是对我而言，还是有意义的。从陈秋对我的态度上，我认识到，尊重是互相的。无论从哪个角度讲，我都得跟毕然搞好关系，何况他嘴里有那么多故事，真真假假的，都很有趣。

在毕然给我讲的故事当中，我最感兴趣的是关于好汉楼的。毕然几乎熟悉这幢楼里六十多个房间所有的主人，甚至知道他们的秘密。那时候我听毕然讲这些故事，并没有意识到它们将成为我的财富，我觉得毕然有点儿卖弄。

毕然确实爱卖弄，有一次他一不小心讲漏嘴了，说军人俱乐部女士官袁月对他有意思。我没有看出袁月对毕然有意思，但是毕然经常念叨袁月，给我的感觉，其实是他对袁月有意思。可是有意思也白搭，条令规定，士兵服役期间不允许在内部找对象。

毕然跟我说过，相互之间要称呼职务，可是他有什么职务呢？挖空心思，我想到了一个职务，班长，这是机关新兵对老兵的流行称呼。

我第一次喊毕然班长，他没有一点儿心理障碍，不假思索就答应了，当然也从此确定了我们两个之间的领导与被领导关系。在我没有找到写字台、书柜和椅子之前，他跟我讲，这些东西是咱俩的，你需要，也可以用。

我还算识趣，和毕然同时在屋的时候，我尽量避免使用那几样家具。

我当上打字员之后，接手的第一项工作，是打印《新战法训练政治教育纲要》，连续几个夜晚，宣传科都在加班推材料。什么叫推材料呢，就是集体讨论，政治部王副主任讲任务，姚副科长讲思路，方田园和东南风凑素材，大家一起提炼观点和设计结构，形成初案。我的任务不光是记录，还要整理打印，第二天再讨论。

那时候我们还把电脑叫微机，其实到了我手里，就是打字机，因为不让上网，也没有网可上。

推了几次材料，我就发现，写材料方田园是一把好手，他每次发言，都会得到姚副科长的肯定。比如他讲，什么是新战法，就是区别于常规战争的战法，战争模式不一样了，战争手段不一样了，思想教育当然也就不能按老套路来，要与时俱进。

姚副科长说，很好，就把这个作为第一条，新战法训练中的思想教育要与时俱进。

然后方田园又讲，不管是什么战法，不管是冷兵器时代还是火器时代，哪怕是信息时代，说到底，人的因素是第一位的，只要有人，什么人间奇迹都能创造，所以思想教育首先要解决人的认识问题，克服经验主义。

姚副科长接着就说，好，思想教育要注重发挥人的主观能动性。

我还发现，东南风不怎么发言，发言也是忧心忡忡的。我记得他讲，不管是什么战法，都要切合部队实际，不鼓励放卫星。根据我掌握的情况，新战法训练以来，有些部队过于激进，自己发明创造。比如，有个连队为了延伸兵器射程，搞什么子弹加热器，让子弹飞；再比如，有个步兵连队尝试用机枪拦截巡航导弹，这简直就是异想天开；还有个连队训练攀登，研制伞翼飞行器，号称空中垂直打击。这些搞法很危险，要及时喊停。

姚副科长沉思道，打仗嘛，本身就是冒险，现在新战法训练方兴未艾，士气可鼓不可泄。

方田园说，新战法，总要有些新举措，机枪打巡航导弹也是可能的，战争年代，我们"长虹师"就有机枪打飞机的先例。

姚副科长说，打飞机和拦截巡航导弹是两回事……不过，东干事讲得有道理，我们搞教育，就是要把问题想得更细一点儿。加一条，新战法训练要讲科学。

他们每次讨论，我都像兔子一样支着耳朵，耳听脑想手记。我不仅能够胜任本职工作，还学到很多新名词、新思路。我不算太聪明，也不傻，我知道，我当打字员，不仅脱离了炊事班，而且来到了一所学校。有时候暗想，倘若真能提干，我就留在宣传科当干事。上天给我一条路，我得把它走好，在宣传科待久了，没准儿真能成为一个作家呢。

读者同志，您是不是觉得我痴人说梦？是的，那时候我确实感觉曙光在前，雄心蠢蠢欲动。谁没有年轻的时候呢，谁没有梦想呢？

袁月和韩小涵的办公地点在大礼堂，人住在好汉楼四楼楼道偏西的一间宿舍，早晨出操的时候能够看见她们的身影。袁月的个子高高的，脸盘也大。出操跑步，她和韩小涵在勤务班后尾。袁月通常能跟上队伍，胖乎乎的韩小涵则有点儿吃力。我喜欢看出操中的女兵，脸蛋红扑扑的，脑门上汗涔涔的，用文学的语言表达，朝气蓬勃。这不算思想意识不好吧。

经过一番侦察，得到情报，政治部仓库里有一些废弃的办公桌椅。我跟姚副科长汇报，姚副科长说，怪我忽视了，我给你写个条子，你去找陶管理员，按需申领。

我喜出望外，捏着姚副科长写的条子，跑到机关食堂旁边的平房办公室，把条子交给陶管理员。他只在眼前晃了一下，压根儿就没细看，在条子右下角写了几个字，往我手里一塞说，到大礼堂找韩小涵，把条子交给她。

我转到大礼堂，在军人俱乐部办公室找到韩小涵。

那当口袁月正忙着，对我笑笑说，适应了吧？

我说，当个打字员，有什么不适应的？

袁月说，毕然对你还好吧？

我说，很好啊，他一肚子故事。

袁月抬头看看我，笑笑，不说话了，埋头画她的画。

韩小涵接过条子看看，噗嗤一笑说，就几件破家具，值得这么兴师动众吗？你等一下啊，我把手上的事情处理一下。

这时候我才注意到，大厅里挂着一组素描画，这想必就是袁月的作品了，看样子是幻灯片草稿，科里布置的任务，用于对部队进行保密教育。

我说，袁班长太厉害了，早就听说你有才，没想到这么有才。

袁月向我一笑说，这算什么，基础活儿。

韩小涵忙完了，朝我一摆脑袋说，下楼，在地下室呢。

跟袁月打了招呼，走到后台，我问韩小涵，袁月有这么一门手艺，为什么要当兵呢？

韩小涵说，袁月是美术学院的学生啊，当兵是为了锻炼。调到机关的战士，都有特长。

我问，你的特长是什么？

韩小涵一愣说，我……我没有什么特长。说完朝我看了一眼，怎么，你不知道我有什么特长？

我吃了一惊，看着韩小涵，啊，哦，我想起来了，你会写字，书法家。

韩小涵得意地笑了，书法家那谈不上，不过，我练字可是有童子功的。

韩小涵说得那么自信、那么自得，我不禁对她多看一眼，又看一眼。我发现这个胖乎乎、爱说爱笑的女孩子，比我第一次见到她的时候，好看多了。

韩小涵问我，你调机关之前是做什么的？

我老老实实回答，在通信二连炊事班，负责使用馒头机，我本来还想研发切馒头机，可是还没有等我研发出来，上面配发了，我连切馒头都不用了。

韩小涵笑起来，笑了两声又不笑了，说，别笑话我啊，我笑点低。

我说，哪能呢，我想笑都笑不好，再说，你笑起来很好看，牙齿很白，脸上有光。

韩小涵啊了一声，不知道她是很受用，还是不好意思，冲我说，注意脚下。

这段路还很长，从大礼堂后台绕到进门右侧，再下阶梯，下了一段阶梯，又下了两段。动动脑子我就明白了，从前面看，地下室是半层，从后面看，是一层半，因为后墙靠山，还有半扇窗户。

半明半暗中，总算到地方了，眼前出现一个既拥挤又空旷的大房间。阳光从枝叶的缝隙里斜斜地落下来，铺了一地铜钱似的图案。似乎在一种奇特的光晕里，我看见墙上靠着几面旗帜，旗帜旁边还有几幅书法作品，正楷、行书、隶书都有。

我问韩小涵，这是你写的？

韩小涵故作矜持地说，练字用的。

我说，练字都比我写的好看。

韩小涵指着一堆横七竖八的旧家具说，挑吧，挑什么都行。这根本就是破烂儿。

我一看，不禁倒吸一口冷气，这哪叫家具啊，不是缺胳膊就是少腿，稍微好一点儿的还油漆脱落。我费了很大劲，才找够我要的东西，而且，我没要那个看起来更洋气的书柜，只是选了一个小三层的书架，可以放在写字台上的那种——我本能地意识到，我不能跟毕然有一样的书柜，我的东西最好比他的矮一头。意外的惊喜是，我看见墙脚有两桶白漆，问韩小涵，我可不可以拿走？

韩小涵说，拿吧，这里的东西，你想拿什么就拿什么。

那天下班，在食堂吃过晚饭，我找了一辆三轮车，上面装着我挑选的几件办公家具，到通信二连找到陈秋，请他帮忙找人修理。陈秋一口答应说，通信二连能工巧匠多的是，这个周末，我就把它送去。

回到宿舍，我故意跟毕然说，原来袁月会画画，难怪机关首长都喜欢她。

毕然问我，你喜欢她吗？

我说，我当然喜欢，不过，不是那种喜欢，我觉得她挺阳光的。

毕然说，这次选拔大学生士兵集训，分给师政治部一个名额，政治部党委本来要推荐袁月，但是袁月不想参加，她想年底复员，家里已经给她找好工作了，在一所美术培训机构当教师，据说收入很高。

我说，你是怎么知道的？

毕然说，我？我什么不知道，这个好汉楼里的事情，没有我不知道的。我跟你讲，袁月推荐的是我，可是，那些官僚主义推荐了刘牧，刘牧……哈哈，这下好，刘牧打了他们的脸，等着瞧！

我说，袁月只是一个士官，她有什么资格推荐你？她推荐也不管用啊。

毕然盯着我，看了一阵，看得我发毛，好像他对我的话非常不满。毕然说，那她也推荐我，她的心里有我。

那一瞬间，我似乎明白了一些事情。我看着毕然，发现他在走神，他的目光似乎落在我的头顶上，念念有词，好像在发表宣言——天涯何处无芳草，青山处处埋忠骨……前不见古人，后不见来者，念天地之悠悠……

这次真是把我吓住了，我说，班长，班长，你怎么啦？

毕然好像也被我吓住了，他回过神来看着我，半天才说，怎么，没有怎么啊，我在……我在背诗呢。

3

星期六上午，毕然出门办事，我倒休，聚精会神地睡了一觉，起床洗漱完毕，想找一本书看。我走到毕然的书柜前面浏览，居然发现里面有不少文学书籍，其中还有一本《红色骑兵军》，作者是巴别尔。

我吃了一惊，难道毕然和我一样，也是个文学青年？

我打开那本书，翻了几页，看得不是太明白。进一步浏览发现，三层书柜的最底层有一本军队文艺杂志，我把它抽出来，很快就被一个标题吸引住了，《每天都是春天》——

目光从眼前的山坳掠过，我看见千沟万壑，那里面藏着年轻的躯体，一旦响起起床号，山谷里就生长出绿色的森林，同正在前来的春天会合。夏天和秋天的傍晚，站在制高点上眺望，往西是太行山、大巴山、秦岭，再往西是昆仑山，会看到大漠孤烟长河落日，穹庐之下，群山之中，簇拥着无数个城市和村庄……看着流金溢彩的晚霞，心中顿时生出金戈铁马的雄壮和辽阔……

我到机关半个多月了，也去过远望阁，两次都是下午下班后，吃了晚饭去散步。有次看见东干事坐在远望阁的长条椅子上发呆，还有一次看见司令部胡参谋在那里转圈。

读者同志，现在我向您大致介绍一下我们部队的地理情况。师部所在的九道梁，在太行山东侧，多种地貌千变万化。我们所在的好汉楼海拔并不高，远望阁也只有八百多米高程，但是向西看去，还是居高临下，因为西边的山峦相对平缓，十几里外的山脊线都处在视野之下。那片苍茫的山谷里，确实藏着金戈铁马，除了师直几个营，我们"长虹师"的三个步兵团和装甲团、地炮团、防空团，一万多兵员的主力部队都静悄悄地蛰伏在那里——虽然山谷里经常龙腾虎跃，但是在师部的远望阁看来，那里永远是不动声色的。

我快速地把那篇文章读完了，这才回过头来找作者。署名是"西北望"，估计是笔名。我从这篇文章里嗅出了亲切的气息，嗅出了好汉楼和远望阁的味道。可他是谁呢？难道是毕然？我很快就否定了这个想法，以我对毕然的了解，他那样的胸襟，写不出这个境界。那么到底是谁呢？这幢楼里，不仅政治部的干事们是笔杆子，司令部、后勤部和装备部的单身汉们，都是从基层部队优中选优的。会不会是东南风呢，或者是侦察科那个谁都不理的胡彪？

我决定跟自己玩一个游戏，暂时不去打听这篇文章的作者是谁，等我把好汉楼里的人头都混熟了，我一定能认出他。

正这么想着，电话分机响了，姚副科长让我马上到办公楼去一趟。

我看着手里的杂志，有点儿走神，这篇文章我至少还要看一遍。怎么办呢？我把它放在一排书的最里面，然后拿出紧急集合的速度出门，十分钟后上了办公楼。

走到姚副科长办公室门外，我看见一个女兵端坐在办公桌的一侧，手里拿着一个袖珍笔记本，比巴掌大不了多少。我喊报告之前，她没有记录，好像正在聆听。

姚副科长向我招招手，女兵连忙站了起来，很标准地向右一转，然后保持立正姿势，正要给我敬礼，突然又把右臂停在胸前——因为在那一瞬间，她看见了我肩膀上的上等兵军衔标志，而她是中尉。

我也不知所措，并且下意识地把右臂抬起来了，准备还礼。可是她没有继续，我怎么办呢？再放下去显然不合适，我只好顺水推舟地先给她敬了一个礼，她也将计就计地给我还了一个礼。我发现她的军礼还算标准，显然训练有素。

谢谢您读者同志，您说这个细节很重要，可能是故事的起点，我同意。但是说实话，我当时并没有意识到，我当时有点儿小心眼儿，这个女孩由主动敬礼变成被动还礼的举动，让我不太舒服。好的好的，我接着讲那天接下来发生的事情。

那天那时，姚副科长没有在意这一刹那间的状况，收起面前的材料，站起身说，小毕，来，介绍一下，卓敏同志，咱们科新来的干事。你带卓干事到好汉楼安顿下来，下午看看东干事有没有时间，带她到营区走走，熟悉一下情况。

我立正回答，是。

姚副科长又说，如果东干事没有时间，你就陪卓干事转转，今天师史馆开不开门？

我说，今天是星期六，师史馆可能没有开门，一会儿我带卓干事看看营区。

姚副科长说，好，那就交给你了。卓敏啊，先休息，明天上班我就安排，东干事先带你一段时间。

从办公楼到好汉楼，有一段将近二百米的山路，穿过一个拱形圆门，路面倒是平缓，还铺着石阶。我背着卓敏的背囊在前，她自己拎着网兜在后，网兜里装着脸盆洗衣粉什么的。我始终没有认真地看她，印象里长得不算漂亮，也不算丑，一般人吧。上山之前，她突然在后面喊了一声，立定。

我吃了一惊，脚后跟不由自主地并在一起。

卓敏看着远处说，啊，我们的"长虹师"，就在这里，啊，那边是什么？

我当时没有明白卓敏为什么突然给我下达立定的口令，很快就明白了，她一边说话，一边把她手里的网兜往我面前一扬说，拿着……我的心里一百个不情愿，一百个不满意，可是我的手二话不说就把网兜接过来了。

我说，那边是军官训练中心。

卓敏感叹道，好巍峨啊。在城里，像这样的建筑根本不起眼，可是在半山坡上，就像城堡似的。

巍峨？我心里好笑，这个学生娃，会不会用形容词？

再往上走，我就不想说话了，肩上背着背囊，手里拎着网兜，心里揣着屈辱。我想到了一个问题，这个卓敏，一定是大官人家的孩子，否则不会一毕业就分配在本师政治部宣传科，也不可能一来就住进了好汉楼。看她那副青涩的样子，可能年龄还没有我大，离开姚副科长办公室，她就给我摆谱。

拐了一个弯，就看到拱形圆门了，圆门上方嵌着一个长方形木牌，赫然写着"好汉楼"三个字。卓敏停住脚步，认真打量，突然笑了起来，好汉楼，我住进好汉楼了，那我也是好汉了。

我没有接茬，我还在琢磨姚副科长的话，要让东干事带她一段时间，这是什么意思，难道还要给她配一个保姆？很快我又想到了另外一个问题，毕然说东南风最近失恋了，眼圈越来越黑了。我也发现东干事瘦了，加班推材料时总是萎靡不振，有一次给王副主任送材料，居然把他女朋友写给他的绝交信送去了，害得王副主任很紧张，以为他是闹情绪要转业呢。

姚副科长为什么让东干事带卓敏，还安排她同东干事一个办公室，难道……难道是姚副科长体恤东干事单身，又不想让他转业，特意给他发了一份福利？

说话间就到了好汉楼门前。好汉楼依山而建，坐西朝东。此时已近正午，阳光落在楼前的山坳里，在零星的营区顶上溅出扑朔迷离的光晕。

就要进楼的时候，方田园从楼梯上走下来收衣服，看见来了一个女中尉，探询的目光越过卓敏投向我。我怕他误会，赶紧上前一步报告，方干事，这是咱们科新来的，卓敏卓干事。这是方田园干事。

卓敏啪地一个立正，向方田园敬了一个礼，恭恭敬敬地说，方干事好，卓敏前来报到。

方田园这才眨巴眨巴眼睛，说，是新同事啊，不必客气，不必客气。小毕，你把卓干事往哪里带？

我说，好汉楼啊，卓干事住在好汉楼，袁月旁边那间。

方田园愣了一下，马上满脸堆笑说，哦，是这样啊，那好，以后……以后……咱们就是邻居了。有什么需要帮忙的，你说一声。

卓敏说，好啊，教我写新闻啊，我是来拜师学艺的。

方田园说，不客气不客气，我们互相帮助……互通有无吧。

我们还没有上楼，东南风从好汉楼的另一端出现了。我照例介绍他们认识，我发现卓敏的脸上闪烁着惊喜，对东南风说，前辈，早就知道您的大名了，我看过您写的文章，姚副科长让我好好地向您学习，我真幸运啊，来了就遇到您这样的前辈……

我看到东南风的脸上闪过一丝不易觉察的别扭，同时看见方田园的脸上也闪过一丝不易觉察的别扭。心想，卓敏为什么称呼东南风"前辈"呢，难道东南风比方田园长相更老吗？

我把卓敏带到四楼，在袁月和韩小涵的隔壁安顿下来，出门后路过她们宿舍的窗前，用眼角的余光往里瞟了一眼，什么也没有看见。

回到三楼自己的宿舍时，毕然已经回来了，见到我就说，你们科来了个女干部？

我说，是的，好像刚从政治学院毕业。

毕然说，她漂亮吗？

我说，漂亮？我没在意，身材挺苗条的，就是学生腔太浓。

毕然笑笑说，你小子还很有城府。

我说，她是军官，我没敢正眼看她。

毕然看了我一眼，突然提高嗓门说，太不公平了，她是大学生，我们也是大学生，为什么她一毕业就是军官，就能住上单间？可是，我们两个人住在一起，我不仅要听你打呼噜，还要……他不说了。

我说，她是军校大学生，我们是地方生，不一样啊。

那天毕然似乎很激动，说话东一榔头西一棒槌。我对他的激动不以为然，在他慷慨激昂的当口，我的目光不时滑向他的书柜，我还惦记着那本军队文艺杂志，我琢磨着要不要问问他，那篇《每天都是春天》的文章作者是谁，但是最终没问，我决定把那个游戏玩到底。

下午，趁毕然外出，我悄悄地走到书柜前，顺手抽出了那本杂志，可是翻开之后，那篇文章不见了。我又从头至尾翻了几遍，还是没有。难道有人把它撕了，难道是我看错了，难道压根儿就没有那么一篇文章，难道我的精神出了问题？不管答案是哪一个，都很吓人。

我把杂志重新放回书柜，坐在椅子上，心里噗噗乱跳。怎么连我都出现了幻觉……

我掐掐自己的大腿，一遍一遍地回忆那篇文章的文字，得出结论，我没有失常，我清醒得很，否则，我的脑子里不会蹦出那么美妙的文字。

突然，一个念头闯进我的心里，怎么不会？我的脑子为什么就不能产生奇思妙想？中学时代我就读过《悲惨世界》和《复活》，我写的文章还刊发在林木学院的《江花》杂志上。世界上有那么多大作家，有的就是在精神失常的状态下写作的，他们自己都不知道他们有那么大的潜力。难道，我也遇上了，我的天目也开了？如果让我选择，我宁愿选择当一个在精神错乱的状态下潜力被发掘、天目被打开的疯子。

正这么想着，毕然回来了，扛着脑袋，举着眼睛，几乎连看都没看我一眼，梦游似的走到他的椅子前面。他坐下来才看见我，但是马上就把目光移到一边，落在他的书柜上，再转回来看着我。

我感到这时候他的目光聚焦了，就像一把手术刀，在我的脸上划来划去。我知道我不能躲避，躲避了，就等于承认我偷看他的书柜了。我迎着他的目光问，班长，你是不是有点儿不舒服？

他迟疑了一下说，是的，我是不舒服。

还没等我进一步关切，他突然提高嗓门说，刘牧，他凭什么，不就因为他爹是教授吗？都什么年代了，还搞以权谋私……他从哪里来的优越感！

我无语，我既不知道刘牧的父亲是不是教授，也不知道他们是怎么以权谋私的，更不知道刘牧是怎么表现优越感的。

很快我就知道了，刘牧并没有像毕然说的那样等待复员，他不仅在集训队当区队长，听说很快就要下到连队担任模拟连长了。

有一次我到军人俱乐部送材料，跟韩小涵聊了一会儿天。我故意把话题引到刘牧的身上，我说我睡的是刘牧的床，老是想刘牧的事情。

韩小涵起先有点儿警觉，不打算多讲，但是我多次表示，住刘牧的床让我感到紧张……

就这样诱敌深入，韩小涵最后还是跟我讲了刘牧的事情。

真相是这样的，我到宣传科报到的三天前，一个晚上，刘牧从集训队回来，没有马上回宿舍，而是先到四楼给袁月送辅导题，恰好韩小涵被隔壁的后勤部助理员曹丽叫去帮忙摆弄电脑。刘牧敲门之后，没有应答，他就站在门外等了一会儿，就在这时候袁月洗完澡了，穿着一件浴袍，开门一看，外面站着刘牧，袁月啊了一声。曹丽和韩小涵出门，看见发呆的刘牧，问他怎么回事，刘牧结结巴巴地说，我也不知道怎么回事，我不是故意的。

这件事情本来不大，袁月也说她那声惊呼并不是呼救，她洗澡的时候走神了，听见敲门声，想都没想就去开门，冷不丁见到门外有个黑影，吓了一跳。

其实没啥，袁月一直这么说，韩小涵也这么说。但是到了第二天，就有传说，好汉楼出了个窥视者。姚副科长先找曹丽、袁月和韩小涵谈话，深入了解。曹丽对姚副科长说，你们男人真无聊，没事找事，什么事情都没有发生，袁月洗澡的时候想事，精力过于集中，走神了，开门见到刘牧，有点儿意外而已，而已。

姚副科长说，曹助理这么说，我就放心了，要还刘牧一个清白。

曹丽是卫生科助理员，大学专业是心理学，一个三十多岁的老姑娘，致力于研究新战法中的心理卫生，颇受师长重视。见过曹丽，姚副科长心里有底了，又找刘牧谈话，刘牧老老实实地把来龙去脉说清楚了，姚副科长跟他讲，不要放在心上，不要影响集训。为了消除影响，让刘牧安心学习，姚副科长还做了一个安排，让刘牧彻底放下工作，住到集训队里。刘牧离开好汉楼的时候，姚副科长故意让袁月和韩小涵一起送他，几个人谈笑风生。

那天在军人俱乐部，分手的时候韩小涵说，你是不是听到谣传了？我跟你讲，刘牧是我们机关战士里最有才华的，人品也好，有些人嫉妒他。

我知道，韩小涵说的"有些人"指的是谁。

4

每周一次的科务会提前到周一上午召开，因为要介绍卓敏，也因为要讨论《秋季训练安全教育提纲》。这样一来，卓敏就算同宣传科全体认识了。姚副科长说，卓敏同志刚刚从政治学院毕业，还没有下正式命令，算是帮助工作，大家都是老同志，要关心爱护年轻人。

卓敏的小脸蛋红红的，眼睛亮亮的，可能是因为兴奋，也可能是因为激动，有点儿紧张。她正襟危坐，手上依然拿着巴掌大的笔记本，笑容有些僵硬。

姚副科长讲完了，让卓敏说两句，卓敏打开笔记本，翻了两页，念了起来——各位首长，各位老师，很荣幸来到九道梁，成为"长虹师"的一员。我是带着一颗学习的心，来接受考验的……我将发扬"长虹师"的光荣传统，保持求知若渴的学习态度……

卓敏念稿的时候，会议室出奇安静，大家的目光都落在她的脸上。不经意间，我看见方田园在向东南风挤眉弄眼，东南风没有表情。

卓敏的声调忽高忽低，手也微微抖动。卓敏说，贴近部队，贴近基层，贴近生活，从火热的军事斗争准备中获取营养，在风雨中成长，在磨砺中进步……她念着念着，调门越来越高，语速越来越快，在场的人都有手心捏一把汗的感觉。连我都感觉到了，卓敏一本正经的学生腔，放在这间会议室里，多少有点儿不协调，大家还不太习惯。

似乎察觉到会议室里的异样气氛，卓敏开始磕巴了。

科长说，小卓，不用紧张，以后我们就一起工作了，熟悉了就自然了。

卓敏看着科长，又看看大家，突然放下笔记本，站起来说，昨天……昨天，我一脚踏上九道梁的土地，一头扑进"长虹师"的怀抱，感觉是那么亲切、那么振奋。我的青春、我的梦想、我的未来，将融入"长虹师"这个有着光荣历史的部队。今天我就要写信告诉我的同学们，我是"长虹师"的一员了，我将无愧于这支伟大的部队……卓敏说不下去了，眼睛居然湿润了。

在一片寂静当中，响起了掌声，姚副科长的掌声唤醒了大家的掌声。姚副科长说，很好，不愧是政治学院的高才生，年轻有为。讲得好！

散会之后，干事们鱼贯离开会议室，我听到方田园跟在东南风的后面嘀咕，现在的孩子，真会说话，一套一套的。不过，有点儿过了。

东南风头也不回地说，很不错了，这样的场合，又是第一次。

虽然我对卓敏有看法，但我还是觉得，东干事比方干事更厚道些。

我到东南风和卓敏的办公室送椅子，在门外听到卓敏问东南风，前辈，我今天的发言，是不是……露怯了？

东南风说，很好啊，就是有点儿用力……用力过猛了。可以理解，第一次参加科务会嘛。小卓，你怎么这么激动？

卓敏愣怔了一下说，我说的是心里话，我就是喜欢"长虹师"。

我站住了，在门外听他们对话。

东南风又问，你跟"长虹师"有没有什么特殊的关系，比如说父辈、祖辈？

卓敏收敛了笑容，一本正经地说，过去没有，现在有了。

以后回忆东南风和卓敏的那次对话，我也觉得有点儿怪怪的。卓敏的身世可能同"长虹师"有某种联系，不然的话，那天她为什么那么激动？也许就像毕然说的，这就是一个高干子女，是到"长虹师"镀金来的。

一个月后，我发现我想错了，卓敏其实是一个很有思想的女孩，她好学，而且有一股钻研劲头。有一次推材料，她发言说，新战法教育不能离开传统，"长虹师"最著名的传统就是实事求是，动员令要简洁，不能拖泥带水。

据我所知，宣传科以往推的材料，总是以长为荣，一二三四，慢条斯理。卓敏这么一说，好像是在否定宣传科的作风。

姚副科长笑眯眯地问卓敏，那你说说，怎么个简洁法？举个例子。

卓敏不慌不忙地摊开笔记本说，抗日战争时期，一次战斗前夕，旅长为突击营做动员，只讲了几句话：我前进，你们跟着；我站住，你们看着；我后退，你们枪毙我。还有一次，在抗美援朝的长虹坡战斗中，师长在动员大会上讲，打剩一个团，我当团长；剩下一个营，我当营长；剩下一个连，我当连长。除非我阵亡了，敌人休想越过长虹坡。

我不知道姚副科长怎么想的，反正那次的材料又多推了两次，并且由六千字压缩到了两千三百字。

其实我知道，卓敏进步飞快，很大程度上归功于东南风，姚副科长让东南风带一带卓敏，是有考虑的。卓敏几次发言，都是受到东南风的影响，比如，"以问题为导向"。

读者同志，您是不是觉得我的故事讲得有点儿啰嗦，过于平铺直叙是吧？是的，我还不太擅长结构，叙事语言也不讲究。虽然我在二十多年前就听卓敏强调"简洁",可是我总是做不到。我知道,如此这般冗长地铺垫,不能引人入胜。还是得请您原谅,我毕竟不是专业作家,讲这么长的故事还是第一次。下面我就重点讲讲好汉楼。

好汉楼的情况,最初也是毕然跟我讲的。

毕然说,时光退回两年前,"长虹师"没有专门的单身干部宿舍,机关里未婚的参谋干事助理员,统一集中在东北无名高地下面的两排平房里,破烂不堪不说,距离办公楼还较远,不好管理。前两年条件好了,在西北方的松林山坡盖了四层小楼,除了单身干部住的单间以外,还有十个套间,每个房间都有卫生设施和暖气设备,供家属未随军的营以上干部使用。据王副主任透露,自从好汉楼建成之后,营以下单身干部和家属未随军的营团干部,要求转业的申请书少了百分之十三点六。

好汉楼刚开始投入使用的时候,有人把这个楼叫"光棍楼",也有人把它叫作"单身楼",还有人把它叫作"雄狮梦楼"。后来师长陆大陆来了,楼前楼后转了一圈,把营房科的人叫来,交代建一个圆门,不久又亲笔写下了"好汉楼"三个字。师长说,什么这楼那楼的,还红楼梦呢,以后不许乱叫,就叫好汉楼。

毕然说,好汉楼大体按司令部、政治部、后勤部和装备部划分四个单元,政治部和后勤部在西边两个单元,司令部和装备部在东边。最初只住男性单身,后来曹丽找师长反映,说单身干部条件都改善了,她一个女同志,还住在窑洞似的平房里,同临时来队家属用一个卫生间和厨房,不成体统,她也是上尉军官,凭什么受到歧视。

曹丽脾气大啊,爱抬杠,她那个科的人都怕她——毕然说,但是师长器重她,很重视她的工作。师长把营房科长叫去,规定在四楼开辟六个房间,供女性单身汉使用。师长说,我们"长虹师",男女都是好汉,就那么几个女同志，首先就要把她们安顿好。曹丽不仅住进了好汉楼，而且按照副营级待遇，她还住套间。这个头一开，后来又陆续住进来几位女性好汉，不过多数都是临时的。

显然，毕然崇拜师长，这是我对他的一个新发现。

毕然说，师长是老资格的师长，当年到边境执行特别任务的时候，他就是侦察大队的大队长，而我们现在的师政委当时是他手下一个连队的指导员，所以政委在很多场合都喊师长一号。师长务实，精明强干，在本师威信很高。

毕然跟我讲，前几年有个笑话，说警卫连有个新兵，有一个周末，在家属院外面站岗，看见一个精瘦的老头在浇花。新兵说，大叔，能不能帮我买包烟？那个精瘦的老头二话没说，接过钱就到服务社买了一包烟。第二天连队集合，连长在队列前说，谁昨天让师长去买烟？

我当然要笑，但笑过之后我说，这不可能吧，新兵连师长都不认识？再说，新兵不让抽烟。

毕然嘿嘿一笑说，我也觉得不可能，可是，为什么会把这个笑话安在师长的身上呢？说明师长平易近人。

我觉得毕然说得有道理。晚上熄灯前后的一段时间，是我的故事天堂。毕然的嘴里有数不清的逸闻趣事。有一次聊到师长，毕然问我，你知道师长是什么样的人吗？

我说我当然知道……

毕然打断我说，师长是最有人情味的人。师长过去在军事学校当教员，跟学员们打成一片，还下馆子，每次都是师长买单。师长说，老师和学生一起吃饭，永远是老师买单，为什么呢？学生进步了，老师脸上有光，所以要买单；学生落后了，老师有责任，所以还是老师来买单。

我说，我也知道师长的一个故事，师长在当团参谋长的时候，他手下的股长资格都比他老，在民主生活会上老是批评他。师长后来说，批评好啊，批评错了我高兴，因为我比你高明；批评对了我更高兴，因为我可以改正。

毕然哼了一声说，你是怎么知道这个故事的？你才到"长虹师"几天？

我一怔，突然明白我不该讲这个故事。在这间斗室里，只允许毕然讲故事。

我说，我是听东南风干事讲的，他鼓励我要像师长那样，虚心学习，接受班长你的帮助。

这本来是我临时编的一句话，没想到毕然在意了，提高嗓门问，东干事真是这么说的？

我嘴上说，是的。

我心里说，当然不是的。

种种迹象表明，在我到来之前，毕然同刘牧处不好关系，不是刘牧的问题，而是毕然的问题。在毕然情绪反常地念叨"天涯何处"和"念天地之悠悠"之后不久我就知道了，刘牧参加集训不仅没有受到任何影响，而且有传说，因为新战法训练需要，刘牧集训结束后，任职命令很有可能直接下到机关，当然也就有可能回到好汉楼。不过，再也不会住双人间了，机关干部，排级都住单间。到那时候，毕然恐怕会更尴尬。

虽然从未谋面，但是在感觉上，我对刘牧更加亲近一些，有那么几天，夜晚躺在铺上，我想象西边十里开外的松林峪，充满了神往。那就是刘牧所在的集训队。

我突然想，那篇署名"西北望"的文章，是不是刘牧写的呢？听东干事说，刘牧当打字员的时候，还常常在记录稿上做批注，有机会就给干事们提建议。刘牧的逻辑思维和形象思维都很发达，文字也很好。如果当参谋干事，搞材料那是一把好手——东干事跟我这么说。

我越来越觉得那篇文章是刘牧写的。我似乎已经认识刘牧了，高挑个儿，白净的脸庞，脸上挂着和气的笑容，对我说，不急，耳听脑记手写……读书要用心，读不懂的书先不读，读懂一本书，就多读几遍，读出自己的理解，读出自己的思路……

这当然不是刘牧当面跟我说的，而是我从打字室材料柜的一个文件夹里看到的。可惜，《每天都是春天》不是手写的，不然我就能认出来，它是不是刘牧的笔迹了。

我已不再怀疑看到那篇文章是我的幻觉，也不再相信那是我的天目开了自己写的，我坚信那确实是好汉楼里的某个人写的。我前前后后排除了毕然、袁月、韩小涵、姚副科长、方田园等人，最后，只剩下刘牧和东南风了，而且刘牧的可能性最大。

当然，问题还有很多，最大的问题是那本刊物里面没有那篇文章了，难道是毕然变魔术了？后来我又有机会翻阅毕然的书柜，一次次的，没有，一直都没有。

5

进入八月，宣传科又忙起来了。有天卓敏把我叫到她办公室，问我了解不了解二连的历史，我说我当然了解。

她马上拿出小本子，请我坐下来慢慢说。

我说，二连是我的老连队，当新兵的时候就听过连史传统教育——在抗美援朝长虹坡战斗中，我们连队在坑道多次被炸、线路稀烂的情况下，还能保持指挥畅通，先后涌现出刘崇、肖江等模范人物。和平时期又出现了技术能手马莉等"四朵金花"……

我讲得很投入，但是很快我就发现，卓敏并没有记多少，我了解的情况她全知道，我不了解的情况她也知道。

我们正说着话，姚副科长来了，对我说，小毕，卓干事要去通信二连采访，你陪着去，搞好服务啊。

从师机关办公楼到通信营，两公里左右，我提议找两辆自行车，卓敏说，骑什么车啊，两公里越野。卓敏说这话的时候，语气是不容置疑的，俨然是上级对下级说话。我只好说，一切行动听指挥。

走在路上卓敏才告诉我，姚副科长布置她写一个电视专题片脚本。我心想，这个任务怎么不交给我呢？卓敏她一个大学刚刚毕业的学生，没有在连队工作过，她对我们光荣的二连没有感情啊。当然，想归想，那么重要的任务，怎么会交给一个士兵呢，我还是好好地打我的字吧。

陪同也好，服务也好，反正我认为这是一个美差，没准儿能学到一些东西。只是觉得哪里不对劲，她一个年轻的女干部，身边有一个男性士兵，是不是不方便啊，难道姚副科长就这么放心？后来我明白了，姚副科长很放心，因为在他的眼里，我这个士兵是没有性别的，也许，就连卓敏也忽略了我的性别。这样一想，心里又不是很舒服。

其实是我想多了。

这是我离开之后第一次回连队，马副连长已经等在营区东边的路口了，老远见到我们就迎上来，还没有等我介绍，她和卓敏就咋咋呼呼地拥抱在一起，夸张地叫着对方的名字。原来她们早就认识了。我给马副连长敬了一个礼，马副连长说，小毕啊，衣锦还乡了，回老连队指导工作了。

我说，我一个打字员，指导啥工作，多亏副连长栽培啊……我正讲着，看见马副连长压根儿没听我说什么，拉着卓敏，一路谈笑风生，进了连队会议室。

会议室里已经有几个干部和老兵了，"四朵金花"有三朵在场，然后就开始介绍情况。我想跟我认识的战友打招呼，又不敢，坐在长形桌的角落里，听他们热热闹闹地座谈，我感觉有点儿尴尬。

偶尔，卓敏也会照顾到我的情绪，说，小毕你谈谈吧，我感觉你很有思想。我马上就会说，我一个新兵，有啥思想，我就是来学习的。

我当然有思想，我还能发现问题，但是我不打算在这里说，我得找一个更合适发言的机会发言。

那段时间，卓敏经常跑通信二连，不厌其烦地采访，特别是几朵金花，为什么会成为技术能手，怎么克服个人困难，包括婚恋、生理、家庭等方面。她不再用那个巴掌笔记本，而是用机关统一配发的保密本，十六开的，记了三本还多。

我并不是每次都陪同，有时候是韩小涵陪同，还有一次是她独自前往。除了跑通信二连，她还跑师史馆，去看墙上的老照片。有时候一看就是半天。

有一次我听她和东南风讨论。东南风说，专题片不同于故事片，也不同于纪录片。专题片的结构，既不能以人物为主线，也不能以故事为主线，专题片的结构是无形的结构，无形而有魂，这个魂就是精神。给通信二连做专题片，要抓住一个东西，通，通信的通，通畅的通，而通，是要付出代价的。战争年代，代价是流血牺牲，和平时期是奉献和探索。要实现两个时期的精神交融，营造今天的通信战士和历史人物对话的意境。

我看见卓敏的眼睛里不断地闪烁着惊喜，和东南风在一起，她经常这样。虽然我对东南风非常敬重，但是看到卓敏对他这样膜拜，我的心里还是有一丝……怎么说呢，也不算嫉妒，就算酸吧。

那天的座谈会开了两个多小时，卓敏说，打搅连队正常工作了，我们的采访告一段落，等我们写出初稿，还要请连队过目，请大家提意见建议。

散会后，马副连长出门看看天说，闷热，会不会下雨啊？这个季节，九道梁进入暴雨期了。

卓敏也看看天说，阳光明媚的，下什么雨啊，我们走。

马副连长说，要不，我请示一下，派检修车送你们。

卓敏说，就这几步路，派什么车啊，两公里越野。

卓敏说着，向我一摆脑袋，前进！

走出通信营大院，卓敏跟我讲，她已经有了初步框架，以历史上通信二连前仆后继保障通信畅通，到新时期的英雄主义精神传承为灵魂，以"四朵金花"的成长为主线，展示通信二连保持本色、发扬传统的风貌。通过一个连队的历史，小中见大，管中窥豹，展示"长虹师"的战斗作风。

不得不承认，我们宣传科的干部，都有两把刷子，就连我不以为然的卓敏卓干事，虽然年轻，但是做事认真——认真到固执的地步，这个优点，还真值得我学习。

返程走了一半，果真让马副连长说对了，突然刮起一阵热风，刚才还晴空万里，转眼就是黑云压城，飞沙走石。我说，坏了，真要下雨了，怎么办？

卓敏有点儿紧张，这天怎么说变就变？

我说，这是九道梁的暴雨季节，要下就是大暴雨。前边有个水泵房，我们到那里躲一躲，防止雷电啊。

几滴颗粒很大的雨点落下来，卓敏说，那就去躲躲。

我们刚跑了不到三十米，大雨就倾盆而下。等我们钻进水泵房，外面已是苍茫一片，不仅大雨如注，还下起了冰雹，混混沌沌的，什么也看不清楚。

水泵房是连队用于浇灌营区林木的，空间十分狭窄，估计只有五六平方米，我们两个被雨淋湿的人挤在里面，就像落汤鸡。外面突然划过一道闪电，接着，就是一阵撕开天空的雷声。这时候的卓敏，已经不再是那个自信的女军官了，她弓着腰，抱着双臂，瑟瑟发抖，在那声雷电冲进水泵房的时候，情不自禁地把脑袋抵上我的胸膛。

是的，读者同志，我跟您讲，这不是虚构，这也许就是老天爷故意安排的。您问我那时候我是怎么想的，哦，我那时候没有多想，我也很恐惧，感觉那雷电就在离我们很近的地方炸裂，好像就是冲着我们来的。倒是在以后，我经常会想到一个问题，假如，假如那天不是遇到雷电，而是在战争时期有一颗炸弹在我们的身边爆炸，我会怎么办？我会不会扑到卓敏的身上，把她保护下来？我想过很多次，很多次我都坚信不疑，会的，我会那样做，因为我是一个男人，那个时候，不再有什么军官和士兵的区别，只有一个男人和一个女人。

后来，也就是十分钟左右，一辆通信检修车爬上山坡，马副连长抱着两件雨衣，冲到水泵房。上车之后，卓敏的脸上还有惊恐的表情，我搞不清楚她的脸上是雨水还是泪水。

6

陈秋和通信二连战友把那几样办公家具修补一新，一个星期天，送到好汉楼。搬进宿舍的时候，毕然吃惊地看着我。我当然知道他在想什么，我假装卑微地说，班长，我怕影响你工作，我自己找了这些东西，以后就不挤你了。

毕然看着那几样家什说，我不是跟你说了吗？我的就是你的，以前我和刘牧都是合用的，这么小的地方……

我赶紧说，我量好了，就门口这一块，书架放在桌子上，不占地方的。

毕然倒也没说什么，只是嘀咕了一声，毕得富你这家伙，还挺有门道的。

那天晚上，躺在床上我还在想，毕然说，"以前我和刘牧都是合用的"，这说明他和刘牧的关系也不是太差，当然肯定不会太好。我又想到了那篇文章《每天都是春天》，刘牧会在这张床上做文学梦吗？肯定会的。那么，这张床的上方、天花板下，就飘荡过刘牧的文学梦，它们会不会还在这间斗室里面呢，还储存在我身下的床上呢？

越想越兴奋，黑暗中我悄悄坐起来，看看靠墙一边，毕然打着轻微的呼噜，窗外墨黑墨黑的，很远的地方有点儿星光。我掀开枕头和褥子，摸到床板，压抑地做了几个深呼吸。我想把刘牧留下的气息吸进我的胸腔，也许这样就能帮我尽快写出像《每天都是春天》这样的文章。

不知道什么时候，一阵敲门声传来。

我被惊醒了，看看靠墙那一边，毕然也醒了，但是他没有起床的意思，只是用眼神给我下了一个无声的命令。

我定定神，穿着裤头背心，开灯，把门打开，看见一个彪形大汉堵在门口，冲我吼了一句，小毕，去问问，哪个神经病半夜三更放起床号！

这才看清楚，是东干事。只见他扎着腰带，足蹬作战靴，全副武装，军容严整，脸上余怒未消。

我困惑了。起床号？没听见起床号啊。

我转头看看毕然，他也是一脸茫然。我说，东干事，您听见起床号了？

东干事说，我昨天晚上写材料搞得很晚，刚睡下不久，就听见起床号，穿上衣服出门一看，黑咕隆咚的，办公楼门前的路灯还在亮着……为什么，难道是我产生了幻觉……

东干事说着说着，声音低了下来，似乎他自己发现了什么，又问，你们确实没有听见起床号？你，毕得富，你，毕然。

毕然坐起来，皮笑肉不笑地说，我听见起床号了，可那是昨天早晨。

我说，东干事，我确实没有听见起床号，你看，整个师大院，整个山谷，整个九道梁，这里的黎明静悄悄。

就像屁股被谁踢了一脚，东干事的表情急剧变化，苍白的脸在灯光下更加苍白。他几乎是僵硬了几秒钟，才向我们挤出一个勉强的苦笑，像是自言自语地说，对不起，是我的问题，我……我可能太……我走神了。

说完，他转身就走，走了两步又转身回来，对我和毕然说，这件事情，不要对外说啊。

东干事离开之后，我把灯关上，打算睡回笼觉。毕然说，你不觉得东南风很奇怪吗？

我说，是很奇怪。可能最近工作压力大，心情不好吧。

我说这话是有根据的，这要从周四讲起。

那天下午，科里讨论《新战法宣传教育提纲》，东南风一直很少讲话。讨论得差不多了，他从公文包里掏出一摞材料说，我觉得不能再走老路了，我把近几年的宣传教育提纲，包括各团和直属分队的文本都找出来了，几乎所有的开场都是"金秋十月，丹桂飘香"，六份教育提纲，五份里面有这句话，难道我们的语言贫乏到了只会用"金秋十月，丹桂飘香"吗？这个大而无当的开头之后，就是国际国内形势分析，一是重复率太高，如果把这些文本送到计算机里淘洗一下，新观点、新思想、新词汇不会超过百分之四十，而多数都是陈旧的。二是废话太多，大话套话太多，这样的大道理讲多了，部队会麻木的。

姚副科长说，那你说说，我们怎么个创新法？

东干事说，很简单，两条原则，一是实事求是，根据实战，抓住最迫切的问题、核心的问题，进行精神动员。二是充分考虑个性，不同的部队有不同的特点，不同的部队有不同的传统，宣传教育提纲要有个性，不能大家都长一样的脸。

东干事这么一说，大家都不讲话，只有卓敏手里的笔记得飞快。

东干事说，我这里有一份我自己草拟的《步兵团宣传教育提纲》，请大家指教。

姚副科长接过去看了几眼就说，东干事，你这是宣传教育提纲吗？这就是一个注意事项，全是问题，全是强调客观规律，没有体现发挥人的主观能动性啊。

东南风的脸色当时就很难看。

我把这件事情跟毕然讲了，毕然说，东南风经常语出惊人，他有一句口头禅，以问题为导向，发现了多少问题，解决了多少问题，战斗力的增长点就会提高多少百分点。

我说，这个我不懂，但是我觉得他说得有点儿道理，师长不是也说嘛，思想政治工作好比医生，医生从病人身上发现问题，对症下药解决了问题，这个人才能健康起来。

毕然说，你认为我们"长虹师"是病人？

我吓了一跳，想了想说，是人都有病，有病就要医。

毕然说，你还有这样的见识，你简直就是师长啊，至少也是东南风，还有点儿像曹丽。

我心里一动，我要是真像他们就好了，不管像谁。毕然说，我跟你讲，你可以这样认为，可是你不是师长。在咱们"长虹师"，并不是所有的人都喜欢谈问题。

我说，我知道，事物总是在矛盾中前进。

那天晚上，实在无法入睡，毕然话匣子一经打开，就很难合上了。从他的嘴里，我又得到很多信息。

比如他讲，曹丽说，如果加班十年，部队战斗力还没有多少长进，或者长进不大，那就是浪费。所以，要研究机关加班，哪些是重复劳动，哪些是无效劳动或者低效劳动，不能把加班当成一件光荣的事情。

实话说，我也觉得机关加班有很多重复和无效劳动，作为一个打字员，我甚至想设计一种软件，把各种宣传教育提纲、典型事迹材料、经验总结材料、事故分析材料……分门别类整理好，遇到类似的需求，只要把名字、环境、条件、目的等要素注入进去，就能出现一个材料框架，那该有多方便啊。

7

第二天上班，姚副科长通知我到卫生科曹助理办公室。去了之后才发现，毕然已经在那里了，不明白他为什么满头大汗，一看见我，眼神茫然，如释重负。

曹丽示意我坐下，然后问我东干事夜里听到起床号的事情，我如实地做了回答，我还说了一句，东干事这段时间写材料很累，精神紧张……刚说到这里，曹丽用手中的笔敲敲桌子说，没有让你分析原因，就说你的第一反应是什么。

我吓了一跳，掂量一下说，东干事说有人半夜放起床号，我的第一反应是没有听见，然后我就看着班长，班长也……

曹丽又敲敲桌子，瞪着我说，班长，怎么又多出个班长？

我傻眼了，看看毕然，毕然讪讪地说，他说的是我，习惯称呼。我，我也没有听见起床号……

曹丽严厉地说，没有问你，毕得富，你说，班长当时怎么反应的？

我的头上出汗了。我说，我在门口，看不清班长是什么反应，但是他没有跳起来穿军装，说明他压根儿没有听见起床号。

曹丽不说话了，盯着我看，又盯着毕然看了几秒才说，东干事当时是什么反应？

我说，东干事好像被自己吓住了，他说……我字斟句酌，一时找不到合适的词语。

曹丽紧追不舍，他说什么了？

我看看毕然，毕然把脸扭到一边。

我硬着头皮说，东干事说，他昨天晚上写材料搞得很晚，刚睡下不久，就听见起床号，穿上衣服出门一看，黑咕隆咚的，办公楼门前的路灯还在亮着……

曹丽问，这是原话？

我说，是的，基本上是原话。

曹丽又问，他还说了什么？

我说，他说，他可能产生了幻觉。

曹丽说，他离开的时候，你目送他的背影了吗？

我说，我看着他走到楼梯口的，走得很正常。

曹丽在纸上写了几笔，问我，你撒过谎吗？

我的头皮一下麻了起来，结结巴巴地说，撒过。

她点点头说，撒谎次数多吗？

我差点儿就夺门而出了，但是我镇定下来，老老实实地说，小时候应该经常撒谎，不过，现在，能不撒谎的时候，我尽量不撒谎。

她看着我，突然笑了，说了一句，很好，你还算诚实。记住，不要在聪明人面前耍小聪明。

我心里想，你问什么我答什么，我怎么耍小聪明了？当然，我不敢反驳。

曹丽看着毕然说，这句话同样适用于你，以后再也不要说你从来不撒谎了，没有从来。你为什么不会笑？因为你的心里有阴暗面，你多少有一点儿妄想症，妄想别人欺负你，妄想自己一直都在被挤压当中，我说得没错吧？

毕然低眉顺眼，木瓜脸上没有一丝表情，我估计他正在心里骂曹丽。

曹丽说，不过，不严重。我教你一个办法，遇到任何事情，就念叨一句话，多大个事儿啊，除了死亡，没有什么了不起的。死亡也没有什么了不起的。

这才知道，在我到来之前，曹丽已经"审问"毕然很长时间了，不知道毕然都说了什么，才让她说出那么一堆没头没脑的话。

问得差不多了，曹丽说，你们可以走了，记住啊，以后有什么发现，自己有什么心理问题，来找我，我是一个很好的心理医生。

我如获大赦，站起来就要出门，曹丽又对毕然说，心胸宽阔一点儿，君子坦荡荡，小人长戚戚，纠结鸡毛蒜皮，会得病的。

我没有回头，看不见毕然的表情，我估计会很难看。走出曹丽的办公室，走在过道上，我们一直不敢讲话，直到下楼，我才问毕然，曹助理问了你什么？

毕然迟疑了一下，恨恨地说，她以为她是诸葛亮，能掐会算啊。她了解东干事走神，干吗把我捎带上，简直是欺负人，不就是一个上尉嘛，还嫁不出去。

我赶紧回头看看，又两边看看，还是心有余悸。我低声说，咱们回办公室吧，我还有一堆事呢。

回到办公楼，从东干事办公室路过的时候，我放慢步子，拿不定主意要不要去跟他说一声，曹助理找我了解情况了。我觉得我应该跟他讲，转过念头，又觉得不能跟他讲。我犹豫着，听里面的动静，东干事正在跟卓敏讨论通信二连的事迹。

我看见东干事的脸膛红扑扑的，正在讲专题片的事情。东干事说，不必过于强调"四朵金花"怎么克服个人困难，军人牺牲个人利益是必须的，当兵就意味着牺牲。可以侧重表现训练，利用现有装备，发挥最大效能，发挥到极限。战争年代能用身体传输电流，就是极限。马莉那句话有道理，当你熟练掌握装备性能之后，装备能跟你融为一体，它知道你需要什么，它甚至能弥补你、提醒你，这不是神话，这叫心有灵犀。让自己手中的装备最大限度发挥性能，这是根本，也可以看成是这个专题片的灵魂……

东干事说得慷慨激昂，完全不见了昨夜灰白沮丧的表情，难道有什么好事？

原来，周四下午东南风抛出了一份《步兵团宣传教育提纲》，当时就被姚副科长否了，后来姚副科长当笑话讲给王副主任听，没想到王副主任很重视。王副主任说，陆师长一直倡导实事求是，以问题为导向，而且听说最近在酝酿机关工作转型试点，你把东南风的材料拿给我看看，没准儿会有新思路。

姚副科长不敢怠慢，出了王副主任办公室就跟东南风讲了，东南风马上把他的稿子送去了。王副主任看了之后说，这个思路超出了我们写材料的经验，我再斟酌一下，看看要不要送给陆师长看，我觉得多一些思路不是坏事。

8

晚上在机关食堂门口，看到橱窗里贴出一个通知，周三晚上在军官训练中心举行讲座，内容是《在新格局里有所作为》。哇，讲课人是陆大陆。

我跟毕然讲，周三陆师长有讲座。毕然也很兴奋，说，我们要是能去听听就好了。

我说，我们为什么不能去听？过去侦察科长讲《国际反恐斗争和我们的使命》，我们不照样去听？

毕然说，那不一样，我们师长讲座，那叫高端讲座，估计不会让我们大头兵听。

我不懂什么叫高端讲座，但是我估计，至少是机关干部才能参加。

我很想问问毕然，上午曹助理都问了他些什么，但话到嘴边又咽了回去。倒是毕然，自己把话头挑出来了，问我，毕得富你说说，我是不是很小心眼儿？

我拿捏着回答，没有看出来啊，我觉得你挺阳光的。

毕然说，阳光？你认为我阳光？

我说，你确实很阳光的，记得我刚到好汉楼的时候，你就跟我讲一日生活秩序，还跟我讲，你的写字台、椅子和书柜，可以让我用。

毕然似乎记不起来了，我真这样说过吗？

我嘴上说，当然，虽然你只比我大一岁，可我觉得你像大哥哥一样，很体贴人。

毕然好像很意外地哼了一声说，我给你这样的印象啊，我还真的以为我是小心眼儿呢。

我心里想，你就是一个小心眼儿，要不，你怎么会把那本杂志藏起来不让我看呢？要不，你怎么那么嫉妒刘牧？

就是从这天开始，我发现毕然有了一些变化。有一次他看见我书架里多了几本文学书，问我，是不是打算学习写作，我说是的，我在林木学院上学的时候就是学校文学社团的成员。

毕然说，你要是想当作家的话，我建议你取个笔名，毕得富太……俗气了，去掉一个字，叫毕得也行，彼得大帝啊，或者叫毕得堡，不是财宝的宝，而是堡垒的堡，圣彼得堡。

我心里一动，觉得他说得有道理，毕得富这个名字确实太土了，一听就是个俗人。我说好啊，我要是发表作品，就用彼得这个名字。

毕然说，彼得，那以后咱俩在一起，我就喊你彼得了。然后又说，你有没有觉得我好为人师？

我说，没有啊，我觉得你讲得太好了，你是必然，我是必得，咱俩这间宿舍，就是"必然得"了，以后我们回忆起我们的"必然得"，该多么有意思啊。

我说这话，本来是逢场作戏，没想到毕然当真了，呼啦一下子从床上坐起来说，是啊，必然得，既有诗情画意，又有实际内涵，这太好了。

我也觉得这个创意很好。那个周末，我就在写字台上铺下几张稿纸，郑重其事地写下了"好汉楼"三个字。毕然问我，打算写小说还是写诗，我说跟着感觉走，肚子里有诗句了我就写诗，没有诗句我就写小说。

毕然说，写小说吧，我们好汉楼，太有故事了，我有一肚子故事可以讲给你听。

自从东干事"走神"事件发生后，毕然嘴里抱怨曹助理，可是他经常往她办公室跑，美其名曰心理咨询。他是不是暗恋曹助理？有一天我突然冒出这个念头，但是很快又觉得自己疑神疑鬼，曹助理比他大八岁，况且他还是一个士官。

有一次，我发现我的桌子上多了一本书《官兵心理健康指南》，打开一看，勒口上有曹丽的照片，她穿着迷彩服，英姿飒爽的，同我心目中的曹助理差距很大。等毕然回来，我问他是不是曹助理送给他的，他说，我买的，两本，送你一本。

我连忙致谢说，班长你对我太好了，我确实也觉得我的心理有问题，我老是怀疑别人看不起我，有自卑感，还疑神疑鬼的。

毕然说，你是说你自己还是说我？

我说，我说的是我。

毕然说，我怎么觉得你说的是我呢？我就是你讲的那样，总是怀疑别人看不起我，有自卑感，不自信。

我说，曹助理是不是给你开了什么药方？

毕然说，没有，她就是跟我讲，君子坦荡荡，小人长戚戚。她问我有没有特别崇拜的人，我说有，我崇拜文德斯顿。

我很惊讶，文德斯顿是谁？我从来就没有听说过这个人。

毕然说，嘿嘿，文德斯顿嘛，我编造的。我有一次做梦，快从悬崖上掉下来了，有一个人双手把我托住了，他说他的名字叫文德斯顿。

我说，那不可能啊，曹助理明察秋毫，难道她没有问你文德斯顿是谁吗？

毕然没有回答，他看着黑漆漆的门口说，她跟我讲，每个人心中都有一个神，记住你的文德斯顿，你记住什么人，你就会成为什么人。

9

读者同志，您也看出来了，不知不觉中，我和毕然的关系发生了微妙的变化，不知道是因为曹丽的心理诊疗起了作用，还是因为别的什么，反正这以后，我就尽量把他往好里想，想他的优点。比如，虽然他是老兵，但是他从来没有多吃多占的意思，他从来没有支使我干这干那。虽然刚开始有点儿居高临下，其实不是他想挤压我，而是担心我挤压他。用曹丽的话说，他不自信，他在收缩他的心理空间，给自己建造一个无形的盔甲。

这么一想，我就发现毕然比过去可爱多了。重要的是，似乎我越是发现他的优点，他的优点就越是多了起来。比如他聪明，电脑升级，输入法更新，他一学就会。要说文学天赋的话，他比我更有潜力，他说话总是文绉绉的，引经据典，出口成章，他懂得那么多。其实后来我也知道了，他在组织科干得很好，他说当初政治部推荐他参加集训，并不是他个人的妄想，而是确有其事。那时候他们科长确实为他据理力争，但是因为名额有限，刘牧在政治部首长心目中地位更高一些，所以最终让刘牧参加集训了。

有那么几次，我想问问毕然，当初我在他书柜里看到的那本军队文艺杂志，到底是不是他藏起来了。但是我又觉得，如果真是他藏起来了，必然有深层次的原因，那有可能是隐私了。毕然很敏感，我不能触碰他的隐私。

周三下午，科里讨论卓敏撰写的《从长虹坡到"四朵金花"》，我很想听听，但是姚副科长让我到军人俱乐部帮助袁月做课件。科里给袁月配发了电脑，不用在胶片上制作幻灯片了，而是做课件。

我问袁月，晚上师长讲座，我们能不能去听？她说当然可以，军官训练中心的讲座是开放的。

事实并不是这样，那天的讲座涉及本师即将遂行的任务，有一定的保密性，机关营以上人员参加。

想象师长的讲座，忽然有一种强烈的冲动，我要提干，我要成为一名参谋干事助理员，我要取得听师长讲座的资格。

那天晚上，毕然的主要话题自然又是师长，不过，从师长的身上，又引出我们好汉楼的另一个人——胡参谋。

胡参谋大名胡彪，毕业于军事理工学院计算机专业，侦察科参谋。据司令部的好汉们说，胡彪除了打乒乓球，基本上不同别人交往。作训科的好汉陈奇仁说，有一次他睡觉睡到半夜，听见夜空里传来嘀嘀嗒嗒的电波声，很是警觉，穿上衣服到处侦察，后来发现电波来自胡彪的门缝。第二天，陈奇仁向侦察科长暗示，胡彪半夜发电报。侦察科长哈哈一笑说，他在鼓捣无线电呢。

后来才知道，胡彪认为部队装备太落后，就九道梁这样并不复杂的地形，电台和对讲机都经常受阻，他要研发山区信息传输能源，聚束地面建筑的金属磁场，形成信息传输网络，保证在任何复杂条件下都能传输畅通。

这当然是笑话。

笑话传到师长的耳朵里，师长亲自到胡彪的实验室——宿舍参观，得出结论是，扯淡。

师长拍着胡彪的肩膀说，术业有专攻，专门之人做专门之事。研发装备是你干的事吗？那是通信装备研究所干的事情。

然后，师长又对在场的其他首长说，不过，胡彪的精神可嘉。他搞这个研究，给我一个启发，我们基层部队，掌握第一手材料，应该给装备部门提供需求，特别是实战迫切需求。

果然，半年之后传来消息，某信息大学研究机构专门立项，论证战场地面磁场集束利用的可能性。据消息灵通人士说，胡彪的这个创意，还引发了另外一项研究课题，野战条件下信息传播功能延伸。师长后来在大会上讲，我们野战部队，要实事求是，我们不是搞装备研究的，但是我们可以为装备开发提供需求。异想天开没有什么不好，有些事情，暂时做不到，但是要想到，想到了，今天做不到，明天可以做到，你做不到，别人可以做到。而如果想不到，那就永远也做不到。

今天我给您讲的故事，很多都是在毕然讲述的基础上稍加整理形成的，有点儿像小说，但是并不影响它的真实性。下面，我就用这种方式讲师长同胡彪打乒乓球的故事。

有天晚上胡彪在远望阁附近散步，师长过来了，问他，听说你乒乓球打得好，有这个事吗？

胡彪老老实实地说，算不上太好，看跟谁打。

师长说，我们两个打一场怎么样？

胡彪愣怔了一下说，师长，别为难我了。

师长说，我怎么为难你了？

胡彪说，我是赢您呢，还是输给您呢？这是个政治问题。

师长生气地说，胡说，这算什么政治问题，打球是打球，不要上纲上线。

胡彪不吭气，看着师长。

师长说，现在我命令你，向右转，目标，军官训练中心地下乒乓球室，齐步走！

胡彪吃了一惊，唰地一个立正，竭力地把他经常哈着的腰挺直了，当真向右一转，从远望阁北侧擦过，下山而去。走了大约三四十步，胡彪不走了，唰地一个向后转，迎着师长说，报告师长，下山路上，不宜齐步，请指示，仰头下山，低头上山。

师长也愣住了，情不自禁地笑了，好小子，想更改我的决心……那好吧，便步走。

"长虹师"的军官训练中心在营区的南侧，挨着大礼堂，二人很快就到了，热身之后就开打。

不出所料，前三局师长以一比二败北。

毕竟，师长已经五十多岁了，坐下来直喘粗气。胡彪却像没事似的，拿了一瓶矿泉水，打开后递给师长说，师长，您别生气，能赢一局已经很不错了，输给我不丢人。

师长沉着脸，他看出来了，胡彪根本就没有把他当对手，发球是不温不火的开水球，接球是不紧不慢的家常球。不管球到哪里，胡彪都能接住，然后高抛过来。

围观的人越来越多，打完第四局，胡彪说，不打了，师长，我打不过您，您太厉害了。

师长说，别给我耍花招，要不这样，再打四局，左手两局，右手两局。

胡彪傻眼了，因为师长是左撇子，这个提议明显是耍赖。

胡彪说，好吧，师长您是志在必得啊，那我只好奉陪。

结果可想而知，不仅左手打球胡彪两局皆输，用右手打，两局也输了。

师长得意地说，不要目中无人，我再练半年，至少能跟你打个平手。

胡彪说，不用半年，半个月您就能赢我。

师长说，你小子，是不是拍马屁啊？

胡彪说，师长，您不了解我。我这个人，可以吹牛，但是不拍马屁。

师长说，那你说真话，我练半年能赢你吗？

胡彪说，您刚才没说让我说真话，说真话嘛，师长，恕我不恭，您就是再练一年，也打不过我。在"长虹师"，指挥训练打仗，师长您是一号，我是一百零一号；打球，我是一号，您是二号，至少在一年内是这样。

这件事情在"长虹师"广为流传。毕然说，他过去曾经到军官训练中心见识过胡彪打球，确实很有风格。

我说，东南风干事也会打乒乓球，跟胡彪打过没有？

毕然说，东南风？门儿都没有。有一次我亲眼看见，胡彪在操场溜达，你们东干事凑上去，问胡彪想不想打球，胡彪说，想打，可是没有人。东南风说，我不是人吗？我陪你打。你猜胡彪怎么说，胡彪说，你是人，但你不是跟我打球的人，难道你不知道我是谁吗？我是胡彪啊。

我说，胡彪就是那个最早鼓捣伞翼飞行器的参谋吧？

毕然说，就是他。这个人成天低着脑袋，像个蔫瘸子，但是特别能鼓捣事，听说最近又搞了一个建议，叫作"构建合成指挥轻便指挥所"。什么意思呢？这老兄认为，未来高科技战争不同于冷兵器和火器时代战争，不再是攻城略地，要发挥陆军效能，必须提高效率，步炮协同、步坦协同、步工协同，不能像过去那样按部就班各忙各的，而应该是集所有兵种指挥能力于一体。所谓的"合成指挥轻便指挥所"，其实就是一个人的指挥所。胡彪认为，现在军队院校的课程太落后了，有些兵种知识，大学四年课程，前面学完，那个兵种已经消失了。军队院校课程设置，要针对我们潜在的对手，而不是我们落后的装备……

说实话，毕然讲的这些东西，在我的心里掀起很大的波澜。我突然产生一个看法，毕然的讲述，并不是机械地复制胡彪的思想，而是注入了他自己的见解和态度，也就是说，毕然对于军事变革，具体地讲，对于"长虹师"的建设，是有自己独特思考的。对于一个一级士官而言，这是多么难能可贵啊。毕然过去说过，我是谁啊，我是毕然啊，没有让我参加集训，不是我的问题，是领导的问题，是我的损失，更是"长虹师"的损失。给我半年时间，我能当一个不比胡彪差的参谋，也能当一个不比东南风差的干事。只要不让我当曹丽那样的助理员就行。

我第一次听毕然这么说，心里是冷笑的。而这天晚上，我笑不起来了，我对这个人真是刮目相看。我甚至坚定地认为，那篇《每天都是春天》就是毕然写的，我一度产生冲动，差点儿就直接问他了。

我说，班长，你这一肚子学问，让你当打字员真是可惜了。

毕然说，学问，你说我有学问？不过，我当打字员，也不是光会打字啊，我得动脑筋啊，我问你，你的梦想是什么？

我说，梦想？我的梦想是当一个作家，眼前的梦想就是写小说《好汉楼》。

说这话的时候我有点儿心虚。"好汉楼"这个标题，我已经写下一个多星期了，可是目前，那张纸上除了这个标题，只有一个署名"彼得"。我不知道毕然会怎么看我。其实，我的心里已经开始构建人物关系了，姚副科长、东南风、胡彪、曹丽、卓敏……当然还有我和毕然，还有袁月和韩小涵……只是，我还拿不准怎么才能把这些人编织在一起。朦朦胧胧地，我考虑在我的作品里，让东南风和卓敏谈一次恋爱，让曹丽同胡彪吵一次架……还有刘牧，还有那篇神出鬼没的《每天都是春天》，也许，我的小说就从这篇文章开始？

10

星期日上午，我又摊开稿纸，回忆起一件事。那是我刚到机关当打字员的第三天晚上，姚副科长让我去找东干事回办公室加班，我没有找到东干事，却看见胡彪在后山转圈，他围着远望阁，左一圈右一圈，低着脑袋，步子很慢。我觉得好奇，悄悄地站在一边，后来我看见他坐在远望阁的长凳上，似乎在看远处的风景。

远处，山坳里暮色苍茫，隐约有一些灯火，那是我们"长虹师"几个主力团的驻地。那一瞬间，我想到了《每天都是春天》里的一段话："目光从眼前的山坳掠过，我看见千沟万壑，那里面藏着年轻的躯体，一旦响起起床号，山谷里就生长出绿色的森林，同正在前来的春天会合……"

我忽然觉得，胡参谋此刻的样子，就像那个正在眺望远方的西北望。因为急着找东干事，我不能久留，正要离开，胡参谋发现了我，他没有说话，只是转身看着我。我上前敬礼说，胡参谋，我来找东干事，打扰您了。

胡参谋说，东干事，哪个东干事？

我说，我们科的东干事……文化干事东南风。

胡参谋好像还是没有想起来东干事是谁，问我，你是宣传科的？

我说，我是宣传科打字员毕得富。

胡参谋说，打字员？宣传科的打字员不是刘牧吗？演讲口才很好的小伙子。

我说，那是以前的事情了，他去集训了。

就是那个晚上，胡参谋在我的脑海里留下了深刻的印象，回忆他当时的样子，我很容易联想到，他就是那个在远望阁眺望远方的西北望……这个稍纵即逝的念头被我抓住了，是啊，在远望阁上眺望远方，我的小说就从这里写起。

我激动了，马上找出笔，可是还没等我的笔尖落在纸上，有人敲门。我气不打一处来，难道又是叫我加班？我起身开门，一看，不由得怔住了，原来是卓敏。

卓敏这天没穿军装，而是穿了一件红底白花连衣裙，脚上居然是拖鞋，这让我感到很不自在，虽然她穿连衣裙比穿军装要好看得多。她右手里还托着一只哈密瓜。

我说，卓干事，您这是……

卓敏一笑说，怎么，不欢迎？同学送来两只瓜，有福同享。

我深感意外，连忙说，卓干事太客气了，我怎么消受得起？

卓敏说，怎么，就让我站在门外说话？

我赶忙闪身，让她进屋，手忙脚乱地接过瓜，给她搬椅子。实话说，我们这个"必然得"，从来没有女性光顾，这一袭红裙进来，感觉整个房间都亮堂了许多。

卓敏没有马上坐下，看见我桌上铺着稿纸，凑近了看，念念有词，好汉楼，小说，彼得……哦，小毕，你还会写小说啊。

我顿感窘迫，苦笑着说，我是想写小说，可是写了一个多月，稿子上就这几个字。

她问，为什么？

我说，找不到感觉，我想过很多开头，可是都觉得平淡。

她说，你理想的开头是什么？

我说，我理想的开头，上来就能把人抓住。

她若有所思地点点头说，这就是东干事说的，引人入胜，开头就把人带入你描述的场景里。

我一怔，她还真是内行。我问，你写过小说吗？

她笑了，嫣然一笑，我哪里写过小说，不过，文学和新闻有相通之处，我读过东干事写的《新闻里的文学》，文学和新闻都需要一个好开头。

我说，我也读过，就是这个原因，我才找不到好的开头。

她又是一笑说，慢慢来，先写下去，写几个开头，然后比较一下，再写下去。光想不写不行，脑子里没有形象，想象就很难深入。

那一刻，我差点儿就喊她一声师傅了。我说，卓干事您讲得太对了，我得先写一件事情，把几个人物带进去，然后，然后我再慢慢地发展情节。

卓敏说，你说得对啊，有了人物，人物在故事里行动，表现性格，然后个性又支配人物行动，这不就是故事吗？跟你一讨论，连我都想写小说了。

我说，您要是写小说，一定会很精彩。

她问，为什么要叫彼得？是笔名吗？

我说，是的，是毕然建议的，怎么，不好吗？

卓敏说，好是好，就是怪怪的，要我说，还是用毕得富好，感觉有点儿俗气，可是用了"彼得"，难道就洋气了？小说靠作品说话，不靠笔名。

那天卓敏在我们"必然得"待了将近二十分钟，临走之前她察看了我的书架，又察看了毕然的书柜，跟我讲，看一个人读什么书，就知道他想当什么人。小毕，贵在坚持，你很有潜力。

卓敏走后，我坐在写字台前好半天没有回过神来，感觉就像做梦。她给我分享哈密瓜，这不难解释，我毕竟多次陪她去通信二连，鞍前马后。我的惊奇在于她讲的那些话，关于小说，关于读书。当然，还有后面一句，她一直喊我小毕，这让我心情很复杂，在她的眼里，我就不是她的同龄人，而是小毕，因为我是士兵。我愤怒地想，那次途中遭遇暴雨雷电，你为什么要往我的怀里钻？你瑟瑟发抖的时候，你惊恐地倚靠在我身上的时候，你把我看成小伙子了吗？

是啊，在那个风雨交加天昏地暗的时刻，好像全世界都远去了，只有我和她相依为命，我成了她的保护神，成了她在这个世界上唯一的依靠……

我的天哪，我终于找到小说的开头了，就从那个水泵房写起，那么惊险、那么温情……可是，很快，这个方案又被我否定了。这样写会出现问题的，往下怎么发展呢？往爱情方向发展，人物的身份不允许，可是不往爱情方向发展吧，写那一段干什么呢，只是写一段奇遇？那也太……太没劲了。

一个小时后，毕然回来了，除了看到他桌上放着的半个哈密瓜，还看到我稿纸上多了几个字——远望阁上看远方。我还是决定从我到宣传科当打字员写起。至于那个水泵房，忘记它吧，别自寻烦恼。

11

读者同志，您明察秋毫。我当然不会忘记水泵房，事实上我也从来没有忘记。不过，我还是给您讲讲我们的师长吧。

我当然见过师长，而且不止一次。星期五的早晨，机关要会操。司、政、后、装的机关干部组成四个排，各部门首长如司令部参谋长、政治部主任、后勤部长、装备部长为排长，而在这支队伍前面的连长、指导员，是师长和政委。那半个小时，九道梁喧哗而又热烈，直属分队在远处山呼海啸，主力团在更远处龙腾虎跃。我们机关的队伍不怎么喊，主要走齐步，唱行进歌曲"向前向前向前……"

每次参加这样的活动，我都热血沸腾。我写信给我父亲说，知道吗？我是和师长、政委走在一个队伍里，我们迈着同样的步伐，唱着同样的歌……写这封信的时候，我老是幻想，我走在队列的前头。

读者同志，我知道您为什么要笑，您可能在心里想，我是痴人说梦。是啊，谁没有梦想呢？

有一次会操结束，我到机关食堂帮助打扫卫生。正忙着，听见王副主任说话，伸头一看，天哪，王副主任陪着师长来了。我吓得赶紧扔掉水桶，站得笔直，两只手臂贴在裤缝上，随时准备敬礼。

快了，他们进门了，师长看见我了，师长微笑着向我走来。我在心里默默地计算距离，就在师长离我还有十步远的地方，我唰地抬起右臂，手掌像飞碟一样贴到——不是贴到，而是戳到脑门上，我的大檐士兵军帽在地上转了一个圈，落在师长的脚下。

我差点儿晕过去了，眼泪忽然就涌上眼眶。正不知道如何是好，师长弯下腰，捡起我的军帽，拍拍，然后走过来，双手向上，戴在我僵硬的脑袋上。

我的嘴巴张了张，大声说，谢谢师长！可是，连我自己都知道，我什么都没有说出来，我的嘴巴已经不听我的指挥了。

就在这时候，我听见师长说，小伙子，你是不是怕我？

我说……我使劲地撬开我的嘴巴说，报告首长，我太……太紧张了。

师长点点头，笑着说，紧张啊，紧张有紧张的道理。一个士兵，见到师长不紧张，那说明什么，第一说明师长不像师长，第二说明士兵不像士兵，像老油条。

我说……我什么也没有说，就那么傻傻地看着师长。

师长后退一步说，干活吧小伙子。

师长说完，对我招招手说，下次见到我，就不能这么紧张了，要是还紧张，说明我这个师长没有当好。

说完，师长就带头向伙房走去。

王副主任向我笑笑说，放松。

师长他们离开之后，我恨不得把水桶扣在自己的头上，我太没用了，我的心理素质太差了，我没有想到会这么差。我知道师长他们一会儿还要从伙房出来，还要去察看其他部门的伙房。我一边干活，一边练习敬礼，有那么几秒钟，我的右手一直贴在裤线上，上上下下地比画。我一定要找个机会把我的形象补回来。

可是，直到我把食堂地板擦了两遍，师长还是没有出现。我悄悄地走到伙房门口，探头一看，师长他们从伙房后门走了。我不顾炊事班长诧异的目光，不顾管理员的呵斥，像狐狸一样绕过他们，追到伙房后门。

我看见三十米开外的菜地埂上，师长正对王副主任说着什么。远远地，我举起右臂，向师长的背影敬了一个礼，并且迟迟没有放下手臂。我执拗地认为，师长能够感觉到我这个礼，一定会记住我这个礼，可是……就在我快要放下臂膀的时候，我看见……天哪，师长真的转过身来，真的看见我了，他向我挥手致意，朝阳下面的空气里似乎传来他亲切的声音——我没有听见他说什么，但是我相信，师长一定说过什么。

那天晚上，我跟毕然讲，我见到师长了，讲得很细，我说我太没用了，就那么一次机会，我还出了洋相。我问毕然，你说师长跟我招手的时候，会说什么？

毕然静静地听完，想了想说，你确定师长转身了，看见你敬礼了？会不会是你的幻觉？

我说，当然不是幻觉，我亲眼看见师长转身了，向我招手，并且说了一句什么。

毕然说，哦，我知道了，师长说，放下吧小伙子，放下你的不自信。

我说，真的吗，你怎么知道的，难道你听到了？

毕然说，我当然知道，我是谁啊，我是毕然啊……等等，我刚才说了什么？

我说，你说你是毕然啊。

毕然说，不是这一句，是前一句。

我说，那就是，放下吧小伙子，放下你的不自信。

毕然没有马上接茬，好大一会儿才嘟嘟哝哝地说，放下吧小伙子，放下你的不自信——彼得，这话是对你说的，也是对我说的。彼得，接着写下去吧，把你的《好汉楼》接着写下去，写你的真实感受，写你的经历。

我说，我本来打算从我到宣传科工作写起，可是，我的生活经历告诉我，我最初的认知好多都是错误的，包括对你的看法。

毕然说，我知道那时候你对我有看法。曹助理说得对，我的心里有阴暗面，你不要怕，写出你的真实感受，我也从你的文字里认识我自己。

那天夜晚，东西南北想了很久，正准备熄灯睡觉，电话分机响了，姚副科长在那头说，小毕，到我宿舍来一趟。

我们科的干部都在，我看见了卓敏，原来她也参加了，她冲我一笑说，《从长虹坡到"四朵金花"》能够引起重视，小毕也有功劳，坐一会儿吧，没准儿还能提供修改思路。

她说着，东干事已经往方干事那边挤出一个地方，卓敏顺手扯了一个小马扎，小毕，坐这里。

什么叫正中下怀，这就是。我言不由衷地说，我还是算了，我明天还要出操呢。

姚副科长说，出什么操啊，明天是星期六。

我坐下来，听明白了，原来是卓敏写的电视专题片被某电视频道看中了，提了一些意见，让宣传科修改。姚副科长说，我刚才讲到哪里了？哦，讲到通信二连的传统，在抗美援朝长虹坡战斗中，我们的英雄肖江同志在战斗最残酷的时刻，扑在电话中转机站上，从而保障了首长的战斗命令顺利下达，战斗取得了胜利。卓干事，那一句"首长，请下命令吧"至关重要，这是英雄事迹的核心，闪光点，正是因为有了这句话，才彰显通信二连的"顺风耳"作用。

姚副科长讲完，又问，刚才谁说了，哪里有点儿不对劲，是卓敏同志说的吧，哪里不对劲？

卓敏说，是我说的，我跑了通信二连很多次，每次都有新的感受，可是，就在刚才，我突然觉得老英雄肖江的那句话有问题。不，不是事实有出入，事实没有任何问题，也不是政治问题，那么，到底是什么问题呢？

我愣住了，一口水差点儿呛到。我为什么有这样的反应呢？因为我也觉得有问题。当初陪卓敏到二连采访，参加座谈，跑军史馆，我就一直在揣摩这句话，但是我从来没有表达，一是觉得可能是吹毛求疵，二是隐约觉得没有准备充分。

姚副科长看见我走神，问我，小毕，你是不是有话要讲？

我怔怔地看着几位军官，迟疑了半天才说，报告副科长，我是有话要讲，我最早看到老英雄的画像，看到那个场景，激动得热泪盈眶。我经常念叨那句话，首长，请下命令吧……

卓敏说，小毕，别太啰嗦了，讲重要的发现。

我说，我发现……我发现老英雄的那句话不完整……

说着，我停住了，几个军官的目光齐刷刷地投向我，让我感觉就像赤身裸体暴露在光天化日之下。我不敢讲下去了。

突然，桌子被谁拍了一下，是卓敏。卓敏激动地站了起来，刚想说话，又停住了，抓过面前的茶杯，猛喝一口，也呛了一下，咳嗽几声说，我明白了,问题就在这里。在战斗最激烈的时候,首长往前面打电话,我们的一个副排长,为什么要命令首长,为什么要说出那句"首长,请下命令吧",这一定是有原因的。所以我认为,要彰显老英雄的价值,一定要把他说出那句话的背景找出来,那一定比我们现在知道的这句话更有分量。

不知道哪里来的勇气,我也猛地站了起来。我说,我知道那个背景,老英雄的那句完整的话是,首长,不要啰嗦了,请下命令吧!

姚副科长的套间一片寂静,好长时间没有人说话。我正想坐下,卓敏问我,你是怎么知道这句话的?

我说,我在连队帮助抄写连史,发现"首长"后面是逗号、删节号,然后才是"请下命令吧",感叹号。我认为应该是这样的。

12

我和卓敏离开二楼上楼,在三楼楼梯口分开的时候,我的胳膊被拽住了,她用火辣辣的眼神看着我,好像鼓励我做某一件事。我差点儿就冲上去了,差点儿就扑过去了。可是,我的腿原地不动,好像它正在竭力地阻挡我做一件不得体的事情。

我牢牢地站稳了,用清醒的眼睛看着卓敏,她也用清醒的眼睛看着我。我刚要迈步,她把手伸到我面前,手背向上。我明白了,低下头去,吻她的手背。然后,我回到宿舍,一觉睡到天明。

此后的几天,我们宣传科一直在忙乎,翻箱倒柜地找资料,跑通信二连,跑师史馆,还派人到军区档案馆。姚副科长在科务会上讲,师长也知道这件事情了,师长说,这是一件很严肃的事情,来不得半点儿马虎。有那句话和没有那句话,大不一样,既关系到首长的形象,也关系到英雄的价值。

找到那句话，是干部们的事情，我那几天，只要脑子闲下来，就会想到那天夜晚在好汉楼的楼梯口，卓敏让我吻她的手背。

读者同志，您知道，我不仅对语言文字敏感，我对肢体语言也很敏感。那晚，在卓敏伸出手的前一秒钟，她的身体是向我倾斜的，她的眼睛里发出的是"拥抱我"的信号，如果我不犹豫，果断地冲上去搂住她，她一定不会拒绝。在那个夜晚，在那个灯光昏暗的楼梯口，在那个时刻，我和她，就是最亲密的战友，我们心有灵犀，我们配合默契。

在后来的几天，一切归于正常。我到打字室工作，她上她的班，我和她见面，没有发现她有丝毫的不自然，好像什么事情都没有发生。这个小军官，比我想象的要老练得多。

又是一个会操的早晨，我走在队列末尾，远远地看着师长挺直的腰板，迈着标准的步幅。我心想，要是师长知道我那天晚上乱放炮，也不知道他会怎么看。嘻，我这是怎么啦，师长日理万机，他怎么会关注这点儿小事？

在雄壮的军歌声中，会操结束了。解散之后，我正准备飞奔到机关食堂打扫卫生，王副主任叫住了我。我的心突突跳了起来，我的预感被证实了，师长正微笑着向我走来。

我连忙立正，竭力平静下来。师长走到我面前，慈祥地看着我，突然喊了一声，毕得富听口令，向后转，齐步走，立定，向后转！

我转过身，看见师长身板挺直，两眼平视着我。我忽然明白了，定定神，庄重地抬起右臂，敬了一个标准的军礼，手指在帽檐下面做长时间停留。然后我看见师长上体微微一动，手臂就像一道闪电，飞到额头边上——师长郑重其事地给我还了一个军礼。

我的心口一阵滚烫，师长这是在帮我补课啊，补上了一个士兵必须熟练的一课。

那天上午，姚副科长让我到军人俱乐部帮助清理仓库，我是唱着歌去的，"向前向前向前——我们的队伍向太阳，脚踏着祖国的大地，背负着人民的希望，我们是一支不可战胜的力量……"

韩小涵问我，怎么这么高兴？

我没有跟她多说，只是说，每天都是春天。

清理材料柜的时候，我突然看见有一堆书籍刊物，眼睛顿时一亮，我看见了多次寻找而不得的东西，那本军队文艺杂志。我弯腰把它捡起来，哈哈，踏破铁鞋无觅处，得来全不费工夫。我把杂志打开，赫然看见目录上散文栏内的一行：每天都是春天——西北望。

韩小涵愣愣地看着我问，你怎么啦？你的手为什么抖得这么厉害？

我说，韩小涵，知道西北望是谁吗？

韩小涵说，西北望？我也不知道西北望是谁。难道你发现了新大陆？

我长话短说，把最早看到这篇文章和此后的遭遇简要地说了一遍。韩小涵说，哦，你想当作家，要拜师是不是？

我哭笑不得，这个韩小涵，真像她自己讲的，就是一根筋。

作为韩小涵的废品，那本杂志被我据为己有了。回到打字室，我把那篇文章又认真地看了一遍，可是奇怪的事情发生了，再读一遍，已经没有第一次阅读时的惊喜了，也许……最让我惊奇的还是，为什么这本杂志里面有时候会有那篇文章，而有时候没有，这不是变魔术吗？

谜底直到两个小时以后才揭开。那天中午下班，我一路小跑，抢先回到好汉楼，打开毕然的书柜，找到里面的那本杂志。两本杂志放在一起，我顿时恍然大悟，原来，这份军队文艺杂志，封面都是一个风格，都是一样的图案和一样的字体，孪生兄弟似的，区别仅仅在于色彩和期号。我这个马大哈啊,根本没有注意到期号和封面的颜色,为了这个"走神",走了多少弯路啊。

旧的矛盾解决了,新的矛盾又出现了。问题还有两个:一是,西北望到底是谁?二是,我最早看到的那本杂志到底到哪里去了,是不是毕然藏起来了?

这段时间,我不再坚持认为西北望就是刘牧了,我甚至觉得有点儿像毕然。自从被曹丽"点穴"之后,毕然就像变了一个人,说话办事小心翼翼的,还经常问我,我没有自高自大吧?我没有嫉妒你吧?

听说,毕然在工作上也很有起色。秋天准备年终总结,组织科要报政治实力,那是一项高度绝密的工作,除了装备,全师党员、团员、群众以及党委、支部的情况,全都要统计,可以说,那就是"长虹师"的花名册。当然,作为一名士兵,毕然不可能全程参与,他只是参与三分之一。有那么几天,毕然经常加班加点,我问他干什么,他只字不提。我感觉毕然成熟了许多。

有一次晚上加班,比较顺利,回好汉楼的路上,东南风让我跟他到远望阁去。卓敏跟在后面说,我也去,我还没有晚上去过远望阁呢。方田园也说,好啊,今晚我们都去,姚副科长要是来了……还真让他说着了,姚副科长真的追上来了,大家一起散步。

卓敏故意跟我走在一起,而且还放慢了步子,跟大伙拉开一段距离。她问我,小毕,小说写得怎么样了?

我说,写了七个字,远望阁上看远方。

卓敏说,为什么不接着写下去?

我说,不为什么,因为我拿不准是先写远望阁还是先写水泵房。

卓敏愣了一下说,水泵房是什么?

我心里很不舒服，她居然连水泵房都忘了，可见她对我一点儿意思都没有。当然，这也正常，从她第一次喊我"小毕"开始，我们的关系就建立在官兵关系上。

我避开话题，跟她讲了我到宣传科后认识的那些人，重点讲了毕然，讲了我最早在毕然的书柜里看到的那篇文章，我甚至还给她背了一段。我说我怀疑那篇《每天都是春天》的文章是毕然写的，可是又觉得不像。

卓敏问我，那你认为那篇文章应该是什么人写的？

我说，那应该是一个有境界、有见识、有胸怀的人写的。毕然虽然有才，但是他的境界达不到。

卓敏听到我的话，哈哈大笑，她说，你要是认为，一个作家的心灵同他的作品一样，那真是幼稚了。作家在写作的时候，可能心里涌动着高尚和纯洁的情感，可是在现实生活中，作家也是人，是人都有局限性，你怎么能要求作家就比我们芸芸众生超凡脱俗呢？

我愣住了，我感觉卓敏好像不是我的同龄人，而是一个老谋深算的智者。我说，卓干事，您是学什么的？

卓敏说，这个你还不知道，我是学新闻的。怎么会问这个问题？

我说，您刚刚大学毕业，恕我不恭，还是个小姑娘，您怎么会有这么高深的见解？

卓敏说，高深，你认为我高深？那怎么谈得上。不过，我哥哥是学文学的，我发现他的作品比他的人品好多了，他都结婚了，还去追女孩子。

我说，哦，原来如此。

卓敏说，当然，总体来说，作家还是有纯洁理想的，至少在他创作的时候。作家要是玩心眼儿，一般人是玩不过他的。我希望你当一个纯洁的作家。

那天晚上，在远望阁，我的小心脏又蠢蠢欲动了，看着山坳里时隐时现的灯火，似乎看见了远方——往西是太行山、大巴山、秦岭，再往西是昆仑山……我似乎看到大漠孤烟长河落日，穹庐之下，群山之中，簇拥着无数个城市和村庄……看着流金溢彩的晚霞，心中顿时生出金戈铁马的雄壮和辽阔……

请原谅，那天我产生了一个更加迫切的愿望，我要争取提干，留在"长虹师"。是的，我的动机有点儿复杂，其中一层是，我希望得到卓敏的重视，同爱情有关，但是并不完全因为爱情，因为她老是叫我"小毕"，因为她一直没有把我当作成年男性看待，她凭什么？

关于提干问题，终于摆到桌面上了。

有天深夜，突然听到一阵饮泣，我没有打开灯，只是悄悄地聆听，甚至还假装打了几声呼噜。第二天，我看见毕然正常起床，正常穿衣，正常参加会操。

晚上下班回来，毕然坐在他的椅子上，往天花板看了很久，然后椅子一转，面向我说，兄弟，今晚没事吧，我想跟你聊聊。

这是第一次，毕然这么郑重其事地对我说，跟我聊聊，而且他喊了我一声兄弟。这几天毕然有些魂不守舍，去了曹丽办公室，也到曹丽的宿舍去过。难道，他和曹丽真的发生了什么？如果他跟我讲他的隐私，我该怎么办？

让我意外的是，那天的"聊聊"，同曹丽没有关系，而是从那个我从未谋面的刘牧开始。

毕然说，我们第一次谈起刘牧，你一定有感觉，我嫉妒刘牧，因为……因为袁月喜欢刘牧，而我喜欢袁月。现在我知道了，刘牧确实比我强，至少他心胸比我宽阔。

我惊呆了，我没有想到毕然会这么说。

毕然说，上周我和刘牧通了一次电话，他跟我讲，他集训快结束了，要到基层任职了。他还跟我讲，我还有机会，你更有机会。

就是那天晚上，毕然告诉我，士兵提干有几种途径，一是大学生士兵参加每年一次的集训，结业后到部队任职。二是非大学生表现好的，可以保送入学，毕业提干。三是特别好的，破格提干。

毕然说，我太喜欢"长虹师"了，我相信你也喜欢"长虹师"。我争取，你更要争取。争取未必如愿，但求无愧我心。

这应该是毕然第一次这么大规模地跟我聊聊，并且是高强度的深入聊聊。我们两个，终于"必然得"了，终于可以掏心掏肺了。

是的，我喜欢"长虹师"，我喜欢九道梁，我喜欢好汉楼。还有，卓敏。还有，我的小说。为了这一切，我得争取提干。

我们聊到半夜，好在第二天不上班，一觉睡到日升中天。

午饭后，我的小说上路了，正文的第一句话是"远望阁上看远方"，但也仅仅是这一句话而已。除此之外，我还把作者名字改了过来，"彼得"改成了"毕得富"。

毕然看见了，问我，为什么又把笔名改回来了？

我说，上个星期会操，我见到师长了，师长喊了我的名字，毕得富。等于是师长亲自给我命名了，我不能再用"彼得"当笔名了。

我没有跟毕然说，卓敏不喜欢"彼得"这个笔名。尽管我知道我对卓敏的感情不会有结果，但是，要把卓敏从我的世界里清零，那是不可能的，何况还有那个风雨交加的水泵房。

我的小说左摇右摆，一会儿是远望阁，一会儿是水泵房，这大约就是二十多年来，这部小说一直没有写好的原因。

一个月后得知，《从长虹坡到"四朵金花"》即将被某电视台作为重点节目推出。经过修改的专题片，加上了那句话，不过不是我想象的，区别在于，我想象的那句话是"不要啰嗦了"，真实的那句话是"别啰嗦了"——这要归功于师长、政委、政治部首长、姚副科长……特别是卓敏干事。

为了找到那句话，卓敏出差到军区档案馆、解放军档案馆、军事博物馆，查看了很多历史资料和图片，但是都没有那句话。卓敏不甘心，又跑到当年下命令的那位首长家——首长后来担任了军区司令，于本世纪初去世了，没有留下回忆录。

终于，在某出版社二十世纪九十年代出版的一本回忆合集里，卓敏找到了那个传奇的名字——"长虹师"第六任师长。首长在他的文章《鏖战长虹坡》里，有这么一段话："敌人突然发动进攻，路线和方向出其不意，一线部队仓促应战。战斗打响三个小时后，我们看出了端倪，决心就在长虹坡展开反击，前提是坑道部队至少坚持两天……电话接通后，我说，同志们，师首长师党委信任你们，请转告所有指战员，坚持就是胜利，考验我们的……就在这时候，我听见几声爆炸的巨响，一个声音从话筒里传来，首长，别啰嗦了，请下命令吧。我浑身一震，当即下达命令，预备队出击，二团三营穿插七号高地！以后回想这件事情，我当时确实啰嗦了，战斗那样激烈，每一秒钟都很关键，每一秒钟电话线都可能会被炸成几段……我们的战士多么的伟大……"

卓敏刚到"长虹师"的时候，好汉楼里有传说，说卓敏的爷爷，就是长虹坡战役中的"长虹师"的师长。卓敏是带着爷爷的使命到"长虹师"来的，就是为了找到那句话。

还有一种传说，卓敏的爷爷是那位给首长下命令的通信兵副排长，她的父亲、那位副排长的儿子后来被师长收养了。

毕然跟我讲，都是谣传，卓敏的爷爷是农民，不过，她的父亲是医生，她的母亲是军校教员，如此而已。

我看过专题片，画面上有那位首长手持望远镜观察战场的照片，还配有首长的画外音。首长说，从那以后，我们改变了下达命令的形式和内容，争分夺秒，只说有用的、重要的、紧急的话。战争，是时间和空间的艺术，一切都要求精确、精准、精练……

把过去的场景复原，袁月立了一功，她通过计算机技术，将文字记录的战斗元素输入到画面之中，并使其成为动态，非常逼真。从专题片里，我看到了那位英雄，一个遍体鳞伤的军人，生命奄奄一息，扑在电话接转机站上，用血肉之躯保护着机器。据说，在他牺牲之后，线路仍然畅通，长达十二分钟。

专题片的后半部分，是我们连队的今天，马副连长和她的姐妹，继承优良传统，苦练通信技术，成为全军区先进典型，马副连长被评为全国三八红旗手。

我高兴啊，我觉得我应该留在部队，回到我的老连队，哪怕还在炊事班揉馒头，那馒头也是为三八红旗手揉的，光荣啊。

读者同志，我给您讲了这么多，您是不是听累了？可是我的故事刚刚开始。关于那篇文章的作者和那份杂志的来龙去脉，已经无关紧要了；关于刘牧和毕然的前途，还有我最终能不能成为作家，也无关紧要了。重要的部分，其实是我们宣传科那几个干部和曹丽、胡彪等人的故事，三天三夜也讲不完。更重要的事情是，我和卓敏的关系，但是我现在不能跟您说，这是军事秘密。怎么办呢，如果您有兴趣的话，找个机会，我给您接着讲好汉楼故事的续集，暂名《兵城》。

· 作者简介 ·

徐贵祥,男,1959年12月出生,皖西人,中国作家协会副主席,中国作家协会军事文学委员会主任,中华文学基金会理事长。著有小说《弹道无痕》《历史的天空》《高地》《马上天下》等。曾获茅盾文学奖、中宣部"五个一工程"奖、全军文艺奖等。

那一天

□ 尹学芸

1

零下七度。

她出来前特意问了下小度。小度小度，今天几度？智能屏里传出机器女声：零下七度，天寒注意保暖。她想了一下零下七度是什么概念，把穿好的旅游鞋脱掉换上长绒鞋，又在棉袄外边加了长款羽绒服。帽子手套全部捂严实，走到院子里才发现忘了口罩，又开门回来了。

老方在屋里问："忘带手机了？"

"那倒不会。"她说，"手机相当于银行卡，得结账呢。"

她用手机付账也是最近几个月的事，是被方适子逼的，说钱不干净，容易传染病毒。她费了好大的劲才学会简单的几个步骤，方适子急出了汗，说妈你咋这么笨啊。

"我不笨。这不学会了么?"她分辩说。

灵燕战战兢兢地从温暖的室内走出来,只露出两只眼珠感受冷空气。可她很快发现,天气不像想象的那么冷。没有风,太阳稀薄透明。太阳像是起早了,有些昏昏然。她在两个楼间错位处朝那枚乌蒙蒙的软蛋注视。她已经很久没有直视它了。它的升起似乎与她毫无关联。这是二〇二二年的最末一天,过了这一天,它将永久堕入黑暗。新一年的太阳比它清新明媚,它再也没理由出来。

"湮没于黑暗,就不要再有什么指望。"她踟蹰着往前走,明显弓着腰身。想几十年后的自己会这样走路。而眼下,自己该是几十年前父亲的年龄,她不由挺了下身板。

冰箱里就剩半棵白菜屁股,能做个醋熘白菜。二十天不出门,她把家里能做菜的东西都吃掉了。蘑菇、木耳、笋干、菜干。过去抽屉是满的,冰箱是满的,冷冻冷藏室都是满的。这二十天,就像地鼠一样每天打着小算盘,还是把各处储藏的地方吃得空空如也。她和老方两张嘴,何以能吃掉那么多?她很是不解。如果今天不去超市,还能再加顿白菜汤。就是把白菜帮煮烂,多加些调料。而过去,这些白菜帮是不吃的。老方腿部做了个手术,是小手术。膝盖划了十字刀,把骨头正了位。好不容易约了专家,单位也请好了假。做不做呢?老方一直犹豫。做。她鼓励。既然做,就要趁早。她开车把老方送到了医院,办好了住院手续。老方不放心地说:"姥姥那里……你一个人行么?"

"没啥不行的。"她佯装干脆地说。

她没想到父亲那么快就走了。是老方住院的第四天,手术后的第一天。

她在傍晚被母亲叫去时，没能见着父亲最后一面。她俯下身去喊："爸，爸。你说句话，你说句话。"父亲已然了无声息。她抹了把眼睛看母亲，眼神里其实有埋怨，咋不早点喊我！但这话不会说出来，母亲凡事都克制，除非迫不得已。四目相对，都惶然无措，母亲先把目光移开了。父亲仰躺在床上，青黄色的脸颊塌陷，双目是永不再睁开的样子，闭紧的双唇上有枯干的死皮。她摸手、摸脚、摸胸口、摸鼻头，深邃的凉意一点一点浸透了骨头。其实父亲是温的，凉的是她自己。她"嗒嗒嗒"敲着牙齿，抖动着嘴唇喊出的是"爸爸爸爸……"父亲不应。父亲的脸愈发晦暗，就像生前日益深长的叹息，既无力又无奈。

屋里的光线暗了下来，有灰尘在飘，携着细小的嗡嗡声。这是初始，后来很多天，她都能听到灰尘行走的声音，犹如蜂鸣。那声音一响，她就止不住发抖。母亲打开柜子去翻找东西，她知道，那些备而无用的长裤短袄终于有了用场。它们都是从老家带来的。她也灵醒了，先给方适子打电话，让她到姥姥家来。方适子敏感，一迭声地问怎么了怎么了。她踌躇了一下才说，不太好。女儿在山里的一所学校教书，才入职不久。"公共汽车还有半个小时才到站。""没关系。"她怕吓着女儿，"那就晚一点来。"她当时想，反正已经这样了，早一点晚一点又如何呢？父亲会理解的。母亲一件一件在摆弄衣服，沙发上很快拼出个人形。"给方波打电话了么？"母亲问。灵燕说："方波在杭州出差，赶不回来。"之所以说在杭州，是杭州风声正紧，母亲常看新闻，知道哪里有情况。老方住院的事她一直瞒着父母，否则他们会惦记着睡不着觉。腿部动手术，那还了得！她用脸盆打了热水，试试水温，不放心，又添加了些凉水。好像父亲还能感受水温。毛巾夹在腋下走向父亲，她嘴里说："来，我们干净干净。"

小时候父亲给她洗脸，总是这样说："一猫爪，二猫爪，小猫小猫洗脸啦……来，我们干净干净。"

父亲每天早晨给她打电话，接通后说一样的话："灵燕，你今天出得来么？出不来也没关系，我们这边挺好的。吃的喝的都充裕，你不用惦记。"每天这样说，连情绪都不变。他是想以此来宽灵燕的心。其实是想得到确切消息，女儿能不能出来。得知灵燕的小区还没有解封，他就一心一意等。明天总会有希望。他们住得并不远，开车过去只需要十分钟。那个房子是灵燕住过的旧房，她搬了新居，把父母从乡下接了出来。"快了，快解封了。"灵燕总是这样说。开始是父亲需要隔离，后来是自己需要隔离。小区的门口安了挡板，人们像瞧戏一样伸着脖子朝外看。外边其实没啥好看的，一条横向路，对面依次是蔬菜店、水果店、饭店、理疗店、擦鞋店，无一例外关着门。只有大药房门口放着一张小桌子，穿着白衣服的小人儿在里面端坐，就像庙里的关公。灵燕那天也借机去外边放风，站在高坡上，突然看到了一只手推着自行车的父亲，站在大门口正中央，踮着脚往小区内张望。他来这里探究竟了。灵燕想。难怪今天没有打电话。灵燕把手机从棉袄兜里拿了出来，又放了回去。父亲没有给她打招呼，说明父亲不想让她知道他来这里。那就假装不知道吧。风把父亲的白发撩了起来，有一撮像灵犀一样在脑顶摆动。她甚至看到父亲抹了把鼻涕，蹭到了鞋底上。灵燕心里很急，嘴里说，快回家吧，天这样冷，来这里干啥。看与不看还不一个样？但她知道对父亲不一样，哪怕是看见了小区的遮挡板，也像看到了女儿，否则何苦在风中停留。父亲终于决定走了，他扭转了车把，骑上了自行车，很快就被树木和公共汽车遮挡了。公共汽车上空无一人，一拱一拱地往前走，红色的广告招贴亦步亦趋跟着它。灵燕估算父亲应该到家了，才把电话打了过去。

"最近没有骑自行车吧？记住千万不要骑，路上车多危险。你都快八十了哎。"灵燕嘱咐。

"没骑，没骑。"父亲撒谎，唯恐女儿为他操心，"又不走远路，骑车干啥。"

她一直不接受父亲已经走了的这个事实。脑子一静下来，灰尘就在里面带着风声穿行。

2

超市就在小区西南角。出来之前，灵燕在纸上写了所需物品，用手机拍了照片，还特意问老方："你有啥需要捎带的么？""没有。"老方瓮声说。他是手术后一周出的院，出院那天父亲过了头七。也是在那天，所有的小区都解封了。灵燕去医院接他，上车以后老方第一句便问："姥姥姥爷都没事吧？""没事。"灵燕答。她打定主意安顿好了再告诉老方。眼下又过了二十几天，他已经能拄拐下地了，只是腿上打着绷带，像个伤兵。灵燕还是没有告诉他父亲的事。灵燕有些说不出口。六月份公公去世了，老方吃饭的时候愣神，灵燕说："你这回成孤儿了。"老方一下子就笑了。人生就是生老病死，走过一截就少一截。这就像爬坡，爬到顶就彻底休息了。要不然呢？他们经常说起这些事，不碍口。但父亲似乎不一样。适子一直在学校值班，那个学校教职员工少，逮着年轻人就不放手，就像不使白不使。太久没有进商场，需要买的东西太多了。灵燕提醒自己，在人少的区域活动，拣紧要的买，买完赶紧回家。她走几步就喘得厉害，心脏跳得像只遭了惊吓的兔子。她是老方出院的那个晚上开始发烧的。老方烧，她也烧。只要老方不是腿部感染引起并发症，她就能忍。她和老方就是这样约定的。他们挨过了那几天的担惊受怕。除了脸小一圈，没啥损失。还有就是心脏擂鼓样地跳，似在提醒它的存在。朱灵燕走到了马路牙子上，小区里车满为患，病毒肆虐的时节，大家都减少了外出。仿佛世界就是属于汽车的，只要有空当，准有一辆车横亘。那些五花八门的车标让朱灵燕目不暇接，她总是企图认识那些眼生的，记忆库里却没有储存相应的资料，这让灵燕颇觉得不甘。"它们会不会……只是玩具？"想法骤然晃过，她茫然四顾，砖红色的楼体有些倾斜。那些枯树是永生的模样。几只寒鸦从树梢飞过，呀的一声叫——她险些撞着那一脑袋白头发。他抬起头，吓了她一跳。是一张酷似父亲的脸。八字眉、单眼皮、厚嘴唇，鼻峰有些陡峭。这样的鼻子鲜见，是太突兀了。她错愕的瞬间他侧身而过，颠着小步往前走，他并没有被打扰。她却跌下了马路牙子，魂都失了。

她缓缓靠在一辆车的车头，手触到了冰冷的车体，像是被烫着了，身上一抖，急忙把手缩到了袖筒里。天蓝得有些虚妄，太阳升高了些，一副惨白相，似是在追逐着她走。只是并没有增加多少暖意，空气似乎冷凝了，她的鼻孔里增加了黏度。这才发现，口罩兜在了下巴上。她把口罩戴好，吸一口气，口罩便紧贴在鼻孔上，人都要窒息了似的呼吸艰难。

我是不是在做梦？

她拿出了手机，想给谁打个电话。那种想要倾诉的欲望突如其来。看似与惊吓有关，其实并无关联。她心里积郁了些东西，想找个人说说。只是不知道打给谁。你没事凭啥打扰人？人家会不会以为你是神经病？手指在手机屏上快速划动。脑子里也在密集搜索。老方、适子、左邻右舍、一干同事、亲戚朋友，好像没别人了。她越翻越泄气。关键是，很多名字稀奇古怪，当初存的时候自以为知道他是谁，时过境迁连影子都没留下。他们静默地藏在她手机里，从没出来打声招呼。突然有个名字跳了出来，她有些吃惊地端详，接着脸上的笑纹像涟漪一样漾出来。她居然存了郭久梅的电话。

她端详了片刻,用指甲去抚摸那个名字,心里有些异样。前边是个垃圾箱,绿色的箱体上是顶黄帽子,中间画了颗小草莓。垃圾箱都这样讲究了。她小心地走过了它,站在一棵通体精光的白蜡树下,站好了身形。

办公室里的常青藤长着碧绿的叶子。房间调到了二十五度,这让植物恍惚觉得到了生长的季节。它们拼命攀爬,从书架顶端一直爬到了门框上,利用那一厘米的凸起,稳固了身形。她把垂下的叶子修剪了一下,才不妨碍开门关门。几片叶子丢进了硕大的花盆中,她接通了那个电话。"朱……灵燕?"她有些意外地嚷。她没存她的电话,没想到她还存着她的。"你怎么……"不容她问话,朱灵燕就绵密地问了许多问题。"你还好么?你在哪?你单位在哪?你方便说话么?你方便……见客么?"

这似乎不是那个性子绵软、没有主见的朱家灵燕。虽然声音还是那么焦脆,但似乎少了灵魂。想到"灵魂"两个字,郭久梅无声地笑了。她越发喜欢用这些大词,似乎是一种无言的加持,相跟着心情愉悦。这个电话太是时候了,她一个人值班,刚好无聊,刚好修剪完常青藤的枝杈,让它们能在墙壁上稳固身形。那些多余的枝杈消耗了太多的养分,她早就想修剪它们。她甚至没留神它们已经爬到了门框上。生命多么神奇!她只是在它干燥的时候喂一点水,它居然就可以这样蓬勃!她隐隐有些感动。修剪后的常青藤越发精神健硕,就像男人由满头长发陡然推了小平头,是种难以言说的新奇和改变。当年侯红贵就是留长发的人,久梅说不喜欢长头发,再见面,他就理成了小平头。他们确定关系就在那一刻,久梅觉得,一个男人能为自己改变,终身就值得托付。

谁知道呢?

她信步踱到了窗前。偌大的院子里空空落落，只有寥寥的几辆车。若是工作日，这里一个空闲车位也不会有。越是年轻人，越是开好车。院子里一片波光潋滟，像阳光反射下的湖水。她原本可以不值班，可办公室的小孩是河北人，管控放开，她河北的娘来了。郭久梅处长大喇喇地说："在家陪娘吧，不用来值班了。"值班其实也没事情，不像前一段，要提防明察暗访，要报各种表格，要守着电脑查看往来信息。上传、下达，像战时那样紧张。就因为走出了那段危险期，久梅才想让那个小孩歇一天。她经常翘班让小孩一人值守，单位离家近，若遇有人查岗，就说她回家吃药了。中年女性，这都是可以说得出的理由。此时她又有些后悔。如果小孩在，就可以给客人沏茶倒水。这很重要。尤其是面对朱灵燕，自己倒和别人倒是有区别的。既然她不在，也就算了。她没想到朱灵燕要来见她。"她一定有事。"她心里嘟囔，这样一个多事之冬，没事为啥来找自己？

只是，她会有啥事？

院子里迟迟没有车辆出现。她隔一会儿就朝玻璃窗外探下头，心里琢磨她变成了什么样。她们已经十多年没见着了。年轻的时候回娘家能见到，后来灵燕的父母搬进了城市。这在罕村很轰动。朱家只有灵燕一个孩子，这很关键。久梅的妈扭着肥大的身子说："我生了七个，都不如灵燕妈生一个。"她非常羡慕人家能进城。可这样的事情久梅说了不算，她不能抢哥哥们的责任。"龙多四靠，就是龙多四靠。"久梅妈对她的七个儿女很不满，觉得他们没有一个肯把她接到城里。"灵燕一个星期就回来一趟，比表字都走得准。你们谁做得到？"久梅说在机关工作忙，节假日都不休，哪像她在厂里可以正常休假。久梅妈说灵燕的厂里总发东西，牛肉那样大一块，羊肉那样大一块，入秋发时令水果，过年发糕点，灵燕统统拿家来。灵燕妈说吃不了，灵燕说给姥姥家送去。"没见过灵燕这么好的孩子，顾家。"

久梅妈唠叨这些，满脸都是不屑和幽怨，她越老越觉得生了七个儿女吃了太多的苦，却一个比一个没用。不像年轻的时候，觉得是荣耀。"家里深宅大院，住着多痛快。城里都是鸽子窝，有什么好。"久梅嘟囔。久梅妈抢白道："家里好，咋不见你们回来住？一个一个年节才回来，摩挲下嘴头就走。"这话不差，家里就像客栈，儿女都是走马灯。停一停可以，但不久留。久留谁也受不了。说不清这是为什么，家里就是这样的空气。妈跟儿子这样，跟闺女这样，兄弟姐妹之间也这样，好像基因中少一根弦，缺乏有效链接。久梅每次回家都能碰到灵燕，她抱着孩子，或出来抱柴火。长头发也不打理，像披一肩膀鬃毛。她们很少往一起走。只是远远喊一声，打个招呼。她们从亲密无间，变成了只需打个招呼的人，甚至不需要理由。久梅对她的兄弟姐妹说："妈不是多想到城里来，她只是愿意跟人家比。觉得一比就把自己比下去了。她是身在福中不知福。灵燕发的那点东西算什么，我们带回的这些瓶瓶罐罐，随便一个都比那堆肉值钱。"

"乡下人不知道什么是好的。"她说。

她这间办公室是整幢大楼的中心部位，四楼，居高临下，院落尽收眼底。太阳白晃晃，有普照的意思，院子里没有任何阴影。过去曾有两棵树，不知被移哪里去了，多出两个车位比什么都重要。这年头，没有比车位更重要的事情了。水泥地砖上画着一排长方格子。这些车位长宽各是多少，郭久梅一直很纳闷，不知道是参照什么车型定的标准，但特别像小时候跳房子画的格子。想起跳房子，她就想起了朱灵燕笨手笨脚的样子。她总是跳不远，蹦不高。"你哪里是灵燕，纯粹是拙燕、笨燕！"久梅无论怎样骂灵燕，她也不恼，汗水把额上的头发粘在了一起，她用手背一抹，小脸像抹了胭脂一样通红。她相信苦练就能像郭久梅一样轻灵，不单跳得远，还能蹦得高。运动比赛，在地上画一个圆圈，郭久梅一只脚不动，能踢七百个毽子，鸡毛毽子就像长在了她的脚上。朱灵燕充其量能踢三十八个，就三十八个。老师都无奈，说朱灵燕你咋这么笨啊！谁都不愿意跟你一组，你说咋办啊？

3

楼道里响起了脚步声。郭久梅拿起一只玻璃杯开了门。说："我正在给你烫杯子，然后想下楼接你——你没开车过来？"

"我打车来的。"朱灵燕龇牙一笑，棉花包一样挪进了房门。"我不会开车。像我这么笨的人……"她抬头这才看了眼郭久梅，有些难以置信，"久梅是你么？你吃长生不老药了？"

久梅拥抱了朱灵燕，在她的耳边说了句："我好想你啊！"

"亲爱的，我也想你。"朱灵燕踮起脚尖，努力伸长脖子跟她蹭了下，感受到了她的皮肤像婴儿的皮肤那么细嫩。她情不自禁摸了下自己的脸，像苹果那样凉，但也像苹果那样润滑。"你不只细嫩，久梅你返老还童了。"灵燕说。久梅也在细细打量她，她的长头发从颈后披散到前胸，曲曲弯弯的蓬勃，像爆炸开的一簇烟花。郭久梅不由得看了一眼常青藤，觉得它们有点异曲同工。

郭久梅泡茶。朱灵燕在房间里巡视。"还是坐机关好。"她说，"你们单位多干净啊，一进门厅，雪白的墙上镶嵌着绿色的字：创新、协调、绿色、开放、共享。嘻嘻，知道我们一进车间先看到什么么？安全第一，生命至上。"她抿嘴笑了笑，"书柜里还有这么多的书。上班就是看书，想想就美。"

"工厂也好。"郭久梅说，"工厂产生效益，机关就会花钱。"

"但花钱的比赚钱的过得好。"朱灵燕说。

"好啥好,都是那点死工资。"郭久梅敷衍。

"公务员呢!"朱灵燕感叹了一声,包含了万千言语。

"那是你不了解公务员。"郭久梅淡淡地回应,"既无聊也无趣。"

"这话倒是真的。"朱灵燕接了这话,说完就觉得嘴太快了。人家万一只是客气呢?

郭久梅洗茶,又重新泡好,嘴里说:"都以为茶干净,其实茶是最不干净的。风吹日晒,农药残留。很多人不知道洗茶,就那样直接喝,这是不对的。"

"我就直接喝。"朱灵燕说,"我们忙起来连泡茶的工夫都没有,工厂里都那样……你啥时变得那样讲究了?"

"这不是讲究,"郭久梅说,"这是讲卫生。"

"对对对,这是讲卫生。久梅你就是比我强,我做事总是稀里马虎。"

她脱下羽绒服放在椅子上。稍一思忖,抱到了外侧的沙发上。她想坐得离郭久梅近些。她就是这样打算的。

"我们小时候多要好啊。"她感叹。

"我们现在也要好。"郭久梅说。

"就是就是。"朱灵燕赶紧应,这话她也爱听,"虽然不常见面,但我很想你。"

不自觉地,朱灵燕就有些扒心扒肝。她定定地看向郭久梅,脸上全都是羞怯的笑。对面是一张方桌,叠放的报纸足有两尺高,像用刀裁过的那样整齐。一杯水递到朱灵燕的手里,她凑鼻子底下闻,香气氤氲。茶汤上漂着碧绿的几枚叶片。有些烫,朱灵燕放到了一旁的茶几上。朱灵燕说这屋里太热了。"是中央空调吧,多费电哪。"她说,"对了,你们机关不讲效益。不过这温度真不错,可以光穿毛衣……我这辈子没这命了。还有那样多的报纸，每天都能看看报纸，这是神仙过的日子啊……回头我能拿些回家么？择菜、铺柜子都用得着。"

"瞧你那没见过世面的样子。"郭久梅开玩笑，"都给你。"

"我就是没见过世面……多了也没用，要几张就行。"朱灵燕像小时候跟大人要糖果一样撒娇。

"放在我这里也没人看。"

"叠得这样整齐……为啥不看呢？"

"哪有时间。"

"看你们挺闲啊，这样好的办公条件。"

"闲只是表面……就是看报纸没时间。"她抽出一张柔软的纸巾抹水渍，那桌子已经很光亮了，她还是擦呀擦。白净的手指用力摁住那纸，指甲都充血了。

朱灵燕又起了羡慕心。她说工人可没这待遇，一年到头看不到有字的纸。过去车间里有几本烂杂志，模特的裙子都被数出了多少道褶。大家把杂志藏在工具箱里，还是被检查人员收走了。"你真是有品位啊久梅，冬天还穿裙子。"她看了看自己的腿，"我就是牛仔裤，一条又一条，一年四季穿。天生的劳动人民。"她自嘲地笑。

薄呢裙是郭久梅的标配。各色裙子她有一柜子。郭久梅淡定地坐在办公桌前，含笑看着朱灵燕。那神情有点像大人看小孩。她似乎过得不差。还养那样长的头发，发质还那样好。她小时候是卷毛羊，没少被气得哭鼻子。但羽绒服是普通牌子，棉袄是家居服。长绒鞋一看就是超市买的。脸上大概就擦了一层油，不过她的皮肤真不错。还有光泽。眼睛也不错，有点水汪汪。

"说，到底有什么事？"她很好奇。

这话在心里冲撞了下，却并没有说出来。她不习惯朱灵燕的快言快语，也提醒自己出言要谨慎。自从老侯当了局长，经常有人为这事那事找上门来。有些事情简直不可理喻，村里有个人来为老人要待遇，说老人曾经当过地下工作者，为共产党送情报，遭了鬼子毒打，新中国成立后一直没说法。"他最近总给我托梦。"那人说，"久梅的对象当局长了，快去找找他，他兴许有办法。"

"罕村，你们罕村……"老侯摇着一根指头笑，好像罕村尽是可笑之人。

朱灵燕挪蹭了下，在椅子上坐舒服，捧起茶来喝了一口。"阳过了么？"她问。

两人几乎一起答："阳过了。"然后哈哈大笑。

"闺女呢？"灵燕问。

"在英国留学。"

"比我们有出息。"灵燕说。

灵燕以为久梅也会问起方适子，女儿拿了教师资格证是荣耀，但郭久梅没问。因为举家都搬到了城里，她家的信息罕村人并不知道。也许，是没人关心。

难道，父亲的事也没人知道？

"老侯……你对象是姓侯吧？还当副局长么？"

"他调到了行政局，快两年了。"

"当局长了？"

"这年头，当啥也没那么多权力，都要按规则走。"

"我们方波就会跑业务，一年到头难得有假。要不是腿上做了个小手术……"

"你胖了。"郭久梅截断了她的话。她不愿意听朱灵燕谈家长里短。

"你白了。"朱灵燕赶紧跟着转过来。

郭久梅拍了拍脸："是老了。"

"一点都不见老。"朱灵燕说，"你看上去就像年轻五岁的。真的，坐机关的人都不显老。"她努力把话说得动听。

郭久梅偏头看了眼窗外，嘴角下意识地朝上翘了下。她利用年假整了下脸，眉毛开缝，眼皮上提。耳朵后边割了一道半尺长的口子，抽去筋膜，皮肤足足拽出去二厘米。那是脸皮呀，割下来放到玻璃板上，看上去特别怪异。谁能看见自己脸皮揭下来的样子呢？你不做医美永远不知道。她过去就是皮肤松。她长得不差，就是皮肤松。小时候跟同学一起玩，别人都像小孩子，就她像大人。经常被人问，你是高中生吧，咋跟小学生在一起？

她长了张成人的脸，也长了颗成人的心。朱灵燕的妈经常说，你被久梅卖了还得帮她数钱。朱灵燕嘻嘻地笑说："她不会卖我，她需要我给她当跟班呢。"

郭久梅走到哪里朱灵燕跟到哪里。更小一些的时候，灵燕从家里偷白面饼，久梅在墙角眼巴巴地等。为了防家贼，灵燕妈拿着芭蕉扇在堂屋门口守着，连午觉也不睡。但灵燕有的是办法，她从门缝盯着妈打盹，然后走后门，翻墙。

"你家为啥总没有细粮吃？"灵燕那时真不懂。

"我们家多少人，你们家多少人？我妈生了七个，你妈就生一个。你全村数数看，哪有一个孩子的人家？偏是你们家狗长犄角闹洋相……你妈为啥就生你一个？"

灵燕眨巴眨巴眼，这样大的事她居然从没入过脑子。"还能为啥，为了能随便吃白面饼。"这是妈给的想法，后来变成了灵燕自己的。她觉得，妈非常高明。为了能让她多吃白面饼，情愿少生。这想法非常是个想法。

　　参加工作以后，灵燕经常为这想法心跳。母亲总说随你爸，这也随你爸，那也随你爸。居然不让她吃樱桃，说吃樱桃过敏，因为她爸过敏，差一点丢了性命。那种水灵灵、红艳艳，让灵燕馋了很多年。她从小到大都不知道樱桃是啥滋味。有一次厂里发樱桃，厂医说，我就在这里，给你准备了抗过敏药，你吃一个试试，只吃一个。结果灵燕吃得停不下来，嘴里说："这样解馋，死了都不冤枉。"可就是……她没过敏。还有很多类似的事，母亲总挂嘴边上，让灵燕起了疑心。这点疑心若隐若现，若即若离。从没成为心事，也没成为负担。但时间抻扯得越长，灵燕越觉得是个问题。只是没想到父亲突然就走了，一句话也没交代。这让灵燕陡然有了幻灭感。她一直酝酿这样一种机会，母亲去了姥姥家，家里只她和父亲两个人，喝着酒，唠着家常，把这问题不经意间提出来，看父亲怎样应答。或父亲在某一时刻把她叫到床前，交代她的身世。像电影里演的那样。这样的戏码在她脑子里反复上演，没想到机会永远失去了。"我出生时多重？"有一次她问父亲。没想到父亲会陷入沉思。"没有多重。"父亲回答得毫无概念，哪怕说一句生下来就是个胖丫头也好啊。

　　"这世界上会有一模一样的两个人么？"想起小区里碰到的那个人，相像得甚至能到吓人的程度，灵燕觉得这是命运在暗示自己。她预备拿这话当引子，不动声色地套出久梅的话。久梅的妈那位胖大娘也许会知道些什么。罕村合力只瞒住她一个。罕村有齐心合力的传统。她打小就是心直口快的人。那得分什么事。

　　二〇二二年的最末一天，经过了三年疫情，每人都饱受了煎熬之苦。人与人之间应该再没有什么秘密。所有的真相都应该大白于天下。人类已经多灾多难，没必要再为秘密所累。灵燕最近经常思考这样的大问题。如果父亲活着，她会径直把事情问出口。这有什么呢。"我是你亲生的么？"亲生不亲生都没那么重要。不影响我们做父女。来生还做父女。我会努力寻找你们，哪怕你们远在天涯海角，我也要做你们的乖乖女。小时候父母把四只手臂搭在一起，给她坐摇摇椅。他们需要横着走，才能让这只"椅子"平稳。这样的待遇，郭久梅永远没享受过。

我只想弄清楚，没别的意思。只是，这样的话她独不敢问母亲，怕要了她的命。

4

郭久梅的心思都在自己这张脸上。她是偷偷申请的医院，没敢让老侯知道。那时外面疫情正严重，她还敢做这样的手术，得有一颗赴死的心。但她也有自己的考量。这样的时节医院里患者少，只要联系好可靠的医生，可以做得神不知鬼不觉。人也容易隐匿，只要说自己是密接，甚至都不用请假。自从老侯调到行政局当一把手，她心里的那种变化越来越微妙。遇到行政局的人，她会不动声色地打听，办公室几个人？有没有年轻漂亮的女孩？她们都有些什么爱好？她的小本子上甚至记下了这些女孩的名字，得着空就敲打一下侯红贵。这个怎么样？那个怎么样？老侯起初本能地反应一下，你咋认识她们？但知妻莫如夫，两三次以后就清楚了她的司马昭之心。老侯也不动声色，把办公室的女孩夸得像一朵花。长得好，办事漂亮，智商高情商也高。这不是开玩笑，老侯夸得一本正经。郭久梅一口老气堵到胸口，半天舒不出来。她知道老侯是故意气自己。"当官发财死老婆"，他大概巴不得把自己气死。她恨恨地想。

老侯反对她整脸。"你退休以后换个脑袋我也不管，但在职的时候消停点。"老侯说这话时不是商量，而是用嘲讽的语气提出要求，就像对下属提出要求一样。他面无表情斜靠在沙发上，吐出满口的烟，烟灰落到沙发上也不管。他那一区域烟雾笼罩，人如同幻影。郭久梅也是有个性的人，少有人能束缚她，老侯也不行。年轻的时候老侯就呲她不听话。郭久梅很是不屑。追我的时候你听我的！再者说，都是国家干部，我又不比你挣的工资少，凭啥听你的？她医美回来住闺蜜家，脸上消肿了才回来。老侯瞥了她一眼，什么也没说。满意还是不满意？这成了郭久梅的心病。答案就在他嘴里，他不说，她也不问。可以忍着不问，却忍不住心心念念。她整脸为了谁，还用说么？眼下却是有了答案。灵燕似乎没看出她整脸，那就证明改变没那么大。既然不那么明显，自己就完全可以在老侯面前理直气壮。"年轻五岁"这样的话有些扎心，对不起她受的那些疼。但一转念，快乐就如滔滔洪水。灵燕看不出来，就证明整形是成功的。至于年轻多少，就她那双大而无神的眼，能看出什么？

她把眼神瞄过来，充满了审视、挑剔甚至挑衅。还是得承认，灵燕鼓鼓的眼神扑闪，有年轻时的韵味。热切过后其实是漫不经心。灵燕没有用心看她，也没有用心说话，这显而易见。瞧她还假装看别处，其实眼神是散的。没咋聚焦过她的脸。难道是因为不忍直视？看出来了装没看出来？她是有心机的，不像表面那样胸无城府。她居然说年轻五岁，难道是在暗讽？否则她凭啥这样说？

如果老侯也是这样的心态，那就离世界末日不远了。她顶受不了他那半死不活的样子。

"就是想跟你说说话。"朱灵燕喝了一口茶，蹙了一下鼻子说："真香，我一辈子都没喝过这么好的茶，谢谢你久梅。我一直都想跟你说说话，一直，真的。我们有多少年没见面了？"

灵燕笑意盈盈，但显然是在说假话。她在努力说假话。

"记不得了。"她嘴里虚应着，胃里却一阵痉挛。如果闭上眼睛，甚至听不出这是灵燕现在的声音还是年轻时候的声音。除了多长了些肉，她与年轻时候相比委实变化不大。连说话的口气都没变。从久梅的角度看，她们所有的情谊结束在高考那一年，从估分开始，久梅比灵燕多估了六十分。灵燕整天哭丧着脸说自己没考好。久梅家却喜气洋洋。胖大娘里出外进说自己家要出大学生了。出门碰见灵燕妈，胖大娘响声大气说，你家就一个闺女，考不上大学没啥大紧。留身边在村里找个婆家才好照顾你们。不像我们家，送出去三个五个家里还有人。结果分数出来，灵燕比久梅高出六十分。命运就是这样残酷。哪怕多一分或少一分，久梅也不会觉得那样受辱，灵燕受煎熬的程度也许就轻些。灵燕够了本科线，久梅却只能上中专。灵燕临走找久梅告别，到处也找不见她。灵燕知道久梅在躲她，可灵燕就是想告诉她，自己真没想到会考这样多的分，一定是判卷老师弄错了。久梅不知道灵燕比她还觉得没脸见人，这样辜负朋友的事，哪是她朱灵燕能够做出的！那段时间真是天增岁月人增皱纹，久梅痛恨得咬牙切齿。她觉得灵燕一直在伪装，充分利用了大家对她的信任，骗过了所有的人。她就是想制造出其不意的效果让久梅一家难堪。胖大娘在街上发牢骚，说分高也不一定是好来的，仿佛灵燕能偷能抢一样。郭家再不愿意也改变不了高考结果，眼睁睁看着朱灵燕飞出了那个老屋。参加工作这么多年，她们在不大的埙城总共见了三次面。有次在街上偶遇，彼此留了电话。但从没有过联系。这次源于灵燕的一闪念，跑久梅单位来了。久梅正是心绪复杂的阶段，她不来，久梅也心绪复杂。她一来久梅就更心绪复杂了。久梅端起了自己的保温杯。那杯子酒红色，里面泡了几味贵重的中药，她把中药当茶喝，这一点是跟老侯学的。私下里老侯有自己的保健医生。她不喜欢这味道，但为了一些什么缘故，必须喝。生活就是这样五味杂陈，久梅把那些元素都泡进了水里。

"我一早起来就想上超市。走半路上，突然想起了你，直接跑过来了。这大概算新冠后遗症吧？我半辈子都没开过小差。"灵燕佯装轻松。

"有话就直说吧。"久梅重重放下了杯子。这话当然没有说出来，但动作和神情都在为这句话做注释。她觉得灵燕在拐弯抹角。她不喜欢有人在面前演戏。

灵燕怔了一下，她察觉到了这一点，脸孔讪讪地有些灰。久梅觉察了她的察觉，心底也生出了几分尴尬。她起身给她倒水。灵燕慌忙想去抢壶，却没有抢到。朱灵燕开玩笑说："郭处长给我倒水，好大的荣光啊。"

"德性。"郭久梅终于笑了笑，"你啥时变得这样刻薄了？"

"灵燕也在进步啊。"这话从嘴里说出，久梅的笑脸陡然不见了。

话题是一点一点嵌入的。朱灵燕发现，自己来找郭久梅不是个好选择。母亲很少跟罕村的人联系，但总有一两个，时不时通一下消息。而郭久梅家人和亲戚在罕村众多，朱灵燕突然感觉到了不安，话从自己嘴里说出，转眼就能形成风潮。朱灵燕问起胖大娘，得知胖大娘身体无比康健，一个人能种二亩地，每天一条街的人都去家里串门。朱灵燕后背毛茸茸，简直要冒冷汗了。她庆幸还没把话说出口，如果自己打听身世这样的话传给母亲，怕真要出人命了。郭久梅终于问起了大叔大婶，即朱灵燕的父母。他们那么早进了城，每天都干些什么？郭久梅是起了好奇心。灵燕心头突然一涌，眼泪夺眶而出。久梅脸上现出吃惊的神情，但愈发不敢问。她抽了纸巾给灵燕，顺带拍了下她的肩。灵燕的泪水充沛丰盈，很快就把纸巾打湿了。她抽噎一下才说："二七、三七都没过去烧纸，怕把我妈传染上。我家亲戚少，有了事情才知道，好凄惶啊！"

灵燕一辈子都不会忘记那一刻。父亲躺在床上，安然地看着她和母亲手足无措。过去手足无措的一直是母亲，她只会看小说，地里的活计一点都搁不上手，一辈子都这样。偏偏她还看不上父亲，嫌他粗，话少，不讲卫生，擤鼻涕往鞋底上抹。灵燕为父亲抱不平。有一次跟母亲吵，不往鞋底上抹往哪抹？母亲向往城里生活，父亲不向往，最终没拧过母亲。打从灵燕挣工资，他们就把土地转包了出去，亏欠的那一点，女儿完全能补上。母亲特别想得开。搬到城里来住，父亲好不容易改了随地吐痰再用鞋底蹭的习惯。父亲已经被彻底改造成了城里人，他前半生适应母亲，后半生适应城市。都适应完了，人也走了。灵燕从小就怕母亲，不是因为她厉害，而是因为她软弱。这种软弱却执拗，受了委屈就会哭，哭起来昏天黑地没完没了。父亲深长地叹息说，要不是她娘家遭难，当年咋会嫁到朱家来，咱家房无一间地无一垄。灵燕特别不喜欢听这话，这都是哪个朝代的历史，莫非要背负一辈子？有一次娘俩同时出现在一面镜子里，母亲苗条的身材高出灵燕一个头。灵燕说，妈，我长得像个冬瓜，怎么一点也不随你？母亲扭头走了，去另一个房间哭。晚饭说啥也不吃，直到灵燕跪在门槛子上哀求。

即便是在父亲的灵前，她们也没有过多地交流。母亲枯燥地说了事情经过。"上午十点，你爸说胸口不好受，我说把灵燕叫过来瞅瞅。他说灵燕又不是大夫，麻烦她干啥。让我到外边的药店买药，回来他睡着了。我以为他夜里没睡好，这时困了。谁想他一睡就不醒了呢。""真是哪辈子修来的福。"母亲说，"一点罪都没受。"灵燕其实想听更多的细节。母亲就那样完成了粗枝大叶的描述，她是读小说的人啊！父亲躺在那里就是结局。没有任何语言比这个结局更清晰明了。父亲是睡过去了，而不是别的。这让父亲面目安详,一点也不吓人。她和母亲一起给父亲穿衣服,父亲的身体已经不柔软了。方适子推门进来了。方适子刚要咧嘴,灵燕说:"别哭!"方适子又把嘴闭上了。一屋子软弱的人,哭起来还咋做事情!灵燕对女儿说:"别告诉你爸,免得他担心。"母亲先于适子点头,赞同灵燕。"既然赶不回来,告诉他干啥。"青布单子在沙发扶手上,适子抖落开,无师自通给姥爷连脸蒙上了。"过年我还想给您发红包呢,这下只能发给姥姥了。"

"把他那份也给我。"姥姥一脸严肃地说,"谁让他不打招呼就走。"

母亲问方波人在哪里,灵燕随口说他在杭州。眼下被困在了杭州城,长了翅膀都飞不回来。适子心领神会,帮腔说:"我爸回来也没用,肯定要隔离。"母亲就不说话了。她问灵燕下一步该怎么办,灵燕已经在打电话了。公公去世时请了大了,灵燕存了他的电话,那时是想防备万一,没想到这么快就派上了用场。灵燕对着电话说:"疫情期间一切从简,我爸不会怪的。叔叔您过来一趟,帮我们料理他的后事吧。"

大了姓蔡,今年七十二岁。跟他一起来的还有他十八岁的孙子,叫蔡张。进来爷孙先给父亲鞠三个躬,蔡叔说:"老哥哥,你可真会找时候啊。"外边到处闹封控。他带来了香烛瓦盆,香烛插在父亲头前的茶几上,这让现场有了些气氛。袄袖里塞了打狗棒,用香油点了眼宫。他说这一切都只是象征性,送送他,为他把路照亮,让他知道该朝哪里走。动静大了会让邻居闹心,以后大家还得见面呢。几句话,说得熨帖周全,灵燕提着的心一下就放下了。蔡张摁燃打火机,老蔡把纸丢进去,在瓦盆里烧了第一道纸。老蔡的脸呼地一亮,就像来自另一个世界的照耀,给面皮镀了一层神圣,让人觉得对面那个世界委实不错。"老哥哥,你就放心走吧,前边条条大路都通往极乐世界。你朝前走,莫回头。"灵车来了,他指挥着把人抬出了家门。灵燕注意地看了母亲一眼,母亲一脸惶急。她给父亲掖布单,又把脚盖严实,生怕他着风着凉。这个动作让灵燕特别安慰。母亲一下子变得瘦弱孤单可怜,她扶着门框不停地说慢点慢点,怕把人磕了碰了。她一辈子都没为父亲这样操心过。遗体抬上车,母亲也想去火化场,被大了拦下了。"没有这样行事的,老嫂子,您就守着这屋子,哪也不要去。屋子不能没有人。"

蔡张又回来一趟,把瓦盆连同纸灰一同端走了。楼下停了辆三码车,他把瓦盆装到袋子里,放到了车上。他们依次上了灵车,灵燕和适子坐一边,蔡叔坐另一边。适子头上戴一顶白线帽,灵燕头上围了条白纱巾。蔡张在车上查看了一下,就下去了。他说开三码车去火化场。灵燕脑子一闪,才发现爷孙两个非常相像,都长了蒜头鼻,鼻翼都生了颗痣。灵燕在脑子里过了一下父亲,又过了一下母亲。这都是一闪念。他们都不是肉鼻子,灵燕却长了个肉鼻子。像她肉墩墩的身体一样。

父亲做梦也不会想到他会这样走,身边坐着个陌生人。

5

院墙外是老小区,六楼到顶。因为空无遮拦,郭久梅抬眼就能望见对面人家的窗。外墙皮斑驳得早看不出本来颜色。空调外机、各色护栏呈现得五花八门。有些护栏贴着玻璃窗,有的则占据了空间位置,内里放着杂物。没装护栏的只此一家,是平行的四楼,与郭久梅的窗子相对。天气还暖的时候,他们卸下了铝合金窗子,换上了塑钢窗,玻璃像大海一样深蓝,一下就在一片窗玻璃中有了与众不同的气质。屋里显见得是在装修,有时能听见电钻轰鸣。有个穿红色吊带裙的年轻女孩推开窗子探头望。她没看见郭久梅,但郭久梅能把她看得非常仔细。窄小的脸,粉白的皮肤,黑亮的长发,像天鹅一样有长长的颈项。但她只见过那一次。闲下来,郭久梅会趴在窗台上,企图看清对面房间的样子。想这里面将会居住什么人,这样旧的房子是否有必要装修。事实证明,有。郭久梅无意发现那深海样的窗玻璃贴了红囍字。细细的笔画,跟穿吊带裙女孩很搭。但确实是红双喜,不知什么时候贴的,久梅今天才发现。这一惊非同小可,郭久梅陡然站起了身,拉开窗子想看仔细,冷风呼地扑面而来,她急忙把窗子关上了。待发现此举打断了朱灵燕的叙述,她抱歉地回头笑了下。"大了收了多少钱?"

灵燕拒绝回答。她沉浸在自己的叙述中,还没讲到那里。

郭久梅朝窗外指了指,说:"对面有人家结婚了,可我一直也没发现。"

灵燕说:"你认识?"

郭久梅起身给灵燕添水,说:"不认识,但我见过那个新娘。"她把水端到了灵燕的嘴边,灵燕接过来,又轻轻放下了。

"也许那不是新娘。"想了想,郭久梅说,"也许是别的什么人。对不起,我刚才有点走神。你说到哪了?"

有关鼻子的事灵燕自动隐匿了。想法不宜说出来,她不预备跟久梅谈论身世这样的话题了,敏感信息就自动过滤掉。她重点说那对爷孙,是七里峰的人。这是过去的叫法,离城市七里地。现在已经是城市的一部分。一辈一辈都给人做大了,儿子去世了,孙子顶了上来。公爹去世时也是他们爷孙来帮忙,是老方的表哥推荐的。那是在六月份,老蔡和小蔡都顶着一脑袋白毛汗。上礼、桌席、祭拜,许多程式化、程序化的礼仪和规矩不能从乡下搬过来,但必要的程序和规矩还是要有,这就为他们的职业预留了空间。灵燕问蔡张有没有上学,蔡张说,念到初二,就不念了。灵燕问为啥不念。他说听不懂。老师讲啥都听不懂。英语尤其听不懂,考试只给五分。爷爷插话说:"天生不是上学的料,不念就不念吧。"

久梅突然插话问:"你把旧房给了父母住,公婆没意见吧?"

灵燕说:"我们在同一个小区给公婆买了房,跟我们住的房子一模一样。搬家前问他们,住新房还是住旧房?他们选择了住新房。那房子确实是新的,从没人住过,所有的家用电器都是新买的,不像我们家,家电都使很多年了。"

"够有能力的。"久梅说,"你老公就哥儿一个?"

"有个妹妹,嫁到了承德。我们房子买得早,那时都很便宜。也是鼓着肚子举债,两边差不多都是独生,没人可以依靠,只得早做打算。"

"哦。"久梅简单地应了声,"记得那时候单位分东西你都捣鼓到了娘家。"

"方波跟我一个厂,他分的东西送给公婆。我们习惯什么也不留。"

"嗯。"久梅摸了摸自己的脸。

灵燕想起了小时候,考试被老师抓了卷。四则运算题,她把每一步的得数记在纸上,老师怀疑她在验算。怎样分辩都不行,老师知道抓错了也死不承认。灵燕决定不念了,不上学总可以了吧!她跟郭久梅表达时,久梅支持她,两人就那个讨厌的老师讨论了一路,一起义愤填膺。久梅也决定不念了。"过几天我们到远处去玩。"她这样约。远处有铁轨,隔着一条河和几里地的庄稼,她们只听见火车叫,从没见过火车。久梅希望见到火车像风一样在眼前掠过,灵燕则希望两脚踏在铁轨上跟着火车奔跑。老师说地球是圆的,一个人从原地出发,走着走着就能走回来。灵燕觉得铁路也一样,走着走着就能走回来。可转天一大早,母亲拿着木棍站在屋门口,灵燕乖乖背起了书包。母亲押着她一直走到学校,把她交给了老师。老师满面春风地说:"朱灵燕是我们班最优秀的学生,我对她要求高。"

多年以后,灵燕见到老师还能想起那一幕。母亲走了,她就把脸撂下了,瞪着三角眼说:"朱灵燕,回座位上去!"大有秋后算账的意思。真到秋后,她大概早把这事忘了。

后来灵燕知道这事是久梅告的密,胖大娘找了灵燕的母亲,说两个孩子想离家出走,让她防备点。母亲说:"灵燕胆子小,若不是久梅勾搭,她哪也不敢去。"母亲不愧是读小说的人,在大是大非面前一点不糊涂。灵燕那一段时间讪讪地,不敢跟久梅发展友谊。在学校里也是这样,下课了,两人都彼此回避着到外面去玩。直到有一天,灵燕饿着肚子为久梅省下一整张白面饼。下午上学的时候,灵燕把饼从书包里掏出来,像宝物一样献给了久梅。放学时她饿得直不起腰来。

把父亲送进去,她和适子跑到外边等。空旷的广场一辆车也没有,只有蔡张的三码车停路边上,看上去它不怎么习惯进车位。老蔡说:"火化场最近才搞加班活动,过去只上八小时。今天特别奇怪,没有多少生意。"黑黝黝的烟囱高耸入云,灵燕和适子并排站在冷风里。适子说:"这就是生命的重量。"

"啥?"灵燕没听明白。

适子说:"姥爷有一次告诉我,总有一天,人能像鸟儿一样飞起来。"

烟囱里冒出来一缕白烟,深入天空以外,就不见了踪影。

从火化场回来,是晚上十点半。父亲从一个人,变成了一盒骨灰。骨灰盒花了四千多,是价位稍高的。灵燕想,既然不能给父亲一个体面的葬礼,就给他一座体面些的房子。他们一起挤到三码车狭小的车厢,总共四个人,父亲被灵燕抱在了怀里,就像灵燕小时候被父亲抱怀里一样。方适子一直搂着朱灵燕,灵燕感觉到了女儿单薄的肩膀也是依靠。父亲要埋到老家,灵燕给二叔打了电话,二叔已经着人给父亲挖好了墓,就在爷爷奶奶的下手。"只是……"二叔迟疑地告诉灵燕,村里几条街都在搞隔离,他们都不愿意见外人。幸好二叔家这条街还自由,但家里只二叔二婶两个人。灵燕赶紧说:"不要帮别的忙,只要挖好墓坑就行。"二叔说:"这没问题,我一个人就能干。"但这是明天的事,眼下怎么办呢?要把父亲放到哪里?灵燕打电话问母亲,母亲有点迟疑,说:"放到车库?"

黑夜中老蔡的帽子就像一坨会移动的山峰,只有两只眼白在黑夜里凸显。"车库里阴气太重。"他说,"你们要是相信我,就放到骨灰堂去。""哪里有骨灰堂?"城市不大,灵燕却对这些地方闻所未闻。"到了那里你就知道了。骨灰堂有人专门上香,不会间断。"灵燕拱了一下适子,适子问:"多少钱一宿?"

老蔡说:"两百。"

"真便宜。"适子说。

"哪能挣亡灵的钱?"老蔡说,"不过是一点辛苦费。"

车子拐了一个急弯,上了一条小路。很明显这是条村路,疙疙瘩瘩地颠簸。好在并不远,没让他们太过绝望。车子刚停下,院子里亮了灯。灯光从错开的大门里映出来,像来自天堂的照耀。灵燕抱着骨灰盒下了车,适子紧紧搀扶着她。木了一会儿才想到这里似乎是老蔡的家。他们爷孙熟门熟路进去,把车停到了甬路上。这是足够大的一所宅院,正房高大,灯泡就安在屋檐下,显然是有人听见动静开了灯,但并没有人出来。厢房低矮,上悬黑底金字一块匾额,上写"骨灰堂"三个字。原来是正规的地方。

"这是哪儿?"灵燕左右环顾,她有些找不准方位。

"超市后身。"蔡张指着不远处的一座建筑说,"前边就是共享超市,我们这里都能闻到他们做糕点的味道。"

灵燕说:"过去经常到这个超市买东西,这是埙城最早的超市。可从不知道超市背后还有这样一个地方。"

进了厢房门,里面是一张一张小课桌。灵燕数了数,有十多张。每个课桌上都有个小香炉,上面写着编号。"今天不用看编号。"老蔡说,"今天就老朱哥哥一个人,这个时间不会有人再来了。"

"平时生意多么?"

"有时这屋子装不下。"

小香炉只有一只苹果大,但父亲终于有了香火。灵燕跪下给父亲磕了三个头,心里说:"爸,对不住了,您在这儿委屈一下吧。我实在没有别的办法了。"她特别想痛痛快快哭出声,可想到这里是别人的家,就把嘴唇咬紧了。她身子剧烈地起伏,像泥一样瘫倒了。又冷又饿又累,闭眼似乎就要晕厥。方适子把两手插在她腋下,浑身一用力,把她端了起来。

他们约了明天早晨六点来取骨灰。老蔡说:"在你取骨灰之前,这香火不会断掉。"

久梅目不转睛看着她,不知啥时她被吸引得心无旁骛。

小时候灵燕是个谎话精。这是她妈胖大娘说的。无论什么时候,你问灵燕家里吃啥饭,她一准说白面饼。永远的白面饼,仿佛她家盛产白面饼一样。有一次她被老师骂,其实她经常被老师骂。跳远跳不远,跳高跳不高,踢毽子只踢几十个,像鸭子那样笨。她说不上学了。于是久梅就陪着她不上学了。可转天早晨,她早早就去上学了,招呼都不打一个。久梅在呼呼睡大觉,一想到从此不用再去上学,她就睡得非常踏实。胖大娘在院子里喊,死丫头,人家灵燕早走了,就你还呼呼傻睡,瞌睡虫揍的玩意儿!胖大娘特别会骂人,而且嗓门大。久梅一激灵,翻身坐了起来。她不相信灵燕真去上学了,上学也应该来招呼她。进了教室一眼就瞧见了灵燕。她个子矮,坐第一排，一副旁若无人的样子，仿佛她们从没有过约定。久梅从那时就不想再理她，太能骗人了。

当然后来又和好。小时候就是这样，像天下大势一样总是分分合合。大了就不行了，分了再合就困难了。那种距离感和隔膜，随年龄与日俱增。第一次她把侯红贵带回家去，村里人说，没有灵燕女婿长得好，人家要人儿有人儿，要个儿有个儿。侯红贵皮肤黑，个子不高，小眼珠滴溜溜转，有点贼眉鼠眼。久梅很多年看不上他。那时纯粹是因为年龄大了，想结婚了，被侯红贵追得紧。还有，她曾被一个男人伤害过，有了自暴自弃的想法。那时坐机关待遇差，没啥优势，跟国企工人的收入没法比。但十年河东十年河西，风水轮流转，公务员后来成了炙手可热的职业。做梦似的，久梅就当了副处长。侯红贵不知祖上积了什么阴德，别人难如登天一样的仕途，他却顺风顺水。就像从事业局副局长到行政局局长，不知有多少人盯着那把椅子，被他轻而易举地坐上了。

侯红贵从不跟她说单位的事，自己晋升的事，或人员变动的事。他什么都不跟她说，出去喝酒吃饭也从不带她。久梅的自卑从结婚七年之痒就开始了，有一次，他们在一家饭店吃饭，服务员以为他们是一对母子。"瞧你老得那个样儿！"侯红贵撇着嘴角说，"人家还以为你是我妈。"

但他的工资卡在久梅手里。若干年，他从没跟久梅要过一分钱。久梅怀疑他有小金库，他的衣品越来越高档，手表，皮带，领带，久梅都研究过，是名牌。但他却没从久梅手里拿过钱。身为行政人员，久梅也觉得纳闷。

灵燕的妈叫时寒之，进城就为买一本书。胖大娘说，时寒之是嫁对了人，若是换个人家，早被揍扁了。

6

"妈,您一个人害怕么?我和适子过来陪您吧。"

"不用,我不害怕。你们回自己家好好休息。"

"我们明早六点去取骨灰,然后去罕村。"

"我也去,你先来接我。"

六点天还黑着,只有路灯惶惑而疲累地睁着眼。城市很安详,只有病毒在街上东奔西突。那些有生物性质的生命颗粒在冷空气中穿行,伺机寻找宿主。这是灵燕的想象。她总是戴双层口罩,防着自己被放倒。这个家,她成了顶梁柱。她有点享受这种状态。过去她凡事都依赖老方。走亲戚她不进超市的门,等着老方大包小包拎出来。老方去住院,她自己增加了责任和使命,有了天降大任的感觉。按常理,未亡人不能进坟地。但母亲不是常人,所有的俗礼在她那里都相当于没有。上车空调开了很长时间,车里才不冻鼻子冻脸。"你睡着了么?"适子打了个长长的哈欠问。灵燕说睡着了,只是不踏实,做了一连串的梦。梦见发大水,水里都是小鱼小虾。

"你姥姥也要去罕村,我不希望她去。"

"为啥?"

"罕村的规矩,她这样的身份不应该去墓地。"

"她不需要规矩。"

"是的,她不需要。她只需要小说。"

"妈妈你为啥不爱读小说?"

灵燕又想起了镜子里母亲的身高和自己的肉鼻子,她好像没有什么地方随母亲。

手机才响了一下,母亲就关了屋里的灯,同时响起了开门和关门的声音。她收拾好了一直都在等候。她从楼道里出来,手腕上挽了一个包裹。她小声喊"灵燕",灵燕过来接过包裹,拉开车门让母亲坐了上去。"这包里是啥?"

"你甭问。"母亲说。

适子坐在副驾驶,喊了声姥姥。时寒之伸手摸了下她的脸。

"你开车?"母亲问。

"一会儿再让适子开。"灵燕答。

走燕北路,拐向崆峒西街,路上没看见一个人一辆车。灵燕想,从昨天到现在,这一切都是真实的么?父亲从这个世界走了,他是不是回归了?灵燕自信没有说出来,但母亲回答了一句"是"。灵燕激灵一下,想回头。母亲说:"好好开车。"灵燕想,什么都逃不过母亲的眼睛。从小就是。哪天如果灵燕想偷白面饼,无论怎样伪装母亲都会看出来。但母亲从不会戳破,她拿了也从不批评她。但母亲会守候。为了一个白面饼,母亲连午觉都不睡。母亲的做派不属于罕村,罕村不出产她这样性情的人。从小到大,母亲从没对她说过重话,除了那次拿着棍子轰她去学校,她再没犯过比那更大的错。这也让她感觉奇怪。这个妈仿佛不是亲的,但又仿佛比亲的还亲。这种感觉真是奇怪。有一段,母亲读书读得泪水涟涟,每晚都给她讲阿克西尼亚,说她爱上了一个人,却不能嫁给他。灵燕听得懵懂,长大才知道这是本苏联的书,叫《静静的顿河》,她从图书馆借回来放在床头,从来也没有看超过一百页,她总也记不住那些文字讲了些什么,看十遍依然记不住。她对文学艺术总是提不起兴趣。音乐,绘画,舞蹈,她都觉得没什么用。而母亲总是如醉如痴。她吃穿用度从不讲究,却是个热爱艺术的人。要命的是她只是个乡下人,没一分钱退休金。这些对她都过分奢侈。这不奇怪么?若问灵燕对什么感兴趣,她很难回答。做别人教给她做的事,她都完成得很好。她总说不喜欢动脑子，考上大学纯属误会。

她在厂里人缘好，大家都喜欢她无是无非。

那时还不兴家长检查作业，可灵燕的作业母亲都会做一遍，然后跟她对结果。母亲乐此不疲。后来灵燕给适子检查作业，心力交瘁。母亲说，学习是多好的事情，检查作业也是学习机会呀。母亲做不来地里的活计，又厌恶做家务，在村里人眼中就是个笑话。母亲搬到城里，才脱离了那样一种氛围。高中的作业母亲不会做，她就坐灵燕身边看着她完成。她喜欢看女儿写作业，眯眯笑着帮灵燕收拾文具，削铅笔，钉本子。灵燕从没把这些跟她的考试分数联系在一起，走在去接父亲的路上，她突然想起了父亲的一句话："你妈是咱家的活菩萨。"

活菩萨？

灵燕心里一惊。她一直为父亲感到委屈。

倏然流出的眼泪惊动了方适子，这名字就是姥姥给起的，很多年里灵燕自己都叫不惯。但女儿喜欢这个名字。老师和同学都喜欢，以为适子出生在一个不同凡响的家庭。当初灵燕不接受这个名字，想改一下。母亲说，没有比这名字更合适的了。她拧不过母亲。

方适子奇怪地看着自己的妈妈。"别哭。"她小声说。

十几分钟就开到了共享超市附近。从一条胡同里穿过去，就到了老蔡家门前，那条路宽，并排能走两辆车。灵燕把车头调好，大门"吱呀"开了，老蔡说："估摸你们该来了。"

只灵燕一个人下车。在老蔡的带领下进了骨灰堂，父亲孤零零地停靠在那里，那炷香倏地掉下了些香灰。灵燕陡然心里一动，觉得是父亲在跟她打招呼。这一夜发生了什么？父亲独自在一个陌生的地方，多冷清啊！父亲为什么不能回家呢？住女儿家也行啊！说到底，这已经不是父亲了，父亲与这个世界不辞而别，就变成了另外一种形态。父亲不是装在骨灰盒里，而是一种恐慌的存在。否则母亲为什么说要把他放在车库，而不是放在家里？灵燕歉疚地看了眼小香炉，里面有数支香烧残的痕迹，证明这里确实没断香火。灵燕抱起了骨灰盒，对老蔡鞠躬说声谢谢，往外走去。适子已经坐到了驾驶室。灵燕坐到了母亲身边，把父亲放到了膝盖上，感觉就像他跟母亲并排坐着一样。

"妈，你要是困，就眯一会儿。"

"我不困。"

"爸，咱们就要回老家了，走吧。"

车子朝左转，径直朝南开，是昨晚来的那条路，在车灯的强光下，看得见路上的坑坑洼洼。村口有两个很大的水泥墩，三码车过来毫不费力，但汽车就要多加小心，因为它们正好严丝合缝。适子踩了刹车，把车停到近前，下到车前打量了一下两边的空当，断定不会摩擦，才一脚油门踩了下去。

"你慢点。"灵燕说。

"老街没有年轻人了。"久梅端起杯子喝了口水，"不是老，就是小。"

"好在老街没封控，我二叔能出来。否则连挖墓坑的人也找不到。"灵燕说。

"你二叔身体还挺好，当年你家把宅院给他是对的。"

"我妈说，她啥时想回来能有她一个屋就行。可她一直没回来。"

"你妈想得开。"

"她是怕我二叔不好意思接受，才故意这样说。"灵燕突然豁然开朗，"他毕竟有四个儿子。"

"就那样把你爸埋葬了？"久梅话风有些轻飘。

跟二叔说好，大家都奔墓地而去。这里是河套地，爷爷奶奶葬在这里。十几米远就是一条河，眼下结了白花花的冰。灵燕打小就跟父母来上坟，清明节来压挂纸，忌日来摆供品。米饭用小碗扣个圆球，或一个盘子里装六到八个饺子。盘子是双，饺子也是双。灵燕问过母亲，为什么不能是单数。比如，装五个或七个饺子。母亲也不知道，她看的那些书里不提供这些知识，母亲也有入乡随俗的地方。坟前有棵松树，已经很粗了。二叔等在大堤上，肩头扛着铁锹，手里还提着一个，奇怪地看着这支"三八"队伍。"姑爷呢？"他问。灵燕怕适子说漏嘴，抢着回答："出差了，赶不回来。""咋这样，咋这样。"二叔嘟囔着往前走，说河套地里冻土厚，昨天挖土特别费力。二叔是罗圈腿，这样的腿形都是营养不良加劳累过度，几乎没有例外。蹬锹挖土腿不得力，二叔一定干得很辛苦。灵燕想起了父亲，父亲有两条好腿，在二叔的心目中，父亲是享过福的人。

但他们有相似的面貌，笑起来抬头纹都在一个位置。她陡然想起小区见过的那一个，比二叔更像父亲。

"你们就兄弟俩？"灵燕说，"我在城里见过一个人，特别像爸爸。"

"世界上彼此相像的人一共有四个。"母亲说，"这是书上说的。"

"好吧。"灵燕嘟囔了句，很响地吸了下鼻子。

"也没听说有啥大不好，大哥咋这么快就没了？"二叔凄惶地问。

母亲的白发从帽子里渗出来，一宿的工夫，脸似乎小了一圈。"一早起来还好好的，十点钟的时候人就不行了……她二婶身体还好么？"母亲问。

"就那样吧。"二叔说，"一到冬天嗓子就拉风箱。"

"别舍不得烧燃气。"村里的情况母亲都知道，煤改气改电改燃，折腾了好几年。现在终于稳定住了。老百姓就怕瞎折腾。"屋子里最好能烧到二十五度,这样待着才舒服。"

"哪有那个条件?"二叔朝黄土地上吐了口痰,"一冬也不少钱呢。"

适子悄声对灵燕说:"房子都给他了,怎么还哭穷?"

灵燕暗中踢了她一脚,下巴朝前暗示,适子跑过去接过来一把铁锹。"二姥爷给我拿着。"

"真懂事。"二姥爷夸。

灵燕把骨灰盒放到翻出的新土上,二叔扑通跪倒,一下子哭出了声:"你咋这么快就走了,要说我该去城里见你一面,可我动不了啊!"

灵燕和母亲一起去扶二叔。灵燕说:"二叔别伤心了,我离那样近,也没见着。我妈说,他一点罪没遭,是哪辈子修来的福,睡着睡着就让人叫走了。他这是让神仙接去了。"

二叔用粗糙的手背抹眼睛,从口袋里掏出两个馒头,递给灵燕一个。灵燕学二叔的样,把馒头掰碎扔到墓道里。适子问:"这是啥意思?"

二叔也不知道是啥意思。祖辈都这样做。二叔掰得粗枝大叶,只掰成了三块。灵燕掰得仔细些,有十多块。她想,能为父亲做的事情真是少之又少。

两腿叉到墓坑的两边,二叔把骨灰盒小心地放了进去。母亲把包裹也放了进去,就像故意留出位置一样,包裹正好嵌到了骨灰盒的一侧,严丝合缝。那是一个绿头巾包起来的包裹,天黑的时候看不清楚。这时天已经亮了,只是青灰色,太阳还在闺房隐匿着,等待谁发出号令,沐浴出宫。

包裹紧紧实实地两头翘,像小船一样,也是骨灰盒大小。灵燕又问了句:"这里是什么?"母亲答:"一个匣子。"灵燕恍然记得见过那个匣子,总被母亲锁着。"上边有锁?"她上手摸了摸。

101

"那样你爸就打不开了。"

母亲突然坐地上哭，哭声像唱咏叹调一样让人不知所措。天光下只有母亲细若游丝的哭声，一哽一哽的，像五线谱一样。灵燕和适子对了一下眼，谁都没有过去劝慰。

"他活值了。"二叔一直觉得父亲比自己过得好。

母亲大概哭了七八声，自动终止了。"哭几声痛快痛快。"母亲这样解释，"咋也应该去趟医院，咋能连片药都不吃就走呢？"

"你会想他么？"灵燕握住母亲的手小声问。

母亲顿了一下，说："想。"

回填的土有些已经被冻住了。灵燕用手搬，用脚踹，再用铁锹铲。她发现，二叔比她有力气，虽然上了年纪，二叔依然比她有力气。坟坑总算填平了，又隆起了小小的坟包。太阳在河对岸升了起来，穿过枯树的枝桠冷寂地照，打在他们几个人身上，拖出长长的影子，就在那些新土上。冬天的太阳，特别寡淡特别苍白。灵燕虚脱了似的，额头冒出了汗，眼前一片迷蒙。她缓缓蹲在地上，但两腿一抖，一屁股摔倒了。"我身上好像一丝力气也没有了。"她拍着两手对适子说。适子来扶她，她撑着让自己站了起来。"清明再来填土，那时天气暖和了，再把坟填大一些。"灵燕对大家说。

久梅坐了过来，跟灵燕只隔一个茶几。她把冷了的水倒掉一些，又添加了热的，递给灵燕。灵燕不想喝，她像灵魂出窍样地注视着前方，就是那盆常青藤，茂盛得像是养在夏天的植物。她不知道久梅曾把常青藤与她的头发相提并论。这屋里太暖和了，她后背有些毛茸茸。她想脱掉外套，解了两个扣子，才意识到棉袄只是家居服，她进厨房穿的。棉袄里面就是件秋衣，领口已经破了。她停住了手，又把扣子扣上了。

因为话说得太多,她觉得自己的嘴和脑子都是木的。她有点想不清为啥要到这里来,为啥要给久梅说这些。是太想说话的缘故?不是。跟久梅说的这些,只适合久梅听。或者,就是要说给久梅一个人听。

她办了件大事情。这么大的事情甚至要瞒住老方。因为他在住院,她不想额外给他负担。若老方知道家里出了这样大的事,他躺在手术台上也会跳下来。

哦,这不是理由。最起码,她来之前没想到要讲这些。她的思绪在不断调整和改变。她想问久梅自己家为啥只有一个孩子,有没有从胖大娘那里听说过什么。话就在嘴里,被她关住了。灵燕怕事情传扬出去,伤着母亲。

"你是说死亡和手术都被你瞒住了?"久梅难以置信的样子。

"哦?"灵燕有些僵。她陷在某种情绪里,有点反应不过来。

久梅想握她的手。试探了一下,又缩回了。久梅的手骨瘦如柴,青筋就包在皮肤里,像蚯蚓爬在手背上。这样的手跟她的脸很不相称。灵燕的手就像块小发糕,看上去热气腾腾,手背上长满了小酒窝,就像一张小笑脸。"你不是这样的灵燕。"久梅思忖着说,"你小时候不是这样有主意……"

"我现在也没主意。"灵燕说。

"老方做手术你瞒住了父母。父亲去世你瞒住了老方。灵燕,这都是大事情呀,你居然瞒天过海,胆子太大了。"

"要不然呢?"灵燕喝了一口茶,险些呛着。她咳了好一阵。

"都人命关天哪。"久梅慨叹。

"我知道。"灵燕抹了下嘴角,茶渍让她的嘴唇鲜红。久梅疑心她抹唇膏了,但往细了观察,她没抹。"我要怎么办呢?我妈若知道方波的腿动手术,会在想象中无限扩大手术的风险,让自己陷入崩溃。她根本不相信手术还有微创这回事。你知道她是一个读小说的人,专门看外国小说,特别耽于幻想……"

"你不是胆子大，你是心大。"久梅没耐心听她说这些，加重了语气。

"方波如果知道我父亲去世了，他拖着断腿都会赶回来。他知道我们这边没有谁可以依靠，他不放心我。"灵燕突然红了眼圈。

久梅同情地看着灵燕，说这样的事情若发生在自己家，行政局的人都会来帮忙。人与人的差距、人与事情的差距，都体现在关键时刻。

"你应该找我呀。"久梅说。

"我没想起来。"灵燕实话实说，"这么多年不联系，关键时刻真想不起来。"

"还不是又找来了？"久梅看着她，一不留神就露出嘲讽。

灵燕发根出汗了，有蒸腾的迹象。可这温度于久梅刚刚好，她甚至隐隐觉得手脚有凉意。当然，她总是手脚冰凉。年轻的时候侯红贵还给她暖，现在根本不上她的床。

"你辛苦了。"久梅去了里屋的洗手间，出来时，用护手霜擦手，房间里飘荡着一股子桂花香气。

"我是不是不正常？"灵燕有些惶恐。

久梅摇了摇头，回到了办公桌前自己的座位上。

"换了你会怎样？"

"不会怎样。"久梅说，"我不会遇见这样的事。"

"如果遇见呢？"

"不会遇见。"久梅直视前方斩钉截铁，"我们不会那样倒霉。"

灵燕噎了一下，像是被水呛到了，眼里立时汪出泪来。久梅乜斜了她一眼，隐隐的恶意消退了，有些同情她。"方波手术你没有去陪护？"

"医院不让陪护，我给护工打了电话。护工说，二十床有点低烧，术后一直都还没吃饭。"她声音小得像蚊子，越说越没底气，唯恐说不周全。

"你爸死的事，你现在也没告诉老方？"

"我不知道该怎样说，我有些说不出口。"

"怎么可以这样。你怎么可以这样。灵燕，我真是无语，不知道你是这样的人。"

"我是怎样的人呢？"灵燕惶惑地问。

"但凡有点感情，也不至于此吧？"

久梅还是把恶毒的话说了出来。说不清为什么，她就是觉得只有这样说才快意。自己在受伤害。明明是在伤害别人，受伤的却是自己。

"不是……"灵燕急于想分辩，她觉得久梅误会了。自己明明是出于感情做这些，怎么会是"但凡有点感情呢"？

"你听我说……"灵燕急得用起了手势。

"你不用说，我都明白。"久梅把头扭向了窗外。

灵燕的眼泪越流越多，久梅的话太难以消化。她来见久梅不是为了听她讲这些。想听她讲："灵燕，你真能干。十几年不见，没想到你这样能盛事了。"明明知道这想法是虚妄，灵燕还是情不自禁。灵燕自嘲地扯了下嘴角，清楚这就是久梅的语风。几十年过去了，什么都没改变。久梅从没肯定过灵燕。她总是打击她，不惜任何手段和火力。肯定灵燕的只有时寒之——自己的母亲。她说灵燕是最棒的。作业本干干净净，书包里整整齐齐。灵燕钉个纽扣她也满大街去喧嚷，说灵燕手多么巧，活计比自己的还好。左邻右舍都哂笑，她们知道时寒之是最差的。她从没给灵燕做过一双鞋，给她材料她根本做不出。灵燕的鞋子都是姥姥和大姨做。后来她们都死了，市面上已经可以买鞋了。朱世安是最好的木匠，专门打新婚洞房的家具。五斗橱、组合柜、梳妆台、大小衣橱，能让洞房熠熠生辉。拿回的钱全部交到时寒之的手里，她就去城里买书，给灵燕买时新的衣服。她看灵燕的目光就像看一件宝物，永远看不够。他们是罕村的谈资，就像一窝怪物。跟朱世安什么玩笑都可以开，但不能说他的妻女。谁若说她们的坏话，他能拿起斧子拼命。

在他的眼里，妻女都是神仙级的人物，根本不容许别人亵渎。

灵燕反复牵动着嘴角，她觉得谈话已经走进了死胡同。如何结束尴尬的局面成了头疼的事。久梅不肯定她是对的。她当处长了。灵燕只是从新工人变成了老工人，身体像棉花包一样暄腾起来。如果说有变化，变化的就是这些。灵燕一直是自卑的人，身处这里，就更加自卑了。或者说，面对久梅的时候，就更加自卑了。像小时候一样，时过境迁，什么都没改变。自己还是那个又蠢又笨的破小孩，让久梅鄙夷。这样的感觉让灵燕的心灵备受摧残。从小就这样。给久梅偷白面饼，其实是种变相讨好，她一直都在下风，需要讨好上风的郭久梅，好借些余威。比如，跳房子带上她，玩老鹰捉小鸡让她当回老鹰。或者，帮她收作业本，抱进老师的办公室。久梅是班长，灵燕走在她身边，就像久梅抱着作业本走在老师身边一样。她一个人从不敢进这样神圣的地方。这都是了不起的事。在灵燕隐秘的成长史中是大事件。后来换了一个小孟老师，久梅一下子不适应了。小孟老师是年轻姑娘，经常批评久梅，这也不行，那也不行。身为班长，成绩却在中下游。久梅一哭，她就说这是无能的表现。也就是在这一段，考试她抓了灵燕的卷子，让灵燕产生了不上学的想法。灵燕在草纸上记数的时候她以为灵燕在验算。她们在村街那条主路上探讨这件事，灵燕其实还是在讨好久梅。只是这种讨好不露痕迹。对呀，我们都不上学，看她还能怎么样！久梅提出去看火车，灵燕愉快地答应了。久梅的任何想法她只有答应的份儿。只是没想到，早起睁眼看到了母亲手里拿着棍子。灵燕就知道这事情没有商量了。小孟老师半年以后去上大学了，来了一位大杨老师，油头粉面，说话侉声侉气，拿腔作调，久梅眼里顿时放出光来……童年的很多滋味都漾进了岁月里，什么时候想起，还能翻涌出浪花。她无论怎样努力也赶不上久梅，就像自己孤家寡人的身份，面对久梅家的人多势众。那样一种差距，真是星海河汉啊！老方自打出院也一直没有问起她父母。老方嘴硬，不怎么叫爸妈，而是借孩子的身份叫姥姥姥爷。不可否认，老方对岳父母跟对自己的父母一样好。但岳父母排在前边。他总说，他父母身体好，而且还有姐妹照顾。只是，他为啥一直没问起呢？

久梅的手机响了，她喂了两声，去了里间。灵燕只听见一句："我这里有客人，还不知道需要多久……"然后，她把房门关上了。那是一扇酱红色的门，有黄色的铜把手。灵燕面对了片刻，穿上了自己的羽绒服。悄悄地，她拉开房门离去了。

7

世界就像定做的一样，有它自己运行的规则和轨迹。就像事情该来就来了，该走就走了。人也一样。也许就是命中注定。自己该来见久梅这一面，跟她讲些什么，然后接受她的质疑，甚至……轻辱。"但凡有点感情……"是指对父母，还是指对老方？难道她不知道我们是幸福的一家人么？灵燕木木的，就像有楔子钉在心里，难受。特别难受。也许今天就不该来找久梅。这么多年不见了，完全刻意不见。鬼使神差，就是鬼使神差地跑了来，然后又不辞而别。

久梅一定会笑话自己。

大马路上有寥落的几台车在毫无目的地跑。灵燕觉得它们毫无目的。

就是自己眼前的风景，为让这世界动起来。否则，这世界就静止了。偶尔能看到两个行人，戴白色和蓝色口罩，木然移动着两条腿。口罩像一个隐喻，让好好的一副面孔失去了半张。他们是要遮住什么吗？灵燕忘记了自己也应该戴口罩，直到冷空气锐利地钻进她的鼻腔，她才把叠好的口罩从口袋里掏出来。本质上她不怕什么，但她怕冷。还怕久梅那轻贱的小眼神。你今天是干什么来的？她想，幸亏今天来了，才绝了以后再来的念想。说不出为什么，她经常有来见久梅的想法。日常生活中，会没来由地想起她。今天好了，一切都解决了。以后再不会了。她安慰着自己。商厦顶上有时钟在滴答走。灵燕看了一眼，没看出所以然。"最末一天"这样的提示或暗示从钟表盘上显现出来。那是她心中的钟表盘，与眼下的情景无关。她心里一跳。有些事情必须今天解决掉。她对着钟表说，再不解决就没有机会了。

真是这样么？不是的。你是心中有块垒。过去有，今天严重了些。你想解决掉的不是任何问题，而是自己心中的淤滞之气。不是么？除此没有比这更严重的事。这样想，她决定了下一步的走向。

灵燕先拦了一辆出租车，停在了一家副食店门口。只要看着富丽堂皇的包装她就往外提拎，也不管都是什么价钱。就冲大冷天二叔一个人去挖墓穴，灵燕便觉得怎样孝敬他都不为过。女老板的脸上都在放光芒，一口一个大姐。司机协助把那些礼品盒搬到车里。座上座下堆起来老高。灵燕没有问打车价钱。她觉得，多少价钱她都承受得起。在这样一个特殊的日子里，没有什么是她承受不起的。司机一路走一路咳嗽。灵燕问："您是不是在发烧？"司机连忙否认。灵燕说："不碍事，我才烧过。"司机年纪有点大，头发已经花白。他朝车窗外吐痰的时候唾沫星子甚至刮到了灵燕的脸上，灵燕掏出纸巾来擦了擦。司机问她是不是回娘家。想了想，灵燕答："是的。"

"师傅贵姓？"

"免贵姓孙。"

"家里人都还好么？"

"都趴着呢。这波疫情严重，连我这从不感冒的人也不放过……不过我早转阴了，否则也不会出来拉活。"

"客人不多。"

"一家老小都指望着这辆车呢。"

"问孙师傅一个问题。有个人家只一个闺女，闺女怀疑自己不是亲生的。您说有没有这种可能？"

"妈对闺女不好？"

"是太好了。"

"是溺爱吧？"

灵燕没提防孙师傅会这样讲。"也可以这样说。那个妈妈不爱干活，就爱看小说。她是大户人家的闺女，年轻时受了点刺激……但她嫁得好，丈夫一辈子都包容她。她从不打骂孩子，总说孩子这也随爸那也随爸，其实她没说真话。"

孙师傅回头看了灵燕一眼，这点心事很容易被看透。

"亲的咋样，不亲的又咋样？只要对你好就好，人间最难是真情。"

那句书面语言差一点把灵燕逗笑。她注意到孙师傅改了称呼，话说出来更像在规劝人。

"知道真相不重要？"

"世界上到处都是真相，却没有几个人知道。"孙师傅轻描淡写地说。

灵燕一时语塞。她觉得这位神情呆板的出租车司机有点像哲学家。那么真相到底有没有必要知道？或者，世间到底有没有真相这回事？一切真相都源自真相本身。灵燕自嘲地笑了下，望向身边这些礼品盒，它们是不是真相呢？方波发来了微信，把她从浩渺的思绪中拉了回来。"你是不是去了姥姥家？我能做饭，你不用惦记我。"后边又加了句："我已经在煮面了。"迟迟不见灵燕回来，他就觉得灵燕是去了姥姥家，她一般不去别处。去超市也不用那么久。一定是姥姥临时把她叫了去，灵燕却忘了告诉他。

灵燕顿生歉意，她这才发现已经是中午了。"是在姥姥家，临时有点事。你就吃口面对付一下吧，晚上我回去包饺子。"

这也不是真相。她把手机放进口袋里，用力捏了捏。

二婶围着被子坐炕头上，屋子冰窟似的冷，二婶不停地咳嗽。"花那样多的钱干啥，我们这把老骨头，不值得花钱了。"灵燕把那些纸盒子放在躺柜上，坐在了二婶身边。说这些都是半成品，稍微一加工就可以吃。二婶比母亲小，但远不如母亲的状态好。不戴眼镜，母亲还能看书呢！年轻的时候二婶跟母亲关系不好，她生了四个儿子，有些嚣张。总管母亲叫"绝户头"。父亲行大，就叫"大绝户头"。后来这一称呼就成了灵燕家的代名词，在罕村广为传播。灵燕起初不知道这词的意思，后来懂了，就像母亲一样接受了。母亲说："我们家没儿子，没错，我们就是绝户头，但我们不比别人过得差。"即便编小辫，母亲也一定要给灵燕系上蝴蝶结。灵燕十多岁的时候就长发及腰，根根通透。母亲到城里给她买洗发水，那种洗发水叫青苹果香波。她自己却用洗衣粉洗头发，洗出来的头发是锈的。父亲戴的草帽沿了边，加了分量就不容易被风刮跑。母亲就愿意干这些。灵燕后来学了一个词：华而不实。她觉得就是用来形容母亲的。后来，她自己生了女儿，母亲把适子打扮成了花仙子，灵燕才觉得华而不实也挺好，华而不实有华而不实的好。那时二婶嘲讽，说母亲烧火也要捧一本书来读，那书能续她的命么？母亲经常把锅烧干了，柴烧没了，饭还没做成。父亲在外做木匠，会把一些劈柴捎回来，所以灵燕家吃不愁烧不愁，让人嫉妒得眼都是绿的。二婶生老四时，一看又是儿子，差点闭过气去。四个儿子四层房，个个都是讨债鬼。她想把最小的这一个过继给灵燕家，将来也好有顶门立户的人。旧时都是这样。被时寒之拒绝了。她说我们有灵燕一个就够了。不需要别人来顶门立户。关键是，父亲朱世安并不反对，按老辈的规矩，子侄也是儿子，过继一个顺理成章。只是他不做主，听时寒之的。这件事，委实伤了二叔和二婶的心。他们觉得大房一家都不知道好歹，这样好的事，打着灯笼都没处去找，他们竟硬生生地拒绝。瞧他们将来怎样遭罪！

二婶偷偷问灵燕："把小弟送给你，你要么？"

灵燕没说不要，而是用一只手捂着书包，绕着二婶跑走了。

灵燕家确实遭了几年罪，分了那样多的地块，春种秋收都缺人手。二叔家的地毗邻，一家人干活都生龙活虎，就像在表演给这边看。灵燕像老鹰拉小鸡一样背几穗玉米，或几棵高粱，费力地从地心深处往路边走。父亲像牛一样闷头干活，从不往四周看。灵燕也学父亲，闷着头走路。人家麦都种完了，她家刚收完秋。那时灵燕觉得没脸见人。母亲走路就像跳舞一样。她哪里是干活，纯粹是添乱。

"二叔呢？"

"他去小卖部了，家里没盐了。"

"这屋里有暖气。"灵燕摸了摸，暖气就在靠东房山的地方，"怎么不让它热起来？"

二婶说："它晚上是热的，你进来之前才刚停。"

灵燕就明白了。他们不舍得白天取暖。燃气取暖是很便当，但很多人家用不起。灵燕问儿子一个月给多少钱，二婶说，一个月一百。"太少了。"灵燕说出了声。"自己都还活不过来呢，哪有钱顾老的？"二婶咳成一团，吐痰时，灵燕赶忙拿出一张面巾纸。

"你给你妈多少？"二婶伸过来一张脸，期待地问。

"没多少。"灵燕含混地说。事实上她放一张卡在母亲那里，是一张子母卡，娘俩使用同一个账户。母亲新潮，比灵燕更早地学会了使用手机支付。

"还是你妈命好。"二婶说，"她的屋子暖和吧？"

当初父母从这里搬走，二叔说想借住这座房子。二叔家的房子屋顶漏雨，被雷劈出一个坑。关键是，那是座土坯房，七几年盖的。不等父亲搭声，母亲就说："世全你就搬过来住，我啥时回来有我一个屋就行。"可罕村也没有像母亲这样行事的，连房子都能大大方方拱手让人。二叔叫朱世全。灵燕真是佩服母亲的胆识，她就带了穿的用的走了，还有那些书，装在纸箱里，用麻绳捆起来。她把自己交给了城市，交给了女儿，连退路也不留。母亲不需要退路。她的单向思维里，就只有一条路。灵燕站起来，这里那里看。躺柜、缝纫机、帽镜、装杂物的小木箱，都是当初留下的。被二叔抹得光可鉴人。这房子被二叔维护得很好。灵燕想，是谁的不是谁的哪有这样重要呢？这该是母亲的想法。现在，灵燕也想通了。只要这房子在，随时能够进来，就好。母亲喜气洋洋地投奔新生活，把旧生活留给了二叔二婶，如今，这生活显然愈发陈旧。只有暖气是新装的。他们住这里的时候用三开炉子烧大同块，火苗腾挪，壶里的水吱吱响。高考那年她守着炉子背题，两腿环着它。炉子上烤着白薯，香气在灶屋弥漫。她知道自己笨，就使劲学。那些定理公式背得滚瓜烂熟。她从没想过要考久梅前头去。久梅是班长，干啥都抢尖拔上。期末考试老师甚至偷偷给她撩分。灵燕知道，但从不觉得不合理。久梅天生就该比灵燕强，这毫无疑义。

高考分数下来灵燕觉得没脸见人，就像背叛了久梅一样。可是，没人的时候你欢欣了呀，愉悦了呀。对着镜子，灵燕给自己扮鬼脸：你不笨，你比久梅强。然后双手捂住脸，放开再看，是粉面桃花。她觉得，她终于胜了一回。这一辈子，胜一回就是胜一世。阳光从双开扇的窗子照了进来，被镜子折射了，把她的影子投射到了对面的墙上，就像对她的奖赏。她看看镜子，看看对面墙上的影子，"哇"地哭了。对胜的渴望原来那样强烈，潜伏在内心的深处，自己一点也意识不到，是不敢正视。出门赶紧把这副嘴脸藏起来，唯恐久梅看见，甚至唯恐外面所有的人看见。如果让任何一个人看见，灵燕都觉得胆是寒的，天地是黑的，一点光亮也不透。可她一直没见到久梅，她们住得这样近，一次也没看见。命运就是这样吊诡，时过境迁，自己登门来找久梅，是来叙旧这样简单么？

唉。

想起久梅舒适的环境和时尚的衣着，就像覆盖了自己的意识和意志，灵燕轻轻叹了口气。

她是不是整脸了？

灵燕兀自一惊，觉得毛骨悚然。久梅有变化，是在往以前变。这不科学，她是不是真的整容了？灵燕自己睁大了眼，觉得不相信。也后悔没能仔细留意她的脸。整脸当然是好的，没有人不喜欢自己美起来。但久梅整脸，怎么说呢，灵燕有些幸灾乐祸。她想人还是天然一些的好，纯天然，说明你人没毛病。否则就像人需要手术，那是因为你有病！灵燕后悔没偷偷拍张照片给适子看。适子眼毒，有时在视频里看到美女，灵燕说好看，适子一眼就能看出：鼻子是垫的，眼皮是割的。

久梅莫非也垫了？这样想，灵燕牵了下嘴角，心里的滋味更浓了些。久梅的皮肤像婴儿那样嫩滑，一定是做拉皮了。

自己说她年轻了五岁，看来是说少了。

"我小时候啥样，二婶记得么？"灵燕对着相框镜子问。这里的照片过去是灵燕的，从小到大，有十多张。现在换了二婶的儿子孙子。她的照片被母亲悉数收走，但把相框留下了。

"胖胖的，虎头虎脑。你爸说，这要是小子多好啊。"

"我是在哪出生的？"

二婶认真地想，显然想不出来。"你妈不让人看，天天猫在屋里不出来。你妈多小气，她生的女儿是个宝，谁多看一眼就像能少一块肉……要不你能这么胖？"二婶亲昵地说。

灵燕咯咯地笑。"她为啥只生一个？"

"生一个好啊！"二婶一脸羡慕，"女人生一次脱层皮。我坐四个月子，回回都像要去鬼门关……你妈天天读书，也许是有啥办法少生。你妈嘴紧，她不说。进门许久不开怀，我们都以为她不会生养，谁知憋出个金蛋。你小时候就像个肉球，比画上的娃娃都好看……后来能考上大学，村里人说，别小看时寒之，人家要生就生有用的。我也不想生这么多，没法儿呀……"

二婶话说得断断续续，着头不着脑，逐渐又有鼻涕淌了下来。灵燕赶紧去给她擦。二婶把纸抢了过来："好像我连鼻子都不会擦……你打听这些干啥？"

"我妈总说我随我爸，可我觉得一点都不随。"

"咋不随。"二婶说，"你爸聪明，你也聪明。你爸干啥像啥。看你二叔，就会让我生儿子。"

灵燕终于笑了出来，笑弯了腰。直起身时眼角漾出了泪水。她用手背抹了抹，说从没听过二婶这样讲话，二婶原来也会说笑话。二婶也笑了，像苍老的母鸡发出的咕咕声，说："那些年家家争着抢着生儿子。我四个儿子生了八个孙子。我说，就不能生个闺女得得济？瞧你大娘家的灵燕……"

灵燕说："我没出息呀，二婶。一辈子就当个工人。人家久梅……"

灵燕没提防，顺嘴就说了出来。

二婶鄙夷："不孝顺蛋用没有，爹妈也不能跟着享福。她那姑爷三块豆腐高，听说是当官的。就是当皇上又能咋样，看不起草鞋亲戚？"

"人家不是不孝顺。"灵燕说，"久梅还给胖大娘买过貂皮袄呢。"

"是能吃还是能嚼？"二婶不屑，"一个人住一座房子，像个老孤燕子。平时连鬼影都难看到，年节呼啦来一帮，又呼啦走一帮。哪里是来瞧妈，纯粹是给妈添病。"

灵燕想起久梅的话，说胖大娘还能种二亩地，一条街的人都来这里串门子，看来这是想象。

灵燕懂二婶的意思。母亲在城里也自己住，但在村里人看来，母亲这是有了安置，而胖大娘生了七个儿女，却没被安置，她住的还是自己的老房子。儿女都从这里飞走了，只是偶尔飞回来。胖大娘一直想跟着哪个儿女进城，大家约好了谁都不带这个头，说等老了动不了了就请个保姆。要说久梅有条件，但显然她也不想这样做。她说胖大娘在乡下过得很好。

老人都难，但各有各的难。灵燕没想到自己在这件事上有了风评，都是爹妈生养的，接到身边有那么困难么？灵燕不理解。胖大娘与别的老人不一样，她的儿女们都很有出息，是她嘴里的骄傲。她经常说，要去这家住几天，要去那家住几天。可一天也没见她去别家住。对她的要求儿女们都置若罔闻。

"你爸从小就是凄惶人，凄惶来，凄惶走。"二婶眼圈红了，又用手绢去蘸眼窝。父亲三岁死了娘，五岁有了后娘。后娘对他不好，就差没穿芦花棉袄。这些灵燕是听母亲说的，还说父亲对后娘比亲儿子还好，一直伺候到终老。这些灵燕只是有模糊的印象，那个小老太脚小得像粽子，走一步晃三晃，冬天跟他们睡一铺炕上。久梅告诉灵燕你爸跟你二叔不是一个妈。灵燕回家问父亲，父亲说咋不是？跟一个妈差不多。

灵燕也没深究。这跟她没什么关系，灵燕不上心。

窗外人影一闪，二叔回来了，边走边说："我大侄女来看我了，外面停着出租车。咋没开自家的车？"兴奋溢于言表。

灵燕谎称车子今天没空。突然激灵了一下，她对久梅说自己不会开车。"我是打车来的，像我这么笨的人……"这样的谎话随口而出，甚至不需要理由。久梅必是听出了她讲述的前后矛盾，因为送父亲的骨灰时，是她把车开到了骨灰堂。

还有回罕村的时候，那时灵燕开辆小破车，但她是最早有驾驶本的人。

久梅并没有戳穿她。或者，她根本不在意灵燕说些什么。她听灵燕讲话就像刮西北风，她总是截断她的话头。

灵燕心中生出了许多悲凉。

二叔说："那就有空再回来么，又不在乎这一天。"

灵燕笑了笑，没说什么。

二叔说："出租车收多少钱？"

灵燕说我没问。

"你们还是有钱。"二叔背过身去给灵燕倒水，端过来时说，"让人坑了也不算个啥。"

灵燕说："现在出租车的生意不好做，坑人的还是少数。"

二叔一拧脑袋，说："少数？跟你妈一样傻，被人骗了也不知道。"

灵燕看着二叔。问："我妈哪里傻？"

二叔说:"她一辈子买书看书。书都能把她骗了,书上写的都是假的。买书的钱攒到现在,也是笔大钱了。"

灵燕说:"她喜欢看书。"

二叔说:"就是不知道过日子。否则你们的日子能过到天上去。"

灵燕很想说,你不买书看书,日子也没过到天上。她叹了口气,说我也不喜欢看书,我是二叔的闺女吧?

二婶说:"他哪有这福气。"

二叔的神情黯淡了一下。看着柜子上的那些纸盒子,有点胆怯地上手摸了摸。脸色柔和了些,但嘴里说:"买这东西干啥,都华而不实。"

就像被马蜂蜇了一下,灵燕心里瞬间充满了气体。她当年也认为母亲华而不实。她慢慢让自己平复了。她想,也许我们都是华而不实的人,或者,都有华而不实这一面。这样想,灵燕隐隐高兴了一下。

二叔一点不像父亲。父亲从不说伤人心的话,即使那些年被二婶骂,即便那些年被母亲瞧不起,父亲仍说母亲是菩萨。灵燕也从没听他回骂过二叔。这一点,他很像母亲。他们都不像罕村出产的人,二叔这样的才是。她散淡地回应说:"您说得对,我跟我妈一样,都不会过日子。"

二叔是心疼钱,而不是嫌弃这些东西。如果母亲在场,肯定会这样想。

或者,二叔是在想,我情愿不要这些东西,给我些钱就好了。

8

太阳升到了中天。不,早已是午后了。灵燕走出自己家的宅院,回头看了眼。母亲在西窗根下种向日葵,灵燕年年有瓜子嗑。种到这里就是防人偷,但家贼难防。有一回,灵燕把大个转盘贴在肚子上,用衣服罩住,给久梅送了去。回来母亲撩开她的衣服看："痒不痒？痒不痒？"给她用湿毛巾擦了擦，扑了些痱子粉。母亲故意问："刚才干啥去了？"

灵燕指了指自己的鼻子："不是我。"

母亲说："久梅有瓜子嗑了，开心吧？"

灵燕嘻嘻地笑。她每送给久梅礼物就特别开心。

二婶趴在窗子上给二叔努嘴使眼色，刚巧被灵燕看到了。二婶发现灵燕看到了，那张扁平的脸倏忽就不见了。灵燕不想探究这内容，但这里似乎确实有内容，二婶难道还有话说？灵燕没有心情关心，朝二叔挥了下手："您别送了。"

二叔在院子里吐了口痰，说："等我死了这房子……"顿了顿，二叔似乎觉得话说不出口，又另起一行，说，"你妈啥时回来住都行。"

难道我是来看房子的？灵燕愕然地停了下脚步，跟着心里一忽悠，意识到二叔有更复杂的想法。

难怪二叔误会，你确实不是专程来看二叔的，来看二叔不过是副产品。这样的念头一闪而过，灵燕没说话。她从没想过房子问题。房子是母亲的，她才有权处置。在这个问题上，她从没操过心。适子有时候还有想法，问姥姥有没有签租住协议，他们要住多少年？"将来我回去搞个民宿，现在民宿可挣钱了。"母亲回答说："都是自家人，谁住都一样。他们的房子遭了雷击，又没有能力翻盖，不住这里还能住哪里？"一句话就绝了适子所有的念想。在母亲的心目中，房子大概只相当于一捆柴火，除了烧饭没有其他用项。"二叔不用这样想。"灵燕有些难过。父亲刚去世不久，她不想听二叔说生呀死呀之类的话。她不想给他负担。她想起了父亲的话：你妈是活菩萨。过去不理解，现在想起来别有一番滋味。

"都是一家人，不用客气。"灵燕说。

灵燕一直计划二叔往外送她时单独跟二叔谈谈，但此时意兴阑珊。灵燕现在当真觉得那问题不重要。没有想得那么重要。今天真是中邪了，心里总冲撞着一些念头，但临时又自己推翻了。在久梅那里时是这样。来到了二叔的家里也是这样。这些问题只有自己面对时是个问题，而在二叔和久梅面前，那些问题都显不出重要。也许，那原本就不是重要问题。或者，那根本就不是问题。撅下车窗，见二叔倒背着手站到了墙根下，身后是一株干枯的槐树。冬天的槐树光秃秃，了无生机。二叔站在那里，二叔也了无生机。二叔曾和父亲学木匠，可他连板凳也打不好。父亲无论怎样努力都教不会他，二叔心笨手也笨。笨人却能生儿子，这是他们引以为傲的地方，因为他们才能续上朱家的香火。车子轰然发动，二叔错后时一个趔趄，差点撞着槐树。二叔有些张惶，眼神放过来，隔膜且陌生。乍见到灵燕时不这样，不知是在哪个节骨眼，二叔的心绪复杂了。灵燕的到来，让他意识到了房子的归属问题，进而有了复杂的想法。过去有嫁出的女泼出的水的说法。这房子姓朱，而灵燕出了嫁，原则上就不再是朱家人了。老一辈都是这样说的。年头深了，二叔已经拿这里当自己的家了。哥哥的房子，自己住最是理所应当。混沌的思维中，二叔翻滚着这些想法，也愈发拿不准灵燕回来的目的，眼前便愈发迷离。"她租车都不谈钱，她不缺钱，城里人都不缺钱。"他擤了把鼻涕，抹到了槐树上。灵燕把视线从二叔身上移开，小声催司机师傅快走。她从小到大从没跟二叔亲近过，现在也拿不准该怎样面对二叔。如果二叔没有住自己家的房，情况可能简单得多。车子朝前蹿去，她只来得及晃了下手，说天气冷，二叔多保重，快回屋吧。二叔只约略摆了下手，就不见了。灵燕发现，他跟父亲一点也不像。没有早晨在小区遇到的那个人像。二叔没父亲皮肤白，也没父亲眉目开朗。父亲说话绵软，像那些从木头身上刨下来的刨花一样。也许就因为父亲心中有个菩萨，而二叔，菩萨立他面前他也不认识。

你认识菩萨么？灵燕问自己。

车子拐了一个弯，就到了久梅老家门口。灵燕让司机停下车，说请等几分钟。半扇门敞开着，灵燕进到了院子里。小时候觉得这院子阔大，围墙很高。现在看，阔大只是个虚词。靠西墙是开放的两间棚子，堆放着许多杂物。这些杂物肯定都用不着了，只是没人帮忙清理。那些生产和生活资料，都曾发挥作用，如今就像垃圾一样堆放。灵燕还记得胖大娘穿貂皮袄的情景，人就像只棕熊。那时适子还小，偶尔与久梅的女儿一起玩，但她们没建立起亲密关系。适子甚至记不起久梅女儿这个人，如今在英国读书。但记得胖大姥姥，每天穿着貂皮袄在街上走，天气热了也不舍得脱。胖大娘是个有意思的人，买块肉都得用手托举着回家，唯恐别人看不到。胖大娘的很多举动大家看不惯，就像母亲时寒之的许多举动大家看不惯一样。但没人敢当面说胖大娘，她能搬块石头把你家的锅砸了。母亲不一样，受了委屈只会哭，把父亲慌得不知所以。胖大娘家若是丢根葱，能骂得一条街的人都睡不好觉。母亲则极力掩饰，不让灵燕知道。"那个磨盘倭瓜呢？"灵燕明明记得头天晚上还在一块石头上坐着，早上起来就不见了。"让黄鼠狼背走了。"母亲给她讲故事，说黄鼠狼娶媳妇用得着，人家正在家里用倭瓜做大餐呢。

胖大娘正在睡觉，肥大的身躯侧起来面朝炕脚，像竖起的一块墙壁，她真是越来越胖了。这样的肥胖病，在乡下的老年人中很少见。这样的身体怎么还能种二亩地？灵燕想，久梅未免太夸张了，而且夸张得如此随意。她过去不这样。就像她的脸过去不这样。屋里一股老年人特有的气味，圆桌还在炕沿下支着，盘碗里的剩菜剩饭都干巴了。灵燕站了一会儿，没有惊动她，悄悄退了出去。

灵燕想起了很多往事，都与母亲溺爱有关。母亲对她未免太好了，才让她生疑。久梅被打得鬼哭狼嚎的时候习惯来她家。"你妈咋不打你？"抹干了眼泪，久梅气鼓鼓地问。灵燕就去问母亲。母亲说："因为你乖呀。"她也这样告诉久梅，久梅非常抵触。"乖个屁！"她说，"你就是笨，连淘气都不会！"确实，淘气也要被久梅带领。有一次，她们去窑地附近挖野菜，顺便偷了两只小母鸡。灵燕把母鸡拿回家，母亲用一只草筐扣上了。吃了晚饭，天黑透了，母亲拉着她把母鸡送回了窑地。母亲什么也没说，回来让她趴在背上，她很快就睡着了。转天久梅来看那只小母鸡，说她拿回的那只居然生了个蛋，还带血！"你家的母鸡生蛋了么？"久梅神秘地问。灵燕这才想起还有母鸡这回事。她们挖野菜逮了母鸡摁到筐里。灵燕是学久梅的样，逮了只黑母鸡，久梅逮了只芦花鸡，芦花鸡比黑母鸡个头大。久梅偷东西也比她偷得好。母亲抢着告诉久梅，在灵燕睡觉时，那只黑母鸡飞走了。母亲用双手比画，那只鸡就像只大雁，扑棱棱扇动着翅膀，只一刻的工夫，就不知去向。灵燕懵懂了很多年，她恍惚记得把那只黑母鸡投进了窑地的栅栏里，但不确定。那也许是做梦，真实的情况就是在她睡着的时候黑母鸡飞走了。她从没细究过此事。往事淡淡地携带着让人困惑的信息，此时想起来，灵燕恍然懂了母亲为啥要那样说。她不愿意灵燕失去久梅这个朋友。

差不多是唯一的朋友。

灵燕突然泪蒙双眼。你怎么会怀疑她不是生你的人呢？如果不是她生你，还有谁能够生你呢？

从东大门下了出租车，灵燕就像走进了一幕情景剧的下半场。她脚步轻盈，内心敞亮。眼下自己就是主人公，从一辆淡青色的出租车上下来，走进了金黄色的彩虹小区。追光灯无遮无拦打在身上，她就像长途跋涉的旅人，在光的照耀下走向自己的安心之地。她擦着绿化带的边缘走，小心地避让了寥落的行人。他们都心事重重，拧巴的脸上写满了对严寒和病毒的畏惧。灵燕与他们擦肩而过，感受着内心的快乐和对世事的澄明。这一天就要过去了。这一年就要过去了。没有什么能够阻挡时光的流逝，还有那些在时光流逝中的短暂呈现的念头，都一同消失了。好多好多啊！好多好多年啊！这时的灵燕与早晨迥然不同。她在心底细细分辨，早晨她就像一个病人，她确实是一个久病初愈的人，在屋里蛰伏了许多天，对外面有一种战战兢兢的期许，不可告人。如今这些都消逝了。在时间的尽头，自己变得通透。她笃定而踏实，像得胜的将军迈着稳健的脚步。再不会有什么意外发生，灵燕想，时间已经来不及了。魔法师也不行！这世界按照钟表的节律运行，谁都奈何不得！她为这个想法偷偷笑了下，有小小的感动和满足。她庆幸心中的想法没有说出口，不管对久梅还是对二叔，把它们留在心里才不会造成困扰。成熟的女人就该这样。这最末一天，她终于弹跳起来，站到了高处。审慎地看清了以往的一些人和事，这很重要。生活中，没有比这再重要的事情了。她甚至觉得，以后的日子全都由快乐组成。她并没有告诉司机师傅怎样走，只要她不说左转右拐，出租车就笔直前行，这是规则。当她突然发现来到了彩虹小区门口，她"哎哎"叫着让司机停下了车，她要在这里下车。司机没有多收费，在灵燕的预估范围内。开走前司机师傅说了句："祝你好运。"

哈，这是什么意思？

这是她买的第一套房子，在这里住了八年。装修用了橡木板材，一百四十块钱一平方米，那时觉得真贵呀！企业效益好，方波跑业务能拿提成。房子装修出来就像宫殿，她和方波两个人在地板上坐到半夜。地上铺了实木地板，散发着一股好闻的气息。那时就想在这里永远住下去，可女儿一天一天长大，生活一日一日翻新，高品质的小区在不停地招手。两人谋算了一个晚上，用公积金贷款，又换了套双卫的，就为了女儿有独立卫生间。这次有了经验，再不搞所谓的"豪华"装修，走简约、简洁路线，其实也是手里的钱不够用。但女儿的房间贴了壁纸，卫浴高出一个档次。连毛巾浴巾洗发护发用品都买最好的。这就是当妈的人，恨不得把心掏出来喂给女儿。哪个当妈的不这样？母亲尤其如此。她从书里学到了很多东西，又传给了女儿。灵燕虽然不看小说，但主人公的那些品性，还是能间接传导过来。灵燕有个好性格，是厂里广受欢迎的人。厂医为了能让她吃樱桃，备好了抗过敏药看护她，别人哪有这待遇！只因为你吃樱桃不过敏，就怀疑不是亲生？哪有这样的道理！灵燕紧着说服自己，有一丝淡淡的羞愧和感伤。母亲在别人眼里是笑话，在父亲眼里是菩萨。在这个世界上，父亲是最理解母亲的人。母亲虽然总是唠叨父亲，嫌这嫌那，父亲却能一笑了之。灵燕觉得父亲脾气好，其实，远不是这样简单。母亲除了是父亲心中的菩萨，肯定还有一种叫爱情的东西存在着。父亲爱着母亲，这毋庸置疑。

　　好光亮啊！朱灵燕感叹了一声，觉得空气都有丝丝暖意。母亲就是小说里的人物，一辈子活在自己营造的氛围里。她养大了一个女儿，长成了她想长成的样子。其实，她们是普通人，就长成了普通人的样子。她们都很满足。灵燕自己其实也在小说里，就像母亲从窑地把她背回家，天上有星星，空气里有花香。她在母亲柔软的背上枕着自己的梦。她做梦都想变成让人喜欢的人，像久梅那样。她做到了，而且不比久梅差。多么像小说。只是你为什么现在才能感悟到？

灵燕只是轻轻咳一声,楼道里的感应灯就亮了,它们越来越敏感。站到房门前,灵燕掏出钥匙,却没有马上开门。隔着薄薄的门板,她想了一下母亲在干什么。在看书,肯定是这样。一本书母亲来回看。经常看得神经兮兮,兀自笑,兀自哭,耽搁了许多事。胖大娘手里的饼子用筷子横着一劈两半,中间夹了一掐子葱,咬上一大口,酱汁顺着嘴角流。她呜噜呜噜说:"你妈若是嫁到别人家,早被打死了。"胖大娘塌着眼皮说这话,肥大的肚腹在胸下折叠成三层,一副凡人瞧不起的样子。灵燕顿觉难堪和耻辱。她觉得,这不单是在说妈,也在说自己。灵燕是又蠢又笨的破小孩,将来只有被人打死的份儿。那个晚上差点成为灵燕人生的终极,她一个人在河边走,如同行尸走肉。后来学到这个成语,灵燕在课堂上马上想起了那个夜晚。母亲嘘着声音在河堤上喊她,生怕惊扰了别人。她在河边蹲下了,故意不理。银亮的月色下,鲤鱼跳起时吓了她一跳,她跃起了身。她惊慌的样子被母亲发现了。就是这样巧。母亲踉跄着跑下河堤,一把把她搂在怀里。

"将来我不结婚。"

"由你。"

"我怕被人打死。"

"怎么会?"母亲说,"大家都喜欢你,你又可爱又漂亮。"

"你撒谎!"她愤怒地嚷,"大家为啥不喜欢你?"

母亲眨巴着眼看她,不知她为啥要这样说。"可你不是我呀!"

这是她唯一一次对母亲发火,以后再没有过。那年她十三岁,在懂事和不懂事的边缘。她知道母亲因为自己的一句话犯了几个月的神经,偷偷地一把一把吃安眠药。

书里的字一个一个码在一起灵燕全都认识,但就是不明白它们为什么要待在一处。你就是笨，又蠢又笨。久梅说得一点不差。灵燕笑了下，又顿住了。你不是不明白，是不想明白。是嫌恶那些字。很多时候，你也嫌恶叫时寒之的这个人。因为，她恨不得把那些字吃进去。面对那些字，你庆幸跟她不一样。甚至怀疑不是她亲生的。这些念头涌起来，她心里一汪，手脚陡然就凉了。房门自动打开了。母亲总是能在第一时间发现她，就趴在窗口等她来。那书就垫在窗框上，看一段瞅一眼窗外。但她没事不主动打电话，还嫌父亲黏人："灵燕还上班呢，你别让她总往这儿跑。"她想女儿，但她从来不直接说。

"妈，我饿了。"灵燕说。

9

只要看到妈就饿，饿了就找妈。是下意识，也是灵燕从小到大的习惯。她早餐用牛奶熬了麦片，方波不爱喝牛奶，她用各种办法打破牛奶的原味，加些干果或巧克力，用榴莲或苹果泥制成小点心。这些创意是得益于网上的教程，但操作起来乐此不疲，这一点其实挺像母亲。灵燕把产品带到厂里让同事品尝，大家都说她手巧，说方波有福。"我可笨呢！"她总是习惯这样说。这不是客气。"我妈手才巧，她能把饺子包成一百种花样。"饺子放盖帘上，个与个长相不同。她拍了照片发朋友圈，得了许多喝彩。"我只能包几种，多了就记不得了。"但这已经够让大家吃惊了，许多人饺子只会包一种。于是大家都知道她妈是大户人家的女儿，从年轻时起就爱逛书店，现在在家也喜欢看书。甚至都不需要戴老花镜。现在的老人，看书的都是珍稀动物。"你妈都看什么书？"同事们都很好奇。"就是一些小说，她专门看外国的，我记不住书名。真的，我一本也记不住。"灵燕从没看过那些书，她对小说的抵触与日俱增了一段，又轻贱漠视。村里人都不看书，母亲因为看小说形象黯淡。灵燕有意无意地消解那些书对自己的影响。

母亲去给她热饺子，她从小就嘴紧，吃饭从不分时候。有时一天能吃七顿。这一身肉就是吃出来的。有啥办法呢，她有个好耐性的妈啊。灵燕这屋那屋看，除了父亲不在屋里，其余都没变化。衣架上甚至挂着父亲的上衣，好像他随时都能穿走。窗台上果然扣着一本打开的书。很旧，纸质已经泛黄，封面开裂了细细的纹理。灵燕走过去歪着脖子看，"《傲慢与偏见》，什么意思？"灵燕嘟囔着又念了一遍。她想记住这个书名，以后再有同事问起，也好回应。封面人物身上已经褪得颜色模糊，但灵燕还是能看出正在读书的姑娘，穿着长裙光着脚丫，窝着身子把一本书放在膝盖上。另有一位姑娘站在她身后看，脚下有两只神兽雕塑，像秃鹫。虽然形象模糊，但灵燕能看出她们轮廓的美丽和丰腴，穿鲜艳华丽的衣服，后边那位姑娘手臂上戴一只手环。都是不经意地附着。重点还是那本书，吸引了两人所有的注意力。不知她们与傲慢和偏见有什么关联。灵燕突然有了想看一本书的冲动。她想看小说。

"妈，我想看《傲慢与偏见》。"

母亲在厨房也许没听见，也许应答了灵燕没听见。她坐在椅子上，翻开第一页："有钱的单身汉总要娶位太太，这是举世公认的真理。"

"这条真理还真够深入人心的。每逢这个单身汉新搬到一个地方，四邻八舍的人家尽管对他的心思想法一无所知，却把他视为自己某一个女儿应得的财产。"

这文字真有趣。灵燕从没体会过文字让人愉悦和欢欣，像小溪淙淙流过干涸的心田，无端漾上来的幸福，就像饥饿时面包从烤箱中自己跳出来，岂止气味引人。这些暗黄色的纸张，不知被母亲翻了多少遍，不知母亲从中得了多少抚慰。"妈，傲慢与偏见是什么意思？"灵燕有点耐不住性儿，她想快些知道内容。

"谁都会傲慢，谁都有偏见。"灵燕竖起耳朵听到了母亲的回应。

"你不会把女婿视为女儿的应得财产。"灵燕对照着书说，"妈，你把方波当什么？"

"方波就是方波。"顿了顿，时寒之从厨房走了出来，"你今天怎么啦？"

她没有理会，用屁股自动去找椅子。窗下的这把木板椅就是母亲常坐的，上面有一层薄薄的软垫。她在这里让阳光照明，所以母亲总是心明眼亮。灵燕记住了"贝内特"这个人物。这是小说第一个出场的人，还有一个是他的妻子，就像不见其人先闻其声。"你有没有听说内瑟菲尔德庄园终于租出去了？"这声音在脑子里回漾，却是母亲的。她隐隐记得母亲读过这段话，她装睡，然后就真的睡着了。母亲叹息着起身，自言自语说："这丫头，怎么一听书就犯困？"

母亲从小就想培养她阅读，最终却培养了她抗拒。

母亲喊她吃饭时，她已经看到了第三页。然后，又坚持看了两页，真有些爱不释手。"小说原来这样好看。"她咕哝，"原先竟一点也不知道。"

灵燕举着书往餐厅走，把书放餐桌上。"因为啥傲慢，因为谁偏见？"她脑子里的疑团一个接着一个。"这两个漂亮姑娘是谁？"

把第一个饺子送嘴里，才发现母亲并没有应答她。母亲用蒜泥、香油、醋和生抽勾兑了蘸料，辣酱也摆上了桌。母亲又去热稀饭，又去拿干果。桌子摆满了母亲仍不肯坐下来。

"方波呢？"

"他在家。"

"啥时回来的？"

"前天。哦，大前天。"灵燕随口说。

"你的样子像饿了几辈子。慢点吃，别噎着。"

母亲跟父亲不一样，从不对她的事刨根问底。也许，就是那种分寸和边界让灵燕感受到了隔膜，也让她生出了疑惑。这种隔膜和疑虑一直若有若无。父亲的离去，让她有了紧迫感。怀疑与自我怀疑不是突然跳出来的，而是累积叠加的。若是父亲在，这家就是另一番情景。她跟父亲总有说不完的话。而她跟母亲，经常是自说自话。也许就是书阻隔了她们。灵燕眼神里的漠视和轻贱不止于伤害。这样想，灵燕心里生出了愧疚，默默塞进嘴里几个饺子，居然没留意是什么馅。

"我今天去找久梅玩了，她当处长了。"她不知道怎样解释今天，这一天对她很重要。她觉得，自己成长了。这样的词很可笑。她确实觉得今天的自己与以往不同，她特别希望跟母亲交流。"她小时候管我叫破小孩。我记得很清楚。我那时是不是特别笨？我非常羡慕久梅……不是羡慕，简直是崇拜。"灵燕笑了一下，继续说，"上学的路上碰到抱孩子的妇女，久梅上去就扒拉孩子的脸，说这小孩真俊。其实那孩子一点都不俊。她就是会说话。为了学说这句话，我练了很长时间，到了才发现还是说不出口。即便见到真俊的小孩子，依然说不出口。"灵燕的脸上汪上来红晕，回忆仍让她有羞怯感。若在过去，她不肯说。这一年的最末一天，她想证明些什么，她想告诉母亲自己已然证明？其实她没想清楚。她的目的似乎一直在变。"她好像整脸了，脸蛋特别光溜，只有眼角的皱纹才能让我看出是她。你说她是不是有点傲慢和偏见？"灵燕假装兴致勃勃。

母亲困惑地看着她，感觉今天的灵燕有些可疑。

"不要跟人家比。"母亲看着她说，"自己过自己的日子。适子阳了么？"母亲有自己关心的人。

"山里空气好，我一直没让她回来。"

"元旦也不回来？"

"她当红马甲志愿者。"

母亲开冰箱，拿出一瓶酱菜，是她自己腌的，已经腌了十多天，现在吃正是时候。"走时别忘了带上。"

灵燕原本想说罕村，说自己去看二叔了。这话在嘴里兜兜转转，没说出来。灵燕有些心虚。一想到母亲也许会从自己的脸上看出端倪，她就把话咽下了。

"你今天是不是有什么事？"那本书就在母亲眼前，她悄然拿起放到椅子上。《傲慢与偏见》从灵燕的眼前消失了。

"没事呀。"灵燕假装没看见，内心五味杂陈。

"咋忽然想起找久梅？"母亲觉得匪夷所思。

灵燕垂下眉眼，她从不在母亲面前说谎。她觉得，母亲有双透视眼，任何谎话都能看穿。

"车呢？"母亲的担心漾到脸上，"我看你是从大门口走进来的。"往日灵燕都是把车开进来停到楼下。她觉出了今天的灵燕有些反常。

"嘻，您别误会。"灵燕说，"我今天早晨想上超市，走半路上突然想起了久梅，她正好在单位值班，我就打个车跑过去找她聊天了。"

"聊到现在？"母亲更加疑惑了。

"又去罕村看了二叔，快过年了么。"灵燕放下了说谎的打算，努力让语气变得轻描淡写。

"可是你没开车。"母亲像是快要哭了。

灵燕不知怎样解释好。去罕村不开车是有些说不过去。可她坐出租车的感觉也很好，那位孙师傅就像个哲学家。分别时还祝她好运，笃定灵燕

129

是在寻亲。她已经很久没坐出租车了。如果将来再碰到孙师傅，他一定会问："找到没有？"

她不想再说，有些乏累，长长打了个哈欠。"没事，真的没事。不信你问方波……"

母亲欲言又止。

"我爸坟里那个包裹，"灵燕突然想起了这件事，"你装了啥？"

母亲在她面前坐着。父亲说她是活菩萨。父亲是能直抵母亲内心的人，父亲爱着母亲。但母亲呢？她犹疑的目光很少落到父亲身上。当然，他们不吵架，他们营造的表面和睦欺骗了灵燕很多年。灵燕觉得母亲是在表演，怀疑她是入了小说的戏。母亲看不上父亲。她一辈子靠父亲养着，却看不上父亲。这样想，灵燕眼神又开始复杂。母亲穿的是乡下带过来的衣服，灵燕给她买的新衣服永远看不到她穿。母亲节俭得有失常理。她其实一辈子也没买多少书，那些书都是反复看。

"我给你爸写的信……"想了想，母亲有些结巴地说。

电话铃突兀地响了。母亲和灵燕一起看向手机，是郭久梅。灵燕放下筷子，接通了电话。久梅问她在哪，她看了眼母亲才说，彩虹小区。久梅说："我打个电话出来才发现你不见了……咋这么匆忙就走了？还没聊够呢！我正往彩虹小区方向走，有个日料馆子你保准没去过，他家的寿喜锅特别好。我这就过去接你，今晚好好请请你。"

灵燕说："我正吃饭呢。"

久梅说："赶紧放下筷子！"

母亲惶惑地看着她，说："别去了。你们今天刚见了面啊！"

灵燕也这样想。可就像被牵了线，灵燕手忙脚乱开始穿衣服、蹬鞋子。出来才想起，酱菜和那本《傲慢与偏见》都忘了带。但她没停下脚步，噔噔噔下了楼。

　　一辆银色的奔驰在摁喇叭。响了几下，灵燕才醒悟是在提醒自己。灵燕边跑边想怎么就答应了久梅。她不想出去吃饭，她想吃几个饺子然后回家。跟久梅也没什么好说的，跟她聊天一点都不愉快。她还是那么居高临下和咄咄逼人。但有一点可以肯定，她不想跟久梅走，但还是跑了出来。就像出于惯性，灵燕身不由己。母亲打开窗看着她，灵燕一边走一边朝她仓促地挥手。她出来比待在家里轻松，她和母亲彼此之间都需要重新适应，因为家庭格局变了。母亲说："早点回家。"灵燕好歹应了一声，就走出了母亲的视野。她发现，几十年过去了，自己还是那个小跟班，一点变化也没有。这让她有些沮丧。可看见久梅摇下车窗露出的脸，她就把这一切都忘了。

10

　　"你为什么说自己不会开车？"

　　"我说了么？"

　　"你说了。"

　　灵燕尴尬地笑了下，说自己忘了。

　　这顺嘴说出来的，表面是想开个玩笑，其实是迎合久梅。瞧，我很笨。没有比我再笨的人了。这当然不是真的。灵燕开车八年，也是老司机了，跑高速能飙一百二十。可为什么不跟久梅说实话？是因为下意识。灵燕在久梅面前总是自动矮下半截，即使许多年不见，灵燕仍是如此。早晨跑去见久梅也不完全是为向她打听身世，潜意识里，灵燕还有更复杂的心思，只是她自己不愿承认。

你不成功。你在久梅面前永远不会成功。不管做了天大的事，还是做了完全的人，你仍是不成功的那一个。

如果不见到久梅，灵燕很少想起这些。见到了久梅，就都想起来了。

"你为啥说我年轻五岁？"久梅不经意间把这话扔出来，是后面还有话，"你是不是觉得我变化大？"

"不是。"灵燕用余光瞟了一眼久梅，心说这话果然没说好。是变化大好还是变化小好？灵燕拿不准。小时候灵燕就经常面临这样的难题，久梅总让她猜闷，不说结果。然后，灵燕说出来就是错的。灵燕就没对过。

"你想听什么？"灵燕有点生自己的气。

车子一个急转弯，久梅却没有减速。久梅有防备，灵燕却没防备，她身子朝前一扑，胸腔撞到了车体，狠狠被硌了一下。

"你女儿叫方适子，这名字洋气。"久梅看了她一眼，"姥姥有文化，就是不一样。"

"你咋想起说这些？"车子平稳以后灵燕忍着疼痛说。久梅说好听的话灵燕有点不习惯。

"如果生女儿，就叫侯花魁。如果生儿子，就叫侯占魁。他就是这么土老帽。我说，这两个名字都跟你的名字侯红贵很配。结果生了女儿真叫了这个名字，他们一家人都说这名字好。后来上初中，孩子自己去派出所把名字改了。"

"侯花魁也挺好。"灵燕对久梅的家事一无所知，但对花魁多少有点印象。"花魁不就是梅花么？要叫侯梅花，就俗了。"

静默了足足有一分钟，久梅说："她改成了侯梅花。"

灵燕恨不得扇自己一嘴巴，话太多了。

她们坐在榻榻米上，每人喝了一壶清酒。灵燕不想喝酒，她从没喝过酒。可连久梅都喝，她怎么能不喝呢？灵燕不让久梅喝。"喝酒不开车。让警察逮着吊销驾照。"久梅马上拿出了手机，拨出了一个号码。"今晚截酒驾么？我在居酒屋，如果被警察截到了会第一时间给你打电话。"灵燕羡慕地看着她，不等灵燕问，久梅说接电话的是公安局局长。"你觉得我会怕站街的警察么？"

"你人脉真广。"灵燕由衷地说。

"好歹也在街面上混了这些年，何况还有老侯，男人比女人好混。"

"罕村人都知道你老公当了很大的官。"

"其实也没啥。"久梅嘴上客气，"他就是运气好。市委书记下来调研，让他汇报工作。别人都念起稿子来没完，天都念黑了，书记都着急了。到了红贵，他脱稿三言两语拣要紧的说，一下就让书记记住了。"

"侯红贵。"灵燕琢磨了下，说，"这名字真好，贵气。"

灵燕见过他两三次。小个子，四方头。久梅初领他回家，胖大娘不同意，说那张脸就是四块瓦盖的。后来这样的外号就在罕村传开了，都说久梅嫁给了四块瓦。侯红贵也因此很少去岳丈家。灵燕家里还讨论过这四块瓦，父亲比画说，额头是一块，两耳是一块，下巴是一块。以木匠的眼光看，这四块瓦都长得是地方。"奇人异相。"父亲说，"将来也许会有大出息。"

久梅给灵燕斟满了酒，说："他没别的本事，就是有眼力见。"

"久梅，你很幸福啊。"灵燕当真这样认为。

"你不幸福？"久梅问。

"幸福与幸福不同。"灵燕一不留神就露出了窘态。就像小时候明明比久梅考得好，却非要说久梅没正常发挥。久梅这样说，大家都这样说。很多时候都是这样。灵燕看了看久梅的眼神。久梅如果两天不搭理她，灵燕就丢了魂。这种关系丢了许多年,没想到坐在一起,轻易就回来了。"我们就是柴米夫妻。"他们的日子确实捉襟见肘。两人的公积金都在还房贷,公婆在乡下还有几亩地。灵燕现在也用儿童霜搽脸。方波只认识厂里几个人,他们在这座城市经常觉得孤单。

菜上齐,她们已经喝到了第三壶。两人喝酒有点像比赛,都唯恐落后。桌上琳琅满目的各种小盘小碟本身就很艺术,再装上少量食材,灵燕甚至不敢伸筷子,担心一碰这些东西就不艺术了。

"你过去从不说谎。"久梅说,"你从啥时开始说谎的?"

"我说谎了么?"灵燕眨巴着两只眼看她,她只是没说实话,这与说谎有着本质的区别。

"你爸真的死了?"

灵燕的脸腾地红了,这话近似侮辱。她张口结舌地看久梅,不明白她怎么会问出这种话来。

"哈,我就是开个玩笑!不过,你真一个人把他埋了,连你老公都没告诉?"

灵燕垂下了眉眼,她脑袋有些沉,但很清楚,久梅明明不是这样的意思。

"吃菜,吃菜。"久梅夹了一只甜虾给灵燕。她知道自己过分了,是她想过分。那种冒犯的感觉让她快乐。除了冒犯灵燕,她也找不到更合适的人。她刚刚被冒犯过,问侯红贵回不回家吃晚饭。侯红贵说省里来了领导,晚上要住宾馆。久梅知道他狐朋狗友多,想诈他一下:跟女人住宾馆吧?侯红贵只发过来一个字:滚。这样的表述过去可当玩笑,现在不行了。几年前就不行了。女儿没出国之前,两人还有情面。女儿一飞走,他们俩比路人都不如。这是久梅的感觉。越隔膜越想缠绕,是内心多了焦虑和忐忑。

久梅给他打电话，想问清楚究竟住在哪家宾馆，打了十几个人家都不接。久梅不清楚侯红贵越来越恶劣的态度是不是跟她整容有关。他很少看她的脸，而且拒绝与她睡一张床，说半夜醒来害怕。他们其实分居很多年了，久梅是想用整容挽救，可她失算了。所以久梅邀请灵燕出来吃饭不是吃饭本身这样简单。她心里窝着一团麻，有些抻扯不清。但表面要云淡风轻，在灵燕面前保持优雅和体面，这很重要。甚至，比在任何人面前都重要。"别看外边闹疫情，但这家老板总有办法把海产品从外面空运过来。你看这鱼虾，都是正宗的日本货。"久梅移动盘碗，给端上来的寿喜锅腾地方。"隔壁有点吵，你让小孩子安静点。"她对服务员说。

服务员穿碎花小袄，深鞠一躬出去了。隔壁小孩子偶尔发出一声啸叫，灵燕听见了，但没觉得不能容忍。

"你尝尝寿喜锅，是不是好吃？"

"就是火锅么。"灵燕憋出了一句话。

"是寿喜锅！"久梅尖声叫了句，"我们经常到这里来，日料中寿喜锅与天妇罗是灵魂！"

"啥天妇罗，就是油炸食品。"灵燕在心里嘟囔了句。

灵燕看着藕夹和白薯片，色泽金黄。她小时候爱吃油炸食品，母亲连玉米饼子都炸一下。本质上，油炸食品的味道都差不多，灵燕对它们不陌生。但吸取刚才的教训，没说出来。她后悔跟久梅出来。氛围不对，胃口也不对。她和久梅不像一对老友，倒像一对冤家。灵燕是人缘好的人，却取悦不了久梅。久梅就像毒黄蜂，说出话来字字见血。她薄嘴唇，小时候就是有名的刻薄鬼。关键是你自己，为啥在她面前就要矮一头呢？灵燕困惑地想，似乎不由自主，腰就是弯的。今天的灵燕有点像鬼使神差。从早晨到现在，一直是鬼使神差。她偶尔看向久梅，久梅兀自吃，旁若无人。

灵燕拨弄那只甜虾，戳烂了，也没往嘴里送。

"我今天去罕村看二叔，顺便去看了大娘，大娘正在睡觉。"灵燕觉得有必要告诉久梅，不知她有多久没回罕村了。

久梅不撩眼皮，她不想听灵燕谈这些。

方波这时打来电话，问她在哪。灵燕小声说在居酒屋，跟闺蜜吃日式料理。"你喝酒了？"方波惊讶。灵燕嘻嘻地笑，说他是狗鼻子。"你吃饭了吗？不好意思，今天把你忘了。"方波说他没事，做了醋熘白菜。灵燕差点跳起来："糟糕，我是去超市买菜的，竟然给忘了！"方波宽厚地笑，说："你晚上回家睡么？如果姥姥需要你，就过去陪陪她。"

"你知道了？"灵燕一怔。

"适子早告诉我了。"

"我回家。你还得给我暖脚呢。"灵燕不是轻薄的人，她不过是在陈述事实，但难掩撒娇的口吻。她喜欢把两只冰脚放方波的肚子上。"我的脚就像死人脚，他给暖透了我才能睡着。"灵燕红着脸这样解释。

"喝酒，喝酒。"灵燕缓过来心情，主动给久梅倒酒，"我们今天一醉方休。"

久梅的脸却越喝越白，两只眼睛像刀锋一样割向灵燕。

"我说错话了？"灵燕瞥了她一眼，垂下了眼帘。脑子里映出母亲放进父亲坟墓的那个包裹。她给父亲写信，这一点，灵燕从不知道。

也不知都写了些什么。灵燕此刻特别想知道。

11

那个晚上发生了什么，没人能够说清楚。这件事在埧城沸沸扬扬半年，也没结论。当事人季小姐在隔壁的一间包房用餐,她和闺蜜两个人,各带一个孩子。人家是个女孩,一直都很安静。占魁不行,又叫又跳,把榻榻米当蹦床。后来他下地穿鞋,说出去看看。他是趿拉着鞋子出去的,听动静也没走远。后来占魁自己说,他扒开了隔壁那道竹门,与他们用餐的包房一样,里边是两个大人。那个胖胖的阿姨说:"小朋友好可爱,进来呀。"占魁进去了,站在离胖阿姨近的这边。阿姨问他叫啥,几岁了。他说叫侯占魁,今年五岁。另外一个就像老巫婆,说他长得怎么像四块瓦。侯占魁不高兴地说:"你咋叫我的外号,我不认识你呀!"

事情是在一瞬间发生的。那个寿喜锅飞了起来,直冲占魁的面门。胖阿姨在瞬间跳起来,挡在了孩子面前。但她站不稳,赤脚踩在地上,身子是倾斜的,像护着小鸡的母鸡一样承受了那些汤水。那汤水还是热的,若是落孩子脸上,说不定得毁容。感谢胖阿姨挡住了那只铁锅。铁锅飞起来就像飞碟,边缘像刀子一样锋利。快速旋转着过来,正好割破了她的颈动脉,那个房间都让她喷出去的血染红了。

侯占魁大叫着逃了出去。他没看见那个鲜血喷洒的场景。他只是被老妖婆吓着了。

"那个扔锅的女人呢?"有人问。

季小姐回答:"她说此事纯属意外,她没有想伤人。"

"那就是精神出了毛病,那一瞬间,她想让什么东西飞起来。"

确实没有伤人的理由。埌城人都这样说。只是可怜那个胖胖的女人,吃顿饭却送了性命,这不是该着是什么。

人们议论了几天,就又去议论别的了。

· 作者简介 ·

尹学芸，女，1964年生，天津市蓟州人。中国作家协会全委会委员。天津市作家协会主席。已出版散文集《慢慢消失的乡村词语》，长篇小说《菜根谣》《岁月风尘》，中篇小说集《我的叔叔李海》《士别十年》《天堂向左》《分驴计》《青霉素》等。作品被翻译成英、俄、日、韩等多种文字。多部作品入选年度排行榜和各类年选。曾荣获首届梁斌文学奖、孙犁散文奖、林语堂文学奖、《北京文学》优秀作品奖、《当代》文学奖、《小说月报》百花奖和第七届鲁迅文学奖。

巴旦木也叫婆淡树

□ 杨 方

    方尼娅出生的地方有着近乎无止境的日照，五点刚过，东边天空就开始泛白，直至晚上接近十一点，西边的天光还没有完全黑透。李祖不一样，李祖的白天和黑夜基本平分。

    李祖是方海平出生的地方，他对白昼和黑夜的划分习惯以李祖为准。身在其他时区，方海平会发愁白昼没完没了地延长，傍晚的霞光，像极光一样永不消退。这大大扰乱了他的原生生物时间。原生这个东西，往往会伴随着一个人的一生，直至死去。在和李祖有三小时时差的地方，方海平按照李祖的天黑时间开始打瞌睡，进入一种白日梦游的状态。这就好像在水底睁着眼睛看东西。有一天下午，他漂浮在阿拉木图的某个露天泳池里睡着了，醒来的时候，看见水面漂浮着一片巴旦木树叶。周围没有一棵巴旦木树，连其他随便什么树种的树都没有一棵。方海平怀疑这片细长的叶子，是从他梦里掉出来的。他伸出手，将湿漉漉的树叶捞起来。巴旦木叶子的形状，和李祖水蜜桃树的叶片有点相似。这让他猛然想起，在此之前，他生活在一个叫李祖的地方，说语速极快且发音响亮的义乌方言。现在他置身另一个国家，有一个金发的妻子，还有一个混血的女儿。他操俄语说话，有时候也操哈萨克语。

于是在方尼娅六岁那一年，方海平带她回了一趟李祖。这个丘陵地形的江南小村子，一年四季氤氲着水雾之气，好像大地上的一切都在呼吸、吐纳。田畈里青纱帐一样的甘蔗林，晨昏时分被阳光照得如水般闪闪发亮。方海平每天领着方尼娅去认识李祖，一口淹死过人的水塘，水塘旁飞檐翘角、青砖黑瓦的建筑是方姓人家的祠堂，祠堂门口坐着的驼背老人是李祖的太太公。太太公刚生出来的时候肩胛骨的地方长着一对小翅膀，大人们用土布将那对翅膀紧紧地捆绑起来，没法生长的翅膀，最后长成了难看的驼背。

方海平摸摸方尼娅的肩胛骨，方尼娅很瘦，肩胛骨很突出。医学上这叫翼状肩胛骨，属于遗传或后天形成。

李祖人的肩胛骨都很突出，好像有一对翅膀没法长出来，方海平说。

那时候分散于各处的粪缸已经被移走，整治农村环境建设刚刚开始，村子里打算修建两座公厕。方海平回来后慷慨地出了一大笔钱，由于这些钱修建两座公厕绰绰有余，村里于是决定多修几座，这样多少可以弥补粪缸移走后给村民带来的不便。方海平带着方尼娅从正在建造的公厕前走过，有种荣归故里的感觉。一路上都有人和他打招呼。方海平用义乌方言回应他们，这让一旁的方尼娅大为惊异，就好像听见一只低嗓门的棕背伯劳，突然发出了南方柳莺的叫声。尤为让方尼娅不安的是，李祖人当着她的面，热烈地分析这个漂亮的洋娃娃，混杂的长相中哪些部分属于父系血脉的遗传，哪些部分属于母系血脉的遗传。在人类的遗传中，到底是父系基因强大，还是母系基因更为强大。方尼娅看着他们的嘴快速地开合，觉得这些人的脸长得没有太大的不同，人人都面貌相似，而且所有的人都姓方，仿佛来自同一个家庭。

叫李祖的村子没有一个人姓李，这多少有点奇怪。就像叫李子的树上没有一个李子，反而结着另外一种水果。长着亚洲面孔的祖母，通过方海平的翻译，勉强让方尼娅明白最早生活在李祖的是姓李的人，后来方姓人迁徙至此，人口越来越多，李姓人就把村子礼让给了方姓人，为了表达对李姓人的感恩，方姓人没有改换村子的名字，而是一直沿用了李祖。

那么，那些方姓的人是从哪里来的？那些李姓的人后来去了哪里？方尼娅的中国话有点生硬，但表达还算清楚。

亚洲面孔的祖母显然回答不了从哪里来，到哪里去这样的问题。她伸出粗糙的大手，一把抓住方尼娅，拎着她爬上一架陡立的竹梯，上面是储物间一样杂乱的阁楼，祖母拍打着一口红漆棺材，通过一些肢体动作，让方尼娅明白这是她花了大价钱给自己准备的。为了保证死后可以腐烂得慢一点，每年都要请人给棺材刷一遍漆。

已经刷了六年了，跟你的年龄一样厚，祖母比画着说。

阁楼上很暗，有种天要黑下来的感觉。红漆棺材在这种蒙昧的光线中出奇的红，红得发亮，像是一个崭新的飞行器，悬浮在阁楼上。祖母把方尼娅抱到红漆棺材上，让她通过棺材上方一扇洞口一样的窗棂，看她死后要埋的地方。方尼娅顺着她手指的方向看去，是一片很空的天空。这让她很疑惑。

你要把自己埋在天上吗？

祖母显然把天上听成了山上，她很肯定地点点头。不埋在那里还能埋在哪里呢？李祖所有的人死了，都埋在那里。

方尼娅听懂了祖母用义乌方言说的这句话。有时候就是这么莫名其妙，原本听不懂的语言，包括鸟的、鱼的、猫的、狗的、虫子的，好像有神灵帮忙给翻译了一下，突然就听懂了。

之后的某一天，方尼娅沿着梯子独自爬上阁楼，先是踩在一个矮胖的咸菜坛子上，再踩在高一点的米酒坛子上，然后站到了红漆棺材上。透过洞口一样的窗棂，方尼娅看见落日正沿着田畈上的一座稻秆篷落下去。这个影像让方尼娅一直有个错觉，稻秆篷是太阳的落脚点，宿营地或驿站。以至于后来方尼娅无论在什么地方，即便是荒凉得什么也没有的戈壁滩，一望无边的草原，又或是高楼林立的繁华都市，每到黄昏，她都觉得太阳最后一定是从一座稻秆篷上落下去的。

那座稻秆篷委实不够美观，潦草，歪歪斜斜。太阳如果落得快一点，极有可能把它撞散架。田畈里不止一座这样的稻秆篷，方尼娅猜想稻秆篷可能是下雨天用来躲雨的，也有可能是用来放农具的，不知为什么，只有最歪斜的那一座，成了落日落下去的地方。方海平认为这是视角的问题，方尼娅个子矮，只能站在红漆棺材上，通过棺材上方那扇窗棂看出去。其实从阁楼其他窗棂看出去，落日一定是沿着另外的物体落下去的。树梢，电线杆，水牛的背，某个人头上锥形的竹编斗笠。

方尼娅觉得这不是视角的问题，这应该是落日自己的选择，它喜欢那座稻秆篷。

方海平点点头，没有再提此事。他没有告诉方尼娅，稻秆篷里面其实是一口臭烘烘的粪缸。村里人将粪缸置于田畈，是为了浇肥方便。方海平十八岁前每到学校假期，都得跟着父辈在田间劳作，他曾用一柄杆很长的粪勺从粪缸里舀粪浇肥。有人偷砍他家甘蔗,他提着粪勺赶过去,像赵子龙提着亮银枪。柄很长的粪勺,确有亮银枪的威力,大有挥出去,可以荡平一片的气势。方海平单枪匹马地挥了几下,就把几个偷甘蔗的人给臭跑了。不上学之后,方海平挑着担子鸡毛换糖,最远去过江西。二十三岁,方海平怀揣鸡毛换糖挣来的不多的一点钱离开李祖,坐着绿皮火车一路向西,几乎穿过大半个欧亚大陆。西部广袤的天地让他雄心勃勃,同时又有一种前路未卜的忧心忡忡。火车最后把这个矮小瘦弱、充满梦想的义乌人带到了荒凉的边境地带。那里有一个刚刚开放的口岸,每天大批边民带着自己国家的物品在这里进行交易。方海平是第一个来到这里的义乌人。每一个义乌人,都是一个小商品批发部,方海平也不例外,他背着一麻袋义乌小工坊制作的廉价首饰,在尘土飞扬的口岸撑起一把太阳伞,做起了生意。那时候的口岸,还没有来得及建设好,一切都是刚刚开始的样子。几排简陋的红砖平房,是口岸工作人员的办公场所。用篷布搭起来的简易饭店,苍蝇兴奋地在油腻腻的桌子上方嗡嗡欢唱。旧铁皮屋子的小旅馆,在阳光强烈的下午被风吹得咣咣响,有时候这种声音来自另一种原因。人们在毫无遮拦的空地上铺开塑料布,把货物像垃圾一样倒出来,堆在地上售卖。马车车轮、拖拉机车轮、货车车轮从旁边碾过,任何一个移动的东西,都能扬起一大片尘土。尘土在半空中飘荡着,要过很久才会重新落回地面。方海平脚边那些闪闪发亮的廉价首饰,落难般蒙上了厚厚的尘土,依然被从边界线那边过来的人,毫不嫌弃地塞进蛇皮口袋带走。那几年,边界线那边的几个斯坦国,经历了一场经济动荡,物资匮乏,食品短缺,店铺里的货架几乎空空荡荡。方海平毫不费力地从那些蒙尘的廉价首饰身上挣到了大把的钱。他马上用挣到的钱在口岸租了一个几平方米的木头房子当店铺,扔掉了那把风一吹就倒的破太阳伞。木头房子其实比太阳伞好不到哪去,四处漏风,开门的时候稍一用力,门板就有可能扑面掉下来把人砸晕过去。但不管怎样,方海平还是给它取了一个响亮的名字:中亚首饰批发部。他买了瓶墨汁,找来一块纹理粗糙的木板子,用小学生的书法水平,一笔一画竖着写好,然后举着榔头哐哐哐一阵猛砸,把木板子钉在了门边上。

方海平每天在巴掌大的中亚首饰批发部里忙得要尿裤子。茅厕有点远,其间要穿过一片停着马车的空地。拉车的马随地拉撒,去茅厕的人,得在马粪蛋子中穿行。方海平计算过,用最快的速度去一趟茅厕,来回也要十五六分钟。方海平想不通,这里的人宁愿跑很远的路,浪费很多赚钱的时间去上一趟厕所,也不愿就近多建几个茅厕。而他的生意总是那么繁忙,来批发首饰的人,一波刚走又来一波,他连去撒泡尿的时间都抽不出来。有时候刚准备出门,来人就把他堵在了门口。中亚国家的男人,个头有他两个那么高。女人的体形也颇壮硕,乳房像两个篮球那么大。他们不容分说,挤进店铺,小小的空间立马被塞得满满的,连转个身都不可能。方海平担心自己夹在其中会有无法预料的危险发生,因为个头矮小,他的脸刚好对着女人的胸部,如果那个女人再靠过来一点,自己肯定会被闷死在那对乳房上。等他们离去后,方海平发现急不可待的尿意已经转换成了其他难以启齿的意。羞耻的同时,他奇怪那些尿液跑哪去了,是被憋了回去,还是变成了汗,从毛孔排泄掉了。他其他的想法,最后其实也是同样的结果。方海平时常疑心自己的汗水里面挟带着浓浓的尿味和荷尔蒙味。久而久之,他练就憋尿的本领,不到不得已,他一般不往茅厕跑。除了抽不开身,另一半原因是那个遮蔽性良好的旱厕,充斥着积怨般的臭气,简直能把人熏得一头栽进粪坑里去。这让他无比怀念起李祖的粪缸来。方海平自来到西部,吃喝方面毫无过渡地就能适应。撒着厚厚孜然粉的烤肉五毛钱一大串,冒着泡沫的啤酒两块钱就能买一大扎,拉条子一盘不够还可以免费加面,对他这种饭量的人来说加面显然有点多余。他更喜欢馕坑里刚打出来的热馕。卖馕的女人看上去比热馕还好吃，她跟她打的窝窝馕一样圆鼓鼓的。每次方海平去买馕，她都要朝他挤眉弄眼一番。买几个馕你？得知方海平只买一个，她大摇其头。这里的人都十个十个地买，你买一个，小气得很，儿子娃娃的不是。方海平没法反驳。

方海平听见别人叫她阿娜儿。阿娜儿说话主语谓语随便颠倒，听得人很错乱。这是边民的语言风格。方海平得在脑子里把阿娜儿的语言重新组合一番，才能懂得其中意思。

哎，那个谁。阿娜儿这样称呼方海平。她对方海平说话的语气带着一丝调侃，也可以理解成挑逗。

一个馕，买起来不嫌麻烦你，我卖起来都嫌麻烦。阿娜儿很干脆地把一个馕送给了方海平。

后来方海平去买馕，每次都要带上点小东西，一对玻璃珠子的耳环，一条假珍珠项链，两个亮闪闪的塑料发卡。他不想白占女人的便宜，也不想在女人身上浪费时间。他的时间是拿来赚钱的。其他可以缓一缓，赚钱刻不容缓。方海平来到口岸没多久，中国改革开放的商业大潮，一路磨磨蹭蹭，像一列极慢的火车跟在他后面，也从南方到达了这个边远的西部口岸。方海平和所有商业嗅觉灵敏的义乌人一样，早于别人嗅到了发财的商机。在口岸还在规划建设商铺的时候，方海平拿出积累的钱，大胆下手，买了几间还仅仅是设计图纸上的店铺，及至后来其他义乌人带着各类小商品纷至沓来，方海平已经站稳了脚跟，独占了首饰行业的批发。他那些亮闪闪的廉价首饰，通过口岸，呈放射状覆盖了中亚地区。每天无尽延长的白昼终于切换成黑夜的时候，方海平哈欠连连地对着一大堆不同国家的钱币发愁。相较于整包整包地批发首饰，整堆整堆地数钱是一项更累人的活。他得把各种钱币区分开来，一张一张数清数目，用橡皮筋一捆一捆捆扎好，塞进麻袋，然后扔在一堆装着廉价首饰的货包中间，这样也许更安全。停电在口岸是经常发生的事，方海平单凭钱币的手感和纸张大小，就能在黑暗中区分出是哪个国家的钱，以及钱的面值大小。他还熟知各种货币和人民币之间的汇率，卢布、坚戈、苏姆、里拉、马纳特，他觉得这些花花绿绿的钱币，是一些和冥币差不多的纸张，唯有人民币，才是货真价实的硬通货。这就跟白天黑夜的划分以李祖为准一样。有时方海平会怀疑数钱的时候，自己很有可能处于一种睡着的状态。理由是他在白天清醒的时候，经常会把钱数错，而在夜晚迷迷糊糊的状态中，却从未数错过钱。有一次，他从对面的镜子里，观察到数钱的自己，耸着肩，驼着背，勾着头，仿佛睡着了一般，只有十根手指头，清醒地、昂扬地点着钱币。钱币在他手中发出的响声，像一队锡纸兵在列队走过。方海平被自己的样子吓了一跳，就好像看见梦中的自己，坐在一堆钱币中，带着做梦的表情在数钱。

　　数钱休息的间隙，方海平靠在脏兮兮的沙发靠背上，想起自己来西部的起因，总不免哑然失笑。他得感谢李祖那些分散于房前屋后的粪缸，那绝对是个获取信息的重要场所。不像西部，茅厕盖得严严实实，里面分隔出来的蹲位，竟然还要加上一块遮挡的木板门，这简直让人不能理解，仿佛排泄是一件见不得人的事。有一次方海平急吼吼地往茅厕跑，迟一秒括约肌就有可能括约不住。他在不知道里面有人的情况下闯进了一个隔间，结果那个体毛茂盛的男人，像个女人一样尖叫起来，他掐住方海平的脖子，几乎要把他的舌头给掐出来。吓得方海平没完没了地道歉。事后方海平实在想不通，一个大男人，反应那么激烈，好像遭受了天大的羞辱，至于嘛。方海平只能把这归于地域文化的差异。李祖那些随意分布的粪缸，仅有象征性的遮挡，几把稻秆，或者几块长短不一的木板子，再不就是几个破尿素口袋，小范围地在后边随意一挡，前面则是完全的开放式。蹲厕的人，基本暴露于外。有人路过，打个招呼，或停下来聊几句，不管男女，皆不避讳。和方海平家紧挨着的女邻居，嗓门大，脾气火暴，经常一边蹲厕一边和公婆吵架，老远都能听到。相亲的时候，婆婆并没有看上她，觉得她额方眉粗，颧骨高突，嘴角下垂，下巴短窄，一张脸长得哪哪都是克夫相。她气恼地跟着媒婆离去的时候，不知是生气还是茶水喝多了，感觉憋得慌，就在路边粪缸蹲了下去。这种生理反应是会传染的，媒婆也觉憋得慌，也蹲了下去。婆婆出于陪客礼貌，虽然不憋，也相陪着蹲在了粪缸上。媒婆不甘做媒失败，想做最后的努力，她大夸女邻居的某个部位长得比脸有福相，大而结实，圆而饱满，旺夫不说，还能生儿子。婆婆伸头一番观察，后悔自己只顾着看脸上的风水，全然忘记了臀部的重要性。幸亏一起蹲了个厕，不然，就给错过了。

一桩婚事，就这么在蹲厕的过程中确定了下来。女邻居嫁过来后，确实旺夫，也确实生儿子，但是脾气不好，不敬长辈，和婆婆一起蹲厕，总是比婆婆抢先起身。婆婆觉得这不合蹲厕礼仪，一般来说，有长辈在旁边蹲着，长辈不起身，小辈是无论如何也不可以先长辈起身的，这道理就跟饭桌上须长辈先动筷子一样。但女邻居不管这些，为此婆媳两人经常在蹲厕时吵架。女邻居凶悍，婆婆吵不过，公公闻声赶来，帮着婆婆一起吵。女邻居蹲在粪缸上与公婆对骂，毫无窘迫之感。

那一日女邻居在蹲厕时和公婆又发生争吵，方海平刚好路过，停下来劝架。公婆走后，方海平站着和女邻居聊了几句。出于对方海平的感谢，女邻居向他透露了一个在她看来属于商业机密的信息，中国西部尚有一片义乌人尚未涉足的空白区域，虽然偏远，但靠近邻国，刚开通的口岸，将会成为一个发财通道。而且据说，一条国际货运铁路线将从那里通过。她原本打算让自己的老公先去那里看看,怎奈那个目光短浅的家伙认为西部穷得遍地都是石头,去了那样的地方,可能连根毛线都挣不到,更别说发财了。女邻居在义乌铁路货运部门工作,虽然只是个负责抄货单的临时工,但有机会知道义乌的小商品通过铁路线都发往了全国的哪些地方。女邻居的脑子里,有一张义乌小商品分布图,如果绘制出来,将是一个以义乌为圆心的放射性网状输出图。中国版图没有被网罗在内的,也就剩下些边边角角的地带了。女邻居断言,这样的边角地带,未来肯定会有大好的商机。

方海平当即起了去的意。

方尼娅听方海平说这些的时候十六岁。自六岁之后,方尼娅再没有回过李祖。她在一个和李祖有三小时时差的地方长大。她上学的学校不教汉语,每天放学,她穿过冼星海大街,经过冼星海的雕像,去一个中国留学生那里学两个小时的汉语。她养的那条花斑狗,狗脸颇具人性。她跟花斑狗说汉语。有一天花斑狗咬烂了陈文秀的靴子,陈文秀把花斑狗卖给了游走的马戏团,方尼娅自此坚持用汉语跟陈文秀说话,尽管陈文秀听不懂汉语。

方尼娅对方海平的首饰生意从不感兴趣,她甚至不清楚方海平在靠什么赚钱。她以为他们什么不靠也能生活。十六岁之后方尼娅就满世界地跑。有一年方尼娅跟团去肯尼亚看动物迁徙,一辆焊着钢筋护栏的敞篷卡车拉着他们在雨季的草原上追着食草动物跑,有人要方便,司机先下车侦察情况,确定没有危险的食肉动物在附近,游客才敢下车,就地匆忙解决。女游客接受不了这种方式,为避免下车,一整天不敢吃喝。方尼娅和男游客一样照吃照喝,下车解决也和男游客一样,没觉得有什么障碍。又一年,方尼娅在中国的塔克拉玛干玩沙漠越野,她撑开伞蹲下去的时候,一阵风刮走了她的伞,这时候刚好有一辆越野车开过来,从她旁边开过去。方尼娅淡定地蹲着,只当车上的人全是眼瞎,看不见自己。方尼娅发现自己在这方面有李祖人的底子。

李祖如入无人之境的蹲厕文化,让方海平获得了赚钱的信息,也让方海平在初到西部时吃了不小的苦头。由于生意繁忙,方海平经常得把自己的膀胱功能使用到极限。拉车的马从门前走过,在他面前肆无忌惮地撒尿,那种欢快的排泄声,严重刺激到了他饱胀的部位。方海平忍不住学马在店铺后面就近解决。此举立刻招来一群戴头巾妇女的胖揍,许多只手一起伸过来抓他的头发,揪他耳朵,扭脸,抠眼珠子,连掐带拧。脚上功夫也不比马或者驴差,差点让方海平从此以后都失去了撒尿的功能。离开的时候,每个女人都骂骂咧咧往口袋里塞了一大把首饰,算是对她们的赔偿。其中有个每根手指都戴着戒指的女人,第二天哐当推开中亚首饰批发部那扇摇摇欲坠的门,要求方海平给她调换一个戒指,那个戒指镶嵌的假珠宝掉了,看上去像是被挖掉了眼珠子一样难看。方海平二话不说满足了她。她手指上又长又尖的指甲让方海平恐惧,他身上的很多掐痕有可能出自它们。另一个女的,在几个月后来到店铺,取下脖子上的项链,她觉得这根不够闪亮,要求方海平给她换一根更闪亮的。方海平索性又给了她一根。他可不想再挨一顿揍。

阿娜儿的馕坑就在中亚首饰批发部斜对面,她蹲在馕坑上,越过一摞子的馕,目睹了方海平挨揍的热闹场面。这个义乌人像是经历了一场劈头盖脸的沙尘暴,被飞沙走石击打得一片凌乱。阿娜儿笑得差点掉进馕坑里。她告诉方海平,不用跑那么远去上厕所,可以就近去她家。她家的茅厕在院子里最角落的地方,上面爬着隐秘的南瓜藤。

方海平去过一次后就不肯再去。这一带边民的茅厕颇有些讲究,严实,隐秘,门上挂着绣花的布帘子,仿佛进去的是个闺房而不是茅厕。茅厕上方悬挂的一个大南瓜,让方海平惴惴不安。那个南瓜实在太大了,方海平从来没有看见过那么大的南瓜,他担心它会突然掉下来,把他砸进粪坑里。最让他恐慌的是茅厕的一角,拴着一只长角的山羊,自始至终,山羊都在盯着他看。在李祖开放的环境下,被人看到可以坦然淡定,但是在一个封闭的环境里,被一只山羊近距离地看,方海平觉得特别别扭,那只山羊的眼睛里,包含了恼怒、蔑视之类的内容,好像他当着它的面排泄,这种行为严重冒犯了它。它像那些包头巾的妇女一样,几次试图冲过来顶他,用它坚硬的角给他狠狠来上一下。幸亏够不着。后来方海平宁愿跑很远的路,穿过遍地的马粪蛋子,捂着鼻子蹲在臭气熏天的旱厕里,也绝不愿意再去阿娜儿家上茅厕。那简直跟被审判一样。

阿娜儿觉得最好的办法莫过于雇个帮忙的人,这样方海平就不至于跟马一样,当着女人的面撒尿。挨一顿打是小事,她们真发起火来,有可能会把他赶牲口一样赶出口岸,永远也别想再回来。边民的习俗,女人是不容被这样的行为冒犯的。马可以不讲究,人怎么可以不讲究呢嘛。

方海平不想被赶走,这里的一切才刚刚开始。口岸正在建设中,每天巨大的货运卡车轰隆隆地从口岸那边开过来,带来一阵小小的地震。卡车上的货物,永远让人意料不到。有可能是当废铁拆下来的坦克履带、大炮炮管,也有可能是某个工厂的大型机器,某艘航母上的零件。在这些卡车的重压下,方海平感觉到了大地的颤抖,既兴奋,又有点恐惧。他知道一个大冒险的时代到来了。在短暂的时间里,他又积累了一笔钱。他后悔商铺买少了,他的钱应该全部拿来买商铺。到时候口岸整条街的商铺,都是他的。各种钱币,中了魔咒般往他的店铺里飘来。方海平觉得自己将来在口岸弄出一个义乌那样的小商品批发市场来,也不是没有可能。

方海平向李祖的亲戚朋友,包括女邻居借了些钱,加上自己的积蓄,又买下了一些商铺。他准备用他的方式吞下世界。

方海平向女邻居打电话借钱的时候，女邻居已经睡下，得知方海平所在的地方，太阳还要过两三个小时才会落下地平线，女邻居惊讶得瞌睡都没有了。天哪，你那里的一天，差不多有四十个小时那么长，你赚钱的时间，要比这边的人多出两倍。

方海平想了一下，觉得女邻居说得对。女邻居总能发现别人发现不了的问题。这里的一天，似乎真有四十个小时那么长。自己一天里面，似乎真的要比别人多出两倍的挣钱时间。他没理由不发财。

但首先，他得雇一个上厕所时帮他看店的人。如果在李祖一天只需去两到三次厕所，那么，在口岸如此漫长的一天里，至少要去四到五次，这样算来，他光上厕所就要白白浪费掉一个多小时的时间。就算浓缩成三次，也得浪费掉半个多小时。方海平找出一张纸，找人用维汉两种文字写了一张招聘启事贴在门上。阿娜儿看见了，走过去歪着头用汉语把招聘启事念一遍，再用维吾尔语念一遍，念完一把撕下来，扔进馕坑里，动作透着粗蛮。她用主谓颠倒的句式告诉方海平，如果要招人的话，招她就可以了。以前口岸打馕的只有她一个人，随着来口岸的人增多，一下子出现了七八个打馕的人，为了吸引顾客，他们打的馕花样百出，油馕、玫瑰馕、肉馕、辣皮子馕、茴香馕、孜然馕、皮牙子馕。她只打最平常的馕，她的馕变得无人问津。

哎，那个谁，怎么样？点个头嘛你。阿娜儿朝方海平星星一样眨眼睛。她只眨左眼，右眼睁着，负责眉开眼笑。方海平弄不明白她是怎么做到的。

方海平对着那只右眼拼命摇头，但这种文明的拒绝方式毫不起作用。第二天，方海平来到中亚首饰批发部，看见阿娜儿站在门口等着，头上手

151

上脖子上，戴满了他给她的那些廉价首饰，整个人亮闪闪的，像一个展示廉价首饰的模特。

方海平告诉阿娜儿，他想雇个男的，满身腱子肉，扛东西走路飞沙走石。

阿娜儿打馕每天要揉一大坨面，力气大着呢。她扛起装满首饰的麻袋，从满是虚土的街上走过，脚步掀起齐腰高的尘土。一般来说，一匹马跑过，或者一辆电动三轮车开过，才会产生这样的效果。

不行，我不雇女的。方海平还是摇头。

阿娜儿有些生气。那个谁，你上过我家茅厕，阿娜儿说。

这句话跟她身上的廉价首饰一样亮闪闪的，引得周围人一阵嘎嘎大笑。

方海平想不通，他就上过一次，这竟然可以成为他雇用她的理由。他那时还不知道，这也成了后来其他很多事情的理由。

阿娜儿不管方海平怎么想，她像扒拉一坨面一样扒拉开方海平，走进中亚首饰批发部，开始招呼这一天到来的第一波批发商。

阿娜儿根本不是个做生意的料，经常弄错货物，算错价钱，而且大方得要命，动不动就给对方把零头抹掉，或者像送方海平馕那样，把方海平的首饰白白送人。这让精明的方海平大为恼火。唯一让他感到满意的是，阿娜儿会说一点俄语。

阿娜儿会说俄语并不奇怪，邻国曾以俄语为主，阿娜儿在那边有亲戚，亲戚家婚丧嫁娶，阿娜儿都会过去参加，她跨过边界，就像跨过一条虚线那么频繁。对那边的情况阿娜儿也熟悉得很，她告诉方海平，那几个斯坦国的女人，没有首饰简直活不了，哪怕没钱买列巴，女人也绝不能没有首饰戴。她问方海平知不知道斯坦是什么意思，波斯语系里，斯坦是地方的意思。伊拉克以前叫亚述里斯坦，中国叫秦那斯坦。阿富汗叫阿富汗斯坦。中亚的这些斯坦国，曾经是古代丝绸之路商业贸易的中心区域。阿娜儿建议方海平去那边做买卖，那边的首饰生意，钱一定可以秃噜秃噜（大把大把）地挣。

方海平听了直摇头，那片区域对他来说陌生得让人恐慌。谁知道在那边会遇到什么。这个口岸曾是丝绸之路上的一个驿站，过往的商队，在这里扎起绵延的帐篷，烧茶的炊烟在黄昏一股一股升起，骆驼和马匹在夕阳最后的光亮中嚼着嘴里的草料。不过有很长一段时间，这个驿站像死了一样，没有商队，没有贸易往来。直至现在，这个口岸又活了过来。就像一个时代结束，另一个时代在他面前开启。方海平看着通往那边的商路，有时也会蠢蠢欲动，萌生出把他的生意做到中亚，乃至更远的地方去。这不是没有可能的事。但目前他得完成最初的财富积累。他是一个聪明的义乌人，绝不干那种没把握的冒险。

方海平很快跟着阿娜儿学会了边民的语言风格，他用主谓颠倒的句式和拖长的腔调说话，俨然一个本地人。他俄语学得也很快，他发现自己很有语言天赋，以他的聪明，没用多久就能用俄语和顾客流畅地交流。随着生意的做大，一些简单的书面合同，不需要请翻译他也基本能自己搞定。这让阿娜儿佩服得不得了。阿娜儿伸出因揉面而变粗大的手指，敲南瓜一样敲方海平的脑袋。

那个谁，你这里面全是脑子。

方海平懒得回答她，脑袋里面不是脑子，还能是什么？

我脑袋里全是大理石，太阳很大的时候，或者生气的时候，我的脑子就会僵硬得什么也不能思考，阿娜儿说。

方海平表示认同。这个非常死板又倔强的女人，经常弄得他头疼不已。她脑子里好像只长了一根筋，遇事不知道转弯，就像拉车的马，只会横冲直撞地往前跑。她还喜欢自作主张，管这管那。不知道的人，都以为她是他的老板，更多的人是把她当成了老板娘。阿娜儿张罗着重新租了间像样的红砖平房，门上挂起显眼的招牌，招牌上"中亚首饰批发部"这几个字，阿娜儿别出心裁地用各种首饰拼起来，亮闪闪的，颇为引人注目。阿娜儿对自己的杰作沾沾自喜，方海平却为白白用掉了那么多首饰心疼不已，明明拿块木板，随便写几个字就可以的事，偏要花那么大的成本。可气的是，阿娜儿才不管方海平怎么想，她一没事就坐在中亚首饰批发部的门口嗑瓜子，一边嗑，一边口吐花瓣一样把瓜子皮吐得满地都是。方海平一旦说她，她就会一扭身子，自他面前扭着屁股走开。经过他身边的时候，她那难以掩藏的狐臭，从衣领里飘散出来，令方海平苦不堪言。他几次提出，现在的医学，可以很轻易解决掉这个问题。如果她没有钱，他可以借给她。再不济，也可以喷点香水什么的，掩盖一下。

方海平为了自己的嗅觉器官好受一点，买了一瓶香水送给阿娜儿，被阿娜儿嫌弃地扔到一边。

那个谁，你知不知道，狐臭越臭的狐狸，越受狐狸欢迎，这就跟人的香妃一个样，阿娜儿说。

你是人，不是狐狸，方海平说。

人也有自己的气味。

可那是臭味。

臭味也是我自己的气味。

熏得我头晕。

习惯了就不晕了。

习惯不了。

时间长了就习惯了。

方海平气得冒烟。你被解雇了,马上走人。这样的话他对她说过不止一次,他单方面做出的决定等于放屁,阿娜儿根本不做理会。

两个人经常这样叮叮当当地吵,无论方海平怎么抗议,阿娜儿都拒绝对自己的狐臭进行处理。她不仅不接受香水,也不喜欢用洗发水沐浴露之类香气很重的东西。她认为这些散发出化学味道的东西,掩盖了人自身的味道。她如果用了,闻起来,就跟其他所有用了这些东西的女人是一个味了。

那样的话,你就没法通过气味来辨别我跟其他女人的区别。很多动物,都是靠味道来识别喜欢的异性的,阿娜儿说。

我不是只长了鼻子的嗅觉动物,我可以用眼睛来识别。方海平气恼得想撞墙。

可是,如果你眼睛看不见的话,你就得凭气味闻出哪个人是我,阿娜儿说。

方海平不想继续跟她谈论气味这样的问题,也不想再过问她的狐臭。这些东西让他们的雇佣关系听起来有点变味。阿娜儿打的比方也让方海平不安,他担心自己的眼睛有一天真的会看不见。这个乱说话的女人,用词里带着不好的暗示。方海平学西部人的方式,朝地上呸了三口口水。这有点愚蠢。方海平发觉自己越来越像西部人,身上甚至有了西部人的懒散和懒惰,义乌人的勤奋和精明在消失。不得不承认地域文化对一个人产生的影响,这就像是把萝卜种在土豆地里,萝卜会变得越来越像土豆。他现在已经彻底摒弃了李祖人没有章法的蹲厕习惯,学会像西部人一样,把上厕所当成一件隐秘的事情。并且学会了用小水壶里的水洗手。倒一点点水在手心里,尽管水量少到仅能打湿手,也要认真地把每一个手指都搓洗到。如此三次。那种仪式般的洗手,让人觉得清洁自己是一项神圣的事情。西部缺水,方海平听阿娜儿说在没有水的情况下,他们偶尔也用沙子或土替代水来洗手净身。这让他很不解，那东西，怎么洗？阿娜儿指给他看一只鸡是怎样在土坑里替自己洗澡以此清洁羽毛的。毛驴也是，在地上打滚应该就是它们的洗澡方式。

方海平发觉自己正在被这个女人侵蚀。从说话腔调、做事风格，到思维方式。阿娜儿喜欢说慢慢来，这里所有的人都喜欢说慢慢来。这里的一切也是按照慢慢来的方式慢慢地进行着。这让方海平很是崩溃，他从一个说话语速都极快的地方，跑到了一个什么事都慢慢来的地方，简直就像一个急性子的人，坐上了一辆磨磨蹭蹭的毛驴车。商铺的建造进度是那么缓慢，西部漫长的冬天耽误了建筑工人的工作时间，冻土层要到每年的四月份才开始变软，这个时节，地表的黄色野郁金香开始热烈地开放，继而是红色的更为热烈的野罂粟花。在这个地带，所有的花开得都很短暂，风一吹就开，再一阵风吹过，花就落了。夏季也是极其的短，才看见建筑工人动手干活，不到十月就下起了雪，接下来又是漫长的封冻期。等商铺建好，及至开张，野郁金香和野罂粟花已经不知道开了多少次。方海平也已经不再是那个初到西部、口袋里没有几个钱的年轻人了。他留起了小胡子，黑色短胡子增加了他脸上的执着表情。西部的饮食也让他明显发胖，这种体形让人联想到成功人士。

方海平留下了位置最好的几间商铺，作为自己的经营店面，其他的，全租给了后来来到口岸的义乌人。这些义乌人，简直把义乌国际小商品批发市场照搬到了这里，义乌市场里所有的商品，这里都有。所有的竞争，这里也有。方海平办理了护照，计划着找个时机去中亚看看。他对那边不再恐慌，随着财力的增加，他的底气也足了起来，那片广大的欧亚腹地，变得对他充满了吸引力。那里蕴藏着更大的商机也说不定。

方海平在打瞌睡的半下午时光，会有一种抽身而出的脱离感，他像一个旁观者那样,看着自己的生意,从最初的一把破阳伞,到几平方米的木头小屋,再到红砖平房,最后扩展成了很具规模的欧亚首饰批发中心。这个名称是阿娜儿改的,在她对汉语有限的理解里,"欧亚"比"中亚"大,"中心"比"部"大。这些词语代表着她对世界的认知。方海平看着她蹲下身子,认真地在欧亚首饰批发中心的玻璃柜台里摆放各种款式的首饰样品,这些仿真货看上去比真的还要漂亮,但是给人一种冷冰冰的感觉,反而是记忆里那些几毛钱的廉价首饰,更能让方海平生出热爱。热爱是一种有生命力的东西,可以一点点地生长,让他从白手起家,生长成现在的规模。

方海平在琳琅满目的商铺一角,修造了抽水马桶式的卫生间,他再不用跑很远的路去上厕所。通过阿娜儿,欧亚首饰批发中心招了十来个员工。其中几个女的,方海平怎么看怎么眼熟,他在打一个大大的哈欠的时候,猛然想起,他曾经挨过这几个女人的打。她们下手的时候一个比一个狠,有一个,差点把他的耳朵揪掉。现在她们落到他手里,他思忖是不是可以找机会报复一下。她们跟阿娜儿一个样,干事喜欢慢慢来,稍微有点空闲,就坐下来一边谝传子,一边嗑瓜子,口吐花瓣一样把瓜子皮吐得满地都是。这让方海平很是恼火,他威胁要扣她们工资,辞退她们也不是没有可能。但是她们明显不怕他,她们学着阿娜儿的口气跟他说话。

哎,那个谁,听说你在阿娜儿家上过茅厕。她们嘻嘻哈哈,根本不把他当老板看待。有个年纪大点的妇女,开玩笑说方海平上过阿娜儿家的茅厕,那就应该娶阿娜儿为妻。人家姑娘上的茅厕,都被你看见过了哎,她说。

旁边的男人们发出一阵猛烈的嘎嘎大笑,这是口岸边民特有的笑。这种狂野的笑声被阿娜儿的兄弟粗暴地打断。阿娜儿有好几个兄弟,其中一个是卡车司机,经常开车去附近的几个斯坦国运货。另一个是夜班车司机,也是经常跑附近几个国家,他的大客车里坐满了来口岸进货的人。两个兄弟人高马大，手臂上长满浓密的汗毛。他们所经之处，空气中飘荡着比阿娜儿浓烈一百倍的狐臭味。看来狐臭是他们家祖传的气味。这两个喜欢用暴力解决问题的男人，大声警告方海平最好别对阿娜儿起歪念头，否则他们会切了他。阿娜儿两兄弟随身带着刀子，拿出来切西瓜，切手抓肉，他们也有可能用刀切别的东西。

毛驴子才动歪念头呢，方海平用义乌方言回？他们。他弄不懂上了个茅厕怎么就跟婚姻大事扯上了关系，他上过阿娜儿家的茅厕，不等于看见过阿娜儿上茅厕。在李祖，就算看见了也没什么大不了。他奇怪自己的命运似乎总和茅厕这样不宜谈论的东西联系在一起。为了自身安全考虑，他决定辞退阿娜儿。

阿娜儿照旧毫不理会方海平单方面的决定，她也不理会兄弟们的态度。她对方海平说，不行我们私奔，去哈萨克斯坦，或者去别的什么斯坦。那边的首饰买卖肯定比这边更好挣钱。

方海平觉得阿娜儿疯了，他想过去中亚那些斯坦国看看，可从来没想过要和她一起去，更别提跨国私奔了。他不想丢掉他好不容易奋斗来的东西。但是阿娜儿才不管方海平怎么想，她大张旗鼓地着手准备私奔要带的东西。那架势，方海平如果不答应，她会扛麻袋一样扛着他私奔。

口岸很快疯传方海平要带阿娜儿私奔邻国的谣言。谣言像扬起的尘土一样传播得满天都是，半天不落下来。其实也不能算是谣言，从当事人嘴里传开去的话，怎么能是谣言呢？欧亚首饰批发中心的那几个女人，一副等着看私奔的表情。方海平真正地恐慌了起来，这个又蠢又笨的女人，总是能把事情弄得一团糟。看着吧，接下来还会更糟糕。方海平下定了决心要认真辞掉阿娜儿，这样下去不是个事。

事情的结果是，在他开口前，阿娜儿旋风一样跑到他面前，告诉他她的兄弟要来杀他。他们怀揣着切这切那的刀子，卷起袖子，露着长满汗毛的胳膊，脚下腾起大朵的尘土，正穿过一家家店铺，往方海平的欧亚首饰批发中心走来。他们走得很慢，有时候还停下来和人聊上几句天，好让阿娜儿跑到前头去给方海平报信。

他们不会真杀了你的，阿娜儿安慰方海平。

方海平可不敢拿自己的脖子开玩笑。他揣上护照，飞快地往边检跑去，路上他摔了一跤，磕破了嘴唇。等他狼狈不堪地过了国界，远远看见阿娜儿两个兄弟站在那一边，挥舞着手里的刀子，朝他嘶吼。逆着的风把他们的声音全吹了回去。

方海平转过身，把他们抛在身后。他的面前，亚细亚的群山正笼罩在金黄的阳光下，风从那边吹来，带来那个方向广阔的气息。方海平深嗅几口，品味出干燥的风中那片土地上草木和泥土的味道，还有一种遥远的咸水湖的陌生气息。方海平没想到自己以被人追杀的方式，终于踏上了这片土地。

他随便上了一辆车，一个小时后，扬着尘土的车把他带到了一个叫雅儿肯特的小镇。从口岸通往小镇的路，被超载的大卡车轧得坑坑洼洼，一路上颠簸不堪，等到了小镇，一下车就是拉客的司机和混乱的车站，这里大概是一个中转站，去往中亚各国和去往中国的人，大都会在这里停留一下。

雅儿肯特给方海平的第一印象很糟糕，唯有马路倒是很宽敞，马路上有很多标注了限高五米的黄色管道，它们像毛细血管一样遍布小镇。方海平不知道这些管道是干什么用的，他站在这些管道下面，发愁地看着管道上的俄语字母。拼读一番后，他基本弄清楚了黄色管道是天然气输送管。

这个国家天然气资源丰富，美女也不缺乏。方海平一转头就看见一个行色匆匆的长腿姑娘，小跑着走路，不时回头看一下，好像后面有人追她。她转头时耳朵上一对亮闪闪的大耳环也跟着显眼地晃动，方海平认出这对耳环出自他的欧亚首饰批发中心。

嗨，杰舞丝卡！

这个俄语里对姑娘的称呼，从方海平南方口音的嘴里吐出来，听上去有点不那么礼貌。

杰舞丝卡收住脚步。你好谢谢不客气再见欢迎再来。她把会的汉语对着方海平全说了一遍，她明显不懂每个词的意思。

方海平抬起手，指指耳环。他还没来得及开口，她立马点了点头，然后迅速朝身后的饭馆走去。方海平很快明白过来，她以为他刚才指的是饭馆，而不是那对耳环。

杰舞丝卡走进饭馆，一屁股在矮沙发上坐下来，等着方海平走进去。她的坐姿有点淫荡，两条长腿伸出去，懒洋洋地摊开来。方海平犹豫了一下，走进去，在对面坐下。

耶娃，她告诉方海平自己的名字。

两个人一起吃了顿饭，还喝了点酒。高度的烈性白酒，让方海平这个南方人有点不胜酒力。小饭馆里闹哄哄的，两个人都没有说话。耶娃毫不客气地吃光了所有的东西，喝光了瓶子里剩下的酒，然后等着方海平付账。走出饭馆后，方海平在街头晕晕乎乎地乱走。不会更糟了，方海平在心里想。他很快又想到，肯定还有比这更糟的。信不信，将来也许会非常糟。他想到自己有可能得丢下口岸这些年苦心经营起来的一切，就有一种割肉的感觉。不过也没什么大不了，以他现在的能耐，完全可以去新的地方，开拓更广阔的市场。边境上的小口岸，早晚有一天，会再度恢复沉寂。被阿娜儿兄弟追杀，也许是一个契机。要不他会死守在那里，看着生意一天不如一天。事实上生意已经一天不如一天了。人们不再愿意跑很多路，花费很多时间，越过边界去中国进货。口岸在它完全建好的那一天，就已经开始从繁华走向了日渐冷清。

耶娃寸步不离地跟着方海平，他去哪儿，她跟到哪儿。看上去他们像是一起来这个小镇旅游度假的一对儿。但是两人明显地不般配，她的金发很招人，红唇也很招人，她高出方海平一个头还不止。如果他们接吻，方海平这个矮个子的南方人就算踮起脚也还是有点吃力。好在方海平磕破的嘴肿得老高，看上去就疼，这打消了他其他的念头。他们就那样很不般配地相挨着把雅儿肯特小镇走了个遍，好像小镇有他们深情的过往，有他们的故事，他们是来小镇怀念什么来的。走到后来，他们挽起了手臂。

半下午的时候，方海平决定回到中国那边去。他不能这样在异国的小镇浪漫地流浪下去，他得回去打理他的生意，他不在的时候，那帮不可靠的女人，包括阿娜儿，她们啥都不会干，只会把瓜子皮嗑得满天飞。至于那两个扬言要杀他的人，他不信他们真的会杀掉他。

耶娃紧跟着方海平，一副他去哪儿她就去哪儿的做派。他一旦离她稍微远一点，她就行色匆匆，不时回头看一下。这让他觉得说不定真的有人在追杀她。方海平在小镇给她办理了一张临时的旅游签证，办签证的时候方海平发现耶娃不叫耶娃，叫什么什么莎。他有点犹豫要不要带她回到国界那边去。但是耶娃，或者什么什么莎先于他上了一辆开往中国的车，他只能跟着上车。耶娃或者什么什么莎一路上沉默不语，不问方海平要带自己去哪儿，似乎方海平带她去哪儿她都会毫无疑问地跟着，就像方海平捡到的一条狗。

当方海平带着漂亮的俄罗斯杰舞丝卡出现在口岸，私奔的谣言不攻自破。阿娜儿的兄弟出来看了一眼，就回家喝酒去了。他们觉得挺没劲的。整日整夜地开长途车，让他们的脑袋里轰轰地响，好像有个发动机在脑子里转得停不下来。他们需要干点别的什么让自己熄火的事情。比如喝点酒，打一架，杀个人。但是这样的机会不多。不管怎样，他们试图杀人，磨好了刀子，把对方，一个有钱的义乌人，追得逃到了另外一个国家去。他们的事情已经在口岸传开了，这让他们颇为得意。至于阿娜儿，他们宁愿她嫁到边界那边的斯坦国去，也绝不能嫁给一个南方人。斯坦国的法律，男人可以娶好几个老婆，即便是那样，他们也觉得没什么。南方人不一样，南方人的生活习俗和这里天差地别，他们能听懂斯坦国的语言，但是打死也听不懂南方人的语言，而且所有南方来的人，都是长着三个脑袋的家伙，他们太聪明了，赚钱的机会全被他们抢了去。当地人只能拉人，拉货，给他们打工，挣点他们手指缝里漏出来的钱。这太让人生气了。

　　阿娜儿被他的兄弟们严严实实关在家里。不关起来不行，她会跑去找方海平。就算把她的护照拿走，藏起来，她也有可能铤而走险地去越境。这个没脑子的苕子，什么事都干得出来。

　　阿娜儿应该是最后一个知道方海平带回了一个俄罗斯杰舞丝卡的人。所有人都担心她会怎么样，但是她并没有怎么样。她用睥睨的眼光打量了一番这个有黄金比例身材的漂亮女人，然后就扭头走开了。那是一种平静的蔑视，仿佛对方是地上的一摊脏水。

　　那个谁，带了个妓女回来你。阿娜儿朝方海平挤眉弄眼，不改她对他一向的调侃口吻。

　　你应该知道她是个妓女。她追在方海平后面大声强调。

　　从她的做派上你难道看不出她是个什么货色吗？阿娜儿一边干活，一边不忘随时来上一句。

她甚至直截了当地问方海平，跟一个妓女睡觉，是什么样的感觉？

方海平能说什么呢？他早应该怀疑一下这个问题。她可以随便跟着随便哪个男人，随便去什么地方。男人随便想怎么样，就可以随便把她怎么样。

方海平抓了一把钱给耶娃或者什么什么莎，示意她走。她不明白地看着他。方海平增加钱，用俄语跟她说让她走，她还是像听不明白。

这也太糟糕了。

还有比这更糟糕的吗？

方海平真想扇自己两耳光。继而方海平想，也许那个国家风气不同，姑娘们都很开放也说不定。内心里他其实很清楚自己对这种女人毫无抵抗力，尤其是那两条长腿懒洋洋地摊开来的时候。方海平瞥一眼阿娜儿，阿娜儿的腿短且粗，坐着的时候两腿习惯性并拢，而不是摊开来。

她不是妓女，方海平说。

阿娜儿响亮地笑起来。她那魔鬼般的笑声，让方海平心虚极了。他跟耶娃或者什么什么莎说，从现在开始，你跟过去那些名字无关，你叫陈文秀。

不管叫什么，都是妓女，阿娜儿说。

只有妓女才需要用香水来掩盖身体散发出的臭气，那是无数个男人混合的气味。阿娜儿邪恶地朝方海平眨着左眼，右眼里是幸灾乐祸。

当着崭新的陈文秀，阿娜儿一次次肆无忌惮地提到"妓女"这个词，她觉得她反正听不懂，就算听懂了又能怎样？陈文秀也表现出听不懂的样子。方海平觉得幸好听不懂，否则，真有好看的。

陈文秀往身上喷很多香水，从街上走过，总有人用蹩脚的俄语冲着她喊杰舞丝卡。那感觉，跟中国人喊小姐一个意思。陈文秀回应每个人她会说的所有汉语，你好谢谢不客气再见欢迎再来。最后一句无疑暴露了她曾经的职业性质。方海平限制她出去，她很听话地待在欧亚首饰批发中心，整天仰着那张漂亮的脸，丝毫不觉疲惫地试戴陈列在玻璃柜里的各种首饰。直到把所有首饰全都试戴了一遍，才停下来。

你好谢谢不客气再见欢迎再来。陈文秀突然对阿娜儿说话，她仰着漂亮的脸，手远远地指着一个上了锁的玻璃柜。把那个给我。她用俄语对阿娜儿说。那里面是一串货真价实的珍珠项链，这是欧亚首饰批发中心唯一一件真货，价值不菲。

所有人都担心她用这种调门跟阿娜儿说话，她也不怕阿娜儿扇她。阿娜儿要是抡起胳膊扇人，肯定能一巴掌把人扇到边界线那边去。她揉面的手掌，力气大着呢。

阿娜儿没有扇她，但是阿娜儿也没有把珍珠项链拿给她。又不关我的事，她说。转身走进隔壁房间忙她的去了。她拒绝做数钱以外的任何工作。她用点钞机数钱，那些钞票像不断吐出的舌头。阿娜儿坐在一堆钱中间，数钱的怒气通过地板，传送到隔壁房间，地震一样把那个陈列着珍珠项链的玻璃柜子给震出了一条裂缝。等阿娜儿数完钱，从隔壁房间出来，看见陈文秀坐在椅子上，两条长腿懒洋洋地摊开来，带着淫荡的意味。脖子上的那串珍珠项链，像萦绕着她的一条亮闪闪的蛇。

欧亚首饰批发中心其他女人都在等着看热闹。她们总是那么爱看热闹，而且喜欢胡说八道，像群母狗到处放屁。方海平陷入了怠惰之中，他没法建立好他想要的生活秩序，无法集中精力去拓展他的生意。有时候他觉得自己像一个在公路上随时有可能爆掉的旧轮胎。女邻居打来电话，告诉他原本有可能要经过这个口岸的那条国际铁路线，将改道从另一个口岸经过。这意味着边境线上另一个口岸的即将兴盛，和这个口岸面临的衰败。想到这些，方海平就心烦。

烦也没用，凡事各有其时。

冬天到来的时候,陈文秀仰着冰冷的脸,穿着在那一边新买的貂皮大衣,走进欧亚首饰批发中心。天气还没有很冷,她完全用不着穿成这样,而且衣服上的吊牌还没有剪掉。她想找一把剪刀,剪掉吊牌。阿娜儿问她为什么不能把它咬断。然后,阿娜儿就伸头咬断了它。她的这个动作让陈文秀晚上做噩梦,梦见自己的脖子被咬吊牌一样给咬断了。她以这个为理由,再次去了那一边。她经常找类似的理由去那一边,方海平拿她毫无办法。她越来越鼓的肚子,就像一本可以随意过关、无须签证的护照。她是那么任性又残酷的漂亮女人,方海平心里清楚,就算她叫陈文秀,她其实同时也叫耶娃或者什么什么莎。

阿娜儿对方海平的称呼从"那个谁"变成了"那个苕子"。

那个苕子,为什么不把她揍一顿你?

她在那边喝酒,大着肚子和人调情,我开卡车的兄弟和开客车的兄弟都看见过。

即便是一头毛驴也会生气,你儿子娃娃的不是。

阿娜儿看见方海平的脸羞惭得苦皱了起来,只能闭嘴什么也不说。

冬天阿娜儿不会散发出狐臭味。她不说话的时候,方海平得扭转头用眼睛寻找她。不像夏天只要嗅一嗅鼻子,就知道她在哪个方位。有时候方海平突然想象阿娜儿不在那里,他身上会有一种阴沉的战栗掠过。阿娜儿是他来到这个地方认识的第一个人。如果她不在,谁又能证明他这些年奋斗来的一切是真实的,而不是一个肥皂泡一样的白日梦?每天方海平在半下午的时候就开始瞌睡连连,这让他总以为自己是在白日梦里。包括方尼娅的出生。每每想起,方海平都以为那不过是一个婴儿在他梦里的出生。他打着哈欠,看着陈文秀从国界那边走来,因为个子高,她的孕肚并不是很明显,至少给人一种离分娩还早的感觉。在她跨过边界线的那一刻,一团东西从她的裙子下面掉落了下来。谁也没法说清楚，婴儿是降生在这个国家，还是降生在了那个国家，或者一半生在这个国家，一半生在那个国家。幸好是春夏交接的时节，天不冷不热，风也不大，阳光明晃晃地照着，让周围的一切看上去像是假的一样。方尼娅被边检人员从地上光溜溜地提溜起来，跟提溜一个不长毛的小动物一样交到了方海平的手里。这个在肚子里就经历了无数烈酒的婴儿，谁知道会不会是个傻子。方海平这样想着，把婴儿交到了阿娜儿的手上。她出生的时候那么小，阿娜儿没想过她能活到第二天。她抱着这个不哭也不睁眼睛的婴儿，在医院一刻也不放下地抱着。婴儿保持着没出生前的姿势，好像还没被生出来，还在靠羊水和脐带呼吸。第二天，婴儿睁开了眼睛。她把阿娜儿的怀抱当成了娘胎，让真正的出生延迟了一天。

方尼娅睁开眼睛看见这个世界的第一个人是阿娜儿，这注定她以后的生长中，很多方面都有点像阿娜儿。比如狐臭，方尼娅十几岁的时候，开始发育的身体莫名其妙散发出狐臭来，虽然很轻微，但还是被方海平毫不费力地捕捉到。方海平对这种气味，敏感度异于常人。似乎这种气味，已经植入了他的记忆库里。他坐公交车，像一只嗅觉灵敏的缉毒犬一样，一上车就能闻出哪个座位上的人有狐臭。就算是从大街上走过，他也能大老远地嗅出风中一丝隐约的狐臭出自哪个人的身体。那人看上去干净体面，胡子刮得干干净净，但是他的狐臭，就像狐狸尾巴一样，掩藏不住。方海平本人没有狐臭，陈文秀也没有，方尼娅的狐臭多少有点来路不明，就好像阿娜儿家的祖传气味，隔着肚皮遗传到了方尼娅身上。方尼娅本人认为，这不是没有可能的事。她在长大后的某一天，见到阿娜儿的时候，立刻被一种熟悉的东西给吸引了，她十分怀疑自己是阿娜儿代孕在陈文秀肚子里的孩子，自己跟阿娜儿有很多相似之处，比如狐臭，比如可以不停地眨巴左眼，而右眼睁着。她们都喜欢说关我什么事。而和陈文秀，似乎没有任何相似之处。就连长相和肤色，方尼娅也偏向于亚洲。方尼娅不明白自己和陈文秀究竟有什么关系，这个一喝多了酒，就来回晃动手指，尖声叫喊的女人，每天都能换一副面孔。她走在大街上，行色匆匆，习惯性地不时回头张望一下，好像有人在追她。她经常失踪，隔一段时间突然出现在家里，像是来访的一位客人。

方尼娅走路不紧不慢，从来不回头看，也不环顾左右。她总是让自己隐藏在宽大的衣服里。她和方海平一样，脸上时常露出做梦的神情，她用这种表情把世界关闭在外。

会走路以前方尼娅一直待在欧亚首饰批发中心那十几个女人的怀抱里。她们把她放进一个阿娜儿专门做的羊毛口袋里，干活的时候，她们像袋鼠那样，把袋子捆绑在身体前面，像是方尼娅的一群袋鼠妈妈。

陈文秀觉得阿娜儿真够好笑的，好像方尼娅离开了她做的那个羊毛口袋就会死掉一样。

方尼娅会走路后，有一天陈文秀突然带走了她，去了边界那一边。但是她没有带走那个袋子。方海平拿着那个袋子来问阿娜儿怎么办，阿娜儿回答，关我什么事。

口岸已经日渐萧条，曾经繁忙的海关一天没有几个人进出。许多货物都不再经过这个口岸，而是转向了有铁路线通过的另一个口岸。从义乌发出的货物，源源不断地到达那里。这里变成了一个被遗忘的地方。方海平决定去阿拉木图看看。到了阿拉木图后，他决定继续往西走。他又去了比什凯克，去了塔什干、阿什哈巴德、杜尚别。他发现这些斯坦国的女人，真的如阿娜儿所说，对首饰格外地偏好。他在一个女人的脖子上，同时看见了六条项链。而几乎每个女人的手，都戴满了戒指和手镯。他毫不迟疑地决定在几个斯坦国的首都各弄个首饰批发点。之后他的主要生意都转到了中亚的五个斯坦国。

方海平在那边除了生意兴隆,其他方面诸事不顺。他从加加林大街走过,树的影子被拉得老长,和他形影相吊。他的住所视野极佳,看出去是起伏的阿拉套山。但是他的房间里很孤独,阳光几乎照不进来。他望向窗外,时常感觉虚弱无力。

过了两年,方海平在口岸的欧亚首饰批发中心终于关门大吉。其他在口岸做生意的义乌人,已经先后离开,方海平是坚持到最后的一个义乌人。没有了义乌人的口岸,一下子沉寂下去。这个边角地带,一度在李祖女邻居的预言中真的成了一个可以挣大钱的地方,但现在它需要谢幕休息一段时间,也许若干年后的某一天,又会再度兴盛起来也说不定。

方海平锁上欧亚首饰批发中心的门,准备离开的时候,商铺里的电话铃声突然响起。它固执地响了一遍又一遍,口岸因为这个没有人接听的电话显得异常寂静。方海平在电话铃声中沿着街道走去,一家一家紧闭的商铺扑面而来。一个迎面走来的醉汉,莫名其妙冷不丁扇了他一耳光,把他冻僵的脸扇得热乎乎的。他停下来,就像酒醒或者梦醒。他第一次发现,口岸颓废的街道,像个失恋的人一样哀伤。他在这里度过的所有日子,回头看来,真的就是一场白日梦。那些成捆成捆的钱币,在他的银行卡里,也只是一些虚拟的数字。

自此方海平常住那边,后来他把国籍也变成了那一边的。他回来办理一些手续的时候,阿娜儿调侃他,按照那边的法律,方海平在那个国家可以娶好几个老婆。

方海平说,我不是为了娶老婆才去那边的。我是一个有抱负的人。

阿娜儿大笑起来。你真是个苕子。她笑得很开心。

阿娜儿在几年后嫁到邻国的一个小镇，方海平听说后驱车去看她，在那个安静的小镇，他看见一片从来没有看见过的果树林，树上的果实有点像没有长大的毛桃，但又不是毛桃。阿娜儿告诉方海平这是巴旦木，也叫婆淡树。她表现得好像是在透露一个秘密。

方海平想请阿娜儿去阿拉木图帮他，他的生意需要可靠的人。阿娜儿拒绝了他。她生活的小镇靠近里海，那其实是一个巨大的海迹湖，还保留着海的气息。阿娜儿每天吹着来自里海的风，被阳光明晃晃地照着，她忘记了口岸那些廉价首饰般亮闪闪的往事。不过阿娜儿告诉方海平，她的两个兄弟，在口岸冷清下来后整日无事可做。因为闲得慌，不是喝酒就是打架。

方海平闻到从里海刮来的风带着一丝海的苦涩。他告别阿娜儿，直接驱车赶去口岸，找到阿娜儿的两个兄弟，他们想都没想就一口答应了下来。两个人轮换着开车，日夜兼程地跑几千公里，来到义乌，拉上满满一车货，然后再长途行驶，将货直接送往方海平在中亚的几个批发点。这样的操作，可以省去很多中间环节。当这两个跑了很多地方、见识算得上广的司机，第一次到达义乌的时候，被这个传说中的国际小商品城给镇住了。他们见到各种肤色、各种穿着、说各种语言的人出现在这里，犹如万国来朝。庞大的市场，让两人晕头转向。他们在里面转了半天，发现这不过是其中某个区的某一层。如果要全部转完，恐怕花上十天半个月也不够。

李祖的女邻居带着他们去她的仓库装货，她早就不在铁路部门干临时工了，女邻居现在和方海平是合作关系，属于供货方之一。方海平发财后，对这个蹲在粪缸上和公婆对骂的女邻居一直颇为尊重，在将生意重心转移至中亚前，他认真地打电话征询女邻居的意见，仿佛她是一个很在行的生意专家。女邻居那天刚好喝了两碗米酒，尽管对中亚的一切一无所知，她还是装模作样地像个会掐掐算算的诸葛亮那样沉吟了一番，然后告诉方海

169

平，他的财运越往西越旺，最好西到不能再西。方海平毫不怀疑地听信了女邻居的酒话。

阿娜儿的两个兄弟一心想去李祖看看，他们在女邻居的带领下来到这个在全国已经小有名气的村子，立刻被那些外形如咖啡屋、书院、城堡、外星人飞碟、歌剧院、童话小屋的公厕给吸引住了。女邻居告诉他们，这些颇具建筑美感的公厕最初的建造资金来自方海平，这些年他一直在为这些公厕的改造作着贡献。其中一座被称作第五空间的公厕，外观造型和内部设计充满了中国戏剧元素，曾上过央视，一度成为网红公厕，每天都有很多人来观摩。女邻居把阿娜儿两兄弟领到第五空间，这座公厕门口的一块大石上，刻着两个字，阿娜儿的一个兄弟觉得应该读"空放"，另一个觉得应该读"放空"，他听人说过，凡是刻在石头或者匾额上的汉字，都应该从右往左读。女邻居也觉得应该是"放空"，进厕所就是为了放空，要不跑厕所里干吗去？石头下方一行小字注明这两字出自弘一法师，阿娜儿两兄弟不知道弘一法师是谁，女邻居告诉他们好像是个和尚，扫地僧之类的，扫地范围应该包括寺庙里的厕所，要不，怎么会在厕所门口刻着他的字？女邻居说的时候，从厕所出来一个戴眼镜的男的，他张了张口，想纠正女邻居的胡说八道，想了想又闭上了嘴巴。

阿娜儿两兄弟从没见过这么讲究的厕所。他们走进每个公厕感受了一下，好像他们的前列腺出了问题，有撒不完的尿。之后他们心满意足地开着装满首饰的大卡车，一路向西。进入中亚后，方海平会跟着车一起跑。这两个曾经拿着刀追杀他的人，不管他说什么，他们都响亮地回答他没问题。但是他们做起事情来，永远磨磨蹭蹭，让人着急。方海平催促他们，他们中的一个回答他阿斯和巴（不着急）。另一个回答贝尔特（慢慢来）。一路上这两个人都在劝说方海平应该多娶几个老婆。一个说，如果你不多娶几个老婆，那你就白移民了。另一个说，如果你不多娶几个老婆，你就儿子娃娃的不是。

方海平无法解释，他移民不是为了多娶老婆，他对这个不感兴趣。他也从没解释过自己的婚姻，荒唐，莫名其妙，但是，谁又能说那不是他的生意通向中亚乃至更西的一个契机呢？途中卡车坏在了一个又干又热的不毛之地，为了节约有限的一点水，阿娜儿的两个兄弟在解手之后，从地上抓了一把土洗手，方海平学着他们，也抓了一把土，像用水洗手一样，他们认真地洗了三次，之后开始拿出肉和馕填饱肚子。阿娜儿的两个兄弟调侃食物吃进方海平的肚子里，最后长成了脑子，吃进他们的肚子里，却长成了肚子上的肥肉，所以他比他们有脑子，而他们是"一点脑子都没有"的人，活该得为他卖力。他们每句话的末尾，都要加上一句骂骂咧咧的后缀"阿囊死给（我操）！"

方海平可以不理会他们的"阿囊死给"，但是，他们的狐臭实在让他无法隐忍。两个体形庞大的男人，同时散发出的气味，简直能把人熏晕过去。他真想让他们滚回家去，让他们整天闲得慌，不是喝酒就是打架去。但是他们手臂上浓密的汗毛，让人看上去很不好惹。方海平走在两人中间，很有安全感。他们不管去哪家饭馆吃饭，都是迈着六亲不认的步伐，径直来到最里面的桌子，一屁股坐下来。其中一个大吼一声，啤酒！另一个跟着大吼一声，要冰镇的！餐馆里的苍蝇都立刻安静了下来。在一个十分混乱的小国家，有人想对方海平装满钱的背包下手，阿娜儿两兄弟只看了那人一眼，充满杀气的眼神就让对方放弃了念头。但并不是每一次都这么幸运，在另一个国家的边境，方海平被人抢走了身上所有的钱财，包括手腕上的表。还好，他们并不想要他的命，他们只想要钱。方海平没有做任何抵抗，他很配合地展示身上所有可以藏匿东西的地方，以示自己已被洗劫一空。

171

当时阿娜儿的两个兄弟均不在场，一个去卡车上拿东西，另一个去上厕所。

鬼知道他们到底在哪儿。方海平怀疑这是一个两兄弟参与其中的阴谋，不然不会这么巧。但也不能肯定他们真的参与其中，他们的表情是那么坦然，没有丝毫不安。两兄弟安慰方海平破财消灾，只要命不丢，什么都好说。之前来中亚做买卖的商队，经常有人把命丢在了路上。凶悍的哥萨克马匪骑着快马从任何一个意想不到的地方冒出来，上来先掏马屁股，他们老道得很，知道商队一般会把珠宝藏在马的那个部位里。如果马屁股里没有掏到东西，他们会掏人的。有人肠子被掏出来老长，竟然还能坚持活着回到中国。

方海平惊恐地捂住自己的某个部位，他想起抢劫者曾转悠到他身后，盯着他看了很久。

那一趟运气特别不好，他们刚把货卸在其中一个批发点，碰巧遇上骚乱，首饰遭到哄抢，那些做工精美、与真品无异的首饰被当作真货一抢而光，有人甚至为了一条水钻项链动起了刀子。返回的途中，另一个斯坦国和邻国发生了点小范围的摩擦，没人当一回事，这样的摩擦时不时地就会来上一下。方海平途经不安全区域的时候，想下车撒尿，阿娜儿两兄弟劝他先憋着，过了这个区域再撒。方海平一分钟都不想憋，憋尿给他的前列腺带来某种后果，时常令他苦不堪言。他执意下车，两兄弟骂着"阿囊死给"，也跟着下了车。三个人进行曲还没有结束，离他们不远的地方，突然响起一声爆炸，威力不是很大，什么也没炸飞，只把一棵树的头给削掉了，其中一小截树枝飞行过来，彗星尾巴一样扫过方海平的眼睛。三个人并排站着，方海平搞不懂，树枝单冲他飞来，好像那是一架无人机，被一双看不见的手操控着。

方海平的眼睛看着伤势不怎么要紧，混乱中找了个医院随便处理了一下，等他们慌忙逃回阿拉木图，受伤的眼膜出现了严重的炎症，虽然经过一段时间的治疗，保住了眼睛，但还是影响到了视力。

方海平撤掉了这两个斯坦国的批发点，大多时候待在阿拉木图。方尼娅代替了他大部分的工作。方尼娅对生意一无所知，但又有一种天生的老练，就像所有的义乌人，头脑里仿佛有一本祖传的生意经。起初方尼娅按照方海平的吩咐，去办妥每一件事情。后来她开始反驳方海平，提出自己的方法。再后来，方海平单方面做出的某些决定等同于放屁，方尼娅根本不做理会，她全然按照自己的想法行事。方海平发现，在这一点上，方尼娅和阿娜儿惊人地相似。为了证明自己不比方海平差，有几次方尼娅跟着阿娜儿两兄弟的卡车，去各个地方收款。途中两兄弟停下车方便，方尼娅提醒他们，最好滚到远一点的地方去。方海平担心的抢劫事件，从没有在方尼娅身上发生过。相比方海平，阿娜儿两兄弟更听方尼娅的话，她比他们矮小，但好像是在居高临下地看着他们。方尼娅无论叫他们做什么，他们都跑得飞快。他们中的一个说，如果当初我们不反对，现在你得叫我们舅舅。另一个说，你现在也可以叫我们舅舅，我们就跟你的舅舅一样。

方尼娅想象不出如果当初他们不拿刀追杀方海平，自己现在会是什么样，有一点可以肯定，自己肯定不会和陈文秀扯上关系。

有一天，父女两个坐在阳台上一边吹风，一边喝着红茶。方尼娅跟方海平说起荷兰的公厕。方尼娅去过几十个国家，大多数国家的公厕，她都能接受。印度那种放着一桶水、一只水舀子的公厕，不管怎样，都在人类理解的正常公厕范围内。但是荷兰，一个算得上文明国家的公厕，露天、敞开式不说，还建在人来人往的大街中央，旁边就是休闲地坐在太阳伞下喝咖啡吃甜点的人们。上个厕所，跟直播没什么区别。如果没有勇气上，那就只能憋着。方尼娅自然不会选择憋着，让她大为不满的是，公厕的设计似乎只替男人考虑，得站着撒尿。而且荷兰人个头高，设施的高度，中国人根本够不着。

方海平听得笑出了眼泪。他以为只有李祖一带的人才有如此强大的心理素质，看来荷兰人也不差。如果此时他面前有个荷兰人，他一定要跑上去和他拥抱一下了。

又一天，父女两个坐在阳台上吹风，喝红茶。方尼娅预判某国的抗议活动可能还得持续一段时间，因为义乌老板们还在源源不断地接到抗议条幅和宣传语的订单。在这一点上，父女两个对"义乌指数"的准确性深信不疑。根据义乌生产小商品的老板们接到的订单及订单数量，能精准地预测出一些国际大事，比如义乌老板们从美国在义乌的订货单中，提前窥探出了美国大选的结果；早在英女王身故前半年，义乌的老板们就预测出英女王身体不容乐观，英国王室向义乌发出的关于女王哀悼活动所需物品的订单，泄露了一切。义乌小商品市场被大家称为第六大情报机构，一个"有神秘东方力量的地方"，不是没有道理。

"义乌指数"这个话题，让方海平觉得正在提到的那个地方，离自己似乎极其遥远。他每每想起自己以前的样子，都会被那个矮小瘦弱、身着廉价西装的陌生形象搞得惊诧不已。他那时候的年纪，比现在的方尼娅还要小。方海平发现，自己现在跟方尼娅说话的句式大多为疑问句，而方尼娅是肯定句。她说话的口气不容置疑。

方尼娅自作主张辞掉了阿娜儿的两个兄弟。

这样的买卖太不划算，是时候考虑撤掉批发点，用电商和直播的形式来经营首饰批发了，方尼娅说。

或者，干脆回到李祖去。方尼娅的这句话，声轻而有力。

这句话说出来后，两个人静静地坐着，一动不动，聆听着周遭时间的寂静。好像他们一发出声音，就有可能把这句话吓回去。

方海平视力越来越差，他只能看清楚鼻子跟前的事物，他平时基本靠嗅觉来确定陈文秀是否在家。那个已经肥胖得一塌糊涂的女人，随着年龄的增长，脸上的美色开始像面包上的糖霜那样往下掉落，方海平庆幸自己以后都不用看清她的面孔了。她每天把自己喷得香喷喷的，像一团挥发香精的气体。有一天方海平没有闻到香水的味道，之后的很多天都没有闻到。看来她又一次失踪了。这次失踪得有些久，久到再没有回来。

方海平跟方尼娅说，我应该娶一个安静的女人。

可女人只有死了才会安静。方尼娅回答他。

就是死了也不一定安静。方尼娅补充道。

方尼娅发现方海平的脸看上去像是蒙着一层悲伤的薄膜，方尼娅几次想要伸手把他脸上的悲伤撕掉。六岁的时候她曾伸手撕掉过祖母的头痛。祖母有头痛病，额头总是贴着黑乎乎的膏药，这让她看上去像是被什么无形的东西压制着。有一天方尼娅冷不丁伸手撕掉了祖母的膏药，扔进了水塘里。祖母扬言要打她，但是祖母发现她的头疼在撕掉膏药后竟然好了，自此以后祖母再没有往额头贴过膏药。其实，只要她不贴膏药，她就不会头疼。

方尼娅还撕掉过其他很多东西，一个悲伤的日子，一件突发的事，一张花斑狗的脸，黑夜里的噩梦，耶娃或者什么什么莎，或者陈文秀。

包括阿里法拉比国立大学那位同班的高丽男友。

高丽男友说话带着黏音，他喊她名字的那种口气她一直记得。那个有着明朗容貌和健康身形的男孩，仿佛他的世界充满了温暖的善意，这是方尼娅一直无法忘记他的根源。他们分手的原因方尼娅一直不是很清楚，可能是他们还太年轻，也可能是他有鼻炎。高丽男友严重的鼻炎让他闻不到任何气味，包括方尼娅轻微的狐臭和她因为他而散发出的愉悦的丁酸酯。

方海平曾多次提议方尼娅去做掉狐臭，他担心她会因为狐臭嫁不出去。怎奈方尼娅和阿娜儿如出一辙，坚决不接受手术。至于香水之类的东西，因为陈文秀的缘故，方尼娅想到香水就想呕吐。

我的狐臭没那么严重，偶尔散发一点出来，标志着我汗腺功能正常，方尼娅说。

可那是狐臭。

那是我区别于别人的气味，就像动物对自己的标识。

你太傻了。

傻一点好。

你根本不知道男人是怎么想的。

男人也一样不知道我是怎么想的。

方海平气得想撞墙。另一个能让他撞墙的是阿娜儿。这些年狐臭就像一道暮晚的尾巴，拖在他后面。他怀疑方尼娅简直就是阿娜儿安插在他身边时刻折磨他嗅觉器官的替身。

方海平有时候会靠着仅有的一点视力，走到街上，用他灵敏的嗅觉分辨经过的人是否有狐臭。他发现人可以按很多种方式分类。好人坏人，勤快的人懒惰的人，有情人无情人，快乐的人不快乐的人，还可以分为有狐臭的人和没狐臭的人。他站在那里，一站一个下午，对从身边走过的每一个人做出分类。有狐臭，没狐臭，没狐臭，有狐臭。他在心里默念着，靠这种狐臭分类游戏打发无聊的时间，这几乎成为他的一种乐趣。一段时间后，他发现这世上有狐臭的人还真是多，那么，阿娜儿的狐臭也就没什么可值得大惊小怪了。有一段时间他又会觉得，其实有狐臭的人也没那么多，尤其是女人。阿娜儿的狐臭当属凤毛麟角。方尼娅也是。

方尼娅百味杂陈地看着方海平,她发现方海平脸上悲伤的薄膜在傍晚会变厚。她再次产生伸手撕掉它的念头。

耶娃或者什么什么莎,或者陈文秀走的时候,带走不少钱财,还欠下了一笔不小的赌债。货物仓库也遭受了一次不明原因的火灾,方海平不得不将口岸空置多年的商铺卖掉。他让方尼娅去里海边小镇找阿娜儿,她可以帮忙处理那些商铺。

方尼娅到达里海边的时候,广阔的里海让她产生一种渺茫感。据说人体的水分占比是百分之七十,与地球表面水覆盖率惊人地相似。她看着黄昏在里海的水面变成淡淡的姜黄色,那是一种与梦境相似的颜色。

方尼娅在那里没有找到阿娜儿。她在里海边的小镇住了一夜,听见成熟的巴旦木在夜里裂开来的声音。第二天,方尼娅驱车前往边境,终于在口岸和阿娜儿相见。

阿娜儿拿出无核白葡萄招待方尼娅。吸收了漫长光照的水果,甜到让人生腻。方尼娅靠着这个结实的女人,嗅到她身上的狐臭,就像小羊靠气味找到了母羊。当阿娜儿拿出那个羊毛口袋,方尼娅惊异地看着这个自己曾经待过的类似温暖子宫的东西,头脑里仿佛还保留着出生前的记忆。

口岸现在只有零星的店铺还开着,回到从前的繁荣似乎已无可能。卖首饰的店铺,净是一些所谓的俄罗斯首饰和土耳其首饰。方尼娅清楚,人们跑到口岸旅游,买异国风情的首饰,最后买到的东西其实全来自义乌。这一点不奇怪,有一年方尼娅在柬埔寨买了一个当地风格的蛇形手镯,回去后方海平认出这个手镯的制造地是义乌。再一次是尼泊尔,那根看似手工制作的脚链上挂着两个铃铛，走一步，响一下，颇具异国风情。方海平确定这是李祖某个亲戚家的手工作坊制作出来的东西。

后来方尼娅不论去哪个国家，都要买一两件当地风情的首饰回来让方海平鉴定，无一例外，方海平几乎看都不用看就确定它们的产地是义乌。方尼娅不太相信，那些非洲原始部落动物牙齿、兽骨之类的首饰也出自义乌。直到她接管了生意之后，才发现从义乌发来的货箱里，囊括了地球上所有风格的首饰，甚至因纽特人的、印第安人的、食人族的。假如月球和火星上有人，他们佩戴的首饰，也一定是义乌制造。

方尼娅觉得这有点好玩，她追踪着那些首饰去了很多地方，而它们来自她的祖地。

一个念头扑面而来，她知道自己迟早要去那里。应该说，是迟早要回到那里。

阿娜儿现在一个人生活，靠打馕为生。她打的家常馕又变得颇受欢迎。她揉面的手粗大有力。不打馕的时候阿娜儿坐在馕坑边嗑瓜子，瓜子皮被她花瓣一样吐得满地都是。

方尼娅告诉阿娜儿，方海平的眼睛看不清东西了。

可他的鼻子跟狗鼻子一样灵敏，阿娜儿说。

他能闻得出从身边经过的人有没有狐臭，方尼娅说。

他嫌弃我身上的狐臭味，阿娜儿说。

方尼娅笑起来。他对狐臭记忆深刻。

关我什么事？阿娜儿说。

2024年1月23日北京时间2时9分，距离口岸几百公里的地方发生了7.1级地震，方尼娅那一刻正躺在阿娜儿家位于四楼的床上，她突然感受到床在晃动，以为床底下藏了个人，惊得跳起来查看。这时候窗子也发出了哗啦哗啦的声音，整面墙都跟着晃动起来。方尼娅以为是风把楼房刮得晃动了起来。她担心这么大的风，会不会把房子刮跑。

距离口岸两百多公里的阿拉木图，同一时刻也在晃动。方海平摸索着想走出去，走到屋子中央的时候，头顶的吊灯掉下来，砸在他头上。

方海平倒下去，和一堆碎片躺在一起。

阿娜儿冲进房间，拉起方尼娅往外跑，她们光着脚，站在雪地里。方尼娅在雪地里跳着脚站了不到两分钟，就叫嚷着要回到楼上去。她觉得就算是死在废墟里，也比在外面光着脚跟不穿鞋的鸡一样挨冻强。

阿娜儿也是这样想的。两个人回到房间，相拥着坐在床上。余震还在发生，有微微的震感。很快她们从短视频里得知这次地震也波及了距离口岸并不算远的阿拉木图。方尼娅打开手机监控，看见方海平躺在地上。她使用手机端进行远程喊话，方海平听见声音，朝监控镜头转过头，对方尼娅的喊话做出了回应，他说的是语速极快的义乌方言，方尼娅完全听不懂。

一种不祥的念头从脑子里闪过。方尼娅把这种念头一挥而散，如同一头牛用尾巴赶走了一只苍蝇。她继续用汉语、俄语、哈萨克语跟方海平喊话，但方海平均用义乌方言回应她。

阿娜儿也感觉出了不对劲，两个人商量了一下，决定立刻往阿拉木图赶。天还没有完全亮起来，边检还没有开关，她们坐在车里等，感觉整个人都冻僵了。那个冬日的早晨灰蒙蒙的，一切都被冻住了一般。好不容易等到太阳升起来，空气开始流动，路面上开始有了动态的事物，乌鸦也开始发出不好的叫声。等她们过了海关，方尼娅以吊销驾驶证的速度往阿拉木图狂奔。

方海平躺了有一个世纪那么长。他的视力因为头部挨了一击，变得清晰起来。他看见离他不远的地方，有一条闪闪发亮的首饰，那些假的珠子，比真的还要漂亮。

他看见梦境的边界有一抹微光。

他闭上眼睛的时候，正是李祖天黑下来的时间。白昼合拢来，切换成黑夜。方海平死在了李祖白昼和黑夜的分割点上。对他来说，死亡不过是李祖白天和黑夜的界限。他卡在其间，既去不了白天，也去不了黑夜。而他所在的城市，白昼在没完没了地延长，金黄的阳光照在墙上，有一种回光返照的意象。

方尼娅赶到时，所能做的事情，是伸出手，像揭掉面膜一样，揭掉了方海平脸上那层悲伤的薄膜。她相信人的意识永生不灭，这个被埋在巴旦木树林旁的中国小个子南方人，在巴旦木成熟的时候，可以听见果核裂开的声音。飘落的巴旦木树叶，跟李祖水蜜桃树的树叶多少有点相似。

事后方尼娅回看监控，始终弄不明白方海平最后用义乌方言说了什么。平时方海平从来不用这种方言说话。他在死前，似乎把他曾经使用过的其他语言统统忘掉了，只记住了义乌方言。那是天书一样难懂的语言，翻译软件也翻译不了。

为了弄清楚方海平最后说了什么，方尼娅决定回一趟李祖。

方尼娅觉得自己所经历的旅行，从来没有把她带到比李祖更为陌生的地方。李祖很多东西都消失了。消失的速度，显然比发展的速度更快。这个曾经遍布粪缸的江南小村子，已经蝶变成闻名全国的国际创客村。它比方尼娅想象的更为靠近世界的中心。

方尼娅来到李祖做的第一件事是走进第五空间上了个厕所。来李祖参观学习的人很多，大巴车一辆接一辆地开进李祖，从车里卸下来的人，把小小的李祖弄得拥挤不堪。尽管李祖有好多座公厕，第五空间的女厕前面还是排起了长队。方尼娅看见旁边的男厕空着，不知什么原因，世界上所有的公厕，都是这种状况，女厕排着长队，男厕空着。方尼娅犹豫了一下，径直走进男厕。男厕每一个隔间的门上，都挂着门神一样的京戏大花脸的脸谱。以此推测，女厕那边，应该是花旦的脸。方尼娅出来的时候，发现所有的人都怪异地看着她。方尼娅想，他们可能会猜测她是来自泰国的人妖，要不就是属于性别更为复杂的那一类。但那又怎么样呢？在这个世界上，每个人都是局外人，她大可不用管别人怎么想。

转而一想，这是在李祖，李祖与别处不同，与世界上任何一处都不同，李祖是她的祖地。方尼娅在洗手台整理了一下自己，她带着朝拜的心，朝祖母的老房子走去。

老房子离戏台不远。戏台叫燕归园，有老人在台上拉胡琴，唱婺剧。那种调门，方尼娅听方海平唱过。方尼娅听着，差点掉进路中间的一个大坑里，正奇怪路中间怎么会有个坑，却发现坑是画出来的。再往前走，随处可见的墙画，皆真假难辨。窗台上蹲着一只看风景的猫，窗台是真的，猫是画的。墙洞里有只老鼠，墙洞是真的，老鼠是画的。拐角处卧着一条狗，走近了，狗就是不起身让路，也是画的。铺着青砖的巷子，走着走着，就碰壁了，巷子一半是真的，一半是画的。

晕头转向间，方尼娅被一个体形肥胖的老女人一把抓住。她盯着方尼娅，吸了一下鼻子，似笑非笑。

方尼娅立刻明白过来，她是那个女邻居。她们因为生意上的事情通过几次视频电话，女邻居开了美颜，跟眼前完全是两个人。

女邻居感慨方海平听了她的话，往西发展，结果西得回不来了。她悲伤了一会儿，然后指给方尼娅看她祖母的老房子该怎么走。如果不是女邻居指引，方尼娅很难找到祖母那座已经完全改头换面了的老房子。祖母在她过世的时候，把老房子的继承权，给了方尼娅的表姐。祖母是根据头发的颜色来做出这个决定的，方尼娅的头发明显没有李祖表姐的黑。祖母那口刷了很多遍漆的红漆棺材，最后没有能派上用场。祖母曾经指给方尼娅看的那座山，改造成了健身公园，山上祖宗们的坟按照新农村建设的规划，迁往了整齐的陵墓。祖母勉强接受了骨灰盒，她把红漆棺材送给了出嫁的方尼娅的表姐打成了梳妆台。方尼娅的表姐在义乌国际小商品市场有商铺，每天生意兴隆，她把梳妆台供在店铺最显眼的地方。她觉得自己的发财，跟外祖母的棺材脱不了关系。

方尼娅的表姐是一个很有经济头脑的人，她和所有的义乌人一样，最擅长的事情是让钱繁殖出钱来。她把这座保留着方尼娅深刻记忆的老房子，租给了几个年轻创客。那是几个清华留学生，法国的，马来西亚的，中国香港的，韩国的。留学生把祖母的老房子改造成了一座叫 Pure Life 的颇具艺术氛围和空间感的咖啡屋。因为发音的缘故，李祖人把它叫飘来。义乌国际小商品市场里的外国商客和城里的文艺青年，会跑到距离义乌不远的李祖，享受乡村慢时光。他们把飘来叫屋顶咖啡，因为坐在飘来的阁楼上，看出去是一片老房子灰瓦的屋顶。

方尼娅六岁的时候，喜欢爬上危险的竹梯，一个人长时间地待在阁楼上。方尼娅的表姐曾恶作剧地拿走梯子，致使方尼娅无法下来。现在通向阁楼的是一道窄而陡立的木楼梯，在方尼娅眼里，那仿佛是一个时间通道，爬上去，就能撞入过去。方尼娅埋头上楼的时候被下楼的人撞了一下，撞得她差点滚下去。她明白，无人能撞入过去而不付出点代价。

方尼娅认出撞她的人，是清华留学生中的那位韩国生。李祖的青年创客榜上有他们的照片和介绍。一道浅浅的暗影落在他面颊的一侧，这让他看上去有点冷峻。韩国生跟方尼娅道歉的时候，说话带着黏音。有那么一刻，方尼娅以为，自己和平行世界里的高丽男友，在另一个地方再次相遇。这不是没有可能的事。高丽男友也许同样会在另外的地方，遇见另一个平行的自己。方尼娅相信平行世界的存在。

在阁楼上，方尼娅一眼看见放着祖母红漆棺材的地方，放着一张暗红色的长沙发，阁楼暗沉的光线中，沙发看上去像是一个轻盈的漂浮物。方尼娅告诉韩国生，那里曾经放着祖母的红漆棺材，自己曾站在红漆棺材上，看见落日从稻秆篷上落下去。有一天，她走出村子，朝田野里的稻秆篷走去，但是一口又大又亮的水塘挡住了她的去路。在以后的岁月中，她经常会隔着什么看见稻秆篷，它在时间的投射中，成了永恒的落日之所。

这次回到李祖，方尼娅没有看见稻秆篷。稻秆篷的消失，让她的心里升起一种隐隐的痛感，好像自己与落日之间的某些关联，断开了。

韩国生对方尼娅说，有一点你不知道，在李祖，一天可以看见四次日落。

四次？方尼娅用眼睛问。

韩国生肯定地点点头。是的，四次。

有一天，他骑着车，追着落日跑。他先是在远处的山尖上看见落日落了下去，随着位置的移动，他第二次看见落日是在低一点的山坳。第三次，落日挂在吊车的钩子上。第四次，他看见落日自一丛通体透亮的芒花上落了下去。

大地上的有些东西，是专供移动的落日休息的地方，韩国生说。

是这样的。方尼娅告诉韩国生，她曾经看见落日停落在火葬场的烟囱上休息。

她没有告诉他，那一天，是方海平的火化日。

如果骑行的速度更快一点，在李祖看见更多次的日落也不是没有可能。韩国生脱下围裙，结束工作，准备去骑行。

方尼娅在红沙发上坐下来，她点开手机里面保存的录音，好像有神灵帮忙给翻译了一下，方尼娅突然就听懂了方海平最后用义乌方言说的话。她马上拨通了阿娜儿的电话，那边的阿娜儿急切地想知道那个苔子最后都说了啥。

他说他要去洗手间，再憋下去他肯定会把自己憋死的。

阿娜儿听了笑起来。那个苔子，没想到他不是被吊灯砸死的，他是被尿憋死的。

阿娜儿又说，这也太不应该了。他那么能憋尿，为了赚钱，可以一整天不去茅厕。他最后竟然被自己的尿憋死了，这也太滑稽了。

方尼娅听见阿娜儿吸鼻子的声音，然后听见她哭起来，吹喇叭一样地擤鼻涕。

作者简介

杨方，女，1975年出生于新疆，现居浙江。曾任首都师范大学驻校诗人。作品发表于《人民文学》《十月》《当代》等刊。曾获第八届郁达夫文学奖首奖、《北京文学》小说双年奖、《诗刊》青年诗人奖、第十届华文青年诗人奖、第二届扬子江诗学奖等奖项。

建筑伦理学

□ 盛可以

一 基 础

归根结底,坏就坏在她有一颗糍粑心,麻烦都是自己揽过来的。过去几十年,万紫远在千里之外,操心着每一个家族成员的生活与命运,解决这样那样的问题,现如今又做着一件不自量力的大事:回乡建房。

动念时,她的账户余额只有几千块,在北方置业欠下的房贷与借款尚未还清,但母亲在电话中谈论坏天气,说到雨大屋漏,墙体开裂,天花板像尿了一摊。她的心里酸楚,想起小时候漏雨的房子,雨击打接漏器具时发出的贫穷声响仍在耳边回荡,她不假思索地说,要给母亲建新房,好像她钱多得没地方花。

现有的房子是九十年代建的,算父亲大权在握时期的产物。长兄万福一家与父母亲各住一层。万紫曾出过一份资助。但没有属于她的房间。在外面漂着,就已经没人把她当作家庭成员了。这是女儿与儿子的区别。这是风俗。她不想承认这里头的冷漠。后来回乡已看不到自己的生活痕迹,床被烧了,书桌劈了,连放着私人物品的抽屉也被撬开,厕所墙缝里塞着她的日记本残页——那时候卫生纸在乡村还没普及,甚至仍有人使用树叶或竹片——这些事,她也早就不计较了。

父亲去世后,万紫努力在母亲身上弥补"子欲养而亲不待"的遗憾,吃的、穿的、用的、娱乐的、保健的,把母亲当作孩子宠。每周和母亲通几次话,联系不上就胡思乱想,担心出了什么意外,有时候还弄得兴师动众。母亲的耳背越来越严重,每次通话,万紫总觉得声嘶力竭,后来有了网络视频,看见母亲皆好,万紫只是微笑着听,随便她絮叨什么。

母亲的话题不外乎天气、家禽,以及花花草草,一向是知足常乐的,不知道什么时候开始有了攀比心理。她在电话里说,村里头尽是赚了钱回乡建别墅的,还仔细描述倒卖钢筋的兄弟在河边修建的联排别墅如何闪闪发光,做槟榔生意的孙老板花园里的环廊八角亭如何威武气派,连承包荒田的那个文盲都盖起了崭新的四合院。在母亲的叙述中,过去那个乏善可陈的乡村,似乎在这几年间已经改头换面,人们生活美好,民宅奢阔,唯独万家的旧楼房还在丢人现眼。

"我们的房子是村里面最差的了。"母亲是这么说的。

万紫是有家族荣辱感的人,这句话极大地刺激了她的虚荣心,加强了建房的想法。房子的功能是居住,是阖家欢乐,是让母亲骄傲,面上有光,家族有脸,一栋漂亮的房子还能告白世人:"我们万家,也是出了能人的。"

退路是不必想了的。建筑成本低不了,粗略预算,即便是厚着脸皮延期朋友的债务,强行算上未来新书版税,用点网络小额贷款,仍有一个不小的资金缺口。打开手机银行，没有意外，账面仍然是一个营养不良的数字，最美的梦想也养不肥它，只有醉酒才能让它从四位数变成八位数。恍惚间，数字和小数点摆臀扭腰，疯疯癫癫地跳起了街舞，活像几个不务正业的穷小子。真能人圈养的数字都是会自我繁殖的，细胞裂变似的繁殖，自己不过是一个被虚荣心吹起来的"能人"，失败感击中了万紫。

她是四兄妹中排行最小的，上面有两个哥哥、一个姐姐，都是善良愚直之人。他们经济条件并不宽裕，读书少，教育程度低，在城里当保姆，打短工，努力活着，尽所能养家糊口。只有二哥万寿上了大学，结婚生子，工作稳定，可惜人生无常，几年前病魔掳走了他，父亲过于悲伤，紧跟着走了，母亲一个人固执地独居乡下，万紫主动承担了赡养母亲的义务。

万紫个人短暂的婚姻没留下什么，原生家庭始终是她感情的唯一寄托。亲情是一座富矿，同时也是光秃秃的经济荒山，她从没想过去那里挖点什么，但这次开始考虑这种可能性。因为万福的儿女早几年就毕业参加了工作，家中经济条件有所改善，再加上宅基地与旧屋是他们与母亲两家共有，新的建筑将来也是他们的，这时候出点力，担点责任，恐怕也不算过分。

万紫决定与内当家大嫂子阿桂谈谈。

二　结　构

阿桂个子很小，蘑菇头，天生苦面相，但是性格乐观随和，年轻时也蹦蹦跳跳。她是那种获得别人旧物便欢喜满足的人，身上穿着东家不要的衣服，家里堆满二手破烂物，总觉得什么都有用得着的时候。论活着的卖力程度，那是没人可比的。多少年给别人煮饭扫地带孩子，用粗糙结茧的双手将儿女培养成人，好歹读了些书，入了社会自食其力。

阿桂比万紫大八九岁，嫁过来之前，经常带万紫出去玩，有时也给她买件衣服，赢得了万紫的好感，建立了友情。阿桂总是笑嘻嘻的，心境豁达，什么都不往心里去，她吃苦耐劳的品德也是大家认可的。人们总拿她与万寿的妻子阿桃比较，同样是做儿媳妇，阿桃的命可是好了一大截，她只管涂脂抹粉，天真俗艳，两条纤细的鸟腿以及芭蕾舞裙般的超短裙，轻快地蹦来蹦去，回来连碗都没洗过一回。

人们说阿桂是万家的福气。万紫在城里有套大房子，平时空着，回来时就召集全家人在这里吃住团聚，总是阿桂买菜做饭，她从不抱怨。那时的贫穷并不影响大家庭延续融洽欢乐的气氛，没有利益冲突，没有口角，一切都是简单的。虽说后来在晚辈教育问题上与阿桂产生龃龉，但从不伤及和睦。万紫孤身一人，所有的爱只能倾注给原生家庭，通过晚辈的事，她才慢慢意识到家庭结构已经变化，原生家庭早已不存在了，他们专注于各自的小家庭，对她的情感比重，和她对他们的情感比重是完全不相等的，她成了他们的一个远亲。

阿桂已经知道建房的事。母亲迫不及待地放飞了万家要建房的重大消息，在村子里引起了不小的轰动。人们是疑惑的。万家自从相继折损了老将父亲与重将万寿，家族元气大伤，只剩下散兵游勇、残兵弱将，何以能完成建房大业？万家最小的女儿出去几十年了，她靠什么赚了那么多钱？一个在大城市里工作的女人家，为什么要回这乡里造房子？她打算回来养老？乡人疑虑重重地关心着后续进展，暗地里打探更多的真相，也有人不屑一顾，等着看一声空响炮之后的笑话。

"怎么要我们出钱呢？"阿桂原以为坐等新房子崛起就行，接起电话时语气是高兴的，听到要她出钱时身上一冷，脸就垮了下来。这太意外了，这是破天荒的，万紫对所有家人一贯慷慨大方，过去那么多年，连拔他们一根寒毛的情况都没有过。阿桂毫不掩饰心中的不满，"你明明知道我们没能力。"

阿桂的态度变化让万紫吃了一惊。过去这些年，在她面前，阿桂从来不会使用这种直截了当的语气，更未说过任何拂逆的话。她的表现一向是温驯的，虽不至于俯首帖耳，但也是言听计从的。这意味着她承认万紫在家族中的地位与影响，承认万紫的眼界见识，也承认她有恩于她。比如阿桂重病，没钱住院，是万紫主动送钱救了她的命；比如为她家争取了一套廉租房，让他们一家四口得以在城里安家；比如多次替她的儿女找工作；比如赞助他们出去旅游等等，更别说柴米油盐，以及日常生活中的种种关照。有一回，阿桂说她发现了节约卫生巾的办法，就是在上面垫一沓卫生卷纸，这自鸣得意的生活智慧让万紫感到难过，她立刻上网买了几大箱卫生巾寄给她，那是阿桂直到绝经也用不完的。万紫就是这么一个人，任何东西从来不需要他们开口，只要她耳朵听到的，眼睛看到的，心里想到的，她的糍粑心绝不会错过任何一次同情。

但是，那都是历史。阿桂现在有了自己的主见，她强调，"我们没有你那个能力。"这句话里带有不易察觉的一丝挑衅与嘲讽，接下来又表现出一种卑微与自怜，"凭我们的条件，建房子这样的事，是想都不敢想的。"

"坦白说，我也没这个能力，因此才和你商量。"阿桂的语气让万紫感到不适，她听得出阿桂在女儿万莉家，背景有给局长当司机的女婿的声音，他们住在万紫过去的房子里，早些时候因为在北方购房，亲情价卖给了万莉，没想到她闪电式相亲怀孕结婚，司机及他那边的家人也住了进来，自此改朝换代。阿桂最引以为豪的，是司机的铁饭碗，以及局长权力投射过来的影响与便利，她多少有点鸡犬升天的心理，人生终于在女儿这里打了个翻身仗,腰板直了些,说话时不觉显示出魄力与无畏,这也是人之常情。不过,万紫手中握有阿桂的历史,她有自己的想法,只要阿桂仍然属于万氏家族系统的成员,就必须臣服于万紫在家庭中的支柱地位,因为她没有私心,半生都在为家庭奉献,她理当获得尊重。

"乡下的那个房子,连一个我的房间都没有,怎么现在建房,就只该我出钱了呢?你这是什么逻辑?"万紫忍着心中的不快,"你们是最应该出钱的,这也是一种象征。你们是家中长子长媳,爷爷和父亲的丧葬费,我一个人揽了,没让你们出一分钱,母亲是我在赡养,我的生活并不比你们轻松。你们有需要,任何时候可以找我这个妹妹,我有困难,就只能求老天开恩?"

"我知道你为家里付出很多……"阿桂不情愿地承认这一点,"我的苦日子什么时候是个头啊,眼看着万固二十六七了,工作不稳定,还没有买房子,我们也没退休金,他连相亲都不敢去相……"

"如果没有别的债务,我是可以扛下来的。"万紫不觉同情阿桂描述的现状,侄子万固的青春期在打游戏、借高利贷中挥霍完毕,怎么帮也是烂泥扶不上墙,现在作为一个"无理想、无目标、无热情"的三无人员,打点零工过日子。

万紫心里一闪念,想着自己咬牙全部承担算了。她安慰阿桂,"万固的命运,在他自己手里,你们送到他大学毕业,已经尽了父母的职责。"

"建房子的确是好事,问题是……我们真的没钱,到现在都欠账。"阿桂这辈子最擅长的是哭穷,她打嫁到万家开始说起,结婚分家亏账,丈夫身体不好,养鸡发了瘟,养猪猪病死,债越积越多,早就想进城打工,婆婆却不肯帮忙带孩子,耽误了赚钱机会,后来总算进了城,挣的也只够崽女读书,刚还清陈年旧账,儿子却借了几万高利贷,自己买社保被骗掉几万,村里的红白喜事一件接一件,多少年来真的没存得住一分钱……

"你就这么去算吧,出资十五万,收获一套价值八十万,或者一百万的房子,稳赚不亏的投资是不是值得努力?"万紫提供了一个新的思维角度,也算是向阿桂交底。

"万福他倒是很想建新房的,"阿桂似乎有所动摇,她那么精明,当然知道无本生利是最好的,"你知道你大哥那个人,面子浅,从来都不肯去找他那些发迹的同学借钱,我一个女人家,到哪里找这么多钱给你?"

"不是给我,"万紫纠正她,"我不会要你一分钱。是给你们自己建房子。"

"莉莉出嫁,我还找她舅舅借了几万置嫁妆……别的姑娘出嫁,娘家都是几十万几十万地给,我们没能力,觉得真的对不起莉莉……"阿桂竟然哽咽起来,不久便啜泣了,空气穿越稀疏的牙缝发出尖锐的呼啸,"眼下就要做外婆了,不拿出像样的东西来,只怕连莉莉都会被婆家瞧不起了……"

阿桂这番话没有获得预期的效果,反倒证明了她愿意为儿女砸锅卖铁,对婆婆却一毛不拔的事实。

"安顿母亲是大家的责任,你们一家四口都在工作,也请体谅一下我。"万紫不留余地。

"你知道我不爱撒谎,十五万是真的拿不出来,就算我厚起脸皮又去向亲戚开口借,顶多凑个八九万。"阿桂说道。

"要不这样,我就给母亲建个小一点的房子,用她的宅基地面积,不占你们的,我也轻松一点,不用背负那么多债务。"万紫不喜欢阿桂的讨价还价。

"你知道,万福他这个人固执,我再和他商量商量。他一个男人家,在这种时候是应该站出来有所担当了。"丈夫儿女都是阿桂的牌,她想打哪张就打哪张,如果都出完了还没赢,就会自找台阶下,"我们会尽力去凑,什么都不比安顿好母亲重要。你放心,我说话算数。"

三　施工图

资金"落实",工程"启动",惶恐、担忧、债务重压,各种滋味倾巢而出,万紫彻底卷进了焦虑的旋涡,每夜身体在黑暗中翻来覆去,伸手却无可以攀援的东西。鲁莽。悬崖边。精神崩溃。责任碾压。漏雨的声音。腰身不再挺拔的母亲。苦难。银行还款的短信。一根无形的鞭子,抽打着她。黑夜的浓郁聚集在胸口。空气黏稠。呼吸不畅。理论上的资金。手画的饼。弓已拉开,箭在弦上。她知道邻居们聚集在母亲家里,谈论与建房有关的事项,贡献经验的,提醒避开陷阱的,介绍施工队的,推荐材料厂家的,寻找工作机会的,人们以各种各样的方式参与其中。母亲已经成为了核心,她满面喜悦,笑对各路人马。

希望。愁苦。心悸。思绪如群魔乱舞。

一只夜鸟在窗外反复叫响,它是在欢唱,还是哀鸣?

回想那些无眠的黑夜,万紫不知道自己是怎么熬过去的。贸然靠近建筑这头庞然大物,一个人瞎子摸象,从纷乱的绳团中找到线头,由一张规范的施工平面图纸开始,踏上建筑征途的第一步。网络搜寻过程,也近乎一项社会调查,她发现很多建筑设计施工的一站式服务,原来社会上早就有一股强劲的返乡潮,多年前进城谋生的人,今天纷纷带着财富返乡,重整荒芜的家园,应运而生的乡墅建筑产业早已如日中天。

她从眼花缭乱中挑选出理想中的建筑风格,买下施工图纸,根据建筑面积和使用需要,调整了户型设计,自己动手画新平面图,在乐趣中也释放了精神压力。房子的东头给母亲设计了套房,洗手间空间很大,淋浴室不装玻璃,避免母亲磕碰。必须给自己一个专用套间,回来不再有寄居感。在西墙加一个落地条形窗,通过这个窗户,可以看到荷塘、堤边的河流和船只。她很想留一间书房，但考虑到自己毕竟是一个外人，占据空间太多，阿桂会有想法。

村里的包工头，他们也许能建造出房屋的实用功能，但肯定无法达到这栋建筑的美学标准与灵动神韵。她认为得找省城经验丰富的工程队。网上搜索"农村建房"，满屏眼花缭乱的结论，页面不断弹出客服窗口。在这场凌乱的信息战中，她打了无数电话，扫了很多二维码，穿过了宣传、广告、情色诱惑等不实信息的枪林弹雨，总算筛选出五个感觉靠谱的施工队，将建筑图纸发送过去，请他们预算报价。

作为一个建筑文盲，在洽谈过程中，她被迫了解了很多专业知识，什么桩基础、条形基础、伐板基础、箱形基础、独立基础，什么框架结构、混凝土结构，什么地质用什么基础，什么结构有什么性能，因为不同的基础与框架，造价差距很大。还有屋顶结构，现浇混凝土坡屋顶，因具有造型美观及隔热功能，比普通屋顶价格是翻倍的。

几个施工队发过来的报价大致相近。预算表、材料清单像天书一样，型号、规格、数量、价格，密密麻麻的数据像一群蚂蚁在心窝里爬动，她勉强看了一阵，感觉是一个人在无边的大海里徒劳挣扎，有种绝望感。她想闭着眼睛谈个一口价，苦于没有还价依据，又不可能去市场调查，更何况计算材料数量比例，不是一下就可以学会的，要把这些事全部弄透，整个生活必然会被拖下泥沼。

说来也是运气，这时候，有一个报价的工程师，出于某种莫名的好感，愿意在专业方面提供帮助。他坦言自己是做建筑设计的，接了工程，通常会和施工方合作，他不打算在中间赚她一道，推荐她直接和施工方沟通。他教她工程预算砍价通常有百分之二十的空间，告诉她需要避开的坑，付款方式，哪些常用的建材品牌，还有合同注意事项，比如明确工序、竣工期限，罚款制度，在预算清单里一定要注明建材品牌等等。

被推荐的公司叫"新乡墅"，施工许可等证件齐全，网页做得规范，是干正经事的样子。荣总经理在照片中西装革履，面相厚道，看上去诚实可靠。实际交谈中，荣总的确表现了值得信赖的一面，谈吐、修养、专业知识，都不像江湖骗子。万紫和他交谈愉快，沟通顺利，这也预示着良好的合作前景。接下来修订施工设计平面图，确定工程清单，在造价问题上反复进行心理拉锯战，总算度过了这段漫长的泥泞跋涉，像个真正的生意人一样完成了建筑合同。荣总将工程部负责人王龙翔总经理拉进群里，由他对接签约及具体施工的事。

四　剖　面

作为兄妹，万紫与大哥万福一直是两个平行世界的人，一辈子没说过几句话，因为建房子需要有人监工，才有了真正的接触与合作。万福长她十二岁，中学时寄宿，十七八岁参加工作，二十岁蒙冤在监狱困了几年，兄妹俩实际生活相处的时间很短，集中在万福出狱之后，万紫远行之前的间隙，没有从小在成长中建立情感，关系一直是生分与客气的。

万福是一个腼腆的老实人，说话少，手脚勤快，害怕和人近距离接触，也从不和人发生口角与冲突。也许是不幸的遭遇导致性情变化，他总是有点惊弓之鸟的样子，胆小、警惕、惶恐，却又身形敏捷，仿佛随时准备逃命。家人也都很同情他的特殊遭遇，对他的态度格外温和，谁也不会对他说重话。

对于万福的命运与性格，万紫一直深怀同情与理解。

万福在建筑工地干过，懂得一些工程的事。他兴致很高，拿到施工图纸之后，日夜研究，弄懂图纸，以便好好监工，确保房子和效果图一样漂亮。他对工程提出了一些看法，比如宅基地，过去是池塘填起来的，最好使用桩基础，防止下沉，且牢固抗震，屋顶呢，现在流行现浇混凝土的，有个闷顶层隔热防冻，而且绝对不会漏雨，杜绝过去那种修修补补的烦恼。

使用桩基础和现浇坡屋顶，要增加十几万的预算。这一层万福是不会考虑的，因为造价多少不是他的事。万紫的心里产生了一点寒意。万福是知道她的经济状况的。旧屋并没有使用桩基，二层楼的房子，几十年也没有出现下沉的现象，在预算紧张的情况下，桩基可以不打，能不花的钱，可以不花。他不能什么都选最好的做。

为了避免留下任何遗憾，万紫心想，反正已经被压弯了腰，再添一块砖头，也不至于要了自己的命。她没有反对花这笔钱，一是延续着过去对兄长的包容与尊重，二是害怕房子出现任何状况，三是她的确想让家里所有人都开心。小的时候，她总是幻想着突然冒出一位有钱的亲戚，帮助解决这样那样的问题，现在的她，就是在扮演这样一位有钱的亲戚，也不管家里人是不是有同样的幻想。事实上，自从有经济能力开始，她便主动充当了家里的救世主，她总觉得过去那个小女孩还在原生家庭受苦，还在盼着奇迹，救他们，就是救她自己。

正式动工之前，需要给母亲找一个过渡居住的地方，村里不少只有春节才会有人填满的空房子，有干净舒适的，主人也很热情，母亲考虑再三，选择住在家边上一所废弃的破房子里。那里面家徒四壁，没有厕所，没有浴室，没有厨房，只有几个孤零零的灯泡悬在屋中，照着灰蒙蒙的红砖墙，塑料糊住的窗户到处是破洞，两扇大门歪歪扭扭不肯闭合。但母亲有她的古怪与固执，"以前不就是这么过来的么？"这点委屈不算什么，住破房子更自在，不欠谁的，也不需要应酬屋子的主人。一想到春节还得和别人挤在一起,她就浑身不舒服。她还说破房子离家近,坐在屋门口可以看新房进展,方便给工人烧茶送水。大家只好修修补补收拾破房子,这费了一些时日,万紫出钱,万福出力,也给十二岁的黑狗在屋外用砖瓦搭了个窝。做完这一切,就只等着拆旧建新了。

拆屋这天阳光灿烂,万里无云,笨重的挖机缓缓进场,轰轰烈烈地拉开了工程序幕。有几个村民围观。这是万紫从视频中看到的。第一次通过航拍机看到自己生长的地方,像通过上帝的视角看到全新的景象,河流仿佛一根飘带从房子边上拂过。旧楼房的屋顶灰蒙蒙的,屋身瘦瘦的立着,挖机猿臂一捯,偌大的房子像玩具模型,噼里啪啦哐当哗啦,没几下就被捣得粉碎,转眼就成一片废墟,转眼就剩坍塌后的静寂。浓雾腾空。

她禁不住热泪盈眶。

没想自己在拆屋时会哭,并且哭出声来,好像过去多年的记忆,也瞬间成了瓦砾。

在过去的二十多年里,它承载了很多亲人团聚的欢乐,几代同堂的温暖时光。她后悔忘记让他们拆屋前拍几张旧屋的照片,忽然感到心里空了一块。眼睁睁看着消失的,不仅仅是一所旧房子,还让她想到建设的艰难与摧毁的容易。她想念曾经生活在这里但已离世的亲人,她想起了有乡绅风范的爷爷、始终在劳动的父亲,曾是家族主心骨的二哥,她的亲人那么少,死去的,活着的,弯着手指头就能数得过来。她还想起了旧屋的前身,童年记忆中到处漏雨的老屋,雨水击打接漏器具发出的声响,这时想起来却是那么的美妙动听。

虽然这个旧屋连她的一个房间都没有过,但是在它毁灭的那一刻,她发现自己是多么爱它。

也正是在这喜悦与泪水交集的时刻,她心中所有的压力与惶恐都消失了，因为她猛然顿悟到自己在做一件了不起的事，在开启家族的新时代，一个崭新的、明媚的未来，所有的亲人都将在这温暖的光环中变得光彩照人。

这么想着，她才发现侄辈们竟然没在现场。万固和万莉是在这旧屋里出生成长的，他们在这里生活了十几年，对旧屋理当有着更深的感情，有更多的记忆与不舍。她感到遗憾。甚至恼怒。也许他们心灵麻木，也许他们过于年轻，还不到感时伤怀的年纪，也许旧屋记忆正是他们要摆脱的，有什么必要特意回来观赏它的倒塌？

她反复看着拆屋的视频，想到不久后一栋崭新漂亮的建筑将在这片废墟上崛起，由她创造的家族最盛大的时刻就要到来，所有亲人都将沐浴在这片祥和与幸福之中，欣悦涌上心头，她也渐渐自豪起来。但没多久她接到两个电话，一个是坏消息，书稿没有通过选题，总编觉得格调灰暗，不合乎当下形势，希望有更正能量的作品。好消息是小说集没问题，价格不错，出版社同意预付。也许是过了焦虑期，心理上适应了重压，她已经不那么担心钱的事了，她有某种信念，一旦动工，房子就会像雨后春笋一节节长起来的。

母亲精神喜悦，说王总带了一箱坚果给她，他在现场指挥了一阵就离开了，赶去另一个工地竣工。母亲还赞他能干，冇年纪，讲话客客气气，懂得礼数，样子跟村里的农民一样，"一副黝黑子脸"。要等到正式开工以后，万紫才会知道王总和荣总其实是合作关系，王总的施工队财务独立，工程基本没荣总什么事。王总本来就是个农民，当过建筑工人，在工地时间久了，熟悉了工程项目，有了人脉后开始揽活，久而久之有了相对固定的工人，积累了一点口碑。事实上，乡村建房队基本都是这样，像王总这样头脑灵活，有点文化基础，好学肯干，就会做点名堂出来。

找到了可靠的施工队,又有懂行的万福监工,万紫泡了杯花茶在电脑前坐下,心想终于可以继续做自己的事情了,刚敲击出几行字,万福的电话就来了。

"你得制止他们哩,"万福拉着一种事不关己的腔调,几乎是幸灾乐祸的,"这些人可不太守规矩,有用的碎砖石、混凝土块,都被他们运走了。"

"你不在现场?"万紫相当诧异。这点小事竟然需要两千公里以外的人来救火。

"我叫他们停下来,不要再运了,我说了碎石我们填地基、填池塘用得着,他们根本不听,连宅基地的老土都刨了一层,还在一车一车地往外运,喊都喊不停。"

"你是东家老板,他们是为你做工的,怎么会不听你指挥呢?还挖掉地基老土往外拖运?你就这样看着他们把宅基地挖成一口塘?"地基原本就要买土填高,这么一来,就要花更多冤枉钱了,万紫觉得心被刀子划似的痛,火也上来了,"运输车从你身上碾过去的吗?你为什么不直接打电话找王总?"

万福也焦躁地嚷了起来,"我跟他们说了不要挖了,他们不听我的!"

"你现在就站在车头前阻止他们。我马上给王总打电话。"

阿桂曾经抱怨,家里的大事小事,永远都是由她出面求助摆平,万福几乎不跟任何人正面交流,顶多在擦身而过时扔下一句话,别人回答的时候,他已走出老远。眼下情况紧急,万紫顾不上教万福如何处理现场问题,赶紧挂掉电话联系王总。意外的是,王总并不知情,他只叫了挖机,运输车不是他安排的,但他立刻通知挖机师傅配合,自己也从另一个工地赶到现场。万紫顿时明白,王总把拆屋的工程承包给了挖机师傅,而挖机师傅和卡车司机是熟人和伙伴,卡车运输是按趟收费的,一趟两百多,为了让司机多跑几趟，多赚点钱，挖机就使劲地挖，有用的，没用的，统统装进运输车，在他们看来，建别墅的都是有钱人，钱来得容易，不会在乎这点事。

万紫乐观轻松的心情，就像刚捞起来的鱼没蹦跶一会儿就完了。下午四点多，王总发给她现场图片汇报进展，拆屋平地已经完工，地基前所未有地辽阔，这个一望无际的坑洼氤氲缥缈，比马路矮了一大截，不知道要花多少钱买土才能填回来，她气得眼泪在眼眶里转。本来每一项超出预算之外的开支，都在挑战她的承受极限，割她的肉，让她感到疼痛、恐惧、脆弱，没想到还会产生这种纯粹的、愚蠢的浪费，这是根本不应该发生的。她内心弥漫着深深的失望感，王总原来也不过是提篮子买卖，貌似老实的底层工人是狡猾市侩的，大哥万福竟然无能力应对现场问题……她预感自己即将陷入一个巨大的泥沼，卷入错综复杂的工程内部，被无尽地消耗。

五　空　间

对姐姐万红的自甘堕落灰心失望时，万紫的感情重心在屈指可数的亲人中间转圈，渐渐落在已是婚嫁年龄的侄女万莉身上，给她买东买西，教她穿衣打扮，且将自己的房子以亲情价格卖给了她，想着回家时兄弟姐妹照样在这个房子里团聚，延续过往的传统。这之后万红忽然变得言语怪异，带着一股莫名的怨气，添了孙女也不报喜，却一个劲地在网上发女婴的图片与视频，向世界炫耀。这些都是阿桂转过来的，因为她也没有接到消息。万紫的思想活跃起来，心想万红明知道自己喜欢小孩，却偏偏藏起来，明显是对一个无家无后者的嘲笑与轻蔑。在这样的情况下，她没道理去涎着脸，央求着看一眼她漂亮的外甥孙女儿。这件事深深地刺中了她的心，她感觉受到了严重的冒犯，于是也假装不知情，就这样两姐妹长时间断了联络。

万红疏远家人之后，扭头去社会上交朋友，男男女女吃饭喝酒，似乎很快活。她的穿衣打扮也风格突变，尽是些花里胡哨的奇装异服，肥大的裤裆垮到膝盖下，像个年轻的嘻哈族，还频繁在网上发视频搔首弄姿，唱歌跳舞。万紫被她的变化吓了一跳，她看得出那不是真的快乐，更像是受了什么刺激，做出这副人生很狂欢的样子。万红的视频都用了滤镜，那张脸年轻漂亮得不像她的，脸色煞白，眼角飞扬，嘴唇鲜红欲滴，她似乎确信自己就是视频中美若天仙的样子，忘了自己已经五十六岁。直到万红的第三任丈夫向阿桂喊冤叫屈寻求帮助，大家才知道，万红已经把他打出家门一个多月了。据说她自认为发现了第三任外遇的蛛丝马迹，将他的衣物统统打包扔在门外面，要他滚蛋。

第三任是一个长相狰狞、内里怯懦的雄性，动不动就哭、下跪、自扇耳光，但这一次脸上还是被万红抓得稀烂，身上被踢得青红紫绿。他本以为像往常一样，不过三天风波就会平息，回到自己的家里，等着妻子消气，没想到却收到离婚的狠话，赶紧哭哭啼啼地搬救兵。

第三任承认也许在微信聊天过程中有过一点想入非非，但指天发誓绝没做对不起妻子的事。阿桂最痛恨的就是男人管不住自己的精神和肉体，吃着碗里的还看着锅里的，她毫不客气地批评他，作为一个条件一般的二婚男人，找到这等姿色的老婆，本来就应该好好珍惜现在的婚姻，任何非分之想都是不应该有的。第三任辩白自己的忠诚，也为自己在语言上的不检点，进行了诚恳的自我检讨，表示会管住自己，请求阿桂去劝万红，夫妻间十年风雨不容易，不要因为误会伤了感情，也求阿桂去请万紫出面，他说万红只听这个妹妹的话。

第三任说得没错，过去的确是这样。万红刚进城时，和阿桂关系不错，两人曾经一起找工作，互帮互助，结伴做过餐馆服务员之类的零工。但万红受万紫的帮助最多,她有事没事总打钱过来,万红现在的廉租房以及室内装修,都是万紫的功劳。早些年万红在城里漂泊的时候,有一年冬天,和男朋友分了手冲到街上,没地方安身。万紫就想到天寒地冻中,亲姐姐流落街头的情景,糍粑心备受煎熬,一刻也不能忍受,当天就从几千公里外的城市赶过来,冒着纷飞大雪给她租房子,购生活用品,一切安排妥当后才放心离开。

说起来,万红是握有一手好牌的,被她自己打烂了,像她这等姿色的乡村姑娘,如果不自暴自弃,远不是这种境况。她有好的身体条件,个子高,皮肤白,算得上一方美人,只是性格刚烈,当作优点时,能得一句无用的赞美,作为缺点的时候,常常尖锐易折,对人生损多益少。一个普通的乡村少女,十八岁结婚生子,在一方狭小的池塘中,不断掀起惊涛骇浪,第一次婚姻持续了二十年,充满战争与暴力,离婚时不到四十,孩子已经成人。她并没有舔着伤口,拍掉灰尘,迈开脚步向新的人生前进,相反跌入新的混乱当中,为人行事令人费解。在城里毫无目的、风雨飘摇的生活中,和一个退休多年的老头胡乱结了婚,老头的儿女反对父亲的婚事,认为外人是来瓜分父亲的财产,经常上门骚扰,辱骂,甚至对房子做出一些破坏性的行为。有一次矛盾升级,惊动了警察,也上了本地电视台的新闻。万红竟然接受了采访,配合着将一件并不光彩的事情广泛宣传,成了别人茶余饭后的谈资。

不多谈万红诸多不可思议的行为,略去那几个过渡的男人,她与第三任丈夫经历了海盗船、过山车般的情感动荡,好歹在尖叫声中安全着陆。第三任知道自己条件差,没有安全感,不让万红出去工作,宁愿把她惯成了一个懒惰没责任心的女人,天天活在牌桌上,而且染上了买码赌博的恶习。就这样一晃过了十年。其间赌债缠身,买码输了好几万,逼得第三任不得不联系亲戚帮忙,夫妻俩一起去袜子厂打工,干了一年多,好歹还清了赌债。这时万红在广州当厨师的儿子报喜添丁,要她过去带孙子,万红火速前往,到人生地不熟的地方,就这样无意间戒掉了赌博。

"万紫恐怕不会管你们的事了,生了孙女儿都不告诉她,她可是生气得很。"过去他们吵闹时,阿桂劝过几回,后来也就习惯了,不再多管闲事。"清官难断家务事,这种问题还得你自己处理。"

这引发了第三任对万红儿子的不满和自己的委屈,话语像被枪声惊得满天乱飞的鸟,说他们夫妻感情本来很好,每次吵架都是因为这个儿子带来的矛盾,譬如钱的问题,带孩子的问题,这个儿子又如何不懂事,只晓得索取,有一分钱就被他哄掉了,还榨干了她的健康。她过生日,他却连电话都不打一个。万红从广州回来时,瘦了四十斤,脸上的肉被刀削掉了一样。

"我的老婆,我心疼啊,我买鸽子炖汤给她补身体,她反过来说我是做了亏心事讨好她。"

说到此处,第三任又是一阵深深的啜泣。

"有个事情,我还没跟你们讲。"他擤了一下鼻涕,仿佛是连同前面的那些是非恩怨一起甩到了空气中,"她是胸口疼回来的,我带她去做了CT,肺部有一个阴影。"

六　防　潮

阿桂子宫里长过一个鸡蛋大的肉球,切掉子宫之后,意外地获得了神秘的能量,不再是过去那个总是心悸心慌的女人,变得既笃定又自信,她以一种漫不经心的方式,让所有人知道她的亲家公战友众多,好几个在省城做官。女婿是个能说会道的人，尤其是饭桌上端杯喝酒时口吐莲花，很有功底，阿桂特别满意。她养儿育女的辛苦，今天总算得到了回报，走出了低迷的人生，见谁都有平起平坐的底气。虽说女婿本人抽烟喝酒打牌，牙齿黑黄浑身酒气，新婚都在外面喝得醉醺醺的，身上还残留着不知来由的香水味，万莉每次哭诉，阿桂总说这是婚姻的磨合期，磨合磨合就好了。

阿桂抽空将万红的家庭矛盾与肺部的阴影统统告诉了万紫。经历过二哥万寿的发病与死亡，万紫知道急剧消瘦很可能是癌症的信号，更何况还有胸痛、肺部阴影这类明显的症状，她甚至能想到导致阴影的原因，暴躁的脾性，多少年呼吸棋牌室的二手烟，无法自我开解的极端情绪，对生活消极的态度……

"前几天跟她联系，我问她为什么添了孙女不告诉我，她说，'不告诉你犯了什么法'，我真是哭笑不得。原来她以为我把房子送给了莉莉，觉得自己是家里多余的了，我只和你们是一家人，合伙踩她。"万紫只顾顺着自己的情绪，说完才意识到不妥，因为这会点燃阿桂和万红的矛盾。

"她心胸太狭隘了，我们自己都顾不上呢，哪里踩得了她呀……"阿桂说道，"上次莉莉到广州办事，顺便带了些家乡特产，要她儿子来车站接，结果他们说没空，东西邮寄就行，何必人跑过来。"

"真没有人情味，我骂了她儿子一顿。"

"我跟你说，你骂侄儿侄女没事，我知道你是为他们好，可你别再说她儿子的不是了，她很不高兴的。说真的，我们呢，是没什么能力，但是你这个妹妹做了那么多，对她还要怎样才算好啊？"阿桂貌似说的公道话，却有点火上浇油的味道，"唉，憋了这么大的闷气，那还不气出病来？"

阿桂的话让万紫陷入沉思，半晌没有回复阿桂的信息。如果万红真是气病的，那么自己就有责任反省，为什么让她生气，以及为什么丝毫没有意识到她在生气。在万红专注打牌买码的十年中，万紫的确减少了对她的关照，一方面因为对她失望，另一方面是她有第三任照顾，对她不错，吃的穿的都随她喜欢。

"饶是她那么不近人情，我也还想着新房子给她留一间，以免将来她老了没地方住。"万紫的糍粑心涌起一阵阵酸楚，二哥病逝的过程历历在目，如果接着又失去一个姐姐，那老天对万家也太残忍了，她不敢想象假如真有那样的噩耗降临。

阿桂没有接话。

聊天在阿桂古怪的沉默中告一段落，直到第二天由万福在电话中续上。

"房子不建了。"万福当头一盆冷水泼下。

"不建房子？妈妈住哪里？"

"你给她在城里随便买一套。"

"买一套我倒是更省事，但是你明知道妈妈不愿去城里。"

"随便她住哪里……反正，我们不想建了。"

万福话一落音就挂了电话。

万紫知道主谋是阿桂，万福不过是个代言人。

"万福说房子不建了，到底是怎么回事？"电话打通，阿桂过了很久才接。

阿桂用"可能""大概"含糊了几句之后，硬生生地说道："干脆挑明了吧，你大哥他是不想万红住在新房子里，她那边太麻烦了，大大小小的人牵扯不清。再说了，也合不来的。"

万紫闻言惊愕，不敢相信自己的耳朵，老实的大哥和豁达的嫂子，原来是一对这么自私无情的夫妻，仅仅因为怕万红住进来，就要停止建房，根本不在乎母亲住在哪里。万紫只不过是糍粑心，想到了长远之后可能遇到的问题，假定万红老无所依，把她拢进新屋来一起养老照应，她并没有跟万红说过这件事，万红也不一定愿意住进来，更何况离老年还有很长的时间，谁知道中间会发生什么变故？

聊到万红的肺部阴影时，阿桂感叹她的命运多舛，洒下了同情的泪；万福批评了万红不体贴妹妹的辛劳之后，转身就用万紫的信用卡买了一张一千块钱的油卡，因为那样就能得到一条卷纸的赠品。汽车是万紫的，万福只负责开，保险、油费、违章罚款，统统不用他管。

万紫对兄嫂的固有认知瞬间被颠覆了。

"你在外面打拼这么多年，为家里付出那么多，你看她一点都不知道心疼你，还生你的气，连孙女儿都要藏起来不给看。"阿桂开始了她旁敲侧击的话术，"她又爱说假话，没规没矩，住到一起，不晓得会搞得多复杂……"

万红是有很多毛病，但都是能够包容的，何况现在她肺部有个阴影，四兄妹已经只剩下仨，他们竟然在拆了旧屋的情况下，不同意建房，置八十岁的老母亲于不顾，更是令人寒心。

万紫已经听不清阿桂在说什么了，后悔像一条冰凉的蛇在胸腔爬行，冰凉中夹杂着阵阵灼痛。她的心里演绎着这样的逻辑推理：

"你们有两个妹妹，一个富，一个穷，富妹妹在帮你们建房，你们心安理得地接受她的资助，却不同意另一个穷妹妹，在未来可能出现的坏情况下分享这种好处。换位推断，假如建房的是有钱的妹妹万红，对于没钱的妹妹万紫，你们的态度会是一样。因为你们把妹妹分成有用的和没用的。"

阿桂常说，人亲骨头香。原来香的是钱，经济决定了感情深浅。

仿佛看见了穷困潦倒的自己被势利的兄嫂赶出屋外，万紫浑身冰凉，在这个秋日的早晨打起了寒颤。

建房子固然是为了母亲，最终受益的却是万福一家。向政府申请建房许可证时，母亲曾建议用她和万紫的名字合报，但万紫笑着否定，用了阿桂的名字。万紫的想法很简单，阿桂他们照看母亲，母亲晚年幸福，房子就是他们应得的回报。

万紫的心被戳了一个窟窿眼，所有的热情、欣喜、骄傲，纷纷从这个洞里飘漏下去，像下雪一样。她后悔没有早些醒悟，跳出原生家庭的心理框架。过去她和他们是一家人，现在她也认为他们是家人，但在他们心里，她早就只是一个亲戚。家人和亲戚不同，亲戚是由家人分裂出来的，家人却不是亲戚组合能成的。

"我同意你们的想法，新房子不会考虑万红。"不能眼看着那一片废墟成为笑柄，不能让母亲在破房子里吃苦受难，万紫决定抛开一切，继续建房。同时开始考虑缩减成本，改变装修预算，由高端货改为普通材料，放弃园林绿化，一切可做可不做的，都不做了，他们不值得她投入那么多。

七　放　样

住破房子的母亲，形象一下子颓了不少，搬家时无序混乱，东西一堆堆存放在别人的杂物间，想穿的衣服找不到，鞋子也不知道塞在什么地方，索性懒得收拾，头发乱蓬蓬的，脸上脏兮兮的，活像一个无儿无女、孤寡凄清的老人，好在有笑靥如花。看到母亲嘴角贮满了喜悦的小酒窝，万紫心酸又欣慰，真想抱一抱母亲，开一个玩笑，问她为什么没把漂亮的酒窝生给她。

只能尽量让母亲在破房子里住得方便舒适一些，万紫网购了很多东西，泡脚按摩盆、便利马桶、煤气灶、烧柴烤火的炉灶、户外太阳能灯、不断去镇里取件的万福抱怨起来，叫她停止买买买，屋子里都放不下了。

　　破房子的墙砖薄薄的，仿佛一拳头就能捶穿，这个寄居的冬天无疑会格外寒冷，万紫担心母亲的风湿病，变形的手，僵硬的膝关节，到冬天就疼得睡不着觉，她比任何人都急于竣工，一再跟王总强调母亲的处境，要他马不停蹄，保证按照合同要求在三个月内完工，逾期的话，她会毫不客气地按合同罚款。

　　动土之时，按照当地习俗，要杀叫鸡公，放鞭炮，敬拜土地公，请求赐福，保佑施工过程平安顺利。万紫把所有的费用转给了阿桂，嘱咐她提前一天买好叫鸡公，确保不误开工良辰。有些事不论你信不信，冥冥中隐含着无法解释的预兆。阿桂提前一天买好叫鸡公送下乡来，这只叫鸡公油抹水光，精神抖擞，象征着吉祥与兴旺，孰料夜里头被黑狗巴顿咬死了。母亲大清早发现鸡的尸体，连忙打电话通知阿桂，一定要赶在动土吉时之前，将新的叫鸡公送回来。但是叫鸡公并不好找，阿桂转了几个菜市场，终于看到一只毛色暗淡、与世无争的，没有挑三拣四的余地，过了一个档口，发现一只稍好的，索性也买了下来。

　　"祝贺万府开工大吉"的横幅拉扯在两棵树之间。母亲和工人们竖起了大拇指，对着镜头笑容灿烂。王总还发来一组航拍图，全方位展示了动土的盛况。漫天的鞭炮烟雾、满地的鞭炮红屑。围观的乡邻。群鸟飞过秋高气爽的天空。一派大兴土木的热闹气象。这一天只放了样，按照万紫的意思，前面地坪八米，后院五米，两侧各留四米，便于车子绕屋行驶。整个建筑盘踞在地基中央，白灰画的施工基础图清晰地展示了建筑的内部格局。

　　第二天上午万福来电话，说他们放错样了。万紫只觉得脑袋轰的一声炸了，拆屋地基被挖空了，放样又放错，到底是施工马虎，还是监工窝囊？如果她在现场，这都是不可能发生的。她实在搞不懂施工方为什么会出现这么低级的失误，更不懂万福为什么连这么明显的问题都不能及时解决。

"怎么放错的，我不是提供了完整的数据吗？"

"我早上量了一下，整体后移了一米多。"

"昨天放样的时候，你没在现场跟着量尺？"

"我跟他们说了，他们坚持说没放错。"

"你只要提出复尺，不就一清二楚了吗？他们敢看着尺子说没搞错？放样返工是小事，但这不是一个好的兆头，预示着后面的麻烦与不顺。"

"那就按现在的样，不要返工了。"

"不行，后面有坟，退过去太近，屋檐都要搭到坟边了。"

万紫不明白，知道放错了样，为什么不提出复尺，为什么不找包工头，却要等到第二天打电话给几千公里以外的她，就好像他只是她安插在工地的间谍，只要他们完成一个工程项目，他就暗地里检查，搜集情报向她汇报。放样返工容易，万紫担心的是，到了水泥钢筋工程部分，很多项目几乎是不可能返工的，如果不及时解决问题，返工就会造成工期延误和经济损失，母亲要在破房子里多受一些罪。

也许问题就出在那三个叫鸡公上，那个混乱的开局。

王总接到万紫的消息，立刻赶到现场，重新量尺，亲自放样。三天后打桩队进场，在机器的轰鸣声中正式拉开建筑工程的序幕。

"你放心，我会把你的房子当个样板房来建。"王总打消万紫对工程的顾虑，"你的房子建好了，这本身就是一种宣传，活广告，比我们到处吆喝强多了。"

王总早就看到村里的商机，那些旧楼房都是改革开放与市场经济的产物。九十年代的乡村有一股建造楼房的潮流，哪怕是弄一个空壳，屋里家徒四壁，也要建二层，不矮别人一头。这些屋子和万家的旧屋一样，都是村人自己在没有施工图纸的情况下建成的,风雨中坚持了二三十年,已经筋疲力尽,不少呈现危楼状态,有几户已经在走报建程序,寻找施工队了。总之,明里暗里的客户蠢蠢欲动,都在等待这栋建筑落成的样子。

打桩工人没穿统一的工作服,王总称不方便施工。万福拿一根长竹竿插进桩孔测量深度,发现有的桩孔没达到八米的深度,甚至只有四五米深,觉得工人不负责任,工人则认为他的检验方式苛刻,因为他们的利润基本上是靠偷工减料实现的,照万福这样的监工方式,他们在工程上做不了半点假,利益受到损害,带着不满的情绪,终于矛盾爆发,万福与他们发生了争吵,有两个工人甩手不干了,剩下的人无法完成桩基运转。

"这些施工的都是土八路,是王总在天桥下临时叫的民工,施工毫无规矩,也不专业,现场弄得乱七八糟。工程主管是个小混混,建筑上的事一问三不知。明明混凝土质量不行,稀泥一样,我跟他说了好几次,他才换了大一点的卵石,增加了水泥的比重。做工也是三天打鱼,两天晒网,施工半个月了,连桩孔都没打完。"

万福用一种激烈的对抗保证了桩基的深度与质量,代价是停工。

母亲一看工地空荡荡的没人工作,打电话问万紫怎么回事,万紫觉得母亲应该问在现场监工的儿子,他肯定比一个远在几千公里以外的人更清楚事情的来龙去脉。

这节外生枝让万紫心烦意乱,她郑重要求王总整顿,抓紧时间继续施工。

连着下了一周雨,等太阳将泥地晒干,重新开工已经是半个月以后的事了。新的施工队伍面貌焕然一新,工人们穿着统一的蓝马甲,戴着蓝色安全帽,个个精神抖擞,两天打完剩下的桩基,接着挖沟砌基脚,各工种合作有序。现场材料堆放整齐,杂物清理得干干净净,一切井然有序。王总亲自在现场紧盯了四天,确保某些关键点准确无误,才离开去了另外的工地,由新的主管小马负责盯着。他是王总的外甥,据说在本市城市学院念过土木工程,有大楼盘的工作经验,不过小马很快就会暴露他对工程的一无所知。他身高接近两米,谦卑腼腆地略弓着腰背,动不动脸红扑扑的,青春疙瘩痘也会亮起来。

小马有些志不在此的散漫,性格随和,露怯,对工人不管束,不斥责,还经常搭把手干活,甚至听凭工人使唤。他人缘不错,工人们喜欢他,但对东家来说这不是好事。施工最忌主管懦弱,又没有专业知识,不但无法指导工作,也没有能力发现施工错误,发现了也无力纠错,慢慢地建筑的数据会随着工程的进展被不断修改,最后整个房屋的还原度会非常低,甚至出现不协调不对称的笑话。

母亲不懂这些,看到这支作风优良的施工队在工地上弄得叮当作响,热火朝天,觉得照这个速度下去,过年前就能建好搬家。母亲的乐观感染了万紫,她提醒母亲装修需要两个月,装完还得空置一段,释放甲醛,明年春暖花开的时候搬家正好。好心情没维持几天,母亲又打来电话,说又停工了,万福和工人发生了口角,两个泥工生气不来了。万紫心头一阵焦躁,打电话给万福,他说门窗尺寸留错了,墙砖砌斜了,两头差距偏差了六七公分,相当于脸上的鼻嘴长歪了。

"我当时就提醒了他们,尺寸不对,要搞准,他们不听,只顾着一窝蜂砌了上去。他们的工钱是按砖头计价,砖头砌得多就赚得多。"

"你不要和工人吵,有事跟小马说。"

"小马是个配相的,顶个屁用。"

"建房子吵架,不吉利,你可以直接找王总,或者告诉我,我来跟王总谈。"

"你不在现场，不知道他们砌得多快，我只上了个厕所他们就搞完了。"

"严格按照图纸数据施工，错了就要返工。"

"我就是要让他们返工，返工返怕了，就不会犯错了。"

万福采用了惩罚式的监工方式，没考虑这样做也严重损害了自己的利益，时间成本对他来说也许没什么意义，但对万紫来说非常重要，只要房子不竣工，母亲没搬进新家安居，她就无法安心创作，不创作就没有经济收入，活在债务的重压下，无法轻松地呼吸。

每一件事都需要万紫亲自沟通处理，每一次刚获得一点内心安宁就被瞬间破坏，她真想放手算了，随便房子建多丑，只要不塌不漏雨就行了，但下一秒想到自己花这么多钱，付出这么多心血，怎能不达成自己的心愿？她从不是凑合的人，她是一个完美主义者。

万紫怀着一股无处发泄的怒火联络王总，她从没用过那种严厉的口吻。

"哎，万总，很抱歉发生这种情况。我非常理解你的心情。主要是你们工期太赶，本来我是要用我们自己的工人的，他们在另一个工地，还需要几天才能过来，你们催得急，我只好在本地找了一个包工头。这些泥工的技术没问题，他们只是平时在农村习惯了这么干活，没想过你们家对房子的要求与标准很高，不知道你们这栋楼是与众不同的，是讲究艺术审美的。你放心，我马上要求他们返工，保证让你满意。"

八　接　缝

几次返工之后，施工时间一再拉长，再加上天气、人手不足等原因，工程进度彻底缓了下来，慢到近乎停工，长时间里只有一两个人在工地晃。那是离过年还有两个星期的时候,一楼天花板的混凝土没有浇筑,整个建筑只是一个没盖的模型。工地上起先有三个人,主管小马,年轻泥工,以及一个新来的智商偏低的中年男人,后来泥工粉完墙走了,只剩小马和低智男人在工地做些杂活,比如捡垃圾,搬碎砖。小马还要负责买菜做饭。低智中年男人做小工的时候骂骂咧咧,说他妈的有人偷钢管,胆子那么大,当着我的面拿钢管。人们这才知道他是有来头的,他是王总的亲哥哥,智商低,但还是懂得维护自己的弟弟。通过他的描述,人们大致能判断是谁在偷钢管,不仅是钢管,工地上那些无端消失的东西,也算在了那人的头上。后来每天收工时小马都会让傻舅舅把有用的东西收起来,放在安全的地方。

这时候万紫已经真正了解万福的性格与为人。他不傻,但发现问题不能解决问题,或者不能及时就地处理问题,往往是小病拖成大病,生米煮成熟饭,这时候再来处理增加了难度,有的甚至无法弥补,留下遗憾。比如两个前庭柱子造型不对称,万福在木工师傅装模的时候,就提出尺寸问题,并且发出了警告,但木工师傅还是胡乱完了工。工人的确不听他的话,一是他说话的方式别人不太接受,二是都知道真正的老板是万紫,他们总想着施工如何方便简易,稍不留神,就按自己的想法,玩"木已成舟"的把戏。

主管不得力,监管也让人头疼,听说又有地方要返工,万紫忍无可忍,终于气得大喊大叫,质问万福为什么同样的错误一犯再犯,万福也大声怼她,似乎也压了一肚子怒火,暴躁程度让她吃惊。两人吵到恶语相向。万紫认为他没有资格朝她发火,她出钱出力,为他们付出,而他只是为他自己的家付出。母亲见兄妹不和,眼泪就流个不停,说要是知道建房子吵架,她情愿住在旧屋里。万紫为了哄母亲开心,主动息事宁人。

万紫每天开着监控视频，她喜欢听工地的噪音。那是房子生长的声音。她也喜欢看母亲在屋门口遛狗，和路人大声聊天。鸟在枝头跳动，啼叫声清晰悦耳，搅动着乡村的宁静与怡然。

一场寒霜之后，薄雪覆盖了工地。

视频中一派肃杀。昏暗的天空。枯枝在寒风中颤动。万紫久久地盯着屏幕，感觉寒意弥漫。母亲穿得鼓鼓囊囊的，弓着腰，背着双手，从建筑桥板走到前厅大露台，在那儿眺望了一下远处，转身进了客厅，紧接着从一个房间走到另一个房间。她每天都这样在未来的新家转来转去。

看到母亲寒冷中的身影，万紫心里就一阵疼痛，责怪自己没有早些建房。如果在父亲健朗的时候为他们打造新家，也许父亲会活得更长一些。现在她祈祷母亲能够长命百岁，享受这专门为她打造的舒适大宅。眼看着年前竣工无望，万紫心急如焚，母亲这时倒接受了现状，反过来安慰她。破房子里没有热水，想到母亲用冷水洗菜做饭，艰苦挨冬，万紫心里非常难受。阿桂一直没有回来过，万莉万固也没回来过。万固大学毕业前的半年时间里，阿桂几乎每周都要下乡看母亲，用食物将她的冰箱塞得满满的。万紫帮万固联系实习单位，毕业后安排到报社当记者，没几个月忽然辞工，辞工了又后悔不迭。万紫对万固是尽了全力的。

万紫在寒意包裹中奔赴英国当访问学者。两国时差增加了处理建房事务的难度，经常下半夜打电话，发信息，熬夜。万福不会说普通话，她得亲自打电话咨询和预订铝合金门窗和瓦，这些她从没接触过的建筑材料没有一点温度，她对它们既不喜爱也不厌恶，她只是不得不狂热地在网站上搜索，学习规格型号，懂得不同利弊，进行品牌价格对比，计算新房的门窗面积，在自己可以承受的预算范围内挑选产品。

万紫面临的最大问题是无法信任商家，在已有的建筑经历中，她发现

213

人们处处体现缺乏诚信与职业道德的品性。上市公司的品牌产品质量有保证,这意味着她要投入更多资金。漏雨的童年记忆使她毫不犹豫地选择了一线品牌的琉璃瓦。因为小时候门窗都单薄不严实,会被风推搡得发出怪异的声响,她经常做怪物破门而入的噩梦。她不允许再有刺骨的寒风从门窗缝隙中灌进来,门窗要牢固坚实,挡住噩梦中的怪物,连八级台风也不能撼动它。

铝合金门窗和琉璃瓦总价超出预算一倍。别墅大门的预算更是由五千元飞升至一万五。那款非洲进口沙比利木质大门彰显质感与格调,想象母亲每天清晨打开这扇结实厚重的大门,同时开启一天的美好心情,她咬着牙付款预订。这是佛山一个专做木门的厂家,也是网上找到的,虽有第三方保证资金安全,产品可退换,但万紫仍不放心,和销售经理进行了无数次沟通对话,销售经理非常有耐心,不断给她发送车间生产视频,堆放原材料的仓库,各种客户订单、出货票据,甚至与其他客户的聊天记录、付款信息,尽一切可能打消她心中的疑虑。

"你不要老是这么不相信人。这样你会活得很辛苦的。"

万紫承认销售经理说得对,她的辛苦有一半是因为她对人缺乏信任造成的,或者说是人们普遍不诚信造成的,前半句说的是主观自己,属于自作自受,后半句说的则是客观现实,是人性带来的负面影响。建筑工程包工包料,并不意味着省事省心。整个施工过程,万紫同各行各业的人所洽谈的内容,可以出一本巨著。在买琉璃瓦的事情上,她经历了巨大的诚信挑战与考验。瓦的厂家也在佛山,是她在网上联络的。瓦商发来产品图片,根据建筑面积计算出用瓦数量,给了些有益的建议。与其说是经过了几天的洽谈,不如说是万紫一直在质疑、查阅、求证、观察和判断之中,以确保对方不是虚假诈骗。最后商家给出一个银行账号,要她付清全款才发货。

就这样将几万瓦款打到一个陌生人的账户里，这需要绝对清醒的头脑。万紫不敢这么做。她要求预付部分，货到付清尾款。瓦商说他们从不这样做生意，都是一次性付清，运费另付，他们可以推荐提供货运联系人，她也可以自行安排。

"你相信我就打货款过来，不相信就不要打。"瓦商最后丢下一句话不理她了。

这之后万紫陷入了激烈的反思。她在寻找症结。这反思甚至是痛苦的，尖锐的。她其实被自身的多疑困扰已久。这种多疑的正面效果是，迄今为止她从没上过当受过骗。这显示她的聪明和理性。但也不排除有人容易相信别人，也从没上当受骗。也许她应该选择相信别人，即便是上当受骗，人生当中失去的肯定远没有她得到的有价值。万紫抱着背水一战的心情将钱打给了瓦商。四天后果然一辆超长的大卡车将瓦送到了工地，瓦的品质和宣传的一样，数量准确无误。后来的沙比利木门同样也没让她失望。

九　边缘托梁

监控视频里的天空渐渐发白，听到公鸡打鸣、狗吠、母亲咳嗽和洗脸刷牙的声音。天全亮时，视频由黑白跳到彩色，高清画面可看到很多细节。小马走在桥板上，双手缩在袖子里，手臂直直地垂在身体两侧。他的低智舅舅裤脚一高一低，为了将那两轮斗车调头，在泥地里碾来碾去，他骂斗车不听话，也骂弟弟给钱太少，一百五十块钱一天，什么都要他干，他自己却待在家里舒舒服服地烤火。小马伸出手来帮了一把低智舅舅，一直将斗车推过桥板。他的任务是将几个卫生间的坑洼填满，为做地面硬化和防水打基础。此时离过年还有一个星期,一层混凝土楼板的浇筑工程推迟,王总说工人都回家过年了,只能等到年后。而天气好得让人心痛,阳光明亮,濯洗着残缺的建筑物和空荡寂寥的工地,有种眼睁睁地看着工期推延的恼怒。万紫重申了逾期罚款的警告,王总却拎着两袋子礼物来给母亲拜年,母亲留他吃了一餐饭,说眼下没有什么是比过年更重要的了。

二月底,破房子开始零星漏雨。邻居有装修过的房子空置,全家人在广州做生意,让母亲搬进去,但母亲说房子就要建成了,懒得挪来挪去,直到有天晚上大雨倾盆,屋里漏得无处安身,连睡觉的地方都泡在水里,这才大半夜撤离。万紫是第二天知道这个事的,母亲遭受这样的磨难,她迁怒于王总,因为工程已经逾期两个月了。这时候新房子已经浇筑完斜坡屋顶,一栋漂亮的建筑如出水芙蓉,线条流畅飘逸,显出灵动和生机。万紫的脾气发不出来,反倒感谢王总慢工出细活,对建筑赞不绝口。

相比于造房子,装修工程要简单得多,但是更琐碎。万紫原本就认识几个装修老板,经过洽谈比较,最终把工程包给了钟老板,十年前她在城里的房子就是他装修的。从建房子开始,她就在同步构思室内装修的内容风格,早已酝酿成熟,定调为原木色侘寂风。她在网上挑选了灯具、电器等东西放进购物车,也与橱柜衣柜订制商沟通完毕,谈妥了款式与价格,提前完成了装修内容。

她是四月回乡的。本打算和母亲一起居住,给母亲做饭,兼顾装修。在视频中见过宽敞整洁的房间,河水在窗外荡漾,宁静诗意,似乎是理想的居住空间,住进来才觉得简陋不便,厨房没有热水,冷水唤醒了手上的风湿,手指隐痛。房间里有一股无人居住的陈年霉味,到处是蛛网。床上没有席梦思,厚薄不均的老棉被像石头一样硬,里面还藏着饥饿的跳蚤。最要命的是没有空调,四月已经热起来了,蚊子早已活跃,白天在厨房做饭，都要遭受它们的攻击。

她只好在城里租了一套三居室。晚上打开浴室镜前灯，镜子里突现一尊观音菩萨，吓得她魂飞魄散。心想将菩萨放在脏污的卫生间，只能是为了避邪，说明这房间里发生过不好的事。她搬到客房睡，还是感觉有股寒毛倒竖的阴凉，勉强挨了两夜，不得不求助万红带小孙女来做伴。

她租的自己熟悉的小区，在万莉家对面的楼里，就近去她家拿自己原来的床上用品。阿桂和万莉在客厅里逗孩子，万紫说明来意，阿桂屁股不挪窝，不紧不慢地问：

"要新的，还是要旧的？"

虽已嫁人生子，侄女万莉还是她母亲的影子，毫无主见。她木然地笑着，仿佛与眼前这个远亲并不相熟。

"无所谓新的旧的。"万紫已经感觉不太舒服。

"去拿旧的吧，反正她都要买的。"阿桂盼咐万莉。

万莉这才应声而动，转身去了房间。

万紫无心落座，站在那儿看着屋子里熟悉的一切，心里忽然一阵刺痛。家里的每一样东西都是她亲手挑选布置的，原木书柜里还有她没有搬走的书，酒柜里放着她的酒具和酒，她精心挑选的立式空调还是崭新的，套着她买的蕾丝边碎花尘罩，她在宜家购买的沙发和地毯也是原样没动……这些东西换了主人，也不认得她了，也都冷冷地一声不吭。她像个乞丐一样，站在这个持续了十年大家庭聚会的屋子里，等着新主人施舍一床被子和枕头，没有一丝家人的热情，更没有她对她们那样的慷慨。她也想到万莉从小就穿着她买的衣服，村子里没有谁比她穿得洋气。毕业后给她找工作，鼓励她自考本科，给她交学费，出钱给她办出国旅行的签证，给她去广州面试的交通住宿费；也曾不远千里赶回来，几宿不睡处理她个人感情上的麻烦事……

万紫不知道自己当时为什么不拂袖而去。

十　范围蔓延

泵车浇筑坡屋顶时，万福在屋顶上，穿着长靴，手里拿根东西戳来戳去，测量混凝土的深浅，与工人发生几句争吵之后，索性拿起工具和他们一起扒整屋面。但是混凝土最终仍是厚薄不均，又重新浇筑了一遍，施工盖瓦时发现仍不达标，高低不平，东边比西边厚了几公分。盖瓦的包工头手拿卷尺站在屋面上骂屋面浇筑的乱搞，这意味着他们必须先凿掉高出的混凝土，低洼处用水泥补平，尽量降低偏差，即便这样，盖瓦时仍然有许多需要调整的地方。他抽着烟在屋顶走来走去，最后拨通了王总的电话，大声批评了一通屋面浇筑的人不负责，他盖过那么多房子，从没遇到过这样的情况，这样子施工难度太大，并表示这个活他接不了，要王总另请高明。王总很快赶过来，上了屋顶，和盖瓦包工头一起检查测量，情况使他的表情越来越凝重。王总与盖瓦包工头讨论整平屋面的费用，盖瓦包工头仍是推却不干，说这里头的活几乎是看不见的，他不想让王总觉得他在诓他。但王总弹掉烧到指尖的烟，利落地接受了盖瓦包工头的要价，在屋顶再抽了一支烟便走了。盖瓦包工头吩咐工人工作的时候，万福已经在凿凸起的混凝土，电钻机狂躁作响，水泥灰飘散。

以上是万紫在监控视频中看到的。因为工程进展与施工的种种问题，她已经与王总有过无数次电话沟通与微信讨论，有几次甚至发生了不愉快的争执。大部分情况下，王总都同意按照她说的去做，但往往要经过很长时间的扯皮、理论，他会使用疲劳战术，用源源不断的词语，滔滔不绝的自说自话（这一点和他低智兄长很像），使用狡辩、偷梁换柱、移花接木甚至死打烂缠等手法，企图把理扳到他那一边，或是用话语将她绕晕。有时候她会在厌恶与精疲力尽之间做出让步，但绝大多数坚持死磕。王总从没遇见过这样的对手，她脑袋里面装着超强的逻辑与清晰的思维，而且有理有据，甚至能将几个月前的聊天内容截屏作为证据，弄得他哑口无言。

他们还没正式见过面，王总的样子基本符合万紫的想象，如果用地域来形容他，那就是城乡接合部的样子，戴着金项链的小麻雀，努力像凤凰那样华丽地飞翔。和他的低智兄长眉目挺像。说不清是倔强还是僵硬的脖子上面顶着一个小脑袋，身板也是直的，皮肤很黑，举手投足间显得经验丰富，利索果断里也有股狠劲，不拖泥带水，做决策毫不犹疑，的确像干大事的——这副样子在乡村的确是能唬住人的——乍一看，与她所接触的那个为了达到某种目的可以无休无止啰唆不断的形象截然不同。

她和他曾经为了各自的目的互相说着违心吹捧的话，她夸他专业懂行施工质量好，只不过是为了获得更好的工程质量；他夸她容易沟通合作愉快，是为了让她手不攥那么紧，指缝间额外漏下些碎银来，或者在工程结束后慷慨地奖励红包。完成屋顶浇筑后，王总常说的话就是这个项目进入了亏损状态，他大可以立刻停工止损，但他要履行承诺，在这里亏的，在别处赚回来，无论如何要在这里建起一个漂亮的样板楼。在万紫看来这都是聪明过头的话，她也懒得戳穿他。只要能尽快竣工，她乐意忍受这些虚伪的言语。

曙光即将刺破云层。不料下午接到母亲的电话，说万福又和别人起争执，盖瓦师傅不做了，正在收拾东西准备离场。万紫第一反应是不能再次延误工期，立刻驱车回来。

瓦工们在屋顶抽烟等她。万紫望了眼屋顶，二话没说，就从钢管架起的楼梯爬了上去。站在屋顶，万紫才意识到自己是个女人，连微风也在破坏她的身体平衡，她腿脚微颤，不敢朝下看。

"你们都知道，这房子从去年到今年，建了很长时间了，真的再也耽误不起了。有什么问题，我们坐下来谈谈。"她轻松愉快地说道，双脚暗自努力稳住重心。开阔视野中，她重新认识了她的村庄。第一次眺望河对岸的村庄田野，甚至更远处的城市。

"万紫，你不记得吧，我是你老同学。"盖瓦包工头腼腆地说道。

万紫使劲回忆，终于从他沧桑的面部搜索出宝贵线索，认出他就是经常拖着两条鼻涕虫的小学同学张太山。三四十年过去了，他脸上的肌肉还保留着抽吸鼻涕的运动习惯。

"是你啊，老同学，那我就放心了。"万紫和包工头握手致意，"这里有什么困难需要我解决的？"

"你哥说我们不晓得搞，他比我们懂。"老同学指了指万福，他正在破房子门口洗手。

"到底怎么回事，你跟我说，我们来商量决定。"

张太山抽吸了一下鼻子，把事情的来龙去脉说了一遍。

因为彼此沟通不到位，万福不信任他的技术，用贬低的话刺伤了他的自尊。万紫下屋找万福做思想工作，说她以前也不信任别人，总是在疑虑、担忧，结果把自己搞得很辛苦。她在建房过程中，慢慢学会了相信别人。建筑不像裁剪衣服，容不得有一分一毫的偏差，建筑体积庞大，有时几公分出入并不明显，也不会影响美观。整个施工过程中，事实上每个地方都没有精确到图纸的数据，有的地方甚至出入十公分，现在房子不是照样好看，大家都很满意吗？

万福到屋顶与张太山握手言和。盖瓦继续。

十一　找　平

　　王总与万紫在工地见了面。在长达八个月的频繁沟通博弈中，似乎成了老熟人，都没有第一次见面的寒暄客套，直奔主题。王总带了色卡，请她选定外墙漆颜色型号，然后要她再付一点工程款。万紫认为外墙漆还没刷完，按合同是工程竣工才付清尾款，扣除一万五作为维修保证金，工程没问题则一年后全部退还。

　　"你要我提前支付工程款，这是合同以外的要求。"万紫说。

　　"万总，你这个项目，我真的亏损很大，屋顶我都给你浇筑了两遍混凝土，防水保暖也都做得最好的，绝对不会漏雨。"

　　"这个我要说清楚，你浇筑两遍，是因为第一遍不达标，盖不了瓦，而且浇两遍也没有解决屋面不平的问题。说实话，你额外浇那么多混凝土，我还挺担心承重问题的。房子不漏雨，难道不是施工最基本的标准么？至于工程亏或赚，那都是你的生意。我们是签了合同的。"

　　"我真的亏得不行了。盖瓦这里的工钱都是一两万，他们完工了，我也得给他们钱吧。"王总说道，"我本来是想亏一点就亏一点，只要把项目做好，让客户满意……但是现在亏得太多了，现在连盖瓦的工钱都没有了。这个项目返工次数太多……为了让你们满意……我真的是不计成本在做……"

　　"你的盖瓦工钱，跟我有什么关系呢？我并不曾欠你一分钱工程款。"万紫有点恼火，他开始了那种絮絮叨叨的话语进攻术，他的目的就是想让别人失去耐心，图个清静赶紧满足他的要求，但她偏又喜欢以理服人，"项目多次返工，是施工方的原因导致的，合同里注明了施工方承担全部返工的损失，你不要把纠正施工错误说成无私奉献。"

　　"买外墙漆也需要钱，我可真是拿不出来了，"王总启动拖延新战术，掐住她急于竣工搬家的弱点，"只能等下个月，另一个项目付我工程款，我才有钱买漆。"

她嗅到王总开始耍赖的气味，知道合同对他已经失去约束力，撕破脸只会使竣工在即的工程陷入僵局。尾款还有四五万，只要王总无理停工三天，她就有权终止合同，自找外墙工程，能节约一两万块。付出时间和精力，她会赢，但这样扯皮，不是十天半个月可以终结的。权衡再三，她最终妥协，提前支付了一万油漆款。

"对了，散水什么时候做？"当初讨论工程项目时，她还不知道散水是什么东西。

"合同不包括散水项目。我不做合同以外的事。"王总说道。

万紫拿出合同，指出散水工程在清单里，王总指出散水后面的价格栏是零元，零元代表不施工。

"我们的工程是打包一口价，清单中项目的标价高标价低没有任何意义，但出现在清单中的项目，就是工程必做项目。"

"没有，没这个项目，我不做合同以外的事。"

"你口口声声不做合同以外的事，怎么就要我做合同以外的事，提前付工程款呢？散水一直在项目清单上，价格修改过好几次，最后你由两千多修改为零元的，因为后来是工程总款一口价，我就没在意任何单项价格了。你现在这样狡辩，只能说这个零元价是你挖的坑。"

"我们都是这么处理的，不施工的项目，价格栏里就是零元。"

"这个附件明摆着写的是《施工项目清单》，更何况那么多不施工的项目，为什么没在这个清单里备注零元，偏偏只有散水？"

"我做了这么多年工程，从来没出现你这样的情况。"王总偏离主题，"散水是合同以外的工程，我可以做，但是你要支付散水工程款，我一分钱都不赚你的。"

"好，王总，我们现在就来按合同办事，这样公平。我现在请你做散水，要多少钱你说了算。另外，工程已经逾期四个月，按合同罚款三万，还有延误的每天罚款累积，你也仔细算算。"

王总闭上嘴巴，半晌说道："这么着你是不想付尾款了？"

"你放心，我是要脸的人。该我付的钱，一分不会少。"万紫态度坚决。

王总拿手机计算器算了点什么，面孔突然软化松弛，笑得像老友重逢。

"算了，散水我来做，我亏就亏了。挖埋排污管道是我做，还是你自己请人做？"

"什么？你建一个房子，不做管道排污？那房子怎么使用？"她察觉到他又在耍花招。

"这些不在施工范围内，合同里没有写。"

"我理解你做一个工程也不容易，从没想过按合同罚你的款。合同里有好多东西没有写，需按常规施工的都没有写。你是内行，哪一个建房子不考虑排水排污，这是最基本的工程。我真的不理解，你这么大一个老板，怎么到最后为了几千块钱要如此绞尽脑汁？"

"要不是亏得太多……"

"行了，你就说要多少钱吧。"她决定吃亏让步，一秒钟都不想待下去了。

"管子加人工，三千八。"

"没问题。我出。"

爬出令人不快的泥沼，甩掉王总那副无赖的嘴脸，万紫还是像吞了苍蝇似的难受。她没料到会要如此直接、正面地和包工头接触纠缠。在他们挖就的池塘里扑腾，不可避免要呛几口脏水。王总是农民，不管业务做得多大，见识与思想里也还是农民的本质，脑海里并没有法律意识，合同只是废纸，或者是农民式的狡黠，知道建新房的人求平安顺利，不愿惹上官司的晦气，工地瘫痪不吉利，都会选择退让息事。

万紫带着狗到了田间，大口地呼吸。

装修老板来电话，他认为主体没有完全竣工，装修不宜进场，同时施工会造成某种混乱。母亲似乎度过了最焦虑难熬的阶段，变得从容了。她可以笑着谈论施工过程中的曲折风波，说装修也是大事，不争这几天，一切要从容有序。万紫知道自己还远不到轻松解放的地步，室内装修是另一个高峰和折磨期，她得重整行囊，继续攀登。

十二　防水层

屋面盖瓦通常一个星期可以完工，但这个屋面整整花了二十天才告一段落。万紫多次爬上屋顶检查施工情况。这个屋面让小学毕业的张太山伤透了脑筋，但他什么都敢接，他的经验就是这么摸索积累的，铺错瓦修改了几次，浪费了不少材料，万紫碍于同学情面，主动承担了损失，追购补货。

万紫最后一次上屋顶验收盖瓦工程，她承认老同学张太山算得上天才，最终能把瓦铺得如此整齐美观。她指出了一些需要修整的小问题，比如缺了角或掉了色块的瓦，需要涂上瓦色漆，烟囱的油漆没做到位，屋脊瓦下裸露的水泥远观一道白，破坏了瓦景，瓦檐下的水泥天沟壁刷上瓦色漆，最后清干净瓦面的水泥浆和脏东西。老同学张太山高兴地抽吸着无形的鼻涕，开始滔滔不绝地描绘以往铺瓦的速度和这次施工的难度，声称没有他不会铺的瓦。

来自文化前沿上海的建筑设计图纸，一个不发达省份的小村落能有这样的完成度，这是值得称赞的。这是万紫完全按照自己的喜好来做的，建筑预算最终膨胀到了一百万。房子与效果图一样，明媚大方，由于抬高了一米的地基，即便是大平层，仍显出几分巍峨，显得高高在上，衬得周围民居渺小寒酸。母亲整日笑眯眯的，背着双手走来走去。路人都要停下来打量一阵，纷纷赞叹。

过去十年间，万紫曾经梦想有一栋这样的房子，种菜养狗，写书画画，远离尘世喧嚣，但她梦想的地点不是这里，而是在大都市旁边，或者欧洲某处。万紫心怀骄傲，一种微妙的情绪在胸腔弥漫，她感到自己和房子有着直接的血缘关系，这是她付出全部生活换来的，是她生产出来的孩子。

端午节那天，阿桂终于带万固回来了。这是建房以来万固第一次露面，但他就像昨天就来过似的，没有任何新鲜事物能使他表情波动。

"这下好了，再有人给万固介绍对象，就回来这里相亲。"阿桂笑嘻嘻地挑眉睒眼。

万紫知道阿桂又在使用旁敲侧击的话术，也听出了话外音，眼前浮现阿桂与儿孙辈在这个房子里唱主角的情景。

"万固相亲，应该去你们现在居住生活的地方，向对方展示真实的家庭状况。"万紫认为年轻人要自己打拼自己的世界，"这个房子，是母亲和兄弟姐妹养老的地方。"

阿桂沉了脸，没有反驳。

过几天万紫带菜回来，给母亲做了午饭，母女俩沉闷无声地吃完，到洗碗的时候，母亲终于说话了：

"听说你不许侄子在新屋里做婚房，不同意他在这里拜堂？"母亲冰冷尖刻，"这是万红的主意吧？我就知道是她会在中间挑事。"

万紫明白阿桂不敢直接顶撞她，暗地里添油加醋，借母亲的力量，煽动母亲为孙子争取利益，柿子找软的捏，拿万红开刀。

"你们不能冤枉万红，这不关她的事。我是为你建的房子，也是我们养老的地方，大哥大嫂是沾你的光。难道你想要四世同堂？"万紫一字一顿说得很大声，一半是因为母亲耳背，一半是恼怒阿桂拿母亲当枪使。

"祖宗牌位在这里，他不在这里拜堂，到哪里去拜堂？"母亲继续质问。

"我哪有资格不让他们来拜祖宗牌位？"万紫说道，"阿桂的话你不要全信，你不是不知道她牙齿稀。还有，你听力很差，有些话你可能只听了一半，传来传去，只会造成更多的误会。"

母亲沉着脸，噘着嘴，抹起了无声的眼泪。

母亲总是用哭做武器。在与父亲漫长的婚姻中，万紫没少目睹母亲在地上撒泼打滚，呼天抢地。他们的战争给孩子蒙上了巨大的心理阴影。万紫讨厌母亲的哭相，她年轻时有阳光明媚的笑容，牙齿洁白整齐，嘴边两个小酒窝，但她偏不轻易展示这些。

母亲使劲挤动脸部肌肉和眼睛，让眼泪滚出眼眶，以便手抹过去时不会扑空。

"你为什么要哭呢？"万紫说道，"你想要四世同堂？你们三世同堂时，不是吵得天翻地覆吗？你孙子性格那么懦弱，未来的孙媳妇要是厉害，不通文墨，不孝顺老人，你怎么办？我建个房子是让你享福的，不是受气的。"

母亲似乎在回忆过去婆媳间那些撕破脸的争吵，儿子和儿媳共同对付她。后来他们到城里打工，住得远了，少了眼前的利益纷争，回乡像客，婆媳关系才慢慢好了起来。

"你说得也对，万固读了大学，是在城里工作的，应该在城里买房置业,他住到这乡旮旯里来做什么?"母亲想明白了,抹干眼泪,"他也是太不争气,想想你二哥的儿子万明,只比他大一个月,自己在广州闯得多好,去年就挣了二十万,回来买了房。"

"万明的性格胆识是放养出来的。父母越是死管、包办,孩子就会越无能。"

"他和你有联系吗?"谈到另一个孙子,母亲就想到死去的儿子,眼泪又流下来,"万明伢子长得好呢,讲话、声音都像他爸爸,笑起来两个酒窝。"

"一直有联系。"万紫对母亲撒谎。实际上,在万寿的葬礼过后,阿桂通风报信,说万明对万福态度恶劣,万紫心想万寿都没这么做过,怎么轮到你一个晚辈这么无礼冲撞了?她没有问阿桂一句为什么,直接批评了万明。本来联系就少,这么一来,就完全断了联络。

万紫在现代化的大都市里读书工作,有着一套完全不同的思维与价值观,也一直游离于家族纷争之外,偶尔充当他们的调解员,秉持公正。没想到回乡建房这个简单的想法,却踏进了乡村伦理俗世,掉进他们的伦理价值规则的泥沼,这里面开着是非的花朵,长着清除不净的利益杂草,只有金钱衡量并暗自推动着他们的情感与行为。村里的事情万紫知道一些,比如有个患癌的母亲在家里等死,七个儿女没有一个人送她入院;一个孤独的老人瘫痪了,儿女们因为轮流照顾的日程争吵不休,毫不掩饰期待老人死亡。万紫隐隐感觉,这一类的世俗纷争,已不可避免地缠上了她,她的心在渐渐发疼。

想到阿桂对万红的态度;想到久久地站在万莉家中,等着她拿出一床曾经的旧被单;想到万固的冷漠麻木;想到万福的大吼大叫;想到假如年老时回到自己辛苦建设的房子,不过是投靠在阿桂家族的屋檐下,进不进得了门都尚未可知，万紫越发意识到有必要未雨绸缪，认真考虑房产归属的问题。

她编写了一条浅显易懂的信息发给阿桂，内容如下：

阿桂，有几件事情，我觉得有必要跟你沟通商量。

1. 关于房产证署名问题，我经过综合考虑，希望加上我和母亲的名字，三方各占的份额比重为：你们占20%，母亲占20%，我占60%。

2. 我的新书出版不了，装修款无法落实，部分装修区域可能顾及不到。

3. 我旧债未还，建房又添新贷，压力很大，无力独自承担母亲的生活。希望你们理解我的难处，尽力在经济上赡养老人，每个月给她两三百生活费。

"我什么都不要，我只想死，太累了。"阿桂是第二天回复的。

"什么意思？"万紫不知道阿桂受了什么刺激。

"我想知道你的真实想法。"

"我说了，要在房产证上加我和母亲的名字。"

"加你们的名字可以……为什么要写这么多东西？"

"怕你不明白。说清楚些好。"

"如果硬要这么讲，还是不明白。"

"什么不明白，尽管问个明白，什么死啊活的？你为谁累？我为谁累？你的命运不是我造就的。"

"给母亲出份子钱，要出就都出。"

"你还要谁出？要死了丈夫的阿桃出？"

"那倒不是。"

"还有谁必须出？万明吗？那万固是不是也得出？"

阿桂像往常一样怀着一肚子不同意见沉默下去了。

十三　挑　檐

事情就是这么拧巴起来的。阿桂若还是从前的阿桂，摆出一副什么都不往心里去的豁达，表现人亲骨头香的信任，万紫是根本不会想到要在产权证上加名字的，正如当初申报建筑时，她主动要阿桂当户主一样，意思很清楚，房子属于阿桂。这么多年，阿桂理当了解万紫的糍粑心，她每次坐飞机前，都会把几十万房款打到阿桂的账户上，免得飞机掉下来，影响房子的竣工。阿桂是被房子的美丽蒙蔽心智，一心为自己的家族盘算，计算到家，不料越算计获得越少。

阿桂的阴阳怪气促使万紫尽快做房屋财产切分。明确产权是第一步。阿桂自然不同意份额的分配法，嫌她占的比重太少，尽管这比她实际投放的比重要多。她也担心母亲那一份将来留给孙子万明，到时她阿桂家族恐怕连祖屋地基都保不住。万紫是家族的女性，嫁出门的女，泼出门的水，一个外人却占着房子的大头，意味着她还是家族的话事人，未来还得臣服她家族主心骨的地位，这对自认为出人头地了的阿桂来说，是绝对不能接受的。万寿去世后，连家人团聚做饭这件事，阿桂想甩手不干了，何况她自己的家族已经枝繁叶茂，撑起了一片天空，她弯了半辈子的腰，能够直起来了。

阿桂撕下脸面，挑明了对抗万紫。

房子还没竣工，财产战就拉开了序幕。

万紫从国土部门的朋友那儿了解相关情况，乡村房屋产权署名有法律规定，署名人的户籍须在本村，但朋友也留了一个活口，说会研究研究，看看有没有可能打政策擦边球。

这一天，万紫带菜下乡给母亲做饭，刚到家门口，就看见一个穿宽横条纹T恤的中年男人正与母亲聊天，一边在本子上记录什么，抬头见到万紫，热情地迎上来握手："我是镇国土所的李主任，很荣幸亲眼看见家乡的名人呀。"他说遵照领导吩咐，就万紫的房屋产权署名问题，先来熟悉了解一下情况，再看看怎么操作。陪同李主任的村主任也握手打招呼，他们都像对待一个大人物似的，分寸掌握在热情和小心翼翼之间，万紫说话时，李主任在本子上记了点什么，表现他尽职尽责的工作态度。末了李主任合上笔记本，请万紫去镇里吃饭，还有村支书和村主任作陪，具体在饭桌上再聊。

镇上的餐馆没有任何格调，就是一间吃东西的屋子。圆桌上面铺着一次性薄塑料，显得非常低廉，菜谱上却尽是野味珍奇，也没有标价格，显然来的都是知晓内情的熟客。李主任根本不看菜单，随口报出几道菜名征求万紫的意见。村主任似乎也是这里的常客。万紫对野味珍奇没有兴趣，要求普通家常菜就行，最后李主任硬要加上一道红烧脚鱼，不然这餐饭吃得太简陋，他过意不去。

饭间李主任再次聊到万紫的户籍问题，在法律上有难处，不过他也向上级汇报了，看怎么能协调好这种情况。他也提出了建议，比如产权证可以署母亲的名字，由母亲写遗嘱，指定她为继承人，这是最便捷的办法。万紫觉得这不吉利，建个新房子，却让母亲写遗嘱，她内心也有忌讳。李主任说还有一个办法，就是在村里再拿块地，以大嫂子的名义申请。万紫觉得这个可以考虑，即便他们不愿意在那块地上建房子，多一块地总归是好的。有没有合适的地，还是个未知数，万紫想着等到事情有了眉目，再和阿桂商议。李主任当即让村主任通知熟悉情况的队长，约好队长一起在村里选地，但队长在医院，只好另作安排。

万紫回来告诉母亲喜讯，"也许能拿到一块好地皮。"

"哪里有地皮拿？"母亲问道。

"村里的地皮，暂时还不知道在哪一块。"

"拿地皮干什么？"

"看阿桂他们喜不喜欢再说。"

满肚子意见但沉默不语，这是万氏家族的风格特征。母亲偏过头假装打瞌睡。她对这个女儿有几分畏惧，她多年来对家人的无私奉献以及见识智慧在家里树立起来的权威，是连有霸权地位的父亲都会服从的。母亲不露声色，和阿桂进入史上最亲密、互动最频繁的时刻，称得上婆媳关系的蜜月期。这两个曾经吵得撕破脸，恶语相向，在同一个屋檐下仇敌般互不理睬的女人，一个为了儿子，一个为了孙子，在面对一个共同的强大敌人——女儿、小姑子时，秘密结成了同盟。政府工作人员下来，母亲已经留了心眼，提防万紫利用关系，瞒着儿子和儿媳妇，在房子和地基方面做手脚。

装修已经开始了，万紫隔天就要回来一次。她喜欢在沿河的无名公路上开车。穿过城市拐上江边长堤，江水辽阔，淹没了俗世的嘈杂与喧嚣。在船笛声中行驶片刻，驶入河流边的芳草长堤。这是万紫最喜欢的河流，秀美可亲，听得见鱼尾弄出的声响，看得见细小的涟漪一圈圈荡开。河边有垂钓者。河里横着渔舟。河堤已经铺了混凝土，路面有不少新老补丁，会车时需要慢下来才能通过。通常道上没什么车。万紫听着欧美流行音乐，音响开得很大，低音炮中座椅震颤。有时也听英语新闻。她熟悉这条路上的每一个坑洼，知道哪家养了条马犬，哪家有个拄拐的残疾，哪里会有一片芦苇，哪里会有一棵古樟。经过声名远播的百米双桡龙舟栖息的地方，她会想一想不久前的龙舟盛况。水中泊着数十尾龙舟。天上盘旋着无人机。比建筑物还高的巨大的屏幕里进行着现场直播。看龙舟的人挤在河边，像河边种了一排薄薄的绿化带，不是小时候十里长堤水泄不通的壮观。

万紫一般不走正式公路，有意绕开镇子里的混乱与堵塞。自打古桥被人为破坏之后，镇里就没有她喜欢的事物了。村子里似乎也没有她眷恋的，除了母亲。但午饭时关于地皮的事让万紫有小小的兴奋，即便不建房子，在那块地皮上种点什么也是很不错的。

车拐弯下了江堤，进入市区主干道，万紫立刻绷紧了神经。这里的人开车经常不打转向灯突然拐弯，有时是忽然快速挤到前面，还要提防斜刺里冲出来的摩托车。这个城市的人总是在争分夺秒。

"万福说什么你做初一，他做十五，要你在中国都不得安生，什么事情这么严重？"手机显示万红的信息。

万紫脑袋一热，踩了一脚刹车，电话拨过去，"发生什么事了？"

"电话里说不清，等你回来当面讲吧。"万红说道。

天气高温闷热，一整天在装修工地，汗水遍身流淌，还要做饭洗碗，给母亲搭配营养，疲惫不堪地开车回城，一句"在中国都不得安生"的话，将本已奄奄一息的万紫击得粉碎，就像一枪打爆一个瓜。万紫知道这句话的分量，万福不是随便说的，是阿桂给他递了刀子，过去万紫跟阿桂分享的个人秘密，都成了阿桂手中的黑材料，她认为把这些当作武器，可能断万紫的财路，毁她的事业，甚至能让她失去人身自由。

"他们是为了什么？要干什么？"万紫握着方向盘，呆呆地望着前方。

暮色渐渐凝重。

后方的汽车鸣着喇叭，从她的车边绕行过去。

十四　尺　度

万红的第三任也来了。他们的夫妻关系有点任性，基本上是第三任配合万红的脾气，要他滚就滚，要他回就回。这一轮战争持续时间最长，以第三任向万红上交两万现金获得"保释"为结果，太阳照常升起。这一次苦头吃得最大，除了长久的精神折磨，对自己一毛不拔的第三任，吸取了两万块血的教训，发誓不再和女人聊天，删掉了一批潜在的"危险分子"，生活中也不再随便和女人搭讪了。

万福和第三任的关系一直不错，他的信息是往第三任的手机里发的。

万紫查看所有信息，聆听语音播放。她的心脏被一只手死死地揪住了。

"从上面压下来做手脚，要把我们赶出去，我们还蒙在鼓里……她做初一，我做十五，我要让她在中国不得安生。"

"我们没想要建房子。拆了我们的旧屋，要给我们赔偿。我在工地做了七八个月，工钱一分都少不得……"万福以一种吊儿郎当的腔调说着这些，似乎还有一种幸灾乐祸的愉悦。背景是"打官司，一定要打！"的叫嚣，很难想象那因歇斯底里而破嗓的声音，是从身高一米五，满脸苦相、柔弱无争的阿桂嘴里迸发出来的。

看完所有信息，听完所有语音，万紫明白是母亲制造了这场矛盾。当她从镇里吃完饭回来，告诉母亲可以多拿一块地皮的喜讯之后，母亲别转头假装瞌睡，但是背地里迅速"通知"阿桂，自己的女儿要霸占宅基地了。

万紫一阵晕眩。建筑之事耗尽了她的心血与能量，连续奔波工地装修，原本酷爱开车的她一想到要开车上路就恶心，身心俱疲到了崩溃的临界点,如果不是为了母亲这一信念支撑,她早垮掉了。

"我怎么生在一个这样的家庭中?"万紫浑身发冷,从心底蹦出了这句话。被母亲歪曲其意后的出卖,阿桂他们歇斯底里的表现,一件子虚乌有的乌龙事件,成了人性的试金石。

万紫彻底散了架,瘫倒在沙发上。

万红的火暴性子上来了,打通阿桂的电话,一通劈头盖脸地斥骂:

"你们有没有一点良心,说什么她要赶你们出去,让我搬进来住。她是这样的人吗?我会住进去吗?她为了这个房子有多辛苦你们不知道?没想到啊,你们终于有出息了,真的有种了,要和帮了你们一世的妹妹打官司了,还要让她在中国不得安生?你们知道自己在干什么吗?为什么把她想得那么卑鄙无情?她干了什么对不起你们的事?旧房子拆了要她赔,非要这么说的话,你忘了拆旧房是你们自己在现场指挥的,妹妹在几千公里以外。再说了,你忘了建旧房时你们求她帮忙解决资金?忘了生病时找她要钱?忘了救命也找她拿钱?忘了你们现在住的房子是谁帮你的?谁把你的儿子扶到写作的道路上来?谁给他介绍了工作?烂泥扶不上墙是他自己的责任吧?别人不可能一次次地给他找工作吧?爷爷和父亲去世,医药费、葬礼,你们作为长子长媳,没让你们掏一分钱。母亲一直是她赡养的吧?她做了什么对不起你们的事情,就值得你们要这样置她于死地?"万红一口气数落下来,手都在颤抖,"谁害妹妹,我杀他全家。我反正也不是长命的了。"

阿桂沉默着。

"不是妹妹有一千万,拿一百万出来建房子,而是在负债的情况下做这件事。你们想想,为什么她现在要在产权证上加署名字?就是因为你们没良心,对你们失望,你们太让她寒心。你忘了每次坐飞机前,她都要把几十万房款打到你的账户?她怕飞机掉下来,怕房子烂尾,怕母亲没地方住。你们竟然一点都不明白她的心思。你们现在在争什么？你们要什么，打官司打什么？你们现在过来说清楚！"

"我不知道万福说了那种话。"阿桂轻轻说道。

"你不知道？那电话里叫嚣着要打官司的堂客们是谁？"

"那是有上下文的。"

"帮你们建房子，犯了法。"

"我什么都不要。"

万紫吐出一口长气，拿过电话："阿桂，有些东西不是你张嘴就能要到的，得看别人是不是心甘情愿地给你。"

"我没想要房子。"阿桂低声说，"但宅基地是我们唯一的家。"

"知道农夫与蛇的故事吧？"万紫说道，"你们现在过来，我们把一切都说清楚，我不想和你们有任何财产纠葛。"

阿桂在万莉家，她很快就过来了，进门就抹眼泪：

"你们都知道，万福一向是口无遮拦的，他又不会真的那么去做。当然他说出那样的话肯定不对，一个妹妹这么辛苦地帮家里，只有感激的，我已经骂过他了，回去我还会跟他谈。老这么信口开河伤人心，要不得。"

"让我在中国不得安生，对你们肯定是有好处的吧？"万紫已经不相信阿桂的眼泪了，"我马上降级装修水准，你们房间的木地板和卫生间装修，资金也到不了位。"

"他是嘴上厉害，心里软。"阿桂假装没听到，"你都不晓得他是怎么骂孩子的，骂得比这恶毒得多，好在儿女都不记恨他……这是你们兄弟姐妹之间的事，你们是血亲，我也不好说太多。"

"这不是我们兄弟姐妹之间的事，这是我和你们家的事。"万紫纠正道。

阿桂开始数落丈夫的毛病和缺点："又没本事，又不会沟通，脾气又暴躁，开口就骂人，尽挑伤人的话说，说完又后悔，我太了解他这个人了。要不是看在儿女分上，要不是知道他心底是好的，我早就和他离婚了。你们不知道，我被他气得出走、住院的事都有。但有什么办法，看着他那么刮瘦的，身体又不好，在外面做一天苦力，又没吃什么好的，也没享过什么福……"

阿桂打出苦情牌，所有人都沉默了。

万紫心里涌起一股怜悯。如果他们老老实实的，不那么精明地计算着房屋财产，对万红宽容友善，房屋产权自然全部是他们的。她明白阿桂在力争获得新房子更多的权利，她眼里只有自己的生活，只想着自己的儿孙满堂。她过于用力，暴露了她对亲人的无情冷漠。阿桂是一个可怜的女人，为了自己的家庭埋头苦干，在城里当了几十年保姆钟点工，依旧家徒四壁，屋子里的烂家具旧电器全是别人的施舍，一年到头她都在工作，切掉子宫没完全恢复就开始出去做事。万福瘦得下巴像锤子，环卫工人、筑路工人、保安、抢险员，哪里要他去哪里，还要经常与体内的血吸虫抗争。

万紫惊觉自己堕落到和可怜人争吵的境地，羞惭万分。她从来没有这么真实地卷入过乡村家庭的内部生活，她没有拿过任何人的东西，也没想过拿，她只是停止一味付出的模式，决定在经济上和他们划清界限。他们不习惯她的改变。和他们相比，她是强者，他们也认为她是强者，她比他们富有，比他们有文化，比他们见过世面……她理所当然地为他们付出。他们不懂她，她应该懂他们，甚至理解他们，因为她是研究人、分析人的，她有更高的思想层次。

但是当万紫在自我反省中，对阿桂他们的情感趋向友善缓和之时，却发现他们已经编织了强者欺负弱者的故事在亲戚当中传播。弱者天生站在道德制高点，强者自然会遭受不公平的谴责，连平时联络稀少的亲戚都说：

"阿桂委屈。"

十五　截　体

母亲亵渎了万紫对她的爱。那一天她离母亲那么近，母亲半靠在床头吹风扇，万紫坐在床沿，怀着一种向母亲撒娇的小女孩心理，分享她带回来的好消息。地皮可不是随便什么人都能拿的。她想让母亲知道，过去老是要看各级领导干部的麻木脸色，现在村干部领导干部都要请她吃饭了，以后没有人敢欺负万家人了，女儿可以保护母亲了。她以为母亲会开心。可是母亲把这些看作女儿与权势勾结，欺负儿子的情报，偷偷地通风报信了。

李主任又来调研。万紫看见母亲与他在屋后说话抹泪。她还没来得及告诉母亲，她的乌龙情报，导致了一场巨大的冲突，阿桂肯定也没提。她可以猜到母亲在和李主任说什么，她正以伟大的母爱阻止一场儿子宅基地被夺走的阴谋，毫无顾忌地损害女儿的尊严与名誉。

万紫感到屈辱与羞耻。

"你还不过来，你喊的上面的人，又来做调查了。"母亲黑着脸。强调"你喊的"，敌我分明。

万紫心里咆哮着，对母亲那张哭过的阴郁的脸涌起一股厌恶。

她笑着和李主任握了握手，问母亲哭什么。她多希望有一个慈爱的、知书识礼的妈妈，有能力化解家庭矛盾，至少不会制造矛盾。

"没有，她是眼里吹进了沙子。"李主任很聪明，逗留了一会儿就走了。

"你应该把事情搞清楚了，再去通风报信。"万紫对母亲说道。

"我不该告诉他们？"母亲流着泪护犊子，"上面都来这么多人了，只有他们都还蒙鼓里。"

"什么事情蒙在鼓里呢？你为什么要把我想得那么坏？说什么我要把他们赶出去，让万红住进来，心得有多狭隘才会这么揣测别人啊。"母亲的脸脏兮兮的，眼睛只剩一条缝，满脸皱纹，万紫真不忍心吼她，可是不吼她又听不见，"不要什么都怪罪于你那个可怜的穷女儿，她太无辜了，你知道她要养病，老天保佑她不是癌症吧。"

万紫想起万寿，一股悲伤袭来。

母亲一扭头走开了。这是她的习惯动作。不知道是不懂表达，还是不屑一说。她总是无法把一个事情说透，无法水落石出，每次沟通，总是随着她脖子一扭宣告终结。只有和阿桂聊天，对于东家长西家短的事情，她才有滔滔不绝的见解和评析。

万紫不知道此刻母亲心里在想什么，她有没有反省，有没有对大女儿心生怜悯，产生一点愧疚，有没有为自己并不准确的情报，给子女间造成了误会和矛盾感到不安。她有没有想过，原本是书斋中的小女儿，放下自己舒适的生活，放下赖以为生的电脑，像个男人一样顶着烈日在工地上指挥、劳动，晒得黑黑的，忍受因阳光过敏带来的皮肤刺痒，只是为了给她建房，为了家族团聚。她为什么不留着钱过自己的日子，去世界各地游山玩水？

万紫面向菜畦呆立。母亲的菜种得很好。那原是个洼地，是母亲找她要钱填起来的。万紫觉得自己在此地的忙碌就像一个笑话，一个并不逗人发笑的笑话。她感到窘迫，可又无法一走了之。她还要负责外墙的漆面验收，和王总结账。无论如何，她要保证房子按原计划完工。她已经没有心思计较室内装修。装修师傅和她商量什么，她都由师傅自行处理。全屋铺木地板的计划改为铺瓷砖，取消了吊顶，取消玻璃淋浴间，洗手台由三千一个降到一千五，即将动工的园林围墙也暂时不做了，屋子周围的土也不填了，绿化园林自然不会考虑。

外墙漆已经做完了。一个黑壮的河南人从王总手中包下了这个项目，然后将工作交给了两个本地的年轻人。万紫这才想到应该检查外墙效果，随便转了一圈，发现施工毛躁，喷得厚薄不匀，边界线不直，有几个地方还弄错了颜色。她打电话告知王总整改。隔天过来，只见咖啡墙面打着几个白补丁，王总说油漆工已经撤走了，补丁是小马打的，没有咖啡色油漆了，所以用白色的填补。

"你家的黑衣服会打白色补丁？这么大工程都做完了，几个小地方就不能好好收尾？"如此敷衍了事，万紫觉得不可思议。

"你买油漆来，我免费给你刷。"王总说道。

"你又蛮不讲理了，对吧？做好外墙漆，是你的责任，咖啡色上打白补丁，我相信你心里明白这是个笑话。我不可能验收。"

王总以亏损为由不断狡辩，双方在电话里纠缠了很久，最后万紫说，这几个地方的颜色不处理好，工程验收通不过，无法竣工，延期将要追加罚款。

"万总，我已经通知你验收了，三天之后你验不验收，工程都会竣工。砌墙和盖瓦的工钱我还没付，你欠我的尾款数目差不多，就由你支付给他们吧。"

"你欠农民工的工资，和我没有关系。你得按合同办事。"万紫觉得这世界到处在和她作对。

"我跟你说了，这个项目我亏损，你不要太欺负人了。有好几个地方你要求返工，我都没收你的钱，是不是？你要是不承认，我就去把返工的地方砸了。"

"你敢损毁我的私人财产？有没有一点法律知识？只要是甲方的责任需要返工的，我都承认，那几个小地方返工，不过是一两个工的事，我就给你三个工，九百块钱。你还有什么要算的？我给你算合同违约金了吗？遇到我这样的甲方，算你走运。"

王总说工程逾期是客观的，天气不好，陆续下了很多天雨，工人又轮流感冒，有一段时间因为管控，工人还不能离开本地……他不顾一切地狡辩，渐渐露出下三烂和混混儿的蛮不讲理，言词中还带着某种隐隐的威胁。

万紫掐掉了电话。

第二天，瓦面包工头张太山和泥工师傅来找万紫，说王总交代了，工钱在她的手里。万紫如实相告，尾款不多，扣除质保金款，并不能够付清他们的工资，而且王总无权转移债务。万紫请他们放心，如果王总不付工钱，她会帮忙联手告他。

当天晚上，万紫发了一条信息到建筑群里，通告王总工程烂尾，以及拒付农民工工资的情况。一直沉默的荣总也在群里劝王总好好收尾，不要引发更大的麻烦。

王总没有回复。

两天后，万紫发出一份关于乙方拒不履行合约，甲方保留法律解决途径的书面通知。

尊敬的乙方（王总）：

甲方别墅工程逾期四个月尚未完工，两次通知乙方，修补外墙漆，完成洗手间防水，尽快竣工验收，但乙方拒不执行合同，反复商谈无果。现甲方最后书面通知乙方，务必在周一八点之前，解决处理工程烂尾事宜，如仍拒绝履行合约，甲方将即日通过法律途径维护权益。

1. 报案。恶意拖欠农民工工资，不付房东水电租金跑路。

2. 起诉。工程逾期四个月，严重违约，造成巨大损失，须按合同赔偿。

时限三天。

甲方：万紫
2023 年 8 月 4 日

十六　散　水

万紫的生活从来没有这么混乱，这么充满无力感。家人的态度，工程烂尾，包工头耍赖，装修电工埋错了线，瓷砖老板为了销货故意发错颜色，产品型号也不对，仍然狡辩那就是她要的。大大小小的事情在这一瞬间全部涌来，万紫无力应对，退一步将错就错。不去计较瓷砖颜色、装修样式，来的什么，就安装什么。她也厌倦了这些小商小贩，厌倦了他们防不胜防的欺骗，厌倦了他们巧舌如簧的坑，厌倦了在毒辣的太阳天出门，为这样那样的事继续奔波，却没有人在乎。建房子是她一个人的事。他们认为她无所不能。是的，她是无所不能。离开这么多年，她从来没有要求过家人的任何帮助，没倾吐过苦水，没诉说过悲伤，没表现过脆弱，她比钢铁还坚固。没有人主动打电话给她，关心她，问候她，屈指可数的电话，都是要钱，生病，或者发生了别的事情，以至于她看到他们的来电，心跳就急剧加速。

她又想起了二哥万寿。如果万寿活着，很多事都可以推给他来做。他办事她放心。她后悔没有回来参加万寿的葬礼，没有关心过他的儿子万明。从阿桂那里听了太多关于阿桃的负面信息，比如阿桃外遇，不关心万寿，万寿在家里喝了很久的粥，病得连粥都咽不下去，才肯花钱到医院看病，听起来简直是个蛇蝎心肠的女人。

万寿的死，万紫是怪罪阿桃的。阿桂说什么，万紫都信了，不容分说便拉黑了阿桃。万明聪明开朗有魄力，比阴郁鲁钝毫无主见的万固更受欢迎，阿桂乐见万紫抛下这对孤儿寡母，将焦点放在她的家庭。

无眠长夜，万紫心头涌起对阿桃母子的愧疚，尤其是当阿桂一家如此无情，扳着手指头能数过来的亲戚，眼看着就扳不了几下子，她忽然想重新拾起阿桃这头亲。所有关于阿桃的动态都是阿桂说的。什么矢志不改嫁，自称永是万家媳妇的阿桃找到了男朋友，然后是阿桃同居了，阿桃结婚了，阿桃要带新人回去见母亲，母亲拒绝了。已经过去七年，时间改变了一些固有的东西，万紫发现自己早已谅解了阿桃，同情阿桃千疮百孔的生活。在万寿诊断出癌症晚期前两年，她自己经历了一年多的化疗，与死神近在咫尺，病中信仰基督，病好后成为忠实的信徒。

万紫想好好地祝福阿桃，她是苦过的女人，她理当追求幸福，获得幸福。她记得万寿第一次带阿桃来家里，阿桃双脚踩在门槛上玩。现在想起来，阿桃应该也是一个率真的人。她又想起某年回家，万寿将两岁的万明放在她的床上，要姑姑带着睡，说是"再不抱他就长大了"。第一次见面，万明一点都不认生，好像知道这是很亲的亲人。

想到这些，万紫忍不住泪流满面。

她决定去见阿桃。

天气持续高温。万紫的脖子和手臂冒出密密麻麻的红色颗粒。她一直没空去买抗过敏药。挤入自私与粗鲁的车流，嗅着焦躁而自大的气息，她想回到自己北方的家。她在这里像一个可笑的蠢货，掉进了漆黑的陷阱，在他们的伦理价值观念包围中，感受到自己的失败，承受他们对一个老单身女人诡谲的眼光与揣测。母亲也是其中之一。母亲从来不和她谈任何个人问题，她喜欢和阿桂在背后议论她，就像谈论某个邻居家不正常的女儿。

一辆比亚迪车不打转向灯忽然往左横去。万紫猛踩刹车，爆了一句粗口，自己也吃了一惊，短短几个月，她由一个说话缓慢的文明人，变得如此急躁暴戾。

她脑海里又出现"在中国不得安生"的声音，还有阿桂变声的吼叫，"打官司，一定要打"。她曾经感动于每次回乡阿桂买菜做饭，万福杀鸡剖鱼，他们是她的亲人。她也想好了请阿桂在家照顾母亲，她付她薪水，她会照顾他们没有退休金的晚年，当然也包括万红。

她心里始终装着他们。

可是……

一股凄楚拥堵在她的喉咙口。

"在中国不得安生……"

"亲情是什么……亲情就是金钱和物质的总和……"

眼泪涌出来，满脸爬行，她渐渐泣不成声。

"我没有自己的家庭，在我心里你们就是我的家人……既然是出口伤人，为什么不来道歉，为什么不向我道歉？"

万紫突然感觉左侧传来刺耳的鸣笛声，她本能地将方向盘往右猛打，一个巨大的阴影覆来，一辆庞大的油罐大卡车擦着车尖飞过，轮胎因为紧急刹车摩擦出浓烈的青烟。

命悬一线。

从油罐车呼啸而过的阴影中回过神来，她意识到自己活着，脚还听使唤，双手在方向盘上，没有血迹，浑身上下没伤一根毫毛。

也许是二哥的庇佑。

她花了些时间平复这幕惊险带来的冲击，缓慢地开到镇餐馆。

阿桃已经在这里了。一见面就抓着万紫的双手，眼睛瞬间红得像兔子，眼泪汩汩外涌，冲刷着涂着白粉的脸，露出皮肤老化的底色，显得不太洁净。万紫没想到自己也会哭，就像盼着家人，替自己出气的小时候，终于见到了二哥，滚下委屈的眼泪。

做了几十年姑嫂，还是头一回这样亲近。两人在能容纳十几个人的大包厢里时哭时笑，好半天平静下来，菜也快凉了，两人一边吃，一边从容地说些体己话。

万紫谈起来自阿桂他们的误会与伤害，越来越感觉阿桂是"老骥伏枥"，扮猪食老虎。阿桃倒是有些为嫂的气度，劝万紫别往心里去，家里只剩这么些人了，要和和气气地住新房，让母亲开心。但她也会说起过去的不快，比如万寿刚落气时，阿桂就发号施令，要按镇里的习俗办丧事，她不同意将万寿葬回村里，万明就是因为这件事顶撞了他们。

阿桃云淡风轻地说了很多她似乎早已看开的往事，有些事情与阿桂的说法截然相反，倘若阿桃没有撒谎，那么阿桂就算得上一个城府很深的有术之人，她掌握了万紫爱憎分明的性格，灌输了许多阿桃的负面信息，成功培育了万紫对阿桃的厌恶之苗。万紫相信阿桂的每一句话，这么多年被牵着鼻子走，断了阿桃这头亲，疏远万红，最后只守着阿桂一家转。

万寿在世时，阿桂曾经对万紫说，万寿他们想回来分宅基地和祖屋。但阿桃说他们从没有过那样的想法。万紫相信阿桃说的，这就是阿桂典型的旁敲侧击的话术，一为试探万寿他们是否真有此念，二是看万紫对此的反应与态度。如今面对新房子，她张牙舞爪，同样是害怕宅基地被万紫瓜分。

万紫为自己的头脑简单感到羞愧。

"过去的事情都过去了，"阿桃含泪而笑，"一家人永远是亲人。"

十七　雨　篷

与阿桃见面，冰释前嫌，这肯定是善意的，于情于理都应该弥合这道裂缝。事实上万紫夸大了内心的歉疚，她并不欠阿桃的。她曾经在救治万寿的事情上全力以赴，得到消息便立刻找人安排入住省会医院，并且提前结束了在欧洲的旅行赶回来。她强有力的支持给了万寿活下去的信心与希望。万紫和兄弟姐妹住在医院旁边的酒店，陪伴他治疗了两个多月，她负担了所有的开销，付出了近十万的医疗费用。阿桃与万紫姑嫂多年，从来没有建立单独的联系和私人感情，经常一两年不通音讯。

不过，万紫迈出这一步的动机应是更复杂一点。有那么一刹那，因为阿桂一家的言语和行为态度，万紫忽然间产生了势单力薄和众叛亲离般的惶恐，因此特别怀念二哥万寿，而阿桃是万寿的象征。也许这是推动万紫去见阿桃的深层因素。也许万紫在这次见面中有建立同盟的企图，但因双方相互缺乏基本的信任基础，又有关于阿桃厉害的传闻，万紫不会在悲喜交集的眼泪中掉以轻心。

阿桃只是另一个版本的阿桂。万紫依旧不喜欢阿桃，甚至觉得见面是多此一举，家长里短的无聊琐事，弄得沉渣泛起。无非是提供了一次彼此宣泄的机会。她们原本是不同价值观世界的人。这一次并不完全信赖，甚至暗藏戒备的交谈，将是两人此生唯一的一次，她们的交情也终将只是在做红白喜事时往来的亲戚，不会溢出。

不过，她们毕竟见面同哭，万寿泉下有知，多少会有些欣慰吧。

下乡的路上，万紫的心情明朗了许多。

太阳一早就释放出辛辣。天气预报显示最高温四十度。黑狗看见万紫欢欣吠叫。万紫牵着它在田间遛弯。黑狗嚼着叶子细长的青草。狗不舒服会自己找草吃，万紫也想嚼一种青草治疗不适。她内心忐忑，给王总下了强硬的书面通知之后，不知道形势会朝哪一面发展。她真的无力再应付任何节外生枝的事情。假设王总来了，她就通知张太山过来，他们打算扣押王总的车，逼他现场付清工资。如果王总不来，她就得带领张太山他们采取法律手段。打官司是最坏的结果。

"现在谁都不敢欠农民工工资了，这是犯法的。只要去劳动部门一告，很快仲裁，资金就直接从包工头的账户划拨出来了。"张太山对打官司并不悲观。他抽吸着无形的鼻涕，说起去年承包的工程，施工时有一个工人摔死了，被判赔十二万。他对这条路很熟悉，律师都是现成的，和他们打交道不是一次两次了。

农民工懂得使用法律维权，这出乎万紫的意料，自己免于拽拖进官司的泥沼，心里略微轻松。建筑工程剩下的几个小施工项目，装修师傅答应完成，卫生间做防水，涂掉外墙漆的白补丁。如果王总不来，等于放弃尾款和质保金。但他人不在本地，张太山讨薪也没他说得那么容易，拿不到钱，终归会牵扯到东家，横竖是件麻烦事。

万紫心里正七上八下，只见一辆黑亮的豪车停在了堤边上，王总和小马下了车。万紫发信息通知张太山，拴好狗，在工地等着。

"今天咱们把所有问题都解决好。"王总往建筑里头走，小马拿着账本跟着，"你来说清楚，有哪些地方需要修整？"

"天花板已经开裂，看到了吗？"万紫指着屋顶几条细长的裂痕，"但我不想追究责任，我请装修师傅处理这个事情。工程太马虎，有个房间的天花板一头比另一头高五六公分，只好通过吊顶来整平。至于卫生间做防水，以及外墙漆修补这两项，你现在就可以计算一下费用，我们今天做一个彻底清算。你用工程尾款减去这八个月的施工水电费三千六，由我母亲垫付的，减去卫生间防水及外墙修补费用，再减去质保金一万五，我要付你多少？"

"行。防水工程加外墙漆修补两项就算八百块钱吧。"王总埋头计算，很快得出结果："你总共还要付我三万九千六，再加上上次提到的九百块钱返工费，一共是四万零五百元。"

"按照合同约定，扣除质保金一万五，一年以后退还。"万紫说道，"你不能要我做合同以外的事。"

"万总，不能这样，这都不够我付泥瓦匠的工钱，"王总恳求，"要不剩下的工钱，我让他们一年后找你拿。"

"你欠谁工钱，和我无关。我现在马上付清工程尾款。"万紫打开手机转账，"我已经全部履行了合约责任。"

"这不行啊，我欠着别人的钱还不清，你怎么能欠着我的钱不给呢？我的血汗钱啊。你不给，我今天就跟着你走，你走哪，我就跟到哪。"王总边说边无耻地贴近万紫。

"按照合同规定，质保金一万五一年后退还。你不要耍赖。"王总靠得那么近，涎着一副下作的嘴脸，做出侵犯的姿态。他身上散发出不洁的气味和劣质的气息，万紫迅速地避开这团脏污的东西，往长堤上走。王总紧跟在后，嘴里念念有词。

万紫疾步前行。

王总如影随形。

万紫猛地停步转身，甩了他一耳光。

"打人了，打人了呀！"王总几乎是欣喜地叫了起来，扭头寻找自己方面的人，见小马垂着手木然旁观，厉声问道："你拍呀，拍了没有？"

小马不情愿地拿出手机，开始拍摄。

万紫恍然大悟，原来找打正是王总的目的，挨了打，他就获得了进一步闹腾的筹码。

小马的手机对准了现场，王总的表演开始了，他继续逼近，几乎要贴到万紫的身体，挤眉弄眼，肢体挑衅，企图再次激起她的愤怒。

万紫克制着，只能用冷冷的眼光射杀这头野兽。

但野兽的皮早已厚到刀枪不入。

已经有不少村民围观。屋角边。树荫下。三三两两的。男人抽着烟。女人摇着蒲扇。神情闲淡。

毒太阳像舞台灯光，照着一对男女主角。

小马的摄像头准确地捕捉着演员的肢体动作与表情。

"你敢再碰我一下？"男女主角的脸相距不过一巴掌宽。男主皮肤油汗泥泞，身体不动，运用面部表情和眼神肆无忌惮地挑衅、羞辱、刺激，忽而鄙夷，忽而邪恶，忽而轻佻，"你再打我一下试试？"

被冒犯的女主眼里是愤怒、厌恶、绝望、孤立无援，如果导演安排她手里有一把西瓜刀，男主就会捂着肚子倒在血泊中。

一个外地人敢在村里这样撒野，这是过去历史上从来不曾发生过的，更莫说这样明目张胆地欺负女人，左邻右里早过来揍趴他了。但是，这个年代的这一刻，一个外地人对本村女性肆无忌惮地冒犯与羞辱，没有一个人站出来把这个泼皮拉开，没有人出面秉公论理，更没有义愤填膺的拳头砸过去。

好戏开场，人们在外围静静地观赏，小声议论，探讨故事的来龙去脉。背景是一栋新鲜明媚的别墅，蜘蛛还未来得及织网，尘埃还没有积满窗台，烟囱口还没被油烟污染，瓦缝里还没藏下一片落叶。它一尘不染，在阳光下散发出厚厚一沓新钞的清香。

长达八九个月的建筑工程，王总掌握了万福胆小怕事的特点，熟悉了村里的人际关系，但凡万家有一个硬汉，他也不敢如此放肆。

万紫的眼里渐渐贮满了泪，失望与心酸替代了心中的厌恶与愤怒。她没想过向万福求助，她心里还回响着"在中国不得安生"的刺耳声音。围观者中没几个她认识的，他们对她更加陌生。

她慢慢恢复了理性与冷静，清醒地意识到眼下的村庄，已经不是她那时的村庄，她不过是一个外地人，村民们围观的，是两个外地人的纷争。

无计可施中，万紫打电话给万红，叫她和第三任"带些人来"。这话是说给王总听的，她想暂时挫一下他的嚣张，摆脱眼前的困局。

王总像一只斗鸡，紧盯着对手。

"你别欺负一个女人。"这时候张太山来了，连扳带推逼退王总，"有话好好说。"

"我没欺负她，是她打人！"王总向周围人求证，"你们刚刚都看到了吧，是她打人。"

没有人回应。

王总望向小马，小马低下了头，这个年轻人脖子都羞红了。

"你们的事我不管，今天你必须结清工钱。"张太山说道。

王总的车被围住了。有人喊把轮胎卸了。有人喊打残欠薪的人。

见形势不妙，王总友好地搭着张太山的背："哥们，你放心，你的钱我一分都不会少……只要万总的尾款一付，我立刻转给你……由她直接给你也行。"

"一码归一码，我不管你那些啰里吧嗦，今天你就得把工钱给我付了，我的工人在等着呢。"张太山不吃这一套。

"保证一分钱都不会少你的。这个项目我亏大了，真的没钱……"

"没钱你还换了新车？"

"我的车坏了，这是临时借的……"

"不给钱，那就扣车。"张太山毫不客气。

王总掉转矛头，手指万紫："大家看吧，她欠着我的血汗钱不给，我们辛苦做了这么久，亏本做的这个项目……"王总又死皮赖脸地逼近万紫，"你还我血汗钱，还我血汗钱……"

这时一辆摩托车咔嚓停下，是万红和第三任，他们真的带人来了，"人"就是万红怀里那个一岁半的孙女。

三个人来势汹汹。

"你干什么，欺负女人算什么东西？老子一耳巴扫死你个杂碎。"万红腾出一只手来直指王总。

本已蔫巴的王总顿时来了精神，将右脸朝万红跟前一伸："你打，你打呀！"

话音未落，他便挨了"啪啪"两巴掌。

"你敢动我老婆一根毫毛，老子两根手指拈死你。"王总还没反应过来，第三任已经挡在面前。

"拍到了吗？"王总转头问小马。

小马点点头，"都拍到了。"

"我要报警，这里暴力打人。"王总心满意足地打通了110。

母亲忙完事情从屋子里出来，看到堤上聚了些人，不知道发生了什么，见到王总也在，连忙客气地迎上去，问他要不要在家里吃午饭。

十几分钟后，来了两台警车，四个警察，胸前都别着微型摄像机，落地犹如四大金刚。

"谁报的警？"高个警察问。

"我。"王总回答。

"谁打的人?"高个又问。

"我打的。"万紫说道。万红回屋给小孩换尿不湿去了。

"不是她,是那个抱小孩的女人。"王总说道。

"走吧,都随我们去派出所做记录。"高个说道。

人们堵在王总的车前,说不能让他走,他还没付清农民工工钱。

高个警察说他们只处理打人的事。

"他的车留下,人可以跟你们走。"张太山灵活。

"我也是当事人,我跟你去。"万紫说道。

"要打人的当事人去。"高个警察很严肃。

"我姐姐在带婴儿,而且她晕车,去不了。"

"那我就只能强制执行。"高个警察威容难抗。

"你敢!你得先搞清楚事实。"万紫厌恶这冷血的执法,"是那个包工头逼过来,我姐姐出于本能要保护孩子。"

黑壮警察叉开腿堵在万紫面前,警告她这是在妨碍执法,眉目凶恶。

"收起你这副嘴脸吧,别对着基层老百姓作威作福,你是来为人民服务的。"被王总堵住,万紫心中的厌恶感到了极点,这会儿被黑壮警察堵住,瞬间觉得自己强大起来。对泼皮无赖,她没有办法,但对警察,她可以运用文明社会的礼法和逻辑,"你要知道你是纳税人养的,我也是纳税人,所以你也是我养的。你明白我在说什么吗?"

黑壮警察愣了一下,沉着脸用手扶了扶摄像头。

头脑灵泛的围观者被万紫那句一语双关的骂人话逗得笑了起来。

"你们听着,一个女人抱着孩子,如果和他有肢体上的冲撞,那也是为了保护孩子。他是个壮年男人,他那么情绪失控地逼近她们,很容易伤到一个柔嫩的婴儿。"万紫开始了她擅长的雄辩,"而且,今天最主要的事情是,他不给农民工工资。警察是抓坏人的,这里明摆着有个坏人,真正违法的坏人,你们不去管,却要对一个抱着孩子的女人强制执行什么,请问你们的执法里面有没有一点人性?你们这是在变相帮助坏人。我可以告诉你,你无权强制我做什么,如果你要求我配合,那你还得对我客气一点。基层民警执法为什么这么野蛮?为什么这么机械僵化?你听着,我现在就向你们的领导投诉。"

万紫真的拨通了电话,她用的是免提。

人们静下来。警察也竖起了耳朵。

"伍哥,我乡下建房这里出了一点麻烦。包工头拒付农民工工资,在这里撒野。我姐姐抱着小孩和他发生了冲突,他报警说我姐打人。现在镇里的警察过来要强制带走我姐姐,却不管违法欠薪的包工头。伍哥,你们的基层民警办事能力太差,执法水平太低,太野蛮,连是非都分不清楚。我不接受滥用职权的强制,请伍哥派市里的警察来处理。"

"好,你别着急,我马上打电话。"

此时已是上午十一点。围观者堵在长堤上,影响了车辆通行,一个警察不得不临时当起了交警。

看上去空荡荡的村庄,一出事竟然能凑齐这么多闲人。世界一片混浊。万紫感到荒诞,感到羞耻,没想到离开几十年,竟以这种方式给人们提供了一顿免费的盛宴,供他们津津有味地咀嚼着,沉浸在闲适迷人的田园风光之中。

她立在沼泽中。四周雾气氤氲升腾。阳光刺激下,皮肤上有更多的颗粒冒出来,痛痒的面积在渐渐扩大。

两三分钟后,高个警察的手机响了,他边接边走到僻静处,所有目光齐刷刷地望向他。十分钟后，又来了两台警车，后面一车全是着黑色便衣的警察。

一个帽子有点紧的警察跟万紫握手，自我介绍了之后，转身朝人群大声说道：

"乡亲们，请安静一下。这里发生的情况，我都已经了解了。我们也不欺负外地人，全过程请大家随便监督、录像，我们保证实事求是处理。请问，谁是万女士建筑工程的包工头？"

"我。"王总摸着脸，表示他受了伤。

"哪些人被欠薪了？"

"我们。"张太山和泥匠包工头站出来。

"有没有凭据？"

"有。"张太山和泥匠包工头递上票据。

"欠条是不是你打的？"帽子有点紧的警察问王总。

"是的。但是……"

"别废话，立刻把农民工的钱付清。"

王总面如死灰，默默地掏出手机，开始微信转账。张太山和泥匠收到钱，朝帽子有点紧的警察竖了竖大拇指。群众鼓掌，称赞帽子有点紧的警察是个办实事的。

"那她打人的事怎么办？"王总问。

"那是一个抱着孩子的女人，你是一个年轻力壮的男人，一个弱者，一个强者，弱者为了保护孩子，发生了肢体碰撞，也是情理之中的。我问你，你有没有孩子？"

"有。"

"那我相信你更能理解我刚才这番话了。"帽子有点紧的警察拍拍王总的肩，语重心长地说道，"伙计，在外面做工程不容易，和气生财，了结了这个工程，回家去抱抱孩子吧。"

王总脖子僵直，像是噎住了。

这时又来了一辆警车，是镇长和镇里的派出所所长。

村里头第一次集中出现这么多警车。

十八 分水线

"阿桂，我得告诉你事情的来龙去脉。母亲实在是不愿在别人家住下去了，我想着提前把她的东西搬进新屋算了，即便还没铺地板，住起来也还是要舒服很多。天气那么热，顶着中午十二点的太阳，我一趟一趟地搬。有些东西我搬不动，我只能喊你丈夫帮忙搬。只要是我能做的，我绝不会麻烦他。施工队已经竣工撤离，屋边的横排水管被运泥车轧坏了，你丈夫在挖开检查，准备换新管子。我喊了他几回，他才扔掉铲子，不是很耐烦。

"搬完东西，我正在搞卫生，供电所打电话告诉我，他们在别的工地匀出人来了，马上来给我们挖洞埋电线杆，工人已经在路上了。我赶紧放下手上的事，问你丈夫电杆埋在哪里，都定好位置了没有，确定不要影响砌围墙。他就放下锄头，走到化粪池边上，脚踩中电线杆位置。我说你的定位正好在分界线上，而且太靠沟边，一挖洞沟边的水泥块也会垮掉，电线杆正好在围墙线上，而且影响终端做圆柱造型。你丈夫焦躁不安，狡辩着说没在围墙线上，他定在那个位置的原因，一会儿说是避开排水沟，一会儿说线在空中要拉成直线。

"我让他解释一下，排水沟在哪里，从哪里排的？他要是说得对，我肯定要听。我不知道他是不是单纯地要反对我，不愿承认我总是对的，他闷声不吭地走了，继续去挖他那边的水管。我是一个讲道理的人，以理服人对不对？他采取这种态度是表示抗议吗？我朝他喊，位置都没定好，怎么就跑了？既然你提到了水沟，你连这个事情都解释不清楚吗？他就在那边发火，不知道他心里积着什么怨。我累得像条狗，也失去了耐心，我极度厌恶跟他合作，太难沟通，太拧巴。我们就隔着一个地坪大声吵了起来。他说我一直欺负你们，最后甩掉手中的锹，大声骂我：'你是小人。'

"阿桂，我过去真的一点都不了解你的丈夫。他说要让我在中国不得安生，我可以原谅他的有口无心，但这划下了伤痕。这一次又骂我是小人，这是要把我的人品踩进泥地里，让我沾一身污。三只叫鸡公早就预示了这些不顺。避免反目成仇，我们不应有任何利益关系，我考虑如何切割房产。"

万紫一口气说完，表示要请律师走法律程序。

"哎呀，你莫听他的，他讲话跟放屁一样。"阿桂说道，"知道你们吵了架，我也很生气，狠狠地骂了他，给他做了很久的思想工作。我说，妹妹和阿桃这么多年没联系，现在见面是很正常的事情，哪里会有别的什么目的，家里还剩几头亲呢。死去的死去了，活着的要珍惜啊。"

阿桂又以旁敲侧击的方式提到万紫与阿桃的见面，透露这件事触动了他们敏感的神经，他们怀疑这里头有某种阴谋，因此给她扣上"小人"的帽子。

"幸亏我给了阿桃一个说话的机会，我现在知道了，什么是偏听则暗，兼听则明。"一股绝望的、厌恶的、污浊的怒火堵在万紫的胸口，夹杂着累积已久的悲伤、痛苦、寒心，这两股力量推动她与他们拉开距离，划清界限。

万紫受够了这些令人唾弃的鸡零狗碎。离家闯荡三十年，走遍东西南北，正是自己的努力与人格赢得了尊重，回到自己的家中却遭受亲人的侮辱、藐视、怀疑与敌对，听信他们的一面之词。无所谓阿桂是怎么知道她和阿桃见面的，也不去想阿桃到底是个什么样的女人，这对曾经的妯娌，究竟是对手还是盟友，万紫已经意识到该如何与这些亲戚保持距离，她决定和阿桂切割房产（关系），永远摆脱这纠缠不清的局面。

切割谈判定在星期一。万紫请了彼此信任的林主任作公证人，便于双方发生争执时调解，他曾经为村里的筑路项目出过力，阿桂住的廉租房，也是他帮的忙。

切割房产唯一可行的办法，只能是万紫出一笔钱，阿桂放弃房子的权利。

太阳炽热，阳光透过驾驶室车窗烘烤着裸露的手臂，万紫根本没有时间处理皮肤过敏的问题。看到自己的形象和周围的一切，都在这个夏天变得面目全非，她悲哀地感到自己活成了一个笑话。

林主任带了一位律师朋友。万紫请他们在条桌边坐下。上茶。厨房是开放式的，阿桂在洗碗。她说这事儿她不管，随她丈夫怎么办。一贯当家作主的阿桂，在这等重要的事情上忽然放手交权，傻子都知道她玩的是垂帘听政。万福在外面劳动，听到阿桂喊，就从后门进来，侧身坐在椅子上，仿佛椅子瘸了脚，需要他用身体平衡。他的身体语言显示了内心的怯懦和心虚。他不自在地笑着，含着腼腆，衣服上还有刚刚劳动留下的泥浆，手上也有些泥土。

万福的样子让万紫感到一阵辛酸。

有什么不太对劲。

但谈判已经开始。

万紫双肘搁在桌子上，以前所未有的严峻说道："今天林主任在场，我先说几句心里话。没建房子之前，我们兄弟姐妹的关系是最和睦的。在建房过程中，随着更多的接触与更深的了解，我们家里不断发生矛盾与冲突。毫无疑问，房子是一切矛盾的源头。我认为，只有彻底解决房子的问题，才能避免亲戚关系恶化，反目成仇。"

"我很感谢你们的信任。"林主任劝和，"我今天就像你们的一个兄长来参加你们的家庭会议。你们的父亲在世的时候，常到我办公室喝茶。他是很为儿女们骄傲的。万紫为家里做的贡献大家都有目共睹，她是最小的，是理当被呵护的。你们的家庭其实相对简单，像我们家族，还有同父异母的兄弟姐妹，成员更多，亲戚关系也更复杂，作为长兄，我也处理过家里大大小小的矛盾。值得欣慰的是，我们所有的家庭成员都认同一点，那就是，要有爱，爱是凝聚家庭和社会的力量。"

一阵沉默。

爱是黄金，穷人家早当掉用来吃饭穿衣了，哪里存得住。

"我是这么考虑的，"万紫硬着头皮往下说，"你们也知道我的经济状况，我仍然会尽我的承受极限，想办法拿出四十万给你们。各自为安。我拿这笔钱，不代表我有钱，更不代表这个村旮旯的地皮值钱。你们也知道，邻居家的那栋楼房卖给亲戚，只收了三万块。"

在厨房缓慢擦碗的阿桂一直竖着耳朵，听到万紫开出的数目，人瞬间凝固，微张着嘴，呆呆地望向窗外。她在掂量这个数目的分量，心里飞快地计算它的用途，能在城里买一套什么样的房子。万紫将房款暂存她账户的时候，她每天翻查利息，作为一个月薪两千多的保姆，她从没见过这么多钱。

"要得。都依你。"万福站起身说，"没别的事吧，我继续去干活了。"

事情迅速地了结，仿佛一个急刹车。

万紫回城时，看到万福还在即将不属于自己的土地上忙碌，心里一阵凄楚。她想到父亲当年砌红砖固定分界线，担心万福老实被别人侵吞宅基地。父亲保护未来属于儿子的土地，她却在用金钱将父亲的儿子"逐出"家园。虽然阿桂做梦都想有这么一大笔钱，万紫仍然觉得自己在做一件残忍的事。她并不想成为那栋房子的主人。那不是她想生根的地方。她就是不甘心。

万紫一夜难眠。对阿桂他们怨恨一阵，怜悯一阵，时而又自怜一番。想到自己无人体会的艰辛，想到相继离世的父兄，树倒猢狲散的家族，又想到枯瘦的万福穿着泥靴，一辈子没直过腰的劳苦姿态。也许上天指定自己成为这个家庭中最有出息的小女儿，同时也指定了她照顾家人的责任。她想起万寿在世时对万福的关照与尊重，万寿不满阿桂将儿女拢在自己的阵线，一起蔑视与孤立自己的丈夫——因为他赚的钱没她多，还常常生病——这是非常伤人自尊的。也许这就是万福性格暴躁暴力的症结所在。万寿去世后，万紫对万福倍加关心，她的车留给他开，信用卡给他每个月刷用一定的额度，经常给他买衣服。回来后还在想给他买一台新能源车。但是不断发生的冲突打消了她的积极性，他们对待万红的态度也让她灰心。

纷乱的尘埃在破晓时分沉落下来，万紫睡了过去。但很快从梦中惊醒，睁开眼就给阿桂打电话，说万福爱土地，那些土地属于他，她无意霸占。阿桂说她丈夫也后悔了，回来一直唉声叹气，失了魂一样，晚上一夜没睡，说土地没了，乡下回不去了，这可怎么办。

"唉，看他累得那个样子，我想骂他也骂不出来。"阿桂哭了起来。不管她是不是通过编造情景的方式表达自己的想法，她的态度总归变了，她在退步，示弱。

万紫心里又是一阵悲悯，于是暂时搁置方案，没多久发现这是阿桂的话术，她是嫌四十万太少。

十九 天 沟

万紫买了很多除甲醛的东西。搬家的良辰吉日已经选好。母亲似乎并不开心。建房过程中她也过于操心焦虑，在破房子里历经寒冬酷暑，已经变得又黑又瘦，再加上整日嘴巴紧抿，嘴角下垂，像一颗干枣，再也没有显露出嘴角的小酒窝。

好友寄来几十饼普洱茶祝贺乔迁之喜，每一饼包装都印着烫金的贺词。万紫想到母亲一个人在家，买米、换气、交电费等诸如此类的琐事，都是邻居帮忙，对于经常关照母亲的人，她都送上一饼茶叶，没帮过的，甚至略有龃龉的，也送了点小礼物。与母亲实际往来的邻居不多，也就三四家，万紫想着入伙那天，也请上这些关照过母亲的邻居一起吃饭，表示感谢。万紫还不知道自己对村里人的善意引来了家人的暗中猜忌，喧宾夺主出手大方，显然是有所图谋的，因为乡里人不会平白无故送人好东西。

母亲心里有事。通过她这么阴郁的表情，不难猜出阿桂在母亲面前说了什么。

万紫一心为母亲，如果母亲反过来对她不满，她也不快乐。建房、矛盾、心碎，她疲惫不堪的心绷得紧紧的，变得坚硬，失去了弹性。母亲的黑脸让她更加灰心与绝望。母亲绝不会在万红面前压抑她的情绪，肯定早就直接开撕了。父亲病危住院期间，她们当着父亲的面吵起来。万红翻了一通旧账，指责母亲重男轻女，心里只有儿子和孙子，见到外孙连笑脸都不肯给一个。万红的理由是自己没被娘家人重视，因此遭到婆家欺负。母女间的恶语相向让万紫感到震惊，没想到有一天自己也会与母亲大动干戈。

母亲当家做主强势惯了，在新居里得听万紫的安排，心里别扭。比如出浴室要在地毯上蹭蹭鞋底，不要将水带到木地板上；万紫扔掉的烂东西，母亲又会捡回来；万紫要求东西用完放回原位，便于下次使用；拖把分区域使用；切肉刀和水果刀分开。母亲在她自己的现代化卫生间放置塑料桶储有机肥料，万紫没管这些，她并不试图改变母亲的私人习惯。

但所有这些都不至于令母亲脸色这么难看。

万紫买回家具、电器，淘汰的旧东西寄存在破房子里。母亲事不关己地看着她进进出出。阿桂他们的房间里始终空空荡荡，万紫连窗帘都没给他们装。她最后运回十几幅专门为新居画的油画，将父亲、母亲以及小万紫的巨大合影放在客厅壁炉上。

"看得出这都是谁么？"万紫笑着对母亲说，她以为母亲至少会夸她一句。

"是谁？"母亲瞟了一眼画，冷淡地说，"不认识。"

万紫由头凉到脚，心里打起了寒颤。

想到自己用满腔的爱，仔细描绘母亲脸上的每一道皱纹，涂抹她因劳动而变形的手指关节，想到母亲并没有享过什么福，她边画边流泪，心里愧疚，发誓要宠着母亲，照顾她，保证她那个秘不示人的盒子里永远装满现金，让她不再为生活有一丝担忧。

母亲又一次轻蔑地亵渎了万紫的爱，她感到胃里一阵发烧。

将大油画肖像放在客厅，意味着父母是房子的主人，对于母亲来说，父亲早已变成牌位住进了祖宗神龛，儿子万福才是这房子的主人。

"不认识么……那是我没画好。"万紫勉强稳住精神。打算把画藏到母亲看不到的地方。

"我好像听谁说到，万红想要那张旧餐桌？"母亲忽然问道。

"她家那么小，应该放不下。我问问看。"

万紫打电话问万红，她的确需要旧餐桌。

"她要就给她吧。"万紫对母亲说道。旧餐桌是万紫一年前买的,她忘了可以折边收缩。

"给她干什么?那么好的桌子,还新得很呢。"母亲脱口而出。

"不给她给谁呢?反正这里用不着。"万紫震惊于母亲对万红赤裸裸的嫌弃。

"他们要放到杂屋子里去,以后有用。"

"他们要什么东西,他们自己去买!"万紫音调高了起来。

"只晓得买,他们哪里来的钱买?"母亲也露出厉害脸色。

"妈,你怎么能够这样,情愿这张桌子给儿子存到杂屋子里落灰,也不给你的女儿?你不知道她家里的样子,我知道!她现在的饭桌矮小得跟过家家一样,你这里有她用得着的东西,为什么不高高兴兴地给她?这也算是帮她啊!"

"哎呀,拿去拿去拿去,要什么都拿去。"母亲不耐烦地挥手。

"妈,我是在给你说道理。你一定要认识到这个问题,桌子给她,一定是要你真心实意地,你高高兴兴地给,她才会高高兴兴地收。万红很可怜不是吗?她又没上班,哪里来的钱?"

"赌博几万几万地输,谁有她那么多钱?"

"那是她过去犯的错误。我们都要宽容她。她现在不是在辛苦地带孙子吗?省吃俭用贴补小孩子生活费。我们要力所能及地帮她,而不是笑话她。"

"行行行,给她吧。你大哥抹得干干净净的,全都整整齐齐地摆到那个破屋子里了。"

听到"干干净净"与"整整齐齐"的词句,万紫眼前便浮现万福擦拭桌子时的认真与爱惜。他也是家徒四壁的人,结婚时添置的几样家具早就东倒西歪,搬出去便散了架。万紫不觉对他也心生怜悯,一时间不知道桌子到底应该留给谁。

"家里还有九条长高凳,十把椅子,两张小方桌……"母亲自顾自计算起家里的老财产,那都是些瘸腿裂面的烂东西,只有劈了做烧柴用。母亲执着于旧物,似乎对新东西不屑一顾。

二十　空心墙

万紫回北方开会期间接到母亲的电话,她说黄昏时队里来了五六个人,他们怀疑花园围墙越过了界线,占用了公共马路,在家门口拿铁棍戳,用尺子量,最后说西边角侵占了三十公分的马路,要求整改。万紫知道这个情况,为了拉直前围墙,她腾后了一米宽的宅基地,西端的角仍然伸进了马路,但她计划将整个马路向外侧用混凝土拓宽九十公分,实际马路会比原来宽敞得多。母亲已经告诉了他们这个施工计划,他们不同意,有一个人还说,就算你马路拓宽一百米也没用,这边就是不能越界。

万紫嗅到一股蛮横无理的戾气。拿着铁棍到家门口到处戳,这本身就是羞辱与挑衅,也算是欺负万福软弱。过去父亲为了分界线,曾经和邻居打得头破血流,几十年相安无事,如今又有一种死灰复燃的意味。

万紫只能采用文明手段,给镇长电话,请他安排协调处理。第二天村支书和村主任到了现场,测量记录,承认拓宽马路便利了村里交通,从此再也没有人来指手画脚。

万紫在乔迁之日前一天坐早班高铁回来,行李都来不及放下,直接开车去超市准备水果、坚果、一次性纸杯,彩纸礼炮,更重要的是检查礼仪公司的现场布置,气球、灯笼、彩幅、音响设备——为诗歌朗诵会准备的，还要挂匾，盖红绸，粘绣球，每一件事她都得亲自到位，没人关心这些。

驱车到乡下已是下午四点。房子周围一圈巨大的红灯笼，散发着张灯结彩的喜庆。新房美得像新娘。阿桂在搞卫生，明显有了隔阂与拘谨。万紫有意化解，叫阿桂一起粘绣球，一起忙到很晚才大致安排妥当。万紫这一天马不停蹄，累得不能开车回城，晚上和母亲挤一床睡了，翌日一大早就爬起来，清扫地坪，摆桌椅，分果盘，为乔迁仪式和朗诵会做准备。

这一天小雨淅淅沥沥，交织着爵士乐的缠绵与轻愁。友人陆续到齐。喝茶吃瓜果。朋友们轮番发言祝贺。这一天母亲相当高兴，头发梳得整齐顺溜，穿着万紫特意从北方购买的玫红色外套、布鞋，步履也显得轻盈愉快。她揭匾时，在梯子上挥手，笑容灿烂。鞭炮撕扯着地面，花炮直捣着天空。建筑的劳累在欢乐的气氛中似乎也随风飘散。一切似乎圆满顺利。没有吵架，没有争执，人们看到的是一个和睦欢乐的大家庭。

这种假象很快被一次更尖锐的爆发打破。

距离母亲生日半个月，万紫张罗在酒店订两桌，给母亲过一个特别的生日。一桌是自己家里的，一桌请村里经常帮助母亲的。母亲是情愿的，一起仔细商量了请哪些人，核实了名单，万紫最后加上了五保户邻居，还有一个瘸腿残疾人。母亲虽不喜欢无缘无故地请人白吃白喝，但也勉强同意了。万紫对镇里不熟悉，请教阿桃哪家饭店最好，约了阿桃一起去现场看。包间算得上宽敞，没什么格调，但有一窗河流与渔船，这会使气氛美好一点。

万紫回到家，一进客厅就听到母亲在房间里和阿桂讲视频电话。母亲说话的私密语气让万紫感到震惊，心里也涌起一阵嫉妒：母亲和阿桂像一对老闺蜜。她们显然早就结成了联盟来共同对付她。

"……那张餐桌万红要，给她算了，莫眼浅她们的。"母亲已经把万紫和万红捆绑在一起，视为敌对势力。

"她要拿就拿去吧，那床也是她妹妹原来买的，问她要不要，都搬走吧。"阿桂说道。

"她家里那么小，都不晓得她要了给谁去。"

"可能是给她儿子用吧。"

"不是我们万家的人，我看见都不爱……"母亲不喜欢外孙是明显的，在阿桂面前赤裸裸地说出这番话，有些谄媚的意味。"你知道吧，我的生日，她说不在家里搞，要到饭店里搞两桌呢。"

"那估计是要请她那些城里的朋友了……"阿桂吸气时湿漉漉的牙缝里发出嗞嗞的响声。

"不是的，村里的人她都要请一桌。我懒得管，反正我是不会去请的。她要请，她自己去请。你不要去吃，算了吧，你们都莫去。"

"嗯，我们提前一天回来给你过生日。"阿桂响应，"你随她怎么搞去吧，反正她做事不商量是搞惯了的……"

"以为请村里人吃饭，送东西，村里人就会喜欢她。"

"……前一阵她跑阿桃那里说了很多事，把自己洗得干干净净……"

"阿桃当时就跟我讲了！"

"她讨好左邻右舍，只怕是打算老了落叶归根。"

万紫听得浑身颤栗，悲愤交加，忍不住快步冲进母亲房间，大声喊道：

"我听见了，我全都听见了！刘桂枝你个混账东西，我警告过你，不要总是在母亲面前说我！你少他妈的自作聪明，躲在背后起哄，我不会让你得逞的！我对你们一直心怀良善，是你逼我再次和你们切割。"

母亲像见到鬼一样吓蒙了，但迅速反应过来，将平板电脑往床上一扔，耍起母威："你搞得好啊，听起壁脚来了。我们说你什么坏话了？"

"你开着免提，我在客厅听得一清二楚。妈，你怎么能这么狠心？我这么辛苦，这么无私地为你，照顾你，每一粒米，每一滴油，你从里到外的衣服，住的吃的用的，所有的一切，都是我给你准备的。我是在报答你的养育之恩，但是你为什么这么冷血？你为什么从来都不心疼我？为什么我从来得不到你的夸奖？

"你过生日，请谁不请谁，我都是和你商量定下来的。请乡里人，是感激他们对你的照顾！邻里关系搞好，不也是为了你们吗？你要阿桂他们不参加你的生日聚会，你是要丢我的脸是不是？要让我难堪是不是？你知不知道，你这是砸你自己的场子，丢你自己的脸？你这是团结子女吗？你这纯粹是挑拨离间，火上浇油！

"我为什么要讨好村里人？我有什么必要讨好谁？我又不是这里的农民，我又不需要他们抬丧，我烧成灰也不会撒在这个角落里。我做这些都是为了你们，我这一辈子都在想着让你们过好。你怎么能这么诋毁你自己的女儿？刘桂枝给你灌了什么迷魂汤！我有跟你说过她的不好吗？当我请她尽力给你一点生活费的时候，她说她想死。这就是你的闺蜜。还有阿桃，阿桃做了你几十年儿媳妇，她给你买过一双袜子吗？她们给你传宗接代有功，女儿就不是你十月怀胎生下来的吗？"

连母亲都在往自己身上甩污泥，万紫彻底崩溃了，她声嘶力竭，所有压抑的愤懑、痛苦，如排山倒海。她豁出去了。

"我不要谁给生活费，我自己有抚恤金，活得不会比别人差。"母亲强词夺理。

"你那几百块钱能干什么？要不是我每个月给你钱，你会活得像个乞丐！你会是全村活得最差的！我为你盖这么大的房子，你觉得很容易是吗？"

"我没要你建房子！我的旧屋还住得，漏雨只要修补屋顶。"母亲的话和万福的话如出一辙，"我宁愿住在旧房子里……子女不和，我住得不开心。"

"怪不得你每天对我黑着脸……"万紫的愤怒没有了，深深的悲凉占据了整个胸腔，"你们都没想要建房子，是我在作践自己……太难了……如果能掀掉新房，还原旧屋……"

"掀了就掀了。"母亲的耳朵好像只能捕捉某些关键词。

"好，那就掀了。你们的旧屋值多少钱，我赔。"万紫动真格的。

母亲傲慢地挤扭五官，将眼泪赶下来。

"以前我们家是最和睦的大家庭，现在四分五裂。为什么？因为利益。房子让人现了原形。是我在争夺你们的财产吗？可惜你们一无所有。现在，是你们逼我拿走属于我自己的那一份产权。我从十四岁起就没用过你一分钱对吧，实际上你都没有把我抚养成人。打我当童工起，你们谁也没有关心过我的死活。我有点成就了以后，你们打电话就是要钱。"

"我们哪里找你要钱了？"母亲不肯低头。

"妈，你说话要凭良心。"万紫震惊于母亲睁眼说瞎话。

"你把大哥赶出去，你有良心？"母亲指着父亲的牌位，"你父亲在这里看着，你跟你父亲说你有没有良心？"

"我真希望父亲在这里。"万紫心里更委屈了，"至少父亲尊重我，尊重知识，只有你们，把我当农村妇女看待，你丝毫不了解我。父亲曾经流着泪，后悔没送我读更多的书。父亲都向我道歉了，妈妈，你为什么还要这么说伤人的话……你不觉得你也应该说声对不起吗？"

母亲哑口无言，突然拉长音调，捶胸顿足地哭喊起来，"啊呀……我的老倌啊,你为什么不带我一起走啊?"她几步跑到神龛前扑通跪下,"老倌呀,你怎么丢下我一个人呀,我这样活着有什么意思啊……"

万紫冷冷地看着地上的妇人,心里想这个人怎么会是自己的母亲。除了外貌,她们之间没有任何相似之处。她们是房子里两堵平行的墙。

母亲不认输,不讲理,撒泼打滚,还有一招以死相逼的撒手锏。她开始玩命。膝盖因风湿僵硬跪下去痛得直叫唤,在祖宗牌位前呼天抢地,失控的情绪刺激血压,脸色立刻变得通红,马上就要昏厥过去。

万紫想到母亲的高血压,如果她就这样发生意外,那是最大的悲剧与讽刺,她的余生将会活在懊悔与内疚当中。

她妥协了,像哄小孩一样安慰她,承认自己脾气不好,好不容易把母亲从地上抱起来,挪到沙发上坐下,又给她倒了一杯水,小心伺候她喝下。

"我要立遗嘱,房子将来属于万福。"母亲眼泪一抹,得寸进尺。

母亲竟然知道立遗嘱指定继承人,万紫知道是阿桂在背后教唆。

"妈,我会比你先写遗嘱,一碗水端平,房子由万福、万红、万明平分。"

"这是我的房子,不可能给万红,"母亲拍了一把茶几,"凭什么要给她一份?"

"我花钱建的房子,你们谁也做不了主。"万紫望着母亲那张皱纹密布的脸,话不再高声,这使她的话听起来更严肃,也更有分量,"万红是你的女儿,我的姐姐,她是我们家的一员。今后谁欺负她,就是欺负我。"

母亲瘫软在沙发里一动不动。

已是午饭时分,锅冷灶凉,万紫肚子饿得慌,胸口被堵得密不透风,没有任何胃口。但做饭是一种态度,这表明争吵终结。她转身去了厨房。母亲的权威受到了挑战,这一仗她打输了,输在离家三十年的小女儿手里。

万紫希望母亲能意识到自己做得太过分，"我是你的娘，错了也是对的"，理论上成立，但任何一个明事理的母亲，不会将这句话当作母女关系的真理，更不能无所顾忌地伤害自己的女儿。

承认自己不受欢迎，在这里还有点丢人现眼的意思，万紫心如刀刺。

她取消了母亲的生日酒席。

第二天清早，万紫听到菜园里传来母亲和邻居聊天的声音。昨天的争吵很多人听到了，房子外围有好几个人欣赏这对母女的战争，但没有人弄清事情的来龙去脉。邻居老太太一早到了母亲的菜地，假装弄几棵白菜，不经意间打探到了某些虚实，不免提高了一点音量，说道："没想到她也真是个没用的家伙呢，实在是出去了几十年了，怎么还这么不晓得世事？"

村妇们本来就擅长并沉迷于拨弄是非，只要有新的内容加入，就能像秃鹫一样扑向这块美味腐肉，啄啃，咀嚼，扑打着翅膀叫嚣。母亲竟然还在外人面前败坏自己，万紫立刻起床，随便披件外套，趿着拖鞋，快步到书房拎起父母合影的油画，到了路边的垃圾焚烧地。她的手颤抖着。引火费了些时间。但火苗终于升起。火焰迅速吞噬着画中人物。她怀着深深的爱意画下的"全家福"，在晨风中渐渐化为青烟。

父亲亲手种下的槐树，已经遮天蔽日。人们嫌弃它落下的果子使路面变脏，建议砍掉，万紫却修起了围栏保护它。槐树是父亲的身影。画这幅画时，她甜蜜地幻想着自己是父母的掌上明珠，他们宠爱她，呵护她，她在他们的怀里撒娇。她在这幅画中倾注了她这一生对他们最完整、最深刻的情感。过去她像孤儿般四处漂泊，她很坚强，她不需要他们。但现在没有人理解她的脆弱，她从来没有像现在这样需要他们，需要他们接受她的照顾，需要他们分享她的生活，需要他们的温暖与阳光，需要他们为她能照顾一家人而感到骄傲。她要告诉父亲，不必对她内疚，她感谢生活中的每一个沟坎成就了她。

乡村社会是泥沼、漩涡、搅拌机……万紫回房间迅速收拾行李，大箱子扔进车尾，一脚油门驶离了这个令她心力交瘁的地方。

二十一　封　顶

万紫没有哭。眼泪在心里奔涌。车内音乐咆哮。没有词语能够描述她此刻的感受。车轮在坑坑洼洼的路面起落。这是她从广阔走向狭窄的必经之途，从光明进入幽暗的唯一道路，是一条远方连结家园的情感钢丝，她在这条钢丝上来来回回半辈子，最终丝断坠落。她想起房间里的飞蚊尸体，在黑夜里为了屋子里的那一点暖光拼命钻进纱窗，清早成批地死在地上。

她把车停在小区里，打的士去机场。她感到世界一片空洞。人们拖着行李离开，返回，煞有介事。什么在终点。她不去想了。不去想那苦心孤诣造的房子，里面有多么冰冷；也不去想母亲如何抹杀一切，将她当作一件万能的工具。

逃离了泥沼，就是得救。她知道必须尽快把自己的精神也从那泥沼中拯救出来。

万紫告诉万红，她与母亲头一回发生了激烈的冲突。万红怒火冲天，当即就要打电话给母亲，质问她为什么一碗水不端平，制造矛盾。万紫知道万红说话不分轻重，那一次在医院当着父亲的面骂母亲"心黑心毒"，万紫便觉得过分。万紫本能地保护母亲，说母亲已经溃败，不能再打击她了。

托运行李。过了安检。回望身后，万紫感到自己用真实的肉身演绎了一部小说，获得了仿如虚构的躁动与悲伤。她反思事情为什么到了这个地步,她是依恋母亲,一心要让母亲快乐的。她想起与母亲拍桌子对峙的情景,自己那一刻的执念,就是要把母亲的威风打下去,让躲在她背后的阿桂现出原形。

母亲不知道万紫已经离开,她登机前接到母亲的电话,说政府来了几个人,好像是关于产权的事。"他们打你电话没人接。我打给万红,她以为是你大哥找人来落实产权的,那个凶哦,把我一通刮,我哪里晓得他们是谁叫来的。"母亲的声音突然变了,有着前所未有的衰弱,以及颤颤巍巍的怯懦。

万紫的心立刻悬了起来。

在这场冲突中,万紫知道,自己的态度肯定也伤害了母亲。她想起母亲长久地瘫坐在沙发里,眼睛肿成一条缝。背影是萎缩的,稀疏的白发凌乱。她做好了饭,母亲才勉强起身。坐到桌子前,她们都没吃什么。但坐到一起吃饭,也代表着某种和解。

只是两人都没再说话。

万紫在飞机上。底下是万里晴空。与母亲的物理距离越来越远,心却又倒退着靠向母亲。

回到自己的家,万紫依然无法平静。心不在焉地搞卫生,东擦西抹,仿佛某个喜欢的物品被打碎了,心里空落不安。晚餐勉强吃了点蔬菜粗粮。脑海里晃动母亲几近蹒跚的身影。稀疏的白发。沟壑交错的脸。摇摇欲坠的门牙。她晚上吃的什么?她还在伤心吗?她会不会病倒?她是那种死倔死不开窍的人,会不会气得神经错乱?她一个人在家里,会不会有什么危险?

万一母亲有个三长两短,槐树下再也没有母亲等候的身影,园里不再有四季常青的蔬菜,空荡荡的房子里再也没有母亲应声而出……万紫胡思乱想起来。越想越急,越想越不放心,越想越内疚,她拿出手机想打母亲的视频电话，但是内心的委屈、寒心、不甘、郁闷、悲伤……这些东西被瞬间召集起来，一股无形的力量阻止她这么做。

她又变回那头受伤的小动物，蜷缩在自己的黑洞里，舔舐着滴血的伤口。

夜里，她做了一个梦，梦见大雨中，母亲在低矮昏暗的厨房里做饭，往泥灶里塞稻草，年轻的面孔在青烟中隐约。她身材丰腴，双脚灵巧地避开接漏的盆碗，熟练地沥干米汤，将米倒入锅中……忽然间风雨大作，青烟乱舞，母亲无助的脸皱纹密布，眼睛肿成一条缝，地动山摇中，她向万紫伸出了双手……贫穷烙下的心理阴影转化为梦，万紫无数次在梦里保护家人，拯救他们，她尤其不会让母亲受一丁点伤害。

就凭儿时的夏夜里躺在母亲的怀里乘凉，母亲一只手臂像上了发条一样不断地摇着蒲扇为她驱蚊降暑；就凭着她害怕走月光下的独木桥，母亲将她背起来走到对面；就凭母亲自己假装不饿为了让孩子们安心吃饱；就凭母亲把她生得这么健康，抚养长大……就凭这些，她就不应该生母亲的气，不应该把母亲逼到角落。

万紫被巨大的愧疚和担忧袭倒。挨到天亮时分，估摸着母亲已经醒来，急切地拨通电话，是万福接的。他说母亲在医院，半夜接上来的。万紫脑袋里嗡的一声炸了。

母亲从来不去医院，有点病痛都是熬过去的。

万紫想母亲真的是被自己气倒了。可怜她失去了一个儿子，紧接着又失去了丈夫，孤单一人度过了多么艰难的时刻，在悲伤中迅速老去，却没有人陪在身边。万紫的心被什么揪住了，她指责自己活到这个岁数，仍像年轻时一样冲动，不计后果，这跑来跑去的狼狈也是自讨的，她本应当陪母亲过完生日再离开。

万紫没有犹豫，即刻启程飞回小城。

赶到医院，母亲半躺在病床上，眼里湿漉漉的，见到万紫笑容满面，露出了嘴角的漂亮酒窝。

"孩子呀，你不生妈妈的气了吧？"母亲使用了从未有过的温柔和称谓，"妈妈老了，明年就八十了，老糊涂了呢，你莫怪妈妈。"母亲的脸眨眼间就瘦了一圈，剩下一巴掌大了。

"妈，是我不对，我遗传了爸爸的坏脾气。"万紫很想拥抱母亲，很想握住她关节粗大变形的手，但这种情感外露的表达，对万家的人来说都太不容易。"你哪里不舒服？现在感觉怎么样？"

"昨天晚上肠子绞痛，胃也绞痛，就好像被人抓住，拧干衣服一样，紧一把，松一把，痛得我哦，衣服都汗湿了几套。"母亲有点虚弱。她对肠胃痉挛的描述与比喻具有文学色彩，"……还有恶心，头晕，一晚上拉了十几回稀……医生说是食物中毒……现在好了，只是胃里面还有点发烧……你大哥半夜里非要用摩托车拉我来医院……我这辈子没住过院呢……这一下打破我的历史纪录了。"

"昨晚上吃了什么？"万紫对大哥心存感激。母亲这把年纪来一次食物中毒，太危险了，要是儿女都生活在千里之外，她必然会煎熬一夜，谁知道熬不熬得过去。

"开了一包新米，炒了一把白菜秧苗，还有你买回来的猪肉，就这些。"母亲觉得是白菜秧苗的问题。

"米给鸡吃，猪肉不要了，白菜秧苗全部扔掉。"万紫清理一切嫌疑食品。

母亲问她昨天去哪里了，"夜里等你回来，门都没关。"

万紫没有说自己回了北方。

"中午你姐姐送的南瓜小米粥。"母亲头一回显示她的幽默感,"要不是住院,我哪里吃得到这么好吃的东西。"

这时阿桂进了病房,讪讪地笑着,将亲自做的饭菜摆在床头柜上。

万紫闻到菌汤的味道。她明白自己忽略了一件事,在她远离故乡的岁月里,是阿桂他们在身边照看着父母。

天空飞过执念与虚妄的鸟。

斜辉映射窗前,将粉色三角梅濯洗得清新悦目。

· 作者简介 ·

盛可以,女,1973年生,湖南益阳人。著有《北妹》《水乳》《野蛮生长》《女佣手记》《息壤》等十部长篇小说,《福地》《怀乡书》等多部中短篇小说集及散文绘画作品集。作品被译为十五种语言在海外出版发行单行本。曾获华语文学传媒大奖最具潜力新人奖、人民文学奖等。

青鱼计划

□ 吴君

1

我承认我和郑丽丽都是故乡的叛徒。我们年轻时都希望离家越远越好，中年之后却开始深刻地想念故土。我想的不是那里的人，而是老家清冷的月光，破败的木材厂，街道两边摆放凌乱，甚至沾满了灰土的荠菜和茄子。

郑丽丽是我二舅的女儿，尽管深圳的面积并不大，可是我们客气得并不像一条街长大的亲戚，更像两个熟悉的陌生人。我二舅曾经是我们县里的文艺青年。因为热爱文艺，我二舅似乎就有了某种特权，长期以来家务基本由妻子去做，而他每天只负责看书、抽烟、搞私人舞会、朗诵诗歌、参加业余剧社和其他摆酷的事儿。搞笑的是我二舅演着演着就入了戏，最后把自己变成了一个笑话，而他还全然不知。要命的是时隔多年，作为一位优秀的售楼小姐，说话、做事客观理性、滴水不漏的郑丽丽，遇见文艺大师范思文后，一切都发生了变化。职场上学到的人情世故归了零，如同被人附体，我表妹郑丽丽变回了一个神神道道、满脑子不切实际、喜欢幻想的家伙，似乎谁也没有办法拉她回到正常人的轨道。更要命的是为了参加一个面试，她竟然不惧风险，准备辞职到韩国整容，也就是说郑丽丽拐了一个大弯之后仍然走回我二舅的老路。

千里之外的我二舅知道这个情况后沉默良久，对着不远处的老树长叹了三声后没了下文。他开始相信，这个世上真有轮回这件事。

那个时候，只要家里多出一点儿好菜，我二舅便呼朋唤友大搞聚餐。酒过三巡，保留节目便是诗朗诵或表演，内容多是从老戏上模仿下来的台词，只是每个人煞有介事喊破喉咙，念的多是一些自己都搞不懂的句子。功夫不负有心人，最终他和同伴们如愿登上了文化宫的舞台。那次，我二舅忘记了自己在台上做了些什么，曾经耳熟能详的台词全部化成了小气泡，他被台上的强光刺到什么也看不到，大脑里乱窜蓝色和白色的光，我二舅出现了耳鸣，他想不起来自己是怎么走下舞台的。当晚他被一位年轻男子背回，这位男子在床边守他到天亮。那次之后，这位推荐他登上舞台的男子，很快便成了家里的常客。没有人了解这个年轻男子的身份，只听说他住在文化宫最顶层。

此人叫刘方军，由于他的出现，我二舅创立了一个新的戏剧流派——瓦剧，只是这种剧的存活时间不到半年，便随着我二舅的失踪而不复存在。

刘方军身材颀长，皮肤小麦色，懂礼貌，讲卫生，即使喝了酒，也是彬彬有礼，绝不像我二舅，每次醉酒之后不是与人掏心掏肺哭成泪人，就是不吃不喝昏睡几天。刘方军和我们县城的其他人都不同，很少会空手过来，他有时带两根用牛皮纸包好的香肠，有时带一瓶带商标的白酒。在此之前我二舅从来没有见过洋河大曲。

　　刘方军的身世像个谜，哪里人，多大年纪，是否结婚了，是否有孩子，我们茫然不知。认识他的人多数是在文化宫的台阶上见过他。他喜欢坐在石阶的左侧，双手抱着膝盖，看着天色一点一点从粉红色变暗，渐渐与夜色融为一体，他并不起身离开，而是成为深夜的一部分，这样的景象是县城老年妇女茶余饭后的话题。

　　因为上过一次舞台，我二舅时不时拿出来炫耀，他炫耀自己的国字脸，浓眉大眼，一开口便发出的高亢声音，他喜欢啊啊啊亮出嗓音，这样的时候，连家里的狗都用奇怪的眼神看着他。此外，我二舅把自己上台穿过的长袍和礼帽挂在了客栈前台，希望有人为此驻足。这是他为了演出而花钱去定制的。这套衣服他选了一种奇怪的玫蓝色，无论在什么时候，他穿上这件扎眼的衣服，都会被街上的人多看几眼。当然了，县里多数人都认识他，只是没有几个人愿意和他说话，他们不仅把我二舅当成外地人，还把他当成了怪人。不熟的人过来，我二舅会找理由把这段上台的辉煌的历史重复一遍，如果有人表示不屑说说风凉话，我二舅也不争辩，只是一整天都会郁闷。遇到对表演有兴趣的人，我二舅会带上一瓶他最喜欢的酒跟客人聊天最后免对方的单。这样一来，不仅妻子生气，就连伙计也特别气愤，在厨房瞪着眼睛骂："你可以装，可你不要把我们搭上，我一家老小可还在家里等我拿钱回去。"不久之后，厨师终于离我二舅而去，厨师和服务员的活儿只能由他的妻子做了，毕竟我二舅除了表演什么也不会。总之，我二舅是个怪人，是他所在的县城百年一遇的怪人。这主要表现在他做的那些事情上，比如，他有时会不收客人的钱，理由只有他自己清楚。再比如，作为一个生意人，他喜欢看书、练声和练功，我二舅的腰身比女人还要柔软。这样一来，不务正业游手好闲的坏名声就算是给他安上了。

我二舅的祖辈就做客栈,并不是因为有钱,只是家里多了几间临街的房子,放着也没什么用处,还容易坏了。偶尔摆些旧家具或过冬用的粮食,多数时间租给一些走南闯北挑担的货郎或修鞋子的温州人。到了我二舅这代也没什么改变,作为几代单传的他,无人与他争夺这份家业,况且他身无长物,只能以此为生,顺便养活老婆孩子。只是随着时间的推移,客人的层次逐渐提高,时不时会遇见一些像样的生意人,他们讲卫生,不随地吐痰,有的卖蝙蝠袖毛衣,有的兜售电子表。他们喝着从南方带来的绿茶,用剃须刀,穿干净的衬衣和白袜子。那个时候县城里的时髦玩意儿多与我二舅家的这些客人有关。比如有个王姓客人,带着妻子和一个女儿住进来的。此人带进来的是一个小小的煤气炉,新玩意儿招来了不少人围观。此男人穿得干净整齐,每天清晨站在家门口刷牙,主要目的是看街道上的女人。我二舅不喜欢这个男人,可又没有胆量把这家人赶走,毕竟人家也没有做错什么。于是我二舅只能生闷气。他便更加勤快地练声,劈腿下腰吵得客人无法好好睡觉。这些南来北往的客人把我二舅间接变成了新人,一位有别于县城其他人的新人。

　　有我二舅这种家业的人,在我们那个县城不算多,有我二舅那种做派的更是凤毛麟角。如此一来,我二舅便与那些卖菜卖杂货的小贩有了区别。尽管如此,我二舅骨子里还是自卑的,原因是他志不在此,他总在幻想如果当年去了南方,就不会留在这座落后的县城。南方是我二舅的梦,只是没人明白他的梦为什么与南方有关系。整座县城没有人像我二舅这样,把好好的客栈开得如此随意,如此漫不经心。赚钱似乎成为次要的,而演出和聚会倒成了他的主业。他把店里大大小小的事全部丢给了不谙世事的妻子,自己倒像个仙儿,穿着演出服,不是今天到西城朗诵,就是明天到东城参加排练,每天忙得不亦乐乎。我二舅除了爱好特别,性格和别人也不同,多愁善感，伤春悲秋。有时前一夜他和客人喝多了酒，到了第二天便会把自己关在房里，不吃不喝也不许别人打扰。那时我们那儿正流行打麻将，不愿玩牌的年轻人则会凑到一起去打球或游泳，而我二舅偏偏喜欢点儿怪的。正是因为有这个爱好，他说话做事与其他人都不同。比如他并不近视，却喜欢戴着黑框眼镜，担心别人嘲笑他，特别加了点度数，这导致他经常走路不稳，头还有些晕，甚至恶心想吐。我二舅一年四季喜欢戴格子围巾、梳分头，把自己打扮得特别文艺。哪怕客人问他住一晚多少钱，他的嘴里也可能念着一些似是而非的句子，甚至还会出现特别宏大的，如《长江之歌》之类，再后来是些文艺的片段，如那个叫刘方军的青年借给他的《哈姆雷特》《雷雨》《海燕》，而这些正是我二舅苦苦寻觅的一种东西。他总是苦于整座县城没有人懂他，而他仿佛找到了自己的归宿。我二舅并不知道自己的这些表现将会影响到我表妹的人生轨迹。

2

搬进青鱼街的当晚，郑丽丽给自己换了发型，一改售楼小姐的统一装束。从头发里分出的两缕头发，挂在脸颊两侧，长度及腮，如同过年时家家门上贴得不太稳的对联，遇见风，便会鼓动几下。我表妹的这个样子使她看起来特别怀旧。在老家的时候，郑丽丽的房间里贴满了一代又一代港台明星的大头像，发黄变淡也舍不得丢。她喜欢把自己想象成港台演员关之琳或张曼玉。递了辞职书的郑丽丽如释重负，她准备去青鱼街完成老板最后交给她的项目策划。换了发型后郑丽丽感觉自己变成了他者，似乎与青鱼街清冷破败的气质保持了高度的统一。她一改往日清爽、干练的气质，而有了忧思者的形象，口红也换成了紫色，透出一股哀伤的气息。郑丽丽看到身后端茶倒水的小妹正惊奇地看着自己,她的另一个自己好似被唤醒了,于是她从座位上缓缓升起,感觉自己变成另外的一个人。这位新人没有任何约束,可以随时变换神情和说话的方式,郑丽丽在做派上与父亲保持了一致,时而小鸟依人我见犹怜,时而刀光剑影咄咄逼人,脑子里面都是舞台形象。这种幻觉停在脑子里的时间不长,因为遇见了镜子,那玩意儿最容易让人看到真相。有时,郑丽丽见到镜子里一位相貌中等,有着大脸和小眼睛,短腿却穿了条长裤子,显得臃肿和怪异的女性时,顷刻间信心全无,瘫坐在沙发上,她呆呆地望向窗外,时而充满绝望时而孤苦伶仃。有一瞬间,我表妹连死的心都有了,这是她这辈子都想摆脱的一种县城人的相貌。

出了发廊的门,郑丽丽抬头看了看天,那里有一大片镶了边的云,正呈现好看的玫瑰金。郑丽丽在这一刻是忘我的,好似天地间只有一个自己。她感觉母亲正透过云层看着自己。我表妹用力甩了下头发,她已经好久没有想过这件事,她以为自己已经忘了,可是一切又都回来了。

郑丽丽入驻的青鱼街由三条小巷组成。三条巷子分别用海鲜命名,巴郎鱼街在最前面,一条街有二十多户人家,最后一排靠近一条水沟,属于黄花鱼街,只有五户人家。青鱼街卡在中间,加上郑丽丽租了做客栈这间一共七户。青鱼街的房子实在太老太破,既拖了城市的后腿又影响了市容。拆迁的话讲过多时,却没有行动,也就没人信了。

现如今青鱼街一夜之间却成为网红打卡地,谁也没想到。购房条件怪得令人诧异,条件之一竟是购房者必须从事过瓦剧或与瓦剧有关的工作,谁也不清楚这些新理念是如何产生的,又是谁带进来的,报纸还是电视,一时间,青鱼街成了房地产和坊间的热点。仿佛一夜之间,青鱼街上这栋被人遗忘的烂尾楼完工了,变成耸入云端的怪物,直愣愣矗立在亲嘴楼的一侧,无比突兀无比怪异地霸占了青鱼街的天空和街上的话题。八点九万可以拎包入住，二十七万是全价。不用指标，世外桃源，没有污染，远离城市的喧嚣，环境太美太美，这不是梦里才能实现的吗？你无法想象活了一辈子还能看到这么好的地方，有人欣喜若狂，以为是在做梦。而郑丽丽所做的工作就是推销青鱼街的房子。

"感觉像农村，当然，我喜欢这样的地方，自然、亲切、返璞归真。那种感觉好像把我带回了多年前，没有人问你工资，没有人打探你的财产，整条街上只有一个人散步，另一个是条狗。"有个脸上生了雀斑的男人用电话呼朋唤友。

"到市区只需要四十分钟，却好像距离世俗生活十万八千里，这个世界上竟然还有这样一个地方吗？尤其是听不到那些成功人士的炫富、炫成功和各种卷，青鱼街的幸福指数好高啊！世外桃源，神仙日子！"

"传统文化保护得好，申请非遗也没问题。"喝着拿铁的女人啧啧称奇，仿佛刚才从其他星球回来，她睁大了眼睛，看见什么都一惊一乍。她的指甲油是绿的，新涂上去的，还不能沾水，她一边说话一边翻转自己的手指。这个女人的样子的确有些面熟。

"无论如何，用于养老或收租都是不错的选择，有个房子放在那里总是有底气，关键还便宜，听说几年前更便宜，三万元即可拎包入住，错过就没机会了。"一位中年妇女，她细长的双腿上面顶了一个硕大的令人担心的臀。

每次听到这些，郑丽丽都会慢下脚步，她若有所思地看着梦幻的一切，这个时候，她似乎忘记了不久前自己还在售楼处与人斗智斗勇，眼下的她却已经来到了青鱼街，开启了新生活。

活到了三十五岁的郑丽丽突然宣布想要换种活法，王老板劝她不用急，现在哪种生意都不容易，而房地产不景气，属于阶段性的，鼓励她先做市场调研，公司需要掌握青鱼街的真实情况，如果合适甚至还可以留在那边工作。我表妹的确得到过此人的不少关照，可眼下听见老板这些话，她突然感到似曾相识和恍惚，至于为什么，她也说不清楚。郑丽丽相貌普通，心气却很高，满脑子想的都是做演员。认识了范思文之后，我表妹认为时不我待，需要尽快找回最初的梦想，她可不想在这种俗不可耐的公司蹉跎下去，如果不能做自己喜欢的事，活着还有什么意义呢？她此生是为表演而生。虽然有人会报以冷笑，毕竟她这个年纪再说这种话显得有些轻佻和不妥，甚至会被人认为为老不尊。郑丽丽都装作听不见，为了掩饰，她会挑些沾点儿边的说，比如自己更喜欢读书或看画或插花，这些并不需要竞技的事情。当然，这些话连她自己也不信，因为她只要想事情就困。关于这一点，我二舅曾经忧心忡忡，希望女儿改变想法，可转念一想便沉默了，他是没有资格的，无论过去还是现在，他们都是像的，身体里都藏有狂热、偏执和不撞南墙不回头的基因。

每次想到我二舅又要教育人，郑丽丽便会迅速挂断电话，她不愿意听见这种语调，她早已经受够了，单枪匹马闯世界已说明了一切，她无须依靠任何人，仍然可以活得精彩。

话说到了青鱼街后的郑丽丽不仅改了网名，还会在深夜变换装束，化浓妆，在镜头前做些奇怪的动作。她并不知道我会去看她的朋友圈，否则一定会屏蔽我，目的是甩掉我，她一定担心我会打小报告。我一直知道，郑丽丽就是个不切实际的家伙，这表现在她总是梦想做演员，可是在我们那个小县城根本不可能甚至是可笑，很长一段时间里，我们老家的人像看猴儿一样，在不远处观望着这不安分的一家人，希望看到他们的结局。尽管郑丽丽离开了家乡，可是她没有一天忘记过自己的梦想。

我二舅打电话劝郑丽丽，做演员的可能性会越来越小，做客栈是我们的祖业，毕竟人总是要吃饭活下去的，我们不能偏离轨道太远。不久前，两个人在电话里为了钱吵过一次，我二舅反对郑丽丽把省下来的生活费用于追星和参加各类演艺培训，反对她为了见导演不断地整容，更重要的是领证前她与谈了几年的男友分了手，而恋上了演员出身的范思文。

"整容太危险了，你现在的样子就很好。"做父亲的在电话里苦口婆心地劝阻。

郑丽丽说："不要再骗我了，我知道我自己，你们不是说过我不能上台吗？我现在就是为了证明给你看。"

"那是希望你离这个职业远一点儿，你并不适合。"

郑丽丽质问："为什么？你不是也演过戏？你为什么那么热爱？"

碰了硬钉子的我二舅，遭遇了家里的一系列变故后变化很大，首先是不再请客，不仅如此，他还成了整条街上最吝啬的人。我二舅开始对谁都小气，人也变得冷漠，包括对女儿郑丽丽。他曾对着郑丽丽的照片暗自生气："你也不看看自己，有什么资格喜欢表演，那是你该想的事吗？既然他们不给你机会，我们就做好自己的本分，什么表演？都是骗人的把戏！"我二舅怎么会有郑丽丽这样的孩子，他没有理由怀疑，更不应该问别人。原因是他当年就是这样一位满脑子幻想、愿意相信人、被一路欺骗和伤害的男人。明白的时候已经晚了，女儿变成了他年轻时的样子，我二舅只好相信基因这回事了。他早把当年的戏服剪了烧了，连同自己的荒唐过往。面对多事之人提起，我二舅也会连连摆手制止，说："笑话了，你说的这些事我都忘了。"

"可是我们还记得哟。那个时候，你呼朋唤友在家里彻夜不睡，有时还会跑到雨里散步，戴着耳机，家里的生意都由你妻子打理，有了钱你会请些男男女女，拉着窗帘在家里唱歌、朗诵、跳舞、谈恋爱，你真是一个怪人，做的事我们也不懂。"听到有人这么说，我二舅都想找个地缝钻进去。他用眼尾轻扫了眼对方，说："天色不早了，今天师傅身体欠佳，本店要早点儿打烊。"说完他头也不回进屋躺倒，用一件紫色毛衣盖住了他的脸，我二舅羞愧难当。这样的时候，他就要启程了。

我二舅的生意虽然不算大，早些年却有机会和福建人、浙江人、广东人打交道。那些南方客人喜欢吃住在我二舅的店里，说是干净，有二十四小时的热水供应，夜宵有南方人喜欢的肠粉和带叶子的青菜。我二舅愿意和他们交往，他觉得这些人说话像唱歌，无论男女，春风化雨，人也比较和善，说话做事都特别温和，没有打打杀杀是是非非那些事。他们像候鸟一样，每年都会定时回来，住进我二舅的客栈。他们对我二舅说："不如跟我们一起到南方吧。"我二舅听后，眼里闪过一道光，只是亮了两秒钟又熄灭了。说话的客人送了用报纸包裹住的绿萝给我二舅，说你不是喜欢这种大叶子的植物吗？这种植物在南方随处可见。当年，在我们那个小城，大家对有钱人比较尊重和崇拜，可是看见我二舅的这个怪样子，别人也不知道怎么表达。只有这个时候，我二舅才感觉自己有了靠山。我们那个小地方的人个个喜欢有钱人，喜欢吹嘘自己，男人口袋里必备的两样东西是最新款苹果手机和软包中华。比如我认识的一个人，两个女儿都去了北京卖肉，在朝阳区的菜市场干了几年，赚了不少钱，可是这位父亲对外一律说自己的两个女儿去韩国留学了，哪怕是村里的人在北京的菜市场见过这两姐妹，甚至一起吃过饭，做父母的也拒不承认。原因很难说出口，可能希望做儿女的活得体面些吧。而我二舅嘴里的这表演到底是个啥也没人说得清，更没人知道把郑丽丽迷得神魂颠倒的到底是什么东西。比如从小到大，郑丽丽只要听到表演二字便迷迷糊糊，如痴如醉，中了魔一样。想到自己即将离家远行的背影，郑丽丽内心便生出了骄傲。身后是我二舅懊恼得捶胸顿足，怪自己不懂得教小孩，导致天资平平的孩子滋生出许多不切实际的想法。有些老人在不远处盯着郑丽丽的背影连连摇头道，小时候中邪了，没有及时医治，他们遥想起县百货公司转盘前常年坐着的那个刘半仙了，可惜此人走得太早，如果他还健在，这一带断然不会出现这么多怪事的。

那个人如果还在，也一定会认识郑丽丽的母亲。

<h2 style="text-align:center">3</h2>

当时的县城下了几天的雪，有人说，已经很多年没有出现这样的景象。这雪像雨一样，垂直落下，像是一把把小尖刀，插在地上。街道迅速高出一截，县城变了样子。县城里很少有行人走动，天空随即像个锅盖悄悄地压了下来，而雪还在不停地下着。就连那些喜欢四处乱窜的人，似乎也知道有大事发生，赶紧溜回了家，把门窗关好，大人孩子快速躺下。六点不到整个县城便已经黑透，如同无底深渊，这让他们感到莫名的恐惧，有的人被眼前的情景吓住了。这座欧式建筑里没有一点灯光，四周也是黑的。整栋大楼空空荡荡，每层的楼梯口摆放的一座白色石膏像，傲然俯视着气喘吁吁爬上来的郑丽丽。有几次她已经爬了上去，鞋子却还落在下面的台阶上，她想不起自己为什么来到这个地方，似乎是街上的哪个人或店里的客人告诉她的，说她的母亲去了文化宫，她应该快点儿去找回来，否则将会出大事。那天郑丽丽的心情特别好，她一边走一边玩，甚至在路上已经忘记了为什么要到那个地方去，总之她有些后悔了，至于为什么，她也说不清。可是她已经没有了退路。那一晚，整个县城被大雪覆盖，我表妹郑丽丽找不到回家的路了，她必须向前走，而不想一个人回到黑暗的街上。

到达房间的时候，我表妹感觉时间已经过去了一个世纪，她明显比之前瘦小并憔悴许多。像是身后有人追赶，而她跑成了一个影子，在楼梯上方飞舞，许多时候她感觉不到自己的身体，只能看到墙壁上一个巨大的影子在追逐自己。郑丽丽不知道什么时候到达的，在长方形的铁门前，她感觉自己快要虚脱了。郑丽丽用尽了全身的力气呼叫着母亲的大名时，她的手也在拍打着铁门，以此缓解自己受到的惊吓。碉堡大楼空空荡荡，她的声音不似出自她的喉咙。声音撞在了蝙蝠身上，它们受到惊吓，在屋顶盘旋，发出古怪的叫声与她母亲的名字在半空中相遇并绊在一起，从高处向下伸出尖利无比的爪子，她胸腔里升起的肝和心堵在了喉咙处，郑丽丽被悲壮和倔强灌满了身体。

房门是在郑丽丽已经筋疲力尽的时候打开的。打开之前人和物品应该乱作一团过，镜子的碎片撒落一地，柜门拉开又关上。母亲的脸色由潮红逐渐变成惨白，往日淡红的嘴唇变成了紫色，此刻，像刚刚生过一场大病，她已经虚弱得无法站立，这个瞬间衰老的女人，骨头如同被人抽掉，头顶处长出了一片白茬，僵硬地矗立着。预料之中的刘方军正端坐在椅子上，脸虽然已经变了形，不知何时，他细长的手指间夹了一根细长的烟，像是预料之中，他微笑着看着郑丽丽，从上到下，往日的温文尔雅不见了，取而代之的是眼睛变成了手，先是轻轻地抚摸着郑丽丽的脸颊，慢慢地手上有了分量。很快男人饶有兴致地用眼神示意郑丽丽坐到床上，他修长的双手似乎就要进入郑丽丽的衣领。郑丽丽的母亲越发苍白，头发比平时更凌乱，枯草一样。嘴唇直抖，脸变了形，最后连双手也不听使唤，她无法系起衣服上的扣子。女人只能拼了命一样拉紧了她女儿的手，跑出房间，冲下楼，一头扎进黑暗中，耳畔是呼呼的大风。

郑丽丽和母亲从文化宫回到家已是深夜。不可理喻的是，闭着眼睛都能找到家的一条直路，两个人却走了很久，像是走上了一条没有尽头的黑暗大道。一路上,母女像两块沉默的石头。距离家还有几百米的时候,郑丽丽的母亲突然瑟瑟发抖,很快她便自言自语,先是对着女儿露出诡异的笑,最后声音大了起来,她的两只脚已无法向前挪动半步。郑丽丽看见母亲站在原地定定地看着自己,随后,母亲解下了兔毛大衣甩到地上,然后继续脱里面的一件红黑相间的毛衣。很快她双手托住这件冒着热气的毛衣站在了郑丽丽的眼前。

有一瞬间,出现了令人担心的寂静。两个人看不见彼此。天又黑又低,压在头顶上方。黑暗中两个人的呼吸似乎都停止了。不知过去了多久,才听到远处有老人闷闷地咳嗽和谁家孩子啼哭的声音。

夜已经很深了。

这是郑丽丽喜欢的衣物,之前她曾经从母亲箱子里偷出去,在上学路上的某个拐角处悄悄换上。母亲箱子里的衣服她全穿过,班上的同学也都看过,只有班主任曾经盯着她上下左右打量过,充满了怀疑。郑丽丽太喜欢眼前这件宝贝了,她不敢相信这是真的。为了这件衣服,她的梦里母亲死了,而她轻而易举便得到了她的一切,包括服装、男人的眼神。她记得母亲穿上这件毛衣时鼓鼓的胸部,会让店里的气氛变得紧张和异常,就连没有机会住进来的男邻居也会过来打个转说两句话。现在幸福来得过于突然。郑丽丽没有任何准备的时候得到了这个礼物,她紧张得说不出话来。这是她做梦都不敢想的礼物。因为得了母亲的衣服,郑丽丽整整两天都异常兴奋,喜欢干活,话也比平时多了起来,一会儿找客人说话,一会儿跑到门口帮客人开门,提东西,接听大堂的电话。像是为了表达自己油然而生的感激,郑丽丽与父亲的关系也亲近了许多,这样一来,她自然提到了文化宫的夜晚,包括楼顶的蝙蝠、壁上的油画、多年之后还没有系好的纽扣。郑丽丽把全家的命运归结到自己有一张欠打的嘴。

4

  青鱼街位于深圳与东莞之间，房地产大热的时候，青鱼街却冷清得很，哪怕广告商把这里改成深圳北也无济于事，青鱼街似乎被城市中心的喧哗彻底遗忘了。总之，青鱼这个城中村似乎被吸附在地面太久，总是流露出一种无所顾忌、死猪不怕开水烫的气质。

  没人知道为什么。

  到了青鱼街之后，郑丽丽准备开启新的人生，她等这一天已经很久了。郑丽丽借了我的钱去了青鱼街，不然她的工资怎么够她花费？确切地说我借给她的这些钱是我二舅的，只是他不希望我把实情告诉她，至少在目前，郑丽丽说过讨厌四处游走的生意人，我猜想是二舅后来的态度伤害到了郑丽丽，父女关系一直没有缓和。

  热闹之前的青鱼街异常寂静，天上挂着鱼鳞云。那云不声不响瞬间便盖住了所有人的上空。似乎黄昏只停留了几分钟，天空就变成了灰粉色。云把青鱼街包裹其中，街上的人如同走在一侧的画里。因为这一时刻景色的瑰丽，会让人忘记了置身何处。直到天亮时，见到街上偶然飞起的黑色胶带、淡蓝色的口罩，纸片沾着肮脏的雨水在路上摇摇晃晃，似要立起来的时候，才想起这里是青鱼街，深圳多个城中村之一。在青鱼街，偶尔可以见到缩头缩脚、一溜小跑的人，露出女人才有的婀娜腰身。撑伞的人在青鱼街是走不了几步就会被卡住的。我的表妹脑海里飘过的都是旧画面。比如街上到处都是美女。她们有的浓妆艳抹，有的无比家常，短衣短裤露着雪白的大腿坐在楼下，共同点就是讲普通话。她们通常不在家里做饭，而愿意在一些有辣菜的馆子泡上很久。这样的景象似曾相识，男人女人，他们穿着奇装异服，说着时尚的话题，政治、哲学、艺术，他们在陈旧的客栈无所不谈。

"出租并不意味着躺平，我们是观念时尚的出租人。"消失许久的青鱼街突然横空出现这样的口号，并非原村民所为，提出这个理念的是几位外省人。他们提出要打造一条瓦剧街，让瓦剧人找到归宿，让所有人找到精神的原乡。慢点走，留下你的灵魂，失败也许并不可耻甚至还可能是一枚勋章。这是一位男歌手为青鱼街作的一首歌词。不问东西，不问未来，甚至无须身份证，如果需要你可以用任何名字在这里生活。已经这么卷了，已经这么拜金了，最后竟然还有这样一方净土，也就是说，从天而降的生活理念重新点燃了青鱼街的希望之火，这与正在卷出新高度的职场形成了鲜明的对比。谁也想不到这样的一条小街，突然间被人不断提起，除了郑丽丽这一家，街上似乎又多了两家小小的客栈。

随后的话题是，瓦剧街的牌子即将置放在两条细长且拐弯抹角的街口，那是一块价值不菲的原木色石头，横卧进入青鱼街，有人猜测是某位高人的策划，因为躺平的姿态更符合青鱼街的风格和调性。据说申报成功后的青鱼街将会出台系列优惠政策，如果谁能把全国知名的剧组引进来，会得到免租免税，还有前期的扶持，后面的奖励，奖品是一套三百平方米带天台可以养花种菜的复式大房的两年租金。各种信息如雨后春笋冒了出来，街上的人云里雾里，手忙脚乱无所适从。郑丽丽发现客栈已经失控到声名大噪，吸引了一批奇装异服的客人，令人措手不及。被青鱼街吸引来的已不再是市区内的买家，而是内地那些手有余钱和寻求新生活的人。首先有人看到与世隔绝了很久的诗人陈小陌拖着一个轻巧的皮箱，借助夜色的掩护到了青鱼街，她的样子虽然孤单、清冷，却早已没了之前的忧愁。经历了生活的各种不幸之后，这位女诗人重归故里。多年前她在这里声名大噪，许多男人围绕在她的身边。眼下，早已物是人非，鬓角生出白发，有人说她离异并已经皈依佛门。来到青鱼街的除了演员还有一些隐秘的富豪。

街上那些几乎被人忘记的陈年往事再次被人提起。

"我的邻居是个幼师，被抢包的摩托车拖行了几十米，毁了容，因为这个原因老公最终和她离了，现在她总是以泪洗面，对着窗口去看街上的人，回想当时的自己为什么不走另外一条路。"有人回溯往事，街又偏又窄又乱，曾经因为摩托佬抢钱抢包才出了大名。郑丽丽听了，拈花一笑，心想这都什么年代了，如果还用老眼光可不对啊！"有个朋友平时不坐班，去单位领工会发的月饼，和同事多聊了几句，回到家时，地上有一堆被翻得乱七八糟的衣物，家里进来过贼。那么大的男人坐在地上号啕大哭。"街人的描述特别有画面感，他们有的亲历过，有的只是听说。街的往事历历在目仿佛发生在昨天。所以有人想要投奔于此，青鱼街上的本地人越发感到了恍惚。这种被抛弃的小街怎么就火了呢？眼下，面对青鱼街的开发，他们忧心忡忡，反倒是其他人开始怪小区布局过于整齐合理没有留改动的余地。他们甚至有了抱怨，哪里没有高楼大厦，哪里没有科技创新哪！哪里都有，真是一点儿特色都没有，整齐划一的规划设计太刻板。这件事情之后，青鱼人站在街上打量自己住了几十年的街如在梦里。很快他们便知道了脚下这片土地的价值。他们不明白这些专业术语，如年代戏、南方版的横店是青鱼街的宣传口号，也就是说青鱼街不仅有理由成为瓦剧街、画家诗人的乐园，而且将吸引来自世界各地影视行业的巨头投资加盟。甚至郑丽丽的眼神里对我们这些俗人都有了嫌弃，虽然我发现她的衣服里加了垫肩，鼻梁似乎也做过调整。重新恋爱后的郑丽丽语气坚定，尤其是对于瓦剧的执着，如同是她来到这个世界上的唯一使命。郑丽丽说届时影视机构将会进驻，重振粤语瓦剧将是青鱼街头等大事。麻花剧场你知道吗？《暗恋桃花源》、百老汇你了解吗？见我还在发呆，想不出回应的词，我表妹郑丽丽无奈地摇着头，她说瓦剧旅馆瓦剧餐厅中国瓦剧节乌镇你知道吗？这些话题在街地茶馆、餐厅里四处流转。她用一些乱七八糟的信息顺利地将我关于还钱的问题堵了回去。

作为群众演员可以打到七折，上过台则可以五折。青鱼街这波操作带动了各类艺术培训和入会的热潮。

有人问：参加培训了吗？

"还在努力，一定会梦想成真。"回答得抑扬顿挫，客栈内外弥漫着艺术气息。

我表示不屑，心想葫芦里卖的什么药我们不懂，也无须懂，因为大家都买不起。我竟然忘记了我二舅曾经远离舞台多年。我知道郑丽丽的态度，过去了这么久，她还是不肯原谅父亲，更不想见面。母亲住院之际，父亲竟然失踪了。回想这一幕，郑丽丽的心像被扎进一根大号针，上面还带着一根缝住了她五脏六腑的黑线。这也让我二舅在县城声名狼藉，甚至有的人开始编造他图财害命，害死了老婆的故事，我猜这也是他离开家乡的原因。我二舅用哀求的语调求我为他打听房价。我由客气到冷漠再到不回信息。

我终于不想再委婉了："这笔钱对于有钱人不算什么，可对您来说就是个天文数字。"二舅的确赚过钱，可是也挥霍过，他总该为自己的晚年做些打算。

"我只是随便问问。"二舅显得有些不好意思。

我把郑丽丽的情况夸大其词转述过去，我二舅发呆两秒后不再说话。我真的很不愿意出卖郑丽丽，我猜到郑丽丽依然不想见到这个父亲。接下来，我二舅有很多天没有联系我，而我天真地以为此事已经告一段落。

5

  我自西向东，从深南大道来到青鱼街，天上正下着大雨，这场雨把青鱼街染成了青紫色，街上飘起了梦幻般的轻烟。看见远处的人，好像从仙境中来的，到了近处又不过是被生活浸染过的一个个俗人。这一次，我除了需要一探郑丽丽的虚实，还要了解青鱼街的房价，因为我二舅已经动身了。按照郑丽丽客栈的地址，没串几个巷没拐几个弯我便顺利到达。进去之后，我选择了一个靠窗却又十分隐蔽的位置坐下，先是点了份牛排，要了瓶啤酒，我不能让自己显得不像一个食客。在碗筷的掩护下，我开始研究这家民宿。郑丽丽这间客栈开在青鱼街的农民房里，价位比七天、汉庭还要便宜。一楼吃饭，二楼被隔成当下时髦的胶囊床铺，三楼的天台堆着一些旧家具和破花盆。趁着去洗手间的机会，我上上下下勘探了一遍，大麦茶已经喝完，也没等到郑丽丽。我甚至以为有人通风报信，让我白跑了一趟。很快便见到一对奇装异服的中年男女突然迎面而来，身上带着雨水的腥气。如我所料，他们坐在了我的面前。中年女人五十岁左右，宽衣长裙，面带微笑，她先是拿出一张塔罗牌旁若无人地摆了两圈，嘴里碎碎念。见我无动于衷，她便停下手里的事情端详起了我的五官，开口说话。她的声音里夹杂着外地口音。意思是劝我抓紧时间信佛并出资做点儿善事，春天到了买些受孕的鱼放生到海里，否则大祸临头，还说火山和地震很快到了，你有义务和责任去为朋友们祈福祷告。前后左右都是他们的声音。整个餐厅都是女人恳切的目光和男人在门口走动的身影。就在我不知道如何是好之时，郑丽丽及时赶了回来。如同一位特工，她把一只手轻轻放在我的肩上，用食指在上面点了两次，尾指点了三次。收到了摩斯密电码之后的我，心不再悬着。餐台旁只剩下我和郑丽丽。她微笑着告诉我这些都是铺垫，不用理会这些人的行为，否则他们会一直缠住你，编一些奇奇怪怪的经历，给你洗脑让你信服，企图打动你，如果你不同意，他们会给你扣上两顶大帽子，比如冷血和自私，没有文化底蕴，缺少艺术理想。最后郑丽丽说，这些人是青鱼街新来的租客，有的住在楼上，有的则去了附近的客栈。为了所谓的伟大事业，他们克服重重困难，只为寻找投资和免费的一日三餐热水澡。最后她指着青鱼街上方的云对我说："你不认为这里的天都比其他地方干净吗？"

就在郑丽丽准备对我大谈天气时，青鱼路口又多了两位拖着拉杆箱、身体上散发着热气的外地人。他们眼神里散着好奇，见到街上的陌生人，也老朋友般打着招呼，惹得手里提着菜的本地人躲着走，还要回头看上两眼，嘴里飞出一句抱怨。这便是郑丽丽的男朋友范思文和一位大师。郑丽丽此刻站在窗口向外面观望。接下来，还将有一位老父亲乔装打扮了自己。他随着人流住进了青鱼街老车站附近。接下来，无论白天还是夜晚，我二舅都习惯性地戴着墨镜，他担心在什么地方与郑丽丽迎头撞见。原因是横跨大半个中国到了青鱼街，他肩负重要使命。话说发明了这则广告的男人叫范思文。在此之前，年轻的男人并无广告可言，他无所事事，连吃饭都成了问题。作为一位表演专业毕业几年仍没有着落的年轻人，他的理想没有变过，他喜欢把"我们应该回归田园，把钱用对地方，而不是为了满足于吃饭睡觉各种感官享受"这种话放在嘴边。他喜欢用一些似是而非的广告为青鱼街宣传，如"座中自有戏中人""陌上花开""我在深夜等你"之类。

进到我表妹客栈之后的范思文，是唤醒我表妹记忆的人。他除了朗诵诗歌还喜欢抨击社会，我表妹则会放下手里的一切，坐在一旁听着。范思文说：有人问我们的孩子为何没有得到好的艺术教育，我会告诉他，要怪就怪那些自以为是的有钱人，要怪就怪这些浑蛋的成功人士，他们是没有道德感的一些人。范思文说话时用力过猛导致他差点儿没站稳，可是他挥舞双手的样子让郑丽丽感觉太有范儿，这场景总是让她感到熟悉，仿佛回到儿时的客厅，刘方军就是这样说话的。

除了演戏，范思文的理想是得到周游世界的资助，他说要先去寺庙，拍些艺术照片发回来改变人们的生活方式，范思文认为自己属于外面的世界，而不是每天守着女人或世俗生活，买菜做饭做家务的普通人。眼下范思文说自己的使命是瓦剧，只有瓦剧才能拯救人类，帮助人类度过那些曾经的至暗时刻。见郑丽丽有些怀疑，范思文说："怎么没有，广告和瓦剧一样，广告词、拍婚纱、生日宴和拍摄瓦剧类似，人生不过是一场悲剧。"他仰天长啸。最后，他说青鱼街将成为一条著名的瓦剧街，家家户户都是演员，未来的青鱼街每家都是一个小型的剧社，可以独立完成各种演出。属于自己的春天便也真的到了，眼下，他只需有一笔支持费用便可以实现人生理想。说完话，他开始盯住郑丽丽，似乎他的眼睛里早有答案。

郑丽丽被对方看得热血沸腾，她把身子侧向窗外，阳光照到脸上，她用余光看到了范思文。

几天之内，青鱼街又多出几位游客，他们多是些穿着打扮比较奇怪的男女。男的穿得像个出家人，女人则多是鲜艳的袍子，类似于吉卜赛人或古装戏的打扮。他们分期分批进入了曾经平静无比的青鱼街。郑丽丽先是听到了急促的脚步声，随后有个女人推门进来，嘴里嚷嚷着饿死了我要吃很多饭。那是一个头发烫着小卷、喜欢嘟着嘴说话的年轻女人。她的身后跟着两位中年男性，其中一位走路艰难，步履蹒跚，另一位则显得年轻活泼，眼神乱飞，刚进门，他便像是我们在书里见过的那种花花公子，绕到女服务员身后，把脸凑在女服务员的耳后说，我也饿了我们男的都饿了之类，其中一位凑到郑丽丽耳边说自己很厉害，除了舞台上，其他事也非常了得。说完,他向我表妹郑丽丽眨了眨眼。郑丽丽迎来了她梦中的大师们,他们像是她前世的亲人,说话、动作是那么的、无比的熟悉,她无法想象自己这辈子还能有机会遇见,并且如此近距离。

这才是正确的生活方式。范思文教她打开自己:"否则你将活得很土很原始,任何希望都无。"

话说由范思文先后带进青鱼街的大师们,酒不过二巡,便决定安营扎寨在郑丽丽的客栈了。有人说:"各地都在争相打造瓦剧街,可有谁能再造一个八十年代的场景呢?沉浸式的不费吹灰之力的青鱼街便是这样一个地方。"工厂、打工妹、发廊、低矮的亲嘴楼……远道而来的客人们早已打探好并远见卓识、胸有成竹地认定青鱼街将最有资格成功入选,这是回到餐桌上的话题。编撰的故事里还有一位女演员由此走出,虽然只是个配角,可是人家上过大银幕。如果不是因为开凉茶店的父母毫无远见,只在家苦等好消息而没有花钱炒作,此配角早该红得发紫了。还有还有,据有关人士透露,多年之前,青鱼街还出过一位小诗人,诗人年纪虽小,却可以把诗写得灵气十足,比如把天烧了个窟窿、烫出一口深井之类的天才诗句。说完,郑丽丽把上半身向后仰着,像是一张肉皮搭在了椅背上,脑海里浮现一个个瓦剧人物。范思文见了,伸出拇指:"对对,就是这个范儿。"

青鱼街上各家的窗户有的开着,有的无端端伸出一件女人的文胸,有的则挂着腊肠,有的挂出一条女人的黄色底裤。在青鱼街成为第一街后,范思文是最大的受益者,无须再拉广告,同时餐馆变成会所民宿和拍摄基地,类似横店那种。郑丽丽眉头皱紧不知是喜是忧,在范思文的鼓励下,她的手上多了根烟。郑丽丽长舒一口气,半小时前她已被范思文以项目孵化的名义借走了五万元。

他真的没有和我客气,我们好像前世已经认识今生只能做恋人。郑丽丽向我描绘了当初的情景，她着了魔一样，开始使用瓦剧的腔调。

接下来的日子里，范思文无须再像以往那样四处流浪，而是以艺术家的身份睡到中午才起床，洗漱后吃早饭，随后是喝酒聊天吟诗作赋，谈论些连他们自己也不懂的宗教、哲学或十九世纪的油画以及诺奖将会花落谁家，除了傻笑和因为打岔而引出的新话题。

整个客栈里的艺术家似乎都沉浸在对未来的无限憧憬中，窗外的花粉让他们产生过敏反应总是嗜睡。一只苍蝇在他们的头顶上乱飞乱撞。艺术家聚在客栈里唯一的工作就是等待。几天之后，范思文打探到了消息，为了让这些消息显得真实可靠，他开始煞有介事地为大家讲解和排练如何说话，如何找到关键点。通常他们会请一些打印店的年轻人，做一个无懈可击的方案，然后把精心编制好的资料装订成册，装进信封，摆到决策者的办公台最显眼处。这样的场景他们训练过多次，剩下的便是穿着睡衣在客厅和卧室间踱步，手上端着一只高脚杯，里面荡漾着小半杯红酒。在他们看来成功指日可待。

接下来的日子里，范思文说话做事多与表演，与缪斯与斯德哥尔摩，与西方绘画与哲学，与现代舞与地下瓦剧有关。一座普通的石桥，因为拍过女孩们的毕业照，便被统称为通往巴黎的天桥。作为年轻艺术家的范思文准备发动了。家家户户把辣椒葫芦玉米用线穿起来挂到门前窗上，再翻出两张旧年画贴在墙上，阿婆戴过的草帽和穿在脚上的旧布鞋被强行脱下，附近有个曾经在厂里打工的中年人，将收集到的各款BP机摆在门前，这样一来，连原村民也受到了感染，他们每天会在旧箱子里面翻腾几次，希望可以找出点儿宝贝，用以改变家庭风水，毕竟发达的机会难得。多乎哉，不多也。范思文振振有词。他开始以大师的模样现身于直播间，一只手上挂着黄色的蜜蜡，另一只手里握着一对文玩核桃，话题之二是如何把现在半新不旧的房子做旧。到了节目最后,他竟然用作揖的方式与观众打招呼,好似他已经稳操青鱼街的胜券。范思文说如果申请到费用,他将动员世界各国的兄弟都坐高铁过来,届时他将包上一辆通往青鱼街的专列。青鱼街必须像天堂的样子,从此免去上班之苦、赚钱之累,青鱼街人即将开启梦想生活。

仿佛是一夜之间,昔日无所事事的青鱼街焕发了活力,咖啡厅、酒吧人声鼎沸。郑丽丽眼神迷离,若有所思,台词和名人名言常挂嘴边,话题深奥,令人捉摸不透。她说进入青鱼街的当天她便感觉自己获得了新生,她变得时而焦虑时而心事重重。她常常为自己说不出有思想的话,讲不出冷幽默的段子而着急。范思文鼓励郑丽丽说距离梦想实现已经越来越近,而你只需再上几节课就成功了。如果还没有续卡就要抓紧了,看在我们熟的分上,我给你打五折。

除了被借走了钱,还有一辆车,都算是学费的一部分。我表妹郑丽丽想对范思文叮嘱路上小心,掩饰对自己座驾的心疼,可话到嘴边临时又换上了:要玩得开心啊!演员培训班似乎也在如火如荼地报名。青鱼街已经有很多孩子放弃原来的计划,开始学习表演,参加各类艺考,家长们想好了,只有用好第一街这张名片才不会辜负上天的安排。范思文准备去演讲了,他要把艺术的火种播撒得到处都是。

我表妹当然希望近水楼台先得月,她自认为有充分的理由向范思文请教,往日落落大方的她,因为瓦剧而变成了小媳妇。为此,她特意买了食材,那是范思文前一晚心血来潮说非要吃郑丽丽下厨做的菜,似乎有点儿正式对待郑丽丽的意思了。郑丽丽直觉是对方准备表白了,比如未来,这是她喜欢探讨的话题,可是除了借钱借宿,没有人愿意与她探讨这些。接到范思文的电话前,她正躲在床上发呆,范思文问:"你准备好的饭菜呢?

女孩子们准备的零食也都吃光了,大家都在等你,发什么呆,加速哇!"

"没问题。"于是,郑丽丽激动得忘记了一切,她带着自己准备享受一周的食品冲下楼梯。奔跑中,她被自己的长裙绊了两次。范思文见到她的时候,有些不高兴,说你让大家等了那么久,都困了,尽管如此,他们还是伸手拿起了台面上的食物,他们大口吃着,继续谈论着百老汇和中国的艺术走向。郑丽丽什么都不懂,安静在一侧像是被人忘了,显然她是多余的。不知过去了多久,有人提议困了要回房睡了,随后便有两三个人起身向回走。大厅很大,只剩下了郑丽丽。那个微胖的女服务员远远地看过来,眼神里有些同情。包装袋、剩下的空盒子被胡乱丢在地上或餐台上。餐厅是郑丽丽下午整理过的,为了显得好看些,几处边边角角还被她拉直过,可眼下,她蹲在地上收拾好它们,水果弄脏了她的裙角。

6

在我看来,郑丽丽一直犹豫,如果不是范思文从头到尾用鄙夷的眼神看着她,郑丽丽可能会失态,还会在追星的大道上一路狂奔。直到多年以后,我表妹郑丽丽认为如果没有"瓦剧"二字掩护,范思文只是个彻头彻尾的懒人。不同于常人的范思文需要为自己的好吃懒做抛光打蜡作出解释,在他心里一直盼着奇迹,比如一个没什么文化却向往艺术有实业的老板要包养他,供他从事瓦剧事业,而他流着忧国忧民感激涕零的眼泪,幻想着回到古代,有车有马,而他已经做了大佬的门客幕僚,穿着青布长衫,披着一头瀑布般的长发,站在月光里冥想,不远处是夫人和小姐暗送秋波。范思文说自己需要养精蓄锐、卧薪尝胆而不是朝九晚六做那些千篇一律的没有创造性的工作。什么时候工作呢?资金和一切准备就绪的时候,便是他光芒四射大展宏图之际。范思文鼓励郑丽丽再疯狂些，只有这样他才可以心安理得地不做事，而只需表演、看书、写字、谈论人生。范思文承认当初见到郑丽丽的时候自己毫无感觉，这个女人太辛苦了，手里的钱也并非继承遗产。范思文要的是一个向他无限度提供支持的粉丝而不是什么贤淑女子。什么年代了，还把自己搞得那么传统，太可笑了。范思文需要的不是女人，而是可以助他成功的资源。范思文说有这个想法的人不在少数，这是一个新时代，作为时代新人，他们应该为理想加油鼓劲。

郑丽丽像是懂了对方的心："你还是做你的大师吧。"范思文听不出对方话里有话，他热情地双手对着一只猫伸出。小家伙并不认识眼前这个又瘦又长的男人，向范思文扑来。范思文还没来得及逃，便被眼前的一抹黑色击中了右眼。范思文忍住疼痛，蹲下身子向对方移动。小家伙知道惹了祸，准备躲进郑丽丽的怀中。范思文再次出击，把这团刺猬一样的东西揽进怀里，然后他用自己的两条腿夹紧，以报复所有人。

为掩饰慌乱，范思文开始装模作样地在白纸上面涂鸦，他说先要画出舞台的效果，比如，进场时大幕拉开后观众第一眼看到的是什么，演员说完台词后如何下场，而新的角色进行无缝对接。可是他很快便走了神，开始为自己描绘起蓝图，他想躲进女人或男人的怀里，免受劳作之苦。他希望听到：真没用，这点儿小事算什么？不必担心，我们会有大笔钱可以雇人做事，而你只需要在舞台上展现魅力与风采。

用力过猛的这一掌，把范思文打醒了，他看见这只猫正死盯着自己，像个修炼多年的老者。范思文吓得身子向后缩着说："是她主动的，我要的根本不是这些。"他认为这只猫是个先知，早已看穿了他。猫咪用脚踢着地上的石头，人造鹅卵石飞了起来，狠狠地打到范思文的脸上，像把刀子。范思文不理也不觉得痛，他发着狠，把手里的面包捏得像纸那样平。他想起了曾经念过的台词："你们这些人有什么资格？为何不思考，作为一代大师我竟然跟你们一起，浪费了我太多时间。你们不羞愧吗？"想到这里，他准备奋笔疾书，可是他根本没有用过毛笔这玩意儿，手也发抖了。他要说的是餐厅算什么，鱼和肉算什么，金钱算什么，所有的物质都太过俗气，他只追求高尚的艺术，那种谁看了都能主动矮化自己的艺术。

范思文幻想成功的那一天，届时他将穿着华丽的睡衣，与大咖们搭戏。聚光灯下，他的眼睛闪着异样的光芒。想到这里范思文忍不住在心里抱怨："你真是一个心狠的女人，眼看着我这个天才被浪费，被消耗，我是食物便可以打发的吗？牺牲点儿色相又能怎样？"范思文必须极力地让郑丽丽沉浸在表演的梦境里，否则他追求不劳而获的理想将无法实现。

"看到了那些客人摸我腿你也不生气吗？"我表妹一脸委屈，她在为自己莫名其妙又免了对方的单而生气。

"什么他们？大师们的真性情。"范思文说。

"你真的不会担心我吗？"郑丽丽问。

"是你的魅力激发了他们。"范思文严肃地说。

"那我又算什么？"郑丽丽生气地嘟起了嘴。

范思文说："你如果在别人眼里毫无魅力，我会很光荣吗？请你不要忘记自己更是缪斯，没有艺术的每一天都不值得过。"

见郑丽丽一脸不解，范思文继续道："不是什么人都能成为缪斯，而你就是。如果你的店里多住进来一些有品质的客人，我敢说你为这条街立了功，这就是我们选择你的意义。"

郑丽丽问对方："你真的不介意我和别人在一起吗？"范思文用瓦剧腔大声说："我在意，可是我更在意你为了艺术所做的贡献。"此刻的范思文多么希望自己成为一个女人，婉约动人，身子和手脚好似无骨。可每次醒来都会无比沮丧，镜子里的他虽然眼神柔弱可样子还是个男人，他恨自己的肩膀那么宽，手脚那么大，尤其嘴唇上面那零零散散的一不留神就竖起来的胡楂让他深感难为情。要知道他做梦都想成为一个女人，只有如此才有无限可能，世界也才属于他。

7

我隐隐感觉到周围的异常，王老板、青鱼、二舅、郑丽丽、文化宫……难道这些都有关联吗？时间过得飞快，转眼便到了端午，郑丽丽时而轻声细语，时而粗声粗气，只为迎合范思文和大师们的不同需求，然而她很清楚时辰已到，不可再恋战。

天亮前，郑丽丽在范思文的床上拉起了女助理。范思文故作轻松慢悠悠地拉起裤裤，扣着白衬衣的纽扣，他非常后悔住进了郑丽丽也有钥匙的房间里。

女助理的衣服被我表妹郑丽丽卷成一捆，浇上冷水，从窗口扔了下去。郑丽丽顺便把桌面上几本她为了附庸风雅买的书一并丢进垃圾桶。她冷笑着："以为是部新剧，可看来看去台词都还是旧的。"

郑丽丽洗完澡，换好职业装，走出卧室到了客栈最大的包间。她环视一圈，冷冷地打量了这些曾经让她着迷的大师。郑丽丽伸出手指在茶几上敲打了两次，见还是没有反应，只好对着沙发上的大师们说，声音变得越来越大。郑丽丽想不起自己曾有过的羞怯、结巴和自卑，此刻像是借了别人的嘴，她提高了嗓门，兴奋地叫着："各位大师好！这些天都睡得香吧？怎么一个个的总是睁不开眼呢？对了，现在我是通知你们，请各位今天之内把各自欠下的账结了，具体数目已经在收银台了，包括你们向我借的钱和欠条。当然，昨晚吃过的这一餐要算在我名下，谁让我曾经崇拜过你们呢？"她的手向左前方扬起了两次，她认为自己如果戴着白手套效果可能更好。

"什么什么，我不敢相信自己的耳朵，你真的如此绝情吗？你如果真的热爱瓦剧就不会如此！"范思文转回身，为我表妹的态度急得打转。

郑丽丽说："欠债还钱天经地义，你还要考虑？"

范思文来到郑丽丽身边说："你不认为我们纯粹的样子很可爱吗？"

郑丽丽冷笑："拜托了各位，请不要再欺骗自己了。"

范思文对着我表妹肉麻："昨天你还不是这样呢，怎么一夜间就变了？"

郑丽丽不理："你们说得对，我不配，也没这个条件，从小到大我的心比天高，家里人都不敢告诉我真相，我又黑又土，说话还结巴，不仅不配表演，还会侮辱了表演二字。"说到这里，郑丽丽转过身对着范思文："铺垫来铺垫去，不过是为了钱。对不起，我不能再为你们提供免费的三餐和热水澡了。"

我感觉郑丽丽终于有了演员的感觉。

听闻此言，范思文原来还挂在脸上贱兮兮的笑意逐渐消失，变成了委屈，贴在惨白的脸上。他根本没有想到郑丽丽会变脸。

"对了，你师徒二人也早点儿上路，继续西天取经，或许途中有人成全你们的理想。"我表妹微笑着对着那对正发呆的同伴。她想起自己这副样子果然是得了母亲的真传，当年遇上这种赌输了钱赖着不走的男人，曾经柔弱的母亲突然变成另外一个形象，她双手盘在胸前，叉开双腿，对着无赖的脸，凶狠地下着逐客令。

8

郑丽丽不解:"你怎么可能买得起青鱼街的房?为什么会有这样的安排?"

"也是她的愿望。"我二舅说,在此之前,他从来没有对她提过母亲。

郑丽丽的手在抖。离开家乡多年的某天,郑丽丽回想往事的时候,她的母亲已经永远离开了她,冬夜的病房里除了郑丽丽没有其他亲人。

我二舅说:"那些年她吃了太多苦,我却从来没有考虑过她的处境,从来没有想过这件事情的源头就是我本人。"

郑丽丽内心翻江倒海:"是你招待过的那些大师不再理你了吗?"郑丽丽做好了报复的准备。在太长的时间里,郑丽丽大胆设计了房地产的营销方案,并把父亲骗到了青鱼街,一次性付款置下了房产,令其倾家荡产,一无所有,为自己的自私和冷漠付出应有代价,而她将仰天长啸,潇洒离去,郑丽丽为自己设计好了告别的背影。可是,她的心怎么奇奇怪怪地就变了呢?连这种想法都让她感到心痛,我表妹不相信自己的变化,此刻,她竟然希望父亲不要离开,不要再四海为家,哪怕不原谅,她也想陪着他,为他养老为他送终。

为了女儿完成这个巨大的任务,做父亲的又怎能不赴这个约呢?他需要为女儿完成这个任务,于是他将计就计,导出这场大戏,借此机会,他希望女儿认清事实,了解真相,包括所谓的爱情、友谊、生活和艺术,当年的自己疯狂疯癫,并引狼入室,妻离女散,郑丽丽的母亲就是被那些大师勾引并遭到了遗弃。文化宫的故事,曾是四邻茶余饭后的谈资,也是父女二人背井离乡的原因。

好的演员,生活是生活,戏是戏,只有不好的演员,才把生活当成戏,戏当成了生活。我二舅回忆当年。电子表被刘方军动了手脚,只因前一晚喝了那人的洋河大曲，睡了两天，醒来的时候一切都无法挽回。那是当年县城里最大的一件事。

青鱼街这段离奇的生活像是梦里，总是让人感到恍惚。作为父亲深知一切却沉默不语，郑丽丽全然不知多年之前的母亲并不是癌，而是引产失败，她怀了别人的孩子。

郑丽丽回想起我二舅，在心里责怪父亲："虽然我们一家属于吸渣体质，可是你怎么不相信我会改变？"

我表妹那些不愉快的记忆将随风而逝。再想念母亲，她也不会难过，毛衣和那个无助的冬夜也将被那年冬天的大雪掩埋。

只有我知道，如果不是我二舅戏性大发推波助澜，这个和他一样患了文艺病的女儿不会醒来。直到多年以后，郑丽丽的这个成功案例仍被运用在各种商业课堂上。当然，随着艺术家们渐行渐远，郑丽丽的心肯定习惯性地痛过，怅然若失过，毕竟那些东西在她的血液里流淌过，刻骨铭心过。只是谁也想不到，在这样一个午后，她竟然全部放下了。

棚户区的改造已经开始，并不会以个人意志为转移。无论游客多还是少，来还是不来，都不会影响开发。地产大佬们已等候多时，花大力气完成了开发前的各种勘查和准备，从调查摸底，到探索试验，从收购二手房到方案的执行，前期有条不紊，后期干净利落。乱飞的废纸、被风吹得满地跑的易拉罐、行色匆匆的路人，还有拾荒者早已不见了踪影，一个崭新的商业区将从此崛起。有人担心青鱼街这个缺乏实体经济、大街小巷遍及了售楼小姐售楼小哥的地方不会有未来，郑丽丽则笑着开口："只要有耐心，年轻时来过青鱼街的人们，今后不管他走到哪里，都会对这个梦幻的青鱼街念念不忘。即使他们不回来，他们的儿子或孙子也会回来，到了那个时候我们做物业、停车场、餐饮、客栈……"郑丽丽无法相信这些话是她一气呵成完成的，字正腔圆、抑扬顿挫，十足的瓦剧腔。郑丽丽想告诉父亲，最好的演员不在台上，而在生活中。

本地人无论如何也想不到青鱼街发生的这些故事都与那个促销方案有关。不过是一个为了聚拢人气的营销试验，幕后导演是我二舅和他的朋友们，后期参与者——郑丽丽。

接下来的日子里，郑丽丽将会开启自己的新生活。她将在黄昏散步到街口，瑰丽的彩霞灌满了行人的双眼，她踩着训练过的台步来到窗前，脚边是一个硕大的正方形纸箱。她浮夸地念了几句《暗恋桃花源》里的台词，清点着那些淘回来的假古董，道具已完成使命，需原路返回。不久之后，作为生意人的后代，郑丽丽不止卖了一套而是多套。除了得到当年的房客、当下老板的嘉奖，郑丽丽还掌握了在镜头前如何使自己的脸显得更小一些的技巧。

此时，已经完成使命的我二舅正微笑着离开青鱼街，踏上了返乡之路。

· 作者简介 ·

吴君，女，1969年生，现居深圳。主要作品有《亲爱的深圳》《皇后大道》《万福》等。出版著作十三部。曾获人民文学奖、百花文学奖、中国小说双年奖、北京文学奖、广东省鲁迅文艺奖等。多部作品入选各类选本、排行榜，有作品译为英、俄、蒙、匈、印尼等文字。部分小说被改编为影视作品。

国产轮胎

□ 郑小驴

车轮一旦开始往坡下滚动便无法阻挡。

——村上春树《山鲁佐德》

1

上午时分,男孩从校门口旁边的小巷里走出来。他穿着肥大的蓝白校服,左脚的解放鞋裂开了道口子,露出乌黑的大脚趾盖。入秋已经一段时间了,气温却还没降下来,依旧热风扑面。男孩沿马路慢慢走着,双手插进衣兜,捏住五毛钱折成的千纸鹤,模仿香港电影里的杀手,用手指挑起口袋,比拟手枪的动作,对着路人挨个点射。男孩面容苍白,上唇冒出淡淡的胡须,校服脏兮兮的,明显不合身,衣摆快要罩过他的膝盖了。

路过镇上的新华书店时,他忍不住瞥了一眼。二层楼,白瓷砖,淡绿色门窗,里面摆满琳琅满目的书籍。售货员那天身穿浅蓝色套裙,双臂交叉,立在玻璃柜台后边。他认得这位女人,他们背地里给她取了个"金鸡"的绰号。这绰号一度让他看到女人时感到难堪。女人四十左右,神情肃穆,常年雕像般立在那儿。听说至今依旧没结婚。如此岁数尚未嫁人,多年来都是小镇的热门话题。男孩推开玻璃门,进入书店,女人瞟了他一眼,又将目光伸向外面。对面是镇卫生院,四层楼,赫鲁晓夫式风格,墙上刷满计划生育的标语,蔚蓝色门窗,油漆剥落,透出一股腐朽的气息。二楼走廊上,三位穿白大褂的女护士坐在木椅上织毛线衣。女护士们的表情看起来和指尖上的织针一样欢快,不时爆发一连串响亮的笑声。女人冷冷地瞅着对面。

这年头读书的人越来越少了。盗版的金庸、琼瑶,地摊上三块钱就可以买上厚厚一摞。每次经过书店,里头都冷冷清清的,他不知道书店是靠什么维持下去的。第一次进书店时,男孩也站在书架前同样的位置,一眼就看中了四大名著。最引他注目的是那本《水浒全传》,淡绿色封皮,精装本,岳麓书社,定价17.5元。他喜欢大碗喝酒大块吃肉的好汉。

现在四大名著不见了,书架那儿空缺了一角。他以为挪别处了。并不是。男孩胡乱翻了翻别的书,心里空荡荡的。他又向那边偷瞥一眼,女人依然保持刚才的姿势,满眼厌憎,瞪着对面卫生院的走廊,嘴角忍不住浮起一丝不屑。男孩裤兜的钱只够买两个馒头,离买本书的钱还差得远呢。男孩贪婪地望了眼书柜,悄悄步出书店。

阳光猛烈,水泥马路白得耀眼。许久未下雨,路旁的香樟无精打采,落满了厚厚一层灰。一只老黑狗卧在理发店铺门口,耷拉着耳朵,露出脏兮兮的白肚皮。他踢着百事可乐易拉罐,一路哐哐当当,路过米粉店、废品回收站、五金杂货铺，朝斜坡上方走去。坡顶是宏明汽修店，紧邻省道，路边竖立着一块"风炮补胎"的广告牌。广告牌早已锈迹斑斑，中间一处透明窟窿，碗口大小，如窥视的巨眼，紧盯着坡下的镇子。老板是对五十岁上下的夫妇。男主早些年中过风，麻了半边，后来康复，手脚终究没原先麻利，干不了重活了。之前店里雇了两名伙计，都辞职去了广东。上月新来的年轻伙计，大家都叫他"小湘西"。他喜欢看小湘西修车。

小湘西戴顶深蓝色鸭舌帽，正将拆卸下来的轮胎放轮辋拆装机上，用力压下垫圈，取出锁圈和密封圈。他蹲到小湘西跟前，一言不发地望着他忙活。文跎，又逃课啦？男孩脸蛋露出羞赧的表情。小湘西压下挡圈，取出垫圈，最后压下轮辋，用机械手将拆卸下来的轮胎、轮辋组件依次取了出来。阳光扎眼，照着小湘西细长白皙的后脖颈，后颈上的绒毛在阳光下呈现金黄的色泽。男孩看到店门前的地坪上堆着一圈轮胎。一只重型卡车双排后胎在一旁靠着，等候拆卸。

男孩叫文彰，但他从不叫男孩名字，给他取了个古怪的绰号叫文跎。男孩不晓得文跎是什么意思，起先还想反驳，我叫文彰，表彰的彰。他故意提高声调，叫文跎有什么打紧？文跎，文跎。男孩见他这样，也任由他叫了。相比班上"病橘子""同性恋""金刚钻"等绰号，"文跎"至少没什么恶意。

小湘西看起来比他大不了几岁，一张斯文秀气的脸，身上干干净净的，怎么看都不像是干汽修行当的。男孩问过他年龄，他让男孩猜。十五六岁？他故意板起脸，老子像十五六岁的？男孩说，那你多大嘛？老子二十了。男孩说，骗鬼呢，你看起来顶多十七八岁。他说不信拉倒，老子走过的路比你踏过的桥都多。男孩哧哧地笑。小湘西说，骗你干吗？他小心摘下沾满机油的棉纱手套，脸颊上的汗珠在阳光下闪闪发亮。

那你为何不待在湘西，跑这边做什么？男孩问。老子爱上哪儿就上哪儿，让你管那么多闲事？男孩又嘿嘿笑。听说你在广东待过？他假装没听见，在盛汽油的脸盆里洗了洗手，抓块毛巾将手擦干，点燃一根香烟。香烟翘了翘，被他紧咬住。一口洁白的好牙。他深吸一口，张开嘴，吐出一个浑圆的烟圈。烟圈徐徐上升，逐渐扩张，往男孩头上飘去。他吸烟的样子很酷。男孩说，能不能教教我？他说滚一边去。

男孩从小就喜欢车，见到车挪不开脚。小时候车少，一天难见到几辆。路上跑的大多是衡阳牌拖拉机、福田牌小四轮，后来"慢慢游"多起来，一种带篷子的三轮车，突突突，五毛钱就能上车，遇上坑洼路段，颠得屁股疼。这些车他早就看腻了。男孩想看电视上的小轿车。最近他陆续认得了丰田、本田、尼桑、现代等韩日系品牌。这些小汽车平时在镇上凤毛麟角，几天都难得一见。省道上倒是常见，但很少在小镇停留。偶尔在宏明汽修店见到一辆，通常是抛了锚或爆了胎，虎落平阳，动弹不得，再神气也没法子走了。在石门，人生了病进卫生所，车子出故障，都去宏明汽修店。他觉得小湘西蛮厉害的，火眼金睛，车辆哪儿出了故障，捣鼓几下就搞定了。修好的车，又恢复了神气，一溜烟就不见了踪影。

和他混熟了，男孩也逐渐学会了一些汽车方面的知识。心情好的时候，他会教男孩一些汽车方面的知识，他告诉男孩发动机的基本原理，汽油和空气在发动机缸内燃烧，产生下压活塞的力。下压力使轴承旋转，然后旋转力传递至动力传动系，再从发动机将动力传至轮胎。男孩听不太懂，也饶有兴趣，觉得这比听课堂上老师讲好玩得多。有时他趁小湘西不注意，偷偷钻进车厢，坐在主驾位置摸一摸方向盘，装模作样在开车，过把干瘾。

小湘西告诉他，一辆车大概由两万多个零部件组成。男孩听了直咋舌，两万多个零部件，拆散了你还能组装回来吗？小湘西装作不屑的样子，这有什么难的，玩积木一样。男孩觉得小湘西肯定在吹牛。

这天小湘西维修的是一辆老款日产蓝鸟。贵州牌照，风尘仆仆，像赶了很长时间的路。好几处车漆剥落，露出赭黄色锈斑，制动卡钳上锈迹斑斑，左前灯瞎了一只，后保险杠凹陷，被撞击过，已经摇摇欲坠，随时一副摊牌的架势。小湘西打开发动机盖，将头伸进机舱，排查发动机故障。男孩露出嫌弃的神色，这么破的车，车漆都掉了，还能跑这么远？小湘西起先没搭理他，男孩用手指摸了摸后保险杠，说这儿也快掉了。小湘西瞥他一眼，说这有什么打紧，只要发动机、变速箱、底盘，这三大件没事，其他都是小问题。男孩说，它现在哪出了故障？他指了指男孩的胸脯说，心脏。男孩说，还能修好吗？他拍了拍车身说，没有什么车是修不好的，只是看还值不值修。

车门上残留着一只乌黑的手掌印。男孩盯着那只手掌印，手掌印上的指纹扭曲变形，渐渐变成血手印，男孩打了个激灵。小湘西正埋头检查发动机，男孩悄悄拉开车门，一屁股坐进主驾位。车内弥散着汗渍味，混合着老车独有的陈旧气息。皮质座椅伤痕累累，起了厚厚一层包浆，色泽可疑。他扒下遮阳板，朝脏兮兮的化妆镜伸舌头扮了个鬼脸；将车窗玻璃摇下摇上。手刹硬邦邦的，他扳了几下，纹丝不动，仿佛暗地里有股誓死抵抗的劲儿。强攻看来不行。他看见手刹前端有个按钮，往里一摁，顺势往下一扳，手刹顿时泄了气，轻轻松松就给放倒了。他有些得意，扳起又放下，反复来了好几下。最后还踩了脚制动踏板和油门。车没有任何反应。他尝试了几把，兴趣转移向了手套箱和扶手箱。里面装着一堆乱七八糟的票据、证件，没有他感兴趣的东西。直到最后他才发现那只黑色旅行包。旅行包放在后座底下，上面盖着件夹克衫，轻易难以发觉。男孩往外瞟了眼，没人往他这边看，撑起的引擎盖把车内的视线遮挡得严严实实。旅行包里装满衣物和洗漱用品，像做足了出远门的准备。男孩伸手探入包内，摸到衣物、毛巾、牙膏、剃须刀。正准备收手时，突然摸到了缠着耳机线的随身听。金属机身带着冰冷的质感。男孩感到肾上腺素瞬时飙升，心脏一阵狂跳。这时，男孩听见小湘西拨弄引擎盖撑杆的声音，他赶在小湘西合上引擎盖前，将随身听塞进衣服，下了车。

小湘西手上拿着手电筒，眉梢间透着股得意劲儿。男孩脸蛋红扑扑的，说，这么快就修好啦？小湘西说，搞定了。小湘西心情很好，像远行的骑手最后检查一遍马鞍，说，想不想看眼底盘？男孩还从没见过底盘呢，说好啊。他跟着小湘西猫身钻进修理槽。从修理槽往上看，车子底盘一览无余。小湘西用手电筒指着变速箱、油底壳、传动轴部位，教男孩一一辨别。男孩有些兴奋，这些都是他从未见过的东西。男孩看到变速箱部位有渗出的油迹，响亮地喊道，那儿漏油呢！他嗯了一声，说看到了。男孩说，那还能开吗？他说，小事情，不碍事。

男孩钻出修理槽，看到店门前码着的那堆废弃轮胎，像只小猴子似的爬了上去。他坐上面晃悠起双腿。那是一堆粗壮的重型卡车轮胎，码在那儿已有些时日了，直径比男孩个儿还高。男孩骑上去，用脚跟敲打着轮胎，双腿使劲抖着，轮胎纹丝不动。小湘西在凉椅上抽烟休息，看着轮胎堆上的男孩。男抖穷，女抖贱。男孩装作没听见，继续抖着腿。男孩说，这些轮胎还能用吗？他说报废了，没什么用了。他望着男孩那双脱胶的解放鞋。男孩很久没修剪趾甲了，趾甲盖下藏着厚厚的污垢。他站起身，走向前，目光钩子似的盯着胶鞋。男孩被他盯得有些害臊，下意识地往后弓了弓脚指头。鞋上的破洞像个放大的"穷"字，深深刺痛了他，男孩恨不得找条地缝钻进去。把你鞋子脱下来我看看。男孩感到一道灼热的光，正牢牢地盯着鞋上的破洞。男孩抬头刚想说点什么，突然被抓住脚踝，还来不及反应，鞋已被小湘西薅了过去。只见他将鞋举到鼻尖，朝鞋口深深吸了一口气。双目紧闭，脸部扭曲，像个烟鬼吸上了久违的香烟，深深入肺，陷入陶醉之中。男孩又羞又惊，你搞什么啊？从轮胎堆一跃而下，夺回了鞋子。小湘西笑嘻嘻的，像过足了瘾的烟鬼，一脸的惬意。男孩整张脸都红透了，瞪着他脚上的鞋子说，有双新鞋了不起啊！男孩气咻咻朝长坡下方走去。刚走上马路，他听见有人大声呼唤，小湘西，上来吃午饭了。

2

　　小镇只有两条街，丁字形，上坡一条路，连接省道，横路则是镇上主干道。主干道从东走到西，也就一根烟的工夫。他刚来石门时，连准确的方位都说不上来。这里的人说话口音古怪，很难听懂。起初他连蒙带猜，适应了大半个月，才慢慢听懂个大概。他从没想过要在这儿生活。他随意搭上一辆中巴，一路翻山越岭，尘土飞扬，直到车停下来，所有人都下了车。他问司机这是什么地方，司机指着挡风玻璃上"石门"二字，说终点站到了。

　　没人认识他。陌生之地给了他足够多的安全感。他享受这种感觉。傍晚时分，小镇陆续亮起为数不多的几盏路灯。此时绯红的晚霞慢慢褪色，天边堆积起厚厚的钢青色云层。天光正一点点散尽。省道那边偶尔驶过一辆车，接下来又陷入无尽的寂静。这是一个没有夜生活的地方，天刚黑，街面上就看不到什么人影了。

　　暮霭中，他将汽修店外边的扒胎机、电瓶线夹、千斤顶、拉马等工具一一搬进店内。收拾停当，小心摘下手套和鸭舌帽，拉下卷闸门，落上锁，宣告一天的工作结束。

宿舍是老板免费提供的，三楼的阁楼，空间逼仄，一张单人床几乎将房间撑满。老板一家住二楼，一楼是门面，做了汽修店。他躺在窄小的木床上，墙上的张曼玉烫着爆炸头，双手插兜，站在海滩，朝他妩媚地笑。笑容放肆，一心要将他融化。他转而望向天花板，头顶悬挂着二十五瓦的白炽灯。灯泡长久没擦拭，落满厚厚一层灰。他望着昏黄的灯泡有些出神，想起泡在桶里尚未清洗的衣服，想起指甲缝未剔干净的机油黑垢，想起鞋面上未擦拭干净的污迹。他只是想想，并没起身的念头，就这么躺着，这种感觉很好。

"你是哪里人？"这是这些年他被人盘问得最多的问题。他有时说是湖北人，有时说是广东人，有时说是湘西人。这是一个他不喜欢回答的问题。可每次被问起，他还是会礼貌地给对方一个满意和信服的答案。在广东人面前，他说话带点湖南腔。和湖北人聊天时，他偶尔会讲几句粤语。时髦的粤语，总能引人青睐。在比他大的人面前，他从不大声说话。目光低垂，双臂垂直，脑袋微前倾，给人一副谦逊、乖巧的印象。

第一次在异乡听到天气预报的背景音，他的心像被蛇咬了一口。《渔舟唱晚》，熟悉的旋律，一切又回到了小时候。矮脚柜上那台十八英寸长虹牌黑白电视机，是全家的焦点。姑妈有每天观看天气预报的习惯，他跟着一起看。北京……武汉……西宁……海口……一个个陌生城市的名字从眼前掠过，在他心里泛起异样的涟漪。"局部地区将会有雷暴雨"，几乎每晚播音员都会重复这句话。他想"局部地区"是一个怎样绝望的地方啊，每天不是打雷就是下雨。姑妈神情肃穆，生硬的法令纹在屏幕荧光映照下清晰可见。

姑妈是汽配厂会计。她不打牌，不跳舞，也不爱穿时髦花哨的衣服，一头短发，总是梳得一丝不苟。她的生活就像账簿上的数字一样刻板、乏味。姑妈没有别的爱好，心情好时，偶尔拉会手风琴。尤其钟爱那首《莫斯科郊外的晚上》，琴声如诉，悠扬沉郁，算得上是她荒漠一般的生活为数不多的点缀了。拉琴时的姑妈像换了个人，平时紧绷的脸部肌肉渐渐松弛，不经意间透出几分平易近人的温柔。他喜欢拉琴时的姑妈。一个个秋日慵懒的午后，蜜色光影透过纱窗，涂抹着她的脸和细长的脖颈，琴声夹杂着楼外孩童的追逐嬉闹，这些是他灰暗童年中少有的鲜艳记忆。

五岁那年，工厂大火，父母的车间起火后发生了爆炸，两人都没跑出来，姑妈成了他唯一的亲人。他和姑妈一块生活了十年。那是他人生中一尘不染的十年。姑妈是一个有着极端洁癖的中年妇女。她忌惮人碰她任何私人物品。回家必须全身上下挥洒一通消毒水，再脱掉外套，换上拖鞋，步入卫生间洗手。开水龙头时，会先用纸巾小心翼翼擦拭干净，仿佛水龙头上沾满不洁之物。她洗手的动作在他看来简直是一项细致烦琐的工程，将手充分浸湿后，细细地抹上香皂，再一遍遍用力揉搓，直搓到手掌紫红发白，唯恐错过每个毛孔。香皂消耗得很快，几天就瘦成细细一条。她常向他举手示范，"给我看清楚了，这才叫洗手。"

他严格按照姑妈的要求去生活。在姑妈眼中，家中所有东西都是污染源，沙发、餐桌、电视、冰箱、地板、衣物……她无法克制自己一遍遍去擦拭它们的冲动。他刚来时，洗澡总是潦草应付，几分钟就完事。姑妈有天终于忍无可忍，将他堵在淋浴间，"魏克，你这是糊弄谁呢？要么认真洗，要么滚出去，去跟乞丐睡大街，再脏也没人管你。"他那时已有了羞耻感，双手捂住私处，只觉得耳根阵阵发烫。些许，姑妈平复了情绪，说："你要记住，人是脏的，皮肤每天溢出油脂，沾满各种尘埃，还有各种死去的皮屑，更别提脚趾丫、耳朵、牙齿、鼻孔、屁眼，那都是藏污纳垢的地方。"说到后来，她皱起眉头，瞳孔流露出痛苦的光泽，仿佛刚才所说的这些字眼也深深伤害了自己。

"把肥皂搓出泡沫，先揉搓手心。"

"手背平伸，搓指尖，指甲缝儿，还有手指缝儿。"

"用手握住拇指，相互揉搓，别忘了洗手腕。"

他摊开双手，向姑妈展示洗手后的样子。

"姑妈，这样可以了吗？"

姑妈看着他，冷冷地说，"以后也能做到这样吗？"

他明白，要想在这个家长久生活下去，就必须适应姑妈的严格要求。

他每天洗澡，全身收拾得干干净净的，唯恐哪里做得不好，惹来劈头盖脸的指责。他的房间朝北，单人床、小型衣柜，供他学习的小书桌紧挨床头柜。房间布置异常整洁，干净得像无人入住过，看不出生活过的痕迹。

一个寒冷的冬日，姑妈牵他去人民公园看孔雀表演。他记得是个阴天，彤云密布，厚厚的云块将天空压得很低，法桐上依旧挂着稀疏的枯叶，寒风吹得树叶窸窣作响。天气很冷，姑妈脱下羊皮手套，让他戴上。他冻僵的指头很快感受到羊皮手套的余温。回去路上，姑妈担心他冷，依旧牵着他的手。公交车迟迟未来，他们暴露在寒冷的站台，干冷的风吹得鼻尖一阵阵发酸。他感觉清鼻涕流下来，下意识伸手抹了一下。姑妈脸色瞬时变得苍白，脸部线条掩饰不住地抽搐，触电似的松开了手，仿佛刚才那个细微的动作刺痛到了她。过了好一会，她问他，今天的孔雀开屏漂亮不？他低声说漂亮。他期待姑妈再说点什么，等来的是一阵尴尬的沉默。回去路上她一言不发，再没碰过他的手。甚至有意和他保持几尺的距离。他试图挽回她的手，被她巧妙地躲开了。这时他听见姑妈感叹一声说道：

"多漂亮的孔雀啊，可惜也长了个脏屁股。"

他在厨房垃圾桶里发现了那双羊皮手套。它和一堆果皮、食物残渣躺在一起，显然被她的主人遗弃了。他的脸一阵阵发红。

3

  胡珍香是个热心肠的人，除了爱打麻将、织毛线衣，还热衷给人做媒。据说经她撮合成功了的，多得一双手也数不过来。她性格开朗，人缘一向不错，和隔壁红花家具店的女老板齐红梅，马路对面镇卫生院的邱医生、罗护士是牌友，闲暇时，几个女人常去红梅的家具店打牌。碰上晴朗的好天气，索性将牌桌搬到店门空坪的桂花树下。镇上的流言八卦，家长里短，女人家的私密话题，叽叽喳喳，无话不谈，偶尔爆发一阵大笑。

  这么多年，我还从没见过这么爱干净的男人。胡珍香贼兮兮朝汽车修理店瞟一眼说。几双眼睛都齐齐朝那边望去。小湘西正给轮胎充气，戴着鸭舌帽，地上投下一团斜长的身影。他每天都洗澡，我好奇问过一回，他说跟广东佬学的，那边的人每天都要洗澡。几个女人啧啧感叹，说自己家的男人甭说洗澡，连脚都不愿洗，臭袜子扔床下，狗嗅一口都要吐。珍香说，他还会手洗衣服呢，换下来的衣服马上清洗干净晾起来，勤快得很。你看他脚上那双回力鞋，穿好久了，还像新买回来似的。隔两天就刷一道，放窗台上晾晒，鞋面还盖层餐巾纸，别提多讲究了。几个女人不免又是一番感叹。胡珍香说，他也不打牌，不喝酒，下完班洗完澡，一个人在房间闷声不响，也不晓得靠什么打发时间。

  红梅说，今年多大了？胡珍香悄悄说，他说二十了。邱医生说，看样子像十七八岁的。红梅说，搞不好还是只童子鸡。几个女人哈哈大笑。罗护士说，可别让隔壁书店"金鸡"看上了。邱医生说，是啊，人家还是细伢子呢，羊入虎口，到时渣都不剩。胡珍香说，别看那小身板，力气大得很呢，干活也麻利，从不偷懒。邱医生说，如今都是"孔雀东南飞"，年轻人回来的很少。罗护士附和说，是啊，可不要一溜烟又跑掉了。胡珍香说，所以嘛，我就寻思着给他物色个对象。男人都是长翅膀的，有了女人就飞不走了。几个女人笑得稀里哗啦的。红梅说，老家是哪的呢？胡珍香说，他说湘西人，但听口音，又带点广东腔，有回还听出东北味。红梅说，兴许在那边待过呢，带点腔也正常嘛。胡珍香说着朝那边飞快瞥了一眼，小湘西正弯腰，将千斤顶从车底下取出来，重重丢到一旁。

和女人见面和那只随身听有关。那是一只爱华牌随身听，前几年他在广东买的，一直陪伴他左右。前些天突然没了声音，老板告诉他，上鹏飞那吧，他那准能修好。他得空去了一趟。鹏飞家电维修店靠近农贸市场，十来平方米的店铺，靠墙摆着张大台桌，占据了店内将近一半的空间。桌台上凌乱散落着万用表、电阻表、钳形电流表和各种梅花、十字螺丝刀。地面摆着几台已经开膛破肚的电视机、VCD。气焊设备、胶管、减压器和焊枪，各种零部件堆得到处都是，插脚的地方都没有。

那天只有女人守店。女人坐在门口的凉椅上，长裙，内罩淡蓝色缎子衬裙，整个身子陷进凉椅，怀里躺着织了大半的红毛线衣，像一团赤焰。女人看上去二十五六岁的样子，长睫毛，眸子晶亮，白净的皮肤，经得起细看。

他问，老板呢？女人说去乡下维修电视去了。什么时候回？女人说，乡下路不好走，说不好。他踌躇不定，犹豫要不要下次再来。女人说，有什么事吗？他于是从兜里掏出随身听，说不出声音了。女人接住，并不起身，说，要不急的话，东西先放这里，修好你再过来取。他说，大概多久能修好？一两天吧。他说好。女人打开随身听，摁下按键，取出里面磁带递给他，侧身将随身听放桌上，继续织毛衣，屁股始终没离过凉椅。

女人侧身时带起裙角，他瞥见裸露出的一截小腿。那小腿枯瘦，比手臂还细。他脑子嗡嗡响，以为是错觉，看花眼了。想再看一眼时，长裙已将腿脚罩得严严实实。他想着那条腿的影子，心里生起一股炽焰，要将他吞噬。女人隐约感觉不对劲，抬头问他，还有什么事吗？他涨红了脸，嗫嚅着说，没事了……过两天来取。

当天夜里，他梦见了女人。女人款款朝他走来。走到跟前，他发现女人依然穿着那身淡绿色长裙。他走后面，盯着她的裙角，一心想着再瞅一眼，那念头如此强烈，吸引着他一路尾随。经过一片向日葵地，他想无论如何也要掀起来看一眼了，女人突然回头，朝他深深瞥了一眼。女人的瞳仁深邃，绚丽，透出深海般的凉意。一道炽热的光在他体内爆炸，战栗。醒来时，窗外已透出麻灰色曙光，天还未亮透，万物正待苏醒，马路上一点声响都没有，体内却万马奔腾，闷雷滚滚。他下意识摸了把裆裤，湿漉漉的，手上满是黏糊的乳白色液体，空气中弥散着一股淡淡的石楠花味道。那味道让他脸颊滚烫，耳根通红。

接下来他脑海总是忍不住浮现女人的身影，想起那身淡绿色长裙和裙角下那条腿。尤其他回想起那个梦时，总是感到莫名地躁动不安。那天他神情恍惚，干活总是走神，给车保养时，差点错把玻璃水注进防冻液壶。

两天终于到了，他去取随身听。女人依旧坐店门口，整个身子蜷曲在凉椅上。见他来，女人猛地抬起头，一脸泪痕，眼圈泛红，面颊粘着发丝，脸颊浮肿，上面的手掌印还清晰可见。他深感震惊，杵在那儿，不知道刚才发生了什么，一时进退两难。女人擤了擤鼻子说，已经修好了，你去拿吧。

那是他头一次见鹏飞。个子很矮，站起身比柜台高不了多少，精瘦，浓密的鬈发，蓄着髭须，穿件鼓鼓囊囊的漆皮夹克衫，兜里插着一支试电笔。男人满脸讪笑，将修好的随身听递给他时，还不忘递根香烟。

回去的路上，他一直想着刚才的这一幕，他无法将女人脸上的巴掌印和这个低眉顺眼的男人联系在一起。这个孬种！他突然冒出一股无名火。

4

中午十二点整,老板娘胡珍香呼唤小湘西上楼吃午饭。她没下楼,而是直接从二楼窗户探出头,手里还握着沾着胡萝卜丝的锅铲。胡珍香尖声尖气的嗓音颇具穿透力,连马路对面卫生院的罗护士都听见了。罗护士站在二楼走廊,手里端着一只铝皮饭盒,扯着嗓子说,中午吃什么好菜啰,发这么大声?胡珍香说,大鱼大肉没有,萝卜白菜管够。听见胡珍香的呼喊,小湘西去洗了手,起身上楼吃午饭。

他走进二楼客厅时,胡珍香端上了青椒茄子,那是午餐的最后一道菜。桌上摆好了三副碗筷。胡珍香已经提前给他盛好了米饭。老罗身前摆着大半玻璃杯谷酒,他有点酒瘾,每餐都要小酌二两。胡珍香麻利摆布着桌上的碗碟,招呼小湘西赶紧吃饭。老罗问他要不要也喝一点,胡珍香抢先替他拒绝了,就晓得喝喝喝,都中过一次风的人了,看哪天喝死你。

从小湘西上楼那时起,日产蓝鸟从修理槽上开始缓缓后退。正是午饭时间,没有任何人察觉到丝毫异常。听见外面的呼喊声时,小湘西刚扒完半碗米饭,他还以为别的什么事。最先发觉的是罗护士,她吃完饭,正准备去走廊尽头清洗饭盒,这时日产蓝鸟慢慢从汽修店退了出来。开始她也没太在意,以为是小湘西在倒车。等罗护士洗完碗筷,抬头看时,发现车已倒出修理店,并没刹停,径直朝店门外那堆废轮胎退去。汽修店比外边地坪要高上几公分,车速越来越快,眼看车屁股快要撞上轮胎时,她忍不住警告,哎呀,小心呀!眼尖的她发现车内并没有人,很快意识到什么,于是大声喊胡珍香的名字。话还未落音,日产蓝鸟就结结实实撞上了那堆轮胎。砰的一声闷响,轮胎纷纷跌落下来。

大部分轮胎在地上蹦跶几下就不动了。日产蓝鸟卡在一堆重型轮胎里,也停了下来。罗护士刚想松口气，就发现不远处竟然还立着一只，沿着地坪转了两圈，一头撞向日产蓝鸟的右后方。轮胎与车碰撞，力道瞬时发生折射，突然挺立身板，掉转头，缓缓朝马路那边滚去。

听到呼喊声，胡珍香三人齐齐探出身。地坪上一片狼藉，轮胎散落得到处都是，日产蓝鸟不知何时倒出来了。老罗问小湘西，你是不是忘了拉手刹了？小湘西还顾不上回答，听见罗护士大喊，撞上了，撞上了。只见一只重型卡车轮胎从马路牙子弹了下来，轻轻蹦跳两下，往马路对面滚去。对面侧方位停着老胡收废品的三轮车。那轮胎像长了眼睛似的，径直撞在三轮车上。三轮车猛地一震，车上的废纸板、塑料瓶、破铁锅，哐当哐当，散落了一地。收废品的老胡大家都认得，睡觉都竖起耳朵的，听见外面的响声，连饭碗都不及放脱，一溜烟就赶了过来。刚跑到三轮车跟前，轮胎几乎擦着他鼻子滚了过去。老胡下意识往后一闪，一屁股跌坐在马路牙子上，白花花的米饭撒得满地都是。此时轮胎受到三轮车的阻击，调整了方向，咻溜溜朝长坡下方的镇中心滚去。

小湘西抢先下了楼。日产蓝鸟被一堆重型卡车轮胎堵住，暂无大碍。他看了眼车内，手刹果然没拉，脑子顿时嗡的一声响，赶紧掏钥匙，开车门，拉手刹。老罗和胡珍香这时也都下来了，目睹了他这一番操作，都面面相觑，作不得声。

没人再关心日产蓝鸟了，注意力都转向了那只轮胎。那是 11.00R20 规格的朝阳牌重型卡车双排后胎，主胎和副胎固定一块，尚未来得及放气，轮胎锁圈与垫圈还没分离。轮胎的直径足有大半个人高，像一发缓缓上膛的炮弹，以锐不可当之势，沉沉地朝长坡下方的石门镇中心冲去。

起先轮胎速度还不算太快，一圈人跟在后边，脚力好的后生，还试图追上前扳倒它。很多人以为出了事，都跑出来看热闹。闹哄哄的一群人跟在后面，像是赶着一头黑牛往前冲。"当心哪，快闪开！"五金店的老张吃完午饭，搬了张躺椅，摊在浓荫下，正准备躺下打个盹儿，突然听见坡上传来喧闹声。"轮胎来了！"老张仰起头，还来不及起身，只见一个黑漆漆的圆形怪物嗖的一下就从眼前飙过去了。五金店下方是农药种子店。这天几个枫树上来的农民在选购化肥，轮胎冲下来时，福爹扛起包尿素，正准备离开。福爹急着躲避，往东扭，轮胎似乎也在朝东扭；往西拐，也是轮胎似乎也往西拐，轮胎像故意捉弄他似的。福爹肩上扛着一袋尿素，滑稽地扭动身板，眨眼的工夫，连胎面花纹都清晰可见。福爹两眼一翻白，以为大限即至，膝盖发软，一屁股瘫倒地上。眼看就要撞上，轮胎突然一个蹦跶，高高弹起，从福爹头顶飞过去了……

两年前，石门下了场罕见的大雪。朔风一吹，结了厚厚一层冰雪，长坡接连发生了几起交通事故。此后，为了安全起见，长坡便铺了三道减速带。那时谁也没承想，减速带竟间接救了福爹一条老命。

"要没那条减速带，这条老命就交代在这里了。"福爹闪了腰，被人扶进店里，歇了好一会才缓过神，"轮胎飞过来时，感觉头顶像有风，头发都立起来了，有种灵魂出窍的感觉。"

石门人安慰他，吉人自有天相，大难不死，必有后福。

5

他是无意中发现那本相册的。相册藏在姑妈卧房的五斗橱抽屉深处，用毛巾包裹，压在一堆衣物下。纯粹出于好奇，那天他很想进姑妈房间看看。姑妈长着狗鼻子，一丁点异味都闻得到，屡次三番告诫他，不要乱翻她的东西。要知道他碰过她的东西，她肯定会大为光火。他想象姑妈那张被激怒的脸，突然滋生强烈的反抗欲。他从抽屉中取出了相簿。

姑妈年轻时的样子让他有些陌生。长辫子，的确良衬衫，黑皮鞋，羞涩的笑窝。也有一些合影，毕业照或单位出游集体照。一圈照片翻下来，没她和姑父的合影，多少让他有些纳闷。心想到底是离婚的缘故，感情遭受创伤，附带着连过去的回忆也要一并抹掉。也没家庭合影。

最后发现那张诡异的照片纯属偶然。照片藏在另外一张背面，要不是摸上去厚度不一，轻易难以发觉。时间一久，两张照片粘在了一块，他小心翼翼剥离开来。那是相簿中唯一一张家庭合影，前排坐着两位老人，看面相，应是他从未见过的爷爷、奶奶。听姑妈讲过，爷爷、奶奶生前均是药厂职工，在他出生前均已去世。二排最右侧站着姑妈，肩膀微微左倾，挽住旁边男子的胳膊。男子戴顶军帽，高出姑妈一头，他猜应是姑父。姑父旁边依次站着一男一女，都很年轻，凭直觉那是父母。父亲穿件宽大的西服，一只手搭着姑父肩头，身材单薄，那件不合身的西服像挂在身上似的。照片上，大家像被什么逗乐了，欢快的表情恰好被相机抓拍了个正着。唯独姑妈没笑，她显得郁郁寡欢，神情突兀。

那张合影之所以诡异，是因为照片上姑父和母亲的眼睛均被戳穿。他望着那一个个瘆人的黑洞，脑海一片疑云，惴惴不安地将照片塞回相册。照片是姑妈毁的吗？如果是，姑妈为什么要这样做呢？他想起来，怪不得姑妈从不提姑父和母亲。他不清楚他们是怎么交恶的，以致姑妈如此憎恶他们。当然他不便当面问姑妈这些，只能将这些疑虑装进心里，从此再看姑妈，便觉得成人的目光深不可测。

他从没见过姑父。每次聊起他，姑妈脸色就变得异常难看。不知怎的，他会想起天气预报节目中的"局部地区"。他想姑父也许就是姑妈心中的"局部地区"吧。那儿整天不是打雷就是下雨。后来他也变得乖僻了，避免再谈起这个人。他只知道他们很早就离了婚，然后从姑妈的世界彻底消失了。

姑妈也不是没有再婚的机会。十三中丧偶多年的金老师，对姑妈就或多或少动过心思。金老师曾以辅导他数学为由，来过家里好几回。每回来都神采奕奕，还不忘给姑妈带点伴手礼，一束花、护手霜或糕点什么的。从不空手来。他从小数学成绩不错，金老师没少夸他，说开开小灶，去参加奥赛，没准还能拿回个名次。金老师五十岁上下，已谢顶，头顶油光发亮，常年戴顶短檐休闲帽，玳瑁色眼镜，T恤扎进裤腰，一身挺括，看起来是姑妈不反感的类型。

那天姑妈兴致很好，换了新套裙，抹了口红，脚步轻快，一大早去菜场买回猪肉和菜蔬。金老师如约而至，提着橄榄油和深海鱼肝油，说学校发的，反正自己也吃不完，搁着浪费了。姑妈说，金老师不用每回这么客气的。金老师笑笑，说应该的。姑妈给他倒了茶，说中午一块包饺子，转身去厨房忙碌去了。

那天金老师辅导完几何题，早早就出去帮姑妈包饺子了，留他独自在房间写作业。厨房传来说话声，有说有笑的，锅碗瓢盆伴奏，很像老两口子在过日子。后来不知何故，声音渐渐低下去，什么也听不见了。他竖起耳朵听了半晌，突然听见姑妈低沉的怒吼，拿开你的脏手。接着传来一阵菜刀剁肉馅的声响。那声音格外卖力，铆足了劲儿，像是把所有怒火都发泄在了案板上。他一听就晓得是姑妈不高兴了。

他出来时，金老师在卫生间。他以为金老师去洗手，没想到在卫生间待了好一会，长到他以为金老师在里面解大手。金老师出来时脸色苍白，神情显得有些不自在。他不知道刚才到底发生了什么，氛围颇为诡异。金老师和姑妈相对而坐，全程他一个劲夸姑妈手艺好，包的饺子好吃，额头不断沁出细密的汗。姑妈不咸不淡地说，金老师您慢点吃，饺子您也包了，吃完锅里还有。他搞不懂金老师这回为何如此局促，像个犯了错的学生，不停地揩汗。

金老师走后，姑妈重新坐回餐桌，面对眼前的残羹冷炙，沉默了良久。换往常，她早该麻利去收拾了。也不知道她想到了什么，霍地站起来，将金老师用过的碗筷碟一股脑扫进了垃圾桶。他不敢作声，一旁坐着。如今这世道，都什么人哪。他听见姑妈气鼓鼓说道。她取回拖把，又变成之前的姑妈，发了疯似的开始收拾家里，那架势不会放过金老师携带进来的一切，哪怕一粒尘埃。直到一切光可鉴人，姑妈方才罢休。她脑门儿全是汗，头发蓬乱，看起来有几分狼狈。最后她才想起自己那双手，慌忙跑进卫生间，拧开水龙头，开始疯狂洗手。那双手像沾满她无法忍受的污秽，让她恶心不已，他几次听见里面传出干呕声。

他坐在沙发上看《白眉大侠》，白眉大侠一刀挥过去，树干冒出缕缕白烟。他看了一会，困劲儿上来，蜷曲着睡去。也不知过了多久，姑妈从卫生间出来，洗了澡，换了衣服，头发湿漉漉的，眼睛红肿，像是刚哭过。他注意到她的手，搓得跟胡萝卜似的。

他再也没见过金老师。姑妈后来再也没提过他，仿佛不过一个梦，本就模糊不清，梦醒后自然就烟消云散了。他看着数学本上金老师的字迹，心想这一切都是真实的。他倒是希望金老师能留下，家里要是多了一个人，就会吸引走姑妈一部分火力。如今这已成妄想。想到接下来漫长的岁月，他都将独自承受姑妈那份苛刻，他就不寒而栗。

他想，这世上存在绝对的干净吗？有一回，家里不知从哪钻进一只苍蝇。正是午饭时间，姑妈在厨房收尾，餐桌上摆着菜肴，米饭也已盛好。苍蝇在餐厅嗡嗡盘旋了几圈，最后稳稳落在姑妈的饭碗上。苍蝇的两只前脚在白米饭上不停地搓洗，看上去就像饭前洗手。他刚想举手驱赶，想到这个又默默放下了。苍蝇口器翕动，开始贪婪地舔吸。他想起生物课学过，苍蝇是一种边吃边吐的物种，从进食、消化到排泄，快到只需几秒钟。姑妈从厨房出来，苍蝇已经飞跑，她对此浑然不知，坐在往常坐的位置，拿起碗筷扒饭。他望着姑妈，饭碗里的每颗米粒都晶莹饱满，一点也看不出有苍蝇停留的痕迹。只有他清楚，那只苍蝇刚来过，如果戴上显微镜，说不准还能在米饭上发现苍蝇留下的排泄物。眼不见为净。那天姑妈胃口出奇地好。想到她那么洁癖的人，竟然在吃苍蝇的屎，他强忍着吃下第一口就没忍住吐了。姑妈一脸诧异，问他怎么了。他推说身体不舒服，有些犯恶心。姑妈让他去卫生间好好清洗一下再回来。他拧开水龙头，对着镜子笑。镜子里映现一张邪魅的脸。自此，他心里多了一台显微镜。

6

在石门，其他人还在看十七英寸韶峰、金星牌黑白电视时，鹏飞家电视柜上已霍然立起三十四英寸的康佳大彩电了。初次见到的人，都会被眼前这台庞然大物镇住。差不多同时，VCD 刚开始普及，鹏飞家就率先换上了更先进的 DVD 了。这都归功于鹏飞懂家电维修，吃这碗饭的，凡事总能比别人抢先一步。农贸市场拐角便是学友音像店，店门前的货架上永远摆满花花绿绿的碟片。大多是港台武打枪战鬼片。如果问老板，还有没有别的？只需递上一个眼神，老板心领神会，便引着你朝里面货架走去。少儿不宜的碟片都躺在一只大纸箱里，藏在货架最下层。日本的，欧美的，港台的，光看封面就足以让人血脉偾张。

也不知从什么时候起，大家都习惯了周末去学友音像店租上几张碟，带去鹏飞家观看。鹏飞家不光有大彩电、DVD，还有一套高保真音响，音响一开，电视里的人像站了出来，在跟前和你说话似的。

来的大部分是石门镇中的学生。嘴巴还没长毛，眼神躲躲闪闪，问能放片吗？点点头，得到确认，从衣兜先掏出一张碟来。鹏飞眉头一挑，说，确定是这张吗？对面脑袋鸡啄米似的，就这张，就这张。鹏飞将碟片塞入光驱，摁下播放键。屏幕亮起，成龙的《Ａ计划》，三十四英寸大家伙，果真不同凡响。所有人安静下来，注意力都被电视吸引走了。鹏飞将遥控器塞给为首的，说，晓得怎么换碟吧？为首的点点头，鹏飞就下楼去了，继续蹲店里修他的电器。他一走，凝滞的空气一下轻松起来，换碟，赶紧换碟。画风一变，拳打脚踢一下切换成白花花的大腿，屏幕上交臂叠股，晃得人眼花，都目不转睛，只听见咕噜咕噜一片咽口水的声音。

后来鹏飞也进了一批碟。轻车熟路的，直接问鹏飞，能播那种片吗？鹏飞起先装糊涂，什么片？武打片看不看？那会还是武打片的天下。成龙李连杰甄子丹，武打片谁稀罕，在哪看不是看？转身要走，鹏飞的声音从后边传来，进来，进来再说嘛。鹏飞钻进后面的货架，抱出大纸箱，一摞一摞的，全是那种碟。起先都不好意思挑，随便抽两张；来的次数多了，脸皮也厚起来，什么风格都想品尝一下，开始一张张精选。

那种片没法在家看，即使家里有设备也提心吊胆的。若倒霉被父母撞见，还不得找地缝钻去？来鹏飞这看就没这些顾虑。鹏飞名义上在楼下修理电器，实际上也在把风。在他家看什么片都没人管，也不担心有人来查。没多久镇上年轻人都晓得了，要想看那种片，就得上鹏飞家去。

他后来当然也获悉了这个好去处。说起来，还是男孩透露给他的。男孩说班上有人去旅馆打牌，派出所的人半夜来敲门，抓了个正着，连压在席梦思底下的黄碟都被翻出来了。小湘西嘿嘿笑，卵毛都没长齐，就学会看毛片了。男孩急起来，我没看。小湘西说，我又没说你看了，再说看一下打什么紧？男孩赤红着脸，额上青筋凸起，我发誓，我要看了就是你崽。他忍住笑，说我还生不出你这么大的崽。男孩一时语塞，涨红了脸。小湘西试探他，有喜欢的人了？男孩低垂头，脸蛋红扑扑的，算是默认了。他接着揶揄，看一下也没什么关系，又不少块肉。男孩摇摇头，声音很低，说，我也讲不明白，那画面脏脏的，怪不好意思……他望了男孩一眼，说，她晓得你喜欢她吗？男孩说还不知道。你不敢说？男孩猛地抬起头来，目光突然变得无比坚毅，说我每天早上都去省道跑步，等我能一口气跑五公里了，我就会和她表白。还没等男孩说完，小湘西已经笑得直不起腰。男孩又恼又羞，气鼓鼓的，懊悔和他说这些了。小湘西说，这种片子，上哪看呢？男孩还没消气，嘟着嘴，不肯说。小湘西说，哟，生气哪？不说算啦。男孩噘着嘴，老子不说，你肯定不知道。小湘西说，搞得这么神秘，不就看部毛片嘛。男孩说，你晓得鹏飞家电维修店吗？就在农贸市场那儿，他家有台康佳牌大彩电，他们都上那儿去看……

越来越多人来鹏飞家看碟。生意好的时候，一天能来两三拨。按人头收费，每人两元。美其名曰茶水费，其实不提供任何茶水。他第一次来，楼上已经坐满一圈人。看模样都是学生面孔。那是周日，学校没课，只要赶上晚自习，待多久都没人管。屏幕上，李小龙挥舞着双节棍，肌肉紧绷，嘴里不断发出啪啪的怪叫。没人看他，都盯着电视。他扫了一眼，《猛龙过江》的结尾，高潮部分，他早看过几遍了，和他过招的对手，几分钟后，都将纷纷倒在李小龙脚下。他点了根香烟，两股烟雾熟练地从鼻孔喷出。闻到烟味，小孩们都纷纷回头看他。

电影剧终。小孩们按捺不住，连声催促，快换碟，快换碟。变声期，嗓音沙哑，尖厉，像泡沫板摩擦玻璃，听起来揪心。屏幕再次亮起，赤身女人占据了大半个屏幕。男人倚着门框，西装革履，手持皮鞭，邪魅地笑着。男人挥舞皮鞭，开始狠狠鞭笞女人。每一下都在女人身上留下触目惊心的印痕。女人浑身战栗，神情痛苦而扭曲，发出歇斯底里的尖叫。刚才还闹闹嚷嚷的屋子，顿时一片死寂，谁都没看过这种风格，纳闷不已。这时碟片突然卡住，大面积的马赛克吞噬了女人，刚才还在屏幕上扭动的躯体，被点了穴道似的，瞬间一动不动了。短暂的沉默后，马上爆发出连串的咒骂声。"妈的，怎么搞的。""老板，卡碟了！""重新换一张！"为首的不死心，去按快进键，试图跳过这段。屏幕快速闪烁，清晰了片刻，大家立马喊停，还没等男人挥起的皮鞭落下来，又卡在半空。这下连快进都失效了。什么烂碟？大家开始骂骂咧咧起来。有人大声喊，老板，快换碟！起初楼下没人理会。更加不耐烦起来，一声比一声叫得高，换碟，换碟！楼都快要震塌了。这下有了效果，终于传来上楼的脚步声。

都没想到上楼来的竟是女人。电视画面卡在那，场面有些尴尬。女人佯装没看见，一瘸一拐地走向电视机。她的步伐很奇怪，肩膀像跷跷板似的，高低摇摆，左腿发不上力，蜻蜓点水般，刚沾地就得立起来，身子的重量全压在那条右腿上，每一步走得都很滑稽、怪诞。那时他才知道女人有小儿麻痹症。他恍然大悟，为什么每次见女人，她都穿裙子，坐椅子上，从未见她走动过。女人快速将碟片退仓，更换了新碟，按下播放键。待画面清晰，女人一刻也没逗留，直接下了楼。她走得很慢，小心扶着楼梯栏杆，他望着女人的背影，目光全被裙里若隐若现的瘸腿吸引走了。

7

他开始频繁光顾鹏飞家电维修店。鹏飞在时，他就上楼看碟。武打，鬼片，枪战，什么乱七八糟的都看，来者不拒。那些强烈刺激感官的画面，在他眼里风平浪静，如同死水。唯有"局部地区"，那儿电闪雷鸣。他想着楼下的女人，想到裙里那条瘦小畸形的瘸腿，心里忍不住一阵颤抖。

下午五点钟，阳光依然强烈。女人坐在凉椅上，旁边伏着一只小土狗，都面朝农贸市场。他从衣兜掏出香烟，慵懒地点上。女人说，不看了？他说不看了。女人还记得那只随身听，说后来没问题吧？他说修好了。农贸市场那边一片嘈杂，小孩们在摊位间追逐，嬉闹，买菜的中年妇女为了两毛钱和菜贩子磨破了嘴皮。一尾鲫鱼跃出水盆。屠夫在剁肉，肉摊一阵颤动，肉末星子四溅。女人说，听口音你不是本地的？不像吗？他笑笑说。本地人都讲本地话，你到底哪的嘛？他说，我是广东人。听说是广东人，女人好奇心也上来了，在我们这儿待得习惯吗？他说，很好的，反正待哪都一样。她瞥了他一眼，是吗？我们这边的人都爱往广东跑，从广东跑我们这边来的很罕见。又说广东气候和饮食和这边都不同呢，真适应得了？他说，我出门早，适应能力没问题。女人又细细打量了他一眼，你这人真有点意思。

他深吸一口烟，将烟蒂弹出几米远，小土狗蹦跳着朝烟蒂冲了过去。他说，你去过广东吗？女人摇摇头。小镇每天清晨都有一趟发往广东的长途卧铺车。他说，你想去吗？女人摇摇头，我好多亲戚同学在那边进厂，虎门、东莞、长安、厚街都有。他说，你想去吗？女人没接话，像在思考这个问题。小土狗嗅了嗅烟蒂，用爪子扒拉几下，突然呜咽一声，转身狂吠，像是被烟蒂烫着了鼻子。女人望着跑远的小土狗，扑哧一声说，干吗非要去广东，就像你说的待哪不是待？

阳光照过来，女人瞳仁透着晶莹的光泽。他看了眼，心里有些莫名的慌乱。他说这儿是蛮好的。这句话说得连自己都觉得过于敷衍了。女人垂下眉头，沉默了一会，说道，你既然会修车，那也会开车吧？他说那当然了。回到这个有绝对把握的话题，他连眼神都亮了几分，吹嘘没有哪辆车是他修不好的。又说，除了大货车暂时没开过，其他车都会开，车技相当了得。她说，是吧，既然这样，什么时候载我去兜兜风，见见世面呗？他愣了下，马上说，没问题，等有空了带你去个好地方。她说什么地方？他卖起关子，说到时就知道了。

那只小土狗又折转回来了，浑身沾满枯草，伸出舌头，尾巴高高扬起。不知跑去哪打了个滚儿，它像是把刚才烫鼻子的事全忘了，朝他们摇头摆尾，一个劲地嗅他裤脚。他嫌狗脏，正想一脚踢开它，小土狗像猜准了他心思，瞅着他，猛然抖了抖身子，背部狗毛炸裂开来，狗身上沾着的枯草纷纷抖落。空气中弥漫着一股狗独有的气息。女人侧下身，用手轻轻抚摸小土狗的脑袋。他说，你不嫌它脏吗？女人说，乡下的狗，哪有不脏的？她用大拇指顺着狗鼻子往狗脑袋撸。那狗蹲伏地上，半眯着眼睛，一副很享受的样子。女人的目光从他洁白的鞋面抬起，笔直的裤线和衬衫，最后落在了他的手上。一双比女人还要纤细白净的手，十个指甲修剪得干干净净的。

8

那是一辆快要散架的吉利豪情，深绿色，仿早期的夏利两厢车。变速箱出了故障，换挡顿挫感强烈。他和车主讲好，至少要一星期才能修好。实际三天不到，基本就收拾得差不多了。他趁老板一家睡了，将车悄悄开出了汽修店。白日喧嚣的农贸市场一片沉寂，菜贩早已收摊回家了。鹏飞家电维修店拉上了卷闸门。他正寻思女人在哪时，女人慢慢从农贸市场的暗处走了出来。

车上了省道，沿枫树、水车方向开，最后在火家岭水库停下。

女人坐后座。上车时，他问要不要帮忙，被女人拒绝了。她穿了件碎花连衣裙，看样子像新衣服，脸上精心收拾过，容光焕发。开出小镇，她才说，你要带我上哪？他说一会到了就知道了。她说，别太晚，她们还约我回去打麻将呢。

他把车稳稳停在水坝上，熄了火。女人没猜到会是水库。这地方本地人也很少来，你是怎么晓得的？他得意起来，说，前不久来时路过，感觉风景不错，就想找机会再来一回。女人说，大晚上的，连个人影都没有呢。他说，没人的地方才好玩啊，我喜欢没人的地方。你不是要兜风吗？其实我还可以教你开车。女人脸上浮起浅笑，没有说好，也没反对。他以为女人对开车感兴趣，说开车其实很简单，控制好方向盘，脚踩离合器，换挡，加油。他踩着离合器踏板，示范怎样加减挡。女人一旁心不在焉地望着，眼神有些恍惚，像在看一件和自己毫不相关的事情。他让女人伸手来握挡把，发现女人眼神有些不对。女人冷冷地说，你是故意作弄我吧，我这腿连路都走不稳，怎么开得了车。女人拉开车门，下了车。

女人的裙摆很长，她小心提着裙子，避免拖地。他跟在后头，月光下，女人走路的样子像跳一种诡异的舞蹈。他们在堤坝上找了块干净的草皮坐下。月亮已经爬上来，悬浮天宇，水面一片银辉，四周白昼似的。水库建在山丘地带，蜿蜒曲折几公里，像条巨蟒，缠绕林间。夜风拂过，传来阵阵松涛，窸窣声不绝于耳。松林百鸟啁啾，夜里格外清亮。正是月圆之夜，月亮轻快穿透白纱，框进深蓝明净的夜空，最后一动不动了。也许是为了缓和刚才的尴尬，他掏出了随身听，女人一眼就看出是前不久刚修好的那个。他将耳机递给女人，自己也戴了一只，两人并肩坐着，一阵轻快的旋律响起。听了一会，女人赞叹说，音质不错嘛。他摩挲着随身听上的按键，说，它陪伴我好几年了，一路上见证了很多东西，现在每晚不听一听歌，心里便不踏实，就睡不着觉。

耳机里一个女人在低吟浅唱，"……找到一个地方属于我，不需要勉强虚伪，心像风一样自由……"她说，这是什么歌啊，我从没听过。他说，伊能静的《流浪的小孩》。她揶揄一笑说，你不就是个流浪的小孩吗？这些年，你一定去过不少地方吧？他点点头，一连说出好几个城市。女人感叹说，你经历可真够丰富的。她抬头望着月，像沉浸在歌声中。过一会，她又忍不住喃喃说道，镇上那些男人，我只需瞥一眼，就晓得他们心里在想什么。她扫向他说，至于你嘛，我还真有点儿猜不透。她摘下耳机还给他，喂，你是不是也和他们一样？他笑，问他们是哪样？女人冷笑说，男人嘛，估计也都差不多。尤其那种电影看多了，眼神都色色的，跟小流氓似的。她仿佛早已洞悉了他内心的小把戏，故意激将他说，为什么带我来这里？是不是有什么见不得人的企图？他一时语塞，脸色青红，不敢直视她的眼睛。女人微笑的脸略带一丝轻蔑。看来我猜对了？他赶紧摇摇头，我和他们不一样。哦，是吗？说说看，你和他们哪儿不一样？她故意压低了声音说。女人目光犀利，一副早已猜透对方心思的样子。那目光让他浑身不自在，像赤着身子一般，他挠了挠头皮说，我是不是比他们干净？

她没忍住笑了起来。笑声传出水面很远。女人好不容易止住笑，正色说，你还别说，我真没见过像你这般整洁的男人，你看镇上那些臭男人，几天都不洗次澡，头发上的油都能够炒盘菜了。说说你怎么就这么爱干净呢？

他确认了那不是陷阱，这才说，这个嘛，说来话长了，总之从小养成的习惯。她说，你爸妈肯定也很爱干净吧。他摇摇头，说，我是孤儿。孤儿？！这下轮到她震惊起来。他解释说，父母去世得早，只有一个姑妈，他从小姑妈带大的。

氛围一时陷入了沉默。他收起随身听，拔了根狗尾巴草，叼在嘴上，双手撑地，身往后仰。故作轻松的样子说，不需要可怜我啦，我早就习惯了。女人同情心上来了，没打住，问姑妈对他怎样？他说很好，姑妈没有子女，对他视若己出。什么都好，唯独有一点让他无法忍受，你刚才不是好奇我为何那么爱干净吗，那都是姑妈的功劳。我姑妈有洁癖，到了让人匪夷所思的地步。她说，爱干净不很好吗？他摆正身姿，扭头冲她笑了笑，叼在嘴上的狗尾巴草一翘一翘的。那是一种病。你肯定没有接触过这类人罢了。她不服气，我就喜欢干净的人。他不想再纠缠下去，一锤定音，这么说吧，在她眼中，这个世界就是一个大粪坑，所有东西都是肮脏的。

她说，这么严重？他点点头说，是个洁癖症和控制狂。什么事都得依着她，否则会勃然大怒。我记得有一回手贱，捉了几条蚯蚓，装矿泉水瓶带回家，被罚洗手，洗掉了一块肥皂，手都搓破了，她还嫌脏。后来我再也不敢碰类似的小东西。她说人都有健忘的坏毛病，要是没惩罚，永远都不会长记性。女人轻轻反驳道，爱干净终归也不算一件坏事啊，总比邋遢好嘛。他显得不快起来，说，道理是没错，但真要你和她一块生活，没准一天都忍受不了，而我和她一起生活了十年。

她说，具体有多严重啊？他想了想，这么说吧，那天你摸那只土狗，她要是多长出一只手，肯定会把那只摸狗的手剁掉。女人眼里闪过一丝忧惧，说这有点变态吧，那后来呢？后来？后来习惯了，我也变得像她一样爱干净，看见水龙头就想洗手，皮都能搓红。我刚说这是一种病，现在同意了吧？她说，那怪不得了。不过你和她不一样，她那种就是变态，你不是——你没办法嘛。

他凑近，一副很感兴趣的样子，说，你觉得我和她有什么不一样？她思忖了一会，生怕再说错什么。她说，如果你不在那种环境长大，会不会是另外一个样子？他像等这句话很久了，拍了拍大腿，兴奋地说道，那是肯定的！她受到鼓励，继续说，这说明你本性不是这样子，你和她不是同一种人。其实你现在大可以做回自己。

他听完，陷入长久的沉默，像在仔细琢磨她这句话的含义。突然霍地站起身，脸色阴沉，像变了一个人似的，说，我和她当然不一样了。她活得那么累，每天都希望一尘不染，可这怎么可能？他的愤怒像是积压已久的火山，适才找到一个出口，排山倒海一般宣泄出来。他说，给你看样东西。说着伸出左臂，撸起袖子，展露一道道紫茄色梅花点状伤疤。她疑惑地望着他，问这是怎么回事。他说，都是烟疤。每当快要愈合或心情不好时，我就用烟头烫一下，让它保持原样。她有些不寒而栗，说，为什么要这样？难道这是你在故意报复她？他不吭声。女人说，即使报复，也犯不着这样吧？他说，你不晓得，她见不得疤痕，觉得恶心，会犯晕，但她也拿我没办法，疤长我身上，再怎么努力也洗不掉，这是她很沮丧的地方。女人说，既然如此厌恶她，还能忍十年？他说，那能怎么办，我那时还小，又没钱，哪都去不了。女人说，换我早就跑了。跑？他乐了，这谁没想过呢，我都不知道跑过多少回，有回冬天，外边还下着雨，我光着脚就冲出门，深一脚浅一脚往雨里钻，发誓再也不回来了。她问，那后来呢？他不好意思笑笑，那能跑多远？

他瞥了眼她的裙子。那条腿缩在裙内，在裙子的保护下，暂时遮盖得严严实实。要不是那天发现她走路有些奇怪，丝毫看不出什么异样。她察觉他在看她，下意识将裙摆往下抻了抻，摆正了身子。

他说，也不是跑不掉，但跑掉又能怎样？即使跑了，有些东西也是永远甩不掉的。习惯一旦养成，就像手臂上的伤疤，注定会在心里留下深深的烙印，一辈子也休想祛除。当然没有选择逃跑，主要是后来我发明了一个有趣的游戏。什么游戏？他说，一台显微镜。她愕然望向他，显微镜？他点点头，但凡肉眼不可见的东西，哪怕是微小的细菌，在显微镜下也纤毫毕露。自从拥有了显微镜，我和她的游戏便开始了。她不是有严重的洁癖吗，那些肉眼能看得见的污秽，自然逃不过她的眼睛，所以只能选择人眼不可能看清的东西，趁她不注意时，放在她经常触摸的地方。她露出惊讶之色，那是什么东西呢？他露出鬼魅般的微笑，这个你就不要问了，总之不是什么干净的东西。她恍然大悟起来，说这才是你的报复？他垂下眼帘，算是默认了。

只要想到她，我就会想起显微镜。相比真实的显微镜，心里那台显微镜要可怕得多。有阵子，我表现得比姑妈还要洁癖。坐不住，觉得哪都脏，总忍不住一遍遍地擦拭，清洁，房间整天飘溢着84消毒液的气味。疯狂起来，比她有过之而无不及。她起初还有些惊讶，问我到底怎么回事。我当然不会告诉她，这是因为我心里嵌入了台"显微镜"。我要做的就是让我的世界保持彻底的干净，连显微镜都休想检测出来。为了饮食也保持绝对的卫生，我甚至还求她教会了我烹饪。也许你都很难相信，我十二岁就会做出好几道拿手菜了。尤其煲汤方面，即使像她这样挑剔的食客，也忍不住夸我几句，说我厨艺了得。一切都如她所愿，朝更好的方向发展，只有我心里清楚，是时候该摆脱这一切了，因为那台"显微镜"已经深深嵌入了我的记忆，我的精神，我整个灵魂。说着，他痛苦地皱了皱眉头，忍不住深深叹了口气。

她四十岁生日那天，我决定实行那个酝酿已久的计划。一大早起来，趁她心情好，我说想独立做顿饭，作为她的生日礼物，前提是全程由我一人完成，她必须出门，到了饭点才能回家。她非常愉快地答应了我的请求，没多久就拎着包出了门。确认她已离开，我立马开始行动。我打开冰箱，取出食材，清洗，切片，腌制，烹饪。一切都在我的掌控当中。我还记得那天做的菜谱，有她爱吃的姜葱炒鸡，葱油生蚝，蒜蓉蒸排骨，酱炒豆角。至于最后那道拿手菜，花旗参乌鸡汤，我颇用了点心思，我先将乌鸡和瘦肉焯水洗干净，放入炖盅，再撒上花旗参片、红枣、桂圆，倒水漫过食材，然后开小火，慢慢细炖。做完这些，我感觉肚子一阵绞痛，肠道开始蠕动，感觉到一股强烈的便意，迫在眉睫。这时我脑海灵光一闪，一个天才式的想法如同一道闪电，瞬时将黑暗的内心照得白昼一般。我感觉一切都明朗起来，那台可怕的显微镜在闪电的照耀下，奇迹般消失了。那一刻，我感觉通体舒畅，有种说不出的痛快，我意识到自己终于战胜了内心的恶魔。她皱着眉头说，你到底做了什么？他神秘一笑说，没什么，我只是加了点新配方，确保味道更加浓郁。

我将精心烹饪的菜肴一一端上桌台，那道重要的花旗参乌鸡汤摆在最中间耀眼的位置。最后，我还不忘在桌上留下一张便条贴，我这么写道，这十年来，感谢您的照顾！我特意炖了您最爱的乌鸡汤，请慢慢享用，祝您生日快乐！我相信她看到便条，第一件事就是揭开热气腾腾的炖盅，凑前深吸一口气，花旗参炖乌鸡的美味一定会给她留下永生难以磨灭的回忆。

做完这些，我换上衣服，从床底拽出早已准备好的行李箱，头也不回地离开了那个地方。后来也再没回过。他重重地叹了口气，像是要将过去的那些陈年往事统统翻篇。有一回开车，我突然想到，挡风玻璃上哪怕有丁点污迹，我都会开雨刮器擦干净，可总有些边角，你再怎么努力也是徒劳的，当然这不怪雨刮器，因为这超出了它的能力范围。而要想彻底清洁那些边角地带，就必须借助人的手。他做了个擦拭的动作，我喜欢挡风玻璃干干净净的样子。

9

夜风拂来，透出些许凉意，那轮硕大的圆月静浮水面，看上去比刚才的还要饱满圆润。她望向水库前方，还沉浸在他刚才的讲述中。有那么一会，两人谁也没说话，四周一片阒寂。他突然说，堤坝下那儿是不是有只小船？她顺着他指的方向，也看到了那只小船，黑黢黢的，像片叶子泊在水上。他点了根香烟，提议下堤，往水边走走，顺便去看看那只小船吧。

附近松林传出几声凄厉的鸟叫声，只见一只斗篷大的黑鸟从林间扑棱飞起，落向更远处的丛林深处了。女人说有些怕。他伸出手，轻轻握住女人的手，才发现女人手心全是汗。两人牵着手，小心翼翼往坝下走去。他说讲一讲你的童年吧。女人说，和你相比，我的童年没什么好说的，不过我刚才倒想起来，小时候来过这儿一次，一晃十多年了，时间过得可真快。她停住脚步，手指左前方，那边以前有片国有林场，还有护林员，护林员就住那个小木屋里。他也发现了水库左前方的小木屋。木屋的轮廓在月色下清晰可见，屋顶大部分瓦片被风刮掉，露出一大块黢黑的房梁。她说林场后来承包出去，护林员也走了，小木屋多年无人打理，据说快要坍塌了。你晓得房子一旦没人住，就很容易颓败。他用力抓住女人的手，说，需要我背你下去吗？女人摇摇头说，我能走。

两人慢慢走下堤坝，沿沙滩往小船方向走去。月色下，水库像面蒙了霜的镜子。他弯腰掬了把水，洗了洗脸，水很清凉，他让女人也来试试。女人小心翼翼地沾了沾水，突然说，你会游泳吗？他犹豫了下，说不怎么会。女人说，我从小就怕水，旱鸭子。两人朝小船方向继续走。小船搁了浅，大半船舱浸在水中。船舷有支朽掉的木桨，黑漆漆的，像把长剑，斜插在滩涂里。女人说，她以前坐过这只小船，去对岸的小木屋，那时船还很新。女人在旁边找了块石头坐了下来。他用力拔出船桨，抛入水中，清洗掉上面的淤泥。你过来。她说。女人声音很柔细，需靠得很近才听得清。他丢了船桨，洗了手，也上了石头。女人说，我问你一个事。他说，什么事？女人说，你是不是觉得我就是那种女人？他说，哪种女人？女人意味深长地看了他一眼，你心里难道还不清楚吗？女人的目光带着一股审视的味道，黑暗中，他感觉脸颊滚烫。

他连忙辩解，不是这样的，你误会了。女人说，误会了吗？当然，他说，我知道你在想什么，你大概觉得我和镇上那些男人一个德行吧？他的声音显得有些激动，望向前方黑沉沉的水面，很失望的样子。女人说，我也希望是误会。你不知道她们背后怎么造我谣的。他说，说你什么呢？说什么的都有，最恶毒的说我是做那个的。我们这地方应了那句话，庙小妖风大，池浅王八多。你肯定听说过新华书店那个女人吧？就在你们汽修店隔壁。他点点头，想起有一回闲来无事，去书店逛了逛，还买了支英雄牌钢笔。卖他笔的就是她说的那个女人，四十岁上下，淡紫色套裙，一头乌发，盘了发髻，还抹了发油，脸上涂着厚厚一层粉，白得没有一丝血色。

她压低了声音说，她们都在传，她四处搞破鞋，专偷有妇之夫，还不止堕一次胎。据说那女人一直没结过婚。他皱了皱眉头，说，是真事吗？她冷笑一声，都图个口快，谁会在意真假呢。一个女人背后被人说成是一只鸡时，还会有人在意她到底是不是一只鸡吗？女人愤懑起来，镇上那些长舌婆，没一个好东西。你知道我最懊悔的是什么吗？我恨当初没能制止鹏飞，为挣那几个破钱，在家播那些片子，最后什么人都跑家里来了。女人大倒起苦水，那些人的嘴就像粪坑，什么难听的都敢讲。他脑海浮现出那诡异的一幕，西装革履的男人，挥舞着皮鞭，每一下都让女人发出撕心裂肺的喊叫。奇怪的是女人并没有请求停止，反倒像是沉浸于被鞭打的快感中……

他思绪有些飘忽，待回过神来，女人已经在感叹自己的不幸身世了。

我从小成绩拔尖，每回考试，都能考班上前三名。初中毕业，父母却死活不肯再继续供了，无论如何央求都不行。家里穷，姐弟都上学，压力确实也大。但主要原因嘛，也未必全因为穷……她嘴角微微抽搐两下，他们说成绩再好又能怎样，就我这条件，即使考上大学，将来也不好找工作。女人说着轻声抽泣起来。我记得你当时问我，想不想去广东，她哽咽着说，谁不想呢，去见见世面也好，我虽没去过，电视上总看过的。每天清晨去往广东的卧铺我都会多看几眼。我不是没动过念头，但他们说我这身体，去了也没工厂肯收，白糟蹋了这趟路费。刚开始我还有怨恨，怪父母，怪老天爷，现在看淡了，谁也怪不了，只能怪自己，这就是我的命，一切命中注定。

他瞥了眼女人说，那天你老公下手有点重啊。她说，家常便饭，早就麻木了。他经常打人吗？她卷起袖口，月色下，手臂上青紫的瘀伤触目惊心。你这也能忍？女人凄然一笑说，早习惯了。他说，这是虐待，换别人早就离了。莫非是有孩子走不开？她摇摇头，在一块几年了，一直没怀上。他说，换我早跑了。女人说，你刚说的这些，我不也和你说过吗？就我这条件，换我爸妈说，能嫁鹏飞这样的已经很不错了。至少他们蛮满意的。他反对说，天下那么大，总有容身之地。女人说，话说得漂亮，可到哪都得花钱啊。他说，有手有脚的，难道还养不活自己？女人低声说，是啊，都有手有脚的，只有我是这副样子。他思忖了一会，说，……要不咱俩一块走吧？她笑了起来，说，咱俩一起走？去哪呢？他说，树挪死，人挪活，总有办法的。她说，你一个人好办，随便到哪，都能混口饭吃，我腿脚不方便，是个负担。他摇晃脑袋，说相信我，有办法的。他压低了声音，悄声说道，修理厂经常有人来修车，瞄准一辆，找个地方，便宜处理掉，给多少都行，打一枪，换个地方，这是条门路，这几年屡试不爽。店里新到一辆日产蓝鸟，就快修好了，车况还不错，估计能卖上个好价钱。

她惊讶地望着他，说这是犯法，被抓住会坐牢的。他蛮有把握的样子，说不用担心，到时把车架号和发动机号磨掉，重新刷漆，深度清洁，卖到很远的地方，车主见了都未必认得出来。他说得诚恳，把心底秘密都掏出来了。女人动情地看着他，说，你为什么要和我说这些？为什么要对我这么好？他说，看你第一眼，我就喜欢上你了。女人将头靠过来，像只乖巧的小动物，贴着他的肩窝。他用手轻轻抚摸她的脸。女人娇羞说，你不嫌我比你大吗？他说，不会。她又说，那你不嫌我这条腿吗？他柔声说，不会的。

女人侧着身，裙摆垂得很低，左侧空荡荡的，那条瘸腿像在裙子里消失了。他低声说，我能看一眼它吗？女人抬起眼，愕然望着他，看哪里？他示意了那个部位，眼神充满了期待。为什么要看那里？女人显得有些羞赧。就看一眼，行吗？他几乎在央求女人。女人面露难色，说，它太丑陋了，没人会喜欢的……他打断她说，谁说的，根本不是这么回事，至少我不是那样认为的。女人满眼不解，怔怔地望着他，似乎他的眼神有她需要的答案。女人摇摇头说，真的很难看，连我自己都觉得有些恶心，你看了一定会后悔的，说不定就不再喜欢我了。他头摇得像拨浪鼓，眼神更为坚定，我不像他们，他们兴许是那样的人，但我和他们不一样……他停顿了会，说，我甚至就是因这条腿才爱上你的。

这句话甫一出口，连他自己也吃了一惊。女人眼里早已噙满泪水，显然也被这句话打动了。女人说，你这人好奇怪啊……可是真的很丑陋，连我自己都不忍心看呢……他握着她的手，柔声说，放心吧，宝贝，你太独特了，我只想看一眼，没别的意思。女人于是慢慢提起裙边，裸露出那条瘦小、畸形的残腿。那条腿比她手臂还细，像个"＞"，执拗地朝外曲张着，蚯蚓般的血管在月色下显得阴森可怖。

他没害怕，也没显露出厌憎。倒是像在品鉴一件罕见的艺术珍宝，细细地欣赏和把玩，完全沉浸于自我的世界，反而忘了这条腿的主人。女人羞愧交加，满脸通红，几次把头撇向一边，仿佛被对方扒光了衣服，忍辱示众，于熙攘的人群中。他握住那条畸形的腿，揽入怀中，用脸轻轻地摩挲，磨蹭，脸上透出不可思议的表情。多美啊。他喃喃说道。女人听后简直羞到极致，两个肩头忍不住微微颤抖。请不要这样子。她小声哀求道。他像没听见似的，手指顺着她腿上凸起的血管上下抚弄。击节赞叹，真美啊。女人摇头说，太丢人现眼了。他说，不，这太美了。女人如坐针毡，鸡皮疙瘩都起来了。女人提高声调说，我们回去吧。他像个贪玩任性的孩子，索性闭上眼睛，一副不想被打扰的样子。女人又恼又羞，说够了，你他妈的怎么这么变态？他猛地睁开眼，像一箭射中靶心。你刚说什么来着？他满脸无辜的样子。她没好气地说，你就是个死变态，和你姑妈一样，你们全都是变态狂！女人用力拨开他的手，抽出腿，整理好衣裙，一脸的嫌恶。他的脸霎时变得惨白，双手抱头，像是挨了一记重拳。女人抱怨道，我这辈子遇到的都什么人啊，他妈的一个比一个变态。他摇晃着站起来，说，我那么爱你，你竟然说我是变态？我打赌，你压根没见过真正的变态。他的语气充满了失落、颓丧，却出奇地冷静，脸上始终带着微笑，而眼神却深不可测，里面许多道光在流转，锐不可当。

出于害怕，女人先软和下来，说不讲这些了，时间不早了，我们回去吧！他没搭理她，干脆坐了下来。他说，你看过天气预报节目吧，播音员每晚都会说，局部地区将会有雷暴雨。女人说，我不知道你在说什么，也不想和你闹了，我想回家了。他奚落道，还想回那狗屁般的地方？她说再怎样那也是我的家啊。他冷冷地说，我以为我们都是生活在局部地区的人，可你今晚让我有些失望了，当然你永远也不会理解这些……女人打断他说，我不想和你啰唆了，快点送我回去。我要是有个什么三长两短，他们肯定会怀疑到你头上来的。他笑起来，你觉得我是怕被人怀疑的人？那我索性再啰唆几句，反正也需要换地方了，这儿待太久了，没准那些人明天就该找上门来了。他凑到她跟前，一言不发地瞪着她。额头上青筋凸显，眼球因充血而通红，瞳仁内岩浆翻涌，火山一触即发。走之前不如让我来帮你深度清洁一下如何？女人惊悚地望着他，刚想呼叫，被他一把捂住嘴，嘘！别叫。他细声说道。那手光洁，细腻，但劲道十足，一双修理工的手。女人的嘴被紧紧捂住，丝毫动弹不得，他将她一点点拖上小船。女人拼死挣扎，那手像焊在嘴上，任由她怎么掰都纹丝不动。女人感觉身体在一点点放空，枯萎，整个天地都在摇晃，水面和天空颠倒过来，最后无边无际的黑暗吞没了一切。在即将失去意识的关头，她听到一个声音在耳畔温柔地说道，很多人都嫌麻烦，对那些边边角角假装视而不见。而我最喜欢干的事，就是去替人清洁这些，这对我很重要。

10

十二点一刻，整条街都已炸开锅，大家纷纷涌进店铺，生恐被轮胎撞着。轮胎持续朝前冲，以摧枯拉朽之势，将米粉店外边几张折叠桌冲了个稀里哗啦，接着撞倒旁边停的摩托车，然后朝"姐妹花"理发店的玻璃门撞来。正在剪头的后生听见巨响，吓得一屁股从美发椅上弹了起来。此时轮胎已杀红眼，如头发了疯的公牛，飞速往坡下冲去。经过坑洼路段时，一次蹦得比一次高，在空中还扭起小蛮腰，像杂技团的高危惊险表演，眼看要失控，大伙心都提嗓子眼儿了，最后关头又平安落了地。

男孩走得很快，差不多一路小跑。他不时将手伸进裤兜，摸一摸随身听。随身听带着金属般的质感，摸上去凉凉的。男孩正沿街边往坡下去。坡下有个包子铺，他喜欢这家店蒸的馒头，个头大，口感甜糯，散发着小麦的清香。五毛钱就能买上两个，吃下去能顶上大半天。刚出笼的馒头热气腾腾，还粘手，得用小塑料袋提着。

随身听有点沉，裤兜直往下坠，男孩于是将手伸进去，紧紧握着它。他做梦都想拥有一台随身听，央求过妈妈好多回，每次都招来一顿劈头盖脸的臭骂。家里穷得连盐都吃不起了，哪还有钱买这玩意？妈妈嫌他这么大了还不懂事，整天只想些稀奇古怪的事，不把心思放学习上。现在，所有的不快都过去了，一个随身听就摆在眼前，一切由他做主，爱谁谁。

男孩走得满头大汗，不时回头，看有没有人追上来。男孩希望是贵州车主的。最好那人是个马大哈，车开出老远了，才发现包里的随身听不见了，那时前不着村后不着店的，掉头寻找也来不及啦，自认倒霉吧。他又觉得那随身听像是小湘西的，他记得有回小湘西戴着耳机，没准兜里装着的就是这家伙。男孩一路胡思乱想着。如果是小湘西的，事情还有点棘手，他要是发现随身听不见了，没准第一个就会怀疑到他头上来。男孩想着到时该如何应付。面对小湘西的盘问，肯定要将头摇得像拨浪鼓，睁大眼睛，装出一副毫不知情的无辜样。要是对方发起狠来，他就哭，撒泼，大声哭，最好让老板听见，让更多人相信他是清白的，是被诬陷的。他甚至想到最坏的，趁他不注意，撒腿就跑，从此躲得远远的，再也不让他看见。男孩又想起鞋子那一幕，心里还窝着火呢。他希望随身听是小湘西的。

一直走下坡，到环岛附近，他才敢掏出来仔细打量一眼。那是一只铅灰色的爱华牌随身听，沉甸甸的，机身扎实，八九成新，看样子就知道是高档货。里面还有一盒磁带，是合集，张学友、周华健、刘德华、黄家驹……有好多他喜欢的港台歌手，他按捺不住激动的心，戴上耳机，按下了播放键。"流浪的小孩泪为自己流，流浪的小孩笑发自心中……"男孩往农贸市场方向走，歌声让他不自觉地放慢了脚步。他感觉戴上耳机，周边和往常都不一样了，一切看起来很新鲜，亲切，充满活力。想到以后都会这样，他越想越兴奋。路过文具店时，他想起那个叫小凤的女孩。上次为了给她写信，他还特意跑去这家文具店买来印有《蓝色生死恋》主人公的信笺。他又想起他在日记中发的誓，如果能一口气跑上五公里，就鼓足勇气给她写一封信。小凤是他们班上最漂亮的女孩。想到这个，他心里有些忐忑，小凤会给他回信吗？会不会给他来一顿臭骂甚至去老师那里告发他？就在这时，耳机里的歌声消失了，一段短暂的沉寂过后，他听见了有人低声说道：

"我能看一眼它吗？"男人说道。

"看哪里？"女人问。

"……"

"就看一眼，行吗？"

"它太丑陋了，没人会喜欢的……"

"谁说的，根本不是这么回事……"

"真的很难看，连我自己都觉得有些恶心，你看了一定会后悔的，说不定就不再喜欢我了。"

"我不像他们，……但我和他们不一样……我甚至就是因这条腿才爱上你的。"

录音声音很小，有些嘈杂，男孩把声音调至最大，听得一头雾水，他耐着性子听了一会，果断按下了快进键，想直接越过这段，去听下首歌。再播放时，却听见一阵绝望的挣扎声，那啊啊啊的声音发自女人，像濒死之人从肺部挤出的最后气泡，一个，两个，三个，他听得毛骨悚然，最后听见一个声音在耳畔轻声说道："我最喜欢干的事，就是去替人清洁这些，这对我很重要。"男孩听得有些发蒙，幸好耳机又恢复了他喜欢的旋律，是黄家驹的《光辉岁月》，男孩开始跟着节拍轻哼。"钟声响起归家的讯号，在他生命里，仿佛带点唏嘘……"

一辆满载化肥的福田牌小货车正在慢慢上坡。轮胎一路风驰电掣，眨眼间就冲到鼻子前了，司机躲避已经来不及了，几乎条件反射般往右猛打了把方向盘。右边是条通往粮站的小巷，福田车狠狠地撞在巷子口，把墙角撞出一个箩筐大的窟窿。轮胎虽然没撞中车头，依然剐蹭到了福田车的左后侧。那轮胎吃了两晃，并没倒，反倒是弹上了人行道，在众人惊呼声中，朝旁边一棵歪脖子香樟树撞去。

只见香樟树身猛地一震，落叶纷飞，整个树冠都在颤抖。香樟树哪吃得消这么狠撞，咔嚓一声，便拦腰撞断了。轮胎沿着树干蹿起两米高，在空中翻滚了好几圈，重重砸在地面，将马路砸出一道几寸宽的裂缝来。

坡底有个环岛，丁字路口往东是镇政府、法院和邮局，往西是农贸市场。镇政府大门隔着环岛，正面朝向长坡。环岛的小花坛是石门地标，立着一匹仰天长啸的大理石奔马，据说是马到成功的意思。轮胎一路所向披靡，此时已呈佛挡杀佛，神挡杀神之势，从马头一跃而过，笔直冲向镇政府大门。

最先遭殃的是镇政府门前的石狮子。那是一尊威武霸气的石狮子，龇牙咧嘴，怒目圆瞪，脖子上还缠着红绸布，换识相的，唯恐避之不及。但轮胎没管这些，结结实实地撞了上去，将石狮子干净利索地掀翻在地。撞翻石狮子，轮胎并没有停，扭了扭，调整方向，改朝西边农贸市场方向冲去。

农贸市场是石门最热闹的地方，零售批发，衣服鞋袜，水果零食，锅碗瓢盆，香纸炮烛，新鲜菜蔬，五花八门，花花绿绿，一眼望不到边。商贩为了抢占生意，都在各自店铺前架了摊铺，使得道路更加拥挤不堪。每逢赶集，人头攒动，连摩托车都休想挤进来。

小湘西脚劲好，路上遇到开服装店的老罗，他俩认得，二话不说就上了老罗的摩托，两人风驰电掣，一路油门，想截住轮胎。追到坡下，镇政府门口已经人仰马翻，一片狼藉。石狮子肚皮朝天，躺在台阶上，狮头磕掉了半只角，早已威风扫地。小湘西问，轮胎呢？有人认得他是宏明汽修店的伙计，指着农贸市场方向说，往那边去了。

轮胎碾压过来，像房间闯入一头大象。摊铺上的扫帚、拖把、塑料盆、热水瓶、菜勺、筷子，一半飞上天，一半落了地。人群慌作一团，尖叫声，哭号声，呐喊声，乱成一锅粥。男孩戴着耳机，正走进包子铺。中午新鲜出笼的包子，溢着热气，他掏出五毛钱，说要两个馒头。卖包子的伙计揭开蒸笼，热气升腾而起，伙计大半个身子瞬时被白雾吞没，那白胖胖的馒头在雾气中若隐若现。就在这时，男孩听见身后的喧哗声，他愕然回头，看见小湘西朝他大喊，文砣，快闪开，轮胎来了！男孩抬头，只见一只巨大的黑影从天而降，径直朝包子铺飞来。男孩双脚像生了根，一动也没动，所有东西都静止了，那巨大的黑影像片乌云，四周光线迅速暗淡下来，他感觉眼前从没有过的寂静。

· 作者简介 ·

郑小驴，本名郑朋，男，1986年生，湖南隆回人。毕业于中国人民大学首届创造性写作专业，现任教于湖南师大文学院。出版有长篇小说《西洲曲》《去洞庭》，小说集《南方巴赫》《骑鹅的凛冬》《消失的女儿》《蚁王》等。曾获茅盾新人奖、紫金·人民文学之星小说奖、华语青年作家奖·中篇小说主奖、湖南青年文学奖、毛泽东文学奖、湖南省文学艺术奖、南海文艺奖、《中篇小说选刊》优秀中篇小说奖、希望杯·中国文学创作新人奖、上海文学新人佳作奖等。湖南省"芙蓉计划"文化青年人才。部分作品翻译为英、日、捷克、西班牙等文字。

草 民

□ 蔡崇达

我们为什么生生不息

我们凭什么生生不息

东石：滩涂与沙滩

幸好，我出生于海边，自小就知道，这世间许多东西，日复一日在相互撕咬着。有的撕咬是寂静的，比如白日与夜晚。它们连些许的呻吟都不愿透出，但终究咬出了漫天血红的晨晕与晚霞。

有的撕咬掩不住哽咽和哀鸣，比如海洋和陆地。海与地的交会处，总要铺天盖地地悲鸣。它们的躯体不断被对方抓破，经脉不断被对方撕扯，血液浸透了彼此——那些血肉模糊，便是滩涂了。

滩涂是被撕下的陆地的血肉，滩涂是被撕下的海洋的血肉。滩涂因此从来是腥臭的——这些血肉，还一直在腐烂发酵着。

海边的人因此都知道，和这里的弹涂鱼、鳗鱼、螃蟹、蛏子等一样，自己是滩涂的子民；他们还知道，生命没有高贵的出身，腐烂便是生命的母亲。

幸好，我出生于海边，自小就知道，人总会找到沙滩的。

我生活的这个小镇，有大约二十公里的海岸线。从每户人家的窗户看出去，朝走过的每条道路旁瞥一眼，从每个甘蔗林的夹缝中透出来的，都是滩涂。但不用谁特意去指引，所有人迟早会发现的，在一个陆地拐角处，在一片相思林的包裹中，藏着一段局促的沙滩。

我忘记自己是什么时候发现沙滩的，大约和所有人一样吧：当心里开始生发出那些自己辨认不清、无法命名的东西，当不知道要在哪里才能摊开这些东西时，人就会找到沙滩的。

沙滩是陆地用被海洋啃噬得破碎的躯体，流着血怀抱出的一个安静的臂弯。陆地以这一点惨淡的胜利，拼命构造一个它认为的自己与海洋相处的最好的模样——沙滩是陆地的幻象，是陆地为自己与对手构造的神庙。然后，它也成了所有人的神庙。

少年在这里好奇且忧愁地看着自己身上新鲜的欲望，中年人在这里抓虱子般埋进命运里纠结的点，老年人在这里和自己的记忆聊天……在沙滩上，没有人顾得上和别人说话。这里的人在着急地把内心尽可能地吐出来，像一只只吐出自己内脏的章鱼，以这样的方式才能看到自己。

我总爱在沙滩发呆到夕阳西斜，直到白日与夜晚撕咬出的血浸泡了整个世界，我知道，这世界又完成了一次孕育。我看着这一个个年老的或年少的、干净的或毛糙的躯体，收拾起自己摊开的全部，犹豫地站立起来，踟蹦地穿出相思林，最终往泥泞的滩涂里走去、往自己正在行进的人生走去。

我看着他们一个个的背影，远得影影绰绰，如同腥臭的滩涂抽出的那一根根又灰又绿的草。我看到，他们和它们一起在摇曳，他们和它们，都在被风刮倒，或者是和风舞蹈着；都在被潮水淹没，或者在水里浮游着……我知道，他们和它们都在和自己的命运撕咬着；我知道，他们和它们都在挣扎着，或者，生长着。

曹操背观音去了

时隔近六个月，母亲终于愿意开口与我说话了。

她打来电话，努力回忆着此前寻常的那种口气，好似找到那样的口气，此前莫名僵持着的这几个月，就因此不存在了。

她用那种口气问："你好吗？"

毕竟这么久没能说得上话，我本想认真地回答。她却等不及了，又抢着说了："你记得曹操吧？"

我有些吃惊，明白母亲是因为曹操而愿意和我说话的。但是为什么呢？

她继续说了："曹操走了。"

她说："镇上的人很笃定，曹操必定是成佛了。"

她说："镇上的人在讨论，应该给他建一座庙的。"

最后，她说："想得到吗？咱们镇上死死生生、往往来来这么多人，能成佛的倒竟是曹操。"

着实有好一会儿，我没反应过来。

"曹操成佛了？"

我非常错愕。

我们这代人的家乡，在童年时，还能偶然碰到些游荡着的成仙成佛的乡土传奇，但这样的故事，被呼啸而来的年月，撕得越来越碎，到近年来，好似被时光瓦解得不见踪迹了。

此时，却突然硬生生冒出立地成佛这回事了，而且离奇的是，成佛的人选，竟然是曹操。

"你说的，是东石镇那个曹操？"我想再次确认下，"那个驼背的、可怜的曹操？"

"是啊。"母亲回答的声音，更透亮了。让我突然想起，每年东石镇的夏日，总有从太平洋上刮来的、那些被晒得松松暖暖的风。

我当然是认识曹操的。

我想，此前生活在东石镇上的所有人，都总要认识曹操的吧。

我所出生的这个东石镇，是个半岛，长得似肥胖的短靴，半截踩进海里。

西边靠江的这边，连着大陆，如同踮起的脚尖，似乎还在犹豫是否全部没入海里。三面环海的部分如同脚跟，试探性地插进海里，看着总感觉要瑟瑟发抖。

到我生长的时候，这镇子就已然是西边一个码头、东边一个码头。

以前我好奇过，为什么一个小镇需要两个码头。后来我知道了：西码头接着江面的，有滩涂，吃水很浅，只能进得一些小舢板；东码头，直直对着海，浪大风大，能停大船，能停的也只有大船。

因此，西边来的，便是讨小海的，弹涂鱼、鳗鱼、花蛤、小螃蟹……东边来的，都是讨大海的，东星斑、小鲨鱼……

整个镇子的西边和东边，就这般理所当然地过成了两种人生。

西边的人讨小海，大多数都莫名乐呵呵的，一天到晚，有事没事，脸总要笑着的。有些是早上去滩涂翻些海鲜，有的则下午去，反正干完该干的，剩下的时间就晃着、瘫着、笑着。

东边讨大海出大洋的人，总是莫名亢奋的，要么几个月没出现在东石镇，一出现，就总要闹腾的。特别是晚上，总免不得喝酒猜拳、嬉闹打架。

当时的东石镇，脉络也很简单。西码头和东码头中间，是长长的一条街，石板砌成的。路两端，再各自枝枝蔓蔓长出些小路，安放着些人家。

打我能记事开始，曹操便每天一前一后背着两个背篓，走在这石板路上了。

早上从西码头走到东码头，下午从东码头走到西码头。晚上在西码头边上的家睡上一觉，第二天醒来，再次出发。

所以，东石镇上的人，总是要认得曹操的。

我家便在这条长街的中间。

母亲说，父亲原来是在轮船社工作的，结婚前，当然是住在东港的。结婚后，母亲一有了孩子，父亲就急急想把家往西边安了。

我能记事的时候，父亲还得去出海，一去总要大半年。

那几年，母亲每天把门打开着，拿了把凳子靠着门坐着。她边干着手边的活，边偶尔瞥一瞥东边的石板路。

她知道的，她的丈夫、我的父亲，具体还得多少个月才能回来，但她还就这般坐着，每隔几秒就朝东瞥一眼。到天光暗了，暗到看不见什么了，门都要开着。直到她收拾完所有，要进房睡觉了，这才关门。

我就是在那个时候认得曹操的。

我能记事的时候，曹操就已经足够老了。我不知道他确切几岁，但看得到，他脸上的皱纹一浪压着一浪，快把他的眼睛淹没了。我总喜欢在他皱纹的浪里找他的眼睛。

351

他的背已经驼成将近九十度了，可能是身体轻吧，又或者因为头很重吧，走起来，总是向前犁着。海边总是有风的，每次风一刮，他的身体就摇摇晃晃。那时候的我老担心，他的脸会不会犁到地。

一有机会和他靠得近，我就很认真地在他的脸上查找伤痕。但他的皱纹太深太密了，皱纹的浪甚至把伤痕都吞没了。我终究也分不清，哪些是新添的伤痕、哪些是时间的割痕。

大约早上六点，曹操便会从西边的码头出发。

早上的他，一个背篓背在前面，怀抱着一般，里面放着的是从西码头讨小海的渔民那儿批发来的小海鲜。一个背篓背在后面，那个背篓是他改造过的：背篓的中间开了个口，放着隔板，里面有着用细铁线固定着的一尊观音和一个小香炉。隔板的下方恰好可以放置一束短香、用来占卜的签和签筒，以及对应的观音签诗集。

曹操的右口袋里总装着一块用油布包着的肥皂。每天早上，他在西码头整理好当天要贩卖的海鲜，一定得用肥皂仔细地搓洗每根手指，以及手掌里的每条掌纹。然后他会把安放着观音的背篓小心地放置在礁石上，点燃短香，拜三拜，插在小香炉上。先背上菩萨，再背上海鲜，然后在香气萦绕中，他出发了。

他的脖子上挂着个木鱼，每走一步，他便敲一下木鱼，喊着："花跳、鳗鱼、小螃蟹，海里的味道。"

忘记是我几岁的时候，但我确实问过他："为什么边叫卖这些海鲜边敲木鱼？"他笑眯眯地说："这不，边卖它们边为它们超度，也算是功德。"

每天早上，他会在九、十点钟的时候路过我家。我肯定要看到他的，我家的门开着，母亲、我姐和我就挨着大门坐着。

他的到来总是有奇怪的仪式感，巷子又长又深的，他的叫卖声来回滚动着，点燃的香，随着风有一阵没一阵，香味一会儿有一会儿没有的。

然后他就出现了。

他走得很慢，路过每户人家，只要看见开着门的，他便要从门缝里探进头去；门没开的，他还要踮着脚从窗户里探进头。

总是要先问："你今天感觉好吗？"

然后再问："要买点海里的味道吃吗？"

打我记事起，我便每天很是期待曹操来。虽然母亲大部分时候都没钱买那些小海鲜，但是我总觉得那叫卖声真好听，那香味真好闻，以及，我喜欢他笑眯眯地问我、问母亲："你今天感觉好吗？"

我总会开心地叫嚷着："很好啊。"

好像，就此我这一天就真的很好了。

我记忆中，母亲似乎也很是欢喜每天的这个时刻，她会笑眯眯地回："好像还不错。"

曹操会回："那太好了。"

曹操走到东码头，大概都中午了。他会在东码头找个地方蹲着吃口饭，然后瘫在某一块礁石上打个瞌睡，下午两点多，曹操才会从东边的码头出发。

或许是因为东码头的大船只有大鱼，或许大鱼对曹操来说太重了，他并不做东码头的海鲜生意。下午的时候，他把那个卖鱼的背篓背到身后，里面有时候有早上没卖完的鱼，大部分时候是空着的。他把安放着观音的背篓背在前面，出发前，香依然要点燃起来，依然走一步敲一声木鱼，嘴里的吟唱变了，下午曹操会喊着："抽签啊，卜卦；观音啊，菩萨；求神啊，问事；观音啊，菩萨。"

从东港返回来的这一路，他依然走得很慢，依然看到有人门开着，就要探进头去；门没开着，总要踮着脚从窗户探进头。只是问的话换了，换成了："你今天过得好吗？"

然后再问："需要和菩萨说说话吗？"

每天下午，他会在四五点的光景路过我家。如果是冬日的四五点，有时候会有霞光沿着西边的巷口淌进来。霞光覆满他全身，他脸上全是金黄色的皱纹、金黄色的岁月的浪，然后他笑出金灿灿的皱纹，眯着眼问："你今天过得好吗？"

我下午的答案可不一定。许多时候当然还是欢欣雀跃地嚷着："很好。"但经常有些日子，过得让我讲不出这样的词语，我会说："不好。"

如果我这么回答了，他会把头靠近我，靠近到快贴着我，然后他会说："明天会很好的。"

因为靠得太近了，我闻得到他身上的汗臭味、海腥味、老人味及沉香的香味。这味道太强烈了，甚至到后来，我一想到家乡，心里就马上涌起这些味道。

我也不知道为什么，那段时间，下午的母亲，总似乎很忧伤，她语调依然很平淡，只是早上的平缓像是山里的泉水，下午的平缓像是海里的盐水。她会平淡地说："挺好的。"

我不确定曹操听得真不真切，他似乎尝出了语调的不同滋味，又似乎没有。他最终如早上一般，开心地回着："那太好了。"

那时候，家乡的节日很多。祖先们的生日是节日，要祭祀；忌日是节日，要祭祀。这么多祖先，节日本来就够密的。那个时候，家乡的神明多。我记得小时候算过，仅仅东石镇就有几十尊神明吧。神明的生日是节日，要祭祀；神明的成仙日是节日，也要祭祀。最过分的是天公，每个月的十五日都是他的生日，每个月的十五日都得祭祀。

当时父亲虽然当海员，但想着要盖座房子，钱因此是吃紧的。母亲说她与祖先和神明商量过了，反正每个月就初一、十五祭祀两次。"就凑合着过吧，等以后咱家有钱了再补。"我听母亲祭祀的时候这么说过。

初一、十五这两天，母亲便会在早上的时候叫住曹操："便宜的杂鱼给我来个一块钱的吧。"

曹操便会直接坐在地上。坐着的时候，前面的背篓刚好就放置在他的跟前，背后背着观音的背篓，和他背靠背。我总觉得，他和观音菩萨背靠着背卖鱼给我们。

他背篓里的鱼，没有分类，无论什么季节，鱼的种类总是很多。他也没有带秤，一块钱的鱼，他就是用手抓了一把，然后放进我母亲拿出来的盆里。他会认真地打量几眼，然后会说："正好一块钱。"

我母亲也会点点头："是啊，正好一块钱。"

我至今不理解为什么正好一块钱，但每次都跟着很笃定："这确实是一块钱的鱼了。"

曹操下午的生意更好。经常每隔四五户人家，总有一户会叫住他。我母亲也找曹操抽过签，所以我知道价格的，一次一角钱，倒是不贵。只是，确实也就值一角钱。

下午有人叫住他，他便如早上一般就地而坐，菩萨就在他怀里了。然后他掏出签筒递给问卦的人，笑眯眯地等着抽出签号，然后拿出签诗册一页一页翻找到对应的签诗，就递给求签的人。

镇上的人大都不识字，翻来覆去看了半天，认不得几个字，说："你解解啊。"

曹操此时会充满歉意地笑，说："我也不识字。"

然后他会说："但我大概记得，这或许讲的是什么故事。"

355

他就自顾自地讲完记得的故事。抽签的人边听边抓着故事里的情节，要往自己身上套。

"所以是冬天的时候会有好消息？"抽签的人问。

曹操便会直愣愣地看着抽签的人，然后，笑。

"还是说名字带'冬'字的人会给我带来好消息？"抽签人不死心，再追问。

曹操依然直愣愣地笑。

抽签的人嫌弃地白了曹操一眼："不懂解签，还敢背观音签。"

曹操笑眯眯地说："是观音让我背的。"

"曹操是后来做了什么特别的事情吗？"我试图推导出一些逻辑，去理解母亲刚刚和我宣布的这件事情。我实在不知道，这样的曹操如何就能成佛了。

母亲说："没有啊。"

"还是他过去做过什么了不起的事情，我不知道的？"我还是不死心。

母亲想了许久，似乎很困惑我的追问："他的故事你都知道的。"

母亲很认真地强调："他一直是你记得的那样，直到死的那天，还是那样。"

现在生养在城市里的人可能已经不知道了，从小镇出来的人或许还有人记得吧——其实，每个人的故事发生了，就存在了，它们还会蒸发或者被撕裂成类似于尘埃一般的东西，在空气中弥漫着。只要你待的地方不那么大，只要你待的时间足够长，这些故事总会如尘土一般，在你心里慢慢地落、慢慢地积，某一刻再一看，发觉记忆都堆出厚厚一层了。

我无法确切地说出，我具体是在哪个地方什么时候听说过曹操哪个故事，但我确实就这么知道了曹操的许多故事。

比如，我知道，曹操本来不应该叫曹操的。

曹操有两个哥哥，一个妹妹。曹操的大哥叫曹阿一，曹操的二哥叫曹阿二，曹操的妹妹叫曹阿四。就曹操，叫作曹操。

据说曹操母亲生曹操的那天，晚上恰好有个戏班子巡演到了这个小镇。当时这个海边小镇，难得有戏班子来，曹操的父亲和三五亲戚喝了庆生的酒后，就一起来看戏。

那个老实巴交的讨小海的人，看到有人穿着戏服画着花脸，听到第一声唱词，就被震撼得目瞪口呆。唱词他听不出是普通话、闽南话还是莆仙话，但他就是一边看一边激动地骂。大家也不知道他为什么骂，只知道搀扶他回家时，他嘴里还在骂骂咧咧、嘟嘟囔囔，说的是："人就是应该活出个名字来。"

然后，曹操就叫作曹操了。

一开始，曹操的父亲着了魔一般，要让大家都知道他的儿子叫曹操。曹操还没满月，他父亲就抱着他到处晃，见人就说："你看，这是我儿子，叫作曹操。"有人路过他的家，他也要抱着孩子追出来，说："你看，这是我儿子，叫作曹操。"

但念叨也就念叨了三个多月，后来似乎他自己也忘记了。到了第二年，曹操的母亲又生了个孩子，是曹操的妹妹。曹操的母亲问："小孩叫什么名字啊？"

曹操的父亲当时正在洗着海带，头也没抬，说："当然叫曹阿四啊，要不叫什么？"

曹操也确实活得越来越没有曹操这个名字的样子。

刚生出来的时候，接生的产婆一看，哦，生了条丝瓜，皱皱巴巴、瘦瘦长长的。

曹操这一模样，仿佛从那时就定型了，自小到大，手是瘦瘦长长的，像丝瓜；腿脚瘦瘦长长的，像丝瓜。

曹操的父亲总会用一只手把他的腿箍着，对曹操的母亲说："你看，就这还叫曹操？"

也不知道他在讥嘲的是谁。但他认真地白着眼又重复一遍："还真看得起自己，这模样，连大一点的鳗鱼都网不住的人，还敢叫曹操？"

曹操这个名字在这个家庭越来越尴尬且醒目。曹操的父亲偶尔有好收成，一进门会开心地喊着小孩来看："阿一、阿二、呃，你也是，阿四你们过来，看我今天翻到了什么。"

曹操这个名字，连他父亲叫起来都很是烫嘴。

曹操的父亲因此越来越不愿意叫曹操了。父亲回家叫嚷着："阿一、阿二、阿四，来看看今天我又翻到了什么。"

曹操杵在一旁，不知自己该不该也凑过去。

一开始凑过去了，父亲可能有意或无意，但确实白了他一眼。曹操就此不凑了。

曹操就此除了不断地瘦瘦长长，还越来越安静了。

母亲还是心疼小孩的，妹妹阿四还是心疼哥哥的，有时候会想去安慰曹操。曹操会笑眯眯地，一直摇着头。母亲和妹妹也不知道他什么意思，到底是没关系、不难过，还是不用管我？但看他笑眯眯的，安慰一下也就走了。

曹操就此除了不断地瘦瘦长长、越来越安静，还总是笑眯眯的。直到他足够老了，老到我都出生了，认识他的时候，他还是这样：瘦瘦长长、安安静静、笑眯眯的。

曹操和曹阿一、阿二、阿四一样，长到几岁，就干几岁的活。两三岁帮着挑拣小海鲜，五六岁帮着洗海带，七八岁帮着剖牡蛎，十岁左右便要跟着出海了。父亲讨小海，曹操跟着也是讨小海。每天凌晨四五点，星星还在，天空刚要翻鱼肚白，他们就同其他讨小海的渔民一样，把脚插进冰冷、黏稠的滩涂里，开始翻找老天爷藏在这儿的一份口粮。

尽管冻得刺骨，但没人吭声，他们第一次下滩涂，就学会把难受吞进心里了。

这种和所有人一样的时刻，让曹操最是安心和开心。把头就此埋进和周围的人类似的生活里，吃着一样的苦，大家一起苦，好像也没那么苦。

但曹操还是因为顶着这个名字，被揪出来了。

首先开始的，还是自己家里的曹阿一。看着小自己几岁的曹操剖起牡蛎来哆哆嗦嗦的，阿一突然心生灵感："操，这牡蛎可真难剖啊。"

曹操愣了一下，反应了好一会儿，问："是在叫我吗？还是在骂牡蛎？"

阿二和一旁的父亲都听到了，都开心地笑了。

第二天，阿二也逮住机会就说："操，今天天气可真好；操，今天的风可真黏……"

曹操没回声，阿二就骂："怎么不回答啊？"

曹操回了，阿二就笑："又不是在叫你。"

过不了多久，曹操名字的新用法就传开了。

凌晨，许多人都在滩涂上一起翻找海鲜，这真是累人的活，翻找得累了，以前就是悄悄地嘟囔几声，还怕被人说这理所当然的苦都吃不了。现在有新办法了，可以喊："操，怎么今天的鳗鱼钻那么深？"

另外一边也有人回了："操，是钻太深了……"

然后滩涂上，就到处都是呼唤曹操的声音。

然后从滩涂回镇上的路上，到处都是呼唤曹操的声音。

然后寻常的生活里，突然凭空就冒出几声呼唤曹操的声音。

经过了那些岁月，曹操已经不会恼怒了，每次也只是乐呵呵地笑。曹阿四和曹操的母亲反而耐不住了，听到有那个发音，就往那边赶，拿着海锄头，怒声喝着："是哪只狗在嚷，哪只狗？"

四下没人作声，曹阿四追着曹操问："你知道的，是哪个？"

曹操还是乐呵呵地笑。

曹阿四着急了，边跺着脚骂边哭："你怎么就这么厌。"

曹操乐呵呵地笑了笑，说："这样的名字用在我身上，确实是挺搞笑的。"

曹操的父亲是在曹操十六七岁时离开的。那一年他父亲六十出头——这在当时不算特别好的寿命，但也是能接受的了。要走的那一刻，父亲好像没有觉得多难过，反而有种终于要"毕业"的感觉。

父亲躺在床上，轮流叫着家里的人。妻子当然是第一个叫的。父亲说："你别着急来，等孩子都结婚了再来。"母亲点点头。

叫来了阿一："你都结婚了，赶紧生孩子。"叫来了阿二："你赶紧结婚，赶紧生孩子。"然后父亲卡住了，愣了好一会儿，终于时隔十多年又一次叫曹操的名字了："曹操啊。"也就这么喊了一声，然后本来平静的父亲突然哭起来了，呜呜呜地，像女人的哭法。

父亲说："曹操啊，可怜的曹操啊。"

那个时代，东石镇是真穷。我后来读书了，读了历史才知道，从明朝禁海，不让出海通商开始，沿海的东石镇就一直穷。

但再穷的地方，老祖宗那些烦琐的规矩还是一点都不能落下的。甚至反而更不能落下了——越困难的人生，越要依靠规矩稳住啊。

葬礼的规矩，大大小小的几十项，还好负责祭祀的师公都记得住，大家遵循着他的调动就可以了。比如，一定要招魂的，招魂回来后，家人们要一个个朗诵祭文（就是用文言文说你活得多好，有多少人有多爱你），然后隆重地跪拜告别。

祭祀遵循的还是晋朝时候的礼制，不唤姓，只唤名。而且，为了表现庄重威严，名字要念古音，加重念。

在东石镇，很多人生活一辈子用不到正经的名字，如果取得太正经，大家一定要找个土名安到他身上的。那种有目标、有意义的名字，如何配得上这么土的生活？许多人都是到家里有亲人死，或者自己死的时候，大家才知道，哦，原来他叫这个名字啊！

祭祀开始了，先是长子阿一，然后是次子阿二。终于，师公用悲痛庄重的口吻喊："请，三子，操，上前祭拜。"

众人笑了。

曹操面红耳赤地赶紧跑到灵前来，扑通一声就跪着拜。

按照规矩，得连呼三声，而且师公似乎还不明所以，又叫了一声"操"，众人又笑了。

师公反应过来了，第三声的时候说得分明心虚了："请，三子，呃……操，上前祭拜。"

众人察觉到一向正经的师公也意识到窘迫了，笑得更欢了。大家还在笑着，曹操好像习惯性地要跟着笑，只是眼泪还扑簌簌地掉。

于是曹操就眯着眼，边笑边哭了。

我忘记这个故事是谁和我说的，但小时候听到这里，我就有很强的被侮辱感。当时我也不理解为什么会有这种感觉，就是耿耿于怀着，甚至等自己成年了，我总莫名其妙地要和很多人讲这个故事。听的人听完莫名其妙，他们不理解我为什么要讲这个故事。我此前也解释不了为什么。只是过了好多年，我自己有小孩了，才有一天突然明白了，摇醒正在熟睡的老婆，说："我终于知道我为什么对曹操的名字耿耿于怀了。难道心生些对人生格外的期待，就要被庸常的生活嘲笑侮辱吗？"

我老婆听得莫名其妙，说："在想什么呢，赶紧睡觉，明天小孩要上课了。明天轮到你做早饭，记得六点就得起。"

曹操的父亲走之后，好像就一两年，或者一年不到，曹阿四就走了。

曹阿四走的时候十三四岁，刚好是水灵的模样。曹阿四从小利落，因此性格总是着急的。家里圈了块海塘，海塘里种着海带。捞海带这种活本来是男人干的，但曹阿四喜欢。她十三四岁的时候，踏入海塘里刚好能探出头，她因此总抢着捞海带。

曹操也喜欢看自己的妹妹捞海带，她踮着脚在海塘里走来走去，东拉几条西拉几条，海带绕着她的身体舞来舞去。曹操会说："阿四你像仙女。"阿四回笑得咯咯响，说："阿四就是仙女。"

阿四就是一天下午被发现浮在海塘里的，应该是捞海带时一不小心脚一滑，呛了水，慌乱得没站住。

其实镇上以前就有姑娘也这么没了的。

那个时候，人的来来往往生生死死好像没那么严重。其实想来，这世间从来那么多人生，那么多人死。只是坏世道，死得更快些，更早些，哪有什么稀奇的？

当时还会把这种死法称为"着急死的"，仿佛是他们主动选择着急离开的，而对应着的安慰便是："没事，他下次投的胎应该会好些。"

曹阿四走了，师公就又得来了。那天葬礼，师公见到曹操就皱眉。曹操看见师公皱眉了，觉得又是自己的错了。曹操去向师公道歉，才知道师公原来已经有了解决方案："要不，我祭祀的时候，就喊你阿三？"

曹操想了想，却不答应了："还是叫'操'吧。"

曹操哭着说："祭祀的时候老天爷都听着吧？"

师公愣了下，说："你是要借此骂老天爷几句？"

曹操哭着说："就帮我骂几声。"

那天祭祀，师公最终还是叫了曹操"操"，叫的时候还比以往更用力、更庄重。

母亲也算完成了和曹操父亲的约定。曹操父亲走后，母亲着急奔波着，给阿二娶了老婆，给曹操也娶了媳妇。母亲在曹操娶完媳妇之后，嘴里就老念叨着，说："阿四已经先走了，我任务算完成了吧。"也忘记念叨了多久，有一天早上，曹操看到母亲睡死在自己家的灶台边。

母亲走的时候，师公又得来了。那个师公年纪也很大了，七十几岁吧。他可是当时镇上最老的几个人了。

这次师公一来，看到曹操就咧着嘴笑："真好，又有次骂老天爷的机会了。"

师公说："活在这世上，谁不想骂几句啊。"

师公说："你父亲给你取的这名字真好。"

对曹操这个名字的调侃，应该贯穿了他的一生吧。到我记事的时候，每次一听到木鱼声，闻到沉香味道，我就听到石板路上不同人此起彼伏地喊："操，今天天气真好啊。操，现在冷得要死。操，这世道怎么这么难啊……"

发生在不同人身上的不同境遇，似乎都可以通过这个句式说出来。

我记得就在前年春节我回老家时，听到我家东边的东边，大概第七座房子吧，里面的人一听到木鱼声，就扯着嗓子叫嚷着："操，我家婆娘走了，你知道吗？操，我家婆娘真的走了。你知道吗？"

363

我母亲看我好奇，特意和我解释了一下："他老婆走了四五个月了，此前几个月都说不出话。曹操知道了，他本来就要挨家挨户地探头过去，那几个月，看到那户人家连窗户都关上了，还硬要拨开窗户，探进头去问：'你今天过得好吗？'然后那人就生气了，气得大嚷大叫：'操，我家婆娘走了。我怎么好？'曹操乐呵呵地笑：'骂出来会好点儿，心里会好点儿。'"

自此，每天曹操要经过时，还没探头进来，他就这么嚷。

我们在说话期间，曹操刚好走到他家了。屋子里的人嚷得更大声了，曹操还是从窗户探进头，笑眯眯地说："我知道的，我都知道的，我全部都知道的。"

屋子里的人叫着叫着，扯着嗓子嗷嗷地哭。

曹操笑眯眯地探进头问："要不要和我说说话？"

屋子里的人还在嗷嗷哭。

曹操说："要不和菩萨说说话？今天你要抽签，我算你免费？"

"这是菩萨说的。"曹操补充道。

"曹操是什么时候背着观音的啊？"我突然想起来这个小时候就萦绕在我心里很久的问题。从我记事开始，他就长着这副背着观音的模样了。好像观音就长在他身上一般。

母亲说："我记得当时这条石板路，靠西码头的都是土打的房子，东码头都是石头砌成的房子，就咱们这中间，房子稀稀拉拉的。"

母亲似乎也回想了好一会儿，好像还是没想起来："我嫁给你父亲，搬来这儿住时，曹操就这样每天背着两个背篓走了。"

母亲说："我记得，第一次曹操经过咱家的时候，咱家还没有建好门，就拿着几块木头挡了一圈。我当时怀着你，每天都得搬了木头才能坐在这石板路边上干活。当时曹操说：'闺女啊，家还没建好啊。'我说：'是啊。'

他说：'总会建好的。'我说：'是啊。'"

母亲说着说着，突然想起来了："曹操好像是他老婆走之后开始背观音的。"

母亲说："好像他本来就是讨小海的，老婆走之后，他躺着好几天起不来。亲人们去劝，他就躺在床上笑眯眯地看着大家，偶尔难过了，哭一哭，哭完，继续笑眯眯地。直到他做了一个梦，梦见观音说他老婆已经去西方了。观音说他要出门，没有随从。梦里曹操说：'要不我来背？'"

我记得，曾听说过曹操曾经是有家人的。只是听说，并没有见过，从我记事起，曹操就是一个人背着观音了。

多亏曹操的母亲是张罗好曹操的婚事才走的，要不，曹操肯定自己谈不成婚事。当时找妻子，用现在的说法，对彼此都像开盲盒。曹操的妻子刚嫁过来的时候，说话还会娇羞地遮嘴巴。也说不清是被曹操的性格倒逼的，还是本来如此，回归了本性。结婚三个月不到，东石这儿来了场大台风，台风还没登陆，倒把曹操分的偏房屋顶给掀了一角。曹操的妻子看着瘦瘦长长丝瓜一样的曹操，干脆袖子一撸，裙子一绑，自个儿就爬上了屋顶。看着曹操还在发愣，怒气地喝："杵着干吗，给我递石块啊。"

曹操的父亲留下的海塘，本来都被曹阿一、曹阿二分了，还能被曹操媳妇硬生生讨回来，重新划了个三等分，曹操家分到的还是边上的。据说用的方法倒也没什么特别，就是整天坐在门口，见人就哭见人就告状，说兄弟如何欺负曹操。阿一、阿二实在扛不住，商量着跑来求和了。

曹操的妻子连生孩子都是利索的。挺着大肚子了还跟着去翻滩涂上的海鲜。那一天，脚一软一个人就重重地滑在滩涂上。天蒙蒙亮，但看得到那血水一下子从她跌坐的地方涌了出来。众人着急要拉她上来，她却利索地来了一声"别动"，然后伸手到自己的下体掏了好一会儿，就这样掏出来个孩子。

曹操的妻子总得意地对曹操说："你看啊，要不是你母亲找我来管你，看你怎么活下去。"

曹操笑眯眯地一直点头。

曹操的妻子最终给曹操生了两个儿子，生了就养，养大了曹操的妻子又给他们各自张罗着婚事。小儿子结完婚的第二天，曹操的妻子召开了个家庭大会，把家里之前的东西盘点一下，分成三份，她和曹操分了其中一份，宣布她会带着曹操搬出去住。

她的理由很简单："我不习惯拖累谁，我也不习惯让曹操拖累谁。"

曹操的妻子领着曹操到了西码头边上找了一块地，建了小土房。每天一大早妻子领着曹操去滩涂讨小海，讨完小海，就让曹操挑着担，自己吆喝着走街串巷地叫卖。

据说，曹操妻子的叫卖声可是中气十足，老远老远就能听到，而且口气笃定得让听过的人都相信叫卖的每个词语："东石第一新鲜，味道又香又甜……"

大概是曹操六七十岁的时候吧，那天镇上敲锣喊着台风要来，老太太又着急爬到屋顶，脚一滑，重重地摔在地上。这次摔下来的地方不是滩涂，是石板路。曹操知道那可比滩涂硬得多。这次磕到的不是屁股，是同样硬邦邦的脑袋。

妻子还挣扎着坐起来，头凹陷了一块，喘着气，总结一般："嗨，你看这都一辈子了。"

又说了一句："我这下没法管你了，你可怎么办？"

妻子脑袋流出了血，血盖满了她的脸。曹操惊恐，但还是笑眯眯地说："你流血了怎么办？"

妻子说："没办法了啊，是人就得死啊，活着就得吃饭啊。"

曹操哭着，但还是笑眯眯地说："那也是。"

妻子就这么走了。

祭祀的仪式还是没变，千百年不变，就这几十年就更不会变。只是当年的师公早走了，现在管理这一片的师公换成一个比曹操年轻许多的人。

师公又要招魂了，师公又要念名字，师公说到"请亡人之夫——"，然后就噎住了。

曹操站起来，说："要叫，操，操，操……"

众人都笑了，连那师公也笑了。笑完之后，大家才看到曹操站在那儿呜呜地哭。

仪式结束后，曹操就一直躺着了。那一年，台风又来了几次，每次都照着屋顶的漏洞拼命灌水。不仅曹操的孩子来收拾过，曹阿一、曹阿二各自带着孩子也来帮忙收拾过，但曹操还是愿意躺在那儿，泡在水里，直到曹操那天晚上梦见了观音菩萨，梦见自己老婆随观音去了。

"曹操从那时到现在，就这样每天背着观音一来一回地走，一直没断过？"我问母亲。

"是啊，到死那一天，一天都不少。"母亲说。

"到死那一天？"我虽然听得明白，还是忍不住重复了一遍。

"是啊。"母亲也感慨了，"从你出生前走到了前天，你看，你都从没有到有、从小孩到离开家乡、从离开家乡到现在，他就每天一直在这条石板路走着。"

母亲说："说起来，你读大学离开家乡到现在都快二十年了。你在外面的日子，都超过在东石的日子了。"母亲笑着说，"某种意义上，你越来越不是东石镇的人了。"

母亲说得我难受，但母亲说得对。细究下来，对现在的人来说，家乡都是可疑的。此前的大部分人，一辈子都没离开过这里，极个别离开了，真的只是出个远门，总是要回来的。而现在，出去了就知道自己大概回不来了，但又不知道该往哪儿去。

我还在想着，母亲像猜中我心里所想的那样，突然说了句："放心。"

母亲说："只要我还活在东石，你便觉得自己是有家乡的吧。"

我听着有些难过。

"所以你能理解我为什么不能随你去北京了吗？"母亲继续说，"因为家乡有很多很重要的东西、人和事，比如这么多神明的祭日，比如曹操啊，而且，为了让你觉得有个可以回来的去处，即使明知道你永远回不来，我都要守在这里的。这样，直到——"

母亲说到这犹豫了一下，还是继续说："直到我死了，你的家乡才会死吧。"

我和母亲之所以不说话，是因为父亲的离世。

我的记忆中，母亲从来便是个独立到让人觉得有些凌厉的人。

母亲在嫁给父亲前，在那边家里是老三，前面有个哥哥、有个姐姐，后面有个妹妹、有个弟弟。我很小时，她就和我说，外公疼最大的哥哥，然后还算照顾第二大的姐姐；外婆疼最小的弟弟，然后还会纵着第二小的妹妹。她没有抱怨，只是解释着自己性格的来源。她说，所以五六岁就知道了也接受了，自己没有人疼，那就学着自己疼自己便好了。

长到二十岁，她便自己找了媒婆说："我是可以嫁了的。"还说，"我实在不想为此拖累父母，帮我物色下，不要彩礼的我都可以去看看。"

而我父亲这边，我爷爷早早就去世了，奶奶在我父亲母亲的婚礼完成后没几天，便也突然去了。在我小时候，母亲经常对着不明就里的我唠叨：

"你奶奶真是厉害,原来那时候就知道自己要走了,还不动声色地手脚麻利地张罗好这复杂的礼节,笑呵呵地把我迎进家门。我一进家门了,她说走就走。"

母亲说:"我不信那时候的她身体没有一点儿难受的,但她一丝表情都没透露。"

我出生的时候,奶奶便不在了,因此我无法判定奶奶是如何的人。但我总觉得,母亲之所以能看出奶奶是憋着疼完成最后的职责的,或许是因为,她自己就是个这样的人——或许每个人最能看见自己心里已经有的部分。

满打满算,房子只建了一半,后半截没有建好,连个门都没法安,肚子里还怀着我,而公公婆婆又都不在,母亲笑着撵父亲去出海,她问父亲:"不去咱们吃什么?"

父亲担心,孤儿寡母总是不安全的。母亲回房里拿出奶奶留下来的劈柴的斧头,有模有样地挥舞着:"你看,我怕什么?"

从我出生开始,母亲便让我和姐姐同她睡一间房,而母亲的枕头边便一直放着那把劈柴的斧头。

因为家里没有门,而且确实是孤儿寡母,我家里当然成了宵小的好选择。每次听到点外面异样的动静,母亲会让我们躲床底下,然后自己拿着斧头,靠在房门后面,喊:"我听到你了,我有斧头,我会砍人的。我知道你力气比我大,但万一被我砍到一下呢?你自己掂量下,划不划算?"

几次,这样说完,外面便没了声音。

还有次晚上,我三四岁的时候吧,突然间醒了,看到母亲把斧头翻了个拿在手上,专心致志地盯着窗外。趁着月光,我看到窗户伸过来一只手,试图摸着点什么。母亲把那只手猛地一拉,用斧头的背面冲那手上一敲,窗外传来号叫声,想把手收回去。母亲赶紧用两只手抓住,喊着:"回答我,还敢惦记我家吗?"

外面的人估计怕被认出声音,不敢说话,带着哭腔含着嘴,呜呜呜地哭。

母亲说:"知道我是什么人了吧?必须回我,还敢不敢惦记我家?"

外面的人带着哭腔说:"不敢了,真不敢了。"

母亲这才放他走。

父亲大概半年回来一次,每次父亲要回来前,母亲就要叮嘱我和姐姐,谁都不许说我家遭贼的故事,谁说了就打谁。

我父亲因此对这些故事完全不知情。

父亲出海一直出到我读初中,而我家的房子也是直到父亲回东石第三年才建好的。房子终于有像样的大门了,母亲这才自己和父亲说。

我父亲听得目瞪口呆,估计在想,自己到底是娶了怎样的妻子。父亲感叹地说:"难怪我每次回来,在东码头喝酒,总有人偶尔跑来和我说,你家婆娘可真厉害。我还想着,他们夸你会照顾家呢。"

母亲听了愤愤不平地说:"你看看说的那些人受伤没,有没有伤疤,估计那里面就有被我打的贼人。"

父亲不出海了。父亲回东石了。父亲开店了。父亲开店失败了。然后我读高三那一年父亲中风了。

母亲自父亲中风后,就催着我去学校住宿。我不理解,母亲说:"你父亲的事情是我的事情,不是你的事情,你的事情是读好书赶紧跑。这是我的决定,你必须听。"

我不听,母亲便和我冷战,不和我说话。我看着她一个人给父亲伺候大小便、洗澡、吃饭、睡觉,我要来帮忙端什么,她便把我的手打掉,我要来帮忙抬父亲，她便用身体把我撞开。

当时的母亲五十出头，还不到一百斤重。偏瘫的父亲已经三百多斤了。父亲跌倒了，她得像只驴一样，自己趴在地上，让父亲把身子靠在她背上，她再一点点支撑着把父亲驮起来。我看着难过，她自己不难过。她说："咱们商量好的，你父亲的事情就交给我了，你的事情就交给你自己。尽量考出去，别回来。记住了，我们的事归我们，你的事归你，我们帮不上你，你也别来帮我。"

"这怎么可以？"我生气了。

"这怎么不可以？"母亲说，"以前咱们这儿谁老了干不动活了还要拖累后代了，就自己找个地方躲起来死了的。"

我说："那是很久以前的故事了。"

母亲说："这就是上代人自己都活明白的道理。总之，伺候到你父亲死了，我便可以走了。我的任务就是，不能让他拖累到你们。"

母亲说："这是我的责任，作为妻子和母亲的责任。一个家有部分坏掉了，修不好了，另外一部分就得拼命好。那才是你的责任。"

那几年，母亲争着把所有照顾父亲的活全抢过去了。

我读大学了，我打电话问她："父亲如何了？"

她说："很好，你别管。"

我说："我假期回来。"

她说："你好好去实习，我和你爸没钱给你，以后找工作没关系给你，你趁假期赶紧想办法去。"

我大学要毕业了，我说："我要回来找工作。"

她说："你回来找工作我就把家门关上不让你回家。"

我难过地说："你总得让我帮点儿什么吧？"

母亲想了想，说："你如果想帮，就帮我向老天爷祈祷，让我死在你父亲后面。"

老天爷遂了母亲的愿望。三年前，中风多年的父亲有次摔倒，就此走了。

停灵停了三天，那三天母亲一直很利落的样子。流程该如何走，仪式要哪个时间点，乐队要奏什么乐……母亲冷静得如同饭店里利索的总经理。

我看着这样的母亲，心里说不出的愤怒，我在想，母亲这样的人到底是为什么活着呢？

葬礼结束后的晚上，所有仪式的东西都撤出去了，母亲把门一关，这个家里就剩我、我姐和我母亲了。我母亲突然宣布："我任务完成了，我可以走了，我准备走了。"

然后突然号啕大哭起来："菩萨啊，你要是可怜我，就让我赶紧走，他一个人上路可太孤单了。"

葬礼结束后，母亲就催着我离开家乡。我生着气，而且我知道我无法和父亲离世这个事情相处，借着母亲的催促，便订了机票回了北京。

倒也不是刻意，本来到北京后，我就想打个电话和母亲说几句话的，但要拨通那一瞬，我知道自己依然非常愤怒，我知道自己依然非常难过。而母亲，似乎也如此，她也没有主动和我打电话。

一不小心，我们竟然半年不说话了。

直到，母亲打电话和我说曹操成佛了。

我问母亲："曹操到底做了什么事情，让你觉得他应该成佛啊？"

母亲脱口而出："他做得可多了。你不知道吧，其实我前几个月差点死成功了，还是曹操拉住了我的。"

母亲说得很平淡，我却完全愣住了。

母亲看我似乎被吓到了，说得更云淡风轻了："其实也没干吗，就是你们都走了后，我就突然发烧病倒了，昏昏沉沉地躺在床上，没力气起床拿水喝，没力气给自己弄吃的，我本来是犹豫过要不要打电话给你或者你姐，但我后来想，我不是觉得自己可以死了吗，我想，这样也挺好，我就这样走了吧。"

我想说点什么，但终究说不出来。

母亲继续说下去了："本来这个计划挺好的，我感觉自己意识越来越模糊，我感觉到自己身体越来越虚弱，然后，我突然听到，有人透过窗户不断喊：'你今天过得怎么样啊？'我知道，是曹操来了。

"你知道的，他每天早上十点左右，要路过咱们家。你知道的，他越看到谁家门关着，越要踮起脚，拼了命问。我当时哪有力气回他话啊，我当时也不愿意回他话啊。我就想，喊久了没有回应，他自然会走吧。但他可真倔强，趴在窗户上，一遍遍地问：'你今天好吗？你今天好吗？你今天好吗？'我本来是生气的，但他每问一句，我心里就咯噔一下。他又问一句，再问一句，我都不知道为什么，他就把我问哭了，然后我哭着说：'我不好啊，我过得不好啊。'他一听我回应了，开心地喊着：'要不要和菩萨说说话啊？这次抽签不用钱，菩萨说的。'"

不知不觉我眼泪已经涌了出来。

母亲可能听出来了，她沉默了一下，估计是在考虑要不要安慰我，但她最终没有安慰我："其实啊，曹操救了我可不止一次，好几次可能连他都不知道。比如，有次是你还没出生，你父亲出海去了快九个月了还没回来，我几次去轮船社问，他们也说完全联系不上你父亲那艘船。我有次抱着你姐姐，想着干脆吃老鼠药死掉算了，曹操恰好经过了，他笑眯眯地问我：'你今天过得好吗？'有次是你快出生了，我突然摔了一跤，一摸，出了好多血。家里穷，我不敢去医院，当时你父亲又出海了，我没有一个能说话的人。我惊恐地摸着肚子，我感觉肚子里的你似乎没动静了，我自责到一宿一宿地睡不着，头发一直掉。然后曹操经过了，问我：'你今天过得好吗？'那天他还说，菩萨让我免费抽支签。我抽了，是上上签，曹操说：'签诗的意思是，这个孩子是菩萨送来给你的，任何妖魔苦厄都夺不走的……'"

我越听越难过："这些我都不知道，你为什么从来不和我说？"

母亲倒自己笑了："为什么要让你们知道？活在这世界上，谁的人生不是堆满了苦头，谁不需要学会吞下自己的苦头呢？就像你父亲，肯定也有很多苦头没和我说，就像你，肯定很多苦头也自己吞了，不是吗？"

母亲说："所以这世间才需要有东石镇的曹操啊。每个人心里都是汪洋，都自个儿在沉浮着，哪有力量看着别人啊。需要有这么一个人，每天走到每个人心里头问一句，不管被问的人有说没说，不管那个人是真好还是假好，但听着问这么一句，心里总要过得好许多吧？而且曹操走过那么多难走的路，自然更能看得到所有人更多的难吧。"

"所以你觉得曹操一定成佛了，对吧？"我觉得我终于理解我母亲为什么这么认定了。

"那可不是。"母亲着急地否定着，"关于曹操为什么一定是成佛了，可不是因为我说的这些，而是我亲眼看到的。

"我亲眼看到的。"母亲又强调了一遍，"曹操就在我面前升天的。"

"那天，台风刚过，满天都是好看的红霞。曹操背着观音从东边走回来了。是上午，所以他把观音菩萨背在后面。他走过来，路过咱们家，他看到我坐在门口，眼睛还偶尔瞥着东边，他笑眯眯地问我：'今天怎么样啊？'我说：'很好啊。'他笑眯眯地说：'那很好啊。'他开心地往前走了，就走几步路，突然就地坐下来了，就坐在咱们家门口边上。我问：'曹操你

今天怎么样啊？'

"他笑眯眯地说：'我很好啊，就是有些乏，我坐着休息下。'我忘记他坐了多久，我以为他睡着了，就继续做着手工。然后突然有道霞光直直从石板路的西边一路找过来，直到找到他的身上。曹操背上的菩萨全身都在发光，发着金色的光，曹操全身都在发光，发着金色的光。我看见曹操和观音菩萨背靠背坐着，发着光。我走到他跟前喊他：'曹操啊，你还在吗？'曹操没有回答我。我看见曹操耷拉着的脸上金灿灿的笑容，仿佛每条皱纹里都透着光。我知道曹操走了，我知道不用哭，但我还是哭了。我不知道为什么，突然觉得应该赶紧抬起头，然后我抬头了，我看到天上有团金灿灿的光，我认真地努力地辨认，我看到了，我看到那是曹操背着观音菩萨的样子。我赶紧跑到巷子里，一家家敲门，喊着大家一起来看。很多人出来看了，很多人也看到了，他们开心地喊：'曹操背观音去了，曹操真的背观音去了。'"

母亲突然停下不说了，我听出来了，母亲在电话那边轻声地啜泣。

关于是否为曹操立庙这件事情，母亲和街坊们奔走了好些天，最终商量由各家宗族大佬和各个寺庙的住持，聚在一起讨论。毕竟几百年没人成佛，这真是天大的事情。

最终商量的结果，是到观音阁用问卜的方式确定。毕竟是随观音去的，要请观音菩萨来确定。至于方法，倒是简单，如果连续七杯都是圣杯，那就在观音阁旁边给他立一座神像。

"如果不是，那倒也不是说曹操没有随观音去，只是他想念家人，不愿成佛。"母亲这么说。

"那什么时候问卜呢？"我也莫名跟着在乎了。

"等三天后，等曹操的葬礼办完后。"母亲说，"得让他先按照人的方式被送走，再问他是不是愿意用神明的方式回来。"

第三天晚上，母亲给我发信息，说："曹操的葬礼办得很好，东石镇上能来的人都来了。"

最后假装无意间说了句："明天就要知道曹操愿不愿意留在东石了。"

我知道母亲异常紧张。

第二天醒来，我就跟着莫名紧张起来。我心神不宁地不断拿起手机看，但终究没有来自母亲的电话。我好几次想打电话去问母亲，但最终担心得到的是坏消息而作罢。

直到晚上八点多，母亲终于打电话给我了。

母亲笑着说："你知道吗？出来第一卦就不是圣杯。"

母亲说："观音阁的道山师父笑着喊：'你看，曹操多想念他的亲人啊，大家让他赶紧去和家人团聚吧。'他不愿意留在东石当神了。"

母亲说："大家先是有些难过，然后有些恼怒，最后有人还喊了句：'操，你可真不管我们了啊。'"

我听得出母亲语气里有着努力掩饰的失落。

"你没事？"我问母亲。

"我没事啊，我只是想着，你离开家乡这么多年，只有过年的时候才回来，你不知道，咱们这条石板路，人走得真多真快。一户户里的人正在死去，一户户的房子正在空出来、关起来。我现在走在那条老街里，都不敢轻易往左右看，我害怕看到死去的这一块块记忆坍塌朽坏的样子。但现在，连石板路上的曹操，也随观音去了。东石镇的石板路也空了。"

母亲说不下去了。我知道母亲为什么难过，但我不知道如何安慰她。

挂了母亲的电话，我心里堵得实在难受。我知道，母亲扎根的土地正在老去，我的家乡正在死去，很多人赖以度过了大半生的精神秩序正在死去。而且，我们都不知道，失去这些之后，我们究竟要靠着什么活下去，究竟能去往哪里。

我忘记自己是怎么睡着的，一大早，我便听到手机短信提示音不断在响。我昏昏沉沉地爬起床，打开了手机。是母亲发来的。

母亲从早上七点就开始发短信给我，到刚刚已经发了三条。

每条的信息都是一样的。

母亲在短信里问：

"你今天过得好吗？"

"你今天过得好吗？"

"你今天过得好吗？"

我鼻子酸酸的，但止不住地笑。

我想，果然是坚强又凌厉的母亲。

我想，母亲现在应该把大门全打开了，坐在门口，边做手工活，边问每个路过的人："你今天过得好吗？"

毕竟是老去的小镇了，路过的很多人应该大都是老人，他们应该都会记得这曾经是曹操每天会问大家的话，他们因此应该都会会心一笑，他们应该都会开心地回答着我母亲："我挺好的啊，你呢？"

母亲最终找到办法了，母亲最终还是顽固地把曹操留在她的东石镇了。

体　面

母亲是用脚推开大门的，她两只手提满了东西：用各种二手塑料袋装着的菠菜、生菜和茼蒿。

母亲气喘吁吁，说："还记得应莲吧？"

我正在客厅的沙发上瘫坐着。我说:"当然啊,前天见面我才和她打招呼了。但她好像没看到。"

母亲把手上提的东西拿给我看:"这都是她送的,她说听说你回老家过年了,她想约你聊聊。"

聊聊?我确实心里犯着嘀咕,那天她应该有看到我的,但她低着头就走了。而且,她有什么可以和我聊的呢?

我正这样想着,母亲把东西放到了厨房,两手叉着腰喘着气,说:"我在想,她有什么能和你聊的呢?"

母亲走进厨房,穿起袖套,是准备做饭了。但她突然想到什么,走出来说:"我觉得啊,你还是先考虑下她要找你聊什么。遇到困难的人其实都挺不好意思开口的,可一旦和你开口求助了,你没能承诺或者承诺后做不到,那对他们都是伤害。"

我觉得母亲说得很对,但马上察觉到不对:"那你怎么还收人家送的菜?"

"我硬塞了鱼给她了啊。"母亲一副得意的样子,"本来这可是你母亲我斥巨资买来想给你们一家三口北京游客补补的。红斑鱼啊,我找渔夫阿小吩咐了三天,今天才有的。"

母亲说:"哎呀,那个鱼可真好吃啊。"说着,自己吞了下口水。

我躺在沙发上,想着,我确定应莲看到我了啊。

老家巷子多,横七竖八的,修得歪歪扭扭,毫无规律。路都是石板铺的,两侧都有排水沟,随便拿水一冲,总是会显得很干净。

镇上的妇人都习惯在门口择菜洗菜洗衣服晾衣服。其实那不是正事,正事是和路过的人聊天,和同样出来择菜洗菜的人聊天。

真什么都可以聊:老公半夜放屁,屁味变重了是不是生病了?儿媳妇其实有脚气怎么提醒……风窜来窜去，一条条巷子像一个个传声管道，这群妇女聊天的效率是提高了，这小镇因而也没什么秘密了。

我每次回家还是会像小时候一样，得空了就在巷子串。不是因为好事想听这些碎嘴，只是这些人从小就在这儿讲，她们口中的主人公和故事情节，我都追更十几年了。很多讲故事的人，以及很多故事里的主人公，都陆陆续续离世了，还有越来越多人离开老镇区，我因此格外珍惜这些机会了。

女儿还没满周岁，妻子留家里照顾。我则如每次春节回来那般，放下行李就在镇上的巷子里乱逛。

我当时正走在一个巷子里，然后看到一个身影从巷子口一下子过去了。我开心地喊："莲姨？"

那个身影没有停留，我追到巷子口，看到那身影似乎很慌张，要随便拐进就近的另一道巷子。

我又喊了声："莲姨？"

那身影还是就此消失在另一个巷子里。

回来的路上我就在琢磨，那应该是她啊。微微臃肿富态的身材，头发烫得卷卷的。

但确实觉得有哪里不对，我仔细琢磨了再琢磨，好像，那头发虽然还是卷卷的，但看上去却很塌。我认识她几十年，从没有哪一次看她头发塌过，一丝一缕都要往上卷的，一走，看上去像蓬松的浪，一浪接一浪地随风摇曳着。

再有，那背影穿的是一身发白的黑色衣服，显得脏脏旧旧的。莲姨是个指甲缝都得洗得干干净净的人，即使在我三四岁东石镇上的人普遍不富裕的时候，她的衣服总要弄得特别清爽，她如何能允许自己穿着这样的衣服出门呢？

晚上吃饭的时候，妻子问母亲："找到可以带去北京的保姆了吗？"

自从女儿出生后，我们先雇了专业的月嫂，但毕竟太贵，妻子心疼钱，一个月后就让她离开。之后换了几任保姆，总觉得照顾孩子不那么上心，做起饭来实在不合口味，妻子生完孩子肠胃一直不那么舒服，就更是吃不下了。

这件事情让我发愁，到报社工作时，见人就唠叨。有个浙江的同事说："对的，我们家也遇到这个问题。后来孩子外婆从浙江诸暨老家空运了一个保姆来，第一顿饭，我老婆一吃就热泪盈眶，看她照顾起孩子的手法，我老婆激动地说：'对对对，就是要这样。'而且各种我不懂的习俗，她们都懂。"在一旁听的来自云南的同事也插嘴说："正解，我家也是这样搞定的。强推。"

我就赶紧和母亲说了。

关于这个任务，母亲说："哎呀，我可认真调研了，整一条街巷，三十五岁往后五十五岁之前的妇女共有几种情况：第一，儿媳妇刚生，开心地照顾自己大孙子的；第二，儿媳妇生二胎，或者小儿子的媳妇刚生，那可真是忙，要带一大一小两个小孩；第三，都有当祖母的，支援自己的孙媳妇带曾孙去；第四，家里有钱了，都要雇别人带了，怎么可能出去？"

母亲总结说："现在老家的妇女可稀罕了，东石镇的男孩子们长大后东南西北地去工作，这群妇女就空投到天南海北去支援。"

"除非六十岁往上的，观音阁里义工团一大堆，但怕是干不动这个事情了。"母亲说。

我知道母亲的意思，应该是没戏了。但妻子还不死心："要不去农村问问？我们给和北京保姆一样的工资，放到农村应该算高的。"

母亲撇了撇嘴："但哪个老人不愿意守着自家子孙啊？"

说完这句，母亲就不打算继续说这个了，她语气激动起来："你们在北京还不知道，今年应莲家里出大事了。"

这几年来，我对母亲这样一惊一乍的表达，早已经免疫。倒不只是母亲，我发现小镇上的人年纪越大越喜欢把很多事情说得很严重。我想，究竟是我去了北京，知道每个人都很渺小，任何事情，即使生离死别，终究是微小如尘埃，还是因为母亲生活在镇上，每个人因此都显得很重要、每件事情都显得很大？

母亲说："那次可真是吓死我了。应该是十月初五早上六七点吧，我和街坊听到应莲家里有好多人在凶神恶煞地吼着，咱们附近的邻居，我啊、阿月啊、碧霞啊，各自带上点什么工具就跑过去。到的时候，我看到好多人啊，都是男的，穿着西装戴着墨镜，像出殡时那种哀乐团一样，把应莲团团围在中间。

"一看这阵势，哪是我们这群女的能对付得了的，赶紧做了分工。阿月赶紧跑去各个人家里喊上男的，我们想先一起挤进圈子中间，陪着应莲。"

"老妈，挑重点说。"我有点听不下去。

母亲白了我一眼："等我说下去啊。"

"那些人本来不让我们进去的，一个大块头嘴里骂骂咧咧地挡着我们。碧霞关键时候很好汉的，头硬接了上去，喊着：'你打啊，我是农村妇女现在也懂法律了，打一下我，我就发家了。'大块头倒真发怵了，竟然就让我们过了。

"我们抱着应莲，说：'应莲咱不怕，是咱们的理，谁都欺负不了；不是咱们的理，大家想着一起解决。'

"应莲哭着说：'姐妹们别和他们凶，理是他们的理。'我们就傻眼了。"

我有点不想听了，收拾吃完的碗筷要走，母亲赶紧拉住我："别这样，你听一下啊,这样应莲找你聊的时候你才知道背景啊。"

我想想也对,继续坐下来听。

"原来应莲的丈夫阿目不知道为什么找人借了钱。以前什么都没说,有天晚上阿目突然让应莲、儿子、儿媳赶紧收拾东西带着小孙子跑。至于跑去哪儿,阿目说还没想明白,说车出了东石再说。应莲出生在东石,嫁在东石,虽然她娘家是东石镇最早有钱的那一拨,嫁过来后阿目也发家了,她因此是最早逢年过节买衣服得去城里买的人,但她可没在东石以外的地方住过。

"应莲问阿目:'你得说清楚,没说清楚,我是不可能离开东石的。'

"阿目说:'我欠人家钱了,人家威胁要来绑人了,咱们得赶紧跑。'

"'要绑人?'作为中年妇女,应莲电视剧当然看过很多,以前也听奶奶说起土匪强盗的故事,慌张得赶紧帮忙收拾。收拾了一会儿,应莲才想着不对,问阿目:'是咱们欠别人的钱别人才要来绑的吗?'

"阿目说是。

"应莲问:'那人家不是强盗喽?'

"阿目说不是。

"'那咱们家是真欠那人钱,还是被坑骗的呢?'应莲问。

"阿目想了想说:'利息高点,不知道算不算合法。'

"应莲把东西一扔:'利息再高也是你找人借的时候同意的,这样我不走了,你们也不能走,这不是做人的理。'

"最终,阿目带着儿子、儿媳和孙子是凌晨三四点走的。家里的三辆车都开走了,一辆儿媳妇结婚时当作嫁妆陪嫁过来的保时捷,一辆阿目一直开着的宝马,还有一辆平时用来运载一些杂物的面包车。

"三个大人每人开一辆车,三辆车都塞得满满的,儿媳妇的LV、爱马仕，儿子的拉菲，阿目的爱马仕，都带走了。本来儿媳陪嫁的金饰也要带走的，是应莲冲过去硬是扒了下来。

"阿目要走的时候，还最后努力了一下，试图和儿子直接把她拖走。情急之下，她对着阿目的脸上就一抓。她做着美甲的手，一不小心就把阿目脸上抓出几道在流血的伤痕，阿目气呼呼地摔上车门就走了。儿子、儿媳跟着走了。

"应莲跟在车屁股后面骂。

"当那群人来的时候，应莲把自己所有现金、金子等全搬出来了，然后说：'够不够，不够我再想办法。'

"那群人中间站着一个穿西装的，一看就是头目。那头目说话倒是客气，只是说完，应莲吓坏了。他说：'姐姐啊，你丈夫欠我大概五千万，你怎么还？'

"应莲这才想起来了，阿目此前几次和她唠叨过，承包了一个小地方政府机场配楼的工程，已经填进去大几千万了，但政府说不合格，一直不肯付款。她想着，会不会是因为这个啊？

"应莲说：'这房子抵押给你们吧。'然后想了又想：'中学旁边那排店面也是我家的，我找土地证去，也抵给你们。'应莲知道还不够，说：'我再想想啊。'

"应莲还在想的时候，附近的男人们和宗族的一些人也赶到了，听完了前因后果，由他们家族的长老阿义伯出面说了：'你看，这应莲也挺英雄的，她不跑，而且也想办法了，其他的，你们再宽限些时日？'

"也不知道是那西装男看到这么多人心里发怵，还是确实被应莲的表现折服了，西装男对应莲竖了个大拇指，说：'你这人可交，我信。这样，你们这房子也大，房间也多，我们留一个人住，对接办理过户手续，也陪

着帮应莲姨的忙。'

"宗族里的人听不过去：'哪能这样的，一个不认识的外人怎么能住进只有一个妇女的家里的？'

"阿义伯还是公道的，他想了想，说：'咱们家族是讲道理的，我们也理解你们的担心，你们也得理解我们的风俗和脸面，这样，我们家族也派一个男丁住进来，一起帮忙如何？'

"西装男一听，也挺好，说为了表达尊重，请莲姨自己挑选一个人。

"应莲认真打量着围着她的这群人，她这才看到，其实来的人差不多都可以给自己当儿子的。然后，她看到一个白白净净躲在后面的人，指着说：'要不就这个孩子？'"

"但是她想和我聊什么呢？"我问母亲。

"会不会想请你找报社曝光一下这个事情？"母亲说。

我说："有可能，但对方有实施暴力吗？"

母亲说："没有啊，何止没有，搞笑的是，她和来监督她的人相处得很好，都要认干妈了吧。"

"干妈？"我愣了一下。

母亲撇了撇嘴："那小孩，一看就是刚出社会工作的，应莲看他像自己孩子，他看应莲估计也像妈吧。"

母亲说："我们长到这个年纪，还是容易看出一个人的灵魂是年老还是年少的，穿戴什么样的身份可掩饰不了。那小孩，一看就是小孩。"

母亲说得没错，那人还真是像小孩。瘦瘦弱弱的，见人说话因为没底气，反而故意拿着个腔，但就只能扛几句，再多说一些，立马露出自己的生涩和紧张来。

第二天就是他陪应莲来的。刚走进来的时候，全身廉价西装还戴着墨镜，站在应莲的身后，一言不发。

应莲说："抱歉啊，他坚持要来。你知道他是谁吧？"应莲预料她的事情母亲肯定要和我说的。

我招呼着应莲坐，也问讨债人代表要不要坐。他故作深沉地摇了摇头。我看了看他的年纪，应该高中毕业吧。

"怎么没读大学就来干这行？读书差？"我问。

"我可是考了我们老家县里前十名的，没钱读才到福建来打工的。"他激动地解释起来，"哪想……"他话一下哽住了。

"所以你是被骗了，当时招聘上写的是财务管理对吧？"我做记者，接触过这样的新闻。

他吃惊地看着我，最终委屈地说："是啊，办公室还在银行楼上。"

我笑开了："确实是财务管理啊，坐吧，一看你们也不是专业的。"

他看了看我，犹豫了一下，找了个位置不好意思地坐下来。

本来母亲也准备坐下一起听我们说的，但应莲用祈求的眼神看了看我母亲。母亲还是识眼色的，赶紧说："我去菜市场看看还有没有红斑鱼啊。"

应莲满怀感激地目送母亲离开。

坐近一看，应莲沧桑了许多。莲姨从少女时期就开始给自己涂雪花膏，后来又是这片街坊第一个用外国护肤品的，还特意去韩国做过什么护理，虽然五六十岁了，但皮肤看上去白白嫩嫩的，算是镇上妇女团的美容女王。但现在的她，如同我在重度污染区看过的树，是努力地翠绿着，但全身上下莫名蒙了一层灰。

虽然整个客厅只有我和应莲了，但她开口前还是压低了声音："黑狗达，我落难了。我现在连吃饭的钱都没有了。"

"都没了？"我虽然知道此前的故事，但我倒没想到她如此山穷水尽。

"是啊,那天讨债的人来,我是真心实意地把口袋最后一分钱都翻出来给他们的。"

这是应莲会干的事情,我知道的。

"一开始我谁都不敢说,但我算了算,家里本来买的粮油食材估计就够吃三四天吧。那天我娘家母亲来看我,塞了一千元给我,要换以前,我怎么可能要,那天我满脸通红地收下来了,我就一直靠着我娘家老母亲给的那点钱扛着。"应莲说着说着,脸登时通红起来,"这个事情我谁都没说,我连菩萨都没说,请一定帮我保密。"

"我一定不会说。"我向应莲保证。

"都说到这儿了,我也不怕不体面了,实话和你说,这几天我老是趁下午的时候到各个菜市场去逛,我看着机会捡些人家不要的菜叶,我和他们说,我捡回去喂鸭子啊,其实是拿回来吃。我不敢去就近的菜市场,这个菜市场的人以前老给我家送菜,他们知道的,我家没有养鸭子的。"我知道母亲拎回来的那些菜怎么来的了。

"阿目叔呢?联系得上吗?"

"你阿目叔刚开始几天不敢联系我,我知道他怕,也气他,也没联系他。过了一周多,他联系我了。我是叫来这位阿奇兄弟开免提接的,我觉得每句话每个字都得让他听到,得光明磊落些的。"

我这才知道那个小孩叫阿奇。

阿奇像在法庭上做证一般,突然站起来说:"是的,应莲阿姨每次和欠债人阿目打电话都开免提叫我起来一起听,有几次我睡着了,凌晨一点多了,应莲阿姨还特意叫醒我。"

"一点多打电话,不就是想绕开阿奇吗?我还不知道阿目想干吗?但我有自己的原则。"应莲说得又生气了。

"你阿目叔说，他真的不是故意欠账，而是被骗了。他做的那个项目是找第三方承包的，他想自己估计是被那家公司骗了，你阿目叔说，你……你能不能帮忙找媒体曝光一下？"

果然是要我帮忙找媒体的。我说："好啊，你让阿目叔打我电话。"我起身想去拿笔，写我的电话号码给她，应莲以为我要走开了，赶紧拉住我，说："不是的，其实我还有个事情开不了口。"

"怎么了，莲姨？"

她又犹豫了一会儿，才终于开口："你知道的，我家很早以前就是咱们这片街坊日子过得比较好的，所以我可知道怎么做好吃的，可爱干净了。"

我大概知道她要说的了。

"就是，听说你不是要找个保姆嘛，我想你是不是就不雇保姆了，我去北京照顾你们？"应莲眼眶红着，用乞求的眼神盯着我看，"我本来想过找工作，但我开不了口，这几十年东石镇上的人都把我当富太太了，他们不一定习惯用我。到你那儿，我可以告诉自己、告诉别人，我不是给谁当保姆去，我只是因为疼你，帮你母亲到北京照顾你和孩子的。你知道的，我一直很疼你的。"

我着实没预料到。如应莲所说，从我小时候懂事开始，她便是富太太，也确实如她所说，大家因此总不好意思驱使她做什么。但我知道，这确实是她最好的出路了——她还可以以此说服自己离开东石，暂时从目前这个窘境里离开。

"但问题是债权人会同意吗？"我心里想着，没说出来。

应莲大概知道我在想什么，赶紧说："其实我也就是想来问问你的意思，如果你这边同意，我还得征得债权人的同意。"

"但那样，他们就不一定让你离开啊。"

应莲说："所以我才更要问啊。"

要走的时候，应莲看我掏出钱包，知道我想拿些钱给她，慌张地站起来，后退着，像我手中拿着炸弹。"你得尊重我，你这样是在可怜我。"应莲很激动地说。

我愣了一下，但明白这就是应莲，所以把钱包放了回去。

那一刻，我下决心了："那莲姨你去问债权人，如果他们认可，我特别高兴你能来北京帮我。"

母亲从菜市场回来，我就叫来了妻子一起开会。

我照顾着应莲的性格，就说是我自己发现应莲因为疼我，愿意到北京帮我。母亲怎么会不明白呢？她先是说："但她能干这些粗活？你们好意思让她干那些活吗？"

又说："哎呀，我想了再想，我不好意思让她做家务的。"

但母亲显然也意识到这是应莲能解套的唯一方法了，最终说着："但你得帮忙啊，不对，你得让应莲帮你啊。"

母亲自顾自试图说服自己，说服我接受这件事情："你想，她吃过的好东西比咱们多多了，她来做菜，那肯定花样比我多多了；你看，她衣服总是全身那么清爽得体，肯定知道怎么能把家里收拾得这么好的……"

妻子不太熟悉应莲，但听着我们的紧张，不确定地问了句："让她睡厨房边上那间保姆房可以吗？没有窗户的，还有点油烟味。"

母亲脱口而出："当然不可以啊，没关系，她和我一起睡吧，就这么定了。"

妻子还是隐隐担心，晚上睡觉前拉着我嘀咕："我怎么感觉，你和母亲都很不好意思让应莲做家务啊？"

我说："是啊。"

妻子说:"我怎么感觉,我们不像找了个保姆,而是多请来个婆婆啊,现在咱们要照顾小孩已经很累了,咱们扛得住吗?"

我安慰着妻子:"我想应莲阿姨知道我们是为了帮她,肯定会很积极帮忙做事的。"我没出口的是,我想我和母亲应该都打定主意了,实在不行就我们看着补位了。

第二天起床后,我便去应莲家里找她了。

应莲的这个家六年前才又翻修的。当年落成时大手笔地宴请整条街的邻居,我当时也跟着来看过:一楼有二百多平方米,全打通了,可以停车,还可以摆宴席。一楼有个楼梯可以上到家人们居住的二三楼,楼梯边,摆放着佛龛。

应莲家里门窗和窗帘全关着,屋里黑乎乎的,感觉一个人都没有。我按了按门铃,发现门铃似乎没电了。我本来想对着楼上喊一声,但想着,应莲会觉得冒失吧,还是只用手轻轻叩了叩门。

应莲果然听到了。我进了屋,看到一楼空荡荡的,就佛龛前摆着一把塑料椅。我想,应莲刚刚应该一直坐在塑料椅子上对着佛龛和祖先牌位发着呆。

我问:"阿奇呢?"

应莲说:"小孩嫌闷得慌,自己去海边走走了。阿奇以前在老家没见过海,当旅游去了。"

我说:"应莲阿姨,我母亲和妻子都特别高兴你可以来帮我们,你看,后天就过年了,我们打算初一初二抓紧去各个寺庙烧香,初三就回北京。早回去飞机票便宜。你方便给我身份证号码不,我赶紧给你订票去。"

应莲阿姨感激地看着我,说:"谢谢啊,但先说好的,我是因为疼你,所以帮你带孩子,你一定不能给我什么工资的。"

我说："不是工资，就是贴补你些生活需要啊。而且莲姨，其实你有点钱能还一些是一些，心里也舒服点吧。"

"我是不是给你添麻烦了？"应莲还在犹豫。我催着她："你先去拿身份证，越晚订越贵，你如果疼我，可得帮我省点钱。"

这个说法真让她着急了，她小跑着要上楼，只是走到楼梯口，突然想着不对："黑狗达啊，你说是不是还是我不厚道啊，我其实是借这个理由逃跑了啊。"

我说："没有啊。你不是让阿奇去问那家公司了吗？"

应莲突然难过起来："我觉得我很糟糕，我是让阿奇去和他们公司说我要去北京的事情，但阿奇说不用，我就没催了。我想，其实是我自己不厚道了，害怕到想跑。"

我最终没能拿到应莲阿姨的身份证。

晚上我正在和母亲、妻子讨论如何说服应莲，突然有人来敲我家的门。是阿奇。

阿奇就站在门口，不肯进来，他从兜里掏出一个东西往我手里塞，他说："我帮忙把应莲阿姨的身份证拿过来了，你赶紧给她订票吧。"

我愣了一下："你们公司觉得这样可以？"

阿奇说："反正我和应莲阿姨说公司那边同意了。"

我知道了，笑着问："她就信了？"

阿奇说："我就说不信你打电话去找公司求证。如果我撒谎了，我可是要被公司惩罚的，我怎么可能撒谎？"

我明白了，应莲阿姨为了阿奇考虑，肯定不敢去求证的。

"你为什么要对应莲阿姨那么好啊？"我好奇了。

"我没有啊。"阿奇说着自己害羞地抓了抓头发，"就是，我这次高考完本来考上厦门大学的,但是家里没钱让我上大学,我母亲到村子里到处找人借。其实本来快借够了,但有一次我路过我一个亲戚家里,看到她跪着向人磕头。我就不读了,偷跑了出来。"

阿奇还是笑着说:"我母亲和应莲阿姨一样,从小到大,什么事情都没求过人,硬骨头一块,我见不得这样的人腿跟软。我当时想来福建打工,就只是要到厦门大学来看看。我是坐绿皮火车到的,一天一夜,我到的时候马上坐公交车到厦门大学门口拍了张照片。"

阿奇掏出手机拿给我看了。

照片里他站在厦门大学门口比了个"耶",好像是要来报到入学的新生。

第二天就是春节了,母亲一大早就自己扛着梯子贴起了春联。看我起床了,母亲大声地招呼着我走近一点,等到我走近了,再小声地说:"我昨晚老在想,应莲今年过年一个家人都没在,要是我,可要难受死的。你去邀请她和阿奇来咱家一起过年?"

我笑着看了看母亲,说:"咱家老妈还是人很好的嘛。"

母亲白了我一眼:"你不会到今天才知道吧?"

我去应莲家里邀请她和阿奇,看到他们也正在贴春联。阿奇说应莲阿姨今天一大早就拉着他去买了春联,也买了一些年货。阿奇说应莲很认真地告诉他,过年该有个年样,日子要有规矩,才会清清爽爽的。

我问阿奇:"那晚上年夜饭准备什么了?"

阿奇说:"杂菜汤配米饭。"

"这应莲阿姨,规矩比肚皮重要啊?"我笑着说。

"是啊,铁骨铮铮的。"阿奇说。

应莲阿姨听说我邀请她,开心地到我家来了。她一进门就到处搜索自己能帮忙做的事情。她看到沙发上都是擦洗不掉的污渍,自己到厨房里摸索着做饭的醋、小苏打什么的,调好了一罐,用力地擦拭起来。她看到玻璃上都是水痕,自己翻找了半天合适的布料,一片片抠起来了……母亲看着清清爽爽的家里,开心地一直笑,偷偷靠在我耳根说:"看来干净也是家学啊,果然富裕家庭出身就是不一样。"

忙活到下午五点多,休息一下,按照闽南的习俗,就该跳火群、放鞭炮,然后吃年夜饭了。

母亲拉着应莲才坐下来准备喝杯茶,应莲突然站起来说:"搞好了,那我得回去了,我还没做年夜饭。"说完就小跑着要赶回家。

母亲追出来喊:"不是啊,不是说好在我家里过的吗?"

应莲阿姨边跑边说:"过日子有规矩的啊,家里其他人不在,我就更得在了。"

母亲莫名地生气,嘴里骂骂咧咧地:"这个死脑筋,这不让我内疚吗?搞得我是要她报恩拉她来忙这一天。"想来想去,喊着:"黑狗达,你把我炖的……"

"是那条红斑鱼吗,端过去给莲姨?"我猜出来,那是今天年夜饭最重头的菜,是母亲好不容易又抢到的。

妻子听了着急了,追出来说:"又吃不上红斑鱼了啊。"

母亲才意识到,笑着说:"哎呀,要不夹一半过去?但这样会不会太小气了啊?算了,算了,咱们改天再买吧。"——总之,那次春节我们又没吃上红斑鱼。

以前父亲在的时候总是说,闽南人大男人,一年三百六十五天,三百六十天都是听丈夫的,就正月初一到初五这五天,全都得听女人的。

按照习俗,这五天,都是各个家庭里的老母亲,浩浩荡荡地带着自己的丈夫及子子孙孙,像走亲戚一样,把周围一座座庙宇一路走过去。

我们初三一大早就要回北京了，而母亲又认定，我们顺利有了小孩就是家乡神明的庇佑，所以镇上的每座庙都一定要去拜到。

这可把我母亲着急坏了，一大早六点，就催着大家起床，六点一刻，就催着要出发，然后宣布，中午也不回来吃了，拿祭祀完的祭品垫一垫。"每天必须完成七座庙，每座庙得先烧香，然后祭拜，然后询问是不是欢喜烧金纸，如果问卜是否定，那便是神明有话要交代，那就得请签诗……该走的流程都要走完，大家得加油啊。"母亲说得热血沸腾的，像军训时候的教练。

第一天我们折腾到晚上八点才到家。才打开灯，阿奇就急匆匆跑来了。"你们去哪儿了，我今天来十几次了。"阿奇口气有些着急。

"我们去拜拜啊，你有陪应莲阿姨去拜拜吗？"

"我没去，应莲阿姨一早就去了。我着急找你们，是因为公司通知我说，明天会有人来换班，让我放几天假。我说不用，但老板说：'咱们公司虽然是讨债公司，但一定要现代化管理，讲究人性的，说你春节都盯着了，不能老让你吃亏。'"阿奇着急地说，"你们能改明天的飞机票吗？"

母亲一听着急了："那可不行，我神明只拜了一半啊。"

母亲说："小孩你别着急，我去和应莲说，让她晚上就搬我家里来，明天不出门，后天一大早我们就飞北京？"

"但他们没看到应莲阿姨，肯定要到处找的。"

"所以我会让应莲明天就别冒头了，他们总不能直接冲进我家来找人吧，他们敢来，我可不客气。"母亲又一副要杠上的样子。

我打断了他们的对话："现在的问题是，应莲阿姨会不会同意到我家来躲着？"

他们知道我说的是对的，顿时也不知道说什么了。

母亲还是不死心,那天晚上跑去和应莲说了半天。回来的时候垂头丧气的,我不用问,都知道发生了什么。

母亲愤愤不平:"应莲太死脑筋了,这样的人活该受累。"

母亲说:"怎么有这种人,帮都不让人帮。"

我说:"你不是那天还夸她英雄吗?"

母亲翻了翻白眼:"不是了,是犟驴子。"

母亲发了好一会儿呆,难过地说:"这应莲这样下去可怎么办?"

我知道应莲不会和我们去北京了,我说:"要不我们拿点钱给她?"

"她不会要的。"母亲知道应莲的性格。

"我知道啊,我们让阿奇偷偷塞她家里哪个地方,如果发现了,就说是本来家里有的。"

母亲说:"这倒可以试试。"

我本来拿了三千块,母亲嫌弃地看了我一下,自己又掏出了一把钱,装在口袋里,就去应莲家找阿奇了。

第二天我们拜拜回来的时候,又是晚上八点多。回来后,妻子和母亲就像打仗一样,火急火燎地收拾行李。毕竟,从泉州飞北京的航班是明天早上八点半,意味着,我们明天一大早六点半就得从家里出门。

我们正在收拾着东西,应莲却突然来了,后面跟着个人——和阿奇换班的人。

母亲赶紧把应莲拉到一旁,咬着耳根说:"你怎么来了,你带这人来我家,以后我们要掩护你离开,他们都第一时间会怀疑是我们的。"

应莲说:"我肯定不走了啊,我让他也跟着来,就是不让你们再多费心了。"

说着,应莲要把手上拎着的红色袋子给我母亲。

"这是什么？"母亲紧张地把她的手抓住。

"没什么啊，你们明天要去北京了，我翻了半天，没什么能给你们的，看到我儿媳妇给我孙子买的两只老虎枕头，好像就是在北京买的，说是保佑孩子睡好觉的。"应莲说。

母亲还在犹豫着。她又说了："是嫌弃我落难了，连我送的东西都不敢要了？"

"谁说不要啊？"母亲一把把红色袋子抢了过来。

早上六点半我们出门的时候，看到应莲站在巷子口对我们挥手，我们也向她挥手，母亲突然难过了，嘴里唠叨着："你说这人生怎么回事，小时候觉得长大就好了，结果长大了那么多事，长大的时候觉得等老了，有子孙就好了，结果有子孙了，怎么各种事没完没了。"

到北京的家里是中午十一点多了。我们在收拾着行李，母亲突然大叫起来，拿着那对老虎枕头边走边气呼呼地骂着："那个蔡应莲太狡猾了，太狡猾了，竟然把钱藏在这老虎枕头里。"

"她是疯了，连人家给的救命钱都不要，真是神经病啊，不行，我太生气了，我一定得去骂她。"母亲说着说着，掏出电话。

电话拨通了。应莲开心地说："阿珍啊，你们到北京了？"

"你干吗了？"母亲直接劈头盖脸。

"阿珍，怎么了？"应莲还在那边笑嘻嘻地。

"为什么老虎枕头里面有钱？"

应莲也不掩饰，说："是我放的啊，因为，我家神龛里突然有了这五千元，我就知道肯定是你们让阿奇干的。"

母亲转过头对我轻声抱怨了句："那阿奇可真笨，藏钱藏那儿？是个闽南人都知道，神龛怎么会放钱呢？"

应莲可能听到了，笑着说："阿珍啊，不怪阿奇。就因为他是实诚的人，才会放那儿啊。我真的很感谢你们，但也请理解啊，我就是这种人，我一定得这么做的。神明和祖宗都在看着咱们的，我可不想，到要老死了，才丢了这脸面。"

"但你怎么办啊？"

"我肯定会找到办法的。我就不信按照规矩我活不下去。"应莲说。

我们都知道应莲的性格，母亲好几次想打电话给东石镇的街坊，侧面打听一些她的近况，但想着应莲可能会不高兴，终于放弃。

我们通过中介，找了好几天，还是没能找到福建籍的保姆，最终找了个河北阿姨。河北阿姨说话做事很麻利，就是老听不懂母亲的闽南普通话。

农历七月要到了，我父亲的忌日要到了。母亲提前好几天就和我唠叨："你父亲会不会回东石了？会不会看到我们都没准备东西给他吃就怄气了？会不会一怄气以后就不来梦里看我了啊？"

我知道母亲又想家了。

母亲回去订的是最早的航班，虽然我交代她打车，但以她的性格，肯定是要坐公交车的。我估摸着，她到东石最快也得十点半。我在报社上班，想着十一点再打电话问她行程是否顺利吧。不想，十点四十左右，母亲就打电话给我了。

"猜猜我在哪儿啊？"我听到她电话那头很是热闹。

"在机场？"

"来，你听听是谁。"母亲把电话递给旁边的人："黑狗达啊，我应莲啊。"

"应莲阿姨啊。"我开心地叫着她。母亲一到老家就找应莲，可想而知，这几个月来母亲该多挂着这个事情。

"应莲阿姨你们在哪儿啊?"

"我在菜市场啊,我现在在卖菜。"应莲正和我说着,旁边有人问:"这笋到季节了吗?"

"笋啊,实话说是要过季节了,但是,如果真想吃,这些还是可以买的,我去批发中心挑的……"

"你应莲阿姨正在卖菜,可厉害了。"电话到了我母亲手上,"她现在每天凌晨四点多到高速路口下面等批发车过来,挑选好之后,拿回家洗了,就挑着到处卖。因为她太知道什么东西是好的,挑选的菜,那一看就好吃。不过,可辛苦了,我看她手上都生疮了,背都驼了。"

"那还有人盯着她吗?"

"没有人盯了,说是催债公司老板觉得按照应莲的性格,肯定不会凭空消失的。应莲算了算,自己卖菜每周能还那家公司五百多块,她找那家公司要账号,说每周打五百块给他们。那公司觉得太烦琐了,说等年底再一并给,但你家莲姨不答应,说如果不打,她每一周都安心不了,追着对方一定要收。她一直一直打电话给那讨债公司的老板,那老板后来烦了,好像把应莲的手机号码拉黑了,现在,反倒是她找不到那讨债公司了。"母亲边说边乐。

我听着也忍不住笑起来了:"这还真是莲姨能干出来的事情。"

"怎么会想到,咱们东石镇一个可怜的中年妇女,最终会成为让讨债公司如此恐惧的女人。"母亲笑得很开心。

"你是没看到,你家莲姨的蔬菜摊,是我见过的全中国最干净整洁的蔬菜摊了。白菜是白菜,花菜是花菜……该红的红、该花的花、该青的青,每一棵每一片叶子都精神抖擞的……"母亲说话的口气透着骄傲,"谁能想得到,这么不起眼的东石镇里这么一个不起眼的流动蔬菜摊,会如此有精

397

气神，会如此……"母亲顿了一下，想寻找能配得上的形容词，终于她想到了，激动地宣布着，"会如此体面。"

我跟着莫名激动起来，想着自己是如此幸运，拥有这么一个体面的故乡。

· 作者简介 ·

蔡崇达，男，1982年生，福建泉州人，曾任《中国新闻周刊》执行主编。出版有非虚构作品集《皮囊》、长篇小说《命运》、中短篇小说集《草民》等。作品被翻译成英语、俄罗斯语、葡萄牙语、韩语等语种，在十几个国家、地区发行，至今发行近六百万册。

三里屯东街的雪

□ 陈 武

1

风息了,是在雪落下时息的。风好像很懂礼貌,不能抢了雪的风头,突然就息了,隐身了,雪就成了唯一的主角。雪很大,在北京,多年来没有这么大的雪了,像棉絮一样在空中曼舞。不消多久,地上的积雪已经很厚。

温宁渔看到,纷纷扬扬的雪花中,有人向他挥手。温宁渔开着车,蜗牛般慢慢行驶在三里屯东街上。他睁大眼睛,努力伸长脖子,以便看清前方的路况。前方一片白,看得到的都是白,绿化带、路牙石,白得饱满而臃肿。路灯和车灯照在白雪上,反射着更白的光,有点晃眼。车灯强烈的光束里,纷飞舞动的雪花一团一团的,闪烁、跳跃着五彩斑斓的雪星。温宁渔是第一次发现雪花的五彩斑斓,发现雪星像小精灵一样蹿来蹿去。看来不仅是雪的原因，还有雪花多面体形状的完美配合。也许是眼前出现了疲劳后的幻觉，温宁渔感到眼睛酸胀，他稳稳地握紧方向盘，怕开下道，也怕突然出现的行人。虽然快半夜两点了，这个时间段，正常情况下都是人迹稀少，何况是在大雪之夜呢。但这是三里屯，这一带的街区，酒吧多，咖啡店多，网红美食店多，时尚工厂店多，夜间出没的年轻人也多，还是谨慎一点好。就在他不断提醒自己时，车前突然出现一个全身白衣的女人，在两米开外的地方不停地挥手，还试探着往车头窜，像极了一个碰瓷高手。

温宁渔的车被逼停了。

她不是碰瓷者。她退回路边了，闪了一下，差点跌个屁股蹲儿。温宁渔第一个念头以为她要搭车，心里顿生反感，搭车要那么夸张的动作吗？谁知女孩很执着，他一停车，就小碎步滑行过来，急切地扒拉着他的车窗。他虽然停稳了车，并没有急于摇下车窗或打开车门。他传达的意思很明白，拒载，等着她离开。女孩非但不离开，反而开始拍打车窗。他看女孩的手上光秃秃的，连个手套都没有。这样拍打着，会不会很冷，会不会冻坏她的细皮嫩肉？温宁渔心里不情愿，手还是下意识地打开车窗，问："干吗？"

本来他的口气想生硬点，至少表现出警惕或不友好的态度来，但说出来的话，却温顺柔和，像是和对方熟识一样。

他的温顺柔和感染了她，使她提出这样的要求："帮个忙，扫一辆单车。共享单车。"

"帮谁扫？"温宁渔一时没反应过来。

"我，我呀。"

温宁渔后悔刚才的口气了，立即转换，几乎是严厉地？道："自己不会扫？"

"扫不了啊，手机丢了。"她声音突变，几乎是带着哭腔了。

原来是这样。大雪天丢手机可不是好事,没有手机等于寸步难行。温宁渔再次看她,她一身的白不全是雪,本来就是雪白色的长款羽绒服,雪白色的阔腿裤,鞋子也是雪白色休闲款的运动鞋。她这身装束,站在雪地里,倒是和天气,和雪,和周遭的环境很相应。此时她把帽子戴严实了,只露出嘴、鼻子和眼镜,镜片上也沾着亮闪闪的雪花和雪水。温宁渔盯着她看,想看穿她的话是真是假。她也看着他,小眼神充满求生的欲望。他心就软了,给她扫辆单车也不算什么大不了的事,又不麻烦,关照她到了目的地锁好车就完事了。他开门,下车,一脚踩到雪地上。雪像是欢迎他似的,发出一阵声响。

温宁渔拿出手机,看一眼四周,除了大树,没看到共享单车,问:"车呢?"

女孩伸手一指:"那儿。"

温宁渔想乐,却乐不出来;想怒,也怒不起来。共享单车睡在地上,已被大雪掩埋了十分之九的车体,只露出一个车把。她连扶车的力气都没有吗?还是不愿意付出哪怕一点点劳动?温宁渔不想多说,走过去,把车子拎起来。倒是很轻松就拎起来了,却拎了个寂寞——车子只剩一个车龙头,车架子、前后轮,都不知躲到何方了。

一只车龙头,让白衣女孩也傻了眼。在短暂的呆滞后,她和温宁渔一样,往边上看。这边看看,那边看看,果然看到了另一辆共享单车。同样睡在地上,同样露出车身的一部分,和女孩相隔也就三四米远。女孩反应机敏地作势要跑,可能是起步太快了,她脚下一滑,一个仰八叉重重地摔倒在地。"砰"的一声,又闷又沉。

温宁渔感觉她摔得不轻,不去搭把手她恐怕是爬不起来了。搞笑的是,温宁渔才一迈步,就脚下打滑,身体不由得飞起来,也重重地摔倒了,同样发出"砰"的一声。温宁渔连滚带爬地赶紧站起身,他觉得自己肯定很狼狈。他不想自己的狼狈样子被别人看了去，哪怕是陌生人。他拂着身上的雪，迈着小碎步，挪到女孩身边。女孩躺在雪地里，雪白的，不是露出一张脸，就真成了雪的一部分了。

"能起来吗？"温宁渔说。

女孩没有说话。

温宁渔看女孩忍着痛慢慢翻身，双手撑地，再慢慢爬起来，慢慢动了动腿脚，估计没有摔成骨折什么的大伤，也就没再问她，从她身边绕过去，拉起那辆单车。没想到他拉起的只是单车的另一个部件，一只轮子。这个轮子严重变形，都成麻花状了。怎么会这样呢？车龙头、轮子，分身两地，其他部件呢？都摔成碎片，也被白雪掩埋了？温宁渔有些哭笑不得，他看一眼一脸失望、失神和错愕的白衣女孩，把轮子丢到她面前的雪地里，像是在告诉她，不是我不帮你啊。

2

温宁渔走向自己的车，脚下的积雪发出呻吟声。随后，他又听到另一种声音，那是另一个人的脚步声，便知道她也跟了过来。她的脚步声"咯吱咯吱"的，故意和他的脚步声错开。虽然只有两种不同的脚步声，在寂静的雪夜中却奏响了一曲小型的交响乐。他不敢看她，怕自己心一软，答应捎她一程。

但是温宁渔也不能开车走，因为她就站在车前。她没有要给他让道的意思，如果他强行开车，就会撞到她。雪中的她，看着车里的温宁渔，目光聚焦成一个很小的点，穿透层层雪花，尖锐地直刺过来。她的身体像一根钉子，牢牢地立在雪地里，雕塑一样稳，雕塑一样固执。她没有把刚才摔脱的羽绒服上的连衣帽重新戴上,像是故意让那些雪花落进脖子里。那些雪花真就有了目标,肆无忌惮地往她身上集中,她的头顶上迅速积了一层雪。温宁渔隔着玻璃,看那些雪花在她身上堆积,突然感到了冷。心里的冷。如果雪一直这样下,她一直这样不动,会不会也像共享单车的零部件那样,被大雪掩埋?温宁渔心里的冷,瞬间蜕变成了恐惧。温宁渔隐约感觉到,她并不是丢了手机那么简单,她有可能还有别的不幸,更大的不幸。

僵持了很久,也许只有三分钟或一分钟,但温宁渔确实感到时间的久。温宁渔打开一侧的车门,向她招手。她像是知道他要开门一样,门还没有打开,她就做出抬步行走的动作,然后一路小碎步向车门跑来。

温宁渔本想先让她上车,中途看到路边有共享单车时,再下车给她扫一辆。但看女孩可能摔得不轻,上车有点困难,他就改变了主意。雪太大,寒冬雪夜,让一个受伤女孩孤独地骑行在空旷的街道上,不安全。他决定把她送到家。温宁渔问她家在哪里,她说了个陌生的小区名。温宁渔打开导航,显示里程倒是不远,只有十多公里。但是,他车的油不多了。出门时,温宁渔就知道车子油不多了,如果先把她送到家,再返程,他是肯定到不了家的。中途得加油了,凭印象,温宁渔知道东三环南段有个加油站。可能是注意力过于集中吧,他又不小心走过了。温宁渔心里有些懊恼,看一眼副驾驶上的白衣女孩。她已经缓过来了,头发上有些水渍,那是雪融后留下的。她貌似平静地看着窗外的飘雪,似乎没有什么好担心的。是啊,谁愿意把内心的情感暴露出来呢?能到家就行。她看起来算不上漂亮,却经得住看,有一种内在的神韵。年龄呢,大约三十岁吧,或者再大一两岁,或者再小一两岁。从她一脸素颜上看,她不太像经常出没于三里屯酒吧一条街的人,也不像是三里屯酒吧一条街上的从业者。温宁渔在行车过程中琢磨她,琢磨她的职业和半夜心事重重流落街头的原因。他感觉她也在琢磨他。她会琢磨他什么呢？温宁渔也不知道。他调整了思路，有了自己的打算，即：送她到目的地后，不再立即开车返程。雪大，缺油，行车中的不确定因素会增加，还是保守点好。温宁渔问她家所在的小区有没有地下车库，女孩说有。温宁渔又问送她到地下车库后她自己能回家吧。女孩说能。温宁渔就放心了，他决定把车子停在女孩所在小区的地下车库，在车上睡一觉，睡到自然醒，轻轻松松再去加油。

不是温宁渔喜欢睡在车上，而是他没有家可回，必须睡在车上。这大半年来，他的家就是这辆车。他白天开车到三里屯清禾音乐酒吧唱歌，晚上下班后就睡在车里。他原本是有家的，在草房西路上的北京像素小区，因为租住的房子到期了，无钱续租，就把家临时搬到了车子上。他本想等手头有了钱再找房子，没想到住在车子里感觉也还行。他熟悉北京像素小区的地下车库，知道哪里有水龙头，哪里有电源，哪里更适合停车睡觉，居然越住越不想找房子了。特别是夏秋之时，地下车库凉爽，很宜居。当然，他也遇到过几次小惊险，比如有一次临睡前，他正在车里练习弹唱新歌，车门被敲响了。他打开车门，一个保安出现在他面前。温宁渔一惊，赶紧停止弹唱，准备解释。保安面色温和，不像要驱赶他，反而夸温宁渔真会弹，真会唱，弹唱得真好听。于是二人认识了。不久后，保安又羞羞答答地提出跟温宁渔学吉他，成了他的徒弟。温宁渔有了靠山，住在像素小区地下车库里便平安无事了。但是，最近他的情况又发生了一点变化。不，不是一点，是很大的变化，他驻唱的那家音乐酒吧的乐队解散了。就在上周，说散就散了，他突然就没了工作。他是按天结算工资的，没有收入，他知道这样坚持不了多久。他只是个吉他手，在乐队是边缘人物，主唱兼乐队老大被另一家乐队高薪挖走，他和乐队的另三个人便树倒猢狲散——各奔前程了。这几天他到处找工作，无非还是熟悉的行当，可他熟悉的几个乐队都有人各司其职，不过，有两家答应一有空缺就递补他。今天晚上，他到一家著名的音乐酒吧去泡了半夜。这家酒吧的老板他熟悉，驻吧乐队实力也超级强，即便是人家缺人手，凭他的能力恐怕也挤不进去。这家乐队的吉他手兼主唱是个小女生，文艺范十足，艺名叫菲菲。唱功只是她才华的边角料，她的吉他功力更是了得，台风也是清新脱俗。关键是，她自己写歌，在酒吧里一直唱自己的歌，有一批铁粉。温宁渔找她，是想卖几首歌给她。温宁渔也写词谱曲，只是他的歌销路不好。他觉得自己的歌并非一无是处，也不算口水歌，还是有些东西的。至少，在酒吧里是能唱唱的。

这天，他事先约了菲菲，希望能见她一面，请她听听他写的几首歌。菲菲也干脆，回复他酒吧演出结束后面聊。他这次拿出的三首歌，都是他自己反复唱过后多次修改的。听过他这几首歌的，只有他的保安徒弟。保安徒弟说好，倒是给了他一点信心。这次，菲菲及她的团队在简单试唱了他的歌之后，说后期再联系。温宁渔拿不准菲菲对他新歌的印象如何，所谓后期联系，到底是什么结果，温宁渔既不明就里又纠结于心。特别是菲菲团队的那个绿头发鼓手，再三质问他的歌是不是自己写的。在得到肯定答复后，又提出几个小问题要他改。温宁渔看出来，菲菲团队内部也产生了分歧，绿头发明显是对他的歌不信任，而菲菲又不能当着绿头发的面强行决定，感觉是在维护绿头发的面子。温宁渔就是在这样的心境下，在冒雪开车返回驻地的途中，遇上了这个拦车的女孩的。

"手机……怎么会丢？"温宁渔看女孩一直沉默，便从手机丢失问起。

"摔了一跤，准备扫单车时，发现手机没了。"

"没回去找？"

"找了。雪太大，找了个寂寞。"

"那你摔两次了，刚才摔得不轻吧。"

"还好,这么应景的雪,不摔个三次以上都对不起老天爷了。"女孩脸上出现一些复杂的表情,又说,"在雪地里摔得再重,也不过是在雪地里。"

温宁渔咂摸着女孩的话,觉得她的话里有话,话中有所指。那么,她经历了什么?温宁渔觉得她的话冷静中不乏幽默——冷幽默。她应该是个乐观主义者,连带地想到自己卖歌没有得到明确的结果就心情郁闷,不免小小地鄙视了自己一下。

"你这是搬家?车上这么多东西。"女孩又主动说话了。

冷不丁问出这句话,温宁渔一时没有想好怎么回她。她肯定是看到后排座上一只纸箱、一只皮箱了。纸箱上是一双鞋,鞋旁边是烧水壶,和烧水壶紧挨着的是一桶桶装方便面,方便面下面压着一条脏毛巾。皮箱上也有杂物,最显眼的是横放着的那把吉他,那是他最宝贵的财产。温宁渔想,她看到的只是表面,好多东西还没看到呢,后备厢里都塞满了,那可是他所有的家当啊。温宁渔感觉他没有及时回复女孩的话,引起了她更多的注意。可不是嘛,她在转头看看他之后,再转头,看后排座上的一堆杂物,然后重新坐好,便不再说什么了。每人都有难言之隐,她懂。

小轿车和外面纷飞的大雪一样,悄无声息地静静行驶,像在执行一项神秘的任务。路上很少有车辆,已经看不清夜色,雪花成了一片白雾状。车内的气氛更加寂寥了,两个人心里都分别有一条好奇的小狗。温宁渔想,她一定是被车里的杂乱搞得不知所云了。但既然停顿了一小会儿,没有回答女孩是不是搬家的问话,他也就没必要再回答了。他要是说搬家,那是撒谎;告诉她车子就是他的家吧,他又不想暴露这个秘密。她要好奇就好奇吧,好奇也是结果,就当她今夜的收获了。

"快到了。"女孩说,"前边路口右拐,到头,就看到地下车库入口了。下去直走,到底就行。"

3

温宁渔朝女孩离开的方向看,那儿有一扇门敞开着。门那边是一条通道,长长的,望不到尽头。女孩的背影就是从通道里消失的。她像极了一只白狐,温宁渔只一眨眼,她就消失了。此时的通道里,除了灯光,什么都没有。温宁渔在空洞的灯光里看了会儿,确定她已经进入某一幢楼的电梯厅后,便重新启动轿车,在地下车库转了一圈又一圈。一连转了三圈,他都没有找到一个空车位。他不敢再找了,他怕再转几圈,明天连开到加油站的油都没有了。温宁渔找了一个稍微宽敞点的地方停好车,反正他睡在车里,如需要移车,可以随时开走。他放平了座椅,从后座里拿出一条被子,睡下了。躺好后,他打开手机,看看那个号码。女孩临下车时,他们有一段对话:

"谢谢啊。"女孩说。

"不用谢。"

"这又不是你应该做的,我留个电话给你,你手机记一下。"女孩报了一串数字,还报了她的名字,"何许人也。"

"啥?"

"何许人也。"她重复一遍,下车了。

现在,温宁渔就是在看她留的手机号码。何许人也,绝对是个假名。这个号码也像是个假号,号里有三个成对的数:三三、七七、〇〇。温宁渔突然有了想打打这个号码的冲动,又立即想到,自己不是完全要试试这个号码真假,是她手机丢了,万一被人捡到呢?如果电话能打通,就有可能帮她找回手机。反正,打个电话自己也没有损失。温宁渔拨了号,听一下,是关机状态。温宁渔判断号码是真的,关机状态有两种可能:一是被人捡到后主动关机；二是被车子轧碎了，被动关机。当然，哪种关机都是关机。

温宁渔睡眠一向很好，每次都是躺下就睡着了。可这次，他却迟迟不能入睡，脑子里混沌着，清晰不起来，朦胧地出现了好多人的面孔。这些面孔，或重叠，或移位，或模糊。温宁渔能依稀见到前任乐队的老大，能依稀见到菲菲和绿头发鼓手，还能见到何许人也。还有一些人，或似曾相识，或完全陌生。温宁渔就是在这样的状态中，迷迷糊糊地睡着了。

刚一睡着，他就被一声惊雷炸醒。"啪！"真的似一声雷。下雪天，怎么会有雷？随即，车窗玻璃被拍响了，伴着"啪啪啪"接连的拍打声，他听到有人说话。温宁渔放下车窗，看到一张愤怒的脸和白森森的牙齿："有这样停车的吗？教练没有教过你吗？让开，你挡我车了！喝了多少酒啊！"

温宁渔赶快说声对不起，立即把被子掀到副驾驶座位上，发动车子开走了。对方年轻、英俊而愤怒的样子还在他眼前没有消失，不友好的、几乎怒斥的声音也在耳畔不停回荡。温宁渔想到会挡别人的车或路，没想到这么快就被驱赶了。他瞟一眼时间，凌晨三点多。三点多，他估摸自己刚刚睡了一个小时。这个人也是奇怪，三点半不到，出什么车呢？上班是不可能的，跑网约车也不太像。温宁渔决定不想这些了，反正错的是自己，等那个英俊青年腾出车位，他正好开进去，就可安逸地睡个好觉，睡到自然醒了。温宁渔把车子开到安全位置后，这个英俊的男人开出了车，一脚油门，速度快得极其夸张，箭一般冲向地下车库出口，像是带着很大的火气。温宁渔确认他开车走了，才稳稳地把车子开进对方腾出的空车位。温宁渔并没有被刚才英俊男的恶语相加所影响，反而觉得这是好事，不然他的停车位置永远不安全，随时都会影响别人。他想早点休息，虽然熬夜对他来说早就是家常便饭了，但那是因为演出才熬夜，算是工作，现在熬夜算什么？温宁渔再次调整好姿态，睡下了。

车窗又被拍响了，这一夜注定是无法入睡了，温宁渔想。这回他没有把拍车窗的声音误听成炸雷声，他听得明明白白，就是车窗被拍响的声音，而且是轻轻地拍打，还带着小心、犹疑和谨慎。温宁渔坐起来一看，是一个身穿家居服的年轻女人。再一看，天啊，这不是何许人也吗？她怎么来了。她衣服已经换了，不是一身白衣，而是桃红色的温馨的居家服，上下两件套的款式，露出长长的脖子和披散的长发。温宁渔把车窗放下三分之一，声音软和地说："有点累了，雪又大，不敢再开啊。我小睡半小时就走可以吗？不给你添麻烦。"

"你要睡车里？"

"是……"

何许人也向后退几步，退到车前头。在听了温宁渔的话之后，她的脸上居然微微露出了笑意。温宁渔注意到她脸上有一块红，从耳边一直延伸到嘴角。这红不像是腮红一类的化妆，倒像是被谁打了一巴掌，呈现有深有浅的沟垄状。简单说，就是手指印。温宁渔心里突然紧张一下，在那一瞬间，温宁渔后悔让她上车，后悔把她送回来，后悔偷宿在这个地下车库了。温宁渔心里迅速盘算着，该如何对付这个何许人也？敢深夜一人独自行动的女人不多，她背后一定有事。温宁渔在等她笑意消失后的话。一般情况下，这时候的笑，是迷惑人的假象。可她的笑意消失了，在努力着假装平静的外表下，居然出现了忸怩状。她开口了："今天这么冷，你睡在车里会冻死的。冻不死也会冻出病来的，幸亏我看到你。怪不得你车子里那么乱，你以为车子能当家啊？"

温宁渔当然知道天气冷了，而且雪后更寒。但他车里的暖气尚有余热，一般是能对付过去的。万一不行，大不了再开一会儿空调。只是何许人也的话和他的预判不一样，甚至大相径庭。莫非自己听错了？肯定没有听错，也不是梦境，真真切切就是她的话。对于何许人也突如其来的关心，他不知如何回应。好在不用他回应，何许人也的话又来了："下车，到我家，将就一宿。"

这种几乎命令的口气，温宁渔听得清清楚楚。她的话像是个急转弯，这个弯儿拐得太猛，温宁渔差点没有把控得住，蒙圈了。

4

何许人也的家是一幢高层建筑，进入电梯的时候，温宁渔看她按亮了数字二十五，也就是最顶层。在电梯间很小的空间里，何许人也桃红色的居家服特别扎眼。她白皙的长颈和若隐若现的湖绿色低胸薄毛衣，还有她身上散发出来的好闻的味儿，让温宁渔脑子里一瞬间想起"仙人跳"这个怪异的词。但他瞬间否定并痛骂了一句自己，觉得有这样的想法简直就是玷污、亵渎了对方。又联想到刚才还怀疑对方是要实施讹诈行为，便觉得自己的智商在这次失业和暴雪中降低了很多。她脸上的红印，在短短几分钟中，消退了不少。从遗留的痕迹中，温宁渔轻松地判断出，她确实挨了一巴掌。这一巴掌有点狠，现在还有两道着力最重的指痕没有完全消失。好在她皮肤抗击打能力和恢复能力比较强，到家之后，就有可能完全消退了。但是，是谁挥手打的她这一巴掌呢？她父母？肯定不是，哪有父母这样打孩子的。再说，她也不是孩子了。是她先生动了手？或同居男友？这倒是有可能。她被大雪阻在半道上，又丢了手机，差点回不了家，回家还挨揍，想想，真够倒霉了。那她现在还敢把一个陌生人领回家住宿？温宁渔是真心看不懂对方了。

何许人也的家是小两居，一个大卧室一个小书房，客厅比较宽敞。温宁渔刚一进屋，就确定她不是一个人住。这房间男人的气息很重，沙发上还扔着一套男人的居家服，裤子丢在地板上。一双男式卡通熊造型的拖鞋分开很远，一只在进户门边，一只在厨房门口；进户门边的那只底朝天，厨房边的那只脸朝天。看来这双拖鞋也没有得到很好的待遇，分开的距离和形状说明了一切——这个男人就像一头容易暴怒的熊，突然挥起熊掌打了她一巴掌。自己的女人都能动手，会不会也给他一巴掌？但是，他们进屋的动静不小，却没有听到男人声音，连说话声都没有。卧室的门倒是大开着，能看到大床上的一切，并没有人，只有她脱下的白色羽绒服。小书房的门也开着，对着客厅，能看到书架和整洁的电脑桌。温宁渔想，她有可能把他安排在小书房睡。

"坐。"她快步走到沙发边，一边拢起沙发上男人的居家服，一边说，"喝茶还是吃水果？"

"都不用，这么晚了。"温宁渔的意思是，他要睡觉。当然，她也需要睡觉。再客套，天就亮了。

何许人也懂他的意思，知道谁奔波一天都会很累的，便从大卧室的壁柜里抱出一床被子和一个枕头，往沙发上一放，说："我睡沙发，你睡卧室。"

"不不不，哪能呢？我睡沙发。"温宁渔还在想着那个男人，不能让人家小两口挤在沙发上。

"你睡卧室，你是客人。"何许人也又回身去卧室，拿出一条毯子和天蓝色被罩，边走边说，"我都绝望了，怕自己回不来了，不是你，我会被大雪埋葬的。是你救了我，我怎么能慢待救命恩人呢？"

"那是顺路的事。"

"不，你不顺路，不用再说了，你早点休息吧。"

"可是，你家里还有别人，沙发上挤不下的。"

411

"哦？"何许人也才反应过来，"就我一个人。"

一个人？那是谁打了她一巴掌？温宁渔又害怕了，他望一眼书房，问："那我睡书房可以吧？"

"啊？不不不，你睡卧室。"

"我睡书房，你也不用睡沙发。"

"不行，你怎么这样不听话？"

"那我还是回车上睡……要么我就睡书房。"温宁渔非常固执。

何许人也停住理了一半的被罩，望着他，丢下手里的活，无可奈何地说："好吧，你要睡书房就书房吧。不过书房没有床，要把沙发垫子拿过去。你自己弄，我要休息了，困死了。你要洗澡有淋浴，沐浴露洗发露什么都有，热水自己调。晚安！"

温宁渔也说了声晚安，看她进了卧室，把门关起来，还听到反锁门的声音。温宁渔很想洗澡，他已经一周没有洗澡了。住在车库之前，他一天一洗，现在不具备这个条件了。但是，洗澡就得换衣服。他的家当都在车子里，他不可能再到地下车库拿东西。再说，初来乍到，半生不熟，还是少麻烦别人吧，能睡两三个小时就可以了。温宁渔快速把沙发垫子拿进小书房，又把被子、枕头抱进去，最后出来关了客厅的灯。在昏暗的客厅里，温宁渔看到，卧室的门底下有灯光泄出，一忽儿，那灯光被遮挡暗了，他想到里边的何许人也有可能贴着门在听外边的动静。温宁渔心头悚然一惊，赶快走进小书房，关了门，也学着她把门反锁上了。

这间小书房挺紧凑的，沿墙的书架简洁而时尚。书不少，大几百本的样子，分散在大大小小的格挡里，整整齐齐，像是装饰品。和书参差所摆的绿植，容器很雅致，各种玻璃或瓷器都有，也有土陶和紫砂的，造型都别致有味。在书和绿植的间隙中，还有几张照片，都装在小相框里，各种色彩和形状的小相框，和整个书架也很搭调。从摆设的精细程度上看，房子的女主人是个讲究且热爱生活的人。同时，温宁渔认出来，相框里的美女都是何许人也。在春夏秋冬的各种季节里，何许人也摆着各种造型，有时姿态夸张，有时表情欢快，有时娴静优雅。应该承认，何许人也的照片比真人好看。在八九张照片中，只有一张照片是双人合影，女的依然是何许人也，她伏在一个男人的胸前，仰着脸，深情地注视着对方。男的好面熟，不需要仔细辨认，温宁渔就认出是在地库里遭遇的那个英俊男了。原来他是这家的男主人。温宁渔明白了，何许人也去地下车库并不是要跟踪或监视他，而是因为那个英俊男。她在追踪那个英俊男，在追踪中又邂逅了他。没错，就这么简单。他们是什么关系？同居者，还是夫妻？都有可能。他们闹矛盾了吗？没错，她脸上的掌痕就是英俊男打的。温宁渔有点内疚，如果他不在地下车库，不在现场，何许人也会不会劝那个男的别走？这么大的雪，这么恶劣的天气，他能去哪里？不过，现在想这些都没有用了，温宁渔宽慰自己，现在的事实是，他独自一个人享用他们家的小书房。这里很温暖，舒适，他要先睡一觉再说。温宁渔在睡觉前到窗前向外看了看，大雪没有停，在灯光的照耀下，浪漫依然。

5

门被敲响了。

就在温宁渔困意上来时，他听到敲门声。起初他以为是幻觉，再听，声音在停顿片刻后又响起了，很轻，很谨慎。温宁渔立即说："来了。"

"你的手机能借我用一下吗？"门开处，是何许人也淡淡的微笑，"我打个电话。"

温宁渔赶快拿起枕头边上的手机，解了锁，递给何许人也。同时，她在看他铺在地板上的临时床铺，他听到她抱歉地说："委屈你了。"

"没有没有，很好。"温宁渔为了不打扰她打电话，把门关上了。

温宁渔猜测，她肯定是打给离家出走的英俊男的。这就对了，过日子，哪有不闹矛盾的？相互迁就、妥协，就好了。但是，很快，门又被敲响了，何许人也把手机还给了他。

"没打通，谢谢。"何许人也说。

重新躺下的温宁渔，想着何许人也的话。没打通，这是什么意思？没打通或许不是最佳结果，但也不一定是最坏结果。温宁渔查看了一下通话记录，看到何许人也拨出了两个手机号码，第一个有些眼熟，是何许人也自己的手机。这个没打通就说得过去了，因为她的手机在三里屯东街的雪地里丢了嘛。第二个手机号就完全陌生了。这个手机号码的主人是谁呢？按温宁渔的想法，一定是那个英俊男了。现在，很多人对陌生电话都心怀警惕，怕遇上广告推销、诈骗电话什么的，所以拒接的人很多。

温宁渔不愿多想，他命令自己赶快进入梦乡。可他睡不着，三番五次折腾，离梦乡越来越远了。温宁渔的睡眠一向很好，就是在失业之前，在每天工作至深夜时，只要一回到像素小区的地下车库里，他就能很快进入梦乡。可现在，他在进入梦乡的路上迷路了，不知迷失在何方了。是因为新换了地方？显然不是，或者不完全是；那么是何许人也和英俊男之间的问题？也不完全是。就在温宁渔纠结于失眠时，手机响了。温宁渔看了眼来电号码，也是陌生的。接还是不接呢？接吧。手机一通，对方就说话了，是个男人，问："谁刚才打我手机？"温宁渔第一个反应是，赶快把手机送给何许人也。转念一想，不行，何许人也在另一个房间，他把手机送过去，还要敲门。何许人也再起床，再穿衣，再开门，会有许多不方便。他灵机一动，说："请你稍等一会儿，我让她打给你。""你谁呀？刚才的电话不是你打的？"对方的语气显然是不开心了，继续责问道："搞什么搞？神神叨叨，喝多少酒啊！"温宁渔听出来了，这个语调和口气他在地下车库里也听到过，不就是那个英俊男吗？更奇怪的是，手机里传出一个女声："谁呀？挂了挂了，谁让你用我手机的？"手机里又传出男声，"喂"了一声后，骂了句脏话，便挂断了。

温宁渔开门出去，两三步就到了卧室门口，敲门。

何许人也出现在门口时，脸上还有哭过的痕迹。她的眼睛红红的，似乎刚把泪水擦拭干净。她用眼神问温宁渔，干吗？温宁渔说："他回复了，你再打过去。"

何许人也伸出手，却没有接手机，犹豫片刻，说："算了，不打了。"

不打也好。温宁渔想，她要找的人身边有女人，手机也是那个女人的，弄不好会造成误会。温宁渔跟她道了声"晚安"，回书房了。

6

上午十点时，温宁渔自然醒来了。温宁渔不知道自己是什么时候睡着的，不过还好，他睡得很安稳。在正式睡醒之前，他仿佛醒了一次，也仿佛听到外边有动静。可能是太困了吧，他很快又睡过去了。

温宁渔起来后，来到客厅，没看到女主人。

温宁渔在客厅里喊了一声何老师。

何老师是他灵机一动的称呼。从年龄上看，他们年龄相仿。按照温宁渔所从事的行业内部习惯，都是称老师的，称老师准没错。可他一连喊了三声何老师，都没有人应。卧室的门是半敞开的，他在卧室门口又叫了一声，还是没有人应。他轻轻推开门，看到卧室的床铺收拾得很整洁，何许人也的居家服整齐地叠放在床边。她是出门了？温宁渔在客厅走了一圈，相当于巡视，确认屋里没人时，才看到茶几上放着一张纸条。温宁渔走过去，看到纸条上的字："再次感谢您让我搭车。我出去买个手机，很快回来。厨房有早餐，简单了一些，将就填填肚子吧。我中午带回午餐，或去超市买菜回来做。"温宁渔知道，最后一句是让他别走的意思，要招待他吃一顿饭。温宁渔看看窗外，雪还在下，比夜里小多了。

看着窗外的雪，温宁渔把昨天和夜里的遭遇理了理，觉得她家的问题不小。简单来说，就是小两口（或情侣）闹了矛盾。这种情况下，他不走恐怕不太好。不过，就这么走了，似乎也不好。才上午十点多，不算早也不算晚，温宁渔觉得给车子加油是大事，加了油再决定回来或不回来。想到这里，温宁渔去了厨房，看到平底锅里有两个煎蛋，桌上还有一杯牛奶和一根香蕉。温宁渔一边打开燃气给煎蛋加热，一边吃香蕉喝牛奶。草草吃完后，他迅速把小书房的床铺整理好，沙发垫子物归原处，被子也叠齐放在沙发上。做完这一切后，他又在纸条上她留言的下方留了言："我去加个油。谢谢你的招待。"

温宁渔是在加油站接到菲菲的电话的。菲菲先问他起床了没有，温宁渔说在加油站加油。他预感到菲菲这时候打来电话，应该是件好事，否则按照他们这一行的正常作息习惯，她此时应该还在睡觉。她问他有没有起床，意思就是她还没起床。果然，菲菲说："中午咱们到福建人餐厅去吃饭，我带瓶红酒，再聊聊你的歌。十二点半怎么样？你先到占个座，点几个好吃的菜。我这就起床，争取准时到。"

温宁渔心中大喜，他知道福建人餐厅是三里屯一家好吃的特色小馆，他和前老板也常在这里小聚,可以说是年轻人喜爱的网红打卡地。温宁渔觉得这顿饭肯定不会白吃,卖歌的事有门道了。现在已经中午十一点多,雪也几乎不下了。路上行车艰难,从加油站到三里屯,正常情况下都需要半小时,这会儿没有一小时恐怕打不住,如果他再回去告诉何许人也,时间肯定是赶不上了。再说,他也没答应一定会回去和她吃午饭啊。温宁渔想,反正留言也留了,谢也谢过了,昨天让她搭了车,她投桃报李地留自己住了宿,算是两清了。就算从此不再交往,双方都不欠对方的人情。温宁渔决定,直奔三里屯福建人餐厅。不过,他同时也决定,到了餐厅后,要给何许人也打个电话,告诉她自己中午有约,算是善始善终嘛。

行车中,温宁渔又想起那个和菲菲在一起的绿头发。此前温宁渔见过他不止一两次,每一次他都是和菲菲在一起。温宁渔也看过他打鼓,技巧还是相当不错的。此前的多次见面,他们都没谈过什么正经事,唯一的一次谈歌,他又故意找别扭。这回他还在吗?他要在,这事还不好说。温宁渔又没有信心了。温宁渔不知道绿头发和菲菲是什么关系,有可能是合伙人,还有可能不仅仅是合伙人,既是合伙人又是同居者或追求者也有可能。菲菲没说绿头发在不在,他也不便问。但不管怎么说,这是一个积极的信号。而且,会不会有一种可能,菲菲已经和绿头发研究过他的歌了,并且达成了某种默契和决定?

温宁渔又有了些信心。

7

温宁渔对三里屯一带很熟,几个停车场他也熟。他找了个离福建人餐厅近的停车场,停好车后,便步行往三里屯走去。路上的积雪很厚,他故意找更厚的地方走，洁白的雪陷到他的脚脖子里，伴着发出的声响，他感到很愉悦，像是雪在跟他交流一样。天空的雪还在飞，不知是没有停，还是遗留的雪花没有落尽，像小精灵一样在半空曼舞。

三里屯东街上已经有人在玩雪了，三五成群的年轻人，聚在一起堆雪人。已经堆好的雪人更是随处可见，它们像一件件艺术品，立在路边或各个商铺的门口，有美人鱼，有卡通人物，还有大象和猪，造型各异，都很逼真。还有一个雪人正抱着一部手机在看，神情专注，像极了现在常见的手机一族。

温宁渔一路欣赏着各式各样的雪人，仿佛参观了一场雪后艺术展。他拐进三里屯商业街区的小广场时，又看到一群人在打雪仗，男的女的共有十多个，全是年轻的面孔，穿着色彩艳丽的羽绒服。大家嘻嘻哈哈，蹦蹦跳跳，乱作一团，雪球在天空飞来飞去，分不清敌我，被击中的嘻哈一番，击中别人的，同样也嘻哈一番。温宁渔看离约定的十二点半还有一段时间，便果断加入其中了。不过他没有抓起雪球瞄准目标，而是做了个雪球制造者。他蹲在一个大雪堆边，快速地制造雪球。他两手一拢，放下，就是一个雪球。很快，他就制造出了一堆雪球。两个刚刚落败的女孩惊叫着跳过来，以他的雪球堆为据点，重新加入雪球大战中。因为有了一堆雪球，两个女孩迅速占据了上风，同时也遭到了众人的疯狂反击。在别人的反击中，温宁渔也频频中弹，他便正式加入两个女孩的一方，抓起雪球反击。分不清敌我的双方混战成一团，欢乐的景象更为精彩。

在雪球大战中，温宁渔无意间击中了一个穿鹅黄色羽绒服的女孩的面部。雪花像礼花一样迷雾状散开，女孩猝不及防，惊叫一声，双手掩面，不停地揉眼，可能有雪花溅到了眼里。就在女孩的惊叫声中，一个男孩奔向她，迅速俯身查看她的情况，还不断地安慰她。温宁渔突然愣住了，那个不停安慰女孩的男孩,正是凌晨对他恶语相加,怒斥他挡道的英俊男。世界真是太小又太奇妙了,温宁渔深有感触地想。随后,温宁渔又想到他打回的电话,联想到他身边的女人声,觉得何许人也所遇到的情感危机,和无数个相似的危机一样,既大同小异,又难以圆满解决,就像一个死结。

温宁渔怕被英俊男认出来,便迅速退出了短兵相接的"战场"。和他打配合的两个女孩还在激战,目标正是英俊男和"受伤"的黄衣女。温宁渔没走几步,听到身后的欢笑声更加欢乐了,回头一看,黄衣女被英俊男背着正向广场另一端逃跑,而和温宁渔打配合的两个女孩抓着雪球,向着英俊男和黄衣女追击而去。于是,大家一拥而上,一场追击战又上演了。

8

可能是下雪天,福建人餐厅的客人并不多。在这片街区的特色餐厅中,福建人餐厅的店堂面积不小,造型有点奇特,呈"凹"字形。温宁渔选的座位在一个拐角处,这儿比较隐蔽,也比较安静,不大引人注意,很适合谈工作。

菲菲还没有到,温宁渔也不急于点餐。这里的菜他都很熟悉,溪螺香鱼汤是必点的,煎蛎饼也不可缺少,再来个笋干五花肉、建瓯纳底,主食点个闽北年糕,就差不多了。他对菜谱胸有成竹,只是不知道菲菲的葫芦里卖什么药,绿头发来还是不来。此时闲着也闲着,他便拨了何许人也的手机号码。如果一切顺利,何许人也应该买到手机了吧。奇怪的是,何许人也的手机还是处于关机状态。再打,还是关机,这说明她手机没有开通。温宁渔想了想,换新手机时,要把原有手机里的信息全部导出来,这要费一番时间的，也许还在办理吧。温宁渔给何许人也打电话，并不是要把小广场上看到的景象告诉她，他主要是出于礼貌，告诉她他走了，因为他在纸条上没有明说。

菲菲十二点半准时到了。就她一个人，绿头发没有同来。温宁渔心情大好，立即投入另一种状态。更让温宁渔感到愉快的是，菲菲是带着吉他来的。温宁渔后悔没有把吉他带来了，这让温宁渔觉得自己的职业素养还是低了些，就像战士忘了枪，自己怎么能忘了带吉他呢！他们所谈的工作，是需要吉他来演绎和支撑的。菲菲刚一坐下，就声明今天由她来买单。这又是一个吉兆，而且能为他省一笔钱。菲菲一坐下便问："饿死了，菜点了吗？"

温宁渔说："没有，不知道你爱吃什么。"

菲菲说："我来点。"

既然菲菲买单，温宁渔就没有提他熟悉的几道菜。菲菲也没征求他的意见，直接拿起点菜器，手指轻巧地划拉几下，递给服务员说："就这些啦。"

服务员走后，菲菲开门见山地说："我又重新看了下你写的歌，你很有才华，三首歌都挺棒，我要了。"

这是温宁渔最盼望听到的话了。

"至于价钱呢，你说。"菲菲从双肩包里取出一瓶红酒，示意服务员开瓶，"朋友从法国带来的，我也不大懂，咱们尝尝。"

"太好啦，这几个小作品本来就是想给你的，价钱你说了算。"温宁渔听出来，菲菲开始谈条件了。他得先沉住气，因为放弃版权的事，他以前只是听说过，没有办过，也不知道自己的歌到底能值多少钱。这三首歌，是在三个不同时期写出来的，创作地点都在北京像素小区的地下车库。三首中的一首《我家住在地下车库》就是他有感而发，是他真实心情的写照。本来这三首歌想在机缘成熟时，自己在酒吧里唱。如前所述，他没有机会唱了，他的乐队散了。一度，他想自己组建乐队，但他知道自己的财力，还有人脉，都不足以支撑起一支乐队。迫不得已，他才想到卖歌。怎么卖，又是个问题，他想起了菲菲。好在菲菲眼睛还是雪亮的，是识货的。现在，既然菲菲问他的"意思"，他就得表个态。他想了想，实在不知怎么说。要价多了，怕吓退了菲菲，要价少了，又怕吃亏，就把球又踢给了她，说："你说。"

"我说？"恰巧菜上来了，菲菲说，"先吃吧。"

温宁渔端起酒杯，在菲菲举过来的杯子上碰了一下。

"你昨天的意思我明白。"菲菲眨着眼睛，"但是，要是我全盘拿过来，多少钱对你都不公。你看这样行不行，这歌，在唱时我肯定要改改的，有一首改动可能还不小。倒不如我们两人共同署名，词曲都是我们俩，这样，我们都会心安理得。钱嘛，这行业你也知道，发不了财，三首歌给你两千块钱怎么样？你不是说你还有其他歌嘛，先看看这三首的演唱效果，咱们再谈下一步的合作，行不行？"

仅从金额上看，这和温宁渔的预期相差不大。温宁渔是想一首一千的，但那要放弃自己的著作权。再说，这样的歌，虽然他自己喜欢，却也难不倒菲菲。他听过菲菲写的歌，如果从歌词上看，菲菲的歌词更受年轻人喜欢。两千块钱，共同署名，温宁渔觉得自己赚了。毕竟自己还是作者之一，还有一半版权。温宁渔把没有放下的杯子又举了举，说："成交！"

妥了，就这么简单。接下来的谈话就轻松多了，他们谈这场多年不遇的大雪，谈明天就要大幅度降温，最冷要达到零下十五摄氏度；又谈面前的这瓶法国红葡萄酒，谈他们都熟悉的几家音乐酒吧。菲菲说到温宁渔工作过的那支乐队，说到他们解散，不免流露出惋惜的口气。当然，菲菲也关心温宁渔的前途。温宁渔回答得很佛系，看看再说。在一边吃菜一边品尝美酒的不经意中，温宁渔收到了菲菲微信转来的两千块钱。这让温宁渔感到特别温馨，觉得女孩都能像菲菲这样就好了。让温宁渔感到奇怪和温馨的，还有陆陆续续上来的菜，正是他心里想点的那几道，不多不少，正正好好。他和菲菲也没吃过几次饭，每次都是很多人围一桌，绿头发更是每次都在场，她怎么会记得他喜欢的菜呢？如果不是巧合，那他在吃菜时一定是被她注意到了，她才特意点了他爱吃的几道菜。

就在他们边吃边喁喁私语时，店里的生意渐渐好了起来，虽然不是熙熙攘攘的满座，也坐了大半。来这里消费的都是年轻人，大家都小声说话，基本上互不干扰。但是小声说话也会有干扰，温宁渔就被干扰到了。干扰他的不是说话声，而是小声说话的口音，隔着他们座位的另一张桌子也是一对年轻男女，背向他的男青年说话声令他耳熟。而男青年对面的女孩，正是被他雪球击中面部的黄衣女。温宁渔断定，男青年就是打何许人也一巴掌的英俊男。温宁渔的注意力有点散，不时地要看他们一眼，还想听清他们说的话。从黄衣女的表情和亲密程度看，他们不像是工作关系，倒像是一对情侣。打雪仗时，温宁渔就确定了。温宁渔看到，男青年不知说了一句什么，逗得女孩笑痴了，撒娇地在男青年身上打了一下。温宁渔再次想到何许人也，他猜到何许人也为什么会在大雪之夜流落在三里屯东街的街边了，她是在跟踪他们。温宁渔确定了，何许人也遇到了渣男。温宁渔同情何许人也，虽然帮不上什么忙，同情一下总可以的。何许人也的新手机这会儿应该办好了吧？但在这样的场景下也不方便打。温宁渔拿起手机，假装看手机，悄悄拍了英俊男和黄衣女的数张照片，仿佛他要为何许人也取证一样。

"吃好了吗？"菲菲大约看出温宁渔心不在焉的样子，说，"来，再干一杯，咱们合作愉快。"

"合作愉快！"温宁渔和菲菲的杯子又碰了一下。不过，他的思绪还没有完全回来，还在为何许人也着想。很明显，何许人也被抛弃了，她的男人另有所爱了。而她又是那么一个善良、执着、有爱心的人，在大雪之夜收留了一个以小轿车为家的流浪歌手，最后流浪歌手又辜负了她的好意，连个不回去吃饭的电话都没打。温宁渔想起一句话：有时候，接受别人的善意也是功德。他暗暗决定，要为何许人也写一首歌，名字就叫《三里屯东街上的雪》。他要写出何许人也在雪夜的遭遇，写出她失败的爱情。

菲菲按了桌铃，叫来了服务员，吩咐服务员把剩菜打包。温宁渔看她拿了一只口罩出来，便也跟她要了一个。他不想被那个英俊男认出来，也说不上为什么。

9

雪又下了。温宁渔和菲菲走在雪地里，整个人也浪漫地融入三里屯街区的各色建筑群中。那些和他们擦肩而过的红男绿女，一个比一个时尚。年轻的人们对于纷纷扬扬的雪视而不见，尽情地展示自己的青春、活力和美丽。大雪中的三里屯像一个童话世界，路过或闲逛的人们，无论年龄大小，瞬间都变成了孩子。菲菲也和许多女孩一样，伸出手来接住雪花，看着雪花一点点地在手掌里累积、融化，再累积。温宁渔被深深感染了，拿出手机拍了几张，又录一段小视频，这是他写歌的素材啊。稍远处，朦朦胧胧的烟雪中，太古里小广场那儿又有人在打雪仗，欢快而激烈。温宁渔突然联想到，英俊男和黄衣女，用完午餐后也会去那里吧。菲菲笑着，也看向那里，提议说："你下午有事吗？咱们到酒吧去练练你的新歌吧，有几个地方我想改改，你听听行不行。咱们好好打磨打磨，争取把你这三首歌都唱出来。"

唱出来，就是有影响的意思。温宁渔当然乐意了，但他还是纠正道："是咱们的歌。"

"对对对，咱们的歌。"

温宁渔感觉到了菲菲的好情绪，他随即想到了英俊男。温宁渔有点怀疑，这个一脸和悦、人畜无害的大男孩，真是凌晨扇了何许人也一巴掌、然后开车出走的家伙？

当然是他了。温宁渔早在心里找出了他们之间的逻辑关系，一定是何许人也发现了英俊男行为反常，才在大雪之夜跟踪他，没想到英俊男的反跟踪能力极强，提前回家了。在温宁渔把何许人也送回去之后，两人发生了激烈的口角和肢体冲突，然后，就是温宁渔看到的情况了。生活说复杂也复杂，说简单也简单。

温宁渔不想纠结于别人的事。他还有更重要的事要做。他和菲菲穿过三里屯商业街区，来到菲菲签约的那家著名的音乐酒吧。

下午的酒吧，一般是没有乐队表演的，一来是客人不多，二来是乐队要休息和排练新节目。菲菲打电话给乐队的另一个人，让对方过来一下。这个人在电话里建议菲菲取消下午的排练，理由是他要睡觉。菲菲不高兴了，严厉地说："别人不休息，就你要休息，别人都不如你金贵？快点！"

正如温宁渔的判断，来者是绿头发。

不消说，整个下午，菲菲都在和温宁渔商讨那三首歌，特别是《我家住在地下车库》这一首，还和绿头发商量配器和电吉他的和声，并专门写了两小节过渡曲。傍晚时，乐队的另两个成员也会合了，一个是电子琴师，一个是贝斯手，大家开始对《我家住在地下车库》进行正式的试排。经过反复演练和修改，确定了最终版本。温宁渔对这种场景并不陌生，他原来合作的那家乐队，在排新歌时，也是反复整合，以期得到最好的演出效果。

这一次不断地修改、修改，再修改的，是他自己的歌，是在做自己的事，便全身心地融合进来了。菲菲还和温宁渔商定，他们以后再合作几首歌，达到十首后，在二〇二四年新年那天搞一个专场，而且温宁渔也可以主唱一两首。这真是意外的惊喜。菲菲虽然没有明说让温宁渔加入她的乐队，基本上也有这个想法了，就看新年那天的专场是否成功了。温宁渔和菲菲最终商量的结果是，在元旦之前的二十天时间里，温宁渔不要再到乐队来，在家专心致志地写歌就行了。好在温宁渔心中有底，十首歌，减去已经确定了的三首，只有七首。在他已经写成的十几首歌里，怎么说也能挑出来一两首吧？剩下的几首就好办了。最让他惊喜的是，他有可能靠写歌养活自己了，不用再在酒吧里演出了。

整个下午，只有绿头发自始至终都带着消极的情绪，虽然工作尽心尽力，但他还是提出了两点和整个乐队气氛不搭调的建议。开始时，他对几句歌词不满，认为用词夸张，像是闹着玩儿似的。后来，他又提出民谣里的摇滚成分不是太协调，应该摇滚就是摇滚，民谣就是民谣。这一回，菲菲和另外几个乐手直接就不理会他了。他的一系列行为，不像为了艺术，而是在针对温宁渔个人。他怎么会这样呢？难道是感受到来自温宁渔的威胁，怕被温宁渔取代？真是天下本无事，庸人自扰之。绿头发的不在线，让温宁渔感觉到，情感危机真的无处不在，会出现在任何时候或任何人身上。

10

离开菲菲他们所在的音乐酒吧，温宁渔走在雪夜中。他沿着三里屯东街向停车场走去，走这段路到他停车的停车场要绕一点，多走差不多十分钟时间。但他想起上一次的雪夜路遇，觉得回味一下也不错。想到这里，他给何许人也的手机打了过去。原以为这会儿何许人也的新手机应该买到了，但是，依然没有打通。

雪越来越大了，一眼望去，前边一片空旷，虽然能见度不远，但从旁边商业街区的各个店铺里照出来的多重彩色光影，增加了雪的亮度。走在雪地里的行人，都是慢节奏的，都在观赏白天堆起来的各种雪人。这些雪人，此时忠诚地守望着飘飞的大雪，以各种姿势对雪花表示敬意。温宁渔心情不错，再次欣赏着雪人。在个别有个性的雪人前，还停下来和雪人交流两句，仿佛雪人也会讲话似的。有一个雪人，头上戴的一只绿色的小桶前倾了，要掉下来的样子，温宁渔还把它的"帽子"正了正。他想，如果雪人真的有生命，一定会开心的。

温宁渔也会遇到三三两两的玩雪者，虽然不是在追逐打雪仗，却也做着夸张的动作，有的在雪地里滑行，不小心摔倒了；有的抱着一个雪团，边走边往天上抛撒；有几个青年男女，合力在滚一个大大的雪球，可能他们要堆一个巨大的新雪人吧。不知是童心大发，还是受到玩雪者的影响，温宁渔在路过每一个雪人时，都会抓起一把雪扔向它们，还会说一句："来呀，还击呀。"雪人没有还击，雪人都是沉默的。

就这样，温宁渔一路走一路玩，不亦乐乎。突然，他看到前边有一个雪人。这个雪人有意思，它是坐在路边的长条椅上的，远处的路灯制造出的大树暗影，把它笼罩了。让雪人坐在长条椅上，也是一种不错的创意，是聪明人才有的创意。温宁渔加快脚步，想和雪人来个合影。

温宁渔走到大树下时，飘扬的雪已经落尽。温宁渔先是抓起一把雪扔到雪人身上，照例来一句："来呀，还击啊。"

就在他准备坐下时，雪人真的还击了。

雪人不是雪人，是个真人。雪人动作敏捷地把手里的一团雪扔到他怀里，雪团因和他身体撞击而散开来。温宁渔被吓了一跳，真的是一跳，离开了雪人一大步。

"对不起，对不起！"温宁渔赶快道歉，"我是闹着玩的，以为你是个雪人。"

雪人已经站起来了。雪人穿一身的白——白雪的白。和何许人也一样的白衣、白裤、白鞋，加上白帽子，又落了一身雪，把温宁渔弄蒙了。相信路过的很多人都被弄蒙了，以为她是个雪人。温宁渔没等对方开口，就认了出来，雪人正是何许人也。

"你怎么在这里？"温宁渔立即想起刚才的英俊男和黄衣女，她又来找他了吗？

"我就在这里呀。"她一点也没有悲伤或愤怒，仿佛她坐在这里天经地义似的。

"我中午打你手机了，没打通。"温宁渔解释道，"刚才又打了，还是没打通。"

"打我手机啦？我还没买。"何许人也抖抖身上的雪。她身上的雪积了很厚，抖下来一堆雪。

"你坐多久啦？会冻死的。"

"不冷，心里有火。"何许人也的声音脆脆的，不像是个遭遇不幸或困难的人。她把帽子掀了，露出了脸，又跺跺脚，说，"我看到你了，你中午吃了福建菜，对不对？嘻嘻，别说我在跟踪你啊。我不是跟踪你，我是无意中看到的。你的车呢？我说我现在是在等你，你信不信？明天要大降温了，零下十五摄氏度，我怕你会冻死在车里。"

温宁渔一时语塞，一阵温热和感动传遍周身，他在心里问，你要搭我的车吗？

何许人也听不到他心里的语言，回答也完全风马牛不相及："我要饿死了。"

温宁渔的手机响了，他接听了手机，是菲菲打来的。她问温宁渔："你会打鼓吗？箱鼓。"绿头发辞职了，就刚刚。温宁渔当然会打箱鼓了，民谣乐队的几样乐器，除了吉他是他专项，其他乐器他都会一点。没等温宁渔说会，菲菲就请他救场了。温宁渔当然不能拒绝，他知道工作都是从救场开始的。有了相对稳定的工作，再写歌，会更从容。他挂断了电话，很抱歉地对何许人也说："对不起，我要去工作了。"

"我知道你是干什么工作的，去吧。"她掸去了温宁渔身上的几处雪。

"你呢？"

何许人也看了看她坐过的那条长椅。

"当雪人没啥好玩的，你来当我的观众吧。我请你喝瓶啤酒，还请你坐在台口，离我近点……我太悲惨了，还一个粉丝都没有呢。"温宁渔提议道。

· 作者简介 ·

陈武，男，1962年生，江苏东海人。作品见于《人民文学》《十月》《钟山》《花城》等刊物，出版各类文学作品六十余种，代表作有《连滚带爬》《中介》《换一个地方》《三姐妹》《一封信和另一封信》等。

弃马十三招

□ 王 炬

1

李如江登上中国国际航空公司的飞机，觉得压在心头的焦虑比携带的行李更沉重。

"我妈被家暴了，爸爸你赶紧来吧！"

这是十五岁女儿李丹从南太平洋的奥克兰给他发的微信。家暴，这个词让李如江特别不舒服。

当初，妻子带着两个孩子奔赴奥克兰的原因，是女儿的上学问题。非北京户籍的孩子不能参加本地的中考和高考，焦虑的妻子和留居新西兰的大学同学汉森联系，汉森迅速为两个孩子办理了奥克兰某公立学校留学的offer。当时，恰逢北京大雨，李如江的印刷厂子在泄洪区，正是心慌意乱的时候。看孙茵态度坚决,四处奔波,办理各种手续,李如江没有了选择,只有答应。

事情从此朝着诡异的方向滑去。

孙茵带着两个孩子出去了,两个月后,她又回国,说如果想让孩子们考入国际知名的大学,就必须取得当地国家的身份,她如果想长期陪读,留居奥克兰,就必须获得工作签证,有了工作签证,孩子们上学可以省一大笔钱,而获得工作签证,就要获取当地人的身份。获得身份,现有的途径和最流行的做法就是和有身份的人办理同居协议和联名账户,洋人的同居协议就是结婚,不用说,那就必须和李如江办理离婚。

孙茵说:"咱们这是假离婚,骗洋人的。等我取得身份以后,咱们再复婚。"

办理离婚手续时,孙茵任何财产也没有主张。恰是孙茵的没有财产主张,让李如江放下心来。

当然,北京的两处房产属于李如江的婚前财产,认真说起来,孙茵是没有主张权的。孙茵刚到奥克兰时,暂住在她的同学汉森家,可是不久就和汉森的妻子艾娃水火不容,另租了房。又不久,就跟一个拥有当地身份的武汉男人金德宏签署了同居协议,而且办理了联名账户。孙茵解释说,在西方国家,只相信财产,办理联名账户,就证明是在一起生活。

孙茵在电话里称呼那个姓金的"金哥"。

孙茵租住的是一个本地毛利人的房子,每个星期支付一千二百纽币,折合人民币五千块钱,也就是月租人民币两万块钱。

孙茵说,为了让移民局相信,不仅办理联名账户,还必须住在一起。金哥住一室,每月交房租一千纽币。生活费按照百分之三十交付。

"移民局会来查是不是假结婚,必须同住。当然仅仅是名义上的,我不会和他有什么！他不是我喜欢的类型。"她说。

现在，家暴了。说明什么？家暴是夫妻间才会发生的行为，如果没有感情的延伸，不是搅和得很深，那个金哥怎么会家暴她？

关于家暴，孙茵却只字不提。给她打电话，她很不耐烦地说："不想解释了，你要是想了解情况，就赶紧过来！"

加上孙茵最近的冷漠，李如江猜测，孙茵和金哥已经有了什么。这个猜测让他心烦意乱，他必须过去。

李如江曾给女儿拨打语音电话，一直不接。发文字询问，女儿回复：我不知道具体情况，问我妈吧！

孙茵自从到了奥克兰变化非常大。首先是脾气变得特别暴戾。她刚刚出国的时候，每天都发视频或语音，口气很温柔。现在，通话少了不说，一说话就特别不耐烦。

李如江今年五十六岁了，孙茵才三十六岁，而跟她同居的所谓的金哥，也才三十九岁。李如江有时晚上给孙茵打语音或视频，经常被她掐掉，然后过好久才回过来，语气也是满满的不耐烦。李如江经常一夜夜睡不着，脑海里是各种想象的画面，最后只好安慰自己：只要他们对我的孩子们好。

李如江在孙茵之前的妻子是学校的老师，跟李如江生过一个女儿。孙茵那时是北京一个小文化公司的文员，通过印刷广告单和李如江认识，那时她温柔得很，说话慢慢的，笑意总挂在脸上。二人就是这样交往上了。后来她怀孕了，一查竟然五个月了。李如江觉得必须对人家负责，就和她办理了结婚手续。不久，生了女儿李丹，后来，她又生了儿子李彤。可以说，生了儿子以后，她在李如江的心中地位提高了很多，不知不觉地，她不那么温柔了，也表现出强势的一面。日日消磨，百炼钢禁不住绕指柔，在家里，李如江处处听她的了，包括孩子们的这次出国留学。

其实，孙茵带孩子出国，也是李如江心底希望的。李如江觉得跟她生活太累了，她堵得太满了。他下意识地渴望解脱，给自己留点缝隙。生了儿子以后，李如江几乎没有和孙茵同过房。李如江烟瘾大，在单位谈事开会，总是烟不离手。一回家，孙茵就皱眉头，声音尖厉地喊："把你的衣服脱到外面，臭死了。"李如江稍稍挨近她，她就说："你身上什么味儿啊？"或者："你到底刷牙了吗？"又："你还没老，怎么一股子老年气息？"她这个态度，让李如江很尴尬，只好讪讪地到书房去睡。而她则一夜夜手机聊天，早上不起。起床后，化好妆，就去李如江公司坐着，如果有客户，她就问李如江今天怎么安排吃饭，然后这里不行，那里不行，她找的地方，偏是交通拥堵的地方，什么三里屯，什么簋街，要不就是日本料理。李如江头痛不已。来了客户吃饭，只听她不管不顾地说话，吹她爷爷是抗美援朝的老干部，父亲是什么局的处级干部，搞得李如江特别尴尬。

她出国了，李如江松了一口气，轻松了几天。但也仅仅是松了一口气而已。

这不，她竟然被她的金哥家暴了。

2

飞机在奥克兰机场降落了。

他出发时中国刚过春节，而这里是夏天，他脱掉羽绒服，满怀焦虑的情绪，尾随着人流向出口走去。

机场海关人员多是高大的中年妇女，这些肥胖的女人职业的微笑给了他舒缓的感觉。不远处，有个中国中年妇女发出激烈的尖叫声，原来她带了一颗鸡蛋，这颗鸡蛋给她惹了麻烦，好像是要罚款。

"我可以吃掉！为什么罚这么多款？"女人用中国话质问。

汉森给他打电话了，说他的车已经停在出口对面了。

一出机场大厅的出口，他就看见高大健壮满面笑容的汉森，手里拎着两瓶水。

"热，赶紧喝水！"汉森一手接过他的行李，一手递给他一瓶水。

"三块五纽币！"汉森说。李如江算了一下，相当于人民币十六块钱。他表示感谢，又说真贵。

"你不能用人民币的思维来衡量。"汉森说。

他现在上了汉森破旧的丰田轿车，车里特别脏乱。他原以为孙茵会来接他，或者自己的孩子们会来。他们没来，李如江有些失望。他发现汉森在偷偷地观察他。他不想让他看到自己的沮丧，便说起了刚才的那个妇女和鸡蛋。

"机场对中国大妈检查得特别严，总是怀疑她们带了种子什么的。新西兰对物种入侵防范十分严厉。"汉森说，"你看那边天上的无人机，那是专门侦查植物物种的，一旦发现新植物，那是如临大敌。警察马上出动。"

李如江向天空望去，见层层叠叠的云朵下面，果然有一个移动的黑点。

车子以一百迈的车速行驶在机场高速上，汉森向他介绍奥克兰的城市地理，在他的语气中，对奥克兰又是批评又是赞赏。终于，汉森忍不住了，他试探性地问："你这次来要多待些日子吧？"

"看情况吧！"李如江回答，他注意到汉森正用余光打量自己，便打开水瓶喝水。

"你这次来多待些日子，把事情处理得好一点。"

李如江意识到汉森在诱导自己谈孙茵的事，便问道："到底怎么回事？她受伤了吗？"

433

"我也是后来才知道,俩人可能是动手了。但没有报警,你知道,如果报警后果很严重,洋人警察对家暴是零容忍。"

李如江听他用"家暴"这个词,心里特别不舒服,不由得咬紧了牙齿。

"据我所知,这不是第一次了。那个老金,一喝了酒就闹。"

"按说,他和孙茵是合同关系,也给他钱了,他没有理由啊!"李如江所说的给钱,是事先约定的,金哥和孙茵仅仅是法律上的同居协议,作为担保补偿,李如江给他的中国账户上汇了二十万人民币,两年之后,孙茵拿到身份,再支付他二十万人民币。四十万是这种事情的行价。一想到孙茵有可能和老金有了特殊关系,他花四十万人民币给自己买了一顶绿帽子,这事情就透着无限的荒诞。

"李哥,您今年多大?"汉森问道。

"我比她大二十岁。"

"感情这东西,您比我懂。"汉森说。

李如江听懂了他的话,内心浮上一股悲怆。汉森以为他没有听懂,又说:"吃住在一起,又是年龄相仿,发生一些事情,你应该理解,也要有点思想准备。"他在说李如江的年龄已经不适合孙茵了,他应该放手。

"那他们发生争执,一般是因为什么?"李如江问。

"主要是因为钱,那个老金失业快一年了,跟老婆离了婚,孩子的抚养费都支付不了。别看孙茵在别的地方让着他,但在钱上面还是分得清。老金说来也是可怜人,每天出去找工作,为了少支付生活费,经常中午不回去吃饭,一饿一天,到了晚上,肯定吃得多,有一次,孙茵说他吃饭像个猪,你想,他是很要面子的一个人,当着孩子们的面说他像个猪,还不恼?"汉森说着笑了起来。

李如江笑不起来。孙茵一贯说话刻薄,但她既然跟姓金的有了那种关系，为何还在吃饭这种事情上计较？李如江也是理解不了。

"人性经不起考验。估计孙茵也认清了那个老金了。"

汉森语意含糊，认清了老金，是划清界限了吗？但李如江不能问。

李如江感觉到他对老金的蔑视。但正是他介绍孙茵认识的老金，他说老金人品可靠。李如江想，当初，汉森积极地煽动孙茵来奥克兰，来了以后又想办法让她获得身份，这里面难道仅仅是同学间的友谊吗？

当年，李如江刚刚认识孙茵的时候，这个汉森就存在在他们中间。汉森是他的英文名字，他的中国名字叫冯福迁。那时，孙茵当着李如江的面接汉森的电话，说的完全是英语。但李如江当时并没有和孙茵进一步的想法，也不太往心里去，只是知道汉森有追求孙茵的意思。

孙茵生李丹的那个月，汉森跟老家的一个女孩儿结了婚。其间，他也曾多次回国，每次回国都约孙茵出去吃饭，说是同学相聚。孙茵当然不提是汉森回来了，但她一用英语打电话，那份激动，就能让李如江猜到汉森来了，但猜到又如何？人家是同学聚会，吃饭时据说还有好几个女同学呢！他们的同学聚会，常常是后半夜才会结束。不过，孙茵对汉森满嘴的恶评，让李如江侥幸相信她的清白。孙茵对汉森的妻子非常地蔑视，满是嘲讽，说他们的婚姻维持不了多久。汉森果然三年后就离了婚，但没过多久，又把网上认识的一个唐山女孩接到奥克兰同居。当时，孙茵气得大骂，说汉森没出息，离不开女人。

她过激的反应令人生疑。

人最终是要向年龄投降的。快六十岁的李如江现在已经不指望孙茵对自己忠贞不渝了，仅仅是希望给他保留一个面子，一个男人和丈夫的面子。这份无奈实际上是一份屈辱。无奈放手，但心犹不甘哪！

据说汉森和同居女孩儿生活得不太如意。他用尽心思把孙茵接出来，应该是存在某种隐秘的心思吧？他侧目看了一眼开车的汉森，看见他粗壮的脖子和充满精力的脸，一股不舒服的敌意弥漫开来。

此时，李如江收到女儿李丹的微信："爸爸到了吗？弟弟让我问你，记得弃马十三招吗？"

一股微小的暖流袭入李如江的胸膛。十二岁的儿子没有手机，他和姐姐的问候柔软了李如江冰冷的心。是啊，只有亲情不会背叛，如今，他们才是李如江最后的精神依托啊。

儿子很小的时候就学习中国象棋，弃马十三招是他学习的第一个象棋陷阱飞刀。他就是用这个陷阱飞刀赢了小区的那些自视甚高摆棋摊的老头儿。

这次，李如江专门背了一副红木象棋，他要跟儿子下棋。

弃马十三招，那么复杂的变化，儿子还记得吗？

虽说女儿和儿子的微信给李如江注入了一股微弱的暖意，但李如江并没有从压抑的思虑中解脱出来，孙茵和老金，关系里面隐藏的复杂混乱的情感，亲情和背叛，他不知道自己如何面对这个迫在眉睫的危局。

弃马十三招，是象棋中复杂的飞刀陷阱，李如江所面对的，也将是一盘复杂的棋局。

"我们去哪里？"李如江问。

"去我家。"汉森不容置疑地回答。

"去你家？"

"你只能去我家。"汉森说。他接着解释，移民局的人随时随地有可能去孙茵住的地方，如果李如江去了那里，万一问起来，就会很复杂。还有，孙茵住的地方，一楼住着一家印度人，那家人特别多事和饶舌，也说不定是移民局的暗探，肯定要打探来人是谁？孩子们一旦说漏了嘴，会有麻烦。

"我花钱租的房,还不能去住,反而成了地下工作者了?"李如江苦笑道。

"你想见孩子们,我负责把他们接到我家。"

3

汉森的房子是一幢白色的两层小楼。汉森在路上已经介绍过了,房子是他买的,首付是他远在中国的父母替他交的,其余尾款,每月要还一千二百纽币的贷款。

汉森把李如江的行李放在楼上一间小屋里,先让李如江休息,他说去接孩子们。

李如江虽然疲倦,但他无法休息。手机快没电了,电源插座在客厅里,李如江充上电,刷屏,看微信,厂子里的印刷机出了点问题,副厂长老邵告诉他正在检修。汉森的同居女友走过来,满脸笑容。

"嘿,哈喽!我是柳爱梅,英文名字艾娃,你就叫我艾娃!"她满口唐山口音,伸出手来,李如江回应,觉得手被一只汗津津的手紧紧抓住了。她那么用力,让李如江感到突兀。她看上去三十岁出头,高高的个子,很丰满,胸部挺得很高,身上有强烈的香水气息,她的目光很直地盯着他看。"你看上去很年轻,根本不像他们说得那样老,而且你很帅。到底是企业家,气场就是不一样。"

李如江觉得自己的语言跟不上,而且觉得她的目光太热烈,说:"哪里是什么企业家,一个小厂而已。"

"小厂也是实业,多好!看看汉森,一个穷打工的,苦苦挣扎,多会儿才有翻身的日子?"

"他还年轻，有的是机会。"

"快别说年龄，有的人，看着年轻，思想却很老了。也可能是在这里，周围的人全是底层打工的，成了一种惯性，特别卷，我看这样下去，一点希望也没有。你来了，一定给汉森上上课，让他觉悟。"

"我怎敢给他上课？你们在这里，思想应该更先进，接触新鲜事物更多。"

"哪里有什么先进的思想？一群混吃等死的打工仔，我都绝望了。"

李如江不敢接话，他觉得刚刚见面，不应该应和这种深度交谈。他说要处理一下厂务，便低头看手机。

"老家来人，我特别高兴。在这里，连个说话的也没有，憋屈死了。精神依托，在这里的华人就是没有精神依托，在国内多好，到处是美食，物价便宜，高铁飞速，节假日，亲戚朋友一大堆。"她递给他一杯水。

"你说汉森多可恨，你们好好一个家，让他拆得七零八落。"

"话不能这样说，他帮我们的孩子解决了留学问题，我还是很感激的。我女儿在北京无法参加中考，我们一直为此焦虑。"

"正是你们的焦虑，才是别人的机会。"

"孩子们的教育是大事，其他的可以忽略。"李如江有所指地说。

"不愧是干大事的人，心大。比一般人心大。"

李如江苦笑。心里说，心不大又如何？

他朝窗外张望。艾娃顺着他的目光，猫一样的目光咬在他的脸上："你等急了吧？汉森先去买菜，招待你的。你的孩子们放了学还要补课，估计要七点以后才能过来。"

正说着，汉森提着几个塑料袋进来了，满面笑容地说："李哥来了，李丹要吃爸爸做的红烧肉，我们都不会做，李哥辛苦一下，艾娃打下手。我也馋咱们老家的红烧肉了。"

女儿李丹爱吃肉，吃起来没够。而李如江和孙茵都喜欢清淡。李如江记得有一次在女儿大口吃肉时疼爱地说："看她吃得真香，也不知道像谁？"孙茵闪他一眼道："闺女的口福，是上一世带过来的。"孙茵说过，给两个孩子都找人算过，女儿上一世是一个将军，而儿子是一个出家人。所以，女儿喜荤，儿子喜素。

艾娃把塑料袋打开，李如江看见有大蒜、葱姜、花椒大料，还有一块二斤左右的五花肉，另外还有西红柿、土豆。

"真贵，"汉森擦着汗，"这点东西花了四十六纽币，西红柿一公斤四纽币，土豆两纽币，黄瓜四纽币，这点菜就折合人民币二百零七块钱。"

在翻拣东西的艾娃脸沉着，问："我让你买的mt呢？你是故意的吧？"

汉森把毛巾扔在茶几上，也立刻沉了脸道："当着李哥，别飙你那半句唐山英语了，你说奶茶。"

艾娃脸色更难看了："你是不是故意的？给我买杯奶茶会破产吗？"

汉森勉强笑道："对不起，我忘了。"

"你才不是忘了，你是故意的。"艾娃不依不饶地说，并且把蔬菜扔进盆里，"水果呢，咱家已经四天没有水果了。"

汉森赔着笑："会有的，面包会有的，水果奶茶都会有的。卡里扣了水电费，交了房贷，还了信用卡，实在是没钱了，后天发了工资，补上，一定补上。"

李如江惊讶地看着二人，自己刚来，他们就毫无顾忌地扒开生活的底色，让他特别吃惊。

李如江看汉森笑容后面藏着愠怒，不像是做戏。估计他们在国外久了，已经不会藏着掖着了。忙回自己的房间从包里取出来一千纽币，笑道："我带了钱，交我和孩子们的生活费。"

汉森客气道："不用，李哥，奥克兰是周四开支，后天就有钱了。等我开了支，请你和孩子们吃洋人餐厅。这几天就凑合一下，在家做饭吃，省钱不说，关键是我还是喜欢咱们老家的饭。听说你做饭好吃，你就多做几顿，让我们解解馋。"

李如江看见艾娃急切的眼神，说："收了吧，我来这里，两眼一抹黑，该买啥你安排，省了我操心。"

汉森又客气了一下，把钱收了，补了一句："也行，等于你的房租。"他对艾娃说："你等着，我现在去买水果，也给你买奶茶。然后把李丹和李彤给李哥接过来。"又对李如江说，"李哥想喝什么酒？今天陪李哥喝点儿酒。"

汉森又抓起车钥匙走了。李如江开始切肉。

"日子过得这么紧啊？"他问艾娃，刚才汉森说的一千纽币顶房租那句话让他很不舒服，觉得瞬间没有了起码的温情。

"你以为呢？"艾娃说，"我原来以为他在国外多有钱。来了才知道，整个儿一个穷鬼。但咋办呢？我经常觉得被骗了。听他说在奥克兰有房、有车，每年有三十万的年薪，自己以为找了个有钱人，不顾一切地扑过来，结果呢？李哥都看见了，我喜欢喝杯奶茶都满足不了，唯一的收获就是有了身份，但这个身份也不顶吃喝啊。"

李如江安慰她道："有句成语，叫相濡以沫，你们暂时困难，以后会好的。"

艾娃冷笑道："以后？以后跟我有啥关系？你知道吗，汉森跟前妻离婚，打官司输了。现在对我格外防范，和我同居前就签署了财产公证。这房子、车都和我没有一毛钱关系，我们联名账户里的钱仅仅够生活费，多一分钱也没有。不怕李哥笑话，你知道我们每天晚上都要记账，然后呢，我俩 AA 制，我要把我的生活费放到联名账户里。我没有工作，我妈每个月还要给我偷偷寄钱，还怕我弟弟知道。在这里，感情什么都不是，只有钱是唯一。"

"你可以找份工作啊，工作不好找吗？"

"找工作，我都找遍了，什么华人餐厅、超市、咖啡馆，我几乎做了个遍。我英语不好，又说话不会拐弯儿，每个工作都干不了几天。现在我也烦了。在这里，除非去做性工作者，很多小妓院都缺人，新西兰性交易合法，但我这年龄，能竞争过二十多岁的大学生吗？再说，汉森也不可能让我干那个，咱华人，面子最大。"

艾娃的坦率再次让李如江吃惊。李如江突然觉得，这里真的是另一个世界，他们虽然还是华人，但他们是另一个世界的思想。

李如江开始炖肉，锅里的冰糖起了褐色的泡沫，把焯过水的五花肉倒进锅里。锅里发出噼噼啪啪的迸溅声。李如江把火关小，然后翻炒，直到肉上了色，倒上提前烧开的水。

"你教教我，我也做过，不知道哪里有问题，特腥气。"

"做红烧肉有几个关键，一是焯水，打沫；二是翻炒，一定要让糖色吃进肉里；三是加开水⋯⋯"

"哎呀，这么多讲究？怪不得我们的炖肉那么难吃，汉森说新西兰的猪肉有问题，看来是我们不会做。"艾娃崇拜地看着他的脸，说，"我好崇拜你，不仅生意那么成功，还会做饭。可惜，可惜。"

"可惜什么？"

"可惜这么优秀的男人，没有一个好女人爱你。我真替你不值。你说你，怎么找那样的一个女人？你当初是不是被人家的美色迷住了？不过，我觉得她不算美女，当然比我漂亮，不然也不会让好几个男人迷得头昏脑涨。"

李如江警惕起来，他意识到，艾娃绕了一个大圈，就是为了攻击孙茵。他把火关小，然后说让她看着，这样的小火炖一个小时。他要休息一下。

"我想好了，你要是想过来，我给你担保，签同居协议，反正汉森也没有跟我结婚。肥水不流外人田，你千万不要答应别人。咱俩直接签，你还省了中间人的介绍费。"艾娃急切地说。

这个女人，这么热切，原来是想挣他的同居担保佣金。四十万人民币，只要他和她签署一个协议，她就可以轻松赚到。

"我目前还没有想好。我在国内还有一大堆事。"

"你不是答应孙茵要来这里投资的吗？"

李如江怔了一下，他不记得自己答应过孙茵来这里投资的事情，但此刻，他又不好否认。他支吾着，说很累，要休息一下。

他斜靠在客厅的沙发上，看着手机睡着了。

猛然听见女儿李丹的声音："一闻味儿就是我爸做的红烧肉，香死了。"

接着，他听见儿子李彤那夸张的声音："爸爸——"儿子冲了进来，接着，一个小肉球撞入他的怀里。

女儿也进来了，一年没见，她长高了，已经有了美女的模样，她站在那里，露出害羞的笑容。李如江不顾一切地拉过她来，她柔软地滑过来，抱住了他的肩。李如江抱住两个孩子，眼睛一酸，泪就出来了。

这是他的家人。他抱得那么紧，他想把亲情的温暖吃进生命里来，让身体感受那份宝贵的东西。

4

"开饭啦,开饭啦!"艾娃喊着。

"李哥,开喝!"汉森的男中音。

饭桌正中是用大白瓷盘盛的红烧肉,周围有一份榨菜,一个拍黄瓜,一个油炸花生米和一小碟酱豆腐。

"李丹,李彤,你们抓紧吃饭。"艾娃给两个孩子各盛了一大碗米饭。李丹立刻扑上去,大口吃肉,扒饭,转眼,一碗饭见底。而李彤却只吃了几块,不停地往碗里捡榨菜。

汉森举起了杯:"像在老家一样,老家的菜,老家的酒,老家的人,真好!"他富有诗意地说,要和李如江碰杯。

李如江迟疑地问道:"没有别人了吗?"

汉森举着酒杯的手迟疑了一下,他终于把杯子伸过来,和李如江碰了一下。

"咱们先喝酒,她一会儿会来,刚才打电话了,她过来接孩子,他们明天要早起上学。"

"噢,可以过来一起吃饭,那个男人也可以过来喝一杯。我能接受。"

"李哥真是做大事的人,佩服。我还怕你想不开。"汉森大口吃肉,一大碗肉已经见底了。

李如江认真地说:"可以让他过来喝一杯,又能怎样?"

汉森也认真了:"李哥不老哇,还有挑战精神。"

"我真想见见这个人,看他是怎样一个魔兽?"喝了一杯酒,李如江内心的情绪出来了,眼前浮现出那个男人揪着孙茵的头发,挥拳击打她那张俏脸的场景,心里一股子豪气升起来,一口又喝了大半杯。

汉森也忙跟上喝了一大口，笑道："李哥不要把他想得多强大，在李哥这里，他是不堪一击的。但咱喝酒不可以叫他，我们喝酒从来不叫他。"

"为何？"

"他见不了酒，一喝准完，乱说话。"

女儿李丹见李如江一脸的愠色，对弟弟说，咱俩跟爸爸碰杯。儿子立刻举着奶茶杯过来，笑吟吟地说："爸爸干杯！"

李如江想起什么似的，问儿子在中国学的古诗词忘记了没有。儿子"唔"了一声，目光闪烁，说："有的还记得，有的不太记得了。"

李如江说："给我背一首。"

"一去二三里，烟村四五家，亭台六七座，八九十枝花。"

这是儿子上幼儿园时学的古诗，还没忘，不错。

孙茵曾在电话里说过，儿子来了奥克兰，特别抗拒英语，在学校也是跟中国的小朋友交往，他的语言进步非常慢。

儿子问："爸爸带象棋了吗？"

李如江："带了啊，我改日教你两盘，估计你忘记了马走日、象走田吧？"

"怎么会忘呢？我还记得你教我的弃马十三招呢！爸爸你要小心，很多人知道你象棋下得好，也要跟你下弃马十三招呢！"

"唉，弃马十三招只是中国象棋万千变化布局的一种，还有金钩炮、敢死炮、三步虎、仙人指路等多种设局。你说谁要跟爸爸下棋啊？爸爸除了你汉森叔叔，不认识别人。"

"还要哪些人？就这几个人你也不一定下得过啊，爸爸要小心。"

"谁呀，除了汉森叔叔，还有谁会下棋？"

"哎呀，老爸，都会。艾娃姑姑，汉森叔叔，我妈，还有别人，都会下，他们都想杀得你片甲不留。"

艾娃笑起来："这个孩子说疯话，我们都不会下棋，你汉森叔叔也不会下棋。"

汉森也说："我不会下棋。"

儿子睁大眼睛说："你们会，你们都会，都是深藏不露的绝世高手。"又对李如江说，"他们都是高手，你千万不要轻敌。"

李如江看了一眼儿子，见儿子睁大眼睛看着自己。他觉得儿子有点莫名其妙。正想着，忽听女儿李丹说道："我弟可有意思了，估计是看网剧看多了，总是想入非非。他刚才在路上还说，大赛已经开始，他要帮老爸赢棋。"

大家都笑。

艾娃说："小孩子，总是爱幻想。"

李彤抗议道："谁是小孩子？我都十二岁了。爸爸，你一定要重视我，别把我当作小孩子。"

李如江笑道："好好好，甘罗十二当宰相，我儿子已经到了当宰相的年纪了，怎么还是小孩子？"

儿子说："你不要轻视我。你要把我说的话当回事。这个大赛有上千万的奖金呢！赢家盆满钵满，输家会倾家荡产。"

李如江笑道："我儿子的话，我肯定当回事。"这时，听见女儿惊呼："妈妈！"

一抬头，见孙茵已经站在门口，一副高冷的样子。

只听艾娃道："这下，你们一家全了。"

孙茵也不理会，兀自站在那里说道："走吧，吃也吃了，面也见了，明天不上学了吗？"

她的语气让李如江特别不舒服。李如江气恼地说，你过来坐一下啊！她犹豫了一下,坐在一边,对孩子们说:"你们抓紧穿衣服,外面等着呢!"

她坐在那里,仰着头,仍然是高冷的样子。李如江看她重新文了眉,眉毛又黑又长,头发高高绾起,画了红红的嘴唇,依然那么的性感、美貌。这个女人,和自己同床共枕了十五年啊。在一个瞬间,一股柔情袭击了他,他在心里还是那么爱怜她,这个女人,为自己生了两个孩子,每次都是剖腹产。他想起了她躺在产床上,肚子被女医生切开的情景,心中对她一点儿恨意都没有。他打量她的脸,看她有没有受伤的痕迹。

"看什么?"孙茵很不客气地说。

"他为什么动手?"李如江问。

"什么动手,没人跟我动手。"

李如江说:"你还瞒着我。他敢打你,我不放过他的。"

孙茵冷笑道:"你不要冲动,这里是奥克兰,不是你家门口的派出所。再说,我们现在是合法的关系,你只是一个外人。"她站起来,厉声道,"李如江,你来了正好。这个家你是怎么考虑的?还要不要?咱们找个时间聊聊,这都拖了一年多了,你该作出决定了。我没有耐心等了,你老了,我还有几十年要活。"

她突兀而夸张的表情让李如江不知所措,他听不懂她在说什么,又为什么这样激烈,这份夸张像是在表演。

外面的汽车喇叭响。她厉声呵斥两个孩子:"收拾好了吗?磨磨蹭蹭,明天又起不来床,我不管你们,迟到了自己去跟老师解释。"

李如江很恼火:"你怎么像一个刀片,不能温柔一点儿吗?"

儿子扭过头来:"爸爸的比喻特别准,我妈妈就是一把刀片,飞刀。嗖——,弃马十三招里的飞刀,于万军之中取敌将的首级。"

孙茵用手拍了一下儿子的头,拉着他走了。

李如江尴尬地随着他们出门，见自己买的那辆宝马740停在路边。驾驶座上坐着一个长脸男子，他应该就是所谓的金哥了。金哥目不斜视，板着脸。很快，车子黄色的尾灯消失不见了。李如江怅然若失地站在路边，自己的车，自己的家人，被一个陌生的男人拉走了，自己花上钱，把女人送给这个驴脸男人，今天夜晚，会发生什么？他又是嫉妒又是绝望。一阵夜风吹来，带着海洋潮湿而温暖的气息，他感到自己的脸冰凉，伸手摸了一下，发现那么多的水。这是他的泪水。他都不知道自己哭了。

　　自己花钱租房，那里有自己的妻子和孩子，但自己却像一个毫不相干的人站在这里，不能去和他们团聚。他想现在去找他们，但他们在什么地方自己都不知道，多么荒诞多么残酷！他觉得胸中满满的痛苦，特别想大哭一场。

　　然而，他觉得无力，在这里，举目无亲，他指靠谁呢？

5

　　李如江醒了。是被艾娃巨大的手机视频声惊醒的。

　　艾娃已经在客厅里。

　　"我给你冲好了咖啡，抓紧，不然我们时间不够了。"

　　李如江看她穿了很紧的上衣，胸部很夸张地高耸着。

　　"去哪里？"

　　"汉森让我陪你去华人超市，帮你采购生活用品，睡衣、拖鞋、浴巾、浴液。另外我们还要采购中午的食材，汉森中午十二点十分准时回来，他一回来就必须吃饭，他吃完饭必须午睡半小时。所以，我们必须抓紧。还有，汉森说今天他想吃老家的炸酱面，问你会不会做。"

"会做。"他抓起放在餐桌上的咖啡,喝了一口,皱起眉头。

"怎么了?是不是不好喝?"艾娃关切地问。

"这是什么咖啡?味道这么怪。"李如江本来想说味道差,临到嘴边改用了"怪"字。

艾娃说:"我们不买咖啡,这些咖啡是汉森出差从宾馆酒店顺回来的,酒店的免费咖啡肯定不会好的。你要是喝品质好的,咱们只好去超市,很贵的,几十纽币。"

"不怕,我去买。"

"李哥,我真的喜欢你。中国男人,豪迈。你就像是我们的救星,看看我认识的人,全是些穷人。跟他们时间长了,我也是穷人思维。真的,你是光,照亮我思想的光。"艾娃热烈的眼光看着他,让他很不自在。

艾娃车速很快。李如江夸她车技好,她说:"来奥克兰六七年了,就学会了个开车,英语还是不行,所以采购只能去华人超市。那里的售货员全是华人,你会觉得和在老家一样。"见李如江不说话,她接着说,"你昨天说她像个刀片,说得真好。不过你也要理解她,一个女人,带两个孩子,两个孩子上学的地点又相差十几公里。她早上要分别送他们上学,中午要给他们送饭,到了下午还要接他们,接回来后又送他们去私教家补课。六、日也不闲着:李丹要上雅思,还要上绘画课、打羽毛球,李彤要学篮球、补英语、补数学。你说她像刀片,是生活把她压成了刀片。虽然我不喜欢她,但特别理解她。所以,你别那么无情,给她些钱。她对你有意见,主要是你不给钱。"

她的话,似乎在为孙茵解脱,又似乎在贬低她。李如江听着不舒服。他已经给了孙茵很多钱,每个月又另外支付五万多的生活费,除了这五万,孩子们的学费、补课费他都在国内支付。怎么她却说他不给钱呢?莫非是套他的底？或者想知道孙茵到底有没有钱？

"我听说这儿的法律很严，如果男人打女人，女方一报警，男的就要坐牢。"他转了话题。

艾娃飞了一眼李如江，笑道："李哥的意思我明白，无论老金怎么折腾，孙茵肯定不会报警，她毕竟有把柄在老金手里。"

"什么把柄？"

"同居协议啊！孙茵的PR再有几个月就下来了，如果让移民局认定她是假结婚，她这一年多的努力泡汤了不说，永远也没有再来的机会了。再说，两个孩子在中国的学籍都注销了，她可不敢赌。凭我对她的了解，她一定要哄着老金，不让他出问题。"

"哄着？怎么哄着？是钻一个被窝儿哄，还是供他白吃白住？"李如江由不住泛酸话。

艾娃笑道："李哥你真可爱，我真的好喜欢你，你跟我爸一样，特别有中国男人味儿。你们总是把钻被窝儿和金钱混在一起谈。有人说过，生理问题没有什么，只要不是感情问题就行。你还是要担心她的感情出问题。"

"生理问题其实也是感情问题，你看她昨天晚上对我的态度，还敢说在感情上没有问题？"

"孙茵眼眶子很高，她根本瞧不起老金那样的人，她的感情没在老金那里。"艾娃又说，"听汉森说，你这次来就是投资买地盖房。"

李如江云里雾里的，没有反应过来。他并没有在这里买地盖房的打算。噢！他突然明白过来，孙茵爱吹牛的毛病又犯了。这个虚荣的女人，为了掩盖嫁给比她年龄大很多的男人的耻辱，总是吹嘘她的老公多有钱，在北京，逼着他买豪车，为的是开着回德州的娘家给她长脸。吹牛，不仅是一个特点，而且成了她的性格。

李如江跟着艾娃进了华人超市。冷气扑面袭来，他觉得特别的虚弱。家庭、孩子、妻子（还算是妻子吗？）都让他软弱。他们在国内生活的十五年，只要一吵架，都是她脱口而出"离婚"二字，每次都是他低下头来，她一步步地成了他的王。她之所以敢开口说"离婚"二字，说明她还是把他的年龄偏大当成了把柄和耻辱，说明她内心深处一直存了离婚的念头。现在，她已经钻出了牢笼，还会再钻进来吗？

李如江心事重重地跟在艾娃的身后，他不知道自己什么时间推着一辆购物车。

奥克兰的华人超市和北京的很多超市几乎完全一样，琳琅满目的中国商品，什么六必居甜面酱、王致和臭豆腐、全麦挂面、天津大麻花和各种方便面，让李如江感觉自己还在北京。

"李哥，我多买点家用的东西，你不介意吧？"

李如江听出来了，艾娃在套自己，是让自己结账。

"没有问题，我结账，我带着现金呢！"他爽快地答应着。

艾娃快乐地往购物车里放东西。洗衣液、咖啡、油、酱油、醋、茶叶、调料、挂面、大米、面包、酱、肉、鱼、鸡翅、香肠、水果、拖鞋、浴巾、睡衣、各种小吃、啤酒、奶茶、巧克力、可乐、瓶装水，直到购物车高高堆满到放不下了。

艾娃快乐地问："李哥，你会不会心疼？"

李如江豪迈地说："这都是咱们的生活必需品，能花几个钱？"

"李哥，腰粗气盛，真豪爽。"

结账时，李如江付了七百多纽币。他有点小心疼了，真贵。在国内，这些东西顶多也就是五六百块人民币，而这里，折算人民币快三千块了。

"今天，是我特别快乐的一天，你知道吗，那种巧克力我一直舍不得买，跟汉森要过好多次，他总说下周开支买，但从不兑现。李哥，谢谢你！"艾娃真诚地说。她这样的表情，李如江又有了施舍的快乐。

回来路上，艾娃把车开到加油站，"李哥，这个钱你也付了吧，算我借的，我卡里没钱了。但这个钱肯定不让你花，再让你花就太不像话了，一回去就让汉森转给你。"

"没事，加满吧！不用还了，反正我也是要用车的。"

"李哥，你真爷们儿！我都要爱上你了！"艾娃快乐地说着。

看着她的笑脸，李如江突然升起来一份轻视。觉得她没有刚见到时漂亮了。这才注意到，她的丝袜有一个大洞，衣服是很廉价的那种，包也是仿制品。又忽然对她产生了一种恻隐之心……

往下搬东西时，她站在车旁边发呆。

她说："李哥，我突然觉得自己特别下作。"

李如江吃了一惊，忙问她怎么了。

"我让你花钱买这么些东西，我简直是疯了！我也是大学本科毕业，怎么会成这个样子？这不是在算计你吗？我成了什么人了？真是鬼迷心窍。"她说着，竟然流出泪来。

一刹那，李如江反而感动了，为她的忏悔而自责，想是不是自己刚才严肃的表情让她敏感了，便立刻低声下气地安慰她，仿佛自己做了错事一样。

她不哭了，若有所思地说："你知道吗，我刚才真的感到差耻。我春节前回国，要不是父母逼我，我真的不想回来了，是他们觉得女儿出国了，回去就没有面子了。有时我就想，汉森、老金、我，还有很多人，万里迢迢过来，背井离乡，无根无落的，看不到未来，没有精神依托，我们只有一个核心，就是钱。可是钱在哪里？图什么呢？可是我们回不去了。"

李如江突然又高看她了。

6

中午，汉森果然是十二点十分准时到家，呼呼喘着气，抱着一个大纸箱。一放下那个纸箱，就问饭熟了没有。

待李如江把炸好的酱和煮好的面端上餐桌，他连句客气话也没有，低头就吃。直到吃进去了大半碗才抬起头来说："好吃，好吃。"

艾娃对李如江说："他就这样，上辈子一定是一个饿死鬼。"

汉森却也不恼，吃进去一碗面，定住了神。脸上有了笑容，说："孙茵说孩子们想吃广东餐，我已经定了座位。艾娃知道那个地方，你们先过去，孙茵接上孩子们就去找你们，我们在广东餐厅集合。"

艾娃不太高兴，问："还有谁？"她当然是问老金去不去。

汉森说："没有别人，关键是孙茵要和李哥单独说话，还叫什么别人？"

艾娃说："那我干吗去呀？"

汉森说："你带李哥过去呀！"

艾娃不高兴了，"像间谍活动似的。干吗这样？怕老金不高兴？他有什么不高兴的？"

"照顾情绪。这是照顾老金的情绪，理解一下。"

艾娃冷笑道："哼，照顾老金的情绪，这边的情绪呢？"

李如江本来没太留意这个细节，让艾娃一放大，心里也有了什么似的。

汉森短暂休息了一下，又匆匆上班走了。

外面的阳光很亮，艾娃发动了车子，打开了车窗，散发着车里的热气。

"我们要去的海滩可以游泳，你可以和孩子们在那里游泳。海滩英语名字 Orewa，奥雷瓦，被称作家庭海滩，适合家庭散步游泳，那里有一个奥克兰最好的海滨咖啡馆，我们可以先去喝杯咖啡，在那里等着她们。"

艾娃把车子停在咖啡馆门口。"李哥，你要不要请我喝咖啡？你要是不想请我，咱们就 AA，我的卡里没钱了，汉森明天开支就会把钱打进我们的联名账户，我明天还你。"

李如江说："当然我请你，你辛苦拉我来，我应该请你。"

"这里的咖啡很贵，这种 FW 品牌咖啡店都有自己的鲜奶特供商，意式浓缩咖啡为底料。品质应该是非常好的。"

"噢，你对咖啡还很专业。"

"那是，我在一家咖啡馆打过工。"

她熟练地点了两杯咖啡。"一杯七个纽币，贵不贵？"她盯着他的眼睛问。

"不贵，比国内还要便宜些的。"他说。

李如江躲避着她的眼神。没有喝完那杯咖啡，说冷气太凉了，放下二十元纽币，走了出来。手机微信响，是孙茵："你在哪里？"他刚要回，孙茵："我看见你了，往海边来。"

李如江看见了穿着绣绿色荷花白底裙子的孙茵，海风吹动她的裙摆，像一个仙女一样美丽，她的脸在阳光下发着灿烂的光。她并没有迎着他，而是在跟往一棵树上爬的儿子说话，接着，他也看见了女儿，她正坐在歪倒的树上读书。

李如江的心跳加速，他快步走了过去。

他以为孙茵会给自己一个热切的笑脸或者拥抱，他走近了，她的脸色特别平静。

"看你儿子，爬那么高，现在特淘！"

"爸爸，你接着我，我要跳下去！"儿子在树上兴奋地喊着。

这是一棵树龄很长的橡树，歪斜的树身特别适合攀爬。李如江正想着自己能不能接得住儿子已经健壮的身体，儿子已经一下子从树上跳了下来，落到树下的沙滩里。

"我姐姐要吃冰激凌！"

"是你要吃，拿我当挡箭牌！"女儿笑着说。

他掏出二十元纽币，姐弟俩拉着手，笑着跑了。

此刻，李如江和孙茵坐在大橡树旁边的长椅上，阳光透过树叶照在她的脸上，那么俏美，李如江充满爱意地看着她，特别想握住她的手。但她没有和他亲近的意思。她平静地问道："你是怎么打算的？你说上个月给我打五十万，为什么没打？"

"最近厂子里进了一批纸，需要资金周转一下。"

"没事，你如果不想给我钱了，你就直接说。我就安排我的生活。"

李如江有点慌，使劲解释厂子里的困难。

一抹冷笑浮现在她的脸上："你不要解释了，你的理由我会信吗？"

"我没有骗你的，你看，你来了一年多，我已经给你二百多万了。咱家的现金不是都给你带出来了吗？"

"那去年的分红呢？"

"去年的分红应该是今年三月底结算啊。我不是听说你被家暴，赶紧过来了吗？"

"噢，老公。我知道你爱我。对不起，我忘了你们的分红时间了。"她立刻语气温柔了，伸出手来，抓住了他的手。他回应她，但从心里感觉她在施舍给他一份温情。

"我知道你心里委屈，但这不是临时的吗？等我的 PR 下来，咱们有了自己的房子，咱们一家不就可以团聚了吗？"

这句话让李如江吃惊不小。有自己的房子？该是多少钱？他立刻转移话题，问她是不是遭遇了家暴。

"吵架是有的。"她说。她把手抽了回去，"说这个干吗？没意思。"

"这对我很重要。"李如江不想让她滑过去。他知道，一个男人跟女人动手，一定有了复杂的感情纠葛。他必须了解。

"你不是也经常和我吵架吗？"

这句话让李如江更是不舒服。他忍了忍说："他和我能一样吗？我们是夫妻，他仅仅是一个担保人，我给他付了钱。他没有资格和你吵架，更没有资格和你动手。"

"我说过的，我们仅仅是吵架。你不要这样。"孙茵很不耐烦。

她突然笑了："你知道我为什么和老金吵架吗？说来可笑。他不是为了少分担生活费中午不吃饭吗？但是他晚饭就吃得很多。那天，晚饭是炒饼，两个孩子在写作业，他就先吃了，结果呢，两个孩子写完作业，没饭了，他一个人把一锅炒饼干光了。把孩子们的饭干光了，我能不急吗？我大骂他是猪，他被我骂急眼了，也骂我，我把锅摔在地上，他把碗筷摔在地上。就这样的，把俩孩子吓坏了。"

李如江笑了。这个他已经听过的故事让他开心。他相信这个故事是真的，这符合她的性格。

"你辛苦了！"李如江说。

她又把手伸过来，握住他的手，她柔弱无骨的手抓得紧紧的，让他感觉她的感情还在他这里。她柔声道："你放心，我不可能和别的男人动感情的。咱们抓紧把资金转过来，把我们的房子盖起来，今后你两边跑，愿意在国内就在国内，想过来随时过来。"

李如江迟疑地说："盖房子？咱们没有在这里投资盖房子的计划啊！"

"什么意思？"她把手松开了，"你什么意思？这么快就变卦了？"

"你看你又急了。我确实不记得咱们说过要来这里投资盖房的事情。"

"好，你不记得了，我提醒你一下。咱们去办理离婚协议的路上，你亲口对我说，国内的房地产没有机会了，如果那边有机会，咱们将来可以尝试一下奥克兰的房地产生意。你还说，如果需要，可以卖掉三环的住宅和大兴的别墅。我牢记着这句话，一来就让汉森他们了解相关信息，人家到处了解建材价格，做了详细的计划。你一个不记得，把我们都耍了，你让我怎么做人？"她气急败坏地站起来。

李如江恍惚了，自己当初说过这样的话吗？

"这个家你是不是不想要了？"她柔中带刚地问。

"不是，我真的不记得了，可能当时顺口一说，随后忘记了。"

"你老了吗？不至于吧？我看你就是哄骗我净身出户，然后就不认账了。你说，当初，如果不是因为你那样说，我会跟你签那样的离婚协议吗？是你给我和孩子们画了一个大饼，我们才在这里一心一意地等待。今天，你不认账了，行，你可以推翻，可以耍赖，从今以后，咱们各自安排。"

这时，李如江看见两个孩子奔跑回来，他们冲到海滩上，相互追逐。他看见儿子捡起一个贝壳，遮住眼睛，对着太阳看着。他看见女儿发育健壮的小腿和她阳光下的笑脸。这一切袭击了他，他妥协了。"对不起，我真的是忘记了。不过，这次既然来了，就商量这件事吧！"

"你考虑好，我可没有逼你。"

"责任在我，在我，当时可能说话太随意了。"李如江谦卑地说。

她又笑意盈盈了，脸上立刻散发着灿烂的光彩，这个笑脸是李如江永远的杀器。李如江看见她向另一个方向看，顺着她的目光，他看见老金的长脸。老金站在不远处的海边黑色的木制台阶上，向这里望着。李如江顿时特别不是滋味。

"他怎么还跟踪我们？"李如江恼怒地说。他顿时怀疑孙茵跟老金的关系不像她刚才说的那样简单了。

聪明的孙茵立刻猜到了他的心思，说道："老金脑子有问题，因为我跟他说过，咱们是感情不和离的婚，他以为你来是找我麻烦的。他是好心。"

这样解释，似乎也通。

"他来保护你？"李如江不无醋意。

孙茵不理他，朝老金走过去，他们小声说着什么。似乎是孙茵跟他解释什么。突然，孙茵的笑声传过来："你想什么，他怎么会打我？"她是故意让李如江听见的。李如江突然产生一股豪气。他大步朝着二人走过去。然后他看见老金那慌乱的目光。"嘿，老金！"他说着，朝老金伸出手。

老金勉强地伸出手来。他的目光散乱，躲着李如江。

李如江已经找到击败这个男人的方法。他笑着说："汉森已经到了，咱们一起去吃饭吧！"

7

这个广东早茶餐馆和开在北京的广东早茶餐馆几乎完全一样。所不同的是有很多推着食品车的中年妇女穿梭在各个餐桌间。

汉森拿着菜单犹豫着，菜单上的价格让他犯难。

这样的餐馆他们一般是不来的。但上午孙茵在电话里让他把李如江约在这里吃饭，说是两个孩子早就想吃广东菜，而面对菜谱时他犯了难。他把菜单递给了李如江："李哥，我不知道怎么点，你点吧。"

艾娃紧张地说："别点太多，够吃就行。最有特色的是小吃，主要是点小吃。"

李如江接过菜单，看了价格，明白了。笑道："今天我买单，你们不要紧张。"

艾娃脸上立刻浮出笑意，说："李哥买单，我要吃脆皮烧鹅。"

李如江问孙茵："你想吃什么？广式烧乳猪怎么样？"这道菜很贵。

孙茵把菜单接过去，看了价格皱起眉头，说："太油腻了，给孩子们点个香滑鱼球吧，另外点个菜心。"

孙茵是在为他省钱，这让李如江受到了安慰。

汉森点了一个广州文昌鸡。

李丹说："我要吃乳猪。"

李如江点了乳猪。

李如江把菜单递给面无表情的老金，让他点菜。老金推辞不点，说："你们点，我都行。"

汉森说："李哥请客，你就点一个。"

老金看了又看，说："我点一个东江酿豆腐吧！"

李如江也不再征求大家的意见，点了一份白灼虾，一份叉烧，又点了几样小吃。

"啤酒，来十个啤酒。"李如江对服务生说。

"喝什么牌子，青岛还是雪花？只有中国啤酒。"服务生说。

"雪花。"汉森说。

"金哥，你不能喝酒。"孙茵见老金面前摆了杯子，不客气地说。

"啤酒没事儿，让他喝一杯。"汉森说。

"就喝一杯，就喝一杯。今天不是李哥来了嘛？"老金讨好地冲李如江笑着求助。

李如江此刻却偏想让老金多喝几杯，就是要老金难堪。

他举杯邀二人干杯。汉森喝了，老金目不斜视，视死如归地喝了。

李如江又把自己的杯子斟满，让二人也斟满。

老金不顾一切地低着头，斟满了杯子，泡沫溢出他的杯子。孙茵鄙夷地看了他一眼，不再看他。

她对李如江说："他发过誓，说永远不再碰酒。发誓如同放屁的人，不知其可。"

老金的头更低了，手却紧紧握着酒杯。

汉森说："孙茵你不要这样，老金把这杯喝了就不喝了。"

"老公，你也不要多喝。"孙茵温柔地对李如江说。

就这一句，让李如江心潮激荡，对孙茵的疑虑消失得无踪无影。

"我没事儿，喝三五瓶没有任何问题。"李如江豪情四射地干了一杯，他下意识地想证明自己还不老。

"我不让你多喝，你的身体不是你一个人的，是我们全家的。"她对李如江说，然后她拿过他的酒杯，把杯中酒喝了。

这个动作让李如江感动。他想起刚刚认识孙茵的时候，有一次和客户吃饭，那个客户是一个酒腻子，特别难缠，一定要正在感冒的李如江喝酒，李如江咬着牙喝了几杯，那客户仍然不肯罢休，那时，孙茵冲上去，跟那个客户连拼了三瓶啤酒，直到她一头栽倒。也正是那一次，推进了他对她的感情，二人确定了关系。

此时此刻，李如江心中不干净的念头没有了。

孙茵放下酒杯，对汉森说道："趁着都在，你把那个计划跟老李说说吧。"

汉森迟疑了一下，问道："现在吗？"他看了一眼老金。

孙茵道："大家都要参与的，老金肯定要进来的，还要让他背贷款呢。另外反正他也没有工作，进来等于给他一份工作。"

只听汉森说道："就是建房子的事情，自从孙茵跟我说过你们有在奥克兰投资房产的想法，我就开始做调研。我今天在单位把材料打印了一份，李哥先看一下。"

说着，他从身后的黑色双肩包里掏出一沓纸，递给李如江，封面一行大字：前期工程咨询报告。

李如江看有几十页，笑道："这么多，我还是回去慢慢看。"

孙茵说："这是具体细节，不急着看，汉森先把大概情况介绍一下，让我老公有个基本印象。"

汉森说："现在是奥克兰投资房产的最好时期，现在拿地要比去年便宜十个点左右，很多华人都把目光转向这里，我估计，再过几个月，大批的华人带着资金过来，地皮就要大涨。我不是在一家地产公司上班嘛，恰好在城北边有一块地，一千二百平方米，是全福地。按照我的这个设计，可以建四套住宅，建好后，你们家留一套，其余三套卖掉，三套卖掉的钱就把所有成本收回来了。等于净赚一套房。"

孙茵插嘴道："百分之二十五的利润。"

李如江笑道："听明白了，百分之二十五，就是赚了一套房，只是不知道咱们如何合作？还有这二十五的利润如何分配？"

汉森道："如果老金也算一份，这二十五的利润当然是分三份了。"

李如江看着孙茵道："那就是说，咱们赚了一套房，这套房属于三家。"

汉森说:"你们可以把房子买走,或者把房子卖掉,三家分钱。当然最好是接着做下去,滚雪球,越滚越大。"

汉森说:"地价就是约四百万纽币,建筑包括材料每套房约六十五万纽币。如果是四套同时开工,每套可节约两到三万纽币。"

李如江心算能力很强,说道:"那就是说,一共需要六百六十万纽币,折合人民币两千九百七十万。平均每套房的单价是七百四十二万。问一下,每套房的面积是多少呢?"

"上下楼大概约二百六十平方米,楼下是车库跨一个厅,楼上有一个厅加三个卧室,一个厨房,两个卫生间。"

"噢,每平米折合人民币两万八千多,约三万块。"

"贵吗?"孙茵冷冷地问道。李如江这样算,仿佛在质疑这件事,她不高兴了。

李如江笑道:"我没有说贵。我只是用数据说话。我还想多问一句,这些资金怎么筹集?"

汉森惊讶地看着孙茵。孙茵说:"不用瞒着掖着,他俩目前没有资金,但他们可以贷款。贷款的前提是必须自有资金百分之四十,这百分之四十只好我们拿。"

"百分之四十,就是将近一千二百万人民币了。"李如江说。

汉森说:"不到一千二,是一千一百多万。"

一千一百多万,现在自己手里现金还有定期存款不到一百万了,那套大兴的小别墅也只能卖四百多万。也就是说,要凑这一千二百万,还要继续支付她和孩子们的生活费,就要再卖掉那套三环的住宅,那就是要把自己所有的财产转移过来。

"你可别不做,汉森做这个计划辛苦好多天了。"孙茵说。

"肯定做。这样，你们带我考察一下，我多少了解一下。"李如江说。

饭局散了。李如江买了单，纽币七百多块。看着大家的脸，李如江忽然想起来一篇文章——《鸿门宴》。他试探地对孙茵说："我今天特别想去你们那里住，主要想跟孩子们在一起。"

孙茵稍作迟疑，然后果断地说："别了，再忍忍吧，咱别一时忍不住坏了事，我的PR马上就下来了，你还是别找麻烦。你要是想跟儿子亲热，星期五晚上让他过去跟你挤一晚。"

她一扭头，喊道："李丹，李彤，跟爸爸说再见！"

"爸爸再见！"李丹笑着挥手。

儿子扑过来，纵身一跃，伏在李如江背上。悄声说道："弃马十三招，记住。"

8

一回汉森家，汉森说："李哥，你抓紧研究一下我写的报告，有些细节还需要补充。比如电路管线，燃气，上下水，还有周边道路，都需要详细的数据。如果没有问题，我抓紧补充。"

"那估计还需要追加多少投资？"

"差不多一百二十万纽币。"

一夜，李如江辗转反侧，感到了前所未有的压力。孙茵在国内和他办理离婚协议的时候，的确没有任何财产主张。但他已经给她的卡上转了两百多万，唯一没有转的仅剩七十五万的一个定期。如果再在这里建房，他就要把全部的财产转移到她的名下。这倒不是在不在她名下的问题，那他的生活将无所依存。他突然明白，她没有分割他一半儿的财产，实际上是要拿走他的全部。

第二天一大早，孙茵来了电话，说让他中午多做点饭，到时候一起去给孩子们送午餐。

"他们想吃你做的饭，你也看看孩子们的学习环境。"

"他们想吃什么？"

"地三鲜，他们想吃你做的地三鲜。"

做地三鲜，食材主要是土豆、茄子和青椒。昨天跟艾娃购物，并没有买茄子和青椒。那就需要再跑一趟华人超市。

艾娃一听说又去购物，特别兴奋。说家里的牛奶和纸抽刚好也没有了，还有浴液和洗发水也忘买了。另外，汉森想吃酱牛肉，问李如江会不会做酱牛肉。

因为你要给你的孩子们买茄子和青椒，就要给人家买一堆东西。李如江笑道："那就多买点牛肉，我酱出来，也给孙茵他们一些。"

李如江再次经历了一次购物，他也再次感受了艾娃的疯狂。李如江觉得她是一个捞女专科学校毕业的高才生。不过，艾娃的话更多了。回来的路上，艾娃说："李哥，你和孙茵还会在一起吗？"

李如江说："肯定要在一起的，我们有两个孩子。家庭不能不要。"

"家庭是家庭，感情是感情。我觉得你们已经没有感情了。"

"亲情，现在是亲情。"

"噢，亲情。那我和汉森算什么呢？他和前妻有一个女儿，他坚决不肯和我要孩子，说是无法负担，而且，他和我同居前做了律师公证，他的房子、他的财产和我没有任何关系。我既离不开他，又回不了国。如果他也像老金那样失了业，我该怎么办？"她的右手抓着方向盘，左手伸过来，抓住李如江的手，说道，"李哥，可不可以帮帮我？"

李如江推开她的手,笑道:"你好好开车,如何帮你?"

艾娃笑着:"就是我昨天说过的话题,我不会占你的便宜,你要在这里建房或买房,这不是就要过来吗?我可以和你办同居协议啊,我担保你,咱们像孙茵那样,租一套房子,住在一起。你把那个四十万给我。当然,咱们可以真正做夫妻,我给你生娃。李哥,我觉得我和你挺般配的,你觉得我做你的女人够格不?"

李如江笑道:"太远了,你说得太远了。"

这个女人太直接,太简单,也太物化了。艾娃是一个不肯放过任何机会的女人,她在为她的未来挣扎。她像是大海里落水的人,竭力抓住每一块木板。

"反正,你要是来这里,你不能让别的女人挣这个钱。"

"一定。我要是来的话,一定跟你签协议。"

艾娃高兴了:"李哥,有你这句话,我心里特别踏实。我相信你,你是一个守信誉的人。你也要相信我,我会帮你,我们会成为好朋友。"

中午,他刚刚做好饭,孙茵就开着车来了。她带着两个餐盒,二话不说,直接装餐。

车上,李如江说:"你应该跟艾娃客气一下。"

"客气什么?屋里那么些东西,又是米,又是面,不用猜,肯定是你买的。我们刚来的时候,住在她家,她也是这样,每次带我去超市,都要我花钱,这种人占便宜没够。我看着那些东西就生气。"

李如江说:"咱们来这里,不是人家帮忙了吗?花点钱,算是报答吧。"

孙茵依然板着脸把车子开得飞快。李如江让她开慢点,她说:"慢了行吗?你女儿十一点半下课,中间只有四十分钟休息时间。然后我们还要到儿子的小学,他是十二点下课,还有十公里的路呢!"

果然，他们赶到女儿的学校，刚把车停下，就见女儿已经站在学校门口了。女儿的学校在奥克兰的富人区，叫什么十分儿学校，学费是每年三万纽币，比北京的自费中学还要便宜些。孙茵说过，她的PR下来，这三万也可以省掉。

放下饭，他们立刻又掉头往儿子的学校赶。

儿子的学校是中国孔子学院资助的学校，一进校园，围墙上到处是汉字。有着"欢度春节"的字样，还画着两个大红灯笼。孙茵说，这个学校有汉语老师，之所以让儿子来这里，就是儿子特别抗拒英语，他跟老师说话，坚持说中文，在这里，儿子的小朋友也是中国过来的孩子。

李如江跟着孙茵把餐盒送到儿子的教室，教室里不像中国有统一的桌椅，孩子们随意地坐在地毯上，有的孩子还趴在地上。老师是一个中年妇女，也很随意地坐在一个低矮的凳子上，几个孩子围着她，听她说着什么，她的声音很低，满脸笑容。李如江见到儿子了，他正光着脚走来走去，似乎在找一个绘本。

一见到他，儿子立刻兴奋得脸上放光："这是我爸爸！也是我的棋友！"他很自豪地对一旁的一个中国小朋友说道。李如江听他这样说，笑了。

女老师看到了他们，点头微笑。

"走吧！"孙茵放下餐盒，对李如江说。

"我喜欢这里的教育环境，"孙茵说，"我觉得国内的教育，孩子们的压力太大了。"

"但会不会两头耽误，儿子抗拒英语学习，把国内的教育也耽误了。"李如江不无忧虑地说。

"他有幻想，他总想着回去，他总说爸爸在国内，他早晚要回去。我为什么要在这里买房子？就是要告诉他们，爸爸也要过来，断了他的念想。"

现在，二人又在车子里了，她现在开得很慢。"汉森那个报告你看了吗？"

"还没有看。"

"为什么没看？"

"我真不记得我说过要在这里买房子的话。"

"你什么意思？你不想要这个家了吗？"孙茵尖声喊道。她恼怒地把车子停在路边，双手拍打着方向盘："我辛辛苦苦，为了这个家，你什么意思？要抛弃我们吗？怪不得你迟迟不给我汇那五十万，原来你把我们流放到这里，是另有新的打算！"

"看你，又是这样急躁。我跟你说过的，厂子进了一批纸，占用了资金。我刚才只是说我不记得说过要过来投资房产项目。"

"你说过的话不记得了！就算你不记得了，我不跟你纠缠记不记得这件事了。现在我们讨论，你表个态，孩子们国内的学籍也注销了，回不去了，我肯定是不打算回去了，你还要不要这个家了？"

"当然要这个家。但我没有在这里建房买房的思想准备，那么多的钱，有压力啊，汉森说周边费用还要增加一百二十万纽币，加在一起小两千万人民币，你让我想一想，不行吗？"

"你要想多久？"

"你看你，现在脾气这样急。这么大的事情，不是一句话的事。"李如江笑着，他觉得自己在讨好她，竭力不让她发火。

孙茵伸手抓住他的手，温柔地说："对不起，我态度不够冷静。你要知道，我多么盼着在这里有自己的房子，多么盼着将来咱们一家人在这里团聚。你已经老了，你还能干多久？我们也不能把你留在国内一个人生活，你的身体总有不行的那一天。难道你就不想一想，将来谁照顾你的晚年？"她说得那样声情并茂，李如江也柔软了。

"可是，我很多事情还不明白。我来这里，无根无叶的，离开自己熟悉的土地和朋友，来这里终老，这是大事，我真的要好好想一想。"

"你不能想了，我们没有时间想了。那块地不能等了。汉森他们也不能等了。我在这里，他们围着我转，为我们一家东奔西跑，为什么？你以为就是所谓的同学友情吗？他们对我们的尊敬靠什么，还不是因为听我说我们要投资建房吗？你如果犹豫或者否认这件事，让我怎么在这里待下去？"她又抓紧了他，柔声道："老公，我知道你没有想好，但人家已经把策划书写好了，你不知道，他们在这里生活了十几年，他们已经没有了国内人的思维方式，他们如果认定了我们在骗他们，那我和孩子们永远无法在这里生活下去了。有一点我没有告诉你，因为我觉得你说过的话，就不会变的，所以汉森做策划书之前，我们签了一份文件，如果我们违约，我们会吃官司的。这点是我的错，我应该事先告诉你，但我相信你会同意的。老公，我知道你爱我们，你不会毁掉我们的。"

"可是，运作这笔资金也是有点难度。就是把房子都卖了，也还是不够啊！况且，房子也不是马上就能卖掉的啊！"

"你真的是糊涂了，现在国内银行放贷很宽松，你让厂子贷几百万，咱们的房子也可以先办抵押贷款，不是很容易吗？你以前总说，想干的事情有一个理由，不想干的事情有一万个理由，你别找借口了，我对你有信心。"

"好吧！"李如江艰涩地说。

"好老公，咱们就这样说定了。"孙茵脸上浮现了笑容。

9

这是一份有着三方签字的附件。三方分别是汉森、孙茵和老金。

附件中明确规定，开发新建的房主是孙茵和老金，他们是合法的夫妻关系，二人负责联名贷款，汉森是项目执行人，占项目开发利润的百分之三十三。如果建设的房子不卖，汉森就要按比例提取评估价格的百分之三十三。

李如江跟孙茵通了电话，孙茵解释，自己的PR没有下来，只能使用老金的购房资质和他联名购买，汉森没有和她们共同购房的权利，那份文件只能那样签，那是给官方看的。当然，还要和老金签一份律师文件，如果和老金分开，老金只能占百分之三十三。

也就是说，李如江投资的房子，在法律上和他自己没有任何的关系。

李如江冷静下来，觉得答应孙茵有点轻率。

他看着那份文件，觉得自己就像被驯兽师连哄带吓的狮子，一点点地被赶进了她设计的笼子里。孩子交学费、补课费、买衣服，甚至过生日、生病吃药，她都打电话让他额外付款，这么大的事情，她怎么会不事先知会一下？这是明显的先斩后奏，就是逼他答应。

艾娃在大厅叫他喝茶。

"李哥，看你好像有心事。"艾娃看着他的脸说。

"我在看汉森写的那份咨询报告。"

"怎么样？你真决定要做吗？"

"我答应她了。"

"怎么，你已经答应她了？"艾娃声音尖厉起来，"哎呀，佩服。孙茵真的是厉害。"

李如江没有注意她夸张的表情，问："这个报告你看过吗？"

艾娃冷笑道："这样的机密文件怎么会让我看？让我看了坏了别人的好事怎么办？"

李如江听她说话怪声怪气，似有弦外之音。又不能接话，便默默地喝茶。茶不好，有股淡淡的霉味。

"你是一个好人，一个善良的人。"艾娃有些激动地说，"你来到这里，没有谁是你的朋友。首先，汉森不是你的朋友。在我们所有人的眼里，你就是一个有钱人。但你不是富豪，你要是富豪又不一样了。说句残酷的话，你的钱仅仅是招惹别人算计而已。李哥，别怪我刻薄，我说的是事实。"

李如江不知所措地看着她："她希望在这里有自己的房子，每个女人都希望有属于自己的家。她希望我早点过来，我理解她的想法。"

"你善良，我知道。我听说你和孙茵已经七八年没有同床了。但她流光溢彩，满面春风，风情万种，像是缺少性爱的女人吗？我这样说是不是太直接，让你不舒服啊？但她才三十六岁，你相信她会是修女吗？"

"你是说她实际上跟老金？"

"老金？道具。她不会跟老金怎样的。她哪里会瞧得起老金？"

李如江早就感觉到艾娃对孙茵的敌意，但今天她的情绪也过于激烈了。

"李哥，我有点失态了。我本来不应该多嘴，但我觉得我已经是你的朋友了，该说的话就必须说。你就像我父亲一样，善良，忠厚，我不忍心看你一步步走进坑里去。我相信你经历过那么多风浪，一定会把住舵。我劝你一句，一定要实地考察考察，纸上写的，嘴里说的，都不如眼里看的。"

艾娃似乎觉得自己的话多了，悻悻地站起身收拾家务。此时，孙茵又打电话过来，说是接上他一起去接孩子们放学。

路上，孙茵很高兴。因为艾娃的话，李如江侧面看她，面色粉嫩如花，的确不像缺少爱情滋润的模样。

"那份文件你看过了,你好好看看材料费用合不合理,我是不懂的。"

李如江听她这样说,内心起疑。觉得她是故意做认真状,便说道:"这里的材料价格我哪里知道?"

孙茵说:"汉森本身就是做预算的,应该不会有问题。"

"你不觉得咱们是完全投资人,占的比例偏小了一点吗?"

"但人家承担贷款,也属于投资人啊,况且人家贷款还有利息的,实际付出比我们多呀。"

她这样说,李如江也无话可说。他不想惹她不高兴。

他们接上了两个孩子。

现在,车里是他们一家人。"告诉你们一个好消息,你们爸爸要给你们买房子啦!"孙茵说。

"真的吗?太好啦!"女儿李丹拍手。

儿子却问:"那是不是真的要卖掉北京的房子啊?"

孙茵说:"是啊,你爸爸已经决定卖掉北京的房子,来奥克兰投资。"

儿子立刻满眼泪水,带着哭腔道:"那我们就没有家了,我是中国人,我要北京的家。"

儿子这样一句话,李如江的心也是一抖。

孙茵道:"北京的房子你以为是你们的?你还有个姐姐李敏,将来她也有份儿的。"

李如江的心又是一颤,原来,她是想独占他所有的财产啊!这恐怕才是问题的关键。

儿子依然哭着:"那我就没有家了呀!"

"这不是你考虑的问题,你就负责学好你的英语,这次考试,你又是倒数第一。"

"考汉语我肯定是正数第一。"

"废话，在这里怎么会考汉语？"

"那我为什么要在这里？"儿子倔强地说。

孙茵告诉孩子们，现在要去皇后街，那里的 Giapo 冰激凌是非常著名的，爸爸要请他们吃奥克兰最好的冰激凌。孙茵说："咱们先去皇后街，然后去海边的洋人餐厅，汉森今天开工资，他要请咱们全家吃洋餐。"

"没有别人吗？"李如江问。

"他请的是咱们全家，干吗还要别人？"孙茵决绝地说。

孙茵似乎猜到了他在想什么，说道："这里不是中国，你不要用中国的思维想问题。汉森不会在乎谁不高兴的。"她又说，"汉森想和你谈正经事，别人没必要参与。"

他们一家赶到海边的洋人餐厅的停车场，见汉森已经站在那里。汉森说，今天是奥克兰每周发薪水的日子，不预订，洋人餐厅根本没有位子。多亏他预订了位子，而且只能是五个人。

汉森领着李如江一家上了二楼，果然人很多，餐厅里弥漫着洋人浓烈的体味和香水味。汉森用流利的英语跟服务生交谈，李如江注意到，孙茵正用热烈的目光看着汉森。

菜上得很慢，一份蔬菜沙拉，一份烤肠，一份土豆泥，每人一份牛排。汉森特意叫了一个法国的波尔多红酒。

"庆贺一下李哥做出来的决定，我特别高兴。"汉森说，他两眼放光，跟李如江碰杯。

李如江笑道："感谢汉森提供机会，让我们一家人团聚。"

汉森目光灼灼地看着李如江道："不只是今天团聚，今后要长期团聚。"

李如江和汉森喝完了那瓶酒,他觉得真是难喝。快散场的时候,他提出六、日两天转一下,看看那块地,同时也看一下奥克兰的房产市场。汉森说:"要看房产市场?需要跟房产中介预约,好的,我明天试着预约一下。"

　　吃完饭,孙茵对李彤说:"你今晚去跟你爸爸睡吧,你不是想跟爸爸睡吗?"

　　儿子眼中放光,说:"太好啦,我要教爸爸下棋。"

　　"你教爸爸下棋,口气不小哇!"汉森说。

　　"你要跟儿子聊一下,让他不要抗拒学习英语,另外,不要老是幻想回国。"孙茵对李如江说。

10

　　到了汉森家已经快十点了,李如江见儿子已经面露倦色,说:"你都困了,不要下棋了吧?"

　　儿子说:"我本来也不想和你下棋,我又下不过你。"

　　李如江笑道:"那你刚才吹牛,要教我下棋。"

　　儿子打着哈欠说道:"老爸怎么木头了呀,我那是给你发警报,你都不懂。"

　　李如江饶有兴趣地问:"说说看,什么警报?"

　　儿子说:"你以前教我下棋时,是不是说过人生和棋局是一样的?"

　　李如江:"说过。"

　　"你还告诉我,象棋里面最不容易识破,最复杂的棋局是弃马十三招。你连起来想,明白了吗?"

　　李如江还是如坠雾中,笑道:"你小小年纪,会摩斯密码了,脑子还挺复杂。你跟爸爸说，你到底要说什么？"

"唉，老爸真的老了。人生如棋，棋如人生。老爸，你正在人生的棋局里面下弃马十三招，凶险无比，跟你下棋的都是高手，我一个小孩都猜到了的棋局，老爸还不明白。所以，我说教你下棋。心有灵犀一点通，老爸傻了吗？不要让我再说了，我困了，要睡觉。"

李如江看着儿子幼稚的脸，忽然间吃了一惊，这才十二岁的孩子，怎么会说出如此充满智慧的话？记得在国内时，他最喜欢看的是战争片和谍战剧，莫不是他看多了谍战电视剧，胡思乱想，故作高深吧？终归，他是一个孩子。正想着，儿子睁开眼睛，说道："你不想被将死，只有用好一个子。"

"用好哪个子？"

"儿子。"

"怎么说用好儿子这个子？"

只见儿子坐起来，很警觉地巡视四周，小声说："你查一查，看看有没有监听器？"

李如江果然检查了一下，没发现有监视设备，笑道："儿子你果然是看谍战片看多了。"

儿子招手，嘴巴凑近了他的耳朵，小声说："我不喜欢这个地方，你答应我，把我弄回国去。"

"可是，你的英语学习还没有过关，你妈不会同意你回国的。"

"我可以忍着，反正我是不学英语，她没办法，必然同意我回去。老爸，只有我回去，才能救你。"

这既是孩子的思维，但却不是没有道理。

"儿子，你要想好，如果你回国，有可能再无出国学习的机会了。还

473

有，你妈妈和姐姐不回去，咱们一家就不在一起了。"

儿子突然哭了。"老爸，她们不回去，你老了，我会陪着你。但我要是不回去，将来就不会有人陪着你了。"

"儿子，告诉爸爸，你知道了什么？"

儿子说："别人的秘密，我不能说。但你记住，千万不要卖掉咱家的房子，我还要回去住。"

"好的，我不卖。"

儿子说："睡吧！我说的话你不要告诉任何人。只有咱们两个知道。咱们是密语联系，暗语是弃马十三招，我是你的炮，你是老将，我妈是马，姐姐是象。"

"好，好，睡吧。"李如江笑着说。

儿子真是困了，一扭脸睡着了。李如江关了灯，坐在那里。此时他的心里翻腾着惊涛骇浪，毫无困意。他把不准，儿子刚才的话是他幼稚的臆想还是早熟的智慧，或者是听他妈妈和别人说过什么，再或者是他一心想回国找的借口。不管怎样，他不好好学习，把心思用在了这些念头上了。但让他在这里浪费时间，饱受折磨，不是在毁掉他吗？如果跟孙茵谈让儿子回国，她肯定会发火。权宜之计，还是哄着儿子认真学习吧！

第二天一大早，孙茵来接儿子上学前，他对儿子说："我想好了，你要想回国，就必须认真学习一到两年，让你妈高兴了，肯定同意你回国。"

"我答应你，但你必须答应我不卖掉北京的房子。"

"好，我答应你。"

孙茵的车来了。临上车时，儿子说："老爸，弃马局，关键一步是弃马，舍不得弃马就会大败。"

"儿子说啥呢？"孙茵问。

"说象棋呢，儿子教我下棋。"

"他咋像个哲学家呢？把这点脑筋用在学习上，就不至于倒数第一啦！"

11

星期六，汉森先去接上孙茵，然后回来拉上李如江，一同看奥克兰的房产市场。

这个行为让李如江特别不舒服，他觉得他们就是要避开自己，先商量什么。要么就是孙茵不想让他知道她的住址。

奥克兰无论是中区还是富人区的马路两旁，随处可见中介公司花花绿绿的旗帜，凡是插着旗帜的地方，就是有房子要卖。

汉森拉着李如江和孙茵看了几处。李如江悄悄打开了和手机连接的翻译器，听汉森跟洋人谈价格，富人区的全福地，六室两层带一百多平方米的院子，含车库的独栋，报价也只有一百四十万纽币，中介一再表示还可以商量。而中区的三室两卫上下楼的半福地，也有车库，报价九十万纽币，还有压价的空间。李如江得出了结论，奥克兰的房地产正在滑落。并不是汉森说的那样，是购房最好的机会。

看了这些二手房，汉森拉着他们去看位于奥克兰西北郊的那块空地。

车子驶出奥克兰市区，驶入一号高速公路。太阳在头顶挂着，汉森打开了遮阳板。"南太平洋的太阳和我们那儿完全相反，午时它在正北方。奥克兰是世界上最宜居的城市。"汉森说。

这样的话在李如江听来有着别样的意味，就是希望他来投资。

车子快速行驶，道路两旁是一望无际的草原，不时看见一两个庞大的牛群和散落的羊群。这里的草场很好，绿色完全覆盖了大地。偶尔出现的农作物就是大片的玉米，旁边是绿色的河流。

车子开了四十分钟，离开市区四五十公里了。气温明显下降了。

"到了。"汉森说着，车子已经停在了一片新建的住宅区，好大一片，估计有几百套。"这些房子是咱中国人投资开发的，主要是卖给中国人。这里，将要建一所十分儿学校，还要有医院。城里有的服务设施，这里都会有。"

"先参观一下这里的房子。"李如江说。

汉森面露难色，和孙茵交换眼色，孙茵说："想看就看好了。"汉森踌躇了一下，但还是领着他走进一套宅子。

这是一套大宅子，一楼是大厅，旁边还有一间卧室，另一侧还有一间健身房，二楼是三间卧室，阳台很大，后院种满了花草。显然，这是一个样板间。李如江估计了一下，室内面积大约有三百多平方。售楼小姐是一个三十多岁的广东人，她急不可待地递名片，名片上她的名字叫刘娜。李如江问她这套房卖多少钱，她说报价是一百一十万纽币，当然，价格可以商量。

李如江说："八十五万怎样？"

她迟疑了一下："先生真要买吗？"

李如江说："当然。"

她立刻跟坐在一旁的一个洋人用英语交谈。汉森立刻上前说："Wait a moment,"又用汉语说，"我们先看看。"立即拉着李如江走出来。

"洋人认真，你跟他谈了价格，他们会揪住你不放。"

"咱们还是去看咱们的地吧！"孙茵说，"我不喜欢这样的布局。再便宜也不要。看，都是一个样子，没有特色，回来找自己的家都费劲。"

汉森说："是是是，这就是咱们中国人盖房的毛病，一个图纸下来，所有房子都一个模式，所以，老外不喜欢。来这里买房的除了咱中国人，还有韩国人和印度人，这里的房子坚决不能要。"

车子又往南开了大约五公里。"就是这块地，这是政府规划好的建筑用地。"李如江果然看见地的四角都打了木桩。

这是一片草地，方方正正。李如江迈开腿，丈量着脚下的土地，横竖都是四十米，这就是一千六百平方米。他想起来汉森说一千二百平方米，不禁产生了疑惑。他回头看去，见孙茵的裙摆被风吹起来，她伸手抓住了汉森，汉森似乎是拥着她，把她扶进车里。

他们亲昵的动作一瞬间击中了李如江，艾娃的话，儿子的话同时激荡在他的胸间。他突然明白了，自己在进入一个局中。人生的博弈就是财富的博弈，自己和孙茵已经没有了爱情，她就是利用他的软弱和单方面的温情对他进行最后的绞杀和压榨。

他也突然想明白了，那个汉森才是她一直所爱。至于老金，如同艾娃所说，都是他们的道具，甚至包括两个孩子，也是鱼饵，在钓他这条不大但有肉的鱼。李如江迎着风，风吹得脸生疼。

他继续往远处走，离开他们远远的。风吹干了他脸上的泪水，也吹醒了他。他走回来，见两个人都在后座上坐着。他什么表情都没有，说道："我量了一下，好像不是你说的一千二百平方米。"

"噢，是这样，这些土地是毛利人的，他们一缺钱了，就卖一块地，他们有的是土地，所以故意把面积说小些，就是让买家觉得占了便宜，好尽快出手。"

李如江嘴上没说什么，但心里知道他在说鬼话。就算是毛利人不计较土地面积，当地政府难道也会这样粗枝大叶吗？那是涉及契税的啊。而且，刚才李如江认真看了地上的木桩，木桩上的阿拉伯数字清楚写着"1642sq.m"，他刚才用百度查了一下，sq.m 就是面积单位。

还有，刚才看的刘娜销售的房子，那么大，八十多万纽币就可以拿下。连土地在内，平均每平方米不到两千纽币，折合人民币八千多块，而汉森的报告里折合人民币将近三万，还不包括周边费用。

"这块地不错，就是偏贵一点似的，我记得汉森说过，光地价就是四百万纽币，如果盖四套，每套房的地价就是一百万了。"

汉森突然结巴起来："那、那、那是以前的报、报、报价，还、还可、可以跟、跟他们商、商量。"

孙茵已经不耐烦了："这里的土地是永久归属权，不像咱国内，只有七十年，在国内，这样一大块土地，一千多万人民币你能拿到吗？现在正是入手的最好时机，土地便宜，将来一旦涨起来，后悔莫及。"

李如江已经不想讨论了。现在，也许真的是奥克兰房产入手的最佳时机，但不能来这里押宝，更何况，把钱交给这个满嘴谎言的汉森呢？还有，恐怕他们只是拿这件事做借口，目的仅仅是洗劫他的钱财罢了。

他侧目看汉森，觉得那英俊的外表下是一个狡诈而阴险的灵魂。但他明显是智商不够啊，你怎么把价格搞得那么离谱啊，这说明，他是连孙茵也要骗啊！

"李哥，你觉得怎样？"汉森还在问。

"好的，我马上回去准备一下。"

他知道自己在撒谎。但他此刻如芒在背，想立刻逃离。

车子在往回开，孙茵说："你既然来了，不要马上回去。汉森已经安排好了，一会儿咱们接上孩子们，往罗托鲁瓦赶，今晚住在那里。明天先去罗托鲁瓦的泥浆温泉洗个泥浆浴，然后去陶波吃那里的红虾，坐激流帆船，然后回来的路上去汉密尔顿花园,最后到激流岛看看顾城旧居。汉森怕你年龄大,身体受不了,这次只能安排这么多,这些全是北岛的景点,下次再安排南岛的景点,比如基督城、皇后镇、特卡波湖、蒂卡波湖,都美不胜收。"

汉森说:"新西兰的南岛最值得去了,那里被称作世界上最后一片净土,李哥将来长期住在这里,可以慢慢玩。"

"明天我就不去玩了,我要回去了,厂子还有事。"李如江说。

"怎么,这就要走吗?你怎么想一出是一出啊?"孙茵提高了嗓门。

"来的时候比较匆忙,厂子还有一大堆事情,有一台主机还在抢修。"李如江说。

"可是,我都答应孩子们了呀,他们早就想去洗泥浆浴和吃红虾了,李丹还要写一篇汉密尔顿花园的作文呢。你怎么这样啊?孩子们该多么失望啊!"

"你们陪孩子们去吧,我必须回去。如果抵押贷款,必须抓紧。"

"那你就赶紧回吧。"孙茵说,"只好我和汉森陪着孩子们走了。"

汉森客气着,说是跟单位请好了假,就是陪他一家人玩几天。他遗憾的语气很真诚,但李如江觉得那仅仅是一份礼貌和客套。

"你们陪孩子去吧!"他真诚地说。

"那你把带过来的现金给我吧。"孙茵说。

李如江把剩下的纽币给了她,她数了一遍,又退给他四百,"那你什么时间走?"

"机票让单位老邵订了,明天下午的航班。"

"那就让艾娃送你吧,我们酒店都订好了。孩子们一直盼着。"

"没事,别让孩子们送我,我不喜欢依依惜别的感觉。"

他们开车回到汉森家，汉森把他放下，说："李哥，我就不送你了，祝你一路平安。我们必须赶紧走，酒店约的是八点前赶到。"他看了一眼自己家的房子，也没下车。他匆匆而去，是怕艾娃万一也要跟着去吧？

12

艾娃一个人在喝酒。见了李如江，她睁着发红的眼睛问："人呢？"

李如江知道她在问汉森和孙茵。他告诉她他们去了泥浆温泉。艾娃吃吃地笑起来："把你扔下了。"她眯起眼睛，挑逗地看着李如江，"你不生气？"

"我想开了。"李如江无奈地说。

"我也想开了，也习惯了。"她微笑着说，拿了一个杯子，给李如江倒了一杯。

艾娃突然把杯子猛地一蹾，高声叫道："我生气，我很生气。这算是什么？不顾一切了，简直不顾一切了。"

李如江不搭话，默默地喝酒。沉默了好久才说："本来是安排我一起去的，因为我要走了，所以他们陪孩子们去了。"他在给自己找面子。

艾娃道："你怎么突然决定走？是不是建房子的事情要放弃？"

李如江沉默着。

"我知道他发不了财。利令智昏，太蠢了。他们低估了你的智慧。我都想到了，你要求考察这里的房产市场，就会得出自己的结论。我当然不希望你把资金转移过来，你的钱不来，我还能跟汉森维持着，还能住在这里，你的资金一来，你完蛋了，我也完蛋了。"

"和你有关系吗？"

"怎么没有关系？汉森现在不顾一切地抓着孙茵，不就是盯着你的钱吗？你如果把全部资金转移过来，她会跟你复婚吗？凭我对他们的了解，凭我对人性的了解，他们会不顾一切地抛弃你，也会抛弃我。没有了钱，你还有价值吗？到时候，你哭都来不及。他以前跟老金是好朋友，现在也不好了，你猜为什么？"

"你说。"

"老金顶着跟孙茵同居的名义，在这里的法律关系就等于是婚姻。日夜住在一起，他何尝不动念头，不想跟孙茵发生实质关系？而孙茵蔑视他，汉森和孙茵的关系，让他嫉妒，吃醋。他跟我发牢骚，说汉森公开让他戴绿帽子。所以，汉森也忌惮老金，担心老金翻脸，他们不让老金喝酒，就是怕他喝多了乱说，坏了他们的好事。他们许诺老金利益，骗他罢了。当然，老金为了利益，也不会说什么，他躲着你，就是为了这。"

虽然，李如江一直猜疑孙茵和汉森的关系，但今天让艾娃一说，他还是特别的难受。他喝着酒，艾娃给他递了一张抽纸，他才知道自己又哭了。

"人老多情。"他努力地笑着。

"咱俩才是同病相怜。"艾娃说着站了起来，紧紧抱住了他。

"他们背叛了我们，我们也要报复他们。你接受我吧，让我做你的女人。"

李如江惊骇地推开她，"我不行。"

"为什么？她都背叛你了。你还坚守什么？"

"对不起，真的对不起。我不为她坚守什么，但我有原则，为我的女儿和儿子。"

艾娃就那么站着，她哭了，泪眼婆娑地看着他。

"那我问你，我如果在这里待不住了，我去北京找你，你会不会帮我？"

"我会。"

"谢谢你，不管你会不会帮我，我也要谢谢你。"

她就是要他给个面子。她伸出手来，再次握住他的手。他感觉，这次握手传递的是纯粹的友谊。

第二天，吃早饭时，李如江说："你帮我个忙，送我去机场吧。"

"这么早吗？"

"是。我早点去机场吧，订了下午的票。"

艾娃什么也不说，昨天她还是喝多了，脸色难看，她知道他希望躲开她。她默默地下楼开车。李如江没有料到，快到机场的时候，艾娃还要给他更致命的一击："李哥，咱们是无话不谈的朋友了。有句话我实在是忍不住，你不觉得你的女儿李丹和你长得不太像吗？她的额头、鼻子，都像某一个人。另外，她爱吃肉，而你的儿子才跟你一样，爱吃素。你的儿子，简直就是你的翻版。"

13

十一个小时后，李如江回到了北京。

他一下飞机就急不可待地直接回到自己的厂子，闻见了油墨的气味，听见机器运转的声音，看见各车间的工人在干活，看见他们熟悉的脸，他的那份焦虑没有了，他悬着的心回归了，安宁了。邵副厂长笑着说："你一回来，我们又有主心骨了。"

这句话让他感到温暖，他忽然想到，自己是他们的主心骨，是这个厂子三百五十名工人的希望。

下午四点，应该是奥克兰的晚上九点，他很有礼貌地给孙茵打电话报平安。说过解释的话，那边儿子抢过电话："爸爸，我猜，你的棋局肯定是要弃马了吧？"

李如江突然泪水涌入眼眶，他哽咽着说："儿子，爸爸留不住那匹马了，但绝不会弃炮，残棋炮回家，我要让我的炮尽快回家。"

· 作者简介 ·

王炬，男，1956年生，中国作家协会会员。作品多次被《小说选刊》《小说月报》《新华文摘》《中篇小说选刊》选载。出版长篇小说五部，《王炬文集》五卷本。曾获《当代》文学汇通杯一等奖、《小说选刊》"最受读者欢迎奖"、内蒙古自治区文学创作"索龙嘎"奖。

查果拉

□ 卢一萍

1

顶嘎边防连所处的上康布村位于庞大的喜马拉雅山脉一条倾斜的巨大山谷里。山谷头枕包洪里雪山，下接植被丰茂的亚东河谷。冰川融水从雪山之巅开始，在夏季汇成一条明亮的激流，用它的伟力，经过亿万年，将山体劈成一道巨壑，河水飞流直下，汇入亚东河，然后流到更远的地方，直到印度洋。一入冬，整条河流凝固起来，成为流水的雕像。

连队贴在一面向阳的山坡上，与村民的藏式房舍相比，颇是简朴。

上康布村祥和而安宁，平静的生活使每个人性情温和，为人友善，脸上无不带着心满意足的微笑。无论大人小孩，见了战士都会亲切地打招呼，战士们见了村里的乡亲，也会老远就道声"扎西德勒"。

艾札达在顶嘎待了没几天,就和连队其他官兵一样,对每家每户有多少只牛羊、哪个老人多少岁了、孩子在哪里读书、哪个人有什么难处,谁家需要连队帮助,心里都有数。

顶嘎的海拔虽然也到了 4000 米,但可以看到人,看到流动或凝固的溪流,看到炊烟升起、弥漫、消散,听到村民的歌声、鸡鸣犬吠、牛羊的叫声、驴马的嘶鸣,这让艾札达感觉自己来到了一个小天堂。这是他进藏以来待过环境最好的地方,但他还是想上查果拉。

查果拉是顶嘎边防连的前哨,从连部出发,得从海拔 4000 米的上康布村爬升到海拔 5318 米。哨所高耸在喜马拉雅山第七峰卓木拉日的冰峰雪岭之间,扼包洪里雪山平坦的扬米山口,其最高点位则在雪山分水岭上,海拔 6900 多米。它荒凉寂寞,含氧量只有内地的 35%,年平均气温在 −10℃ 以下,是"伸手可摸天"的地方,是西藏边防海拔最高的哨所,哨所 5 个固定的巡逻点位都在海拔 5500 米以上,是永冻层和生命禁区……对于脆弱的生命来说,就像暴虐的屠夫。凌五斗将军曾经说过,查果拉官兵的牺牲是漫长的,默默无闻的,对身体的危害每时每刻都在发生,从某种意义上说,这种牺牲比战场上的牺牲更难承受,更难做到。

艾札达也说,当兵就要上战场。在和平年代,对顶嘎边防连的官兵来说,查果拉就是个战场。战场永远是吸引战士的地方。所以,顶嘎边防连每个官兵都把能驻守查果拉视为军旅生涯最高的荣誉。

每年入伍进藏的有成千上万人,但能分到岗巴营的不多,到岗巴营后,能分到顶嘎边防连的更少。大家觉得,到了这里,如果上不了查果拉,那就白来了,相当于战士们在战场上浴血拼杀,你却只能在一旁观战。

每次能上查果拉的只有 21 人,并不是每个想去的人都能去。

谁能上到查果拉?每到换防的时候,即使再好的战友也会竞争。

申请的理由很多：我军事素养最好，我边防执勤经验最丰富，我身体最棒……还有的说自己已多次申请，再不让上去就是连队干部处事不公，也有人说上查果拉是自己一生最大的心愿，一些人说自己年底就要复员，这是最后的机会。

上哨前的那段时间，是连长、指导员最犯难的时候。

决定谁能上到查果拉成了连队最敏感的事情。

为此，连里规定：身体有疾患的不予考虑；思想不稳定的不能上去；平时表现不优良的以后再说；除了特别需要的骨干，已上过查果拉的不能再上。在此规定下，严格落实如下程序：个人申请、班排推荐、支部研究、名单公示、上报营党委通过。

自然有永失机会的人抱憾复员，将上查果拉视为一个未圆的梦。

而艾札达算是空降到顶嘎边防连的，他的任务就是带这批战士上查果拉换防。

2

艾札达从西安陆军学院毕业后分到了西藏军区，在阿里军分区担任司令员的父亲艾喜河得知这个消息后很高兴，说这是个好机会，要他一定到最艰苦的地方去。艾札达知道所属防区里最艰苦的地方就是查果拉，所以要求分到了岗巴边防营。他当时有个心愿：他想去西藏海拔最高的查果拉哨所站岗。后来被分到了岗巴边防营任排长，而查果拉属于顶嘎边防营驻守，这意味着他要上查果拉，就变得很困难。

在艾札达当了三年排长、刚提拔为副连长的时候，机会却意外到来。由于当时的顶嘎边防连副连长和副指导员都已经三上查果拉，再上去，身体受不了，营里正在考虑怎么办。艾札达得知这个消息，很是激动，但妻子凌艾艾的预产期就在这个月，这让他一时陷入了两难。

他给妻子写了一封信，说了自己的想法，无非是说上查果拉是个难得的机会，他不想放弃。但这封信很难写，写了撕，撕了写，大致相同的话语写了五回，撕了五回，第六次写好，纠结到第二天，才把信寄出去。寄信的时候，他在心里对自己说，戍边守防的兄弟们，妻子分娩、孩子诞生时，很少能守在身边。自己兄弟姐妹好几个，母亲生产时，父亲都不在身边。岳母生她的四个孩子时，岳父凌五斗也都戍守在边防。

寄走给妻子的信后，他当即把申请书递交给了营长庞嘉陵。

艾札达综合素质过硬，又带过新兵，全营的很多战士都认识他，他对很多战士都了解。营里研究后，命令他和顶嘎边防连副连长对调，担任顶嘎边防连副连长。这样，他就可以带兵上查果拉哨所了。

赴任十天后，他带着战士们乘坐军用卡车，从上康布村往查果拉爬，一路仰望前行。

看着不断掠过的风景，艾札达知道，他虽然来到的是一个小地方，但这里的每一粒尘埃，都与世界屋脊关联。每一粒尘埃都来自它，每一粒尘埃都归于它。

越高的地方越荒凉。包洪里雪山和卓木拉日高峰就是荒凉本身。它们蹲伏在最高处，时远时近，银光闪烁，向阳的一面如巨大的反光镜，刺人眼目。雪山顶上风云变幻，没云的地方天空湛蓝。沿途都是那种没有边际的荒原，它偷偷地缓慢抬升，不动声色地把他们引到一个危险的高度。

查果拉在军人心目中是饱含血性之地，大家只知道它的大致方位：位于喜马拉雅山脉的某座雪山下面。

慢慢进入荒凉的沟谷。两边是金黄或赭红混杂的颜色：赭红的裸岩砾石和一冒出地面便被寒意染上秋色的疏浅牧草。偶尔有几头黑色的牦牛，因为野放已变得野性十足，见到军车，无疑把它当作了怪兽，迅速聚拢，围成一圈，公牛在外围，小牛和母牛被护在里面。公牛头朝外，亮着牛角，做好了保护自己族群的准备，头牛格外高大、威猛，不断用前蹄刨着地面，刨起的尘土在它身下飞扬、弥漫，它一次次冲出、返回，像古代在阵前挑衅、骂阵的将军，直到军车开远，它们才散开。一只鹰在高空盘旋，几只红嘴鸦突然飞起，一对黄羊夫妻带着一只小羊在左侧的荒原跳跃、飞奔。它们点缀其间，使天地的气象更为宏阔。

军车向哨所驶近，看见那个耸立在高天之下的哨楼时，艾札达像个新兵一样，竟有些紧张。哨楼所在的查果拉主峰残雪斑驳，好像紧贴着莽莽苍苍的喜马拉雅山。随着军车颠簸着向它驶近，喜马拉雅山一点点后退，哨楼一点点剥离，变得分明。从沟底盘旋而上，山顶的雪大多已被风刮走，没被刮走的积雪已被风夯实，变得跟石头一样坚硬。

那辆孤独的军车在大荒之中，像一只小小的甲虫。看不见风，却能听到风的怒吼，它不断狂暴地击打车身，发出"嘭嘭"声响，军车像要被风撞击得散架，万物都在瑟瑟发抖。车逆风而行，爬行得异常吃力。

观察哨看到军车由火柴盒变成了鞋盒大小。驻守在地堡里的官兵已按捺不住，鱼贯而出。一到户外，为抗住大风，他们马上很有经验地弓起腰身，互挽手臂，欢迎前来换防的战友。

即使挽着手，风也把队形刮得摆来摆去。风把每个人吹得变了形，他们想站直，但一次次被风吹弯。

车开到哨所跟前停住。艾札达想打开车门，车门却被风从外面顶住了，怎么也打不开。外面的两名战士忙躬身过来，用了全力，才打开车门。

艾札达快速地正了正军帽，准备下车。顶着门的战士赶紧说："副连长，你得把帽檐带系紧！"

艾札达把帽檐带往紧里系了系，从车上跳下来。他想挺起腰，站定后，给大家敬个军礼，没想一挨地，风就把他刮得连连跑动起来，其他跳下车的战士也一样。每个人都希望自己能像红柳那样，长出强大的根系，扎向大地深处，把自己固定下来。但现在，他们只是一枚红柳的飞絮，只能在风中飘飞。

"大家挽起手来！"有人喊，但声音还在齿缝间，就被风刮到包洪里雪山之巅去了。

看着来迎接他们的官兵挽着手，换防的战士们也照着做起来。但他们缺乏经验，被风刮得东一双、西一对，好半天才把手挽到一起。

艾札达身高1.78米，体重75公斤，还是有些分量的，没想在这样的大风里，如一团风滚草一般，他带来的战士也跟他一样，每个人都很狼狈。有人帽子被风吹歪，甚至吹上了天。皮大衣被刮得如羽翼一般，带着人要飞起来。睁不开眼，脸一旦朝着风吹来的方向，就被噎得无法呼吸。一张嘴，风就带着雪粒和泥沙往嘴里钻。

风裹挟的寒意看不见，但寒意彻骨，即使戴着手套，手也被冻得针扎一样痛，然后麻木，如不及时把手插到皮大衣兜里，很快就会被冻僵而失去知觉。

抬起头来，西边的雪山兀然而立，南面的雪山巍然高耸。可以看见每条沟壑、每道冰川、每一层垒叠的积雪的痕迹。这些冰峰雪岭过于雄伟，过于气势逼人，让一切都显得渺小、卑微，人类如同微尘。在哨所与雪山间，无数条山脊像群马的脊背，异常清晰，感觉它们一直在奔驰，从未停歇。

就在这时，深蓝色的飘浮着九朵祥云的天空突然阴沉下来，雪随风而至，如百千支、千万支、亿万支，以致无穷无尽的利箭，从西面的天空斜射下来，每一粒雪的力道似乎都能将大地射穿。

风雪中的两支分队像激流中摆动的水草，不断碰到一起，又不断被激流荡开，最后经过各自的努力，好不容易才手挽手地站到了彼此对面。

左右两名战士拉着即将离任的哨长卿志明的腰带，同时用力扶住，让他得以扶正军帽，挺直腰，向新任哨长艾札达行了个军礼，然后大声报告："查果拉第87任哨长艾札达同志，第86任哨长卿志明所带21名官兵已完成本轮戍守任务，戍守期间，边境安宁，寸土未失！现将查果拉的防守任务交给你！"

艾札达身边的两名战士，也拉住艾札达的腰带，让艾札达还了军礼，还礼后，艾札达大声回应道："感谢你们的艰辛付出！请你们放心，我们会像你们一样，确保边境安宁，寸土不失！"

在哨楼前完成了换防仪式后，艾札达和他的士兵手拉着手，想走到那个刻有"查果拉主峰"的石碑前，但风却把他们一次次撕扯开。艾札达看到，石碑从右至左竖刻着：

[海拔5318米

查果拉主峰

中国人民解放军某部]

刚用红油漆描过的字和哨楼外墙刚涂的草绿色涂料一样，被风刮起的砾石"噼里啪啦"凿去了，露出的石头和水泥墙壁也被击打得一片斑驳。

除了哨楼，哨所的其他生活设施——学习室、厨房、饭堂、阳光棚和宿舍——都在地下堡里，可以抵挡风雪，还可保温。在哨楼和宿舍之间修建了彼此连通的地下通道，可以从宿舍直接上到哨楼站岗执勤。

艾札达当排长的岗巴边防连海拔4800米，已经够艰苦了。他在那里待了三年，觉得自己对高原的生存环境已经适应，到查果拉也就抬升了500米，应该没有什么问题。没想到到哨所后，高原反应还是令他痛苦不堪。

换防之后，艾札达带着一班长廖飞来站第一班岗。两人背包都还没有打开，便全副武装，从地堡经通道进入哨楼。他们与前一轮驻防的两名哨兵互敬军礼，接过对方的武器、弹夹、观察日志，站上了哨位，完成了换防后的换哨。

能站在这个哨位上，廖飞格外激动。高原反应让他的肉身变得沉重，但他的灵魂却十分轻盈，可以到达任何高度。他把自己1.71米的身子挺得笔直。

从地堡到哨楼的海拔虽然只抬升了几十米，但他们却好像站到了珠穆朗玛峰之巅，风更加强劲，雪粒击打在脸上的力道增大，寒意陡增了好几倍，很快就渗透进了皮帽子、皮手套、皮大衣、大头靴里，然后渗进了肌肉和骨头。艾札达和廖飞为了能睁开眼睛，戴上了护目镜，把皮帽子系紧。哈出的气息在他俩的眉毛和军帽上很快凝结成了冰霜。

那辆送他们上来的军车拉着换防下来的官兵，顶风冒雪，开始返回。艾札达和廖飞挥手告别，目送他们消失在漫天风雪里。

大风摇撼着两个哨兵，但他俩如两尊被风雪不断雕琢的青铜雕像，纹丝不动。

可能是那两个小时的时间过于神圣，两人的高原反应并不强烈。但下哨之后，廖飞就头痛起来，像谁在把他的脑髓往外掏。他吃不进饭，不想喝水，像怀孕的妇女那样老想呕吐；睡不着，好不容易睡着了，一两个小时又醒了。艾札达的反应也很大，但他装作没事的样子，他是这里的头儿，他得忍着，不想让战士看到。

中午的大雪到傍晚时终于停了，高原一片银白。月亮升起，月光像雪一样白——即使没有月光，夜晚也会被雪光照亮。星星过于繁密，银河过于灿烂，星空过于平静，风声过于凄厉，哨所里的人更加孤独。艾札达觉得自己和战士们像置身在宇宙飞船里，可以感受到那无数星球包括地球家园的存在，但因为悬浮于太空，没有任何依靠。他看了一眼战士们，大家都睡着了，睡得很安稳。他比志愿兵年轻，比那些列兵、上等兵要年长六七岁，跟那些下士、中士、上士年龄差不多。他的角色决定了，在这里，他永远得是个兄长，是这个被无边寂寞和荒芜包围的家庭的一家之长。

查果拉可能是世界上天气最恶劣的地方之一，大风一天24小时怒吼，风中夹雪，雪中夹带沙土、砾石，风雪尘土交加。无论白天还是晚上，能听到的都只有鬼哭狼嚎般的风声，从不间断，整个主峰在风中颤抖。那是大家从未见过的景象。无论天气多么恶劣，都必须上哨，到主峰山顶执勤观察，两小时轮换一次，从不间断。

艾札达张大嘴呼吸了一口气，想把整个高原稀薄的空气都吸进去，然后吝啬地、一点一点地呼出来。他实在睡不着，便用仅有一点气力的手臂支撑起酸胀乏力的沉重躯体，小心地、悄悄地靠着铁架床硬冷的床头坐起来。没想到，战士们一个接一个，也都紧跟着坐了起来。一群被高原反应和失眠折磨的男人，大口喘着气，没有一个人说话，安静地坐在各自的床上。

"睡啊，怎么都不睡啊？都过两点了。"

没有人动。

艾札达下了床。

"你们赶紧躺下，今天水喝多了，我起来是要上厕所，然后还要查哨。"他说完，就披上皮大衣，朝厕所走去。

他没有挤出几滴尿来，回到宿舍，大家仍在床上坐着。

风掠过高原，噼里啪啦乱响。从天窗砸进来的雪亮月光，像柱子一样立在宿舍中央，纹丝不动。

"睡！"艾札达用了命令的口吻。

战士们倒在了床上。

他去哨楼查完哨回来，看到除了廖飞，大家又坐在了床上。

"像一班长那样，都赶紧睡！"艾札达再次命令道。

说完，他先躺下了，战士们也跟着躺了下去。

他把沉重如铁门的上眼睑放下来，脑子里像被塞满了大大小小的铁疙瘩、石块和冰坨子，似要把脑袋撑爆，胸口也像压着一块铁坯，铁坯上还加了好几块巨石。

他把背包绳摸出来，把脑袋勒紧。他觉得好受了一些。

他说："如果受不了，用背包绳把脑袋勒紧。"

战士们依他所说，摸索着照做。

"需要吸氧的，就跟卫生员说。"

没有一个人吭气。在哨所，他们都知道氧气的珍贵，除非万不得已，没有人愿意轻易去用。

3

艾札达几乎一夜未眠。第二天一早，当他下床想站起来，却感觉自己的思维和动作都是迟钝的，像个木头人。

他听了听外面的风声，风势缓了不少。

"起床。"

战士们闻声坐起，很快穿好了衣服。15分钟后，大家已如厕洗漱完毕。

"到主峰集合，升旗。"艾札达说完，走在了前面。

大家从地堡来到了主峰上，列队站好。

风小了不少，大地被雪装扮一新。东边的天空一片青白，已有一抹朝霞出现在天地相接处。

国旗在清晨的碧空里有力地招展着。

大家站在主峰上，享受着难得的美好时刻，欣赏着壮丽的风景。

东面，是光辉的源头，那光辉是越过一切来到跟前的。其余三面雪山绵延，环绕着卓木拉日、康钦甲午乃至珠穆朗玛等千百座高耸的雪山，从东方照耀过来的晨晖涂抹在雪山东面的山体上，柔和而又神圣。各种形状的云朵不知何时出现在天空，这些本是普通的云，因为晨光的照耀，成了朵朵祥云。冰冷彻骨的无边雪原也因为晨光的辉映，而有了暖意。一只鹰凌空盘旋，七只黄羊飞奔着远遁，一小群野斑鸠突然从一处岩壁上飞起，至少有十二只红嘴鸦鸣叫着，落到了哨所附近的雪地里。

"哎呀！"

"这简直是⋯⋯"

"我的天！"

"这也太——美了！"

廖飞对自己班的新兵说："值得我们来守卫吧！"

"那是当然！"

眼前的美景让大家的高原反应似乎变轻了，每个人都是一副神采飞扬的样子，除了廖飞。

大家的高原反应真正有所好转，用了一个多星期的时间。

过去的十多天，廖飞一直像个得了大病的人，被高原反应折磨到最后都起不了床，一下床就天旋地转，吃了抗高原反应的药，吸了氧，也没多大用处。

廖飞从浙江宁波入伍，身高1.71米，脸庞英俊，原是白白净净的，但上高原后，虽然每天抹防晒霜，脸还是变黑了，两个脸蛋各挂上了一团酱紫色，他因此得了一个绰号：廖二团。他入伍已经三年，身体被锻打得铁坯一样，但高原反应跟身体是否结实关系不大。有时身体越健壮的人，高原反应反而越厉害。一开始，廖飞的高原反应就比别人大。因身体缺少氧气，他的嘴唇变成了紫色。他也没想到，自己在顶嘎生活了三年多，来到查果拉后，高原反应会这么大，会让他如此不堪。

来到哨所当天，和艾札达站完第一班岗后，他有些发烧。当晚他就感到浑身酸胀，头痛欲裂，他把头用背包绳捆扎得很紧，但一点用也没有。他睡不着，心烦意乱，头脑迷糊，身体时而发冷，时而发热，一躺下，就感觉不是躺在床上，而是躺在一摊淤泥里。那种痛苦他此前从未经历过。但他不想让人知道，觉得自己熬一熬就能挺过去。

细心的艾札达看出来了，他让廖飞不要小看高原反应，如果身体感到难受，要及时告诉他。他给了廖飞抗高原反应的药，把氧气袋放到了他的床头，让他多吸氧。战友也安慰他，说他是哨所唯一一个来自东海边的人，宁波大部分地区的海拔只有3米到6米，所以他对海拔的适应最难。

廖飞毕业于石油技校，是连队战士里唯一的中专毕业生，毕业后被分到石油公司工作。但工作还不到半年，他就报名参军，入伍到了西藏，分到了顶嘎边防连。到连队不久，他就要求上查果拉，直到第三年，才如了心愿，所以他很珍惜这次机会。

艾札达一开始就跟他说："廖飞，你也算上过查果拉，没有遗憾了，如果身体适应不了，我可以把你送下去。"

廖飞急得一下坐起来:"副连长,我上来还不到两周,这叫上什么查果拉?我不是到这里来旅游观光的!我很快就会适应!"

"廖飞,我们不能小看高原反应,有时候,它会要人命的。"

"我如果真倒在这里,起不来了,就把我埋在这主峰上。"廖飞赌气地说。

"莫说那样的话!"二班长一听,赶快制止。

4

第二天早上,廖飞爬起来,像是啥事也没有了。

艾札达一见,舒了一口气:"好了?"

"熬过来了。"

他马上要去换哨,利索地披挂好,虽是全副武装,但脚步和神色却很是轻松。

"脚不要抬那么高。"艾札达对他说。

"明白!"

看着他的背影消失在通道里,艾札达说:"这家伙,简直是用半条命熬出来的。"

自那以后,廖飞每天和其他班长一样,带着战士顶风冒雪到主峰升旗降旗,到哨楼站岗执勤,用高倍望远镜观察边情,记执勤日志,轮流做饭,打扫卫生,读报读书,在风雪中训练、潜伏、擦拭武器……他给战士讲那些已无数次讲过的自己的往事:小时候如何调皮捣蛋,少年时多么叛逆,上技校(这是其他战士没有的经历)时怎么追女孩,谈自己的失恋,谈论风、雪、雪山、星星……和平时期的军旅生活,即使在查果拉,也不过如此，除多了几份艰苦，似乎与其他地方的戍边生活并无多少不同。

廖飞上查果拉半个月了。那天，连队送给养的卡车给哨所里的官兵捎来了信。其中有廖飞的三封，一封是父母写来的，说了家里的情况，依然是"一切均好"，要他勿虑。信中还夹了一张照片。信中说，姑娘是母亲同事吴伯伯的二女儿吴玉梅，也在中石油工作。父母觉得姑娘什么都好，让他看看，因他年龄已不小，该谈女朋友了。照片是经过放大处理的。姑娘长相端正，拍照时没有笑，有点严肃，但还能看到脸上的酒窝。他知道吴伯伯有三个女儿。他与他的二女儿吴玉梅同岁，他认得，只是很少说话。他看着照片，有些苦涩地微微一笑，小心地放入信封里。他回信说了他年底复员后的安排，还是回原单位，军龄算成工龄，调一级工资，不再当工人而是进机关当干部。这些也是他们单位对复转军人的安置政策，他入伍前就知道。

另两封信是女友的。他看着信封上苏玲娟秀的字体，想打开，又忍住了。

他的手有点发抖。

苏玲在加油站工作，临时工，所以父母一直反对。他俩一见面，就彼此喜欢，两人因此相爱了。两年多相隔万水千山，没有见面，他们依然心心相印。当兵以来，她已给他写了276封信，他写了249封。但每收到她的信，他都舍不得拆，拆开后，又舍不得很快读完。这封信也是。他一个字一个地读。女友在信中倾诉了对他的思念，对他年底复员归来后两人在一起的生活做了甜蜜、美好的畅想。这些思念、爱恋的话语一遍一遍地说，已在信纸上说了277次，但他每次都如同第一次看到，会心跳加速，会深深陶醉。最令他感动的是，苏玲原来对西藏知之不多，但因为他，她读了七十多本有关西藏历史、地理、文学、探险等方面的书籍。

在边关有个规矩，无论是情书还是家书，都是彼此公开的。当然，也有人不愿意让别人看女友的来信，那就表示恋情出现了变故。

廖飞与苏玲的爱情是连队人人都知道和羡慕的。对他父母介绍给他的吴玉梅，大家都表示反对。

他先把给父母的回信装进信封里，接着便给女友回信。这封信似乎很难写，他撕掉了至少半本信纸，才写好了两页回信。

艾札达的妻子凌艾艾是军区总医院的外科医生，是名年轻的文职干部。虽然彼此可以用军线联系，但他们更喜欢写信。艾札达也收到了妻子的来信，妻子再次告诉了他孩子的预产期，诉说了她的期待、兴奋、甜蜜和紧张，并告诉他，会给他一个意想不到的惊喜。最后她说，生小宝贝的时候，他能在身边就好了。这对常人而言是很简单的、理所当然的事，但他身在边关，又刚上查果拉不久，就只能是奢望了。末了她说自己就是军医，又有战友照顾，生孩子是女人的事，他就是回去了，也帮不上什么忙，让他放宽心，带好兵，站好岗。

艾札达在带队上查果拉前，就知道孩子的预产期大致是什么时间了。但他怕领导知道后，不让他到前哨来，所以没给任何人说。妻子分娩，他自然是想守在她身边，分担妻子的痛苦，分享彼此的喜悦，让孩子一生下来就看到父亲，能被他小心地抱在怀里。但在查果拉与爱人和孩子之间，他选择了查果拉。

到了哨所，他每天都会多次遥望拉萨，祈祷母子平安。

为了他，妻子从第四军医大学毕业后，主动要求分到了西藏。原本以为这样就可以在一起了，没想她分到了军区总医院，而他身在边关，两人相隔千里，一年中相见的机会其实很少。妻子虽在拉萨，但依然身处高海拔地区，身体自然会受影响，对于这次生产，他其实一直很担心。

预产期越来越近，艾札达也越来越牵挂。给妻子打电话，她总说没事，还说那是很自然的事。她这么说，其实是想让他放心。但他总觉得妻子还是个小女孩，她越是这么说，他越担心。

果然，在他上哨所的第十七天一大早，大家正准备起床时，营长庞嘉陵的电话打来了。

"艾札达，你难道不晓得你老婆要生孩子？"营长火气不小。

"老婆告诉过我她的预产期。"

"那你为什么不请假回去陪老婆，为什么还要上查果拉？"

"营长……"

"你为什么要对组织隐瞒这个情况？"

营长上纲上线，艾札达不知该怎么说了。

"我想……营长，这是……我个人的事。"

"你老婆生孩子是个人的事吗？"

"应该是啊……"

"胡说！"

"我……我想上查果拉，我等了三年了！"

"你上查果拉，有的是机会。"

"营长，你怎么晓得我老婆要生孩子了？"

"医院把电话打来了，说你老婆难产。"

"啥？我前天下午和她通电话，她还说没事。"

"前天下午她还没有生，当然没事。昨天中午入的院，我刚才接到的电话。"

"我跟我战友打个电话，让他帮我去照顾一下。"

"你老婆是谁的老婆？"

499

"我下不去。"

"你又不是在空间站,你现在又没有冲锋陷阵,怎么下不去?"

艾札达不知该说什么了。

"我已安排米玛欧珠排长临时代理查果拉哨长,他马上从连队出发,你做好准备,连队的车把他送到哨所后,再把你直接送到岗巴县城,你从县城搭车直接回拉萨。"

"谢谢营长!"

5

艾札达刚走,查果拉就下起了大雪。米玛欧珠暗自庆幸营长安排及时,不然他上不了前哨,艾札达也下不了山。他在庆幸之余,马上面临一个十分棘手的问题:廖飞病倒了。

廖飞发烧,时不时昏迷。他醒过来的时候,米玛欧珠问他怎么样,他说没事,睡一觉、吃点药、吸点氧就好了。

艾札达没有赶上从岗巴到拉萨的班车,他只能先乘车到江孜。到江孜后,天已黑透。想乘江孜去拉萨的班车,要等到明天早上。他到邮局试着给妻子打电话,那里有一部卫星电话。电话通了,一直没人接。他等不了,心急如焚地打车来到江孜去拉萨的路口,等了一个半小时,拦到了一辆去拉萨的货车。

到达拉萨,已是半夜。他一下车,就直接赶到总医院。所幸妻子已剖宫产下一对双胞胎,转危为安。听到护士告诉他的好消息,艾札达半天没有回过神来。巨大的惊喜让他像被剧烈的高原反应的大锤猛击了一下,心跳出了胸腔,生出翅膀,直飞碧空。因为心飞走了,身体好久都是僵硬的。

不知过了多久，他感觉噎了一口，海拔比查果拉要低1668米的拉萨的氧气似乎太多，让他一下进入了醉氧状态。那种令人昏沉的陶醉感让他觉得身体顿时透明起来。他能看见透明的五脏六腑，能看见那口被他长舒出来的气。

"这个凌艾艾，竟敢一直瞒我！"他一边自语，一边轻轻地推开了病房的门。

妻子睡着了，她的左边躺着一个婴儿，右边躺着一个婴儿，粉嘟嘟的，都睡着了。妻子脸色还有些苍白，但脸上洋溢着胜利的、甜蜜的微笑。她脸上原本还留有的少女的痕迹，现在全都消失了，变成了一个年轻母亲的样子，那神情，像是能够承受世间的一切了。

一家人恍若隔世相见。看着他们，他觉得这世界过于美好，过于圆满，以至于有些不真实，如同幻境。

来到窗前，这座高原之城异常安静。他抬头望向拉萨的夜空，星空灿烂，格外辽阔。

妻子醒来了，看见他坐在病床前，握着她的手，还以为自己在梦里。她用蒙眬睡眼盯着他看了好一会，晨光从那扇窗户射进来，窗外，白杨树叶在晨风里哗哗响着。

"你咋回来了？"

"医院通知部队了。"

"我没有让他们通知的，可能是想着要剖宫产。你这回来得也太快了。"

"马不停蹄地往回赶。痛吗？"他想看看妻子的伤口。

妻子把病号服捞起来。竖切的伤口包扎着，为防止伤口裂开，还缠着护腰。

"伤口少说也有10厘米长呢，能不痛吗？"

他心疼地吻了吻妻子苍白的脸，满是怜爱地轻吻了女儿和儿子稚嫩的小脸，又吻了妻子的手。

"我有儿子，我有女儿了！"他声音颤抖地说。

妻子对她笑了笑，抓住了他的手。"一次让你儿女双全。"她颇是自豪，"女儿是老大，比儿子早出生三十多分钟。"

艾札达把她不大的、软和的、白皙的手握在自己黝黑、有力的大手里。

"你竟瞒着我，你怀的是双胞胎。"

"告诉你也没有用啊。"

他把她的手用两手捧着。

"那还是应该告诉我。"

"主要是想给你一个惊喜。"

"这是天大的惊喜。"

"我还没有给他们取名字呢？先取个小名。"

"我一路都在想呢，但只想了一个。"

"啥名啊？"

他挠了挠头，"我想肯定是个女儿，所以就想到查果拉·格来梅朵这个名字。我想给她取个藏族名字作为乳名。"

"你刚好上了查果拉，叫查果拉是个纪念。格来梅朵是什么意思呢？"

"查果拉是'鲜花盛开之地'的意思，格来梅朵是'吉祥花'的意思。连起来的意思呢，就是'鲜花盛开之地的吉祥花'。"

"看来你只想要女儿，儿子的名字都没有想一个。"

"你说肯定是个女儿嘛，所以就只想了女儿的名字。"他挠了挠头，"儿子叫查果拉，女儿叫格来梅朵怎么样？"

"好啊！但她爷爷奶奶、姥姥姥爷恐怕一辈子也叫不顺口。"

"平时儿子就叫小果，女儿就叫小朵。"

"小果、小朵，挺好的，那还得有个大名。"

"女儿叫艾卓木。"

凌艾艾睁大了眼睛："你事先都想好了啊！是用卓木拉日给女儿取的名吧？全跟你有关了。"

小朵咂巴了两下嘴。妻子赶紧把乳头放进女儿嘴里。

艾札达的心也猛地跳动了一下，有短暂窒息的感觉。"我每天一抬头就会看见卓木拉日这座仙女峰，女儿也跟仙女一样，我看见它，就看见了女儿，看见了女儿，就看见了它。"

"那儿子会不会叫艾岗巴？"

他高兴地笑了，"这个名字算是你取的。"

"就这么定了？"

"多好的名字！"

"这名字，你爸听了肯定高兴。"

"我听了也高兴。"

"我看你是把魂留在那里了。"

艾札达小心地抱起还在熟睡的儿子，"现在，我的魂要分成三份了，一份给查果拉，一份给你，一份给我的这对小宝贝。"

"我听你话虽这么说，人也来到了我们身边，但魂其实都在查果拉呢。"

他笑了："这魂也的确不能像用刀切蛋糕一样，分得那么均匀。"

"行了，好像我不理解似的。魂被查果拉撕扯着，肯定不好受。"

"你也一直撕扯着我，现在又加上了这一对。"

"即使这样，我和儿子、女儿加起来，也永远扯不赢查果拉那个地方。"

他要再说什么，妻子制止了他，"我知道你。孩子生下来能看到你、你

503

也见了他们就行了，我也知足了。现在这个时候，你能在身边，我觉得是上天的礼物，有好多军人的妻子可没有这么幸运。"

"我……我从哨所下来就是想陪你和孩子的。"

"你带着你的战士守的可是查果拉。我从来没敢奢望过，你能下来见我们一面。快把这个好消息告诉两家老人吧，让他们也晓得你在我们身边。"

"感觉这荣耀都归我了。我叫我妈来帮着带孩子。"

"也只有她有空了。但是，她怎么来？"

"只要小朵和小果在这里，我妈就能来。"

"这可是高原，她来能适应吗？"

"我们一家除了她，都在高原，只有她从没上过高原。"

"你妈一辈子就待了两个地方，老家和叶城。到了叶城后，就再也没有到别的地方去过。她要从叶城到喀什，从喀什坐飞机到乌鲁木齐，再从乌鲁木齐飞到成都，然后转机到拉萨来，那相当于让她到外太空去了一趟。她又不识字，没人送她，她可来不了。"

"不是有战友嘛，还有你爹、我爹，他们的老战友更多。"

"他们两个，关键时候一点都靠不上！还是找我们自己的战友吧。"

这时，艾札达怀里的小果蠕动了一番，突然大哭起来，那是初生婴儿的啼哭，稚嫩——生下来第二次啼哭，美妙——世界上最美妙的声音，用力——用了全部的气力，这令艾札达一下慌乱起来。双手端着自己的儿子，赶紧递给妻子。

妻子"扑哧"笑了："你看你那个样子。"刚经历分娩之痛的妻子把自己的痛苦，都转化成了爱。她的心思都在孩子身上，余下不多的一点，都给了他。他的心里涌起无限柔情，这种柔情溢满了他的眼眶。

妻子把女儿小心地放在身侧，接过儿子，用另一只乳房喂他。

儿子用力吮吸着，她皱了好几下眉头。

"疼？"

她皱着眉，点点头："像只狼崽。"

"还是女儿温柔。"

小朵动着小手小脚，睁着黑亮清澈的眼睛，咧嘴浅笑，像是听懂了。

他满是怜爱地将女儿抱起来，在手里轻轻地拍着，女儿很快就睡着了。

他把女儿轻放在她身边，出门去给两家报喜。

他先要通了岳父凌五斗的军线电话。岳父很高兴，在电话里哈哈笑着，嘴像是没有合拢过，夸他给孩子的名字取得好。然后，他要通了父亲的军线，通话质量差了不少，但总算把事情说清楚了。父亲当然也高兴得不行，说话声音很大，震动着他的耳膜。他最后说了让母亲到拉萨帮着带孩子的事。父亲当即就说不行，说你妈一辈子没有上过高原，迟疑了一阵又说，我跟你妈讲，她肯定会去。

然后，艾札达到妻子的宿舍——那也是他们在拉萨的家，把屋子打扫干净，把床铺重新拾掇好，又去给孩子买了奶粉，换了煤气，添置了锅碗瓢盆等日用杂物，这样，妻子和小朵、小果三人回家后，就能够过简单的日子了。接着，他又找到一家川菜馆的老板，挑了猪蹄萝卜汤、鲫鱼汤、鸡汤、排骨汤等适合产妇补养的食物，嘱咐老板每天换花样送到妻子的病房。

在返回医院的路上，他又跑了九条街，去给妻子买了一束鲜花。

他把鲜花献给妻子时，妻子接过，放在鼻子跟前嗅着："好香！"

"因为有你喜欢的香水百合。"

"在拉萨买到这么新鲜的花可不容易。"

"爱你和孩子。"

妻子甜蜜一笑："我和两个宝贝也爱你。"

艾札达一会儿抱抱小朵，一会儿抱抱小果，嘴一直没有合上。幸福让时间的流动变得缓慢，变得无边无际，让他感到每一秒钟都十分漫长。

在他放下小果、刚刚抱起小朵的时候，一名护士来叫他到护士站接电话。电话是营长打来的。得知他妻子平安，得了一儿一女，很是激动地祝贺道："艾札达，你他妈的真行啊！"

"这得归功于我老婆。"

"你老婆功劳很大！我代表全营向她致敬！"

"谢谢营长！"

"母子三个，有人照顾吗？"

"我妈正准备从叶城赶过来。"

"哦，够远啊！"

"对了，营长，你把电话要到了护士站，应该还有别的事吧？"

"当然……这个……这个啥……等两天……再跟你说吧……"

营长说话从不拖泥带水，这次却支支吾吾的，引得艾札达一下急了，"营长，有什么事你就跟我说。"

"啥事没有。"

"边防有啥事？"

"边防哪能没事？那要看是啥事。"

"是不是查果拉出了什么事？"

"是的，只是这个时候，实在是……不忍心告诉你。"

"查果拉真出事了？"

"廖飞得了高原病，发烧、昏迷、身体浮肿。"

艾札达一听就急了："我走之前，他都好好的。"

"他是怕你让他离开查果拉，所以一直瞒着你，瞒着所有人。"

"这个家伙！把他接下来了吗？"

"你刚下来，岗巴暴雪，查果拉的雪更凶，人和车都上不去。营里已在组织人力，把去查果拉的路挖通，然后才能把他接下来。"

艾札达得了一双儿女的喜悦瞬间消失了。他跟营长说："我马上赶回来！"

"老婆孩子刚见面呢。"

"见了面就很好了。"

艾札达心情沉重，但装作没事的样子。但他一回到病房，妻子马上就感觉出来了，她玩笑着问："给你生了双胞胎，你怕养不起，不高兴啊？"

"那倒不是。"

"那就是妈不能到拉萨了？"

"为了这对宝贝，她肯定能来。"他说完，叹了一口气。

"你怎么啦？"

他迟疑了一阵，说："我得返回哨所了，一班长得了高原病，大雪封山，人接不下来。"

妻子一听，也着急了："你下山之前不知道啊？"

"那家伙怕我让他离开查果拉，瞒着我呢。"

"那你赶快回去！"

"两个孩子呢？你怎么办？"

"我和孩子再过几天就可以出院了，出院后我可以先找个保姆。"

"对，可以先找个保姆。"

"哨所事大，你去买明天一早的车票吧。"

"等不到明天一早了。"他说完，用力地亲了亲妻子的脸，又轻轻亲了亲小朵和小果的脸蛋和额头。"我这就得走，我搭便车回去。"他说完，怕自己的决心会动摇，一转身，出了病房门。他没有回头，但泪水猛地涌出了眼眶。

6

艾札达来到了拉萨去日喀则的路口，拦住了一辆拉煤的卡车。司机是个壮实的、留着络腮胡的藏族中年汉子。驾驶室里还坐着一男一女。艾札达一招手，他就把车停住了。

"当兵的，到哪？"

"扎西德勒，我去岗巴。"

"扎西德勒，我只到日喀则。"

"那就先去日喀则。"

"驾驶室没法坐人了。"

"我坐上面。"

坐在驾驶室里的男人一听，开了车门，从车厢前挡板处如猿一般上了车厢，蹲在了煤块上面，露出白牙，对艾札达笑着说："当兵的，你坐里面。"

艾札达不禁合掌，向他道了一声"扎西德勒"。

驾驶室里有一股浓郁的酥油味。在这股暖烘烘的酥油味的陪伴下，汽车颠簸着往前开。

车上的藏族妇女穿着藏式衣服，艾札达没有看出她是位青年女子还是中年妇女，叫了声"姐"，向她问了好。

她向他笑了笑。他看见她笑的时候，牙齿很白。

司机说："她叫曲珍，她只听得懂藏话。"

"曲珍姐，扎西德勒！"他再次向曲珍问候，曲珍再次回以微笑。

"我看你恐怕也三十四五了吧。"

"我27了。"

"你叫她姐是对的,她比你大五岁。"司机又回头打量了艾札达一眼,"看来,在西藏生活的人都显老。"

"师傅,你叫什么名字?"

"我叫洛桑,我46岁,一到内地,人家都觉得我有64岁了。我17岁学开车,18岁就开始跑车,跑遍了西藏、新疆、青海、四川、云南。"

他便开始聊他跑车的经历。曲珍偶尔会递给他一块风干肉,或递上一支点燃的烟。

中途在加油站停车方便的时候,艾札达看到那位坐在大厢上的藏族老乡脸上扑满了煤灰,除了眼白和牙齿,浑身已是黢黑。他要把老乡换进驾驶室,老乡却说:"我现在这个样子已经不能进去了。你弄成我这个样子嘛,就把当兵的样子弄坏了。"

"你说的那是当兵的表面的样子。"

"那也很重要。"

艾札达看着老乡慢慢从大厢上溜下来,关切地说:"这个时节坐上面有些冷了。"

"我放羊的时候,经常睡在雪地里,一点事没有。"他把身上的藏袍一撩,"我这个衣服可管用啦。"

"他坐上面,反而自在,你就不要客气。"洛桑点了一支烟,用力吸了一口,又用力喷出白烟来,接着说,"你们当兵的啥都好,就是太客气。"

艾札达只好说:"那我就不客气了,对了,你怎么一开始就晓得我是当兵的?"

"你往那里一站,电线杆一样直。"他哈哈笑了,"还有你的脸跟我们一样黑,但额头上那一圈,因为戴军帽的原因,是白的很晃眼。"

艾札达笑了,"那圈白成了当兵的特征了。"

洛桑很快就抽完了手里的烟，让大家上车。汽车重新发动，他说："我跑车这么多年，当兵的可帮过我不少。新藏线、川藏线，跑阿里，好几次，如果没有当兵的帮助，可能命都没了。所以啊，我把当兵的当兄弟，一见当兵的就亲得很。"

"难怪我一招手你就停。"

"我这车对当兵的，都是招手停。"

"谢谢老乡！"

"又不打仗，你咋这么急着赶路呢？"

"我回部队有急事。"

"难怪。"

"你是从内地休假回来？"

"不是。我老婆生孩子难产，我昨晚也是搭便车，赶到拉萨时天都快亮了……"

没等艾札达把话说完，洛桑就着急地问："菩萨保佑！老婆孩子都没事吧？"

"剖宫产下了双胞胎。"

"两个儿子？"

"一儿一女，儿子叫查果拉，女儿叫格来梅朵。"

洛桑一听，忙说："天大的喜事啦！可是……"他看了一眼前面的路，转过头来打量了艾札达一眼，"查果拉？格来梅朵？你是藏族人啊？"

"我在西藏戍边嘛。"

"对了，你儿子叫查果拉，你一定守在那里。"接着，他用难以理解的口吻说，"你老婆刚为你生了双胞胎，那你怎么不守在他们身边？这个时候，你该守在他们身边。"

"我的一个兵病了。"

这时，身边的女人说话了，她说的是藏语。洛桑忙说："她听懂我们在说查果拉，她说她晓得查果拉是'鲜花盛开的地方'的意思，实际上草都难得长，羊和牦牛都不去。"

那个女人接着又说了几句话。洛桑接着翻译道："她说，她看过内地好多白白净净的、不一样的小伙子，一批批到西藏来当兵，最后像黑铁疙瘩一样离开，又回到内地去了。她说她也晓得，也有些小伙子像格萨尔王的故事那样永远留在了这里。"

艾札达听了，顿时两眼潮湿。他侧了侧身，对身边的妇女合掌，道了一声"扎西德勒"。

"曲珍的家就在岗巴龙中乡当格村，"洛桑说，"她跟着我跑车已经有十一天了。"

"你们？"

"我们？"洛桑笑了。"我的老婆生病走了，他的男人出家去了。"

"所以你们……相爱了？"

他哈哈笑道："也可以那么说。"

7

到达日喀则已快到晚上十一点。坐在大厢上的藏族老乡从车上跳下来，如果没有路灯，他黑得转眼就会融进夜色里。他向洛桑道了谢，向艾札达道了"扎西德勒"，然后要付钱给洛桑，洛桑说："看在解放军的面子上就算了。"那人一听，连忙向两人合掌道谢，然后迈着愉快的步伐消失在了日喀则寒意萧瑟的夜色里。

艾札达也要付费，洛桑说："你这个当兵的又客气了！因为你，我把他的钱都免了，难道还会收你的吗？"

艾札达正要说道谢的话，洛桑望了一眼夜色："你不是要赶回去救你的战士吗？"

艾札达着急地说："是啊，你有拉货去岗巴的司机朋友吗？"

洛桑摇了摇头："这么晚了，肯定没有。"

"我只能等明天早上去岗巴的班车了。"

"下完煤，我送你。"

"什么？"艾札达不相信自己的耳朵。

"我说，下完煤，我送你去岗巴。"他大声说。

"太感谢了！多少钱？"

"一百万，你有吗？"

艾札达有些尴尬地摇摇头。

"没有那么多钱，还老说钱干啥！"

洛桑带着曲珍去卸煤，艾札达赶紧跑到附近的商店，买了矿泉水、红牛、饼干、火腿肠和面包，然后给洛桑买了一条"天下秀"香烟。看到商店有公用电话，想给母亲拨打一个，询问她多久到拉萨来，他好安排战友接送，但他拨了五个数字，就扣上了。

翻斗车卸煤很快，洛桑把车开过来，大声喊艾札达上车。

艾札达把烟递给洛桑，洛桑有些生气，掏出五十块钱："要么收下，要么你另外找车。"

"我就表达一点心意……"

"我不去了。"

艾札达看到洛桑真的要把货车往路边停靠，赶紧把钱收起来了。

"不是说军民一家亲嘛，你这么客气，哪像一家人！"

洛桑这么一说，艾札达反倒羞愧起来。他把饮料和面包递给洛桑和曲珍，"用这个垫垫肚子总可以吧。"

洛桑接过去，"我肚子也的确饿了。"

货车驶出城区，车灯像一柄雪亮的刺刀，不断刺破空气越来越稀薄的高原之夜。

曲珍陪洛桑说话，给他点烟、递风干肉和红牛。他们用藏语交谈，不时发出几声愉快的笑声。可能是因为有艾札达在侧，曲珍的殷勤让洛桑不好意思起来。

洛桑很困，但他也不敢合眼。因为他晓得，在高原的夜晚行车，路况又不好，要保证行车安全，司机不能有半点倦怠。

天空开始是晦暗的，无星无月，可以感受到暗夜里激荡的风云，高原剪影以不同形态闪现，转眼即逝。但行约一半的路程，当他抬头看天，天已变得瓦蓝，繁星密布，明月当空，格外晶莹，不时有一座他不知道名字（有些是真的无名）的雪山泛着冷湖一样的光，闪现眼前，消失身后。

"艾札达……"洛桑沉吟，"不会是阿里的札达吧？"

"正是。"

"你一个汉族人，怎么取了这个名字？"

"我爸在那里当过兵。我还有哥哥叫艾革吉、艾噶尔，妹妹叫艾普兰，都是我爸当兵待过的地方。"

洛桑可能是顿时产生了新的敬意，一下坐直了身子："那你这对双胞胎……儿子不会叫艾岗巴吧？"

"你说得很准，就叫艾岗巴。"

"我的天！"他惊讶之余，问道："女儿呢？"

"艾卓木。"

"卓木拉日。"

"是的,我在边防,每天都能看到它。"

洛桑转过脸来:"看来我送对人了。"

曲珍刚才睡了一觉,不知多久醒来的,看着不断掠过的夜色。她突然问了洛桑几句什么。洛桑用藏语跟她说了。她也一下坐得端正起来,回头看他,眼里似有泪光闪烁,声音颤抖地赞叹了一句。

洛桑说:"我刚才把你们家的事情跟她说了,她说你们家的人跟《格萨尔王传》里面的英雄一样。"

艾札达谦虚地说:"不能算英雄!曲珍不是说,一批批白白净净的小伙子来,然后像黑铁坯一样离开了嘛,我爸和我都只是其中的一块铁坯。"

似乎这是个并不轻松的话题,大家好久都没再说话。时间在车轮的碾压中不断流逝,三个多小时就这么过去了。星空消失,黑褐色的大地变成了雪白色,大雪铺满了岗巴。在雪路上又前行了两个多小时。汽车驶过的地方,雪一直没有停。雪原散发着冰冷的光。有时可以望见喜马拉雅山脉巍峨的身影逶迤在西,银色的山体高悬夜空之上。

在困乏之中,在高原反应又变得严重起来的时候,艾札达终于看到了深陷积雪中的岗巴的几点灯光。

在营部留守的副营长何建伟听到汽车的引擎声,披着皮大衣从值班室快步走了出来。

艾札达跳下车,向副营长敬礼。

"我以为是接廖飞的车下来了。"何建伟一见是艾札达,有些失望,盯着他,"你怎么这么快就回来了!你是飞毛腿啊?"

艾札达回头看了一眼洛桑和曲珍,寒冷使他们不由得缩着身子,袖着手。"得力于洛桑和曲珍，他们本来只到日喀则的，听说有战士在哨所生病，就直接把我送到这里来了。"

何建伟给两人敬了军礼，握住洛桑的手，"太谢谢了！"然后把他们让进屋里。

屋里烧着煤炉，暖和了不少。通信员给每人泡了一缸茶。

艾札达坐在何建伟身边，想问廖飞的病情和救援情况。但何建伟故意绕开了这个话题，他拍了一下艾札达的肩膀，说："要祝贺你喜得双胞胎，全营都晓得了，估计全团不知道的也没有几个了。"

艾札达已没有心情接受祝贺，"这没有什么，我想知道……"

"你有了双胞胎，看起来是你自己的事，其实不是。因为有好多人担心，在这上面待久了，会影响传宗接代，你让这个说法变成了胡说八道。"

洛桑一听，对曲珍意味深长地笑了笑："这的确是胡说八道！"

艾札达想笑，但想起廖飞，不但没有笑出来，反而"嗷"的一声，大哭起来。

"一个大爷们儿，哭什么哭？"何建伟在他肩头擂了一拳，他想让气氛轻松下来，"是不是没能在妻子和孩子面前多待一会儿感到委屈啊？我们可没有叫你这么快赶回来，是你自己连夜往回跑的。"

洛桑一听，诚实地帮着解释："我想他不是为这个哭，他是为了他生病的战士才赶回来的……我……我也是为了这个才来到这里的！"

"哦，原来你是为了廖飞啊！廖飞是你的兵，你应该回来。"何建伟一边说，一边把洗脸架上自己的洗脸毛巾取下来，递给艾札达。

艾札达没有接。"查果拉的情况，我打电话问连里。"他说完，就起身往旁边的办公室走。

何建伟是不想让艾札达过于焦急，看来没有用。

"你这个家伙就是性急。那我就告诉你，廖飞依然昏迷，去哨所的路部队连夜在挖，县里也动员了那一带的村民帮忙，但雪太大了，要把那段路挖开，就像要把大海里的水舀走一样。不过，团里已经上报军区，军区很快派了直升机，曾试图飞到查果拉，但风雪太大，气候太恶劣，没能飞来。"

艾札达一下变得沮丧起来。

"你现在跑回来，一时半会也上不去，能上山的人包括炊事班的都上去了，所有的能开动的车也上去了，留守人员都是自己煮饭，我去给你们煮碗面条。"

洛桑和曲珍都推辞，说自己不饿。艾札达也说自己吃不进去。

何建伟就去拿了三个午餐肉罐头，放到炉火上烤着："那就用这个先填填肚子，离早餐的时间也没多久了。"他又拿了两个黄桃罐头，打开，分别递给洛桑和曲珍。他知道这玩意艾札达是吃腻了的，但还是问了一句，"你要吗？"

艾札达摇摇头。他已止住了泪，"廖飞……不会有什么危险吧？"

"你晓得，在高原，昏迷不醒是很麻烦的事。直升机要能上去就好了！"何建伟努力掩饰着语气里的沮丧，"明天天气就会好起来。"

"查果拉的雪一直没有停？"

"一直风大雪狂。"

"这个廖飞！为了不下查果拉，瞒了我们所有人！"艾札达激动地站起来，动作有些大，他马上就觉得头晕。

"你先去睡一会儿。你想上去，也没得车送你。"

洛桑听了，马上说："我送他上去！"

"你要送啊？"何建伟盯着他，"风雪这么大！"

洛桑说："我跑过西藏通往内地的所有的道路，什么情况都遇到过，你放心！"

曲珍问了洛桑一句话，洛桑跟她说了，然后她也站起来大声说了一句话。洛桑说："曲珍说，她也可以上去，可以去帮着挖雪。"

艾札达一听，"嗖"地站起，紧紧握住了洛桑的手："太谢谢你们两个了！"

何建伟没有想到洛桑和曲珍会这么做，一时不知该说什么好，只是上前对两人合掌道："你看，你们真是太好了！"

洛桑说："那我们现在就出发！"

何建伟连忙阻止："从拉萨到岗巴，你已经跑了十多个小时，继续开车，哪受得了？先休息一阵，等天亮再说。"

"这是去救人，你放心，我一口气二三十个小时都跑过。"

"那么太感谢两位了，那就赶紧吃罐头。"

"不是说，军民一家亲嘛，有啥好客气的。"

三个人用勺子舀着午餐肉，就着黄桃罐头，填着肚子。副营长提了两大壶汽油，对洛桑说："晚上走雪路，路上一定慢点，困了，就停车眯一会。"

"放心！"

副营长又往车上放了十几把铁锹，给三人各拿了一件皮大衣、一条厚棉裤、一双大头鞋、一双皮手套、一顶皮帽子，让他们穿上。看着他们把自己塞进驾驶室，目送着他们离开营部，驶往风雪交加的高原。

8

车灯刺不破狂雪织成的厚重的幕布，灯光变得短促、昏暗。之前见过的明月和星河被雪抹去了，似乎今夜从未出现过。风搅乱雪幕，搅得地上的雪团如野兽般奔突。

路被雪抹去了，连一点路的痕迹也看不见，洛桑是第一次走这条路，不知道该往哪里走。艾札达从车上跳下来，杵着铁锹，在前面探路。他很快变成了一个雪人。高原雪夜的寒冷可以穿透一切：皮大衣、大头靴、皮帽子、皮手套、肌肉、骨头、五脏六腑……甚至灵魂。艾札达感受到了彻骨寒意。寒冷也穿透玻璃和钢铁，侵入了解放牌卡车的驾驶室，再穿透洛桑和曲珍的衣服，把他们冻得瑟瑟发抖。

曲珍看着在车灯照射下不断变形的艾札达的身影，看着他不断从雪地里跌倒、爬起，看着浑身裹着雪的他如一头白熊，心疼得眼泪直在眼眶里转，她问洛桑："你看，他们究竟为了啥？"

洛桑回道："这还需要问吗？反正不是为自己，不是为自己的老婆孩子。"

"我去替他一阵。"

"把大衣裹紧。"

曲珍用力顶开车门，尖啸的风声猛然炸响，大风裹着雪乘势扑来，风力把本已被她打开的车门又从外面"嘭"地顶上了。曲珍用肩膀全力顶开，滚下车去。

曲珍从雪地里站起来。她是个身材高挑、壮实丰满的女人，但一到雪地里，就变得矮小瘦弱了。她左脚从积雪里拔出来，右脚又陷下去，右脚拔出来，左脚又陷下去。她吃力地来到艾札达身边，大声喊道："我来替你！"示意他回车上去。

艾札达没有听懂她的话。他浑身都冻麻木了，露在外面的脸已没了知觉。他想说："太冷了，你快上车！"但他没能说出来，便用手比画着，让她回车上去。

曲珍说了一堆话，艾札达还是一句也没听懂，把她急得抢过他手上的铁锹，拽住他的胳膊，就往车上拉。洛桑也打开车窗向他招手、喊叫，他才明白曲珍是来替换他的。

他对曲珍合了合掌:"我上去一会,再来替你。"

"这就对了。"

艾札达看到曲珍身上穿的皮大衣的纽扣没有全部扣上,风会灌进去,便蹲下来,要为她扣好。无奈手发僵,没能扣上一颗。曲珍一见,自己弯腰扣好了。艾札达想了想,又把扎在腰间的军用腰带解下来,给她系在腰上。

他说:"这样要暖和些。"

曲珍明白了,对他点点头,说:"你快上车!"

艾札达因为身体已被冻僵,笨拙得怎么也爬不上车。洛桑赶紧下去,把他扶到车轮背风处,用雪把他的脸和手脚搓了一阵,再用肩膀顶着他,把他推到了驾驶室里,关上了车门。

驾驶室比外面暖和许多。但艾札达一进去,温度就陡然下降了,他的身体好久才变得活泛起来。

货车像一个被孩子玩坏的玩具,跟在曲珍身后向前蠕动。艾札达看着曲珍被风雪染白的身影,怎么也坐不住。身体刚活泛一些,他就跳下车,赶紧拉着曲珍,把她扶回驾驶室坐好。她不断地大喘着气。

"没事吧?曲珍大姐?"艾札达拍着她的背,关切地问。

她好像听懂了他的话,转过头来对他笑了笑,然后说:"虽然从小在这里生活,但还是有点累。"

大概又过了一个多小时,天慢慢白亮。漫天大雪和被大雪覆盖的高原越来越清晰。在雪原上探路的艾札达终于把货车引到了一处平坦的荒原上。从这里开始,只要沿着那排军用电线杆往前走,就能到达查果拉主峰下。

风雪终于缓下来,卓木拉日峰的上头洞开了一小片蓝色天幕。

洛桑也很振奋,把车开得快了些。

艾札达爬上车后,因为过于劳累、困乏,喘息平复之后,他就睡着了。

9

穿过那片平坦的荒原，进入沟谷，就看到了那条挖掘开的道路，它像一道蜿蜒向上的银色壕堑。货车在壕堑里小心行进。

待汽车停稳，大家看到艾札达从车上跳下来，都有些吃惊。他们立在风雪里，身上披着霜雪，雕塑一般。没人相信他不但这么快就回来了，还带来了两名援兵。

营长庞嘉陵从雪坎上跳下来，和他拥抱："你小子！行啊！"

艾札达咧嘴一笑："还是我老婆行。"

"也要你火力好。"

两人都开心地笑了。

"这是洛桑大哥，他听说我要回来挖雪开路救人，就把我一直从拉萨送到这里来了！"

营长一听，上前抱住他，连道了几声"谢谢"。

艾札达又介绍了曲珍："这是曲珍大姐，家在岗巴，跟洛桑大哥正好一着，听说我要上来挖雪开路救人，也主动上来帮忙！那段最难走的路，是她徒步引导我们走过来的。"

营长合掌，连道了几声"扎西德勒"。

洛桑和曲珍也道了"扎西德勒"。然后拿起铁锹，开始干活。

这里距离查果拉主峰还有七公里远。营长两眼通红，胡子拉碴。他长叹了一口气，骂道："妈的，这风雪跟发疯的魔鬼一样，一直不停，早上挖出来的路，中午又被雪填满了。昨天挖出来的路，今早又被雪抹平了！"

艾札达忧愁地望了一眼天空："这风雪看来今天还是不会停。"

两人站立了一小会儿，就成了雪人。

挖好的壕堑不断被天上泼下来的雪和被狂风从其他地方搬运来的雪团填上。大家不时望天，都期望昨天曾在天空盘旋过一阵子的直升机能再次飞临，在查果拉降落，把廖飞救走。但天上只有雪，把天空压得晦暗、低沉。卓木拉日峰上洞开的天空早就关闭了。

上百把铁锹切入积雪，像某种巨兽在咀嚼、吞噬雪原，声音盖过了风的尖啸和落雪砸下的声音。

昨天艾札达一整天都很紧张，昨晚探路的时候，因为寒冷和劳累，他也没有在意高原带来的不适。现在，他虽只是从海拔三千六百多米之处的妻子和儿女身边，来到海拔5000米处的沟谷里，却觉得自己是从万米高空坠落至此的。每一次呼吸、每一缕穿透身体的寒意，每一条从他裸露的皮肤表层进入身体的过多的紫外线，都异常清晰。高原反应对大脑每一次捶击带来的头痛，心脏每一次超负荷的跳动……都异常沉重，使他感受到的痛苦格外尖利。

每个人都在埋头苦干。他知道，每个人都在经历他那样的痛苦。

低洼处的积雪深达一两米，最浅处也齐腰深了。大家像在为一场战斗挖一条战壕。

虽然每一个人都是为了让廖飞尽快获救，但没有人提及他，好像他们所做的这一切与廖飞无关。

10

营长有意挨着艾札达。他喘着粗气，嘴里不停地喷着一股股粗壮的白气。

"真和……老婆孩子见了面？"

"真的。"

"我怕你啊……一听到廖飞病重，掉头就……回来了。"

"我是见了他们，才晓得廖飞病重的。"

"你的……他们三个都平安顺利？"

"剖宫产，老婆算是遭罪了！我给两个小家伙取了名字。"

"叫啥？"

"猜。"

"我脑子里的氧气……这么少，咋能猜出来？不过，我猜你给孩子取的名字应该和岗巴这地儿有关。"

"儿子小名叫查果拉，跟家人说叫小果，大名艾岗巴；女儿小名叫格来梅朵，跟家人说叫小朵，大名叫艾卓木。"

"这大名小名都好！"

"都跟我有关，忽略了老婆也在西藏待着。"

"那就再生一个，叫艾拉萨。"

"那就是超生了。"

"这个我晓得，要是……"

"要是什么？"

艾札达想说，要是廖飞也是生双胞胎就好了，但他没有说出来。

"你是想说，要是能多陪孩子几天该多好吧？"

"当然想。但能见到小果和小朵刚生出来的样子，我已经很满足了。他们要是知道我那么急回来是要干什么，他们长大了也不会埋怨的。"

"那倒是。"

艾札达想问营长，上次回去那几仗打得怎么样，但他忍住没问。

营长至今没有孩子。他结婚11年，共回家探亲7次，爱人来岗巴3次，都没有怀上。妻子到医院检查，没有发现什么问题。妻子也让他检查，他去了，他说也没有大的问题。妻子觉得奇怪，去咨询了医院的专家。专家说，可能是他久在高原工作、生活，精子的存活率低。他知道专家的说法是对的，却对妻子说："什么专家，胡说八道！"

他之前探亲，刚回内地，夫妻之间的事，总觉得力不从心。所以，一开始，他都要在外面晃荡几天才回家。后来晃荡的时间越来越长：十天、半个月。艾札达给他买过和田沙漠里的野生肉苁蓉和精河县的枸杞。苁蓉用来泡酒，枸杞用来泡茶，随时喝。有效果，但不明显。

营长一入伍就在岗巴，当了五年兵后转为志愿兵，又干了三年，提了干，在这里从排长干到营长，先后六次戍守查果拉。

每当有人说在岗巴待久了，那个家伙会出问题，并以他为例，说他至今没有孩子。他就会说，胡扯！老子有啥问题？我没有孩子，是不想要，想丁克。

"丁克"这个词是他第一个在岗巴说出来的，但没有人信。

"你知道吗？"

"什么事？"

"我跟老婆离了。"

"唵？为什么？"艾札达感到很震惊。

"还能为什么？"他把铁锹猛地杀入积雪里，"七年前，我就跟她说了，只要她愿意，随时可以离开我。"他说完，把一大团雪抛到了壕堑外。

"可你们很相爱啊。"

"正是因为相爱，我才那么做。"

"七年前，你们就不在一起了吗？"

"从和她认识，我们在一起的时间加起来，总共还不到一年。之所以没说，是我不想让爹娘担心，她也是。但我父亲先去了，母亲去年七月也走了。她母亲走得早，去年冬天，她父亲也走了。"

营长 19 岁当兵，27 岁提干，从排长干到正营 18 年，年龄偏大，已无再提职的可能，年底就会转业了。

"你没有告诉嫂子，你很快就会回去了吗？"

"她问过我多久离开边防。我跟他说，我也不晓得。她已经 40 岁，我不能再耽误她。"

"你不准备回蒲江了？"

"我在岗巴联系好工作了。"

"是吗？"

"公安局欢迎我去。"

"这样的话，你等于还是在守边了。"艾札达说这句话的时候，营长的眼泪一下涌了出来。好在有帽子遮着，艾札达没看见。

"是啊，我已习惯这里了。"他把塞进嘴里的一口寒风咽下去，"我还可以常常看到边关、哨楼，看到战友们。"

雪更大了。风卷起雪团，直往开挖出来的雪壕里填。

艾札达不知道该说什么。过了好久，他才对营长说："我想把小朵和小果拜寄给你，你不会嫌弃吧？"

"你说什么？"他怕自己听错了。

"过去的习俗，认个干爹，孩子好养。"

营长望着艾札达，抬起没有拿锹的左手臂，抹了一把自己的眼睛，把眉毛上结的霜雪都抹去了。他捶了艾札达一拳，说："好兄弟……"

艾札达咧嘴一笑："那就这么说定了！"

11

在营长所带人马向查果拉开路时，米玛欧珠带着哨所的战士也向外掘进了近三公里雪壕。最后，两队人马终于可以彼此相望了。

会师的时候，大家已没有力气拥抱、说话，铁锹一扔，都躺倒在了雪地里。

雪在这时也终于停了，风变小了，天空慢慢变高。卓木拉日峰以无比神圣的姿态慢慢显现出来，前面的包洪里雪山通体银白——积雪让它变得更为挺拔。

艾札达感到了从未有过的虚弱。他找到洛桑和曲珍，他们背靠雪坎，紧挨着坐在雪地里。

"累着你们了！"

曲珍笑了笑。洛桑回道："的确累。"说完，就垂下了眼睑。

然后，艾札达走向米玛欧珠，米玛欧珠也快步向他走来。

"你这么快跑回来，就不能让我在上面多待两天啊？"

"不行，我好不容易才轮到当这个哨长，如果不是我儿女出生得早，你一天便宜也占不成。"他握住米玛欧珠的手，急切地问，"廖飞咋样？"

米玛欧珠情绪一下低落了："情况不太好，一直昏迷。"

"我去看看他。"

"为了赶时间，我已让战士们把他往这里抬了。"

艾札达还是往前走。他的脚步发飘，他努力支撑着身体，不让它往下垮。

走了几百米远，四个战士抬着廖飞走来。艾札达走近，看到廖飞面色青灰，脸因为浮肿，看上去变胖了。他依然昏迷，艾札达喊了几声"廖飞"，廖飞没有回应。他赶紧替换下一个战士，加大步子往前走。

营长的吉普车已沿着掘开的道路开上来，躺倒的官兵听到引擎声，纷纷站起让路。军用卡车随后开来，大家收拾工具，爬上车，准备后撤。

吉普车开到艾札达身边，车速减缓，两人拉开车门，把廖飞放在后座上，让他平躺。

"艾札达继续留在查果拉，米玛欧珠，你跟我下去。"营长以命令的口吻说。

米玛欧珠上了吉普车，坐在廖飞头的一侧，把廖飞的头放在自己大腿上护着。

"廖飞一有好消息就告诉我。"艾札达一边向营长敬礼，一边说。

"那是肯定的，你把这里守好！"

车颠簸着开走了。艾札达虽然又累又饿，但还是沿着地堡、通道，上到了哨楼。他要送一送他们，送一送廖飞，送一送洛桑和曲珍。看着那道二十多公里长的银色壕堑，看着吉普车、军用卡车和洛桑的货车车顶变得越来越小，最后消失于壕堑之中，不知为何，他异常伤感。

两名哨兵沉默着，站在哨楼上，如雕像一般。

雪原如此辽阔，喜马拉雅山那堵高墙开始被慢慢变白的云彩装饰，连绵的雪冠逶迤奔腾。

他取过哨兵身上的望远镜往东边望去。他看到直升机像一只绿色蜻蜓，向哨所的方向飞来。"直升机飞来了！"高兴之余，他想到被暴风雪耽误了抢救时间的廖飞，想到他们刚挖通道路，暴风雪就停歇了下来，忍不住骂道："这个天老爷，是在故意搞我们啊！"

他追踪直升机，看到它盘旋、降落，看到营长的吉普车几乎在它刚降落之时就停在了飞旋的铁翼下，看到廖飞被抬上机舱，直升机旋即飞走，消失在已变蓝的天幕里。他像是在对无限的虚空说:"廖飞,你他妈的可得好好的!"

"副连长,他会没事的。"哨兵安慰他。

"不然?他哪对得起挖雪开路、累了两天一夜的兄弟们。"另一名哨兵说。

艾札达说:"是啊,也对不起洛桑和曲珍,对不起他爸妈,对不起所有人……"

12

廖飞的床空着。床单素白、干净、平整,军被被其他战士帮着叠得四四方方、轮廓分明。艾札达每每看到那张空床,心里总会一紧。他想,要是他没有被送到拉萨的陆军医院,而是去站岗了,或者去潜伏了,那该多好!

直升机把廖飞送到陆军医院。

他从妻子那里得知,廖飞依然休克,呼吸和心力已经衰竭,并引发了脑水肿,被送进了重症监护室。按说,廖飞到了海拔比查果拉低1600多米的拉萨,进行了氧疗,又注射了氨茶碱、呋塞米、硝酸异山梨酯、地塞米松,最后甚至肌内注射了吗啡,但还是没有苏醒。

他在与妻子通话时,很少问起小朵和小果的情况。在那个时候,自己生活的美好总是刺痛他的心。他不问,妻子也不跟他提,像有默契似的。

廖飞的床已空了七天。第七天的晚上,他再向妻子问廖飞的病情,妻子在电话另一头突然不说话了。

他似乎感觉到了什么,哽咽起来。

妻子问:"你是在战士旁边吗?"

他没能回答。

妻子压低了声音:"那就不要让战士看到你那个样子!"

他咕咚一声把某种东西强咽进肚子里,抬起左臂,挠了挠头,然后把左臂移至眼前,应答说:"嗯,知道。"

"让孩子跟你说说话。"妻子明显是要安慰他。

他傻乎乎地问:"他们会说话了?"

"当然。先听格来梅朵的。"

她把女儿抱了过来。他喊着女儿的名字,女儿在话筒里"咿咿呀呀"地说着。

妻子跟他说:"女儿是说,她爱爸爸,爸爸要保重身体!"

他赶紧说:"爸爸也爱宝贝,宝贝要乖,要听妈妈的话。"

然后她又抱来了查果拉。他喊着儿子的名字,儿子也在话筒里"咿咿呀呀"地说着。

妻子跟他说:"儿子是说,他爱爸爸,爸爸要把自己照顾好!"

他说:"爸爸也爱宝贝,你叫查果拉,长大了你也要来这里站岗放哨、巡逻执勤。"

儿子"嗯嗯啊啊"应着。

他笑了,对妻子说:"他应了。"

"这几天来,你终于笑了。"

"我没有笑。"

"笑了。"

他默认了。

"你的身体恢复得咋样啊?"

"终于想起问我了。你也看到了,因为怀他们两个,肚皮撑得像甜瓜皮了，又挨了一刀，咋恢复啊？本姑娘算是被你们三个毁了。"

"老婆遭罪了，你是我们仨永远的英雄。"

"那是肯定的。"

"对了，小朵和小果会有高原反应吗？我总是担心。"

"本姑娘是在高原缺氧的环境下要的他们，怀的他们，生的他们，有高原反应，也得忍着，也得适应。"

"你看，我多幸福啊！"他的眼泪又涌了出来。

凌艾艾一听，提高音量，认真地说："艾札达，你要晓得，你守卫的东西里，既包括天下人的幸福、和平，也包括所有人的痛苦和不幸。作为军人，你守卫的是这一切。"

"我知道……"

"那就把眼泪擦了，你要晓得，你现在是在查果拉。"

第8天清晨6时25分，廖飞病故。

得到这个消息，查果拉哨所顿时被悲伤笼罩。在整理他的遗物时，艾札达翻到了他留在世上的最后一则日记。艾札达想起，那天刚好是小朵和小果的出生日。那则日记有些像一份遗书：

外面风雪交加。我感到自己的病情不妙。前几天就咳血痰了，我怕战友看到，就躲到厕所里去咳，后来呼吸也很困难，总想昏睡。我觉得我过几天就会好起来。我不想离开查果拉。

爸爸妈妈，我真要是牺牲了，你们不要悲伤，也劝爷爷奶奶、外公外婆不要难过。能上查果拉，是我人生里最光荣的一件事。爸爸，你48岁，妈妈，你才44岁，你们可以再给我生一个弟弟或妹妹。无论是弟弟还是妹妹，都可视为是我再生而来。

副连长，你马上要当爸爸了，祝贺你和嫂子！

还有战友们，我拖你们的后腿了，请你们原谅！我也没有想到自己会这么不堪一击。如果我牺牲了，麻烦你们把我埋在主峰西边那道山梁上。这样，我就能一直守在这里了。

营长去拉萨迎回了廖飞的骨灰，带着他父母来到了查果拉。他的骨灰埋在主峰西边那道山梁上。简易的墓碑面朝着喜马拉雅山，面朝着包洪里雪山。

自从有了那座墓碑，艾札达和他的士兵们似乎感到，那些高耸的冰峰雪岭没有他们刚上去时那么气势逼人了。那座墓碑陪伴哨兵挎枪而立，每日每时每刻与那些冰峰雪岭对视，让它们的高度变低，气势变弱，似乎彼此平等了。

·作者简介·

卢一萍，男，1972年10月出生，四川南江人，现居成都。主要作品有长篇小说"新寓言"四部曲《激情王国》《我的绝代佳人》《白山》《少水鱼》，小说集《帕米尔情歌》《天堂湾》《银绳般的雪》《无名之地》，长篇纪实文学《八千湘女上天山》《祭奠阿里》等三十余部。作品曾获中宣部"五个一工程"奖、中国出版政府奖、解放军文艺奖等。